경성의 일본어 탐정 작품집 |

- 본서는 2013년도 일본국제교류기금의 보조금에 의한 출판물이다.
  本書は平成25年度日本国際交流基金の補助金による出版物である。
- 본서는 2013년 정부(교육인적자원부)의 재원으로 한국연구재단의 지원을 받아 수행된 연구(KRF-2007-362-A00019)이다.

일본 자료 총서 10
식민지 일본어문학 · 문화 시리즈 20

경성의 일본어 탐정 작품집

京城の日本語探偵作品集

초판 인쇄 2014년 3월 20일
초판 발행 2014년 3월 31일

공 편 | 이현진, 가나즈 히데미
펴 낸 이 | 하운근
펴 낸 곳 | 學古房

주 소 | 서울시 은평구 대조동 213-5 우편번호 122-843
전 화 | (02)353-9907 편집부(02)353-9908
팩 스 | (02)386-8308
홈페이지 | http://hakgobang.co.kr
전자우편 | hakgobang@naver.com, hakgobang@chol.com
등록번호 | 제311 - 1994 - 000001호

ISBN 978-89-6071-370-3 94830
978-89-6071-369-7 (세트)

정가 : 27,000원

이 도서의 국립중앙도서관 출판시도서목록(CIP)은 서지정보유통지원시스템 홈페이지(http://seoji.nl.go.kr)와 국가자료공동목록시스템(http://www.nl.go.kr/kolisnet)에서 이용하실 수 있습니다.(CIP제어번호: CIP2014010346)

* 파본은 교환해 드립니다.

경성의 일본어 탐정 작품집

京城の日本語探偵作品集

공편 | 이현진
가나즈 히데미

學古房

머리말

본서 『경성의 일본어 탐정 작품집』은 일제강점기 경성에서 발행된 잡지의 주요 일본어 탐정 작품들을 선별해 그 저본을 영인하고 각 작품들에 대한 해제를 적은 것으로, 연작 탐정소설을 비롯한 탐정 실화, 탐정 기담, 탐정 콩트, 에세이 등 총 22편을 실은 자료집이다.

일본에서는 메이지明治 시기인 1887년 에드거 앨런 포Edgar Allan Poe의 번역물 「검은 고양이黒猫」와 「르 모르그의 살인ルーモルグの人殺し」이 『요미우리 신문読売新聞』에 실리고, 번역가이자 탐정소설가인 구로이와 루이코黒岩涙香에 의해 서양의 탐정소설들이 소개되기 시작하면서 탐정물은 대중문학의 한 축을 형성해 나갔다. 이후 다이쇼기大正期와 쇼와기昭和期의 『모험세계冒険世界』, 『신청년新青年』, 『프로필ぷろふいる』등과 같은 탐정소설 잡지들이 잇달아 등장하면서 많은 탐정작가들을 배출시키기에 이른다. 이 현상은 일본 '내지内地'에서만이 아니라 식민지 조선으로 이어졌고, 메이저급 일본의 탐정작가들과 경성에 거주하는 아마추어 탐정작가인 재조일본인, 또한 일본어로 창작이 가능한 한국의 문인들도 탐정소설을 집필하여 여러 잡지에 게재하는 등 왕성한 활동을 보이게 된다. 본서는 이러한 탐정 작품들을 발굴해 자료집으로써 간행한 것이다.

본서는 첫 작품으로 『조선지방행정朝鮮地方行政』에 게재된 김삼규金三圭의 「말뚝에 선 메스杭に立ったメス」(1929.11~1930.1)를 실었다. 이 잡지는 「차호 읽을거리 예고次號讀物豫告」로 이 작품을 내보내면서 김삼규를 "조선이 처음으로 낳은 탐정소설 작가"라 소개하고 있다. 지금까지 한국인이 일본어로 쓴 첫 번째 탐정소설은 그동안 독보적 존재였던 김내성의 「타원형의 거울楕圓形の鏡」(1935)로 알려져 있었으나, 이 작품의 발견으로 한국 추리소설계의 계보는 다시 쓰여지게 되었다. 또한 행정에 관한 종합잡지임에도 불구하고 탐정 작품을 수록하고 있는 『조선지방행정』에 게재된 『신청년』의 초대편집장으로 에도가와 란포江戸川乱歩를 데뷔시킨 일본 탐정계의 메이저급 작가인 모리시타 우손森下雨村(필명은 사가와 슌푸佐川春風)의 탐정 콩트 「보석을 노리는 남자寶石を覘ふ男」와 아마추어 작가로 추정되는 기노우치 나리세이木内爲棲가 집필한 「심산의 모색深山の暮色」을 실었다. 「보

석을 노리는 남자」는 당시 경시청을 애먹이던 대담하고 겁 없는 보석 도둑 이야기이며, 「심산의 모색」은 메이지 초기 일본에서 개발한 엽총이 등장하며 가난한 생계로 인해 조선인이 저지른 강도사건을 다루고 있다. 당시의 조선적 현실이 짙게 드러난 작품이라 하겠다.

두 번째로 조선의 대표적 종합잡지인 『조선공론朝鮮公論』에 게재된 탐정물을 실었는데, 『조선공론』에는 '경성탐정취미회京城探偵趣味の会' 동인들이 연작으로 쓴 연작 탐정소설과 서양 탐정소설의 번역물, 탐정 기담, 탐정 콩트 등의 다양한 작품들이 등장하고 있다. 본서에 실은 연작 탐정소설 「여자 스파이의 죽음女スパイの死」과 「세 구슬의 비밀三つの玉の秘密」은 경성탐정취미회 동인들이 쓴 작품들로, 경성탐정취미회는 1925년 에도가와 란포 등에 의해 일본에서 결성된 탐정취미회의 영향을 받아 1928년 경성에서 발족된 모임이었다. 『조선공론』을 통해 경성탐정취미회 동인들의 다양한 집필 활동을 엿볼 수가 있는데, 본서에 실은 탐정 콩트 「심술궂은 형사意地わる刑事」와 「연못 사건蓮池事件」, 「미치광이 제11호 환자의 고백癲狂囚第十一號の告白」과 「공기의 차이空氣の差」는 경성탐정취미회 동인들이 집필한 작품들이다.

그리고 「명마의 행방名馬の行方」과 「의문의 죽음謎の死」 두 번역물은 아서 코난 도일Arthur Conan Doyle의 셜록 홈즈 시리즈물을 일본어로 번역한 작품이다. 일본에서는 1887년부터 서양의 탐정소설을 번안•번역했고 코난 도일의 작품도 1899년부터 소개되기 시작했다. 본서에 실은 「명마의 행방」은 조선총독부 도서관 소장본이고, 「의문의 죽음」은 『조선공론』에 게재된 것이다.

이외 『조선공론』에 게재된 탐정소설 「체포 비화捕物秘話」, 「세일러복의 위조지폐 소녀水兵服の贋札少女」, 「범죄 실험자 犯罪實驗者」 및 탐정 실화 「공산당 사건과 한 여배우共産党事件と或る女優」와 「그를 해치우다彼をやっつける」, 탐정 기담 「어둠에 나타난 미인의 모습闇に浮いた美人の姿」과 「암야에 미쳐 날뛰는 일본도, 정수리에서 튀는 피보라暗夜に狂ふ日本刀脳天唐竹割りの血吹雪」, 독일

어권 소설의 번역 탐정 기담 「야행열차 기담夜行列車奇談」 등을 실었다.

세 번째는 조선경찰협회 간행의 경찰기관지인 까닭에 범죄와 탐정물에 관한 글들이 있는 『경무휘보警務彙報』에 연재물로 실린 탐정소설 「푸른 옷의 도적青衣の賊」과 「엽사병 환자獵死病患者」를 실었다. 「푸른 옷의 도적」은 이탈리아, 프랑스 국경에 빈번히 출몰하여 밀매를 하다 후에 도적이 되는 사내들의 이야기로, 이것은 실화이며 영국의 『와이드 월드Wide world』 잡지에 특별 게재된 거라고 밝히고 있다. 「엽사병 환자」는 19세기 프랑스 탐정의 아버지 '프랑수와 외젠 비독Francois Eugene Vidocq'의 소설에서 영향을 받은 인신매매, 밀매 등의 내용을 담은 탐정소설이다.

네 번째로는 경성에서 간행된 최장수 종합잡지인 재조일본인이 만든 『조선 및 만주朝鮮及滿洲』에 실린 에도가와 란포의 「탐정 취미探偵趣味」라는 에세이를 실었다. 이 에세이는 일본의 탐정소설을 이야기할 때 자주 인용되고 거론되는 글이다. 란포는 이 글에서 탐정 취미라는 용어가 갖는 의미와 대중의 인기를 끄는 탐정소설은 저급하지 않다는 것, 일본의 탐정소설은 고전작품(재판소설)을 통해 볼 때 서양보다 앞섰다는 견해를 피력하고 있다. 일본의 탐정소설은 란포에 의해 그 가능성이 열렸다 해도 과언은 아닐 것이다.

이러한 영향은 조선에서도 이루어져 경성탐정취미회 동인들을 비롯한 아마추어 탐정 작가들이 중심이 되어 경성을 배경으로 한 탐정물들이 여러 잡지에 기고되었던 것이다.

이상으로 일본의 탐정 작품들은 일본 내지만이 아니라 식민지 조선으로도 그 영향을 미쳤으며 일본어로 쓰인 탐정 작품들은 독자들의 손에 들어가 대중문학으로서의 한 축을 구축했음을 알 수 있다고 하겠다.

그간 식민지 일본어문학•문화 연구가 활성화되었지만, 이 당시 탐정물에 관해서는 연구기반이 조성되지 못했다. 그러나 고려대학교 일본연구센터의 식민지 일본어문학•문화 연구진들에 의해 처음 미스터리 총서로 일본 탐정소설의 흐름을 파악할 수 있는 『일본의 탐정소설』(일본 미스터리 총서 1, 2011) 번역서를 출간하며 그 기반이 마련되기 시작하였다. 이를 계기로 두 번째 결과물인 경성의 잡지에 게재된 주요 탐정물을 번역한 『경성의 일본어 탐정소설 탐정 취미』(일본 미스터리 총서 2, 2012)를 출간하였다. 본 『경성의 일본어 탐정 작품집』은 그 후속 연구로 마련된 세 번째 작업이기도 하다. 그리고 이러한 발판은 고려대학교 일본연구센터의 『한반도・만주(1868~1945) 일본어문헌 목록집・목차집(전40권)』(도서출판 문, 2011)이라는 식민지기 일본어 문헌을 총망라한 자료집이 있었기에 가능했다.

본서가 나오기까지 아낌없이 지원해주신 정병호 교수님과 유재진 소장님을 비롯한 식민지 일본어문학・문화 연구회 선생님들께 감사의 말씀을 드리며, 아울러 향후 본서의 탐정물 자료집을 통한 미스터리 전반에 걸친 연구가 다각도로 이루어지기를 바라마지 않는다. 끝으로 편집에 애써 주시고 흔쾌히 출판해 주신 하운근 사장님 이하 학고방에 깊은 감사의 말씀을 드린다.

2014. 3.
이현진, 가나즈 히데미

차 례

해 제

1_

「말뚝에 선 메스杭に立ったメス」는 1929년 11월부터 1930년 1월에 걸쳐 『조선지방행정朝鮮地方行政』(제8권 제11호~제9권 제1호)에 연재되었고, '탐정소설'이라고 표제어가 명시된 일본어 창작 탐정소설이다.

『조선지방행정』은 1922년부터 간행된 일본어 월간지로 1937년에는 『조선행정』으로 잡지명이 바뀌었다. 이 잡지는 도쿄에서 발행된 『지방행정』과 만주에서 발행된 『만주행정』의 자매지로, 조선총독부 각 부서의 간부를 비롯한 식민지 조선의 지방행정을 담당한 자들이 주로 집필하였다. 논평을 비롯해 법령, 자료집, 조선어 및 문화 소개, 공무원 시험기출문제 등 제국 일본의 식민지 행정 및 조선통치와 관련된 다양한 분야의 글들이 실려 있다. 1893년 교토의 출판업자인 오다니 니헤이大谷仁兵衛가 설립한 제국지방행정학회(현 주식회사 행정)의 조선본부에서 발행했는데, 이 출판사는 식민지기 지방행정의 연구지나 법규서, 예규류집例規類集 등을 주로 발행하였다. 또한 잡지의 매호마다 창작소설과 조선의 고전소설 등의 번역, 소품, 한시, 일본의 와카和歌, 하이쿠俳句 등 재조일본인이나 조선인이 집필, 응모한 작품을 소개하는 문예란이 있었는데, 본 작품은 '문예란의 진전'을 위해서 새로 설치한 '신시대의 읽을 거리' 코너의 첫 연재작이었다.

본지는 「차호 읽을거리 예고次號讀物豫告」로 김삼규의 탐정소설 「말뚝에 선 메스」를 다음과 같이 소개하고 있다.

> '재미있는 소설을 내 달라' 이것은 독자제군의 강한 요구의 외침이었습니다. 이것을 만족시키려고 편집국 동인은 얼마나 밤낮으로 고심했던가? 그리고 드디어 여러 사람 중에서 김삼규 씨가 뽑혔습니다. 김삼규 씨는 조선이 처음으로 낳은 탐정소설 작가입니다.
>
> *(『조선지방행정』, 제8권 제10호, p.174)*

지금까지 한국인이 일본어로 쓴 첫 번째 탐정소설은 추리소설작가로 널리 알려진 김내성이 일본에서 1935년 3월에 일본탐정소설 전문잡지인 『프로필ぷろふいる』에 발표한 「타원형의 거울楕圓形の鏡」로 알려져 있었다. 그렇다면 이로써 한국인 최초의 탐정소설 작가는 김삼규이며, 「말뚝에 선 메스」가 바로 한국인이 쓴 최초의 탐정소설이 되는 것이다.

이 소설은 G·g·G 서명이 들어간 협박장, 스페이드 A, 스페이드 2, 3, 4, 5로 이어지는 연속살인, 그 미궁 속 살인을 놓고 아마추어 탐정인 다니시로와 히라이시가 사건의 실체를 파헤쳐간다.

본 탐정소설은『경성의 일본어 탐정소설 탐정 취미』(도서출판 문, 2012)에 번역, 수록되어 있다.

2_

「여자 스파이의 죽음女スパイの死」은 일제강점기 조선의 대표적 종합잡지인 『조선공론朝鮮公論』(제19권 제1호~제5호)에 1931년 1월에서 5월에 걸쳐 연작으로 게재된 것으로 '경성탐정취미회京城探偵趣味の會' 동인들이 썼다. 1회는 야마자키 레이山崎黎, 2회는 오카히사阜久生, 3회는 요시이 시노부吉井信夫, 4, 5회는 다이세 와타쿠大世渡貢가 집필했다.

『조선공론』은 일본인 마키야마 고조에 의해 1913년 4월에 조선에서 창간된 월간종합잡지(1944년 11월 최종호)이다. 이 잡지를 통해 재조일본인 지식층의 조선정책에 대한 견해와 관련 논문, 친일적 조선인사의 기고문, 소설 등 당시 조선의 정치, 사회, 문화 전반에 걸친 흐름과 내용을 파악할 수 있다. 이러한 『조선공론』에 소개되고 있는 탐정소설 「여자 스파이의 죽음」은 1930년대 사회주의사상을 배경으로 하고 있다. 소설 속에 나오는 G《게》 · P《페》 · U《우》는 1922년부터 1935년까지 있었던 구소련의 비밀경찰조직이다. 조선의 경성을 배경으로 해서 벌어지는 이 작품은 이러한 시대적 사상을 담아내고 있으며 스파이라는 흥미로운 소재를 다루고 있는 것이다.

1930년대 일본에서는 탐정소설이 융성한 시기였고, 한국도 마찬가지로 일본탐정소설의 영향을 받아 작품이 창작, 번안되는 전성기를 맞이하게 된다. 이 소설은 경성의 탐정취미회 동인들의 연작으로 집필되었는데, 탐정취미회는 일본에서 에도가와 란포江戸川乱歩에 의해 1925년에 결성된 모임이었다. 기관지 『탐정 취미探偵趣味』도 발행되어 나왔다. 당시 경성에서는 이와 같은 일본 내지內地의 탐정소설 인기에 힘입어 아마추어 문인들이 경성탐정취미회 동인들로 활동했던 것이다. 독자는 이 소설을 통해 1930년대 일본 탐정소설의 탐정 취미를 엿볼 수 있을 것이다.

본 탐정소설은 『경성의 일본어 탐정소설 탐정 취미』에 번역, 수록되어 있다.

3_

「세 구슬의 비밀三つの玉の秘密」은 경성탐정취미회 동인의 연작으로 1934년 2월에서 4월에 걸쳐 『조선공론』(제22권 제2호~제4호)에 게재되었다. 집필자를 살펴보면, 1회는 오카야

마현岡山県 구라시키시倉敷市의 아사히신문 부국장을 지낸 야마오카 미사오山岡操, 2회는 『적도종군赤道從軍』(후지서점, 1943)을 쓴 오오타 쓰네야太田恒弥, 3회는 조선신문의 기자였던 야마자키 가네자부로山崎金三郎(필명은 야마자키 레이)가 썼다.

탐정물이 유행하던 시기 이 작품에는 셜록 홈즈와 같은 탐정이 등장하기보다 집필자와 같은 기자가 활약하며 사건을 해결해 나간다.

「세 구슬의 비밀」은 엽기와 괴기의 교묘한 쌍곡선을 그리며 섬뜩한 전개가 펼쳐지는데, 신경쇠약증에 걸린 주인공 호시노 하루오가 현실과 꿈을 오가는 사건에 휘말리면서 흥미를 더해준다. 주인공 호시노 하루오가 세 구슬의 비밀을 밝혀내려는 과정에서 일어나는 살인사건들, 알 수 없는 점괘종이, 볼셰비키 혁명에 쫓겨 눈 오는 시베리아를 도망쳐온 나타샤와 드미트리 가족, 그런 나타샤가 중국인에게 납치되어 팔리고 이리저리 전전하다 경성의 술집 여자가 되는 사연 등의 이야기가 당시의 경성을 배경으로 펼쳐지고 있다.

이 연작 탐정소설은 아마추어가 아닌 신문사의 기자나 작가를 집필진으로 하고 있어서 재미있고 탄탄한 이야기의 구성력을 보여주고 있다.

본 탐정소설은 『경성의 일본어 탐정소설 탐정 취미』에 번역, 수록되어 있다.

4_

아서 코난 도일Arthur Conan Doyle의 작품 「명마의 행방名馬の行方」은 『셜록 홈즈의 회상록The Memoirs of Sherlock Holmes』(1894)에 수록된 「실버 블레이즈Silver Blaze」를 일본인 요시노 세이센芳野青泉이 번역하여 1918년 7월에 하쿠스이샤白水社에서 간행한 〈근대세계쾌저총서近代世界快著叢書〉 제4편 『명마의 행방』(단편집)에 수록된 작품이다.

일본에서는 1887년부터 서양의 탐정소설을 번안·번역해왔고 코난 도일의 작품도 1899년부터 다수 번역·번안되었는데, 원저자와 번역자의 이름을 같이 명시한 최초의 번역 탐정소설 총서가 하쿠스이샤에서 간행한 〈근대세계쾌저총서〉라 할 수 있다. 조선총독부 도서관이 본 총서 중 1922년 11월에 간행된 코난 도일의 『공포의 계곡恐怖の谷』제7판과 『명마의 행방』제7판을 1924년 4월 21일자로 소장한 것을 직인으로 확인하였다.

역자 요시노 세이센에 관해서는 현재 알려진 바가 없으나, 본 총서에서 『명마의 행방』이외에 『공포의 계곡』(제3편)과 리처드 마시Richard Marsh의 『갑충의 괴甲蟲の怪』(제7편)를 번역한 정황이 확인되었다. 요시노 세이센의 번역문은 오늘날과 같은 원문에 충실한 번

역과는 달리, 스토리의 전개는 원문에 충실하나 인명과 지명 및 고유명사가 일본명으로 되어 있어 서양 탐정소설 번안 수용의 흔적을 엿볼 수 있다.

한편 구라모치 다카오倉持高雄는 1928년 7월에서 8월에 걸쳐 『조선공론』(제16권 제7호, 제8호, 미완결)에 마찬가지로 「실버 블레이즈」를 「명마의 행방」이라는 제목으로 번역하여 게재했다. 그가 요시노 세이센의 번역을 참고했음을 알 수 있으나 인명, 지명 및 고유명사는 원문 발음대로 번역하고 있다.

본 작품은 『경성의 일본어 탐정소설 탐정 취미』에 번역, 수록되어 있다.

5_

아서 코난 도일의 「의문의 죽음謎の死」의 원제는 「The Adventure of the Speckled Band」(1892)로 「얼룩무늬 끈」 「얼룩 끈의 비밀」등으로 잘 알려져 있는 단편이다. 구라모치 다카오는 「의문의 죽음」이라는 제목으로 1925년 9월에서 12월에 걸쳐 『조선공론』(제13권 제9호~제12호)에 연작으로 게재했다.

한국에서 코난 도일의 작품은 1918년부터 번역 소개되었고, 1920년대부터는 탐정소설이 왕성히 번역되고 번안되었으며 창작과 비평 활동에까지 이르게 되었다. 대표적 추리작가인 김내성은 코난 도일의 단편을 라디오 드라마용으로 각색해 게재하였는데, 이 작품도 1939년에 「심야의 공포」(원제:얼룩진 끄나풀)라는 제목으로 번안하였다. 한국에서는 1920년대부터 일본을 거쳐 번역과 번안이 많이 이루어졌으며 경성에서 출판된 일본어 소설도 그 대상이 되었을 것이다.

「의문의 죽음」은 난폭한 계부와 함께 사는 헬렌 스토너가 사건을 의뢰하면서 시작한다. 헬렌의 쌍둥이 언니 줄리아는 결혼을 앞두고 의문의 휘파람 소리를 들은 뒤 죽음을 맞이한다. 그녀의 마지막 말은 얼룩무늬 끈이었다. 결혼을 앞둔 헬렌에게도 휘파람 소리가 들리는데, 과연 얼룩무늬의 끈과 언니의 죽음은 어떻게 밝혀질 것인가.

본 작품은 『경성의 일본어 탐정소설 탐정 취미』에 번역, 수록되어 있다.

6_

「체포 비화捕物秘話」는 『조선공론』(제22권 제2호~제3호, 1934.2~3)에 실린 아키요시 하루오秋良春夫의 탐정소설이다. 작자인 아키요시에 관해서는 정확히 알 수 없으나 (1930, 40년대에 청진 경찰서와 조선총독부 경무국 도서과에 동명의 인물이 있으나 동일인물인지는 알 수 없다.) 1935년 4월에서 11월까지 『조선공론』에 장편대중소설 「춤추는 아이踊り子」(제23권 제4호~제11호)를 연재했고, 1936년 1월에서 8월에 걸쳐서는 「악마의 투쟁悪魔の闘争(「춤추는 아이」속편)」(제24권 제1호~제8호)을 발표했다. 또한 잡지 『추리계推理界』(1970년 1월호)에 「검정 그림책黒い絵本「거울과 소년鏡と少年」」에 아키요시 하루오의 이름이 나와 있다. 『추리계』는 1967년 7월에 미스터리 문학평론가 나카지마 가와타로中島河太郎 등에 의해 창간, 나니와쇼보浪速書房에서 발간된 탐정소설잡지로 창간호에 오야부 하루히코大藪春彦, 사사자와 사호笹沢佐保 등의 이름이 등장하고 백넘버에는 에도가와 란포, 요코미조 세이시横溝正史, 유메노 규사쿠夢野久作 등 저명작가의 작품도 게재되어 있다.

「체포 비화」는 탐정소설이라 내걸었지만 복잡하게 뒤얽힌 사건과 트릭 등이 존재하지는 않는다. 형사 가게야마가 친구 모리타와 밤낚시를 하러 가서 들은 기묘한 소리로부터 이야기가 시작되는데, 낚시를 즐기고 있던 그들은 묘켄신사妙見神社 근처 오카와大川 강에서 시회의원의 딸 나이토 쓰타코의 투신자살 미수사건을 목격하게 된다. 그녀는 무사히 집으로 돌아갔지만, 다음 날 가게야마는 그녀의 갑작스런 병사를 알리는 신문기사를 접하고 그녀 죽음에 일말의 의문을 품는다. 수사과정에서 쓰타코가 쓴 걸로 보이는 일기의 일부가 발견되고, 거기에는 의문 섞인 저주의 말이 적혀져 있었다.

가게야마는 그 일기의 주인을 찾고자 분주히 뛰어다니고, 드디어 그 일기를 입수한 가시와무라 유키코를 찾아내게 되어 쓰타코의 죽음의 진상이 밝혀지게 된다.

쓰타코의 사인은 마지막까지 밝혀지지 않았지만, 추문을 피하기 위해 병사로 발표되었음은 쉽게 짐작할 수 있다. 또한 가게야마에게 수사를 촉구한 쓰타코의 일기도 밤낚시를 하기 위해 산 먹이 봉지로 사용되고 있고, 추리의 단서가 되는 소도구의 등장도 독자의 흥미를 자아낸다. 이 소설의 주축은 의문의 여성 가시와무라 유키코에 있다. 그리고 그 의문의 해결은 유키코의 고백으로 모든 걸 좇아가고 있어 추리소설로서의 재미는 빈약하다 하겠다. 밝혀지는 진상은 내연의 남자 때문에 신세를 망친 유키코와 그자에게 능욕당한 쓰타코, 그리고 그 내연남의 애인인 낚시 도구업자의 손녀 도미라고 하는 여인의 처지가 대비되고 있고, 카페 여급의 능숙한 외래어를 통해 1920, 30년대 모던 보이, 모던 걸의 사회풍조를 엿볼 수 있는 작품이기도 하다.

7_

「세일러복의 위조지폐 소녀水兵服の贋札少女」는 1936년 9월 『조선공론』(제24권 제9호)에 실렸

고, 집필자는 와카야마 와분지青山倭文二이다. 와카야마 와분지에 대해서는 다음 해제에 상세히 적었다.

이 소설은 위조지폐에 관한 내용이다. 세일러복을 입은 소녀의 범행인 위조지폐 신고가 들어오고, 10원, 5원, 1원의 위조지폐가 발견되었다. 범행시각은 오후 네 시에서 여덟 아홉시까지 과자가게 담배가게 등 작은 가게만을 골라 범행을 저질렀다. 이에 각 경찰서는 경쟁적으로 범인검거를 시도하고 일제히 긴밀한 연락을 취해 이중 삼중으로 경계망을 펼쳤다. 경시청의 모리야마 경위는 사회적으로 불건전한 사상을 가진 자의 소행으로 추리한다.

하지만 이는 생활고로 인한 범행이었다. 스물 두 살의 청년 요시다는 후쿠오카 태생으로 중학교 졸업 후 상경해 W대학 법과에 적을 두었지만 학비를 벌기위해 닥치는 대로 일을 해야만 했다. 그에게 돈은 가장 소중하면서도 저주스러운 거였다. 그의 아내 미치코도 카페에서 일하다 해고당하는 처지가 된다. 그런데 어느 날 남편 요시다가 위조지폐를 만드는 걸 알게 되고, 그녀는 어쩔 수 없이 함께 범행을 저지르게 된다. 어느 날 공중목욕탕에 간 O형사가 여탕 쪽에서 들려오는 이상한 얘기를 듣게 되고, 그는 거기서 비오는 날 저녁 오쓰카나카초大塚仲町의 식료품점에서 10원짜리 위조지폐가 발견된 사실을 떠올리며 그녀들이 범인임을 직감한다. 이삼일 후 O형사는 아는 사람 담뱃가게에 앉아 왕래하는 사람들을 보고 있다가 담배를 사러 온 세일러복을 입은 열여섯 일곱 가량의 소녀를 보게 된다. 그런데 그녀가 내고 간 10원은 위조지폐였고, 공중목욕탕에서 봤던 바로 그 여자였다. 결국 O형사는 그 소녀를 미행해 모두를 검거하며 수사는 종결된다.

8_

「범죄 실험자犯罪實驗者」는 1937년 4월 『조선공론』(제25권 제4호)에 실렸고 『변태유리사變態遊里史』(<변태십이사시리즈(変態十二史シリーズ)> 문예자료연구회, 1927)의 저자로 알려진 아오야마 와분지의 탐정소설이다.(본 작품의 저자로 소개된 아오야마 와분은 아오야마 와분지의 오식인 것 같다.)

아오야마 와분지는 1920년대 문예평론과 「왕자와 거지王子と乞食」등의 번역을 했고, 우메하라 호쿠메이梅原北明 등과 함께 언더그라운드 잡지 『문예시장文藝市場』(초기는 프롤레타리아 문예잡지)과 『고킨모모이로조시古今桃色草紙』등의 편집을 맡아 활약했으며, 신감각파 작가 곤 도코今東光와 전위 예술가이자 연출가로 유명한 무라야마 도모요시村山知義 등과 교우

관계도 맺었다. 1930년대에는 『조선공론』에 탐정소설 「세일러복의 위조지폐 소녀」와 번역소설 「죽음의 정찰死の偵察」(제26권 제3호, 1938.3), 「창작 소독創作 毒素」(제27권 제11호, 1939.11) 등의 소설과 시대소설을 발표했다. 1940년대 이후는 「전선의 총후前線の銃後」(제28권 8호, 1940.8), 「해가 뜨는 나라日の本の国」(제29권 제10호, 1941.10)라는 시국에 영합하는 성격의 글을 썼다. 그리고 패전 후에는 1920년대 이후의 언더그라운드와 엽기잡지 등에 기고하는 등 활동을 계속했다. 『조선공론』에 실린 작품은 그의 1930, 40년대의 동향을 아는 중요한 자료가 된다.

본 작품은 나고야를 무대로 주인공 친구인 신진 범죄소설가 오키 다마노스케가 소설 소재를 위해 자신이 저지른 죄가 발각되는 장면으로 시작한다. 작중에 오키 자신의 소설이 삽입되고, 그것을 구술하는 것을 필기한 오키의 정부인 매리의 고백으로 이어진다. 오키의 소설은 박진감이 있다고 평가받아 일약 인기작가가 되지만, 범죄에 사용된 약품이 들어간 향수병이 발견되어 그 진상이 밝혀지게 된다. 범죄의 단서와 형사의 추리 등은 1932년에 발표된 미국영화 『칠만인의 목격자七万人の目撃者』(랠프·머피[Ralph Murphy] 감독)에서 그 영향을 받아 이 영화의 번안 소설적 성격도 지니고 있다.

9_

「푸른 옷의 도적青衣の賊」은 1920년 10월에서 1921년 5월에 걸쳐 『경무휘보警務彙報』(제185호 10월호~제192호 5월호)에 연재된 소설이다. 집필자는 총독부의 노다野田生라고만 되어있고 불명이다. 필시 총독부 직원이 쓴 글로 추정된다.

『경무휘보』는 조선경찰협회 간행의 경찰기관지로 『경찰월보警察月報』를 전신으로 한다. 1908년 8월에 창간호가 간행되어 1910년 8월 제24호에서 제143호까지는 월 2회 발행되었고, 제144호부터는 『경무휘보』로 개칭해 다시 월 1회로 발행되었다.

「푸른 옷의 도적」은 이탈리아, 프랑스 국경에 빈번히 출몰하여 밀매를 하다 후에 도적이 되는 사내들의 이야기로, 이것은 실화이며 영국의 『와이드 월드Wide world』잡지에 특별 게재된 거라고 밝히고 있다.

스토리로 들어가 보면, 1918년 5월 21일 저녁 네 명의 이탈리아 기마 순사는 파렌트 팍스부근 산중턱을 정탐한다. 이는 네 명의 밀매자를 체포하기 위해서이다. 촌락에는 밀매자와 내통하는 자가 많아 잡기가 어려웠다. 밀매품이 농민에게 팔리기까지는 여러 손을 거치는데 우선 공범자가 밀매자에게서 물건을 받으면 그것을 은닉했다가 행상인에게 팔고, 행상인은 그것을 농민에게 팔기에 사실상 행상인은 밀매품의 중개 역할을 하는 것이다. 이는 각 나라의 보호세법 때문에 밀매가 성행한 것이다.

네 명의 이탈리아 기마 순사가 밀매자 체포에 열을 올리고 있는 것은 그들을 체포하면 2천원의 보수를 받게 되기 때문이다. 네 명의 밀매자 중에는 이탈리아 군대에 있던 두 명의 탈영자가 있었다. 그는 알렉산더 보데사르트와 그의 아우 루이 보데사르트였는데, 로시 대장은 이 두 사람을 알고 있었다. 알렉산더가 전쟁개시 당시 군사당국으로 출두하지 않아 로시에게 구류되어 군대로 호송된 적이 있었기 때문이다.

로시는 샛길을 내려오다 등에 무거운 짐을 지고 지팡이를 짚으며 험한 언덕길을 내려오고 있는 알렉산더 보데사르트와 그의 아우 어네스트 보데사르트를 발견한다. 로시는 그들 머리에 총구를 겨누는데, 뒤처져 오고 있던 또 다른 아우인 루이에게 권총으로 후두부를 관통당해 죽게 된다.

보데사르트 형제에게는 마리아라는 스파이가 있었다. 마리아는 이탈리아의 어느 집시에게 유괴되어 자랐는데, 극단주劇壇主 아들이 냉대해 알렉산더의 스파이 권유에 응한 것이다. 그녀는 변장술이 뛰어났다.

보데사르트 형제는 경관의 거리망이 좁혀지자 프랑스로 건너가게 되고 더 이상 밀매를 할 수 없어 생계를 위해 도적이 되고 '푸른 옷을 입은 도적'으로 알려지게 되는 것이다.

이탈리아 정부는 다액의 현상금을 걸고 보데사르트 형제를 수배했지만 그들은 계속 사건을 일으키고 다닌다. 프랑스 지방의 어느 우체국 집배원이 네 명의 가면을 쓴 남자에게 기습을 당해 현금 수 백 프랑과 우편환이 든 편지를 빼앗기고, 어린아이를 유괴해 2천 프랑의 돈을 가족에게 요구하는 사건이 일어나는데, 어느 날 몸집 작은 한 남자가 구교 사원으로 들어와 벽돌 직공이라며 인부로 써 달라고 한다. 다음날 잠자리에 들려는 승려는 복면을 한 세 명의 괴한에게 기습을 당해 돈을 빼앗기고 총상을 입는다. 그 괴한 중에는 전날 사원에 와서 일한 직공도 있었다.

마침내 경관은 산속 한 오두막에서 루이 보데사르트를 체포했는데, 나머지 세 명은 도망쳤다. 그에게서 프랑스 지폐와 승려에게 빼앗은 500프랑의 프랑스 정부의 공채증서가 나왔다. 승려를 덮친 괴한은 보데사르트 형제였던 것이다. 도망친 세 명 중에 마리아도 있었다.

수색 2일째에 공사장 인부의 집에 나타난 어네스트가 붙잡힌다. 알렉산더와 마리아만 남았다. 그런데 옥사에 감금되었던 어네스트가 사라지게 되는데 그는 어떻게 탈출한 것인가? 사건이 있고 나서 약 1년 후 옥사에서 탈출한 어네스트는 이탈리아 경찰에 의해 붙잡히지만 알렉산더와 마리아는 결국 잡히지 않았다. 그들은 프랑스와 이탈리아를 넘나들며 교묘히 경찰의 눈을 속였던 것이다.

10_

「엽사병 환자獵死病患者」는 1929년 7월과 11월, 1930년 4월에 걸쳐 『경무휘보』(제279호, 제283호, 제288호)에 연재된 탐정소설로, 작자는 스에다 아키라末田晃이며 경성제국대학예과라고만 적혀 있고 자세한 이력은 알 수 없다.

이 소설은 완결된 작품이 아니다. 세 차례의 연재가 끝난 3회 마지막 후기에 "이야기 줄거리가 끊어진 것 같지만 이것은 완전한 하나이기에 지루함 없이 읽어주세요. 차호에 엽사병환자 제목의 의미를 조금씩 설명해 가려 합니다. 혹은 완전하게—" 라고 씌어 있다. 이에 제목을 한자 그대로 번역했다.

소설의 줄거리는 어느 신경쇠약증 환자가 자신이 아끼는 호박 파이프를 탐내는 집주인(학교 선배이자 탐정, 즉 형사)에게 괴이한 사건을 듣는 것으로 시작한다. 주인은 조선탐정계의 '프랑수와 외젠 비독Francois Eugene Vidocq'이라 할 만큼 탐정계에서는 뛰어난 인물이었다. 비독이라 하면 19세기 프랑스 '탐정의 아버지'라 불리며 전 세계 탐정소설의 모티브가 된 실존인물이다. 비독은 위조범, 도둑, 노상강도, 인신매매, 밀매 등 각종 범죄를 일으키고 다녔던 괴도였고 수많은 탈옥경력이 가능했던 변장술의 달인이었다. 후에 경찰에 입문하여 자신의 경험을 바탕으로 한 수사로 많은 성과를 올렸고 프랑스 범죄수사 관청인 경시청을 최초로 설립하기도 했다. 이 소설에서도 인신매매, 밀매 등의 이야기가 나오는데 이는 비독의 영향인 듯하다.

괴이한 사건이란 집주인(마사키 형사)이 겪은 이야기이다. '나'라는 1인칭 시점에서 서술되고 있다. 나는 학창시절 잘 나가는 럭비 선수였지만 부상을 당해 선수생활을 은퇴하고 졸업 후 조그마한 인보이스invoice를 취급하는 사무실에 근무하게 된다. 지루한 나날의 연속으로 신경쇠약증은 더해져만 갔다. 그런데 어느 날 전철 안에서 학창시절 알게 된 아케미를 다시 만나게 되고 그녀의 죽음에 휩싸이게 된다. 댄서였던 아케미는 인신매매로 터키의 밀매 약종무역상에 팔린 몸이었다. 나는 아케미의 살인자로 누명을 쓰고 밀매조직단의 미행을 당하게 된다. 그러다 그 소굴인 술집을 우연히 찾아들어가 아케미를 죽인 범인과 만나게 되는데, 이야기는 여기서 끝맺고 있다.

11_

「공산당 사건과 한 여배우共産党事件と或る女優」는 경성일일신문京城日日新聞 편집국장을 지낸 모리 지로森二郎의 〈실화〉 소설로 『조선공론』(제18권 제8호, 1930.8)에 기자시절에 했던 취재를 가지고 쓴 일련의 소품으로 첫 작품이다.

1893년 도쿄에서 태어난 모리 지로는 1910년 요코하마상업학교横浜商業学校를 졸업하고, 동년 게이오의숙대학慶應義塾大学 이재과理財科(우리나라의 '경제과'에 해당)에 입학하지만 노동운동으로 2년 만에 퇴학한다. 오사카, 고베의 항만노동자를 거쳐 대중지 『요로즈초호萬朝報』, 『오사카일일신문大阪日日新聞』의 기자가 되고, 그 후 조선으로 건너와(1915년경) 경성통신사 근무를 거쳐 1920년 7월에『경성일일신문』창간을 맡아 이적했다.(조선중앙경제회 편 『경성시민명감京城市民名鑑』 조선중앙경제회, 1922)

모리 지로는 1922년 봄에 일본으로 갔다가 1924년에 다시 조선으로 건너왔다. 그가 근무한 『경성일일신문』은 1920년 7월 조선에서 발행된 일간신문으로 조선총독부의 어용신문이었던 『경성일보京城日報』에 대한 민심 선양의 장으로서 출발했다. 1931년에 『조선일일朝鮮日日』로 개칭된다. 1922년도의 발행부수는 약 8000부로, 2만 7000부의 구매를 자랑하는 『경성일보』뿐 아니라 『부산일보釜山日報』 『조선일보朝鮮日報』등과 비교해도 열세였다. 경성일일신문 시절 모리 지로는 몇 차례나 〈신문지규칙〉 위반으로 벌금형을 받았다.『조선공론』지에는 1928년부터 조선의 요정 및 게이샤의 사랑을 테마로 한 단편인 『정화情話』를 여러 편 발표했고, 기자를 그만둔 후에는 취재 노트를 재료로 〈실화〉라고 내건 소설들을 발표했다.

소설의 무대는 1920년대 후반의 경성이다. 주인공(작자)은 조선인 친구 김성욱의 소개로 알게 된 여배우 박정애와 연인 사이가 된다. 그녀는 내지와 외지로 잦은 여행을 했고 여배우로서는 설명하기 힘든 수입과 자택을 드나드는 적지 않은 조선인의 존재 등 그녀의 이해하기 힘든 행동에 주인공은 막연한 의문을 품게 된다. 그런데 어느 날 형사가 찾아오고 그 모든 오해는 풀리지만, 그녀는 조선공산당경성지부의 연락책을 맡고 있었던 것이다.

사건 추리를 해나가는 탐정소설의 패턴과는 다르게 제목부터가 독자에게 주인공과 함께 그녀의 알 수 없는 행동에 의문이 가게 하는 수법을 취했다. 또한 직접적인 스파이 활동을 한 것은 아니지만 여성 스파이적인 요소와 작중에 식민지조선에서 인기를 모은 무용가 배귀자(한국 최초의 여성 현대 무용가)의 무대를 등장시키는 등 〈실화〉적 요소도

담고 있다.

서두에 등장하는 배귀자는 여덟 살때 일본으로 건너가 덴카쓰天勝에 입단, 1924년 미국으로 건너가 안나 파블로바에게 사사받았다. 1926년 귀국해 〈배귀자 무용연구소〉를 차린 것으로 되어 있다. 또한 1925년에 결성한 조선공산당에 의해 네 번에 걸친 탄압을 받았고, 1928년 제4차 탄압에 의해 조직적 괴멸상태에 빠진 것으로 보아 작품의 무대는 1927년 혹은 1928년으로 추측된다.

말미에 「이상, 차호」라고 되어 있지만 차호로는 다른 〈실화〉인 「카페 여주인과 권총 사건カフェー女将と拳銃事件」(제19권 제9호, 1931.9)이 게재되어 있고 이 이야기는 본 호로 끝난다. 덧붙여 〈실화물〉 이후 모리는 『조선공론』지에 주로 정당의 내막을 알리는 글을 기고했고 조선을 무대로 한 글은 적고 있지 않다.

12_

「그를 해치우다彼をやっつける」는 1933년 11월 『조선공론』(제21권 제11호)에 〈탐정 실화〉라 내걸고 게재된 단편소설이다. 작자인 야마자키 레이는 조선신문의 기자·야마자키 가네자부로의 필명인데, 그는 경성탐정취미회 동인으로 『조선공론』에 경성을 무대로 한 여러 편의 단편소설을 발표했다. 처음 게재된 것은 탐정 콩트 「심술궂은 형사意地わる刑事」(제16권 제6호, 1928년 6월)이고, 이것은 경성탐정취미회 제1회 추천작이다. 그 후 1931년 1월에서 5월에 걸쳐 발표된 동 모임의 동인들과 함께 집필한 연작 탐정소설 「여자 스파이의 죽음」 제1회 집필을 담당하기도 했다.

경성탐정취미회는 1925년에 가스가노 미도리春日野緑(오사카마이니치신문사大阪毎日新聞社 사회부 부부장)와 에도가와 란포 등에 의해 결성된 탐정취미회의 영향을 받아 1928년 경성에서 결성된 모임이다.

소설은 〈강간 피의 사건〉의 전말을 폭로하는 내용으로 서울시 피스 거리 1초메(경성·태평로 1가로 추정)에 빌딩을 소유하고 있는 모리스 에후라의 여성편력을 다루고 있다. 모리스는 자신의 딸이 골든 거리(경성·황금정 거리라 추정)에 있는 병원에 입원하는 동안 알게 된 간호 여성 나쓰노 미요시에게 최면을 걸어서 강제로 관계를 가진다. 이 사실을 미요시의 실업자 남편인 하네다 슌지가 알아버리고 결국 소송까지 가게 된다. 모리스는 나쓰노 미요시가 실은 전남편과의 호적을 정리하지 못한 사실을 알아내고 하네다와의 관계가 정식으로 혼인한 사이가 아님을 밝힌다. 그리고 모리스는 호적상의 남편으로 자신이 미요시와 부부인 서류를 감쪽같이 꾸미는데, 즉 날조된 서류를 가지고 자신의 〈강간 피의 사건〉에서 벗어나려는 것이었다.

이 이야기가 실화인지 아닌지 현재로선 명확하지 않지만, 미요시는 강간을 당한 분함도 없고 남편에 대한 미안함만을 토로한다. 돈과 연줄을 이용해 자기 보신만을 꾀하는 모리스, 스스로 행방을 감추었음에도 불구하고 모리스의 솜씨에 놀아나 '처의 양도증명서'를 써준 호적상의 남편 등, 호주의 승낙이 있어야 제적除籍될 수 있었던 당시 여성이 놓인 상황을 엿볼 수 있는 작품이기도 하다.

작자인 야마자키 가네자부로는 철도학교 제1회 졸업생이고 선반공을 거쳐 『조선신문』기자로 근무했는데, 1930년 2월에 일본의 노동운동단체와 조선의 철도국 직공과의 연락망 역할을 하고 있는 것으로 주시되어 경성용산경찰서의 요주의 인물로 지목받고 있었다.(「노동문제 등 연구에 관한 탐문 건労働問題等研究ニ関スル聞込ノ件」경용고비京龍高秘 제790호, 1930년 2월 19일 『사상에 관한 정보철思想ニ関スル情報綴』第2册) 그가 필명을 이용해 투고한 이유도 이 때문이 아닌가 싶다.

13_

「어둠에 나타난 미인의 모습闇に浮いた美人の姿」은 1934년 9월 『조선공론』(제22권 제9호)에 하쿠센白扇의 이름으로 발표된 첫 탐정 기담이다. 그리고 구라 하쿠센倉白扇의 이름으로 발표한 탐정 기담 「암야에 미쳐 날뛰는 일본도, 정수리에서 튀는 피보라暗夜に狂ふ日本刀 脳天唐竹割りの血吹雪」(제22권 제10호, 1934년 10월)가 있고, 중등공업교육의 확충문제, 「일본해항로日本海航路」와 만주 등 주로 경제영역에 관한 평론이 있다. 필명으로 구라 하쿠센 외에도 후지쿠라 하쿠센藤倉白扇도 사용하고 있으며 경성, 인천, 대구 등에 거주한 것으로 보인다.(「매미 소리들蝉の声々」제23권 제9호, 1935년 9월)

이 소설은 강제병합 이전인 1908년의 인천·경성·개성을 무대로 하여 늙은 탐정과 그의 부하가 인천 부두에 소재한 유곽에서 우연히 듣게 된 수상한 남자에 관한 의문으로부터 시작한다. 그런데 그 남자는 늙은 탐정에게 붙잡혀 임진강 다리공사에서 일한 적 있는 무카이 시메타로라는 자였다. 이야기는 개성 봉동역 부근에서 일어난 여성 사살사건에 관한 무카이의 자백이 이어지고 살해된 석공의 아내와 무카이와의 우연의 전말이 밝혀진다. 당초 아내의 살해협의를 받았던 석공 미타니는 석방되고 무카이는 옥사하게 되는데, 범행은 거듭된 우연과 어둠에 둘러싸인 선로 옆에서 생긴 일로 계획

적인 범행은 아니었다. 살해된 여성의 우유부단함과 무카이에 대한 모멸로 인해 일어난 우발적 범행이었다. 말미에서 남편인 미타니가 아내의 잘못이었다고 말함으로써 재차 죽은 여성의 자기책임이 부각되는 구조를 갖고 있다.

14_

탐정 기담「암야에 미쳐 날뛰는 일본도, 정수리에서 튀는 피보라暗夜に狂ふ日本刀脳天唐竹割りの血吹雪」는 1934년 10월『조선공론』(제22권 제10호)에 게재되었고 구라 하쿠센이 집필했다.

이 작품은 1908년 8월에 일어난 사건을 가지고 쓴 스토리이다. 사건 발생장소는 인천의 외리 파출소 근방에 있는 우에노라는 곡물상이다. 새벽 1시 인천서의 전화벨이 울리고 노무라 사법주임은 사건현장으로 달려간다. 곡물상 주인인 미망인이 밤에 변소에서 용변을 보고 나오다 육 척 장신의 검도에 맞아 죽은 사건이었다. 미망인에게는 사스케라는 양자가 있었는데, S형사는 이 사스케에게 혐의를 두고 있었다.

사스케는 유곽을 드나들며 한 기생에게 마음을 빼앗기고 있었다. S형사는 그 기생에게 사스케에 관해 뭔가를 알아내려 했다. 그런데 그 당시 퇴청명령退清命令을 받은 일본인 십여 명이 다롄에서 인천으로 들어와 있었고, S형사는 그 중 야마모토라는 자를 스파이로 이용한다. 야마모토는 유곽을 드나들며 그 기생에게 접근했고 사스케에 관해 알아내려 했지만 허사였다. 사건은 딜레마에 빠졌다. 그런데 사건의 열쇠가 되는 한 독신남을 발견하게 된다. 미망인과 고향이 같고 두 사람은 서로 왕래가 있었던 것이다. 독신남의 집을 수색한 결과 혈흔이 묻은 옷도 나왔다. 이 남자는 무사집안으로 검도의 달인이었다. 모든 것이 범인으로서 완벽했다. 그러나 그 혈흔이 묻은 옷을 감정한 결과 사람의 피가 아니었다. 사건은 아직도 영원한 수수께끼로 남아있다.

15_

「야행열차 기담夜行列車奇談」은 1936년 9월『조선공론』(제24권 제9호)에 실린 번역 탐정소설이다. 집필자인 히아르토프 아르크너Hiartoff Arkner에 관해서는 전혀 알 수 없고, 역자인 이토 에이타로伊東鋭太郎에 대해서는 해외 엽기범죄 실화와 독일어권 추리소설의 소개자로 활약했다고만 알려져 있다.

이 작품은 야행열차 안에서 금고털이범을 쫓는 인정 많은 노형사 이야기이다.

열차는 베를린을 출발해 스위스로 향한다. 요제프 형사는 열차 안에서 병든 아이를 안고 앉아 있는 한 젊은 여인을 주시하고 있다. 이 여인의 남편이 전 유럽을 발칵 뒤집은 금고털이범 파울이다. 파울은 구치소를 탈출했고 마지막으로 아내와 아이를 보기 위해 열차를 탔던 것이다. N역에서 파울이 열차를 탄 것을 확인한 요제프는 그에게 다가간다. 그리고 파울 앞에 재판소 구인장을 내미는데, 그때 그는 파울의 병든 아이를 본 순간 자신의 손자를 떠올리며 파울에게 시간을 주고자 한다. 그것은 앞으로 10분 남아있는 K역에서 하차하는 것이 아닌 1시간 30분을 더 가야하는 라이프치히 정거장에서의 하차를 선택한 것이다.

그러나 파울은 요제프의 그러한 인정을 이해하지 못했다. 파울은 요제프 형사를 향해 총을 겨누었고 라인강 철교에 다다르자 창문을 열고 뛰어내리려 했는데, 요제프 형사에게 제압당한 파울은 K역에 도착하자 순순히 하차 준비를 한다. 그러나 요제프는 권총을 주머니에 집어넣은 채 꼼짝 않고 창가의 눈경치만을 바라보고 있다. 열차는 그대로 라이프치히 정거장을 향해 가고, 파울은 요제프 형사의 진심을 알고는 동요하기 시작한다. 드디어 열차는 서서히 라이프치히 정거장에 도착하고 내릴 준비를 하지만, 요제프는 발치에 신문을 떨어트린 채 자고 있었다. 전방에는 플랫폼이 보이고 파울은 이를 틈타 도망치는데, 남편의 뒤를 쫓아가려 한 아내 엠마는 요제프 형사 발치에 떨어진 신문지 위로 요제프가 흘린 눈물방울을 보게 된다. 2분간의 정차, 파울은 다시 돌아오고 요제프 형사 앞에 두 손을 내민다. 그러나 요제프 형사는 이미 수갑과 권총을 창밖으로 내던진 후였다. 그 후 어떻게 되었을까? 너무나도 인정에 이끌린 형사의 이상야릇하면서도 재미나는 기담이다.

16_

「보석을 노리는 남자寶石を覘ふ男」는 1928년 3월 『조선지방행정』(제7권 제3호)에 실린 단편 탐정소설로 모리시타 우손森下雨村(1890.2~1965.5)이 집필했다. 사가와 슌푸佐川春風는 필명이다. 우손은 하쿠분칸博文館에서 편집자로 근무했고, 1920년 탐정소설잡지 『신청년新青年』의 편집장으로 에도가와 란포 등 많은 탐정작가들을 배출시켰으며 『일본탐정소설전집 제2편 모리시타 우손집日本探偵小説全集 第2篇 森下雨村集』(1930) 『백골처녀 신작탐정소설전집白骨の処女 新作探偵小説全集』제8 (1932) 등 많은 저서와 번역서를 냈다.

이 작품은 네 페이지 분량의 짧은 단편으로, 당시 게이힌칸京濱間(도쿄도에서 가나가와현神奈川県 가나가와시를 거치고 요코하마시에 걸친 지역 일대)을 털고 다니며 경시청을 애먹이던 대담하고 겁이 없는 보석 도둑에 대한 이야기이다.

어느 날 숙직 근무였던 아키야마 경위는 잘못 걸려온 전화 한 통을 받게 된다. 그 전화는 두목의 첩이 두목의 눈을 피해 은밀히 동료에게 긴자銀座 쓰지무라辻村 보석상을 터는 계획을 알리는 전화였다. 뜻밖에 횡재한 아키야마 경위는 도둑을 잡으려고 보석상에 형사들을 잠복시키며 만반의 준비를 갖춘다. 그러나 변장한 도둑에게 속아 보석은 털리고 만다. 이 모든 것은 도둑의 계략이었다.

17_

「심산의 모색深山の暮色」은 1928년 4월 『조선지방행정』(제7권 제4호)에 실린 짤막한 탐정소설로 기노우치 나리세이木内為棲가 집필했다.

이 소설은 가난한 생계로 인해 조선인이 저지른 강도사건을 다루고 있다. 5월 14일 새벽 4시경 충남의 어느 한 경찰서 경비전화 벨이 울리고 숙직 순사가 잠에서 깬다. 관할 경찰지서에서 무라타村田식(메이지 초기에 일본에서 개발한 소총) 엽총을 소지한 2인조 강도가 부락의 삼베상점을 습격했다는 급보였다. 엽총은 근처 다구치 농장에서 도난당한 거였다.

그런데 사건 발생 사흘 만에 동 경찰지서 관내에서 또다시 똑같은 강도사건이 발생했다. 서장은 관내 강도전과자에 대해 조사했고 피해현장에서 멀지않은 곳에 김명옥이라는 전과자가 있었다. 김명옥은 다구치 농장의 소작 일을 하고 농장을 드나들며 하물을 운반했지만 생계가 어려웠다. 형사는 김명옥의 집을 수색했지만 아무런 증거도 찾지 못한다. 그런데 그 다음날에 김명옥은 행방을 감추었다.

사건은 흐지부지되다가 다시 2인조 강도사건이 발생하고 범인은 무라타식 엽총을 휴대하고 있었다. 다음날 오후 6시경 수상한 조선인 한명을 체포하여 자백을 받아내고, 범인 김명옥은 시선리時仙里의 모색창연한 삼림 속에서 붙잡히고 만다.

18_

「심술궂은 형사意地わる刑事」(경성탐정취미회 제1회 추천작)는 1928년 6월 『조선공론』(제16권 제6호)에 실린 탐정 콩트로 탐정취미회 동인 야마자키 레이가 집필했다.

소설의 이야기는 과거 나가사키 해안가에서 선객의 호주머니를 터는 소매치기 경력이 있는 카페 여급에 관한 내용이다. 혼마치本町 거리의 한 모퉁이에 드링크라는 카페가 있고, 손님들은 이 카페에 루리코라는 여급을 보러 온다. 그런데 묘한 소문이 돌았다. 손님이 술에 취하면 어김없이 돈지갑이 없어지고, 다음날 지갑을 떨어뜨린 기억은 없지만 카페를 찾아가면 루리코가 지갑을 주웠다면서 돌려주었다. 손님은 그 감사로 사례를 했다.

그런데 어느 날 신문기자 야마모토 소로쿠는 혼마치서의 형사실에서 소매치기 현행범으로 잡혀와 있는 루리코를 보게 된다. 그녀를 붙잡은 건 K라는 심술궂은 민완 형사였다.

루리코는 손님에게 감사의 팁, 즉 이중의 수입을 올리려고 취객의 지갑을 잠시 빼낸 거였고, 그 소문을 들은 K형사는 그녀를 함정에 빠뜨린 거였다. 그 다음의 가련한 루리코의 모습은 독자의 상상에 맡기며 끝맺고 있다.

다음은 이 소설 하단에 쓰인 마쓰모토 데루가松本輝華가 쓴 〈탐정취미회 선언〉에 관한 글이다.

> 경성탐정취미회 발회식 등은 생략하기로 하고(그런 건 매우 번거로워 싫기 때문이다) 사실상 이미 경성의 어딘가에 존재하고 있다. 그리고 동인들끼리는 멤버가 갖추어져 있는 것도 사실이다. 신문기자도 있고 화가도 있다. 형사도 있지만 경위도 있다. 아직 이 모임은 그림자처럼 유령 같은(요괴미조차 지닌) 존재다. 그렇지만 우리들 탐정취미회는 그런 것에 재미가 있는지도 모른다. 원래 탐정취미에는 으레 요괴미가 따르게 마련이기 때문이다. 이 그림자의 존재가 분명한 모습을 드러내게 된다면 다행이다. 그리고 조선에서도 조선의 고사카이 후보쿠小酒井不木나 에도가와 란포가 나오면 더욱더 세상은 재밌어진다. 다음에 소개하는 건 제1회 추천작이다. 우선 이런 것부터 서서히 출발해 본격물로까지 나아가면 우리들의 기쁨은 커질 거다.(마쓰모토 데루가)

위의 글을 통해 일본에서 결성된 탐정취미회가 경성에서 어떠한 취지로 이어졌는지를 알 수 있게 하는 것이라 하겠다.

19_

「연못 사건蓮池事件」은 1928년 10월 『조선공론』(제16권 제10호)에 실린 탐정 콩트로 탐정취미회 동인 야마자키 레이가 집필했다.

이 소설은 꿈과 현실을 오고가는 K 군의 사랑 이야기이다. 어느 여름 날 태양이 내리쬐는 폐지된 선로의 둑길을 걷다 오른편 아래쪽으로 넓은 연못을 발견한다. 그 연못은 K 군이 사랑한 여인이 죽은 곳이었다. K 군은 그녀와 매일 함께 출근 전철을 탔고 그녀에 대한 사랑이 점점 무르익을 즈음 중매인을 통해 혼담을 넣었다. 그런데 그녀가 죽은 것이다. 경찰 조사 결과 범인은 피해자가 생전에 근무했던 유치원의 H라고 하는 사무원이었다. 이렇게 꿈은 끝나고 이야기는 현실로 돌아오는데, K 군은 경찰서 숙직 S경위로부터 간밤에 화려한 결혼식이 있었고 신랑은 모 유치원에 다니는 사람이며 신부는 거기서 근무하는 보모라는 이야기를 듣게 된다. K 군이 짝사랑하는 여인인 것이다. 꿈에서 나타난 그녀, 그녀의 결혼식, 그 모든 게 허망했다. 다음날 K 군은 회사를 그만두고 경찰관 강습소로 들어간 후 지원해 국경경비 순사가 되었고, 강 건너 마적과 싸우다 적탄에 쓰러졌다.

20_

「미치광이 제11호 환자의 고백癲狂囚第十一號の告白」은 1931년 1월 『조선공론』(제19권 제1호)에 실린 소설로 경성탐정취미회 동인 요시이 시노부가 집필했다.

이 소설은 '바람'으로 불리는 한 미치광이 환자와 K시의 사회자선협회 명예회장 귀부인과의 대담으로 미치광이 환자가 귀부인에게 자신의 이야기를 털어놓는 형식으로 썼는데 탐정적인 요소는 빈약하다.

어느 날 '나(미치광이 환자)'는 국립은행 앞 광장을 향해 걸었고, 숭례문 근처에서 대여섯 명의 남자들이 모여서 하는 이야기 "바람이다" "바람이 붑니다!"하는 말을 듣게 된다. 그들은 마치 미치광이 같았다. 그런데 나도 그 미치광이들과 한 무리가 되어 버리는데, 그들이 응시하는 것은 회오리바람이 불어올 때 말아 올라가는 일본 여성의 기모노였다. 회오리바람으로 기모노가 말아 올라가 여성의 속옷, 다리, 몸을 보게 된 나는 스물여섯까지 동정을 지키며 살아온 것이 바보스러웠다. 그래서 내 마음의 동정을 '바람'이라는 악마에게 주어버린다. 그 후 나는 쌍안경 렌즈를 구입해 거리로 나갔고 회오리바람에 말아 올라가는 옷자락 사이로 여성의 육체를 훔쳐보며 이상한 성욕에 사로잡혔다. 결혼을 하고서도 이러한 관음증을 억제하지 못해 쌍안경을 들고 다시 아내가 없는 사이에 국립은행 앞 광장으로 나갔다. 마침 회오리바람이 불었고 한 여인의 속옷을 입지 않은 하체를 보게 된다. 그런데 그 여인은 바로 자신의 아내였다. 여기까지 이야기를 털어놓은 나, 바람은 요괴이니 조심하라 한다.

소설 마지막에서 '일본부인복 개선 문제'를 언급하며 맺고 있는데, 일본의 '복장개선운동'은 다이쇼기大正期에 시작되는 생활개선운동의 일환으로 추진되었다. 생활개선운동은 메이지 이래의 현안이었던 생활양식의 〈개량〉을 실현하고자 하는 국가적 프로젝트로, 구체적으로는 1919년에 문부성 주최로 〈생활개선전람회〉가 개최되어 호평을 받았고 1920년 〈생활개선〉의 추진주체 모임인 〈생활개선동맹회〉가 결성되었다. 이 운동으로 복장의 문제는 종래의 화복和服의 기능면 및 위생면의 결함을 어떻게 극복할지가 논의되었는데, 거기에서 양복으로의 전환을 촉구하는 목소리가 높아지는 한편 여성의 복장을 둘러싸고 양복은 시기상조라는 이유로 화복을 개량한 〈개량복〉을 권유하는 의견도 있었다. 복장개선운동을 포함한 생활개선운동은 이후에도 계속되었는데, 이 소설은 당시 '복장개선운동'에서 힌트를 얻어 집필된 것으로 보인다.

21_

「공기의 차이空氣の差」는 1931년 1월 『조선공론』(제19권 제1호)에 실린 소설로 경성탐정취미회 동인 후루세 와타쿠古世渡貢가 집필했다.

이 소설은 제목부터가 미스터리한 감을 내포한다. 사람의 마음을 아프게 하지 않는 공기를 원하는 Z라는 한 남성 이야기로 그에게는 죽은 Q라는 애인이 있고 전장에서 죽음의 공포(공기)도 경험했다.

어느 날 한 여인이 그의 주변에 나타났고 그 여인은 죽은 애인 Q를 닮았다. 나흘째 되던 날 그는 그 여인을 미행하기로 한다.

사건은 그날 발생하게 된다. 뒷길 꺾어진 곳에서 그 여인이 그에게 손짓했고 마지막 골목에서 여인은 사라진다. 얼마 후 낮게 신음하는 둔탁한 소리와 함께 여인의 몸이 다시 그의 시선에 떨어졌다. 가슴에 흐르는 피, 아무도 없다, 누군가가 도망쳤다! 둔탁한 공기가 그를 감쌌다. 집으로 돌아온 그는 몸이 경직되고 가슴에 무거운 벽을 느꼈다. 그날 밤부터 그는 어디에도 외출하지 못했다. 범인은 누구인가? 거리의 공기는 살인사건으로 요동쳤다. 이렇게 이야기는 미스터리를 남긴 채 맺고 있다.

22_

「탐정 취미」는 에도가와 란포(본명은 히라이 다로平井太郎)의 에세이로 경성에서 간행된 최장수 종합잡지인 재조일본인이 만든 『조선 및 만주朝鮮及滿洲』 제230호(1927. 1)에 실린 글이다.

란포는 1923년 탐정소설 잡지인 『신청년』에 「이전동화二錢銅貨」로 데뷔했고, 필명인 에도가와 란포는 에드거 앨런 포를 본뜬 것이다. 일본의 탐정소설은 란포에 의해 그 가능성이 열렸다. 그는 참신한 레토릭으로 단편을 발표하여 세간의 호평을 얻었고, 장편분야를 개척하여 일본탐정문단의 중심적 존재가 되면서 일본 탐정소설의 발전에 기여하였다.

본 에세이는 일본의 탐정소설을 이야기할 때 자주 인용되고 거론되는 글이다. 란포는 이 글에서 탐정 취미라는 용어가 갖는 의미와 대중의 인기를 끄는 탐정소설은 저급하지 않다는 것, 일본의 탐정소설은 고전작품(재판소설)을 통해 볼 때 서양보다 앞섰다는 견해를 피력하고 있다. 그리고 그 일례로 이하라 사이카쿠井原西鶴의 작품 「악행으로 입게 된 수의悪事の揃帷子」와 친구의 소설 「승패勝も負」를 소개하고 있다. 란포는 우리가 왜 탐정소설을 읽게 되는지에 대해서 이야기하고 있다.

본 작품은 『경성의 일본어 탐정소설 탐정 취미』에 번역, 수록되어 있다.

[영인본(影印本)]

영인본은 뒤에서부터 우철로 시작합니다.

경성의 일본어 탐정 작품집

京城の日本語探偵作品集

공편 | 이현진
가나즈 히데미

學古房

- 편자 소개 -

이현진 李賢珍

고려대학교 일본연구센터 객원연구원, 고려대학교 문학박사, 일본근현대문학 전공.

| 주요 논저 |

『제국의 이동과 식민지 조선의 일본인들』(공저, 도서출판 문, 2010),「병합초기 일본의 동화주의적 조선인 전도-일본구미아이교회파(日本組合教会派)를 중심으로-」(『일본어문학』제45집, 2010),『일본의 탐정소설』(공역, 도서출판 문, 2011),『경성의 일본어 탐정소설 탐정 취미』(편역, 도서출판 문, 2012),『동아시아 문학의 실상과 허상』(공저, 보고사, 2013) 외.

가나즈 히데미 金津日出美

고려대학교 일어일문학과 부교수, 일본 오사카대학(大阪大学) 문학박사, 문화교류사, 일본근대사 전공.

| 주요 논저 |

「'여성'을 말하는 의학(醫學) 學知-제국 일본과 산과학(産科學)」(『일본역사연구』제28집, 2008),「東亞醫學」と帝國の學知:「提携.連携」と侵略のはざまで(『일본학보』제90호, 2012),『중일 언어 문화 연구의 발전과 탐색III』(공저, 한국문화사, 2013),『동아시아 문학의 실상과 허상』(공저, 보고사, 2013) 외.

제1편
말뚝에 선 메스

探偵小説

杭に立つたメス

金三圭

G・g・G

その日私は編輯もあらかた片付いてしまつたので、まあここの所一二週間程は休息出来るとばかり、着替もせずに下宿の二階にフンゾリ返つて煙草をくはへて居た。その時

「おい。平石。帰つとるかつ」

と元気のいゝ胴間聲が下から響いて来た。

「おう。今日はもうすんだのかい」

私はかう答へて彼の返事を待つたが、返事の代りに階段を乱暴にかけ上る音がすると、もう平常着に着かへた斧城が飛びこんで来た。

「平石。お前夕刊を見たかい」

「夕刊　いや未だ見ないぜ。何かあつたのかい」

「麗上銀子が死んだんだ」

「麗上。此前本町で會つたばかりぢやないか。シャンだつたがなあ」

「まあこれを見ろ」

彼が日日の夕刊を私の前にほうり出した。赤鉛筆の輪郭のある所

3_말뚝에 선 메스 - 김삼규

を見ると日日一流の一號の大見出しで麗々しくかう出てゐる。

G・g・Gとは果して何

崖上家令嬢の變死

——スペードのAをブッツリ——

本日午前十時過、西片町の富豪崖上剛藏氏の一粒種の令嬢艶子（一九）はその書齋で何ものゝ爲にか刺殺された。發見者は同家の女中で、晝食を報ぜるため令嬢を呼んだが返事がないので、部屋に入つた時この慘事を發見したと。犯人は東側の窓に向いた机で令嬢の讀書中を背後から襲つたものらしく、心臓を一突されて即死したものである。犯人は前科を有するものらしく、手際の靜かで何一つ證據を殘され點、尙その刄物にトランプを鍔にして身體にかゝる血を防いだ點などその巧妙さを思はせる。證據の内に數ふべきものを强ひてあげるなれば、指紋一つないカード…スペードのA…がその傷口にあてがはれてあるのみで、そのカードには何とも知れぬ符號がG・g・Gとタイプライターで赤く打つてあるそれ丈けなのである。犯行に用ひた兇器は見當らないが、餘程鋭利なものらしく血も殆ど出てゐなかつた。原因は不明であるが机の中には二十圓入の蟇口があつたのに手をふれては居ないらしく。令嬢が非常な美貌の持主である點から見て、物とりよりも痴情關係でないかと言ふ點を主に取つてゐるらしく、自由奔放な生活を續けてゐた彼女として當然とも思はれるが、それらしい證據物も全然發見されない。云々

「迷宮ものだね。餘程の名探偵が出なければ解決は六ケ敷く思はれるね」私が記事をよみ終るのを見て杉城は言つた。

「それに警察も五里夢中らしく思はれるね。こんな記事を新聞にかゝせるなんてない事だ。餘程手古摺つてゐるに相違ない。」と言つて如何にも愉快相に笑つた。

「そりやあ證據を殘さない樣に計畫的にやつてのけられた日にやあ、如何に警察だつて難儀をするさ。けれど此頃の警察はしつこいので有名なんだ。さうまずい敗北もしなから

うぞ」私は何か反射的に警察を擁護したかつた。けれど谷城は頑として自説をまげないのだ。

「無論僕のは推測にすぎないのだから、或はどうひつくりかへるか判らないけれど、現在やつてゐる捜索方法ぢや犯人の方が上手だらうよ。今日僕は新聞に載る前にこの事は判つたんだ。と言ふのが二時頃署長に用があつて署に行つたんだ。署の方では相手が多額納税者なものだからやつきになつてゐるんだ。丁度上浦つて言ふ刑事ね。あれに内所で聞き出して来たんだが、上浦さんは今の所簡單に行かないと言つて逃げを打つて居たが、不可能と見て差支ないよ。始め銀子と言ふ女があんな女だから痴情關係と目をつけたんだが、そんな形跡も殘つてなしさ、捜して見ても何も出て来ないんだ。財布が机の中にあつたが中に二十何圓の金があつた相だから、目的は巌上家に怨恨を持つ奴が復讐的に計畫した單なる殺人に過ぎないと思つてゐるらしい。無論一寸考へられない事だけれどね……」

「巌上家はその様な敵があるのかね」相當人望のある人丈けに私は聞き返した。

「そこさ。巌上氏に人望が無かつたり、所謂成金の類だつたならそれが考へられるのだ。けれど古い素封家なのだし、あの様な好い人なのだから署の方でも手がつかないのだ。指紋は全然なく、證據として大切にして居るのは何の變もないＧ・Ｇとサインのある骨牌一枚つきりさ。兇器が發見されないから、自殺にはきめられず。Ｇ・Ｋ・Ｇなんて不良團も聞かないと言ふし當局ではまるで霧をつかむ様なものなんだ。軟派の前科者も調べたが皆アリバイが立つのだ。ね。これ丈御可憐な推論の材料を並べられたら君はどんな判斷をするかね」

「まるつきり見當がつかないよ。まあ迷宮に入れなければ終りにはならない事件なのだらう。強いて言ふなれば谷城を犯人とするより仕方がない。」が彼はその時既に眼で私と對話してゐた。で随分自信ある口ぶりも彼が何かつかんでゐるものと見るより仕方もなさ相である。でも谷城の言ふ如き事件とすれば、「シャーロック、ホームズの冒險」によつて警察の手に殘るものはカード一枚となる。これでは迷宮に入つてしまふより事件として辿る途がない。

「それぢや名探偵を起用すれば此問題は解決出來ると言ふのだね。」

「うん。それも餘程のね」谷城はいやに澄ましてゐるのだ。

「だつてそうぢやないか。物は裏面から見られるものは眞理丈なんだよ。これは何も判らない。全然手がかりがないのだよ。その何もない所が大きな證據にならうぢやないか。いくらなんでも人間があの樣に奇麗に殺してしまへるかね。この位が判らない樣ぢや君の探偵小說愛好も伊達にすぎないぞ」

これ丈やられればもう充分だ。私が

「よし見て居れ、あつと言ふ樣な所を御覧に入れ樣ぜ」

と言つたら、笑ひながら活動寫眞に行くと言つて出て行つてしまつた。

晉森ちや手がつくしんかい

「犯人の殘していつた無形の大きなあるもの」私は何度も何度もくり返して見たがそんなものが落ちて居さうにも見えなかつた。

目をつぶると、此の前山口耕作の演奏會の時に十人程の取卷き連に圍まれ乍ら孔雀の樣に綺羅を飾つて步るいて居た豪奢な銀子の姿が浮んで來る。探貨輪禮のキずな女だ。そしてその後をカードがひら〳〵まつてついて行くのだ。スペードのAだ。

……と電光の樣にG・s・Gの三字が閃く銀子が倒れる。アッと思ふと眞暗だ。

そして又、銀子、スペードのA・G・s・G。これがぐるぐると眼界の中をおどり狂ふのだ。

G・s・G。これが果して何を示してゐるのだらう。[illegible]

にあらはれてゐる手がかりはたゞこれ丈しかないのだ。これさへとくことが出來たら或は犯人のプロフィル位は見えるのかも知れない。等と思ひ廻らしてゐる内に、却つて嫌な妄想に襲はれたのでステッキをふり廻して表に飛び出した。

こは何事？

どこをどう歩きまはつたかは知らない。いつか私は西片町の通りに出てゐた。私の氣の付いた所は不思議にも例の事件のあつた邸の前だ。見ると黑くなつた表札には醍上剛藏と彫られてある。夢の樣に歩き廻つてゐる内は左程にも思はなかつたが何だか馬鹿に冷えて來た。無理もない。もう七時過ぎたのだから晩秋の日は暗くなつてゐた。

何かから面白い事はありはしまいかと思はれて西側の路次をまはつて南裏に出て見た。西側の塀は頭丈で上に嫌な硝子片等が植えてあるが、南裏はただ簡單な欄がまはしてある丈で中に杉や落葉松等が塀代りに植こんであつて犯人の入つたのは表でなければ此所でなければならない。そして犯人にとつて都合のいゝ事には裏は市外との間を劃つてゐる松山である。だからこれを抜けてしまへば人に認められるおそれはないわけだつた。

冒險をやつて見る氣になつて欄をくゞつて見た。立つときに何の氣なしに今つかんだ柴を引ち切つて見た。ところがまあなんとした事の拍子か私は芝を手にもつたまゝドンと尻もちをついてしまつたのだ。變なこともあるものと中をのぞきこむと何か白いやうなものが夜目にも見えた。ホームズだつたらかうするだらうとばかりその白い物を最も鄭重な態度でつまみ上げた。中に何か細長いものが入つてゐる。私はも、事相にそれをポケットの中に入れこんだ。そしてこれに自信めいたものの出來た私の聞神經は私にもう一歩事件の中にふみこめと命令するのである。

私は木をすかして邸を見た。手近な所に灯のついた部屋がある。私は木をぬつて近づいた。そして大きな窓枠のかげから部屋を覗いて見た。

恐らくこれが今日犯行のあつた部屋なんだらう。中には二人程の巡査と家人らしいのが三人程見えた。それにもう一人私の知つてゐる若い男が坐つてゐた。南見と言つて此市の大學を出てその研究室に入つてゐる醫學士である。私の知る所

からは半身しか見えないが暫時々下を見る様で、又その方向が一定して居る所から考へるとそこに銀子の屍體がおいてあるらしい。この様な事情の下にある死なので多くの通夜の人を斷はつたものらしい。私はその部屋からもれる灯で先刻の拾得物を開けて見た。

白く見えたのは手巾であつた。それを開いた時に私は危いところで聲を立てる所であつた。と言ふのが、その中に包まれたものは思つたよりも重大なものであつたからである。細長い感じがしたも道理、鞘に入つたダッガーだつたのだ。私は果してこのダッガーが今日の犯行に用ひられた、兇器であるかを見るために鞘をはらつて見た。無論指紋の殘らない様に充分の注意をしながら……刄は凄いまでに鋭く、輝いてゐた。でも白く殘つてゐる部分は血痕の浮いたものであらう。私は何だか今日一日の最大の功勞者が自分である様に思はれてならなかつた。ともかくも最も大きく働いた探偵の一人であることが嬉しかつた。そしてそれが又私を驅つて今一歩事件に踏こんで見よと命ずるのだ。

ちのりがばんでるぞ？

私は持つた刄を見直した。鋩子先から鍔元までスーッと鋼を引いた様な鋼の色。これで一突きグッと突いたならどの様に氣持ちよく斬れる事だらう。思へば巧妙極まる隱匿場所。「こりや 曲者だわい」私はつぶやいて鞘に收めた。

……と興奮の胸を強くつかんでゆするものがある。ふり返つて見ると正服の警官だつた。私は失敗つたぞと思つたが彼の目に 殺氣の動くのを 認めたから温和しくついて行つた。

どうするか知らん。何しに人の部屋に這入つてるんだ、等と

被胡芳な文句を並べて、住所姓名をノートに取つて「以後注意せんとあかん」とか言はれて帰されるのだらう。

でも私は黙つてついて行つた。

玄關脇の十六燭のついた六疊だつた。警官が六人程居た。それが私をぢろぢろと見る丈で何も言はなかつた。私は黙つて坐つてゐるより他仕方なかつた。間もなく門の方で自動車の止る氣配がした。すると如何にも頑丈相な先刻私をひつつかんだ正服が私をひつぱつて自動車に入れて、私の傍に坐つて戸を閉めた。自動車が動き出した。助手席にも警官が乗つてゐる。

これまでやつて来て私はやつと氣がついた。ポケットに手をやるとダッガーは抜き取られてゐた。

「おう。どうだつた。俺あ心配したぜ」

私が無理矢理に血のりの痕のあるダッガー一本のために留置場に入れられて、判らないことを色々とためされた上結局何のことやらわからずに放免されて、谷城から疲れ切つた體を南京蟲の巣窟の中から救ひ出されて、優しくかう呼ばれた時、この時ほど友をもつ嬉しさをしみじみと感じたことはなかつた。何もかもなしに泣き出したい様な氣になつた。

「僕はあゝまでされると思つてゐなかつたんだ。警察から引つぱられる時も、出る所へ出て説明すればすぐ放免だと思つて警察に行つたんだけれど、行つた所がなにがさて、まるで犯人あつかひぢやないか」

「そりや左様さ。血に染んだ手巾をもつて血のりの痕つてゐるダッガーがあつて、現場で怪しい擧動をやつてゐれば、誰だつて引つぱつて行くぜ」

「それでもアリバイを申し立てゝ調査して呉れと言つてもききやしないんだ」

「氣の毒だつたなあ。これを見て見ろ。新聞に大々的に出てゐるぜ。」

谷城の見せた所を見ると私は呆れてものが言へなかつた。私の知らぬ間に寫眞迄撮つてある。

犯人遂に上る

スペードのA事件

現場をうろ〳〵してゐる所を御用

昨夕の本紙上に報導した堀上宗令嬢怪死事件は、犯行の巧妙と手掛の皆無をもつて近來の難事件として或は迷宮物かとも噂されてゐたが、實に案外な所で簡單な結末をつけてしまつた。犯行の當夜、上田守巡査は堀上家附近を警戒中擧動不審の男を發見、直ちに拘引した。件の男は市内某雜誌社の記者平石十一と稱してゐるが、すこぶる大膽な男であつて惡びれる所なく連行された。仄聞する所によれば平石は血染の手巾及短刀を持つてゐる相である。云々

「これぢや、まるで俺を犯人ときめてたんだな。だがどうして放免したのだらうか。アリバイを申し立てゝもきかなかつたのに……」

今度はスペードの8だ

「平石。それぢやお前何もきいてないんだな。下らん見榮を氣にしやがる。まあいい。疲れたらうからカルモチンでものめ。目が覺めたら話してやるから……」

私が目を覺したのはかれこれ七時だつた。熟睡したためにニ日間の疲れも拔けてゐた。谷城は私の枕許に寢ころんでロイダの煙りをもう〳〵と立ててゐた。

「大部寢たな。疲れもぬけたらう。」

と私に煙草を勸めながら

「あの晩はどうしたんだ。僕が十一時過ぎにＮ・Ｐから歸つて來るとお前が歸つとらんぢやないか。何處に問合はして

見ても判らないのだ。すると急になつて此所の娘が泣き相になつてお前が引つぱられたつて言つて来たんだ。署から電話がかかつたんだ。」

「警察も間ぬるい調査をやるんだなあ」

「おい／＼。それよりお前おごらんといかんぞ」

「そりやおごるさ。青天白日になれたんだもの」

「とぼけるない。あの電話を聞いてこゝの娘は泣いてたぞ。何とかなくちやならんぞ。それはともかくだ、あの晩の行動を一通り聴かうぜ」

私は一通り説明した。谷城は「名探偵の尻尾をつかまれたんだな」と言つて笑つてゐるのだ。

「ちやお前が釋明して呉れたのか」と訊くと、「さうぢやないんだ。俺が説明しても何になるものか。お前が出された朝だよ。二人でよく行つたカフエー・ミドリな」

谷城が改まつて話し出したのはかうだつた。

スペードの2現る

「スペードのAが出てその巧みな犯行に世人は驚きもし、恐怖もしたのであつたが、案外其の當夜有力な被疑者が捕へられ市民は安堵した。然しその被疑者の口から聴取する何物もなかつたのに、その手薄に乗じて犯人G・S・Gはスペード A事件から僅か三日の後に又も當局を愚弄するやうにスペードの2を示したのである。

市内で最も繁昌し、美人カフエー、として有名なカフエーミドリの一枚看板るり子が午前十時半彼女等の化粧部屋で死體となつて發見されたのだ。ミドリの主人は第一と第三の木曜は午後七時に閉店して女給に自由時間を與へてゐた。犯行のあつた日は丁度その翌日に當つてゐたため、女給達も前夜早く寝られて、朝は早く八時頃に朝風呂に行つてるり子一人が少し後に残つてゐた。他の女給達もるり子の遅いのを不審に思つてゐたが女給達一流の長風呂をすまして彼女等が部屋にかへるとるり子が倒れてゐたと言ふのである。驚いて起して見た時は既に冷たかつたと言ふのだ。そして之れ又見るに心臓の眞只中を鋭い刃物で一えぐりされてゐた。カードはスペードの2で矢張り赤くG・S・Gのタイプライター署名があつた。

「先づ大體こんな事件なのだがね。これが突發したためお前が南京蟲の包圍を逃れたと言ふ事になるのだ」

「しかし僕の放免のためには大きすぎる犠牲だね」

私は何だかるり子に對して感謝したい樣だつた。谷城はすぐ私の言葉をさへぎる樣に

「まだまだ新聞は大きく見てゐるぜ。或はスペードのKINGまで出るとするとどうなるかと言ふのだ。何かの目的に十三人のえり抜きの美人を殺害する意志があるのではなからうかと言ふのだ。その上當局も手古摺つてゐる樣だからまかり間違ふと十三人の生贄をG・S・Gの前に供へなければならなからうと言つてるのだ」

「もしかすると判らないな」

谷城は「判らない」と一言。

私は空恐ろしくなつて來た

「でも途方もない所から身の明りを立てられたものだ」

私がつぶやくと「ふざけちやいけない。當局はまだ君に關係があると認めてるよ。現に警察からは尾行がついて來てゐるのだ、或は僕を犯人にしてゐるかも知れない」

谷城は不快らしく言放つた。

「ともかくも連中の裏をかいでやらうぢやないか」

血の氣の多い私等の事だ。直に衆議一決してミドリに探險に行くことにした。

ダツガー第二號

ミドリでの見聞を書いてゐると長いものになつてしまふから大約を抜いて見ると

ミドリの主人は警察の手ぬかりから店の看板を奪はれたの

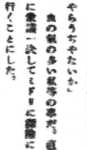

で彼等に反感をもつてゐて即時に申告しなかつた相であるから私等は警察よりも一歩先に出る事が出来た。

私等が見に行くと主人は私達御定連を特遇してくれた。内密で聞くところによれば朝女給達が出たあと名は知らないが時々顔を見た事のある男がコーヒーを飲みに来た相である。たゞ疑へば疑へるのはこの男丈だ相である。

これも尖張り確證がなくつて手がつけられ相なのではないのだ。唯、この様な看板ものにはよく巣下長連から妙な手紙が来るものなのだが、るり子の持物からは一片も發見されなかつた。猶も女給等の證言によれば随分来る相で、又それを破つたのをあまり見た事がないと言ふのである。それで刑事は常連の上に目が光つてゐるのだ相である。私達は親父にうまくとり込んで女給の部屋に入つて見た。谷城は何でもない様に手紙を考てゐたが、親父はマゾヒストの仕業だと言つて居た。それで親父は手紙の入つてゐた筈の引出しを開けて見せたが谷城は見向きもしないで、警察は胸を刺したのが致命傷だと言つたと言ふことをしきりに考へてゐるらしかつた。

「時時あまりうますぎる」事と言つてゐたのを聞いた。東洋女給の一人を把えてるり子の所に前日手紙が来たかどうかを訊ねた。そしてそれがあつたことをたしかめて……多分半識であつたらうと思ふのだが……るり子の死體を見ると皆な悶した。この様な場合死體は警察に引取るのが本當であらうのに随分ざつくばらんな仕方だと思つた。

谷城はあたりに人のないかの様に振舞ふのだ。胸を見る。口腔を見る。腹部を開いて離れて凝視る。見てゐた女給等はくつくつ笑ふのだけれども彼は平気だ。彼はふうと嘆息をついて立上つた。「判らない」一言云つた。その時醫學研究所の牧田がやつて来た。私は牧田に挨拶したが谷城は知らなかつた。

押黙つたまゝ興味的な眼で死體を見てゐた。やがて「るりちやんには氣の毒だが」と言つて前を××××、×××××××××。私はあきれてしまつた。狂れてしまつたのではないかとさへ思つた。突然「中毒たんですか」と牧田が言つた。これで我にかへつたらしい谷城が牧田を認めて挨拶をした

「はつきり言へませんね。」警察では刺傷が致命傷だと決定してゐるのですから」それつ切り谷城は何も言はなかつた。

ミドリを出る時牧田が私に呟いた「面白い事件らしいですね」私は何も言へなかつた。でも私が闇の中心近くに立つてゐるのは判つて來た。

「犯人の目星はついてるのかね」

私が訊くと谷城は頭をふりながら言つた。

「いやとても。でも警察は大きな手ぬかりをしてゐる丈はたしかだらう。君には判らないかね。犯人の大きな遺留品があるよ。無論あの樣な計畫でやるなれば免れないのだが、まあ考へたまへ。直に判るさ。又僕もその位しか判つてゐない」

谷城は話さなかつた。　が…………

ひよつと思ひ出した樣に「平行。今度の兇器も同じダツガーだぜ」と言ふ。私は驚き乍ら「どこで見つかたんだ」と訊ねると「何不思議はない。この樣に一見奇跡的に思はれる犯行の犯人はローマンチツクな頭を持つてるよ。君がダツガーを發見したものだから、聞くものに一層の恐怖をもたせる樣に又同じダツガーを用すよ。スペードのＱだつて同じ趣好ぢやないか。」そう言はれるとそうだつたが「でも同じものをそんなに澤山もつてゐるかしら」すると谷城は笑ひ乍ら「そんなことは關はないよ、どのみち奴さん無理算段をするよ、又そんなところから尾を出すものだ。所でダツガーの在る所を教へやうか。はゝゝ驚くにや當らない。今度は判りいゝ所においてあるよ。」私は驚いた。或は谷城の犯行ぢやないかしらとも思はれないでもないからだ。でも彼は平氣で

「驚くにや當らないよ。ダツガー第二號はカフエー、ミドリの二階の疊の下に入つてゐるさ。はゝゝゝ、歩き廻つてゐた時足の底が觸へて見れたよ。だがこんなことで驚いてゐちや駄目だよ。まだまだ、奴さん調子に乘つてやり出すからな。」

（未完）

奇々怪々、G・S・Dの犯行、愈々は愈劇を生んで行く、谷城は果して何を見出したか、次號に至り事件は實に意想外の方向に展開して急轉直下解決する。讀者よ。思ふまゝの想像を働かせて如何なる結末を來すか推論して頂きたい。

（記者識す）

探偵小說

杭に立つたメス

第二回

金三圭

眞犯人

丁度谷城が何處ともなく出掛けて行つたあとの日曜の朝だつた。私は日曜は隨分朝寢する方で谷城が遊びに出て行つた後で起きて、洗顏を濟ましてから部屋で昨夜讀み殘した小說を讀んでゐると聞きなれた足音がして障子が輕く開いた。

「お入り」私は氣樂に聲をかけると淸ちやんがまたおぼこらしくお下げ髮の先きを弄《いぢ》り乍ら入つて來た。……淸ちやんと言ふのは下宿の娘なのである……

「あの、平石さん。ごはん持つて上りませうか？」

「えゝ、さう願ひませう」

……で淸ちやんに給仕してもらひ乍ら話しをしてゐる內に、話は何時か此市の紳士に怖はがられてゐるG・K・G の方に落ちて行つた。

「つかまるんでせうか。スペードのＫＩＮＧ [illegible]出るとしたらこはいはねえ」

「さうだね。淸ちやんの樣な奇麗な人は危險だよ。」淸ちやん

を好きな男があつたら注意せんといけませんぜ。G・g・Gは自分の戀人をどしどし殺すらしいつて言ふから」

「まあ……でもそんな心配はないわ」

「ほゝう、僕が彼G・g・Gの本體だつたらどうしますね。清ちやんなどは危いですね。とにかくあまり亂暴だからね」

「いやよ。そんなこと。……でも平石さんの歸らなかつた晩など本當にG・g・Gぢやないかと心配だつたわ」

「ほら〳〵。それだから……」

「いやよ。……もうやめませう」

と言ふ樣な話しの所へひよつこり牧田が入つて來た。

「よう。やつてるな。失敬」

入るなりこれだ。清ちやんが歸らうとするので
「清ちやん居てもいゝんだよ。牧田はG・g・Gのことで來たんだから……さうだらう牧田。」

「うん」

清ちやんは默つてそこへ座つてしまつた。

「谷城君は大分當つて見てゐるらしいね。何か目星はついてゐる樣かね」

「はつきりは言はないが見當はついてゐるらしいね」

「まあ。谷城さんは判つてらつしやるの……」

突然清ちやんが割り込んで來た。

「いや。名は判らないんだらうがね……ところで正子さんの容態はどんなだい」

私が聞くと彼少し暗い面持をして
「うん。何しろ進行形なんだからね……谷城君の話しを聞きたくつてね。何だか興味が引かれるから手をぬいて來たんだが……」

「さうかい。郵便局に行つて歸りにまはる所があると言ふがもう歸つて來るのぢやないかな。あ……歸つたらしい」

「只今ッ……」でもう僕の部屋に飛込んで來た。

「南見が來たか。……よう牧田君か。清ちやんもお揃いでだな……」

彼女は赤くなつて向ふを向いてしまつた。

「南見は來なかつたよ」

「えつ、來ない？……畜生つ。俺の顏を見ると行つちまいやがつた。あの人殺しめ清ちやんを狙つてやがるな」

「えつ？」清ちやんは蒼白になつて私によりそつた。

「やあ失敬〳〵。清ちやんの存在を忘れてた。平石がついて

るから心配がないけど……」

この時清ちやんは又赤くなつてしまつた。……がその次に言つた我の言葉に目をまはしたお倒れてしまつた。

「**スペードの3位**。平石が顕微ばしてしまふさ。やつ」

谷城は飛上つた。私は驚いてだき起したがすぐ正気にかへつた。

「何かすなよ。偏見がG・g・Gかい。確證があるのか」

私はなじつた。

「いや」谷城は打けしながら言つた。

スペードの3

谷城の話はかうだ。

「G・g・Gをうかつに決定するのは人権上大問題であるから不充分な推論では出来ない。G・g・G＝偏見と言つた所で本当にするものはあるまい。又確證はない。けれど読者諸君は谷城が平石に向つて言つた言葉を未だ記憶してゐられる事であらう。始め「**全然手がかりがない。そのなにもない所が大きな證據**」と言ひミドリからの帰りに「**事案の大きな手ぬかり**」と言つた。これである。

銀子の刺された時、るり子の刺された時。当局は不思議にも特別に附さなかつた。不思議千萬ではないか。これは当局の大なる手ぬかりである。第一回の銀子を解剖してゐたならば第二回のるり子の事件を豫防しないでも済んだに違ひないのだ。銀子の屍體は見る事が出来なかつた。けれどもるり子と同様の死様をしたことは犯人の同一の點から見ても間違ひはない。牧田は感づいた様であつたがるり子の死は明かに中毒死である。殺人のあとで心臓を刺したものだ。相手が生きてゐる人間だ。そう容易に心臓をやられる筈はない。これ丈は絶対に推論にくるひはない。と言ふのが心臓を刺した時に内出血が外出血よりも多い場合は考へられないでもない。けれどもそれにしては外出血が少なすぎる様に思はれる。そしてお頸部にかき傷が残つてゐる。これはどう当局が解釋を與へたのかはしらないが、あれ丈正確にやられたならば苦しむもなにも即死する筈である。それにお頸部の爪あとは何をかたるか。これは恐らく左手は自由を奪はれてゐた結果だと思ふ。死ぬ間際の力だから右手の力は男の力より勝つてゐると解して差支ない。俺は聲を立てなかつたと言ふから和辰××

××××、×××××××××××××××××××。××××××××××××××××
×××××××。ところが肛門がたゞれた様になつてゐるんだから或は中毒死だつたかなと言ふ疑問が起つた。その時牧田が口をはさんだのであり得ると容態に決めたのである。その時見てゐた連中は笑つてゐたのだが自分が肛門を覗いた時に×××××××××××××のであるが、我は事實眞劍だつたのである。つまり第二の手ぬかりが判然肛門にまで潰瘍らしい現象があるのに刺殺と決定したことにあるのだ。これ等を根據にすると先づ最も正しい推論が出來得る筈である。青酸加里で殺したものに擬れたいと思はれる。それを第二の手段やカードの存在等を以て當

まあ　でしそんな心配はないわ」と詩ちやん

局の節標をそちらに集めさせて多少の斑紋が表れて居ても注意を失はせ、捜索方法を誤まらせやうと計畫したものに違ひない。それでそのものの體質に應じて最低量の青酸加里を注射した(？)あたりは素人ではない。つまり彼女等の智嚢を細工した醫者でなければならないのだ。被害者が素人はかりの點から推しても勿論關係の存在は明かであらう。我に南見は鎧下とは既に親しくて常に鎧下は南見の診察を受けてゐたし、るり子も南見が時時見てやつてゐた事から推して考へるのだ。彼ならば容易に青酸加里は手に入るし、南見の研究論文……審査論文。……が注射療法に關した學說だつたことも聞いてゐる。

私達三人は谷城の話しに引きこまれてゐた。

「南見はこうなつたれば盲目的に自分の戀した女を殺してしまふに違ひない」谷城はかう結論した。

清ちやんの手は細かにふるへてゐた。眼は恐怖におののいてゐる様だつた。そして私の右手は潰れる程握りしめられてゐた。

戀人の容態の心配だつた牧田はそゝくさと歸つて行つた。

「南見だとは怖いたね。まるで目と鼻の先ぢやないか」

「いや。まだ判らんのだ、南見ぢやないかも知れん。あて推量にすぎないのだ。牧田だつてやらうと思へば出來るわけだらう。彼だつて藤上家とは親しいのだからなあ。だがこんな狹い町だからまだどんな悪い奴が居るか判るものか」

この話の最中牧田が又歸つて來た。

「忘れものか」谷城が云つた。

「いや」牧田は心配相に清ちやんを見た「僕が出やうとすると南が向ふの角に立つてゐるんだ。直ぐ何處かへ行つてしまつたがもしかすると………」

「スペードの3が清ちやんの心臓の上に發見されるつて心配かい。ふむ」谷城が考へた。

「平石さん。あたしどうしよう………」清ちやんはおろおろ聲で言つて居たがあとは激しくすゝり上げて聞えなかつた。

「清ちやん。冗談だよ〳〵。心配せんでいい〳〵。」谷城があやまつたのだが泣き止まなかつた。

「平石さん。こんな手紙もらつたの今朝………」清ちやんは泣き乍ら私に手紙を見せた。

二人で見ると文面は何の變もないあり來りのラブレターに過ぎないのだけれど、二人の頭に同様にG・g・Gがひらめいた。タイプライターで打つてあつたのだ。

「矢張りさうだ。愈々お出でたな。おい平石、少し靜かなくちやならないぞ」

私は無論異議のあらう筈はなかつた。何かからドイル物に出て來るワトソン博士の様な役目に當つた様な氣がした。

「まづ、君は清ちやんのお守りだ。G・g・Gの手から守りぬいたら君の仕事は完了だよ」

「ふん」私は呆れてしまつた。もつと張り合ひのある選手な役目に當ることを豫期してゐたのに留守師團長だ。

それの打合せをしてゐた時。

「谷城さん。お電話！」お神さんの聲だ。

「牧田だつ。やつたなつ」谷城は飛んで行つた。私は清ちやんをいたはり乍ら下へ行つた。

「谷城だよ……牧田か……

…スペードの3か……ふん

……南見は研究室に……ふん……よく行く……何處からかけてる?……詰所!ばかな、早く歸れつ」

谷城は大した權幕だつた。「おい。研究所の裏山で看護婦がやられてるとよ」「看護婦?南見だつたら中本をやつたな」

「判つたか。南見がラブした奴さ。何かまだ事件が起り相だぞ。險惡だ、僕は仕込杖をもつて行かう。君はお守りだぞ。出て行つたりしちや駄目だよ。牧田は大きなミスをし出かした様だ。詰所からかけてるんだからな。3Gの奴目についた奴を皆んなやるつもりだぞ。」谷城は少し上つてゐる様だ。

「行つて来るぞッ」彼は行つてしまつた。

私は現場に行きたくつてたまらなかつたが我慢して見張つてゐた。

大[illegible]しやられたスペードの4だ

スペードの4

「平石か。谷城だ。時間がないから黙つて聞けよ。研究所からだ。牧田は病院に行つてゐる。大沼正子もやられたスペードの4だ。中本がやられて牧田や村瀬等が出てゐる内にやられたんだ。研究所は大騒ぎだ。上淵刑事も来てゐる。牧田が變になつてる。南見か。南見は居るよ。アリバイの製造法の研究だらう。僕はも少ししたら歸るよ。そちらは心配ないと思ふよ。失敬。」

何と言ふ高慢的な男だらう。嵐の様に動いてゐる彼の姿が目に見える様だ。

晩餐は食堂……と言ふのも大袈裟だが……で皆一しよにやる事になつてゐた。今日の席では谷城は完[illegible]の[illegible]がある。皆がおだてると谷城はよく語つた。

「新聞等は當推量なものですよ。半分位は嘘ですね。名前はまだ言ひかねますね。**スペードの3**は中本と言ふ[illegible]でした。美人ですよ。例の通りの犯行ですね。町中は大さはぎでせう。娘さんなんか心配でせう。カフエー等は女給が休んで出てゐませんよ。まだまだやるでせう。調子にのるからたまりませんね。變態性の犯罪狂なんでせう。カードには赤のカーボンで打つたらしくG・g・G とありましたよ、屍體の表面には反應は全然出てないのですが、牧田君の執刀で解剖しましたが私の豫想通り青酸加里中毒死相です。立會の警察官に今までの二つも共に毒殺だつたのだと云つてやつたら上浦氏等は吃驚してゐましたよ、あれ丈は當局の鼻をあかしてやつたので痛快でしたよ。これをやつてゐる時でした。大沼の付添が飛んで來て「お嬢さんが大變だ」と言つて來たのですね。牧田はメスを執つた手もろくすつぽ洗はないで飛んで行きましたね。私がも一寸早く行つたら大沼氏を犠牲にしないでもよかつたんですね。私も先に電話をかけたら事によると少しでも間に合つたのではないかと思ひますがね。でも二十分とは經たなかつたんですからね。が大沼の死様は思ひ出す丈でぞつとしますね。犯人は充分始末する暇がなかつたんですね。これ丈はダッガーを使つては居ませんでしたよ。それで青酸加里液を無暗矢鱈に分量もなしにぶきこんだのですね。何かもう口からも肛門からも血を澤山吐いて死んでゐましたがね、隨分殘忍極まる奴ですよ。私がもしあの時牧田だつたら犯人を捉まえて一寸刻み五分刻みでブツ〳〵切る所なんですが。實際あの時。私の良心と法と言ふもの丶存在が心にくゝてならなかつた。」

谷城はから笑つて餘程無念だつたのだらうハラ〳〵と涙をこぼした。そして下くちびるをかんで泣いた。私も眼頭が熱くなるのを感じた。女の人達はしきりにハンカチを使つてゐた。こゝで私は口をはさんだ。

「おやダッガーはもう無いんだね。」

「そんなにある筈がないさ」谷城の聲は怒りにふるへて耐

た。

「だが可愛さうなのは牧田さ。犯人をやられてさ。それも入院以来三ヶ月だ。食事に下宿に帰つた丈けだと言ふぢやないか。可哀さうに……だが平石。こんなに事件が重なるのもお前がダツガーを発見した為とも言へるぞ。と言ふのがだね。僕は梃子丈で打止める気はあつたんだ。それをお前の発見が猟の嗜虐的性格を刺戟したのだ。さう言へるだらう。第一の兇器はあんな見出しにくい所にあるぢやないか。だがあんな奴には良心などは持合せないのだね。大沼の死体には青酸加里を注射した注射針でカードをブスツと死体に刺してあつたぜ」

「うーむ。ひどい事をしやがる」

「何とか捕える方法はないんですかな」

「長い事はありますまい。大分範囲はせまくなつてゐますよ とにかく非常線ははられましたからね。でも少し遅くはなかたかな。」

「それが変なんだ。僕は確かに入る時督の研究室に居るのを見たのだが、気がつくと居ないんだ誰も見掛けないて言ふんだね」

谷城は大部つかれて居たらしい。語るのも億劫らしかつたので一同は思ひ思ひに立つた。その時私は彼に訊いた。

「容疑はどうしてゐたかね」

「それが変なんだ。僕は確かに入る時彼の研究室に居るのを見たのだが、気がつくと居ないんだ。誰も見掛けないて言ふんだね」

杭に立つたメス

私はその夜遊撃の役を谷城にまかせて夜の街路に出て見た。何しろ晩秋と云つても身に近い此の頃夜は馬鹿に冷えてゐた。不気味な月の光が人間の眼に鋭くて物凄い夜だつた。

私は自分から言ふのも妙だけれど二流どころの詩人に伍して行ける男である。剣戟に近い惨寄

的な詩が私の全面であつた。強い刺戟を求める心がこの様なのを生ませるのだと谷城が評してゐた。私はとにかくこの様な不氣味な夜の氣分が好きなのだ。

私の立つてゐる所から正面に當る所に羽島が二つ三つの灯影をのせて浮んでゐる。私の前に何の爲めに立てゝあるのか四五本の棒杭が亂雜に打ち並べてある。その下を打つ波の白い波頭をたどつてはるか左の向ふに醫學の研究所の灯が見える。そして私の聞くものは月蝕の呼びと波の音だけである。實に不氣味な夜の風景ではある。

私は時計を出して見た。九時十三分。

突然。月の惡戯か　殺人魂か　月の光をぬひ私の頰をかすめたものがある。時計の硝子蓋がキラリと！　人の足音！メス！　メスだつ！　メスを投げて私の生を奪はうとしたものがある。メスは嘲笑ふ様に目前の杭に立つてぶるぶると身をふるはせた。私は思はず聲をあげたらしい。私は突嗟に後の崖をかけ上つて件の人影を追はうとしたが、私は愕然として足を止めた。

G・g・G　南見

これがもし事實だとすると南見の自殺してゐる家はほんの先きにあるのだ。私は正直なところ恐怖ろしくなつてメスを眺めに崖を下りた。

メスは杭に三分ばかりグツと刺つてゐる。この勢ひでやられた日には文句なしにお陀佛だ。私は身ぶるひを感じた。

「南の野郎。覺えてゐやがれ」とつぶやき乍らメスを引ぬいて柄を調べてゐた。

その時私は呆れて物が言へなかつた。丁度あとずさりを繰つて張にかゝる蝶の様に、頭の中がポンと空ろになつた様に思はれた。何と言ふことだ。柄には明らかに「牧田　仲」と彫つてあるぢやないか。私は有合はせの手拭で巻きながらかけ出した。

「谷城つ」私は下駄をはね飛ばして玄關に飛び上つた。

「どうしたい。兇漢だぞう。」呑氣な聲が奧の間でした。

「どうしたも。かうしたも。命をとられる所だつたぞ」

宿の親父も涌ちやんも飛んで來た。

「實はかうだ」私は一部始終を話した。

「フーン。南見ぢやなかつたのかな。」猟奇的作家の彼のあつた谷城のこの言葉には私は何となく同情がよせたかつた。

「だが變ぢやないか南見が牧田のメスを盗むことが出來ても牧田はスペードの4には丁度解剖をやつてる間だから嫌疑をかけても仕方がないのだが、ウム還り口が違ふんだな…電話をかけて見やう。」…………と立つた。

「牧田は研究室から出て来ないと言ふことだ。何しろつめ切つて居る筈だものなあ。また南見が盗つたものだと見るのは至當ぢやないかしら」

此の處谷城は若干自信が薄い様に見られる。

眞犯人拘引

「谷城さんはお出でですか」玄關で聲がした。

「おう」谷城は出て行つた。

「警察の上浦刑事だよ。何か面白い事がある相だ」

谷城は上浦刑事を紹介した。

「今日は種々御世話になりました。」刑事も時節柄仲々御世辭がいゝ。

「いやところが **スペードの**うが出來かけたのですよ。平石がね海岸をあるいてると後から何か兇器を投げつけた奴がある相だよ。幸に海に當つたんて

メスーメスだつーメスを投げて私の生命を奪はうとしたのがある。

苦情の出る所がないですがあぶなくお陀佛だつたんですがね。はは、、、、。」

谷城はメスを拾つたとは云はなかつた。牧田をかばふつもりらしい。上浦刑事の眼がキラリと光つた。

「實は **スペードの5** が又今夜出たのです」

一同度膽をぬかれてしまつた。

「何處の娘さんです？」谷城は眼の色をかへる。

「たつた今しがた發見されたんですがね。今度は娘さんぢやないんですよ」上浦氏はニヤリと笑ふ。

「女でない？」

「え〻 研究所の……」

「えつ！牧田ぢやないですか」

「いや。あの人ぢやないのです

南見と言ふ人です。がね」

「ゲーツ」谷城は飛び上つた。「畜生。下らんことをしやがる。今迄の殺人の犯人が消えちやつたぢやないか。畜生。南里の奴大きな傷をしやがつた。」谷城は歯がみして口惜しがつた。

「エ　犯人が消えた？」上浦氏は不審した。

「エ、かうなつちや白状しますがね。スペードのAから4までをやつたのは確かに南里なんですがね」谷城は憎々しげに云ひ放つた。

「冗談言つちや困りますよ。素人の方は物好きに色々の事をして當局の邪魔をしてこまりますね。無能々々と呼ばれて馬鹿にされてる私達でも一つ一つを着實に積み上げてやつてゐるんですからね」

「何を仰言るんです。當局としてその様なことが言へるのですか、少くとも今回は警察の態度によつてこれ丈多數の人命を損ねたんぢやないんですか。私の様なものが考へた丈でもあれは刺殺によるものでない位は直ぐに判つたことぢやないですか。少くとも第二の事件迄で止め得た事ぢやないか知らん。第一回でも大體見當はつけ得たんだ。それに今になつて玄人風を吹かして云々するとは潜上だ。當局は市民に不明を謝せなければならない。」

南里は犯人と見極めをつけたのを否定されて谷城は憤滿にたえ得られなかつたらしい。遂に激越な口調で語り出した。

それをまずいと思つたらしく上浦氏は

「それぢや第四回迄は南里の犯行としてもよろしい。私達が不明であつたと云はれるなれば止むを得ません。だがともかくも第四回の殺人犯人として私は平石十一君を拘引します」

上浦氏はいとも斷呼として私の手首をつかんだ。

部屋の隅から嗚咽の聲が聞えて來る。私は言つた

「よからう。現場不在の證明は容易だ。けれどもそんな瑣實的なことはお聞きなしの當局だから止むを得ません。出る所へ出ませう。その代り貴方の鑑識の狂つた場合は相當御決心はおありでせうね」

私は平然として立つた。

「冗談ぢやない。」私は君の犯行の現場を見たのだよ」

上浦刑事も少し狼狽したらしかつた。私は面白いとばかり

「私もそれを見て居たかつたですね」

と言つてやつた。

（つゞく）

奇怪なる犯人は次から次へと犯行を續けます。果して南里は犯人でせうか、平石が犯人でせうか。谷城と上浦刑事とは如何なる論理を述べるだらう。この點次號には興味がある筈です。

前回の終りに次號完と書いたのは編輯子の誤記でした。つゝしんでおわび申上げます。

杭に立つたメス

探偵小説

第三回

金三圭

スペード5・犯人

「犯行の現場を見たと言はれるのですね。證據はありますかね。私の方には證據があつて手おちやないと言ふんですが……」容疑の目はギラギラ輝いてゐる。上浦氏は落付いて云ふ。

「丁度私が南見さんの家の表を歩いてゐました。私はその時何だか不安な豫感とも言ふ様なものにおそはれました。何となく私をつけねらつてゐるものがある様な氣になつたのです。これは私等特有の職業意識かも知れませんが、「犯罪があるな」とかうぴんと來るのです。私は立止つてちつと心を落付けました。その時家の中から「ちや貴様がやつたんちやないつてんだな。嘘を言へ。」と底太い聲がしました。私ははつとして耳をすまして佇みました。少時は默つてゐた様でしたが「危い。何をするんだつ」と言ふ聲がするのです。と「ギヤツ」と悲鳴です。私は吃驚して飛込まうとしたんです。でも犯人も御承知の通り却々用意周到な曲者です。玄關の戸はぴりつとも動かないんです。私が漸く戸を外して飛び込むともう玄關はとても猛烈な刺戟臭がするんです。私は背嚢を用ひ

ると言ふ犯人の手口を聞いていましたから中に入るのを斷念して玄關をぴつちり閉ざして裏へ廻つて見ました。私はあの裏へ拔けるのに不案内だつたものですから惜しくも現場で犯人を捕へる事が出來ませんでした。が二十間たらず前方に犯人の逃げ去る影……これは時間の關係から先づ絕對狂ひはないと信じます……を認めましたので直ちに追つて見ました。そしてその男がこの家に入るのを見屆その男が平石十一であるのも確認しました。それで一應現場に歸つて見ました。」

　私は上浦氏が反動的に咒否つたのだとは思つたけれど「何をその樣なこと」と思ふ譯には行かなかつた。何しろ今度は上浦氏が現場に居り、たとへ一足先きにのがれ去つた男が犯人であつたにしろ、その直ぐ次ぎに私が牧田のメスに驚いて走つて居たのを見行されたのであるから、メスの存在するにせよしないにせよ、私がこの殺人事件に對してアリバイを出すことが出來ない。何とか成るだらうと思つて先刻言つたアリバイ云々の言葉は對手には何等心證をくつがへすことにはならないのである。たゞ金城が確たる反證を有してゐるらしいと言ふ丈けのことである。しかもその金城は牧田のメスが如何なる理由のもとにあの役に立つたかは證明し得ないのである私は當惑した。それを認めた上浦刑事は我意を得たりと思つたのであらう。

「平石君。如何です。アリバイが立ちますかね。しかし君も怨恨以外に人を殺めねばとしないのは感心だ。南見君の家はまあつらへ向きに立て合せがよくて仕にすきがない。南見君を殺しておいてあの樣にぴつたり裏表てをしめておけばそに入らうとする人がどの樣な結果に陷るかを見越し得る君なんだからねえ。」と言つてするさうに笑ふのである。

　實にこの時であつた、私の頭の中に電光の樣に輝いたものがあつた。

「〆めたつ。まだ間がある。上浦さん。あなたはするとその家に這入らなかつたのですね」

「は、、、。又逃げ道が考へついたのかね」

　上浦氏は非常な御機嫌で大きくうなづいた。

「え、見つけましたとも。あなたが家に這入つて調べたのでなかつたなれば私を捕へることは尙早だ。何しろあいまいに認めた私の影と稱するものだけで物的證據はないのだ。私が今物的證據によつて眞犯人を引き出して見せやう。早く早くつ。」

幽霊をつかんだと言ふ谷城も上浦氏も呆然としてゐるのを谷城から件のメスをひつたくると上浦氏を引つ張つて靴をつつかけるや否や又闇の中へ飛び出したのである。

「どうしたんだ。〳〵。」

「待て。〳〵。」

谷城と刑事の止めるのを引きずつて

「早くしなけりや犯人は死んでしまふ」

と研究所の方へ急いだのである。

――南見は谷城の言ふ通り**スペードの1**から**4**までの犯人なのだ。**スペードの5**の被害者は上浦氏自身も見ないのだから判らないけれども恐らく南見に違ひないだらう。そして犯人は彼自身手を下ろして殺したのぢやない。殺す意志はあつた。それだからメスを持つてゐたのだ。そして犯人と南見とは口論の末南見は自分の失策から自滅の道を取つたのだ。それは谷城がさつき海に落ちたと称したこのメスに血糊の痕跡のないのが證明するだらう。とにかく南見の死體には内傷はあつても致命的な外傷はないと思ふ。そして又彼は僕に背後からメスを投げたと言ふのは殺意があつての事ではないのだ。上浦氏が直ちに襲ひ掛つたのだとすると犯人は上浦氏の襲撃よりは逸早く投げ捨てゐたのだ。そして彼はメスを思ひ切り遠く海の中に投げやうとしたのだけれど手許が狂つて大部下に向いたのだ。それであれ丈深く彼にさゝつてゐたのだと言へる。要するに犯人は始め充分の決心をもつて行動して居ながら南見が偶然自殺的滅亡をやつたので、その罪を自分が着るのに躊躇したのだ。――

と自分の直覚を説明する内にもう目的地に来てゐた。

「あゝこゝだ。こゝに犯人は居る筈だ。僕の推理では彼自身**スペードの6**を胸にいだいて自殺しはしないかと思ふのだが――」

私は出て来た巡視に牧田の室へ案内を求めた。すると

「あなた方は谷城さんと平石さんぢやありませんか」

と言ふのだ。

「うーむ　萬事窮す！」谷城は唸つた。上浦氏はむつゝりしてまだ僕のオーバから手を離さない。

巡視の案内で私達は牧田の部屋に案内された。前から牧田が研究室にしてゐた所だ。大沼正子の入院以来彼はこゝに泊

ってゐた。六疊たらずの部屋だ。部屋の中央に寢臺がある。その枕元に所長の村上博士が嚴肅な面持ちで立つてゐた。私達はこの中に入つた時にその部屋の空氣にたゞならぬ凄みを感じたのも無理はなかつた。

「牧田君の豫想は適中しました。『私の息を引取る迄にはあなた方が必らず見へる』と云つてました。私が處置をしてやらうとすると『決心の上だ』と言つてきかないのです。でも臨終に間にあつて結構でしたか。牧田君は君達が來たこの日記を渡してくれる樣にと言つて居ました。よ

重い靜かな聲で博士は話し乍ら私に日誌を渡してくれた。

私は彼の貌をのぞきこんだ。安らかな臨終である。

「何で死んだのですかね」

この時不作法な上浦刑事が口を出した。博士は一言「判りません」と言つたきりだつた。私と谷城と博士と附添の看護婦は彼の冥福を祈るべく瞑目した。

村上博士は沈んだ面持で話つた。

「牧田君は惜しい人でした。南見君も俊才でした。けれど南見は自己の變體的行動から滅しようつたのです。實際南見の毒物學は賞讚に價ひするものでした。彼があの樣な行動をしなかつたならば私は彼を學界に推薦したかつたのです。私等は彼の頭腦にはとても敵はなかつたと思ひます。之に反して牧田君は實に温厚な人でした。敵は作らず同情深く、大[illegible]の入院した時など實際夜の目も寐なかつた樣です。牧田君の話しによると南見は牧田君の戀人を殺すと直ちに家に歸れて青酸を準備して恐らく後を追つて來るであらう牧田君を毒しやうとしたのだ相です。牧田君は行くには行つたんですが運よく青酸の御馳走を逃がれたのですね。そして歸つて南見が自滅したのださうですね。それからあとは皆さんが御存じでせう」

博士は惡むべきは南見の惡業ですと言つて言を切つた。

私は私の見込み通りな結果に肩身のひろくなるのを感じてゐた。

もう夜はずいぶん更けてゐた。

「これまで聞いてゐながらあなたはまだ私の潔白を信 じないのですか」

下宿の前で別れやうとすると上浦氏は私に警察まで同行せよと言つてきかないのだ。私は思はず悲鳴を發した。

けれど上浦氏は自說をまげないのだ、

「牧田の死は失戀の結果ですよ。現に村上博士がそう言つてゐたぢやありませんか。南見の方に罪を着せたのは村上氏も共謀と見なしますよ。私の生きた二つの目が認めたのは、牧田でなく、南見でもなく、平石君だつたからね。」

私達は彼の頑迷には驚いてしまつた。

で一應宿へかへつて牧田の遺書を見ることにした。

牧田の遺書が私を犯人にしてゐたなれば止むを得ないと決めてしまつた。

私の安否を氣遣つて宿の連中は皆集まつてゐた。

清ちやんは目をなきはらしてゐた。

私は何だか姿勢が樂しくなつた。若しも牧田の日誌に私のえん罪をはらすに足るものがなかつたなれば、私は火箸を上浦氏の眼玉に突き通して私も自殺しやうと決心して日記を取り上げた。

日記の最後には「三〇七頁より遺書」と書いてある。

「遂に來る所まで來てしまつた。

谷城、平石の兩君に私は滿腔の謝意をさゝげる。

私のこの無謀な死を止めないで頂きたい。

私は人道の敵として南見を恨む。スペードの 1から4まで、如何に考へても彼の非道は恨んでも飽はあきたらぬ。

1から4までは私は局外者であつた。高等警察官のなすべき範囲だとして私は關係しなかつた。けれど中本を解剖中南見のなした行爲は私としては如何とも許すことが出來なかつた。私は南見のあの注射針（大沼の胸にスペードの5のさしてあつた針）には見覺えがある。あれは特殊のものでこの研究所内では南見以外には持つてゐなかつたものだ。これによつて南見は明ら かにこの事件 の犯人である と私は明言する。

（上浦氏はこの時「フーム」とうめいた）

谷城君の言ふ通りあの様に適量の青酸加里を盛つて反應の現はれない様に殺人を行ふのは、被害者の身體の狀況を知悉した醫師でなければならないのだ。前三人の場合完全に適合するのは日本廣しと雖も南見の外にあり得ない。

　私はまだ一つの確證を今日發見した。南見の不在中何か證據を集めてやらうと思つて彼のタイプライターを調べて見たのだ。ところがどうだらう。彼は赤色のカーボン紙を一枚持つてゐた。その面には明かに、G・g・G の符號が幾個所打つてあつた。これ等から南見が犯人であることを私は確かめ得た。符トランプは南見の研究室の机の右の引出しに入つてゐる。カーボンも同樣である。

　(私はこゝで威嚇的に上浦氏を見やつた。上浦氏はすつかりしをれてゐる。でも眉間に生氣のあるのはまだスペードの5について私を疑つてゐるからだ。)

　これだけの證據を集め得、且つ私の最も愛する大沼正子を殺害せられた上は、私は法律とか人道の上を離れて復讐の鬼となることを彼女の靈にちかつた。何日とは言ふまい。今夜だ。私は即日やらなければ南見が遁走の恐れがあると思ふ。準備はすでによし。男と男の決鬪だ。自分はメス一本で乘りこむ。

　(こゝでペンから鉛筆に變つてゐる。恐らくこの間で南見と云ふ一個の生命が破壞されたのだらう。文は縷々たるものだが、聞くものは咳一つするものもない。勝利の喜びにひたつて居る谷城の顔から微笑が消えない。上浦刑事はしきりと辯解をするのである。けれども私は決鬪に勝つたのだ。勝利は萬事を許すものだ)

　私はこの長い遺書の結果を早くつけなければならない。私はもう數時間の……後恐らく二時間はもつまい……に生を斷たれるのだ。それまでにこの勝利に滿ちた喜びを書き綴つて了はねばならない、そして恩師村上先生に私の枕元に來てもらはなければ!-そしてまた恐らく私の息のある内に谷城、平石等青年名探偵の訪問をも受けなければならない。

　私は遂に成功した。戀人の仇を討つてやつたのだ。氣のせ

いかふるを堪える様だ。彼女の死毒が私の生命を蝕みつゝあるのだ。

　私が谷淺の家に飛びこんだ時の眼が見せたかつた。彼は正直な悪魔だ。ふるえてゐた。私は土足のまゝで彼の前に立つた。私は言つた。「南見。お前の命をもらひに來た。」と

　南見は図々しい奴だ。「何の為に俺を殺すのだ。」と睨むのだ。

「ふざけるない。貴様。何の為にするのだ。　大沼を殺したのは………」私の聲はふるえてしどろもどろだつた。その時彼が言つた。「俺が殺すものか」私は逆上してしまつた。「ちや貴様がやつたんぢやないつてんだな。嘘を言へ。」と吐鳴つた様に覺えてゐる。私はメスを振りかざして南見を切りつけ様とした。その時彼が私の眼に投げつけ様とする瓶に入つた青い液體を見た。「危い。何をするんだつ」吐鳴りざま靴のまゝ彼の腕をけり上げだ。彼は「グワツ」と呻いた。瓶をおいた。そして腕を抑えたまゝ裏口に逃げ出さうとするのだ。私が表口をしめて入つたのを知つてゐたらしい。私は南見を引き倒しておいて青い液體の入つた瓶を蹴破るなり裏へ走り出した（表で人の氣配がしたから）私はこれまでやつて來てあくまで生きのびたかつた。この時氣がついたのだが自分で南見を倒しておいたメスは私の右の掌を深く手袋の上から切り裂つてゐた。私は念のためメスの血を丹念に拭つてから力まかせに海に投げこんだ。所が計らずも「コン」と音がするのだ。と同時に人の呼聲。私は手許を狂はしたらしい。人に見られたくなかつたので一散にこゝまで走りかへつて來たのだ。

　幸ひにも手のきず口は深かつた。そしてこゝから大沼の黴菌の死毒を移入することが出來たのだ。大沼は三期進行形にあつた結核患者である。猛烈な奴の死毒を持つてゐるのだ。もうすぐ私の命はたゝれるのだ。

　私は悪い事をしたとは思つてゐない。

　むしろよい事をしたと思つてゐる。

（私は私の推想の的中したのが嬉しかつた。皆默つて聞いてゐる。思ひかへして氣味悪いのだらう。この時私はこの頁の終り頃に小さな字のあるのを見た「三枚はぐれ」と走り書きしてある。私は何か不安な感にうたれて三枚を數へた。見よ遺書はまだ續いてゐる。）

●よく見ろ！俺はとても愉快だ！

と言ふ事になつたならば谷城、平石の二人はどの様に喜ぶことだつたらう。彼等は一躍名探偵の名をほしいまゝにすることが出来たことだらう。

けれども、残念乍ら事實は事實だ。

南見の無力漢に何が出来やう。俺は一人の女を得て満足出来る男ではなかつたのだ。けれども俺は大沼は大切にしてゐた。それはこの書を讀んで行けば判つて来る。

俺と南見とは嗜好が相通じてゐたのだらうね。同じ女を争つたものだ。南見も多情漢であつた。今迄殺された女の全部は南見の愛人であり、又俺の愛人だつたのだ。

俺と南見とは猛烈な競争をした。けれども誰しも俺と南見を比べて俺の方を色男と見るものはない。俺は常にふられてゐた。第一日だ。俺は敢て第一日と言ふ。

第一日の朝。俺は青酸加里液を滿した注射器付指輪を持つて出た。これは俺の發明に係る殺人器だ。指輪の裏側に小型に作つた注射器を付けてあるのだ。

俺は窓から鎭子の部屋に入つた。俺は自分の苦衷をのべて彼女に×××を迫つたのだ。無論のこと彼女は斷然として却けた。私は始めの計畫の通り計畫の第二を實行したのだ。私は彼女の油斷を見て彼女の腋下に青酸加里の致死量を注入したのだ。彼女が聲を立てなかつたのが不思議と言ふのか。そんな事を考へる男は馬鹿か白痴かだ。

所で案外判り悪い所にかくしたメスが平石の手で發見された。うつかりすると芋づるの様に引き上げられて縄を頂かなければならないかも知れなかつたのだ。所が不思議にも警察醫は解剖に付さなかつた。

スペードのAは悪戯のつもりだつた。G・K・Gは谷城が見當つけた通りだ。俺は萬事南見には敗れ續けだ。それでこの際彼の戀人なる奴は皆×してしまふ心算だつた。そうしたならば恐らく南見も自殺をしやしまいかと思つたからだ。それで**スペードの2**はるり子の胸に、**スペードの3**は中本看護婦の胸に、そして第四第五……の計畫を立てて行つたのだ。

萬事順調に行つた。南見は日に日に沈鬱になつて行く。僕は快哉を叫びたかつた。そして錠前に可憐な邪魔物が入つて来たのも一興だつた。私は彼の言ふ通りに中本看護婦は無謀に附した。可憐な男谷城は南見を直犯人として彼の全精力を發揮した。得る所は何々があつたか。

こゝに俺に取つて一大事が起つた。と言ふのが南見が事實を察したことだ。これで俺の身邊が危くなつたのだ。南見はまず大沼を毒殺した。これは俺には致命傷だつた。

正直な所。俺は大沼の儘で薬物の或る事驗をやつてゐたのだ。これを知つた南見は我と同一方法によつて大沼を屠つた。私に取つては一大事だつた。今までの苦勞は水の泡だ。私は南見をも屠らねば自分の立場が危くなつた譯だ。

かくて前に述べた樣な一幕が上るのだ。たゞあれは半ば嘘なのだ。事實を書き記せば、俺が家からもつて出たのは、青酸を一瓶とメス一本だつた。そして俺が彼の貌にその瓶をたゝきつけたことになるのだ。

これまで皆成功して行つたのだ。こゝで俺は墓穴を掘つてしまつた。それ故司直の手にかゝらぬ内に自滅するのだ。

失敗と言ふのは、手の傷が元なのだ。ぐれ出したあのものは切りのないものだ。棄てた筈のサイン入りのメスは平石の鼻の先に立つてしまふ。いゝ面の皮だ。平石一人ならば何とか出來たのだけれども長を牽制してゐた人物がある。一時窓を外して入つて來かけた彼の男だから危險なものだ。俺は早速にげた。けれどももう逃げ道はもうなくなつた。まあ天國にでも逃げて行かうか。

これで一通り説明をすました

では名探偵谷城、平石に幸のある樣に。

これでベルを押して巡視を呼ぶ。　呵々

牧　田　靜

名探偵　各位

これで牧田の日記は終つてゐた。

私達はポカンとして牧田の遺書をながめる丈である。

その後私と谷城はもう素人探偵は止めることにした。

又その後生れて來るべきことは君等のお察の通りだ。

（終り）

제2편
여자 스파이의 죽음

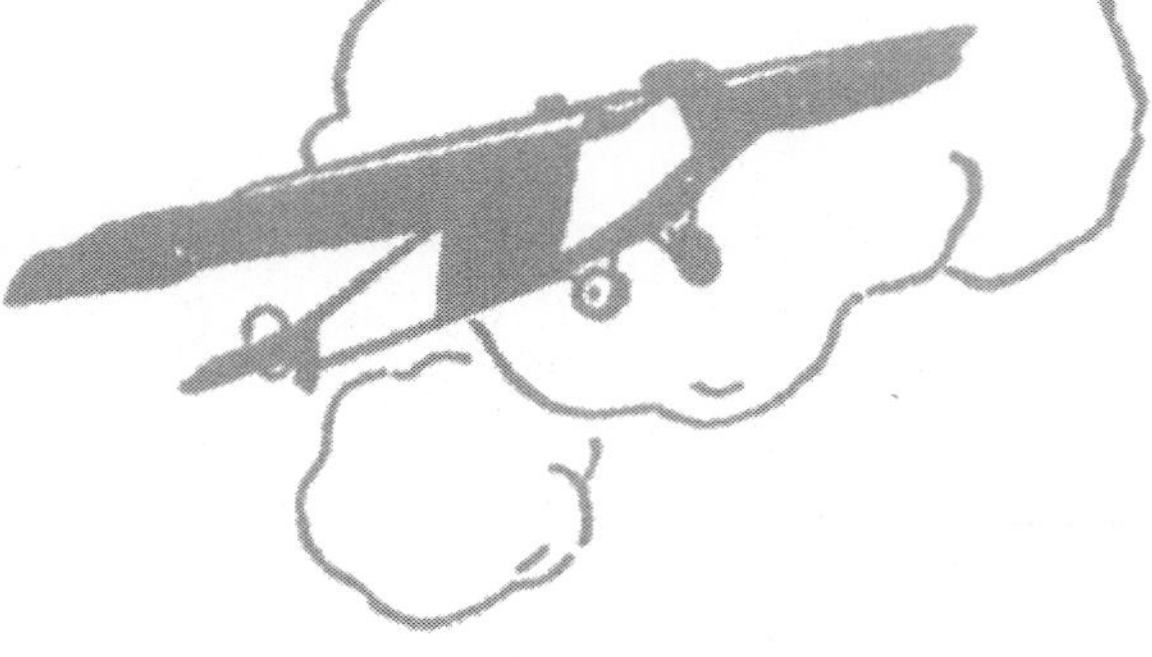

連作

探偵小説

女スパイの死 ……その一……

京城探偵趣味の會同人

山崎黎門人

發端

風は、宵の口から街に雪を殘して飄茫たる涯へ吹いて行つた風が去つたあと、靜かに降り出した雪は白々と光りながら夜に入ると素晴しい顚狂畫家の一文字の大仕事として都會のビルデングの尖塔を商家の屋根を軒をそして鋪道をキラ〱と塗りこめて行つた。

月は空で笠を被《き》た、その紗《しや》を卷いたやうなおぼろ雪夜は他愛もなく若い者の心をカフエに惹《ひ》きつけて了つたが新興詩人莊一もその一人であつた。

それが癖で莊一は耳の上まで外套の襟を立てると酒場ローヤルでひきむしつた八ツ手の葉を一枚右手で揉み苦茶にしながらコツリ〱とペーヴメントの上をのたくつた、併しさむ〲と外套の襟に立つた絹柱の肌《はだ》が頬にふれると彼はヒヤツとして思はず身を慄ひながら感覺を失つた手はついポケツトにおさまつてサク〱と雪を踏んだ、揉み苦茶にされた葉はいつの間にか彼の足許にふみにぢられて、莊一は無性《むしやう》に次のカフエに向つて進軍してゐた。

カフエ・セニヨリタ

南歐は戀の本場、西班牙《スペイン》語で「未婚のガール」と云ふ意をそのまゝにとつて名とした此のカフエーは西町一丁目の街角を曲

るとすぐ行手にそのネオンサインが認《みと》められたがセニョリタの名は外観のスマートに止《とゞ》まつて內部の構造は天井が低いばかりでなく丸太を半分に挽《ひ》いた素材を積み重ねた壁の、それはまるでロシヤの百姓家風《ふう》の建物であつた。だから明朗たる空氣はない代りに雪空を仰ぐ時のやうに悒欝な氣持になるのが此處の雰圍氣と情緒であつた。

ルパシカを着た青年が三人、片隅のテーブルで脊を丸くしてサモワールを沸してゐた、その横に薪《まき》をくべた暖爐は眞つ赤に燃えてゐた　外《ほか》に客はない、女給もゐない。たゞ獨り暖爐の側《そば》で椅子に腰をかけて書物に讀み耽つてゐた女が莊一が入つて行くと默つて立上つて片側《かたわら》のテーブルに彼を案內した。

女は黑いナイトドレスの上から灰色の外套を着た無帽斷髮の素晴しい美人であつた、併しなぜか餘り物數を言はない女で莊一が椅子に就くと又元の席に戻つて書物に讀入つた。

青年等は時々天井を仰いでは無言でお互の顏を見くらべ合つてゐた。

莊一はこゝへ入つて來た時から醉つてゐたのでそんな周圍の事情には氣がつかなかつたが暫く經《へ》て「おいコニヤック」をと言つて女を見た時女が外套を脫《ぬ》ぎながらニコツと自分に笑ひかけた姿をほんとうにいゝと思つた、その時片隅の青年等が自分を眺めて「サモワールが沸いて居ますよ」と話しかけたので彼は何の屈託もなしに青年等の側《そば》へ寄つて行くと「諸君酒を呑まふぢやないか、そして大いに唄はふぢやないか、ね、エセーニンの詩でも……」

そう言つて彼等の中へ割つて入つた、そして「此家《こゝ》をセニョリタと云ふのは何だか變だネ。諸君、だつてサモワールや黑パんやオツカを商賣してさ……セニョリタなんてまるでトツチンカツチンだよ、殊に今夜のやうな雪の晩は……ね。そこで何とか名前を變《か》えやうぢやないか、ロシヤ趣味にさ、いや諸君、諸君は見かけたところ×命には反對ぢやなさそうですな、ルンペン何とかでも……いやこれは失禮、そのう……インテリにはカフエーポブートチクはどうだエツヘツ、、」

莊一は獨りで傍若に喋《しやべ》り散らした、しかし青年等は別段憤《おこ》りもしなかつた、そこへ女が黑パんとコニヤックを運んで來て立つたまゝ一つのリウムカを彼の前に置くとなみ〳〵と洋酒を注《つ》いだ、莊一がそれをぐつとあほると女は盃を一人の青年に廻して「お飲《の》み」と言ひながら瓶を傾けた。

女將なぎさ

はよくコツを心得てゐた、その時チラと莊一の顏を見ると彼

女は又もニコツと笑つて次のルパシカにリウムカを廻した、そして
「さあ今度はガスパーヂン森野よ」と言つた森野と言はれた青年はそれを飲み干すと
「次は山野—かネ」と言つて最後の青年に盃を廻した、と女は彼に一ぱいの洋酒《さけ》を注ぎ終ると跪《しや》がんで暖爐のロストルをカタ〳〵言はせながら薪を二三本ほり込み寒そうに外套を着た、そして椅子を一つ引よせてかけると彼女は自分で
「ウミノ、ナギサ頂いてよ」と三度《たび》莊一に笑顔を見せながらコニヤツクの瓶をリウムカに傾けた、それから彼女は皿の黒パンを皆に千切つて與えると再び莊一の前から盃を廻し始めた、この怪奇な酒宴《さかもり》はやがて完全に彼女のリードするところとなつた
不思議にも他に客は誰もやつて來ないのだつた、莊一は次第に酔が重《かさ》まつて來ると何だか變に此の場の空氣に壓迫を感じて來た、そして急にはしやげなくなつて來た、それは自分でも不思議でならなかつた。一人の女と三人の青年、それが自分をとりまいてゐる。たゞそれだけが妙に自分を壓迫して來るのだ。
ルパシカ、コニヤツク、暖爐、黒パン、「何でえ、俺はロシヤ人ではねえぞ」そう言つて見たかつた、するとやがて女は最初に酒を注いだ青年を彼に
「この方は川野黎見つて學校ストライキのアヂトよ」と言つて紹介した。
「そしてあとの二人はこの方の兩腕なんですつて——ぢやないそうなのよ」と森野と山野を彼に紹介した、そう言はれると莊一は愈々いやな氣持になつて
「俺はそんなこたあ、どうでもいゝんだ」と叫んだ。けれども女は青年等と一緒になつて笑ふと
「そうは言はせなくつてよ、あなたは最前何て仰言《おつしや》つたの？此家をボプートチクにしたらいゝと仰言つたではありませんかえゝ此家《ここ》はボプーチクよりももつとしつかりしたG《ヂー》・P《ピー》・U《ユー》の京城分秘局なんだわ、どう？　之《これ》なら不足はないでせう。タワリシチ莊一さん……」
「なに?!　G・P・U？…?、ばかな、何を言つてるんだい！」
莊一は決然として立上つた、そしてあまりに氣取つた女の言草に力を込めて嘲笑を投げつけると彼は戸口に向つて踵《くびす》を返した、瞬間女は矢庭に彼の首に手をまきつけて來て耳元で囁《さゝや》いた
あなたは未《ま》だ本當に酔つてゐなかつたのネ…では今夜の狂言は妾たちの負だつたわ、その代り、これ、これがセニヨリタの味よ！」と言ひも、終らず彼女は莊一の頰に眞つ赤な唇を押しあてた—。

2 或る詐術《カムフラージ》

その夜晩《おそ》く店《みせ》の戸を締めたセニヨリタの中では女將なぎさが三人の青年に向つてこんな相談をもちかけた。

あなた 達三人ともあすの朝十時ごろ妾の姉を尋ねて呉れない？姉はきつと意外に思つてよ、妾が京城に來てるなんて……たゞその事を傳へて頂けばいゝの、妾の姉はまだあなたゝちには一度も話さなかつたけれども、妾とは双生兒《ふたご》の中なのよ、それこそ本當にどつちが姉でどつちが妹だかわからない位よく似てゐるのよ、でもよく見ると姉には右の小鼻の横にちよつと目立つソバカスがあるわよ、それと姉は妾より少し無口でどちらかと言えば憂鬱な性《たち》なの、日本着物が好で滅多に洋裝などしたとがないわ、しかし頭だけは妾と一緒に斷髮なの……その姉をこの間妾が目つけたのよ、本當に偶然のことから……でも妾もう十年も前に滿洲で別れたぎり一生會《あ》ふまいと決心してゐるので先方で氣付なかつたのを幸ひ、妾大きな不幸から遁《のが》れたやうな氣持で歸つて來たのよ、その理由《わけ》は今にだん〳〵あなた達にも判つて來るわ、姉は妾を憎んでゐるのよ、だから妾姉にこう傳えて貰えばいゝの「あなたの妹は京城に居ります」つて。すると姉はきつと「あんな妹どうなつてもよろしい」つて言ふでせう、そこを妾こんどの仕事に利用するのよ、で、兎《と》も角《かく》明日《あした》は姉を尋ねて下さい三人一緒に。姉は今《いま》光昭門外の神堂アパートに間借住居をしてブラ〳〵遊んでゐるのだわ父の遺《のこ》した財産で、妾そこまで確めて來たのよ……

それは全く

[illegible]三人の青年にとつて解せない話だつた、彼女に双生兒の姉がゐると云ふことさえ初耳であるのに十年も前に別れた姉を見かけて置きながら自分では會《あ》はふとせぬのみか姉は妾を憎んでゐる、だから妹は京城に居ると傳えて呉れ、そしたら姉は妾を一層憎むだらふ―そこを今度の仕事に利用する――なんて全《まる》て判らない話である。

併し川野黎兒《れいじ》、森野曉《げう》太郎、山野傳二の三人―勿論彼等は各《おの》々姓に共通な文字を使用してそれが本名だとは思はれないが―はカフエセニヨリタの女將海野なぎさの前には絶對服從の形でその夜O・Kをしてカフエを辭すると闇の街、山手の桂學町方面に姿を消した、とある一軒の朝鮮家―そこが彼等の巣窟だつたが―ねぐらに歸りつくと彼等は一齊にギヨつとなつて立ちすくんで了つた、意外にもそこには一人の令嬢？ いや〳〵和裝をした海野なぎさが憂鬱な顔をして部屋の中に座《すわ》つてゐたでは

ないか！

「あ…なぎさ

川野が呼かけんとした刹那女はクルリと後を向いて

「いゝえ、妾はその姉で御座ゐます」と言つたかと思ふと再び向き直《なほ》つて今度は稍《や》聲を大きく

「皆さん、皆さんは明日《あす》妾をお訪ねして下さる筈でしたわネ、でももう妹が京城にゐることも又あれが何をしてゐるかも大方《おほかた》見當がつきましたから、妹にそう言つて下さい。「姉はまだ妹に利用される程バカな女ではありませんて」……。 それから彼女は三人に向つてこう續けた。

『オホ……ほんとに他人様《ひとさま》の留守宅に思ひがけない女が侵略しまして驚愕なすたでせふ、でも妾は妹やあなたがたの運動を邪魔しやうとするものではありません又警察の廻しものでもありません、しかし妾は妹の行動に對しては徹底的に或種の監視をつゞけてゐるので御座ゐます、妹は不幸な女です、梨の花が眞白《ましろ》に咲く滿洲の野で放浪の旅に泣いた父と母は、やつと妾達が十一になつた時妹一人を支那人に賣つて了つたのです、父はその後妾と母とを連れて大連の街に落つき、阿片の密輸を始めたのが病つきで、モルヒネ、拳銃、寶石とあらゆる密輸を働き瞬く間に莫大な財産を築き上げましたが、その時はもう妹の行方は知れませんでした、母はそれを苦にしてとう〳〵死んで了ひましたがそのことが新聞に報道されると或日上海から非常な手紙が舞込みました意外にも妹からです、妹は母の死を當然だと罵つて來ました、そして『妾はもう一生家には歸らない、しかし今はもう自由なからだゝけれども姉だけを殘して自分を支那人にたゝき賣つた父の非人情を思えば妾は惡鬼となつても父に復讐せずには居られない、今に妾を捨てた父がどうなるかよく覺えていらつしやい」と云ふ手紙だつたのです、それがどんなに弱くなつてゐる父の心をショックしたことでせふ、父はとう〳〵或る支那人に殺されて了ひました、しかしそれは當時再び海野家の慘劇として新聞に報道されましたが決して妹の復讐ではありませんでした、單なる物盗り強盗の所爲でしたが妹はそれがはからずも自分が上海から手紙を出して間もない時の出來事だつたのでたゞ獨り生き殘つた妾がどんなに妹を憎んでゐるかを想像して妾を警戒しだしたのです、併し妾は妹が自分で思つてる程妹を憎んではゐないのです、それは今にこの姉の氣持が解《わか》つて來れば妾に侘びを入れて來ることでもお判りになるでせふ、でも妾は妹を之以上不幸には陥らせたくありませんのであらゆる方法を講じて妹の行動を監視してゐるのです、どうか皆さん妹を共產結社などの立役者にしないで下さい、捨身の

妹はほんとにどんな事を仕出來かさないとも限らないのです……そりや妹は妾なんかのやうに腐つてもブルヂョア的なところはない女です、ですからあなたたちにとつては賴もしいかも知れませんけれども。……けれどもあれは不幸な女です……』

3 神堂アパート

翌朝光熙門外の神堂アパート七號室に一名の紳士が海野岸子を訪れた、彼は警務部の高等課長としてそのスパイ政策に辣腕を振ひ赤色分子の蕩掃に果敢な彈壓と收纜を恣《ほしいまま》にし曾て未だなき名課長振を發揮してゐる男だが今日も亦寛大な機密費と秘策を彼女に授《さづ》けるためにこのアパートを訪ねて來たのだつた。

彼はまるで岸子の旦那ででもあるやうに、悠然とソフアーに腰をかけると先づ一本のシガーを火にしながら彼女に話しかけた。

「この頃管下の學生が大分騷いでるんだが川野一派が策動してゐる以外にどんな連中が絲を手繰《たぐ》つてゐるのかまだ君には見當がつかないかネ、例のカフエーをもつと活かして用《つか》はなくちや駄目だよ、君のその美貌と雄辯を以てすれば大ていの赤んぼ(彼は赤色靑年を赤んぼと稱えてゐた)はそれからそれへと君のことを宣傳して集つて來そうなもんぢやがね……」

「ところがね課長さん、一方ぢや警察の刑事があんまり川野一派を追窮し過ぎるからあいつ等もこの頃ぢやちよつと怖けづいてゐるのよ、もう少しその點を弛《ゆる》めて頂かなくちや何ぼ妾だつて仕事がしにくいわよ、だつてそうでせう警察があんまり川野等をつけるもんだからあいつ等は仲間を殖《ふ》やすのを躊躇してゐるのだわ……でも仲々コレと目星のつくのはゐなくつてよ、みんな生《なま》かぢりばかりでこの頃はほんとにいゝ材料はないわ、それでも昨夜《ゆうべ》ちよつと一人變つた男が入つて來てコイツたゞのインテリではないと睨《にら》んだから妾いゝ加減に相手が醉つたところで「妾たちのグルッペに入らない？」とやつたんだけどその男おこつちやつて「チエ G・P・U が聞いて呆《あき》れらあ」とばかり飛出さうとしたので妾いきなりキッスして「今のは狂言よ」つて誤魔化したんだけれどあんな男が眞實《ほんき》にやるらしいのよ」

「ほう、そりや面白かつたね、して相手は何て云ふ男だつたね」

「金山莊一とか言つてたけど何だかわざとらしい姓だわ」

「あつはつゝ、そりや新興詩人て云ふ男ではなかつたかね 金山――いや山本莊一なら君、去年までは實踐運動の方でも一方の旗頭だつた男だよ、併し君も矢張相當いゝところを見拔くネ」

「まあ、そう…でも」

「何だかおど〳〵したところもあつたつて云ふんだらふ、それはネ、この頃アイツ少し變つて來てゐるんだよ、實踐運動の方はやめたんだけれども、自分の思想を全然拾てることも出來ずにおるんだ、しかしあいつは生かぢりな赤んぼや女に出會《でくわ》すとすつかり憂鬱になつて了ふらしんだ、そこで川野や君等があいつには生意氣に見えたんぢやないかと思ふな」

「そうか知ら…ところでネ課長さん、昨夜《ゆふべ》はも一つ面白いことがあつたのよ、妾にネ双生兒《ふたご》の姉がゐるつて、すつかり川野や山野を騙してやつたんだわ、すると奴さん達、妙な氣持になつたらしいのよ　その双生兒の姉つて云ふのが「今」の妾なのよ、でもネ、それには思つきがあつたのよ、晝《ひる》は妾カフェには居ないでせふ、その間妾は姉になつてこのアパートにゐるのよ、和服を着て淑やかに憂鬱に無口な女で……なぎさとは決して同一人でないためには右の小鼻の横にソバカスまで作つて……どう、面白いでせう、そしてカフェに出る時や必要な時にはカフエのすぐ近くの隱家《かくれが》で紛裝していつでも自動車で時間と距離を短縮して……さて之だけの準備で妾が之からどんな芝居をうつか？見てらつしやいよ、ネ課長さん！」

4　悲しき感慨

山本莊一―彼は所詮自分もルンペンな男になつてしまつた事を淋しく思つてゐた、併し今更どうにもならない自分の惰落した氣持の中で彼はなほもこんな强辯を試みてゐた。

つまり、俺はあまりにもヒューマニテーな熱情一途《づ》で社會運動を續けて來たのだ、だが周圍の奴等はどうだ、如何に多くの人間の踊るのを利用して甘い汁を吸つて來たことか？　のみならず彼は大衆を不幸にさえ陷れて來たではないか！　彼等にすれば、大衆の組織は警察若くは××××に賣付けるための商品のマークにしか過ぎなかつたのだ。彼等はより惡い自己擴張を前提とした安物な眞太公憤と愛の美夕、をかざして大衆に臨んでゐるのだ。そしてわれ〳〵の幸福は反逆以外には決してもたらされるものではないと云ふことを詭辯して大衆を瞞着し使嗾し煽動し血を流して鬪はせて來た。しかし彼等のいふ生命も反逆も功利以外に決定されるより以上の何物でもない事を知つた時、俺は快然として彼等のグループを脱れて來たのだ。――

だが莊一はこうした自己辯護に似た繰言を心の中で呟いてゐるうちに一つの感慨に遭遇した、それは實に彼の戀である。

彼が三年前から社會運動に沒頭して專心同志と働いてゐる時忽然として彼の前に現はれた一人の女性―彼が勤めてゐる工場に下つ端事務員として毎日質素な木綿着に袴姿で通勤して來た

田川樺子が即ち彼の戀人であつた。荘一は女ながらも生活戰線に立つて階級意識に眼ざめ滿々たる闘志を堪えた彼女に對して心から同情すると共にその最もよき指導者たり得たので二人の仲は急展してついに同棲までするやうになつたのだがその樺子が昨年の秋にボツクリと死んでしまつたのである。彼が今までのやうに社會運動に對して熱心になれないのもたしかに彼女の死が一因をなしてゐると見るのが至當であるが、さても彼はそれから一年後の今日。グータラな生活にも幻滅を感じてゐる際昨夜はからずもカフエーセニヨリタに於て悲しい追憶の中にある自分の戀人の面影を見たではないか！　セニヨリタの女將海野なぎさが自分にキツスを與えた瞬間、何とその面《おも》ざしの樺子に似てゐたことであらふか。彼は全く自分の眼を疑つた、併し樺子の死が儼然たる事實である限り、彼は女の接吻を甘受するわけにはゆかなかつたのである。彼はたゞに死んだ戀人の映像《イメーヂ》を見たに過ぎなかつたのであらふか？

秘術をねる

神堂アパートの海野岸子、即ちカフエ、セニヨリタの女將なぎさは高等課長の齊田四郎氏が歸つて了ふと、その日終日自分の部尾に閉籠つて如何にして自分の假面を全ふすべきかについて苦夫を廻《めぐ》らした。彼女の最も苦心を要する點は、一個の人物を完全に異つた二人の双生兒としてその存在を周圍の人々に露見することなく知らしめる方法であつて、之は飽くまでも假裝の姉海野岸子とそしてなぎさとの仲を仇敵關係に置き、永久に相見える事の出來ぬ立前にすることが最善の計劃であると考えた、而してその絶對的に必要な理由については之を深いく謎として秘めることを要すると共に女將なぎさとしての自分の住所は興味的に客へ嘘八百を並べ立てゝ何人もその追窮をなし得ざる程巧みに商賣を振ひ、『影のやうな存在なぎさ』の人氣を百パーセントにまで高めねばならぬ。次に萬一執拗な要求に應じて自分達二人の存在をしつかと證明せねばならぬ場合に遭遇した際には自ら姉を呼びに行く如く裝つてカフエを出るが早いか隱家に走つて素早く岸子に變裝し立戻りさまに「妹はどうしても妾と立會ふことを避けてゐますので恐らくアレは妾が此處を辭去した後でなければ歸つては來ますまい」と云ふ科白《せりふ》を使ふことも亦必要であらふ―E・T・C。

さて彼女は斯樣に考えて來て疲れると、セニヨリタに出るまでの間を午後七時頃までアダリンを嚥んで靜かに眠りに就いたのであつた。

……(以下第二回執筆吉井信夫)……

探偵小說

女スパイの死
……その二……

京城探偵趣味の會同人
阜久生

5 アパートの殺人

齊田四郎氏が神堂アパートに海野岸子を訪れた翌日、卽ち一月七日の正午近く澤刑事は齊田氏の命を受けてアパートにやつて來た。重要な要件でもあるのか、アパートの入口が近づくにつれて、澤刑事の顏色が次第に緊張の度を增して來た。岸子の部屋――第七號室――は廊下を挾んだ三階の十六室の中、裏通に面した端から三番目にあつた。サラリーマンの多いこのアパートは實に靜寂で、針の落ちる音さえも聞こえる程である。しかも採光などを一向顧慮しない建築であるため、廊下はぼんやりと薄暗く、アパート全體を墓場のやうな凄氣が包んでゐた。が澤刑事はそんな事には頗る無頓着で第七號室の扉《ドアー》を叩いた。

何の返事もなかつた。又叩いたっ斯うして五六分間いろいろとやつて見たが、依然何の應《いらへ》もないので、今度は地階の事務室に行つた。折よく經營者の高嶺《みね》氏が其處にゐた。

「海野さんは御留守ですかね。隨分叩いて見たんですが……」

「さア、どうですかね。私共の方は御外出の折は室の鍵を御預りする事になつてゐるのですが、鍵が此處にない所を見ると御在室の筈ですが……」

「所が……」

「イヤ、二階に行つて見ませう。御寢《やす》みかも知れません。」

併し高嶺氏だとて、澤刑事の動作を繰りかへしたに過ぎなかつた。妙に亢奮した樣子で高嶺氏は膝を曲げ兩手を扉に付けて鍵穴を覗きこんだ。ウーツ、異樣な唸《うな》り聲をあげたかと思ふと

高嶺氏の両肩が激しく慄えた。

「死、死んでゐるッ。」

アッと叫び聲をあげるや澤刑事は高嶺氏を押しのけて鍵穴を覗きこんだ。カーテンを通した薄暗い陽光《ひかり》を洗びて、リノリューム張りの床の上に倒れてゐる。足を扉の方に向けてゐるので亂れた裾口に眞白な下肢に眞赤な長襦袢がまつわりついて、鮮かなコントラストをなしてゐるのが、刑事の熱した瞳に飛びこんで來た。

自殺か？　他殺か？　扉の鍵が掛つてゐる！　澤刑事は蒼白く緊張した。

「君、所轄署と警察部の高等課長に電話をかけてくれたまへ玄關の戸やその他の入口を全部しめるんだ。誰も入れてはならん。それから部屋の鍵を持つて來い！」

せきたてられて高嶺氏は周章《あわて》て下に飛んで行つた。

× × ×

三十分後には第七號室は黒服で充滿した。檢事、警察署長、司法主任、齊田高等課長の顏も見える。澤刑事の姿がない。栗鼠《リス》のやうにもう捜索を開始したらしい。壁に張つてある大きな女の裸體寫眞をシゲシゲと見てゐた若い巡査は署長から突ッけんどんに叱言《こごと》を受けてゐる。檢事は悠然と警察醫が死體を裸にするのを眺めてゐる。

「死因は胸部の貫通銃創、背後より射《う》たれたものです、射出口が射入口より二分高い、つまり彈丸は斜上に走つてゐます下から撃たれたものです。暴行の形跡はないが、鞭で打つたやうな生創が澤山ある。勿論致命の原因ではない。一應解剖の必要があります。」

と口早に云つて、頭のはげた警察醫が齊田課長を見上げた。

「兇行時の推定は？」

「死後硬直の消失の程度、血液凝固の具合等から見て、先づ十時間以内でせう。今日の午前一時から二時の間でせうな。解剖して胃の内容も調べる必要がありますね。」

「あとで御願ひ致します。澤君は居りませんか？　澤君！」

丁度澤が扉をあけて入つて來た。

「課長、隣の六號室が空いて居ります、扉の鍵はかかつて居りません。窓の錠もはづれてゐます。それから靴跡がありま す。」

「この部屋の窓のも錠がはづれてるナ。」

澤刑事は課長に何かコソコソ耳うちして隣室に去つた。課長の口元にはニンマリとした微笑が浮んだ。

高嶺氏の陳述によると、六號室は一ケ月前から空いてはゐる

が、客が無いわけでは無い。海野岸子が内地から來る知人のために前借してゐたのである。併し一ケ月經《た》つても誰もやつて來ないので不審に思つてゐたと云ふのである。

あちらこちらで指紋の検出がはじまつた。

「高嶺さん、この女の昨日の行動について御伺ひしたいんですが。」

「滅多に客のない人ですが、昨日朝早くから四十年輩の男の來客がありました。肥えた人でした。それから夕方の六時頃若い男がやつて來ました、わざわざ事務室までやつて來て、海野さんの在否をたづねた上名刺まで置いて行きました。」

「その名刺をとりにやつてくれたまへ。」

「イヤ、取つて來んでもわかつて居ります。山本壯一と印刷してありました。」

「ナニ、山本壯一、フーン、それから?」

「海野さんは毎晩きまつた樣に七時頃から外出されました。御歸りはおそく一時になる事も二時になる事もありました。時に醉つぱらつて歸られる事もありましたので、御同宿の方も變に思つておいででした、がまさかこんな事にならうとは……」

「イヤ、その山本といふ男は何時頃歸つたかね。」

「七時半でございました。私が事務室の休んだ時計をなほしてゐる時に二階から下りて來ましたからよく覺えて居ます。」

「山本が?」

「イエ、海野さんでございます。ですから山本といふ方はそれ以前に御歸りになつたものと思ひます。」

「山本はどんな風裁だつたね。」

「背の低い瘠せた、女のやうな感じのする男でした。」

「フーン。で山本の歸るのを見たものは誰もないわけだね。」

「さやうで、私はあの玄關側の事務室に四時から八時まで居りましたから大概なら何時頃歸られたかわかる筈ですが…。家の小使や女中にもたづねて見ましたが矢張り知らぬさうです。」

「何時《イツ》そんな事をたづねた。何の爲《タメ》に!」

見事誘導訊問に引つかかつた高嶺氏はグッと詰《つま》つてうつむいてしまつた。耳が眞つ赤になつてゐる。齊田氏は疊かけて怒鳴つた。

「オイ、君は昨日の驚この部屋に入つた筈だが何のために入つたんだ。」

「實は部屋代を頂きに……」

「催眠劑をのんで寢てゐる時にわざわざね。部屋代をいつ拂

つたかは事務室の會計簿に書いてある筈だね」

「…………。」

「オイ、白狀しろ！ベッドの下にあつた五百圓入りの狀袋はどうした。」

「め、滅想もない。そ、そんな金は知りません、誤解です、誤解です。」

課長は傍の警官に目くばせした。高嶺氏は忽ち兩腕を押へられてしまつた。が彼は偉ひ勢で官憲の不法をなじつた。課長は空うそぶいた。

「誰も君が殺したつて云つてやしないぢやないか。只ね、僕は君の惡趣味を調べる必要があるのサ。」

「惡趣味？」

「さうさ。惡趣味でなくて何だ、多少光學の知識のあるのを宜い事にして。高嶺君、寢臺の上に空氣拔きと見せかけてあるあの穴は一體なんだ、潜水艦の展望鏡まがひの鏡應用の覗きなんぞ作りやがつて。君が變態性慾者だといふねたはちやんと上つてるんだぞ、君の私室の押入の中には部屋數だけのボタンがあつて、一つのボタンを押せば一つの部屋の寢臺が映《う》つる機關《からくり》になつてるんだ、昨日の朝來たのは俺だぞ、サア、白狀しろ、貴樣岸子が俺から狀袋を受けとる所を見たんだらう。」

高嶺氏はリノリュームの上にへたばつてしまつた。額《ひたい》からは汗が落ちた。高嶺氏は眼を血ばしらして叫んだ。

「私は知らん！眼鏡は覗いた、が私は泥棒ではない！」

がその甲斐もなく彼はその場から引きたてられて行つた。

澤刑事が報告に入つて來た。

このアパートの各部屋の窓の外には、干《ほし》ものをしたり、又は一寸した植木鉢が置けるやうに小さなベランダが付《つ》いてゐるが、六號室と七號屋のベランダの間は構造の關　で甚だせまく五尺位しかない、でスポーツに經驗がなくとも、身の輕い者なら樂々と飛べるといふのである。そして飛んだ形跡が確かにある。また六號室の窓の掛金の接觸面が一個月も使用せねば錆びついてゐる筈なのにピカピカ光つてゐる、これは最近しかも度々窓を開閉したるを意味する、もう一つの收獲は男用のオーバと安物のソフト帽である、この二品は六號室の寢臺の藥ぶとんの下に押しこんであつた。帽子のサイズはオーバは紺色の冬物で左のポケットの中にはセニョリタの宣傳マッチ一個とマコーのらしい煙草の粉《こな》があるだけだつた。

續いて七號室——犯行の部屋——の搜査が行はれた。遺留品と目せられるものはなく、紛失物は、齊田氏が岸子に渡した機

衆費五百圓及び机上に飾られてあつた岸子自身の寫眞、岸子常用のコートと錦紗の着物一重ねであつた。此外にまだあるかも知れぬが、何分岸子が同宿の人たちと餘り交渉をしてゐなかつたのではつきりした所はわからなかつた。

一通り捜査がすむと齊田氏は卷尺を出して死體の足元から扉迄の距離と、ハンドルの高さを測定した。それから死體をあちらこちにひつくりかへして身長やら、彈創の高さなどを測つた。

召使と同宿の人たちを調べて歸つて來た檢事はそれを見て、

「ホルムズ張りですナ。」

と笑つた。齊田氏は默つて出て行つた。

6 ある推理と電話の聲

山手の桂學町の坂道を澤刑事がトボトボと元氣のない足取で歩いて來た。亂麻の樣に分裂した彼の頭の中は、海野なぎさのスマートな洋裝と海野岸子の殘酷にもエロチツクな死體と、その後にうごめく、アパートの經營者高嶺、着色された思想を持つてゐる山本莊一等の事で一杯だつた。否それればかりではないいま澤刑事は一つの疑惑に到達してゐるのだ。海野岸子即海野なぎさとすれば、先づ必然的にカフエーセニョリタを考へねばならぬ、そしてカフエーセニョリタは、川野黎兒、森野曉太郎山野傳二の三人と尤も因果關係が深い。この三人が岸子事件に何等かの役割を持つてゐる事を直感して課長が高嶺を調べてゐる間にこつそりと三人の巣である桂學町の朝鮮家屋にやつて來たのだ。留守だつた。戸じまりもなく部屋の中には直ぐ入る事が出來た。溫突がガチカチ冷えてゐた。隣の朝鮮人に聞いて見ると昨日から居ない。證據品となるものも別にない。ただ投げ散らされた書籍の間にアダリンの瓶を一個發見したきりだつた貧しい收穫にすつかりしよげかへつて澤刑事はトボトボと坂道を下りた。

「山本莊一は肩幅の廣い頑丈な男だ、アパートに六日の夕刻やつて來た男の脊のひくゐやせた男だ。アパートに殘した名刺の指紋は山本のものではない。六號室に殘したオーバの中のマコーのこな。山本は煙草を吸はぬ男だ。一體アパートを七時半に出た岸子は眞實の岸子かどうかわかりやしない脊せた脊の低い男で多少心得があれば岸子に變裝出來ぬ事もないのだが……。女を殺しておいてその女に化けて出て行く、ありさうな事だ、畜生奴! やりやがつたナ。しかし待てよ。なぎさが八時にセニョリタに電話をかけて今晩は休業だと云つてゐる、セニョリタのマツチは確になぎさの聲だつたと言

明した。おまけに醫者の診斷によれば、兇行時間は、五六時間あとの午前一時から二時の間だと……。そんななぎさは何時《イツ》アパートに歸つて來て誰に殺されたんだ！　高嶺はどうか、恐らくは風變りな變體性慾者に過ぎないだらう、あゝ云ふ連中は計畫的な犯行はやらぬものだから。森野や川野や山野はどうやら風を食らつて……山本もまだ捕まらぬとこいつどうやら迷宮入りらしいぞ。」

澤刑事の述懷めいた獨白が稍しばらく續いた時、彼は後から坂道を恐しい勢で驅け下りて來る靴音を聞いて立止つた。

「モシ、モシ」

「エ？」

振りかへつた瞬間澤刑事は右顎の下をグワンとやられた一瞬眼の中が熱くなると共に、海の底に沈んで行くやうな氣がして彼は氣が遠くなつてしまつた。

×　　×　　×

搜査本部の齊田高等課長は頗る不氣嫌だつた。高嶺を調べたが被疑者は知らぬ存ぜぬで口を噤して言はぬ所へ顎を膨らした澤刑事が歸つて來たんだ……彼はストーブの熱氣と面目なさとで汗を流し乍ら報告した。

「私を助けて介抱して呉れたのは山本莊一でした、彼はフラフラと、立ち上つた私の耳元に澤君、俺をつかまへたらほんたうの犯人はつかまらんぜ、岸子の頬ぺたのほくろはつけほくろだつた筈だねと、斯う謎めいたことを言つたまゝ闇の中に消えてしまひました。私は逮捕する元氣さへありませんでしたまたペッタリとそこへ……」

「もう宜《え》え。念の爲《ため》に言つておくが、死んだ女のほくろはつけほくろぢや無いんだ、立派に生れた時からあるものなんだそれでなぎさと岸子とが同一人物であるかどうかがわからなくなつて仕舞つたんだ。怪しいのは矢張り山本だ、直ぐ手配を一層嚴重にしてくれたまへ。」

「承知致しました。それから課長、私を擲つた奴は左利きだと思ひます。」

「當りまへだ。右顎を擲られてそれ位のことわからんけりや困る！」

「ハア。それから課長。六號室のオーバの左のポケットが右のポケットに比して汚《よご》れがひどく、煙草の粉《コナ》が澤山ありましたそれで山野傳二は左利きの筈です。」

「フン。仲々頭が宜ェ。それでどうなんだね？」

「山野が六日の夕方アパートを訪ねて……」

「もういゝ。岸子を殺して、中から鍵をかけて、ベランダか

ら六號室に拔けて、そこで變裝して逃げた、と斯なんだらう。」

「違ひます！ 岸子の死んだのは七日の一時です。私は犯行の經路等はまだわかりません。ただ山野が怪しいと思ふだけです。」

澤刑事は感慨無量といふ顔付きで答へて、

「澤君、山野はね、ストライキ事件で五日から留置されてゐて今朝放免されたんだ。」

「エッ。今朝。」

「さうだ。」

「フウム、」澤刑事は默つてしまつた。

「澤君。とても君、ルパンやホルムズ式に構想の逆行から怪刀亂麻的に派手にこの事件は片づかんよ。龜の歩みの様にのろくても確實に遺漏なく犯人の跡を追つて行かんけりやならんと思ふのだで難《むつ》かしい所は後まわしにしてわかつてゐる所から歸納して行くのが宜い……。死體を犯行後動かされなかつたと假定し、また被害者が扉に後向きに立つてゐた時に脊後から射撃されたとするね。そういふ假定の下に射出口と射入口と射入口とを結ぶ直線を延長して見ると、延長線は君扉のハンドルの當りにぶつかるんだ。此處で僕は、餘り空想的なと笑はれるかも知れんが、扉の外から、つまり鍵穴に銃口を押し當てゝ射撃したものではないかと考へて鍵穴を調べて見ると硫化物と思はれる煤みたいなものがついてゐた。併しこれはとても厄介な問題さ、目標も見えずしかも鍵穴から射つんだから着彈範圍がとてもせばめられる譯だ。況んや被害者がいゝ具合に鍵穴の前方に立つかどうか知れたもんぢやない。僕は警察の連中や、意地の悪い檢事に笑はれるのが嫌《いや》さに默つて歸つて來たんだ。所がさつき僕は素晴しい思ひつきをしたんだ。君は岸子の死體の頭の上の壁に物凄い裸體寫眞が張つてあつたのを覺えてゐるだらう。あんなものは僕が六日朝アパートに行つた時には張つてなかつたんだ、尤も僕が行つたからかくしたんかも知れんがね。兎《と》に角君、斯ういふ事が考へられるぢやないか、つまり岸子の歸らぬ中に部屋の中に忍びこんで入口の眞正面に裸體寫眞を張つておく歸つて來た岸子はびつくりしてその寫眞の前に立つ、そこを鍵穴から……といふ風にね。」

「一寸。課長。」澤刑事が遮《さへぎ》つた。「銃聲が聞えますよ、眞夜中ですからね、アパートの宿泊人は皆歸つとる筈ですから。」

「ウン。そこに消音器《サイレンサー》を考へるのは無理だらうかね。」

「…………」

「さてその次は六號室のオーバと 6 5/8 の帽子の所有者だ。勿論山野を考へねばならん左利き脊がひくい事、瘠せてゐる事などからね。しかしあいつは確《たしか》に六日の夜は留置場にふるへてゐたんだからね。川野や森野の姿は見えん、おまけに山本が變な眞似をする所を見ると、矢張りこのセニョリタ關係の四人を逮捕するのがもつとも解決の近道だらうね。」

結局齊田氏だとて何等特別な材料もつかんでは居ない事を知ると澤刑事は幾分安心したやうなくつろいだ氣持になるのだつた。

「學校ストライキのアヂト達は多分今晩中につかまると思ひます。」

「ウン。僕もさう思ふ。何のあんな赤ん坊位、やゝこしい奴は山本だよ。」

「さうです。時に高嶺はどうです、何か泥を吐きましたか?」

「イヤ、吐かん。岸子がアダリンを呑んで睡つてゐる時に忍びこんだ理由については別に白狀せんでも大概わかるよ、若い女が寢返りでも打つて太肌《フトモモ》でも露出したので彼奴はサヂズムをかきたてられて飛び込んだと云ふんだらうよ、五百圓の金の事はどうしても知らんといふのだ。」

「高嶺と岸子は關係があつたんでせうか?」

「無いといふんだ。しかし岸子のからだの無數の古傷は何だか關係がありさうに思はれるナア。」

「高嶺がサヂズムを持つてゐる事は確かなんです、彼奴はこれまで四度も嬶《かゝあ》を取代えてゐますが、一箇月も居つかずに皆逃げ出してしまふんださうです、餘程ひどいことをやるらしいですね。」

「さうかね。」と齊田課長は氣のない返事をした。高嶺にはもう期待し得る所がないといふ風だつた。そして、

「厄介な事件だよ。動機としては色と慾と主義、この三つの中のどれかだらう。殊によつたら二つ位、いや、三つ全部がこんがらがつてるんかも知れんよ。」

ストーブが消えたのか寒さが身にこたえて來た。ヂリ〳〵卓上電話がなつた。課長がレシバーを取つた。

「モシ〳〵。」

「あ、モシ〳〵、課長さん。あたしなぎさよ。わかつて?死んでないのよ、オホホ……。ではまたね」

× × ×

その夜いつまでも二人の探偵は默つて身動きもせずに考へこんでゐた外は吹雪だつた。——(以下次號)

訂正　前號本小說中にG•P•U《ヂーピーユー》とあるはG•P•U《ゲーペーウー》の誤植につき玆に訂正する。

探偵小説

女スパイの死 ……その三……

京城探偵趣味の會同人
吉井信夫

7 課長の怪行動

吹雪は、夜の引き明けになつて靜まつた。

翌朝――街は五寸あまりの雪に在れて白皚々たる姿を、朝日の下に横たえた。

午前十時、警務部高等課長齊田氏は、落付かぬ足どりで、室内を歩き廻つてゐた。

人間は何か一つの物事を思ひつめてゐる時は、夢遊病者の如く放心狀態になるものである。今の齊田氏が丁度それだ。何を思ひわづらつてゐるのか、眼は室内に空ろの視線を送り手にした葉卷は既に火が消えてゐるのであるが、それすら氣付かず、口にやつて二三度吸つてみたり、或は指の間に挾んでみたり、今、齊田氏の心は何事かを思ひつめてゐるかの如くに見える。

ト、今しも表通りに面した、大いなる硝子窓のそばに立つた齊田氏は、先程から續けられてゐる放心狀態のまゝに無意味に眼下の通りに眼をやつてゐたが、俄然、何を發見したのであらうか、キツとばかりに眼を開いて街上の一點を凝視しだした。やがて其の視つめてゐるものゝ正體が判然としたのであらう、彼は愕然として驚いたやうである。

「ウ、、山本!」 彼はうめいた。

齊田氏が街上に發見したのは、昨日のなぎさ殺害犯人容疑者として指名手配した筈の山本非一の姿であつた。たゞ見る雪に埋れたポストのあたり、無帽の一青年が立つてゐる。しかもその右の腕は高く擧げられ、爛々たる兩眼を輝かし乍ら何物かを

キッと指してゐる。その右の腕の指ざすところ、線を引けば正しく二階の窓邊に立つ齊田氏の顔に屆くのだ。

齊田氏は、それに氣付くと、何故かよろ〳〵として窓邊から離れた。顔色は昂奮のためか全く蒼白と變り、息をきらしてベルを叩いた。

「山本莊一が表に立つてゐる。早く捕縛せい！」

そう命令してしまふと、ホツとしたやうに椅子に身を投げた。そして、じつと眼を閉ぢて考へ込んだ。

一世の名課長として上下に信任厚く、今の高等課長に轉じてからは、疾風の如く要視察人のリストを完成し、次々に起る共產黨事件、或は學生科學研究會事件への彈壓に鋭い切れ味を示した齊田課長、たとえ得意とするスパイ政策に多少の非難はあるにしても、彼の手腕に對する缺點の何物でもない。かへつて彼の行使するスパイ政策こそ、彼の今日の榮進への過程であつたのだ。

——屍の上の椅子！　或る主義者はさう云つた。

昨冬から、大學の學園に萠芽した社會科學研究會！　彼は常に學生の運動者や主義者を「赤んぼ」と云つて冷笑してゐたものゝ「三ツ兒にも五分の魂」ある事を知つてゐた。彼がその會の中から、何物か形態ある一つのものを採取せんがためには隨分努力して來た。海野なぎさであり海野岸子である若き女性を、あやつゝて彼等の漠然とした影の中から實體をとり出さうと努めたのもそれがためであつた。その一つの事業慾が未だ成果せぬ前に、右腕とも頼んでゐた彼女の射殺事件が起つたのである。彼の面に深く刻まれた不安の表情は無理もない事と思はれるのである。

× ×

扉が開いた。澤刑事が入つて來た。

「課長、山本の姿は見えません。しかし手配は充分致しましたから遠からず………」

「もうえゝ。赤んぼ共はどうした。」

「今朝五時、寢込みを襲ひまして川野と森野はヒツくゝりましたが、山野は何處にも姿が見えせんので………」

「ウヽ、彼奴が肝心かなめの奴ぢやないか！　で？」

「ハイヽ　それはそれと致しまして、只今驚くべき書面が速達で屆けられましたから持參いたしました。御覽下さい。實に信ぜられぬことではありますが」

その速達は無記名で、無格樣な書體で次の如く記されてあつた。

「——澤さん、なぎさは殺されました。憎むべきスパイでし

たが、心の中を推斷すると憎む氣にもなれません。しかし一寸忠告致しておきます。なぎさの致命傷と目されてゐる貫通銃創は決して死因ではありません。ピストルは――いゝですか、ピストルはなぎさが死んでしまつてから、卽ち屍體に向つて發射せられてゐるのですよ。判りましたか。するとなぎさは何うして死んだのか。何が死亡の原因となつたのか、他殺か自殺か、そして何で屍體に發砲されてゐるのか？　よく考へてみる必要がありますね。

それから貴方がたが犯人と目して追求してゐる山本莊一は犯人ではありません――といふ事は、なぎさ事件には關係はありません、ないこともないが、彼には立派なアリバイがあるんです。

貴方は新しく出發しなければなりません。意外な事實が此處には横はつてゐますよ。

今はこれだけ申上げておきます――」

「ウ、」と齊田氏は唸つた。そしてイラ〳〵したやうに立ち上つて歩き廻つた「不敵な奴ぢや。これは山本の書いたものに違ひない。こんな馬鹿なことがあるものか！」

澤刑事は齊田課長が、一本の此の手紙に依つて異狀なる昂奮をした有樣を不思議さうに見やりながら答へた。

「私も山本が出したものだと思つてはゐますが――が、何より今の場合、私は山本はなぎさ事件には無關係であらうとも考へてゐるのです。」

「馬鹿なことを言ひ給ふな、山本が無關係であつてたまるものか、僕にはチヤンと判つてゐるんだ。第一昨日夕方山本がアパートを尋ねて――」

リリ、、、電話のベルだ。齊田氏は素早くとり上げて耳にがむしやらに押し付けた。

「あら課長さん――さうでせう、わたし死んだなぎさよ。えゝ死んだなぎさ――けど死んだのは今一人のなぎさよ。電話をかけてゐるなぎさではないの。判つて、それからね、今直ぐアパートの七號室に行くと、誰が何を使つてなぎさを殺したかつていふ證據の品が手に入るのよ。今直ぐでなくては駄目だわよホ………」

齊田氏は見る目もあわてゝ外套を摑んだ。そして叫んだ。

「澤君、今朝の二人を直ぐ調べて吳れ給へ。うんとしよびいて泥を吐かせるんだ。」

「課長は？」

「僕は急用だ。直ぐ出掛けにやならんのだ。頼む！」

×　×

カチリ――扉が開いた。

管理人に導かれて入つて來たのは齊田課長である。

「君は階下へ降りてゐてよろしい。私獨りで少し取り調べたいからね」

扉が閉された。部屋は昨日と少しも異つてゐない。カーテンを透して明るい正午近い光りが差し込んでゐる。兇行が行はれた部屋の空氣は古くさく泥沼の樣にゆれ動いた。齊田氏は扉の傍に立つて、しばらく正面の裸體寫眞を凝視した。それは巴里から秘かに輸入でもしなければ手に入らない種類のもので、むしろ觀る者をして劣情を挑發せしむるに足るものであつた。齊田氏は矢庭にその大きな寫眞に近寄りざま、ムヅと手をかけて壁から引き離さうとしたが、フト思ひかへしたやうに手を引いた。そして急いで部屋の中に足を進めたのであつた。彼はしばらく部屋の中を見廻してゐたが、ニタリと笑つたかと思ふと小さな卓の下に置かれた紙屑籠の中に手を入れてゴソゴソとやつた。そして引き拔いた時には小さな黄色い瓶が握られてあつた。彼は何者かをはゞかる如く人なき部屋を一應見廻した後、ホツと吐息をして其の瓶を眼の高さに擧げて、しげ〲と瓶を覗いた。

瓶は空瓶であつた。レツテルには明らかに記されてあつた。

――アダリン――

齊田氏は瓶を掌の上に乘せて、ニツと笑つた。ひきつるやうな安堵の笑ひ。そして部屋から立ち去らうとして、扉に手をかけた時、今まで無人と思つた。そして無人であるべき部屋の中に、突然に人聲がした。

「課長、お忘れものが今一つあります！」

「ダ誰だ！」課長の極度の驚愕と恐怖の叫び。

ベツドのカーテンが展かれた。一人の青年。

「山本――！」

「さうです。なぎさ殺害犯人容疑者としての山本莊一です。しかし課長、一寸まつて下さい。お忘れ物をお渡し、しなければなりません。重大な忘れものです。」

齊田氏は、一瞬チラリと例の壁上の大寫眞に眼をやつた。

「さうですよ」と莊一は近付きながら云つた「御存知ぢやありませんか！　何でしたら取つて差上げませうか」

ツと莊一の手が延びた。ウ、、、と齊田氏は低く猛獸のやうな叫びをあげた。そして飛びかゝらうとしたが遲かつた。莊一の手によつてベリツとはぎ取られた寫眞の額枠の下には、一寸見ただけでは判らない隱し戸があつた。次の瞬間、莊一の手によつて開かれた扉の內部、其處には何が隱されてあつたか！

鞭だ、革の鞭だ、麻糸の鞭だ。そして足枷だ。木の足枷だ。銕の足枷だ。針だ、疊針だ。おびたゞしき責め道具だ。これは一體何の目的の品物だ！

齊田氏は土色になつた顏を、焼付くやうに莊一に向けた。秒、ジッと二人は睨み合つた。と、齊田氏は、俄然ブルブルと怖えて來た。堪えられない恐怖の色。

見よ、齊田氏の視線の向ふ處、莊一の後ろに、艶然と微笑して立つ一人の女性。

「ほ、、、課長さん、びつくりなさらなくてもよろしいわ、わたし電話のなぎさよ、度々お電話したなぎさは實は妾だつたのよ――」

突然、齊田氏は何とも形容の出來ない叫聲を擧げて、矢庭に手にした物――先刻籠から拾ひ上げたアダリンの空瓶――を莊一に投げつけたまゝ部屋から飛び出した。

「フウム、左利きにも見えるね。」と莊一。

8 高嶺の陳述

澤刑事は急がしく鉛筆を走らしたり、ジッと相手の顏に見入つたりしてゐた。大きな感動が今、彼を襲つてゐるのであつた。相手といふのは高嶺であつた。高嶺は低聲で何事かを陳述してゐるのであつた。

「――さういふ譯で私の異常な性的倒錯が妻を四人も更へましたので、私は爾來妻帶しやうとは思ひませんでした。この私のサヂズムを完全に理解出來る女性――といふことは取りもなほさずマゾヒズムの女性でありますが、さういふ女性が都合よく私の前に現はれて呉れませぬ限り、私は何人妻を持ち更へやうとも性的滿足は出來ないのです。で、さうした性慾の極度の抑遏が私をとう〳〵窃視癖にまで押し進めてしまつたのです。私は各部屋が意のまゝに覗ける覗きからくりを作り上げました。ボタンを押せば望みの部屋のプリズムの道を開く電流が入つて其の部屋のベッドが、さながら活動寫眞のフイルムのやうに入つて來るのです。或る部屋では若い會社員とオフイスガールとの秘密な取引がありました。ある部屋ではオールドミスのやるせない××を見ました。或る部屋では……さういつた譯で私は私のアパートの住人たちの秘密をすつかり知つたのです。

ところが昨年九月、あの海野岸子さんがお泊りになつてからといふものは、私は一年あまり抑えに抑えて來た本來の性的なものサヂズムを沕き上らせねばならないやうになつてしまつたのです――」

「岸子さんは廿三四のお歳にしては完全な肢體をお持ちでし

た。二十七か八かと思ふばかりの豊艶な肉つきです。しかし私の岸子さんへの興味は、あの方の身體ではありません。あの方の持つてゐられるものと私の持つてゐるものとが期せずして同一であつたからです。お判りになりましたか。岸子さんも私と同じサヂズムであつたのです――」

「多分、私の推測は間違ひあるまいと存じますが、岸子さんがなぎさと稱して、カフヱーを開いてゐたのも、彼女に集つて來る若い男性の中から、自分のお相手に格構なのを容易に探し求めるためではなかつたでせうか。事實、岸子さん――いゝやなぎささんは度々正體もない若い學生さんや會社員たちを連れ込まれたのです。そして滿足してゐたのです。私は夜遲く、コツソリと二人連れで歸る二人を見ると直ぐ三階七號のボタンを押して、二人の性の遊戯を見るのでした。なぎささんの連れて來る男たちは何れも強健な肉體の持主です。それをベッドに押付けたまゝ、或は足枷、手枷をはめて床の上に轉がして、革の鞭を振つて×××の×××××××。その時の私のよろこび、全裸の男女の××××××××××私にとつては無上の法悦境です――」

「いゝえ、一度來た男性は二度と參りません。何でも睡り藥らしいものを呑ませて正體をなくしてから連れ出してゐたやうですから、とても男の方では場所は覺えてゐないらしいやうに見受けました。そのうち、一人の男が、晝夜定めなくしよつちう出入りしだしました。いゝえ、若い男ではありません、相當年配の、さよう四十五六に見えますが、虎のやうに剽悍な男です。何か岸子さんと重大な取引でもありますか、時々厚い札束が女の手に渡されてゐるやうでありましたが、そのうちに、どんな約束が出來上つたものか、來る度に彼女の性的遊戯の相手をつとめるやうになりました――」

「さやう、それを始めたのは何でも十一月の中頃からだと存じて居りますが、もと〳〵男の方のほうにはよく〳〵の交換狀件でもあつたものか、あの鞭の下で苦しげに横はり、或は××××の××××にもなつて居りました。えゝ、さうです、お言葉の通り、その男の方はマゾヒズムでも何でもなく、さて何ちらかと申せば私や彼女と同じサヂズムの傾向がありはしないかとさえ私には見えるのでございました――」

「さうした不自然な關係が何時までも續くものではありません。何時しか男の方は彼女の鞭を嫌ひ始めたやうでありました爭もあつたやうです。だん〳〵私の覗きからくりも私の滿足な狀景を見せてくれないやうになりました。すると、それと反對に私のサヂズムは身體ちうを氣狂ひのやうに跳ね廻るのです。

彼女を鞭で心ゆくまで打ちたい。さういつた慾望であります。彼女のあの整つた情慾そのものゝやうな肢體、あれを思ふ存分打ちたいさういつた慾望であります――」

「その日、つまり昨日です、私は矢もたてもたまらなくなりましたので、今日こそはと思ひ、午前九時すぎに例の男が訪問して來たのを覗いておりますと、何か狀袋に入つたものを彼女に渡しました。そして歸つて行つたので、何時もの通り彼女が睡り藥を飲んで寢てしまふのを待つて、合鍵を持つて彼女の部屋に入りました。勿論、私愛用のカンガールの革鞭を持つてゞす――」

「しかし私は一寸ためらひました。彼女が身に加へられる革鞭の痛さに眼を覺したら？　私の身は破滅です。さう思ふとベツトの傍の小卓の上に「アダリン」の瓶が乘つてゐるのが目につきました。在中の藥品は殘り少なく錠劑も底の方に毀れたのや粉になつたのがあるきりでしたから、思ひきつて眠り續けてゐる彼女の口をソツと割つて、瓶をさかしまにしてみんな入れてしまひました。そしてフラスコから水をとつて、うまく藥を彼女の胃の中に流し込んでしまひました。それから三十分、私はジツと彼女のベツドに腰かけて彼女の顏を見てゐました。ところが、一時に餘り澤山の藥を飲んだのでせう。彼女は苦しみ出しました。その苦しみの顏の何といふ魅惑的な！　サヂズムは猛然と湧き上りました。矢庭に私は彼女を覆つてゐる羽根布團を引きむしつたのです――」

「それからあとの私の仕たこと、私は夢中です。どうかお察し下さい。やがて身體ぢうを疾風の如く嵐が通りすぎたあと、茫然となつた私の眼前に、しどけなくあられもない亂れ姿をして彼女が横はつてゐました。私は今更のごとく自責の念に襲はれて、彼女を正しくベツトの上に寢せやうと身體を抱えたとたん――ゾツとして思はず手をはなした。死んでゐるのです。冷たくなりかけてゐるのです――」

「私はあわてました。誰か見てゐるやうな氣がします。窓の錠を外してガラリと窓を押しあけて外を見ました。が誰ひとり見てゐる者とて無ささうです。私は窓をしめるなり狼狽した氣味で鞭を執り上げて部屋を逃げ出し、それでも鍵はキチンと下して階下の事務室に降りて來たのです。事務室に入つて隣りの私の部屋に入るや否や、私は又もやアツと叫ばうとしました。出て行く時に確かに閉めて出た筈の例の秘密の押入の戸が開いてゐるではありませんか――」

「私はあわてゝ馳け寄りました。ところが、また奇怪にも例のボタンが押してあつて、七號室の光景が手にとるやうに見え

てゐるのです。私は直ぐスヰッチを切つて、座り込んで考へました。誰か此の部屋へ入つて、私が岸子へ仕た一切の光景を秘かに覗き知つた奴が居る！　まう私は居てもたつても居られません。私は氣が狂ひさうでした——」

其處まで語り續けて來た高嶺は、流石にそれから先を語り續ける勇氣を失つたかのやうに、ぐつたりと椅子の中に崩れ込んでしまつた。聞いてゐた澤刑事も餘りの奇怪さに夢に夢見るやうに身じろぎもしなかつた。が、何に氣付いたのか、ツと身を起すと、眼を光らせて高嶺をみつめた。何か心に漠然として浮び上つて來た怪しい影の本體を判然としたいやうな氣持であるかに見えた。

「その男は誰だ、知つてゐる筈だ、それを言へ！」

「え、その男——あゝその男は……」

「誰だ誰だ、しよつちう尋ねて來た四十がらみの男は！」

「——その男は、高等課長齊田氏であります！」

丁度その時、風のやうに扉が開いた。

「澤君、課長は何處だね、大學から昨日の死體解剖報告が屆いたんだが！」

心中に沸りかへる疑問の錯綜、大きな磐石に押しひしがれた心を抑えながら澤刑事は、ふるえる手を差出した。

「僕が貰つて置かう」そう云つて彼は報告書の頁を開いて行つた。高嶺は茫然として座り込んでゐる。

「矢張りさうか——ピストルは死後背部から射出されてゐる——死因は亞砒酸服用か——死の時刻は六日午後四時から五時迄の間と推定——性器の異狀なる皮下脂肪——」

再び、嵐のやうに扉が開いた。高い叫聲が渦卷いた。

「澤君、大變だ、課長が殺されたぞツ——」

——（次回完結篇執筆・大世渡貢）——

探偵小説

女スパイの死

……その四……

京城探偵趣味の會同人

大世渡貢

9

——自殺らしいと君は言つたのでしたね………

錯雜した澤刑事の頭のなかで、何度も霧のやうに往復した言葉だつたが、彼は今はつきりとそれにつきあたつたのである。慌ただしい空氣に搖られながら窓の向ふから次々に迫る速度の絞かさが刑事をいら立たせうとした。先程齊田邸からの電話にかゝつた同僚はあまりに時間を過ぎたこの鈍い質問を訝かしく思つた。そして改めて相手の顔をまじまじと瞬きをおくつた。鋪道には明るい午後の陽がもれあがつてゐた。自働車は坐席のかすかなほこりをつけた白い造花を小刻みに震はせてゐた。

齊田課長の居室の把手を押した澤刑事の眼に、前面の廣い硝子窓からくる柔かな光が這入つた。それから机の左側の稍深いソフアに、極自然に首をかしげてうなだれてゐる齊田氏の後頭部と、全く機能を失くして垂れてゐる右腕。澤刑事は後頭部に目をつけたまゝ眞直ぐにソフアに歩を移した。見馴れた蒼い容貌。左の廣いこめかみが不氣味な暗赤色の内部を覗かせてゐた。拳銃はこゝから發射されたものらしく髮が僅かにくすんでゐた。彈は斜上に走つて右耳の後頭部よりの肉を再び開いてゐた。射出口の肉のむくれ血で硬はばつた頭髮、拳銃は左手の下の少しばかり散つてゐる煙草の灰の上に落ちてゐた。澤刑事はその位置をマークした。次ぎに窓に近づいて、それが日頃齊田氏の愛頑してゐた南部式の六連發であることを確めた。彈匣を折つて見て澤刑事は一寸の間ではあつたが目をみはつた。そして唇をかたくした。何があつたのであらうか。しかし直ぐ彼は

何でもなかつたものゝ様にそれをポケットに納ふと、再び傷口に近づいて弾の方向を目で追つてみた。入つて右手の高い書架の一部を調べ出したが、やがて其處の書籍の肩に弾痕を見つけると、腰をかゞめて床に注意を集めた。澤刑事は下唇を輕くかんだ。拾ひ上げた彈を紙に包んでチョッキのポケットに入れた内側からかけてある窓をも一度あたつてみた。

澤刑事は遺書らしいものをと探したが見つけることが出來なかつた。その代り灰皿の上で根元まで丁寧に吸はれたカイダの揉み消した吸殻を二本見た。靜かに齊田氏は引金を引いたのであらうか。澤刑事は再び鈍く口をあけた傷口に目をやつた。すると、神堂アパートの七號室で見たなぎさの白い肌を貫いてゐた彈痕を想ひ浮べた。一つの考へが彼の足を思はずかたくさせた。それは潮の様に見る見る彼は蔽つてしまつた。なぎさを貫いた彈は誰が見つけてゐるのであらうか。高嶺の陳述に依つて別な齊田氏を知つた今の澤刑事はこゝで思はず又齊田氏の置物のやうに、うなだれた姿を顧つた。丁度そのとき、家人と話して來た同僚が、事務的な明るい聲で扉をあけるなり、彼に報告した。

——來客はなかつたさうです。銃聲に驚いてすぐかけつけたらしいですが、扉に鍵がかゝつてゐたといふことです。窓の外も調べましたが別狀ありません。入口は一つしかないし——

——いや有難う、僕はも少し調べるから君は檢事が來たら案内してくれたまい。もう見えるだらう。

彼は扉がしまると、落ちついてあらゆるかくしを素速くしかしながら、丹念にさがし始めた。外で輕く自動車の止る氣配が感ぜられた。

10

澤刑事は又もや事の意外なのに喫驚した。彼の歸宅をまつてゐた來客が探しまわつてゐる山本であつたのである。

相手は微笑んですらゐる。君は——と言つたきりまだ心落ちつかぬ刑事に山本は口を開いた。

——澤さん、課長のが自殺だといふ御考へは決まりましたか私は豫期してゐました。つまりこれは全く當然起るべきものだつたのです。

——君の要件は——

——勿論なぎさの殺人犯人についてです。

——それがどうしたのです。

——犯人を指摘するのです。

——犯人を——して何のためにです。

——私のためと、なぎさのためと、その妹のためにです。或

はあなたの爲にもならうと思ひます。
——成程、犯人をね、よろしい、では承りませう。
以下「私」とあるは山本壯一自身のことである。筆者は彼に代つて述べようと思ふ。

◇

私はたゞ死んだ戀人の映像を見たに過ぎなかつただらうか。これは何だらう。自分をこんなに搖るがせて行つたものは、私は歩いた、次の酒の方にそして益々沈んで行く自分をはつきり見た。さうだ私はも一度カフエ・セニヨリタのあの「ウミノ・ナギサ」とはつきり發聲した女のところに行かう。そしてはつきりたしかめて見なくてはならない。私は眞面目にこれを考へたそれが一番大切なことだつたからだ。私は歩きながら思つた。若しもあれが田川燁子であつたら。私はどうしたものだらうかと、後から考へればあまりに白々しに現實ではあつたが、その時の私は、もうナギサのことで一杯だつた。セニヨリタの灯が見えた、不圖、甘い香がした。私の目は襟巻に顔をうづめ、急ぎ足に擦れ違ふナギサをはつきりとらへた。ナギサも亦考へ深かさうに、眞直ぐに歩いた。期せず私は彼女の後を追ふともなしに追つてゐた。どこに行くのだらう。私のことで彼女も一杯なのではあるまいか、冷たさが快く顔にあつた。疎らな人通りそ女は私がつけるとも知らずしなやかに進んだ。

朝鮮家屋の多い桂學町の木蔭を私はみた。ナギサの家はこのあたりなのだらうか、私は危く彼女を見失ふところだつた。とある暗い門構で消えて行くナギサの後姿。私は人の氣配の無いのをたしかめ門札を透して見ようとした。何もない、私は裏口へまはつた、その次ぎに私は隣家との狹い間に這入つてどこか少しでも開いてゐるところをと探した。私はなんとなして、ナギサを見たかつたのだ。私は二十分もうろうろしただらうが、或はもつとたつたかもしれないが、とにかく變なことを見たし又聞いた。さき程あのセニヨリタで會つた三人がかなり醉つてこの家へ歸つて來たのである。私は愈々好奇心に驅られて、全くさめきつた耳をそばだてた。そこでナギサが何を言ひ、三人がどうした驚きにとらはれたかは先刻、既に諸君が御承知の筈である。私はこの怪しげな二人の女に化けようとするナギサは何のためにそんなにまでするのかと、不思議に想つた。しかしこの疑念はすぐ晴れた。と言ふのはその家を出たナギサがところもあらうに、私の昔の同志有山が厨夫をしてゐる神堂アパートの門をくぐつたからである。私は一週間に一度は、このアパートで、或は他所で有山と會つてゐたが、有山の言によれば、齊田が度々アパートに來るので、それとなく氣をつけてゐると

どうも三階の女の部屋に行くらしいことを確めたといふし、一度その女にも會つたが美しい背の高い女だつたといふのでむつた。これで何もかもはつきりわかつた。スパイだ。齊田のスパイ政策は音に聞いてゐたがカフェの女將を使ふとは全く凄いものだ。すると私にはあの三人の男たちが哀れな餌食に見えた。其夜私は冷えた床の中である小兒らしい計劃を樹ててみた。しかしこれが大きな波を書かうとは夢にも想はなかつた。

◇

翌朝私は町まづれの公衆電話室から高等課長齊田に電話をかけた。私は久しぶりに彼の大い低音に接した。私は何となくすぐつたい氣もちであつたが、聲を高めた。

——齊田さんですか。え、私、さあね、ときにセニョリタのナギサ君は如何ですか、ははは……。モシモシ、なあに名前なんぞありません。いやあ、僕等もまさかと思ひましたよ。よろしく傳へて下さい。まあ、まあ。——

たしかに私は愉快だつた。何と齊田は手にとる樣な失望を聲に表したではないか、「君はたれだ!!」その發音は私には丁度二度目だ。

私は別に用もないのでぶらぶらと町中へ出た。午前九時半頃私は、とあるデパートに這入つた。私はそこで思ひがけなく齊田がやゝ忙しさうに姿を入口から見せたのを發見すると、はつとして身をこはばらせた。

しかし齊田は入口のすぐ側の賣藥部に止ると「アダリンを——」と聞きとれる程の聲で言つた。柄にもないものをと思つたが氣づかれぬのを幸ひに、人通りのかなりな中を尾行した。齊田は神堂アパートへ行つた。多分ナギサのところへだらう。

私は再び彼の歸りをつけた。私はこの尾行で彼が何か紙にくるんたものを横丁の塵箱に捨てたのに氣付き拾つて見て一寸まごついた。紙をあけると今さき彼が買つたアダリンの管と、別に白いアダリン錠が殆ど大半出てきた。私は尾行を中止した。私は思ひなやんだ。何のことかわからなくなつた。しかしながら私はすぐ、そのアダリンの管が眞新らしい筈なのに、稍《やゝ》、手垢で汚れてゐることを發見したし、又その管のなかには錠劑の粉末になつたのが少しではあるが白くたまつてゐるし、尙三錠の完全な形のアダリンがあるのをみつけた。あきらかに特へてある。齊田がかへたとすればナギサのところでだ。何のために、何とかへたのだらう。私にはわからなかつた。

しかし私はある考へにぶツつかると心もち怖ろしい樣な氣持になつた けれどもそれはあまりに唐突な考へであり、あり得べきことではなかつた。怖ろしく思つた私の豫感。諸君はこの私

の豫感が全々誤りでなかつたことを後で見らるゝであらう。私の考へといふのは今朝方の私の電話によつて、齊田が突然ナギサの不要、のみならず有害を感じはしなかつたかといふことである。實際齊田は自分のためにはその位のことはやりかねなかつたし（後でわかつたことだけれど、この外にいろいろの原因があつた）彼のスパイ政策の辛棘さなどの手腕もうなづかれる所似であつた。

私は私の考へにとらはれた。再び神堂アパートへ私は急いだ裏口から有山の部屋で彼に會つて、そのことを語ると、彼はにやにや笑ひながら言つた。

——ひよつとしたら先生やつたかも知れんぞ！

そして有山は度々齊田が、ナギサの部屋で彼女の鞭の下で如何にスパイと情交の交換條件とはいへ、あへぎ苦しんでゐたかを語つた。有山はそれを隣の空いた六號室の押入れの僅かばかりの間隙から覗いて知つてゐるといつた。私は驚いた。まさかそこ迄は彼のナギサに對する交渉は進んでゐたものとは思はれなかつたからである。又有山の言葉をそのまゝ信じていいのなら、齊田は近頃別な女スパイを手に入れたのであるが、その女がかねがね齊田とナギサの關係を熟知してゐて時折齊田に、ナギサと一緒にスパイをするのは厭だなどと言ふのださうである或はこれは女同志の嫉妬であるかも知れないが、ことによると又一層深い野心であるかも知れない。これに對して齊田の醜い半面が如何に展開するかは興味ある見物だと有山は言ふのであるが、私がそれをどこで知つたかと訊ねると、例のにや〳〵した顔をして煮え切らない笑ひに紛はしてしまふのである。

私は有山から合鍵を受とるとひそかに六號室の押入れへしのびこんだ。彼に敎へられた所に眼をあてると成程僅かではあるが、部屋の中央が一部眼に入るのである。見ると正面の横向きの寢臺にナギサは事もなげん寢てゐた。胸のうごきがむしろ安らかな寢息をおもはせた。私は、今まで私が考へてゐたことが實につまらない想像に過ぎなかつたことを思つて、薄ぐらい押入れの片すみで自嘲に似た唇を嚙んだ。私は次の瞬間再び覗いてみた。私のその自嘲を裏切るもののやうに、眞新らしいアダリンの管が、枕元の小机の上にのつてゐるではないか。私は齊田がすりかて行つたものには違ひないが、何のためにさうしたのかがまだわからなかつた。多分齊田は彼女のアダリン管の現在の分量を見て便所にでも行つて底に別な藥を入れその上に同じ分量位のアダリンをつめてかへたのだらう。何を入れただらう。替へたとすれば目的がある筈だ。或は彼女の一服分位はまだ殘つてゐたので、いつもの様に彼女は寢てゐられるのではあ

るまいか、するとこの次の分が危險といふわけである。私の拾つた彼女の管には僅か一服分位しかつ殘てゐなかつたから、何とかしてあれを確かめる方法はあるまいか、ナギサが危險だ。

と私は物音にギクリとした。ナギサの部屋の扉を外から、赤ら顔の男が、これも亦忍ぶ樣に這入つてきたのである。私は眼をみはつた。そこで私は何を見たらうか。（以下次號）

長野柔道團來鮮

長野縣の柔道選手一行二十三名は滿洲柔道軍と一戰を交え、來る四月十二日日曜日歸途京城に立寄り全京城軍と試合を行ふ可く、來襲軍のメンバー左の如し

監督　長野有段者會長　小坂武雄

範士　廣岡勇司

上田中學校教師	六段	依田誠
松本高等同	五段	大新田勝海
長野商業同	五段	大塚富之輔
長野師範同	五段	若林幹雄
長野師範同	五段	篠原孝義
岩村田中學同	五段	內山專丈
松本中學同	五段	西川幸次郎
木曾山林同	四段	篠原義除
木曾中學同	四段	若林勝衛
須坂中學同	四段	山岸重俊
長野中學教師	四段	後藤三郎
青年	四段	武重小次郎
長野縣警察部同	四段	織田喜一
長野商業同	四段	萩原正巳
青年	三段	島田周一
屋代中學同	三段	早川享
上水農業同	三段	中村鎮
小諸商業同	三段	黑坂正士
長野師範同	三段	小林芳治
長野工業同	三段	千葉正規
北佐久農業同	三段	大工原俊司
上高井蠶業同	三段	鷲澤國士
長野中學同	三段	山岸林三郎

探偵小說

女スパイの死

……その五……

京城探偵趣味の會同人
大世渡貢

11

私は見た。それが高嶺であつたことは後で判つたが、彼のぎらぎらする眼さえはつきりと見たのである。高嶺は憑かれたもののやうに部屋に這入つてきた。彼は身じろぎをしてもつと近く隙間ににじり寄つた。彼は何思つたか例のアダリンの管に手を觸れた。私は危く出さうな聲に咽喉を硬はばらせてしまつた。彼がその管のなかのものを全部はたく様にしてナギサの口に流し込んだからである。私の想像が正しいものとせば、今の最後の分量こそ危險極るものではなかつたか。私の體をよぎつて悪感が過ぎた。私は冷靜にならうとした。高嶺は何をするのであらう。高嶺はもつと睡らせるためにあれを嚥ましたものに相違ない。五分。——十分。高嶺は椅子に腰をおろして、ナギサを見つめてゐた。先程から何が彼の皮膚の下に湧きあがつてゐるのであらうか。私はそんなに思ひながら私の怖ろしい想像が當るかどうかを知らうとしてゐた。

長い間であつた。いつとはなしに私の眼も疲れてゐた。三十分もたつたかと思はれた頃、ナギサが苦しみ始めたのである。私はあの苦澁に埋もれた顔を見るに忍びなかつた。毒だ。私はさう思つた。ナギサのなかで内臓が分裂してゐるのだと、矢張り齋田の仕業だつたのだ。私の思つた通りであつたのだ。私は他のことを考へる暇がなかつた。それ程私の眼はつぎつぎに起る、高嶺の奇怪な振舞に多忙を極めたのである。高嶺は上衣の下からしなやかな鞭を出したかと思ふと、矢庭に羽根布團をは

いで苦しみ惱んでゐるナギサを裸かにしてしまつた。私は體をあつくした。

【註】以下山本の述べたことは略々高嶺の供述と同然である。よつて筆者はこれを省くことにする。

私の注意は單なる肉塊の樣に無抵抗なナギサに集つてゐた。まさしく彼女は動かない。只動くものとては鞭の下の脂肪に過ぎなかつた。突如、高嶺は直立してしまつた。眼がおどおどと落付かないものに變つてゐた。何と變な奴だらう。彼はナギサを抱きかゝへ、そして忽ちとりおとした。彼は二三度部屋をうろうろしたのち窓の錠をはづしてそおつと外を覗いてゐた。多分誰か見てゐるものはないかと懸念したのだらう。彼は窓を閉めるなり部屋を出た。鍵のかゝる音がして廊下をわたる足音が遠のくまで私は耳をすましてゐた。

私は嵐のあとのやうに茫然としてしまつてゐた。おほかたナギサは死んだものにちがひない。あの慌《あわ》てふためいた高嶺の態度から推してもそれに間違ひはない。私はまた間隙に眼をあてがつて白いナギサを見た。私は先刻高嶺のした行爲をおもつて變にもの憂ひ心になつた。私はどうしたらいいのか。私はこれから何をすればいいのだ。私はそんなに思ひながら力を拔かれた者のやうに暗い澁り臭い押入れの片隅でじつと動かずにゐたどの位時間が流れたか私にははつきりしなかつた。

再び私はしのびやかな物音を聞いた。今度は私のゐる部屋であつた。やがて鍵の音がして扉をあける氣配がした。誰だらうか。私はどうしよう。私は面喰つてしまつた。驚いたことにはその足音が押入に近づいてくるのである。私は身構へるひまもなく戸を開けられてしまつた。

黑味勝ちな、優しい瞳が私を捕へた不意の驚きのために瞬いた。眼深かに鳥打《ハンチング》を被つた小柄な男と私は眼を見合つたまゝ向ひ合つてゐた。相手の態度に私を害する氣勢のないのを見てとると、先づ私は一息落付いた。相手は餘程の思惑違ひと言つた風にまじまじと見つめるのみで、頓に口も動かせなかつたのである。私は靜かに言つた。あなたは女ですね。と。すると相手はかすかに口を開いて一層私に眼を瞪《みは》るのであつた。細い眉や華奢な顔立が私には女としか見えなかつたのである。私は優勢な立場を握つた。私は續いて訊《たづ》ねたのである。あなたは齊田に頼まれましたね。ははは……。これは私のかけたやまだつたが私は正面に斷髮した女の顔を見た。相手が恐れ入つたかのやうに帽子をとつたからである。今度は私が詰つてしまつた。私は眉をあげた。何と、私の前にゐるのはナギサとそつくりの女であつた。私ははなかつたか。驚いた私を訝《いぶ》かし氣に眺める女であつた。私は

言つた。ここを覗いて御覧なさいと。私の静かな素振りと先き程の飛躍的な詰問に女は柔順さをとりかへしてやをら身を動かすのである。私は席を譲つた私は尚はツきりとナギサその儘の女の横顔をまぢかく眺めた。ほのかな女の匂ひさへ交はるなかに。女は一度私を顧みて危険の有無を確かめる振りであつたがそれでも言はれた際間にぴつたりと眼をあててしまつた。すぐ私が相像したより以上に女は眼と口をひらいて驚きを表はして私を見た。二度目に女はかすかに聲をあげながら、その小さな際間に躰を割込ませる様に見えた程、頭を動かせて噛みつく様に覗き見るのを私はいろいろな疑念の裡に眺めてゐた。女は明らかに興奮してきた。姉です。誰が、誰が。私は女をかゝえる様にして席を代つた。これ以上の激情は望ましくなかつたからである。静かになさい。私は手で制しながらなだめ口調で言つた。誰か來ますといけませんから。と。それからしばらくの間二人はじつと放心した者のやうであつた。私も女も別々のことを考へてゐたにちがひなかつた。そのうちに女は稍落付きをかへしてゐた。私はと言へばこれはまさしく姉妹としか見えぬが何としたことだらうと思ひ惑つた。女から言葉をきつた。私にわかる様に聞かせて下さい。あれは、あれは一人の姉です。ああ。そして女はまた私の背後の際間にもの欲しげな、おびえた美しいまなざしを送るのである。私は殊更冷静に私の知つてゐること、私のして來たこと、私と齊田のことなどを、この場合として必要な部分だけをかひつまんで話した。女はいちいち、ことの意表外なのに心をうたれたかの如く體をかたくして聞き入るのであつた　私は話し終ると少しく口調をあらためて言つた。私は齊田の仕業と思ひます。私はそれを露《あば》きませうあなたは誰ですか、あなたのことを話して下さい。女が涙さへうかべてゐるのが、もう殆ど暗くなつてゐるなかで朧げにわかつた。女は素直に話し出した。私は多くの好奇心と持前の同情心とを交錯させた比較的平坦な氣もちで聞いてゐた。女の言つたことをこれも必要なことのみ二つ三つ擧ぐれば略《ほゞ》次の様になるのである。

九州の一端で彼等姉妹が、もの心ついた頃一家には不幸がもうしつかりと座を占めてゐた。どこの不幸な家庭でもさうであつた様に不幸は徐々に加速していつた勝ち氣な姉が生活のために出奔したのは父の死んだ年の春で、二つ違ひの妹の百合江が十八のときであつた。それから二年目の夏老衰した母が不幸を清算する様に逝つた。百合江は街頭に出たあらゆる不仕合せの末芽を出した草の様に單純に明るく。姉の便りは雲を掴むに似て心當りもなかつたが比較的友だちの多かつた朝鮮をとまづ

京城を目ざした。それから一年半あまり、百合江は次第に反應の鈍くなつて行く自分を、店頭にアパアトに、見出した。不圖した機會から齊田に見出され、聞くも忌はしいスパイの一役を引受けたのはつひこの秋のことで、今は姉に會ふといふ様な心も、むかし程の清新さを失つて百合江は自分の背後にもの凄い響きをあげる巨大な能機を感じてゐた、スパイ、それ等のもつ內容は彼女にまで單なる裏切りの快感——それですらすぐ不快に變つてしまふところの——を思ひ出した様に與へるのであつた自分の若い華かな幸ひを裏切つた奴等、父を母を姉を自分からもぎとつて行つた奴等、それらに對する莫然とした不滿が、歪んだ自分の嘲り《あざけ》のなかで時折滿たされることがあつた。それを追つた。そしてこゝまできた。無目的な私の生涯、そう百合江は話した。今日のひる下り、齊田の呼出しに、又新らしい例のグルツペでも出來たのかと出かけて見れば、齊田は恐ろしく汚れたオーバ鳥打《ハンチング》を示しながら、事務的に役目を言ふのであつた。男に化ける。それから神堂アパートへこの名刺をもつて行きナギサといふ女のところへ行くふりをして、この合鍵で隣室の六號室に這入り、オーバと鳥打《ハンチング》を置いてくるのだ。ただそれだけだ。それからアパートを出たら、八時頃カフェ『セニョリタ』へ私ナギサです。今夜休みますと電話をして歸つて來給へ

私は待つてゐると。百合江は何故といふ言葉を禁ぜられてゐた、それ故いつもの様に出かけたのである。靴とスカアトはこれこの通りですと、ダブダブのオーバの下から出してみせるのであつた。そして彼女はひどく蒼ざめた顔をあげて、あなたは私の味方になつてくれませんか、私は齊田を憎みます、姉ですあれは姉に違ひありませんと私に迫るのであつた。私は激しい百合江の吐息の前に昔の愛人と時間をとりかへした様に頼もしく答へたのである。よろしい私たちは彼を明るみに出しませう。それにしても百合江の顔、かたちは私には初めてのものではないといふ氣を強くさせた。相似。これがあの輝子だつたらと、私は場外れた思ひの方へ片寄らうとしたが百合江が引もどしたのである。私たちはどうしたらいいでせうか。そう言ふ彼女は今は全く肉親を裏切つたものへの憎惡と、その齊田を裏切り報復するといふアブノールマルな二重の愉悦の壓力で張り切つた瞳を私に浴せかけた。私はそれを美しいものに思ひ、私の齊田に對する關係からしても一層彼女へ助力するといふ氣持を固くしたのである。私は言つた。充分な證據の品を集めねばならない私の考へでは齊田があなたを寄越してオーバ等を殘して來いと命じたといふことから推して必ず今夜あなたからその通りにして來たといふことを聞いて後晩くこゝに來るに相違ないと思ひ

ます。彼女は尋ねた。何故でせう。それは私にも明らかではありませんが多分彼の事務的な潔癖さが、ナギサの決定的最後を確認するか或は決定的な一手を下すかのどちらかのためでせう。彼女は頷《うなづ》いた。彼はそんな風です。若し彼が來るとすれば午前一時頃でせう。今日は幹部會議の定例日ですしそれに會議は大抵おそくなりますから。午前一時。私は言つた。それまでにはまだ間があります。では私たちの仕事をやりませう。さつき高嶺が窓を開けたまゝにして行つた筈ですから、こちらの窓から渡つて部屋に這入りませう。私たちは靜かに歩を運んだ。窓は滑かに開いた。暗い夜。身輕な百合江は難なく一米あまりをしなやかに跳んでナギサの窓下に渡ることが出來た。私たちは部屋に這入つた。再び白いナギサを自由にまのあたりに見ることが出來た。百合江は唇をふるはせてまじまじと覗いてゐたが手を引くとつぶやいた。冷い。と。だが私等はさうやつては居られなかつた。怪しまれてはいけない。百合江は早くかへさねばならない。幸ひ點燈のまゝ寢るらしいナギサの癖で明るく部屋はなつてゐた。私はすぐアダリンの管をとりあげてポケットにした。これは大切ですよ」すると百合江は外の方を見ながらかすかにうなづいた。彼女は姉の寫眞を枠《わく》から外すとそれを内ポケットにしまつた。そして私の方を見て淋し氣にほゝゑんだ。私は不圖本に挟まれた狀袋を見つけるとそれがかなりの紙幣束であるに氣づいた。同時に百合江もそれに目をつけた。報酬ですわ、袋がおんなじです。私の場合と私はもとのまゝにした。これはこのまゝにしておきませう。多分齊田はこの金をとりにのみでも今夜來ないとは限られませんから私たちはこれで確かに彼がくるであらうといふ信念を深めた。私はまたあの大きな裸身像の裏のいろ〳〵な道具に氣づいた。百合江は姉のサチズムが解せぬ様であつたが私たちはもうこの部屋に用はなかつた。來た様にして私たちはもとの部屋にかへると百合江は身じたくをした。齊田の言つた通り殘すものを殘した。私たちは次の約束をしてわかれた。即ち、八時に『セニョリタ』へ電話すること十一時半に再びこのアパートの裏口で私と會ふこと。彼女は明るく微笑した。彼女はその通りするであらう。今私は百合江に別れるのが心なしか惜しい氣がした。彼女もさうである様に私には思へた。しかし私は有山のところへ彼女は齊田のところへ第六號室をあとにこつそりと忍び出たのである。果して齊田は私たちの想像通りナギサの部屋を訪れるであらうか。

12

午後十一時四十分私たちは押入れに身をひそめてゐた。早目

ではあつたが齊田が來るとすれば見逃すわけにはいかなかつたからである。靜かな夜遠く街の雜音がものなつかしく響いてゐた。二人の息が狹い押込れにこもつてゐた。私たちは時々無意味に顏を合はせては輕くほゝゑんだ私たちはまるで二人でゐることを樂しんでゐるかの樣であつた。あの次の部屋の恐ろしい光景と、私たちの目的を外にしたならば。私たちが潜んで三十分も立つたと思はれる頃果して忍ぶ足音が聞えてきた。それが齊田であるといふことは彼が合鍵でナギサの部屋に這入るまではわからなかつたが、私たちは明るい光の下でまさしく齊田を見たのである。彼はあまりの部屋の變化に驚いた樣であつた。多分彼は白いベットで死んだ樣に寢てゐるナギサを想像して來たのであらう。彼の精悍な横顏が明らかに眉をひそめてゐた。彼はつと裸はな胸に手をあてた。いつも現場でそれをやる樣な調子でゞある。殆んど胸は冷却された大理石の樣に彼の手に觸れたことだらう。齊田は首をかしげながらも一度叮嚀に手をあてゝゐた。次に彼は小机のあたりを見まわして、紙や書籍の下などを探し出した。彼は致命的なアダリン管が欲しいのであう私はそれをかくしの中で探りながら輕く嗤ひたい衝動を抑へた。百合江は私の横の別な隙間を見つけだして及び腰のまゝ熱心に見守つてゐた。齊田は床を探し始めた。寢臺の下。椅子の下。彼はあせり氣味にさへ見えた。舌うちをしながら再び机の上に引返した齊田は、其處で例の狀袋を發見すると素速くそれをオーバのポケットに入れた。そしてチラとナギサの方を見るのであつた彼はアダリン管を放念したらしく、しばらくじつと立つてゐたが、今度はナギサの枕元にきてナギサを見守りながら思ひ惑つてゐる風であつた。何をするといふのであらう。彼はやをらオーバを脱ぎだした。拳銃だつた。彼は射つであらう容疑者用の遺留品として、彼は百合江に古びたオーバと鳥打《ハンチング》をこの部屋に屆けさせてさへゐるではないか。私はさう思つた。恐らく百合江もさう思つたにちがひない。齊田は冷くなつてゐるナギサの上半身を起すと背に拳銃を擬した。そして右手で爆音を防ぐためにオーバを被せたのである。銃身の尖端のみが支障されない樣に幾重にも被つた。彼は流石に顏を伏せて引金をひいたらしい。鈍い、それでもこの部屋から充分聞きとれる程の音が水を滿たした鑵を射た樣にしたのである。彼が急いでオーバを擴げると、硝煙が薄くそのなかゝら擴り出て部屋に數箇の段をつくつて漂つた。彼はおびえる樣に、偶然私の覗いてゐる方をふり向いた。私は思はずハツとしたのである。しかし彼はいくら何でもこゝから覗いてゐる私たちに氣付く筈はなかつた。それでも彼は慌たゞしく忍び足で部屋を出た。鍵の音がし

て遠ざかる足音が私の心臓に響くのであつた。百合江はさつきから喪心した様に壁にもたれて眼を廣くひらいてゐた。何といふ有様を私たちは見たのであらう。
　私たちは何も言葉を出さなかつた。しばらくして私は思ひ出した様に立上つた。そして侍つてゐる様に彼女に言ふと、窓から窓へ渡つてナギサの部屋に這入つた。齊田の不覺。私はそれを思ひ出したのだ。彈子を置いて行くとは餘程慌てゝゐる私は寢臺の柔かい布團の中からナギサの肉をくぐつてきた彈子を見つけることが出來た。私が百合江のところへ歸ると百合江が言つたいゝことに氣がつきましたねと私は微笑した。私はそれを大切に内ポケツトに納めた。私たちは寒い夜空の下で。明日の時間を打合せすると晴濟上した心もちで別れた。それでも何かしろ一路の心安さをお互ひに抱きながら、これは大きな證據を摑んだといふことゝそれ以外に好ましい二人の間柄になつて行くことに對する氣持からだと私は思つた。翌朝それとなく注意してゐると果して大騷ぎになつたらしい。私は成り行きに心を配つた。しかし方法がなかつた。うつかり近寄ると私が危險であつたからだ。しかく百合江がその役を果してくれた。それによつて略どんな風に齊田が動いたかを知ることが出來た。私たちは齊田への挑戰の第一歩として百合江に電話をかけさした。

これは明らかに齊田を困憊させたものに違ひなかつた。齊田は私を犯人に擬してしまつた。これは豫め彼の考へたことである。名刺と言ひ左利きらしいオーバ、百合江の背丈。それから私の前身周圍のものも殆んど齊田を信じて私を犯人にしてしまひさうであつた。私は警戒した。そのため私は終日賭夫の有山の部屋に隱れてゐた。有山に賴んで調べて貰つたところ果してアダリン管のなかには亞砒酸が殘つていた。これで彼の意圖は確定してしまつた。吹雪が降つて翌朝私は百合江と打合せて彼女から齊田へ再び電話をかけさせた。今すぐ七號室に行けば證據の品が手に入る。これの効果は百パセントであつた。私たちは七號室に潜んで齊田を侍つた。

　註。彼等と齊田がそこで何んなことをしたかは前月號に於て既に御承知のことゝ思ふからこゝで山本の逃べたことは省く。

　齊田の後から私たちも部屋を出た。しかし二時間後齊田の自殺を聞かうとは思はなかつた。しかし彼らしい遣り口ではあつたので若しかしたらと位には思つたが私たちの想像よりも早かつた。百合江がそれを知らせてくれた。彼女は言つた。あまりにあつけなかつたと。それでも一抹の安易な様子が見えてゐるのをかくせなかつた。私たちは、ものゝ流れて行く方へ、それを導いたのだ。さう思つた。百合江は私の手を握つて、あなた

が居なかつたら。と言つた。私はそれだけで充分よく理解したのである。私は默つて握りかへした。私たちは稍《やゝ》朗らかであつた。だが私たちにはまだ少し仕事が殘つてゐはしまいか。私は私のもつてゐるものを少くとも當時者に披瀝して身の正しいことを證明する必要がある。私はそれで今夜澤刑事を訪れることに決心したのである。

こゝで再び山本と澤刑事のゐる部屋にかへらう。山本の長い話を熱心に聞いてゐた澤刑事は考へ深かさうに口を開く。

「よくわかりました。そしてそのアダリンの管と彈丸はどうされましたか」

「持つてきてゐます。御所望なら御目にかけませうか」

「どうぞ。私にも思ひあたる點もあるし、又、彈丸に就いては實は今日齊田課長の部屋で拾つてきたのがあるんです」

「なる程。それを較べて見ようと言はれるのですね」

「そうです。それからナギサの死因は亞砒酸服用といふ決定書も來てゐます。何もかもよくわかつた樣な氣がします私の拾つた彈丸はこれです」

澤刑事は齊田が拳銃にはいつも六發充塡しておく癖を知つてゐた。同時に澤刑事は齊田の部屋で彈筐をあけたとき二箇の空窩に不審を抱いたことを思ひ出してゐた。

若し山本の持つてゐる彈丸が自分のと同一だとすればそれは解決される疑問だつた。今山本の出したのと較べて見ると同一であるのみならず、彈丸の上に同じ樣な擦傷がついてゐるのを見出したのである。多分銃腔に傷をつけるものがあつたのであらう。

澤刑事は山本を顧みた。

「御覽なさい。同一です」

山本は兩方を手にとつてしげ〳〵と眺めてゐたが明るく眼を輝やかせながら言つた。

「間違ひありません」

山本は重荷を降したといつた風な樣子で和《なご》んでゐた。これまで勞力した彼にとつてこれは當然のことであらう。澤刑事も意外な事實の前に稍口を緘してゐたが、やがて一段落ついたといふ口調で

「では明日、その百合江さんといふ御方と會はしてくれませんか。勿論あなたも同席して下さい。取調べではありません。如何でせうか」

「よろしうございます」

後は澤刑事に一任して彼は家を出た山本はこの多忙だつた三日間を思ひ出しながら心が輕くなつて行くのを感じた。君は誰

だ! そう言つた。齊田の怒氣を含んだ電話の聲を耳によび起して見た。彼が如何にもつまらない男に思へた。また、氣の毒な心もした。しかしそんな氣持は彼の中ではほんの一部分に過ぎなかつたのである。何故なら、これからの百合江との方向こそ、彼にとつて全てのものと置き代へる以上の、大きな課題であり、それだけに快い今の彼であつたから。(了)

제3편
세 구슬의 비밀

連作連載探偵小説

三つの玉の秘密 （第一回）

京城探偵趣味の會　山岡操

ある變なトラブルからソウル銀行預金係に勤めてゐるサラリーマン星野春夫は猛烈なる神經衰弱と不眠症に罹つてしまつた。カルモチンもアダリンもそれからジアールも浴びるほど飲んだけれども神經衰弱ははかばかしくならなかつた。日光浴も試みた水も飲んだ。食餌療法も行つた。けれどもそうした一切の療法も何らの効目も見へず神經衰弱は惡るくなる一方だつた。目方は減る一方だつたし、顔色は日一日と土色になつて行き、目は日毎に深く落ち込んで行つた。仕事も手につかずまるで生ける屍のようになつてしまつた。銀行へ出ても仕事を投げやりにボカンとして一日を終ることが多くなつたので、預金係主任清水大三郎氏も見るに見かねて一月ほど療養のため彼に休暇を與へた。

　休暇を貰つた星野春夫君は少し氣がのんびりとして頭も明るくなつたようだつたが、何しろ病氣が神經衰弱といふ厄介

な代物だけにそう急に全快するといふ譯には行かなかつた。酒を飲めば酒の醉ひから幾分よく眠れるので、星野君は酒を飲むことを覺へた。それでも元來人一倍內氣な星野君のことであるから酒の量はほんの僅かであつた。そしてその酒も本町とか明治町とか永樂町といつた、花やかなカフエーにはよう入らず、彼が酒を求める場所は鍾路の裏通のゴミ〳〵したムーンと何か腐敗したような臭氣がプンと鼻を突く酒場であつた。「裏街」！ 彼はこの裏街といふ言葉に限りない愛着を覺へた。醉ひどれがクダをまき、ゲロを吐き、艷物師が泣くような哀律を流し、そして崩れた酒場女が强いアブサンを飲んでは笑つたり泣いたりする裏街の酒場、こうした世紀末的アトモスフアーはグン〳〵と彼の病的神經を捉へて離さなかつた。

彼は一月の休暇に神經衰弱をなほさなければならないことをスツカリ忘れて、この鍾路の裏街のとりことなつてしまつた。そして陽が落ちると倭城臺の獨身アパートから拔け出て、電車にもバスにも乘らずに寒い烈風に、フウ〳〵白ろい息を吐きながらトボン〳〵歩るいては鍾路の裏街に出かけて行つた。

その日は京城には珍らしく晝過ぎから、粉雪がチラホラ舞ひ夕方には可なり積り夜に入つてから一層强く降つて來たがそれでも彼は雪を侮してオーバを頭からかぶり笠もさゝず、何日もの通りトボン〳〵歩るきながら、途中何度も雪のため辷りさうになるのを漸く踏みこたへて鍾路の裏街に出かけて行つた。

その宵は雪のためあの賑やかな鍾路通も人通りが少なく、時たま通る自動車の警笛も雪のためカラ辷りする車輪の悲鳴のように、街の兩側に聳へるビルデングのガラス窓を震はせてゐた。

彼は優美館のところから裏街に折れて行つた。裏街は一層ヒツソリしてゐた。何日もなら早や醉つぱらひの人影が街燈の灯にもつれ〳〵て躍つてゐるのに、今宵は深海のように靜かに雪に蔽はれて、そこかしこに辻占賣りの少女が軒下に凍へるように震へてゐた。彼はフト學生時代に獨乙語の講讀に習つた、アンデルゼンの「雪の夜のマッチ賣りの少女」の話しを思ひ出して、甘いセンチに醉ふた。そしてその甘いセンチを滿足さすために辻占賣りの少女が彼に縋りつく度に快よく辻占を買つてやつた。そしてそれらの辻占を丹念に街燈の灯にすかしては讀んだ。その中の一枚の辻占に

「汝、今、旋風の中に立つ

旋風は汝を巨大なる渦に卷きこまん
そは逃るべからざる渦なるべし

と書かれてあつた。彼は彼の目を疑つた。「彼はこんな型破りの辻占を初めて見たからである。それは辻占の記錄破りであつた。辻占は「大吉」に相場が極つてゐるのにこの辻占は大吉とは全く正反對の辻占である。それだけ彼はこの辻占を一笑に附することは出來なかつた。この辻占は彼の頭の底に深くコビリついて離れなかつた、といつて彼はこの辻占の文言が怖ろしいのではなかつた。むしろ彼はこの運命的な文言が彼自身の現在の氣持を暗示するようで、何かしら心がひきつけられた。彼は他の「大吉」の辻占は全部捨てゝしまつたが、この運命的な辻占だけは何だか捨てるのが惜しいような彼の今宵探しあてた寶のような氣がして大事にサツクコートの内ポケツトにしまひこんで、さつきまでの甘いセンチはすつかり忘れて雪の中をズン／＼歩るいて行つた。道の兩側の酒場の灯がステンドグラスから洩れて雪を明るく染めてゐたそれはサロンの畵にでもあるような美しさだつた。雪と酒場のコンビのみが醸し出す北國的美の極致だつた。彼の心は躍つた。彼は今宵雪の中を突いて裏街に來たことを心から嬉しく思つた。

彼は赤い灯の中への衝動に驅られた。そして雪のシベリヤをさまよひ流れて、漸く街の酒場にでも辿りついたような大げさなロマンテツクな幼想の中へ彼自身を追ひ込んで目を郷やかした。

彼は赤いネオンで「モナコ」と光つてゐる酒場の前で止つて、靴にたまつた雪を叩き落してモナコのドアーを押し開いた。雪の中を冷たく歩るいて來た彼を眞赤に燃へてゐるペチカが待つてゐた。數度來た酒場で女給達は彼を見知り越しだつたので「ホーサンいらつしやい」とか「イヨー・春ちやん」だとか威勢よく氣持よく迎へて呉れた。彼は帽子とオーバをチヤチな男ボーイに渡してペチカの傍のテーブルに腰かけた。お客は彼を除いては二人連れの會社員風の一組がゐるだけで、酒場に似合はない靜けさなので彼は何だが氣恥づかしく一寸テレた形だつた。

彼の持番の白系露人のナターシヤといふ目許がディートリツヒに似た女給が覺束ない日本語で、灘から上等の日本酒が着いてゐるからそれを持て來ませうといつたが、彼は雪の夜の酒場で日本酒は何だかジジ臭く今宵のロマンテシズムを壞すような氣がしたので「灘から着いた上等の」といふ冠詞のついた日本酒を、ことはつてビールを、それもドンケル（黑ビー

ル）を注文した、雪とペチカとドンケル！　彼には全く素晴らしい饗宴だつた。酒場が暇だつたので持番のナターシャをはじめ長崎生れの明子や、平壤で妓生をしてゐたことのある柳京順や、ポーラネグリのようにあくどいメーキアツプをした照美なども、彼のテーブルに集つて來た。そして歌つては飲んだ。カルメンやカチウシャや放浪の歌を皆んな口を揃へて歌つては一つの歌が終る度に一諸に起立して「アラ・ボーテル・サンテ」と皆んなのコツプをテーブルの上でカチンと合はせてはドンケルをキレイに飲み乾した。そして何のわだかまりもなく朗らかに大きな聲を立てゝ肩を仰山にゆすぶつては笑ひ合つた。酒場のみに見られる美しい景色だつた。

星野春夫君はスツカリ愉快になり神經衰弱も不眠症も休暇もそして例の運命的の辻占も何もかも忘れて、内氣な平生とは見違へるほど大膽に朗らかに飲んでは歌ひ、歌つては飲んだ。しまひにはドンケルでは満足出來ず、ウオツカをもつて來させナターシャにロシヤの歌を歌はせて宇頂天になつた。ナターシャがゴルキーの「ドン底」の歌を歌つた時なぞは彼はナターシャにとび付いたりした。

彼はグデングデンに酔つぱらひナターシャが心配して自動車を呼びませうといふのを斷つて、チップも何時もよりはずんで頭からオーバをスツポリ被つてモナコを出た。酔つた女給達の上づつた聲が彼の背に賑やかに響いてゐた。ただナターシャだけは雪の夜にモスコーでも思ひ出したのか、濡れた視線を彼のオーバに投げかけて見送つた。

彼は頼りない足どりで右に左に身體を大きく揺りながら、まだ降りしきる雪の更けた裏街を優美館の方へ歩るいて行つた。彼の全身の血管を物悽い勢ひで馳けづり廻つてゐるアルコールは、彼の日頃の小心をすつかり打ち消して大膽な軌道へ軌道へと彼を追つて行つた。彼は酔つた濁つたダミ聲を大きくあげて兩手を滑稽に振りながら「ドン底」の唄を歌つた

晝でも夜でも牢屋は暗い
何時でも鬼めが窓から覗く

あゝこの重たい鐵の鎖よ
今に見ろちんぢに砕いて見せる

泣いても笑ふても世は様々よ
陸の果は海だよ白帆は辷る

彼は雪の中をしつこいほど、この歌を何度も何度も繰り返

しては歌つて行つた。

優美館の手前近くまでやつて來て、鍾路の大通へもうすぐといふところまで來た路次角まで彼の醉步が漸く辿りついた時横合ひの路次から恐ろしい勢ひで走つて來た黑ろい二つの追ふような追はれるような影が彼のクル〱廻る瞳に映つたと思ふ間もなく、その二つのもつれ合つた黑ろい影はガチャンと彼の瞳に衝突して彼は雪の中に投げ轉がされた。ビックリして氣を失ひさうになつた彼が漸く雪の中に氣をとり戻してあたりを見廻した時、彼の瞳にとび込んだ二つの黑ろい影はなくあたりは靜かな白ろい雪の裏街であつた。ただ雪の中に二つの足跡が亂雜にもつれ亂れてしるされてあつた。一つの足跡は大きな足跡であり一つの足跡は小さなキヤシヤな足跡であつた。それは一見して大きな足跡は男の足跡であり、小さな足跡は女の靴跡であることが判つた。彼はその二つの異つた靴跡を見ながらフト「雪の夜の慘劇」「血に染つた雪」といふ風なことを考へた。そして——雪の中になげ轉ばされた時打ちつけた腰のあたりが痛むのでオーバの下へ手を入れて腰をさすらうとした時、右のオーバの表ポケットが何だか重たいような氣がするので、オーバの表ポケットに手を入れるとヒヤツトした。カチリと冷たい鋭い金屬的感覺が彼の手に流れた。それは鋼鐵製の小筥だつた。今の今まで酒にほとびてゐた、だろい彼の神經は急に酒から拔け出てその鋼鐵製の薄氣味惡るい小筥に集中した。小筥は彼に衝突した黑ろい二つの影のどちらかの影が彼のポケットに投げ入れたのだ。ポケットからその小筥をとり出して街燈の灯にすかして開けようとしたが、頑丈な鍵がかゝつてゐて彼の蒼白い手では開ける術もなかつた。彼を捉へてゐた「裏街」もダダイズムもアナーキズムも夜霧の中に消へて鐵の小筥が彼の全神經を馳けづり廻はさせた。彼はよろめく足をしつかり踏みしめながら小筥を握りしめて、倭城臺アパートに一散に歸つて行つた。アパートに歸つてもその小筥を開ける方法もなかつたので開けるのは、明日の仕事として小筥を机の引き出しに大事に入れ鍵を下ろして床の中にもぐり込んだ。小筥が頭にこびりついて仲々眠られず漸く眠りついたのは夜明けも間近い頃であつたらう、次の朝は白ろい雪の上にキラ〱太陽が輝いて明けた。彼は十一時すぎに目を覺ますと朝のパンとミルクもそこ〱にズキ〱する頭を押して街にとび出した。本町の金物店に行つてヤツトコ、ねじ廻はし、金槌、ヤスリ等の七つ道具を買ひ占めて倭城臺アパートに歸つた。

小筥を机の引き出しからとり出して大工がはじまつた。七

つ道具で小筥を開ける仕事にとりかゝつたのだ。だがその大工は非常なる難工事だつた。彼は途中その難工事に彼の指を叩いたり、つめたり、手を打つたりして泣き出しさうになつて何度も大工々作を打切らうとした。三十分經つも開かない一時間が空しく過ぎた、二時間目にも小筥は依然たる開かずの小筥だつた。狂氣のような工作が夕方まで續いてさしもの頑丈な開かずの小筥も遂にポカリと口を開けた。彼は思はずベラボーを叫ぼうとしたが次の瞬間彼の視線は電氣にでも觸れたかのように硬ばつた。

割れた小箱から玉がコロ〳〵とこぼれ落ちた、三つの玉が彼の膝の上でもつれ合つてゐた。裴翠の玉と眞珠の玉とも一つは珊瑚の玉であつた。大きさは皆同んなじ大きさで直徑一寸もある大きな玉であつた。そして彼が玉を手にとつて見るとどの玉にもローマ字の「X」といふ字が刻まれてあつた。彼は小筥の中から何か秘密を期待してゐたものゝ開けて見ると彼は丸るで狐にでもつまゝれたように茫然となつた。裴翠と珊瑚と眞珠の三つの玉は彼を嘲けつてゐるようであり、三つの「X」と刻まれた文字は彼を呪つてゐるようだつた。彼の背筋を冷たい感覺が流れた。そして何か妖しい桎梏が彼の全身にまつわりついて彼の胸をしめつけるような氣がした。胸が氷の上にうつ伏したように寒々と震へた。震へる胸に昨夜の鍾路の裏街が買つた不可解な辻占で大寫しとなつて湧いて來た。

「汝、今、旋風の中に立つ
旋風は汝を巨大なる渦にまきこまん
そは逃るべからざる渦なるべし」

奥齒がガク〳〵鳴つた。悔恨と恐怖が彼をとりこにしてしまつた。その時彼の部屋のドアーをノックする音が聞へた。彼はその物音にあはてゝ三つの玉を机の中におし込んでブルブル震へながらドアーを開けた。ドアーの外にはアパートの給仕が氣が抜けたように機械的に立つてゐて彼に一通の速達郵便を手渡した。怖る怖る速達郵便を開いて見ると一枚の高價な羊皮紙が出て來た。羊皮紙の上には眞赤なインクで次のような文字がタイプライターで書かれてあつた。

「昨夜鍾路の裏街の好意を謝す。裏街で行き當つた汝のオーバのポケットは予の救命主なりき、ポケットの中は予の鐵の小筥のこよなきアヂトとはなりぬ。鐵の小筥は予の所有權内にあるもの、予は汝に鐵の小筥の返還を速やかに要求す、但しお禮として現金一千圓也を汝に給さ

ん。明夜鐵の小宮を三越前に持参すべし。午後十一時プラットに三越正玄關前に予は汝を待たん。これは絶對命令なり。汝若し予の命令を實行せざれば汝は呪はれたる運命に見舞はれん。X・X・X」

怖ろしい文字の連續であつた。だが彼は怖ろしくなかつた。三つの玉と三つの「X」を見た時正體の解らない不氣味さから痛みつけられた神經もはつきり正體を見て反撥的に強くはね返つた。そして三つの玉と三つの「X」の正體をつき止めたい獵奇的欲望に彼の心は驅り立てられて行つた。三つの玉を返してなるものかと心の中で力強く叫んだ。

夕飯を濟ましてから彼は三つの玉をサックコートの内ポケットに入れて倭城臺アパートを出て行つた。まもなく彼の姿は西小門の支那人街に現はれた。彼は西小門の支那人街の迷路を巧みに捌き歩るいてトアル一軒のチヤチな支那料理屋へ入つて行つた。夕飯を濟まして間もなく支那料理かと思ふとそうでなく彼は汚ないホールを通り越してコック場の横をツカ／＼と通つて裏の離れの方に行つた。支那料理屋のボーイもコックも彼を見知り越しと見へて何の怪しみもせず親しさうな笑顔で迎へてゐた。彼は離れの汚ない物置小屋に入つて行つた。物置小屋の床の一枚を開けると地の下から鈍い灯が見へ狹い階段が地下室に通じてゐた。彼はその地下室に通ずる狹い階段を器用に下り傳つて地下室に下りて行つた。それは京城府の地圖に載つてゐない秘密な地下室だつた。地下室は種々樣々な寶石類で埋つてゐた。赤、青、紫、黄、白そして茶色の寶石の中に埋つて一人の支那人が細工をしてゐた。だがこれは眞實の寶石ではなかつた。全部イミテーション（模造寶石）であつた。この地下室は表を表面支那料理屋に裝つてその實イミテーション專門の秘密室であつた。彼はこうした都會の秘密地圖によく通じてゐたのだ。彼の學生時代の友人で在學中校長の令孃とのラブ・アフエヤーで卒業間際に退校となつて、それから都會の秘密地圖のブローカーになつてしまつたPといふ男に連れられて前に何度もこの秘密の地下室に來たことがあつたのだ。

彼はイミテーションの寶石の中に埋つて細工仕事をしてゐる王といふ支那人にポケットの中から取り出した眞珠と珊瑚と翡翠の三つの寶石を見せて、この三つの寶石と色合ひ、句ひ大きさの寸分違はぬイミテーションを明日の夕方まで作つてくれるよう注文した。彼はその王といふ支那人に十圓札一枚を握らすことを忘れなかつた。支那人は快よくイミテーショ

ンを引受けた。この王といふ支那人はこうした都會の秘密室の仲間でも最も凄い腕前の持主で、彼の手になつたイミテーションはその道の玄人の目でも樂々とごまかされるほどの利腕だつた。彼は王が快よくイミテーションを引受けてくれたので、三つの玉を王に預けて一切のことを堅く口止めして秘密室を出た。王の快諾にスッカリ氣をよくして秘密室を出てから本町に足を向けて、今までの內氣や神經衰弱なんぞに見向きもしないで豪華なカフヱー、ムーランルージュに入つて行つた。そしてレコードに合はせて口笛を吹いたり、いとも威勢よくシャンペンを拔いたりなど晴れがましい氣勢をあげて良い氣になつて倭城臺アパートに引きあげた。そして氣持よく深い眠りに落ちて行つた。

　そして、——、その次の日・彼は夕陽が落ちるのを待つて倭城臺アパートをとび出した。足は西小門の支那人街に急いだ。ポケットに護身用のローラーを忍ばせ、ズボンには大きな金具のついたバンドをしめるのを忘れなかつた。支那人街の秘密の地下室では王が約束通りに眞珠と翡翠と珊瑚の三つの王のイミテーションをチャンとこしらへて彼を待つてゐたそのイミテーションは三つとも素晴らしい出來ばへで眞物の玉と比べてもどちらが眞物かどちらがイミテーションか判別がつかないほど精巧なイミテーションであつた。彼はイミテーションの三つの玉を鐵の小筥に入れた。そして眞物の三つの玉は內ポケットの奥深くしまひ込んだ。彼は今晚十一時三越の表玄關で待合はす「X・X・X」には玉の作つたイミテーションを渡す心算なのである。そして「X・X・X」が返還を現金一千圓のお禮で要求してゐる眞物の眞珠と珊瑚と翡翠の三つの玉は彼の所有にすることに決めてゐたのである。こうして「X・X・X」と會見する準備は出來上つた。それは完全といつて良い位立派な準備だと彼には思はれた。十一時が彼には待遠しかつた。時間を消すために浪花舘の「サマラング」を覗いて見たり、本町の喫茶「アロマ」でお茶を飲んだり、それから鍾路の「メキシコ」でレコードを聞いたりして「X・X・X」との約束の十一時までの時をもて余した。

　十一時が來た、三越の表玄關と向ひ合はせの京城中央郵便局の電氣仕掛の大時計が十一時を示した時、彼は三越の表玄關の前に立つてゐた。强烈なる獵奇的刺戟に燃へて彼の奥齒はカチ〱と噛み合つてゐた。その瞬間橫合ひからスーッと黒ろい影が彼の目の前に現はれた。黒ろい影だ、頭から足の先きまで眞黒ろい、頭には黒ろのスケート帽みたいな帽子を被りその帽子が顏まで大半蔽ひかくして目だけが黒ろい中か

ら光つてゐる。清く美しく光る目だ。だがその美しさの底に烈々たる鋭さが燃へてゐる。身體は眞黒ろな背廣服の上から眞黒ろなオーバが蔽つてゐる。ネクタイもカラーも眞黒ろだ靴下も靴も眞黒ろだ。だが身長も彼よか二寸位低く、身體はスンナリと細く靴もキヤシヤに小さかつた。眞黒ろの影は一見して女だ、女の男裝だ、巧みにカムフラージしてゐるが正しく女だ、彼はこの眞黒ろな影を見た瞬間この眞黒ろな影は一昨夜雪の鍾路の裏街で彼に衝突し、そして雪の中に大きな靴跡と小さな靴跡を殘して風の如く消へ去つた二つの黒ろい影の中の小さな靴跡を殘した黒ろい影だなと思つた。黒ろい女の影は無言のまゝ左手に百圓の札束を彼にさし出しそして右手をさし出して、三つの玉の入つてゐる鐵の小筥の返還を要求した。彼も無言でイミテーションの三つの玉が入つてゐる鐵の小筥をとり出して黒ろい影に手渡した。黒ろい影は彼から小筥を受取ると千圓の札束を彼に渡した。彼は內ポケツトに入れてゐる眞物の三つの玉をオーバの上から黒ろい影に氣付かれないように輕るく押へて心の中でセセラ嗤つた。

　黒ろい影はイミテーションの三つの玉が入つてゐる鐵の小筥を大事にポケツトにしまひ込んだと思ふと、依然と無言のまゝ踵をクルリと廻はしてズン／＼と歩るき出した。彼は黒ろい影の住所をつき止めるため黒ろい影を尾行しはじめた。黒ろい影は電車通を横切つて長谷川町に入つて行つた。それから朝鮮ホテルの前を通つて府廳に出て再び太平通の電車通を渡つて暗らい死んだような靜かな裁判所の方へ足早やに進んで行つた。彼は黒ろい影にさとられぬように半町ほど離れて黒ろい影の後をつけて行つた。ともすれば深い夜霧の中に黒ろい影を見失ひさうなので尾行はかなりの苦心であつた。黒ろい影が裁判所の前をすぎると思ふとその黒ろい影は暗らい闇に吸ひこめられるように消へてしまつた。彼はしまつたと思つてあたりをキヨロ／＼見廻はしたそして本能的にポケツトの護身用のローラーを握りしめたその瞬間彼の頭にカーンと堅いものが鳴つた。彼はクラ／＼と目まひがしてよろめいた。網膜に赤や青の色がグル／＼と廻ひながら映つた、そしてそれきり何も解らなくなつた。…………

　それから大部の時間が經つたのであらう、彼は寒さに震へてゐる自分を見出した。そこは彼の住んでゐる倭城臺アパートの部屋だつた。頭がズキン／＼と痛んだ。フト足許に見なれぬ紙片があるのでそれを手にとつて見るとそれは美しい羊皮紙であつた。羊皮紙を開くと眞赤なインクのタイプライターで次のような文字が叩かれてあつた。

「汝、予の命令に叛きイミテーションの三つの玉を返還せり、尾行は滑稽なり、予の目を欺かんとするは漢江の水を逆流せしめるよりなほ困難なり、予は汝の内ポケットに隱されし眞物の三つの玉を貰ひうけたり、イミテーションの三つの玉は不要なれば返還す、内ポケットに入れてあり、汝それを愛用すべし、但し千圓の金は汝に交付せしものなればそのまゝとせり、汝若し今後なほも予に敵對せんとせば汝の一命を失ふに至るべし。X・X・X

X・X・Xの手紙を見る彼の顏色は土色になり、彼の全身は恐怖のためガタ〳〵慄へた。窓に薄い明りが射して來た。一番鷄の鳴聲が遠方から聞へて來た。彼を嘲けるように、

（次號へ續く）　一九三四・一・一五

（附記）これは京城探偵趣味の會の同人の連作々品である。三回で終る豫定であり次號には同人太田君が執筆し、三回目は山崎君が書くことになつてゐる）

× × × × × × × ×

ゴシツプ

流石は美座君

昨年の暮も押し迫つた或る日某君が三越で若干の買物を濟ませ扨て年末のお歳暮にと京畿道美座内務部長宅への送達方を依頼したものだ。ところが店員の曰く『美座流石さんとは一體何をする人で何んな人物ですか？』

今を時めく京畿道内務部長をご存知ないとは認識不足も甚だしと不審し氣にその理由を問へば『實は美座さんのお宅に屆けるお歳暮を他にも澤山依頼されてゐるが何うしても受取つて貰へぬ』ので三越でもその處分に困つて居ることが判つた。

年末年始の贈答一切罷りならぬ……との松本知事のお達しを率先して嚴守して居るとは流石は美座さんだと一方で感心するし他方店員の方では一年中の大事なかき入れ時に折角賣つた品物の處分にまで困らせなくてもよささうなものだ。もう一寸くだけて融通性を發揮して哭れたらと不平ダラ〳〵

連作連載探偵小説

三つの玉の秘密（第二回）

京城探偵趣味の會　太田恒彌

1

二月はじめ、雪の深夜の二時。

ナターシヤは黄金町三丁目の下宿に、泥醉の危い足どりでやうやく辿りついた。ドアを開けると、いきなり外套や上衣やスカートなどを、ボイ〳〵と部屋の片すみに投げすてるやうにぬぐと、シユミーズひとつになつて、ベツトにもぐり込んだ。ほてつたからだ中を、おそろしい奔流が渦まいてゐるやうな感じがした。モナコのホールの、飾り電燈や、ペチカや、洋酒瓶や、白服のバーテンや、そのほかあれやこれやが頭の中を亂れ飛んだ。かと思ふと、ザア……と、狂つたやうなジヤズが、頭を掠めて過ぎた。しばらくして、體内のどよめきが靜まると、ナターシヤの意識全體に、おほひかぶさるやうに、今宵、突然、お伽ばなしのなかの存在のやうにモナコを訪れて來たドミトリの姿が襲つて來た。

――ドミトリ！　ミーチヤ！

彼女は、さう叫ぶと、うつぶしになつて、泣きじやくつた。ボツブが、ゆたかな肩の上で、はげしくゆれた。彼女は、かうして、一時間近くも泣いた。が、やがて、泣き疲れて、ベツトのうへに、力なく身を起した。窓から高い、低い屋根の波に、まつ白に降り積る雪の景色が、ボンヤリと見えた。彼女は、ジツと、この白光に見入つてゐるうち、いつしか、眼に一ぱい涙をためてゐた。

そのはずである。

十七年まへ、ボルシエヴイキの革命に追はれて、雪のシベリアを、さみしく橇に乘つて逃がれたときの、遠い記憶が、いま、しみじみと甦つて來たのである、彼女は、そのとき八つであつた。そして數家族が一團となつて逃れてゐたのであるが、そのうちに、十二になるドミトリがゐた。ナターシヤも、ドミトリも、ともに、敗れた反革命軍の將僚の子供であつた。二人は、長い雪の旅路のうちに、すつかり仲よしになつた。しかし、內蒙古に入つたある日、物すごい大旋風におそはれて、一團はチリヂリになつてしまつた。ナターシヤは父と母を失ひ、惡い支那人に拾はれ、そして賣られ、轉々十七年、三年まへからこの京城に來て、酒場の女をしてゐたのである。

それが――今宵、突然、ドミトリにめぐり合つたのである一目見たとき、何かしら、遠い記憶が、二人の胸に甦がへつたが、二言目には、それとわかり、二人は『ミーチヤー』『ナターシヤー』と、かたく抱き、强く接吻した。話しは盡きなかつた。ペチカとウオツカ！　二人は、心ゆくまで飲んだ。しかし、正體を失ふやうに醉ふナターシヤにひきかへ、ドミトリーは、何かしら緊張してゐて、飲んでも〳〵醉はなかつた。

ナターシヤは、窓外の雪景色を眺めながら、遠いシベリアの、哀しい回想に耽り、ドミトリに、甘い思ひを送つてゐるうちに、いつしか眠つてしまつた。

翌る朝十時ごろ、眠をさますと、頭がガン〳〵痛んだ。ゆうべの、すさまじい感情の嵐のあとだけに、いふにいはれずさみしい心もちだつたが、ドミトリのことを思ふと、またもや小さな嵐が起つた。そのとき、階下から、宿のおかみさんがやつて來た。そして、『いま、チゲがやつて來て、これをあなたに差し上げてくれといつて、をいて歸りました』といつて、三越の包裝紙にくるんだ四角の、重いものをナターシヤに渡した。彼女は、何かしら非常な興味におそはれて、ビ

りく\と、亂暴に包裝を破ると、ボロリと、一通の封筒が落ちた。なかには、上質のレターペーパーに、赤字のタイプライターでうつた手紙がはいつてゐた。

この鋼鐵の小筥を、しばらく預つて下さい。これは、私の生命にも代へがたい大切なものです。お預けする期間中は一日につき、百圓の御禮をします、しかし、それを、あなたが失はれた場合は、あなたの生命はないでせう。

X・X・X

男とも、女とも、どこの誰とも判らない者から、突然預けられた小筥、ナターシャは、ゾツとしながら、この筥に見入つた。

2

晩年のトルストイのやうな恰好をした白髮の老人が、北漢山の頂上に近い岩かげで、しきりに、星野春夫に、話してゐる。――X・X・Xの三つの玉の由來である。

……モスコー帝國の二つの貴族、ヴオルコフ家とコルモゴリー家とは、その神秘的な建國のはじめから、三つの玉をめぐつて爭つてゐる。兩家は、血みどろの爭ひをつゞけてゐる。この爭ひには、いくつかの殺人事件が伴つてゐるしかも、この爭ひは、兩家以外には、すこしも知れてゐない。兩家には、家憲として、この玉を死守するやう命じてある。『一九三四年四月一日午前零時に、極東の某地點にゆけば、そこに、一人のスラヴ族の老人が住んでゐて、世界の將來についてすばらしい豫言を與へる。その地點は、この三つの玉を割ると、中から出る三つの組合せ地圖に明示してある。しかして、四月一日の二週間まへまでは、決して、この三つの玉を割つてはならぬ』――それが、玉の由來だ……『すばらしいゾー』

星野君は、そう叫んで、夢からさめた。倭城臺獨身アパートの朝、ゆうべの酒のために、頭が重かつたが、思ひ切つて跳ね起ると、彼は、忘れぬうちにと、夢の始終を、日記に書きとつた。

ころげ込んだ一千圓の現金！　彼にとつては、一ケ年分の給料に等しい。彼は、主任清水氏の好意による休暇といふことも忘れて、毎晩のやうに飲みまわり、歸るのは、いつも午前二時ごろだつた。酒は、しかし、飲んでゐるうちは、彼を朗かにしたが、さめてゐるときは、彼をいらく\させ、神經衰弱は、ますく\重るばかり、いまは、おそろしい誇大妄想狂が彼を襲つてゐた。三つの玉のもつ秘密！　その一端に現

實に參加した彼は妄想癖から、いまのやうな夢を見てしまつたらしい。神經衰弱者の夢は、時に現實よりもハツキリしてゐることがある。とにかく、彼は、醉つてゐるうちは、玉のことは忘れてゐたが、さめてゐるうちは、この玉についてのいろ〳〵な妄想に惱まされつゞけた。

彼は、寢卷のまゝ、窓から、オンドルに煙る京城の街を眺めてゐるうち、だん〳〵、いま見た夢が、眞實のやうに思へて來た。『眞實かも知れない』『いや、斷然、あれは夢の中のことではない!』……妄想癖が、渦まいて起つて來た。よし!どうしても、あの黑い影の人物の正體を突きとめてやるゾ!

彼は、机の引出しから、イミテーションの三つの玉をとり出して、狂ひ出したいやうな氣もちで、いぢりまわし、いろ〳〵と妄想を逞しうした。そして、その日の灯ともしごろになると、彼は、鍾路の路次から路次へ、黑い影を求めて、夢遊病者のやうに步きまわつた。そして、つぎの夜も、そのつぎの夜も。

『汝、今、旋風の中に立つ
旋風は汝を巨大なる渦の中にまきこまん
そは逃るべからざる渦なるべし』

旋風の中にまき込まれた星野君は、あの辻占のことなど、すつかり忘れはてゝゐた。

3

春ちかい四溫日――。

ほのかな微笑をふくんだ風が、ゆるやかに、昌慶苑の木々の葉をゆすつてゐた。鳥たちも、獸たちも、やゝなごやかになつた陽ざしを浴びて、檻のなかで、ゆかいさうに、はねまわりとびまわり、啼いてゐた。散步の人たちも、長い氷のトンネルからでも出たやうに、そゞろな春光を樂しんでゐた。

その中に二人の若い、一見ロシア人と見える男女。おや、男の方は、ドミトリだ。女の方は、二十三、四で、紅いベレー帽、水色の上衣、茶色のスカートをはいてゐる。すらりと背高く、すばらしい美人だ。二人は、動物園を拔けて、植物園の方へ步いてゐた。

『あなたは、私にとつて、世界の最大の敵ですわ、不倶戴天の敵ですわ。それだのに、かうしてゐると、私は、どうしても、あなたを憎めません。憎めないどころか……』

『ぼくだつて、をんなじです。滿洲里、ハルピン、長春、奉天、熱河、北京、天津……それから廣東と、私は、十七

年間も逃げまわるあなたを追ひ、あなたに追はれてゐます。先祖から流れてゐる僕の體內の血は、あなたを、憎め、追へ奪へ！ 奪はれるな！ さう命じます。しかし、面と向ふとどうしてもあなたを憎むことはできません。いや、夜襲てゐるときにも、あなたのことが、とても、なつかしくなつて』

『運命ですわ。ボルシエヴィキに追はれて、かうして、異國の土のうへをさ迷ふのも、あなた〻憎まなければならぬのも、みんな運命ですわ。でも、あなたを憎まねばならないなんて、なんといふむごたらしい運命でせう。私たちの家は遠い祖先の昔から、生命を賭して爭つてゐます。しかし、若いお互が、そのために、爭はなければならないなんて、わたし先祖を憎みますわ』

『僕は、いくたび、あなたに妥協を申込まうと思つたか知れない。しかし、いよ〱となると、やつぱり、あの旋風の中で父が息を引とるとき、ぼくにいひのこした言葉が、ふしぎな力で、僕を引止める。家名！ それが、いまごろ何になる！ さう强く反撥してみても、やつぱり駄目です』

ドミトリは、青白く昂奮し、ゼスチユアを交へながら話してゐた。女も、とき〲齒を喰ひしばり、眼に手をあてた。

二人は、植物園まで來ると、ベンチに腰をおろした。ドミトリは、しみ〲といつた。

『世界は、いま、狂瀾怒濤の時代に遭遇してゐます。人間の最善と信じて建設したものが、いま、人間に反抗し、人間を苦しめてゐます。機械は、あとから〱休止し、その一方生活の途を失つた失業者群が氾らんしてゆく。政治の屋臺骨は各國で、大ゆれにゆれてゐます。國際關係は、日ましに鋭くなつてゆきます。……どうなることか……』

『世界は、……の渦に卷き込まれるのではないでせうかさうして、地球全體が大火災にかゝつたやうな、その……なかゝら、思ひもかけぬ世界が、新しく生れるのではないでせうか、それをいまから豫言……』

豫言！

二人とも、この一言で、ハツと、顔を見合せた。二人の顔色は敵意にもえてゐた。しかし、それはやがて、さみしい、悲しさうな、失望の色にかわり、二人とも、うつむいてしまつた。女は、足許の丸い石ころを靴で跳りながら、小さい聲でいつた。

『わたし、ほんとに、あなたが……すきなんです。そして敵意と愛情と、二つのものになやまされつゞけなんです。國を追はれた者の淋しさが、つめたく、しみじみと私の魂を

いちめるとき、あなたのことを思ふと、それによつて、辛うじて救はれるのです』

　ドミトリも、靴先に、丸い石ころを弄びながら、溜息をついた。しばらくすると、

『さみしい、とても、さみしい。このさにみしさいちめられながら、戀をゆるされないなんて、何といふ運命だらう。僕だつて、あなたが、とても好きなんです。あなたの姿を、胸に描いてゐるうちは、僕は、とても幸福なんです。しかしいつも、父のあの遺言が、僕のその幸福な幻をふみにじります。遺言は、ぼくに、憎め！　奪へ！　奪はれるな！　と命じます』

　そういつたとき、二人の靴さきで弄ばれてゐた丸い石ころが、ちようど三つ、一直線に並んだ。その瞬間、二人は、はねかへつたやうに、ベンチから起ち上ると、無言のまゝ、思ひ〳〵に出口の方へいそいだ。

　昌慶苑には、夕暮が迫つてゐた。

4

　モナコの午後十一時――。

　酒と煙草と女と、ジヤズと嬌笑と罵聲と……　末梢神經の跳躍場だ。

　ペチカを圍んだボツクスに、ドンケルとナターシヤを樂しんで、今宵も星野春夫は、へべれけになりつゝあつた。ナターシヤも、相當まわり、すばらしく雄辯に物語つてゐた。

『で、わたしが、そのお伽ばなしの中の戀人のやうなミーチヤにさ、はからずも、こゝでめぐり會つて、うれしくてたまらなかつたそのあくる朝、その銅鐵の小筥が屆けられたんだわ。そのお手紙……　赤字のタイプライターで打つたそのお手紙を讀んで、わたし、ゾツとしたわ。そして、しつかりと小筥を守つてゐるんだけれど、それつきり、とりに來ないのよ。』

　いかに醉つてゐるとはいへ、星野春夫は、ぎよツとした。ナターシヤの手元に、いま、あの三つの玉があらうとは！しかし、驚きのつぎの瞬間、星野の頭には、いかにして、それを自分の手に入れるかの劃策がはじまつた。……

　『ナターシヤ、實は、僕のところへも、その小筥が預けられたことがあるんだ。僕ア、ソツと中を見ようと思つたが、どうしても開かなかつた。そのうち、一ケ月ほどして、ある日、外出から歸ると、机のうへに一通の手紙と三千圓の現金がおいてあつて、小筥はなかつた。手紙には、ていねいな禮

が書いてあつた。君のも、それと同じものだらうと思ふが、明日の晩、コツソリ僕に見せないか』

星野は、おかしいほど、まじめになつて嘘をついてゐた。ナターシャは、はじめのうちは、大事な預り物だからいやだといつてゐたが、星野の巧みな言葉に、それでは、明晩十時ほんの一分間だけ見せることを約束した。

その次の夜の十時。星野は、ボックスに深くうづまり、ふるへる手に例の小筥をもつてゐた。彼は、右のポケットにはひそかにイミテーションの小筥――これ彼がひそかに西小門町の支那人王に作らせたものだ、イミテーションの三つの玉もこの中に入つてゐる――を、ひそませてゐた。

彼は、すりかへの機會をねらつてゐたが、ナターシャは、容易に彼の手から眼をはなさなかつた。しかし、その時である！ ドミトリが、ドアを押して入つて來たのだ。彼女は、はねかへつたやうにボックスから飛び出してゆくと、ドミトリに抱きつき、前後を忘れて、强い接吻をおくつた。星野の絶好のチャンス！ 彼は、すばやく、イミテーションと眞物をすりかへると、

『ナターシャ！ ありがたう』

と、イミテーションを、彼女とドミトリのゐるボックスのテーブルにおくと、いそいで、モナコを出た。

星野春夫は、すつかり上氣嫌になつて、小筥を内ポケットに入れると、馴染のカフヱーを、梯子飲みにまわつた。バーア、スターでは、彼は、五六人の女給を前に、まはりかねる舌で、しきりに、演說口調でしやべつてゐた。

『諸君、いつたい世界は……いつたい世界は、どうなるんだ、それを、だあれも、知らないんだ、し、しかしだ、ショ、諸君、來る四月一日來りなば、極東の一角に、一大豫言者が現れて……い〻か、現れてだ、世界はどうなるかについて、す、すばらしい豫言をするんだ！ 豫言者の名は、豫言者の名は、ホ、星野春夫といふ……』

『ホ、ホ、ホ、、、』

女給たちは、笑ひくづれた。

その翌日、彼は、そ〻くさと南山町に下宿を移ると〻もに主任の清水氏を訪れ、小筥の由來をはなし、ぜひ、銀行の大金庫に保管してくれるやう、頼み入つた。清水氏は、星野君は氣が狂つたのではないか、とはじめのうちは疑つてゐたが、あまりに熱心な話しぶりに、つひ自分まで、その獵奇の中に引き入れられ、小筥を、金庫に保管することを承諾した。

5

鋪路街上に横る
ロシア娘の慘死體
額に貼られた斬奸狀
各署大活動を開始

一九三四年二月二十八日の京城各紙の夕刊は、社會面のトップに、五段ぬきで、この殺人事件を報じた。

ナターシャが殺されたのだ。二十八日の早曉、彼女は、優美館の前に、頸動脈を一氣にえぐられた慘酷な死體となつて橫つてゐた。彼女の額には、赤字のタイプライターでうつた斬奸狀が貼られてゐた。

『裏切者の最後を見よ!』

現場に、遺留品は、何一つなかつた。それは、實に、みごとな犯行であつた。

檢事局、京畿道高等課、刑事課、府內各署の主腦者は、犯人捜査についての會議をもつた。

星野春夫君は、ガタ〳〵ふるへながら夕刊を見てゐた。彼の心臓を、氷のやうに衝撃するのは

『汝いま旋風の中に立つ!』

といふ彼が小宮を見る前に鋪路の裏通で買つた大凶の辻占の文句だつた。

(附記・「三つの玉の秘密」はすばらしい獵奇と怪奇の双曲線を譜いて不氣味な展開を續けて來た、次號第三回で完結する豫定で第三回は同人山崎金三郎君の分擔である。

十六萬の爲に
內鮮人住宅
△朗かな會社生る▽

現在の大阪府下には約十六萬の朝鮮人がゐるが、その大部分は勞働者でありいづれも借家難を味つてゐる實情にあるので內鮮協和會の問題となつてゐたところ、去月下旬だしぬけに府特高課內鮮課へ「內鮮住宅株式會社」の屆出があつた。右は港區八條北通三丁目內鮮新興會長寳眞業權股相君が同志と共に計畫したもので、朝鮮人を專門とする家屋の分讓、賃貸管理の目的で一株五十圓百株として資本金五千圓の株式會社を盛り立て、既に昨年十一月に一千二百五十圓の第一回拂込を終り十二月五日には創立總會を開き三十五株の權君が社長に推され、副社長、專務、監査役の顔觸れまで決定してゐるとのことである。

連作連載探偵小説

三つの玉の秘密 （第三回）

京城探偵趣味の會　山崎黎門人

1

街上の呪文。

『汝いま旋風の中に立つ！』

彼は、いま自分を包む不思議な空氣が重壓をもつて胸にのしかゝり、頭の中を渦巻き、そしてそれに抗しようとして齒を喰ひしばり、力限り失はれた五體《からだ》の血をとり返そうと努めてゐる星野春夫の慘めな姿を、その戰慄の中に發見した。

そして再び充血した眼が夕刊の紙面に注がれたナターシヤの顔に貼りつけられた斬奸狀の文字を見た。

惡魔の如く『裏切者の最期を見よ！』

彼の恐怖に慄える頭の中にやがて最も新しいナターシヤの姿が蘇つて來た。

一昨《おとゝ》日《ひ》の夜、酒場モナコのボックスの中で彼がモスコー帝國の貴族、ヴオルコフ家とコルモゴリー家との長い間の爭鬪《あらそひ》を語つて聴かせた時。

『あたしも、そんなお伽ばなしのような中で大きく育つてさ、流浪の旅で追はれる同じ運命の青年、ドミトリ・ミーチヤと戀を知り合つたのよ、でもそのミーチヤはあたしを憎んだ

わ、そしてあたしもミーチャを憎んだわ、それでゐて兩人《ふたり》はとても愛し合つたの、何て皮肉な運命なんでせう。兩人《ふたり》の父と父との爭ひが私たちに禍を遺したのだわ、お互に父も母もボルセヴイキーの手で慘殺されたんですけれど互の父は最期まで呪ひ合ひ激しく憎み合つてたんです。その時あたしは八つ、ミーチャは十二だつたけれど叛亂の市街《まち》から互に孤兒《みなしご》となつて逃げ出した私たちはそれから兄妹《けふだい》のように仲よく流浪の旅を續けました。シベリヤから滿洲に、滿洲から北支に、南支に、再び滿洲に、そして大連から神戶に、神戶から淸津に、いつも同じ革命軍の手から追はれた數戶の家族と一緒でしたでもそれまではドミトリもあたしも連の人々の厄介になつてたんですけれど、あたし達が神戶に流れた時兩人《ふたり》には呪はれたる靑春が訪れて來たのです！

芽生えた戀！　それと同時に私たちは一緒に流浪してゐた人々から恐ろしい話を聽かされました。父と父の激しい爭鬪《あらそひ》を。コフスキー・カシヤノフとヴオルモー・ミーチャとの死ぬまでの爭鬪を！

あたしの父コフスキーは帝政露國の外務次官、そしてヴオルモー・ミツチヤーは陸軍參謀次長だつたのですが、兩人《ふたり》は常に外交と國軍本部との對立の矢表に立つてゐた關係でそれがいつとはなしに互の私怨にまで激化してゐたんだといふことです。そうして互の憎しみが愈々昂じた時あの歐洲大戰が勃發してロシアも戰爭に參加したんですがあんな無慘な結末となつて私たちの父はその妻と共に眞つ先にボルセヴイキーの暴虐の前に一命を投げ出してしまつたのです。

そう言つて淚を拭《ぬぐ》ふたナターシヤ。それから『あたし達の戀がそんな恐ろしい運命に呪はれてるんだといふことを知つたとき。十何年といふ永い間私たちが流浪の旅でやつと大人《おとな》になるまでそれをひたかくしにかくしてゐた人々の心を思ふとあたし達は何だか人倫にそむいた行をしたようで、すまない氣がして激しく良心の苛責を受けました。

互の感情では燒けつくばかりに相手を愛しながら、眼に見えない他力が兩人《ふたり》の理性をゆすぶり動かしました。矛盾した二つの魂がお互の心を苦しめ、ミーチャもあたしも深い〳〵海のような悲愁《かなしみ》をなめ續けました。

神戶から淸津に渡つた時、あたしはミツチヤーと別れなければなりませんでした。或る夜、港に出て獨り考に耽つてゐる時ピストルを持つた兇惡支那人が來てあたしを浚《さら》つて行つたのです。

ミーチャとはそれきり逢ふことが出來ませんでした。とと

ろがどうでせう、あたしが上海の魔窟からのがれて三年前京城に來て此處で働くようになつてから、そのミーチャが突然二月の初めに、あたしを尋ねてこのモナコに出現したではありませんか！奇遇です、あたしは嬉しくて〳〵ほんとうに飛びついて行きました、だつて、あたしはもう四年前のナターシャではなしドミトリもきつと人々と別れて獨り立ちの青年になつたと信じたからです。

でもドミトリはやつぱり昔のミーチャでした。あたしはその晩醉つ拂つてドミトリに言ひました。

『あたしはあなたを憎みます』と。

ドミトリはなんでも滿洲と呼應して在城の白系露人を起《た》たしむるために、政治運動にやつて來てるようでした。その後あたしは彼を昌慶苑に誘ひました。彼は何度あたしに『妥協を申込まうと思つたか知れない』と言ひました。それでゐて

『カシヤノフ家とは父の代よりももつと以前からの爭鬪《あらそひ》であることを知つた時先祖の靈魂《たましひ》が彼の愛するナターシャ、カシヤノフをも憎み呪へ！と命令してゐるようで、どうしてもあなたを抱擁する氣にはなれない』ともミーチャは云ふのでした。で、あたしも言つてやりましたわ

『そう、運命ですわ、あなたは私にとつて世界の大敵ですわ、不俱戴天の敵ですわ、でもあたしは父と先祖を憎みますむごい運命ですわ』

2

夢を語つた星野君は、その夜偶然にも彼女が自分の見た夢のモスコー帝國貴族と同じような運命の女であることを知つて驚くと共に益々ナターシャに興味を覺えるようになつた。

それに續いて昨夜《ゆふべ》。星野君は彼女が四年振でミーチャと會つて別れた翌朝、アパートで謎の人物からタイプでうつた赤インクの書面と奇怪な小筥とを送り屆けられ、それを責任をもつて保存してゐる事實を知りその小筥を奪ひ返すべく用意のイミテーションを携へてモナコにナターシャを訪ひ、小筥を見せて貰ひながら自分のポケットにひそむ僞物と掏替《すりかへ》る隙を窺つてゐる時突然ドアーを押して入つて來た男に

『MAH―ドミトリ』

と叫んで飛びついて行つた彼女の姿を想ひ出した。その時自分はあのイミテーションと、嘗ては一度自分の手に入つたことのある正眞《ほんもの》の小筥とを巧みに掏替てしまつたのだ。

そのナターシャが殺された。

新聞紙はけさ倭美館の前に彼女が頸動脈を一氣にえぐられた無慘な死體となつて横つてゐたことを報じてゐるのだ。

星野君にとつてそれは全く夢としか思はれぬ生々しい出來事である。さりとて、現實をたしかめるために態々モナコまで出かけて見る勇氣は何としてもでゝこない今の星野君だつた。

今彼は自分のなした行爲が犯罪以上の大きな罪惡のように思はれてならなかつた。

悔恨と恐怖がおそろしい迫力を以て彼を責め虐《さいな》んだ。

X・X・X

あの奇怪な文字の刻まれた三つの玉を自分は何のために手に入れようとしたのだらう？

極度の神經衰弱から銀行を缺勤して病軀《からだ》を養ふことになつてゐた自分ではないか、それが不圖した動機から鋪路の裏衖に吸ひ寄せられ、あの薄汚い黄色のチヨコリを着た街《まち》の辻占賣小娘から買つた辻占が呪はしくも『汝旋風の中に立つ！』大凶となつたのだ。

それから次々と起つて來た不可解な出來事は彼を事件の推移と共に辻占の暗示する妖しき運命の中に捲込み、そうして今こゝに彼が悔恨と恐怖のどん底に呻くまでの深刻な世界に突落してしまつたのだ。

『獵奇は人を殺す』

動きのとれない自分を發見した時、星野君は昨夜《ゆふべ》自分のために不覺をとつたナターシャの哀れな姿を思ひ泛べて悲痛な獨語を吐出した。

× ×

その頃、道刑事課ではナターシャの屍體を醫科大學附屬病院の解剖室に運んでゐた。やがて法醫學教授自らの執刀で死《し》臓《ぞう》のように美しいナターシャの屍體が解剖台の上にのせられた、白銀のメスが眞白い彼女の皮膚を割いで血が紅くにじみ出る度に教授の口からは直截に所見が、立會の雪野檢事、乃《の》室《むろ》刑事課長、中川高等課長、二木捜査係主任、宮井刑事部長等に述べられてゐた。

それによつて彼女の致命傷は右頸動脈の切創、死亡時刻は胃腑内殘存食物の狀況から推して本朝午前二時頃であること等が判然《はつきり》した。

また一方、富谷捜査係次席警部の指揮する捜査班は、酒場モナコについて昨夜のナターシャの行動や酒場内部のことや客との關係などを洗つたがその結果。

被害者は昨夜二時頃までモナコにゐたこと。

モナコには七人の女給がゐるが五人までは住込でナターシヤと他に洋子といふ武橋町に朝鮮人家屋の一室を借受けてゐ

る女給との二人だけが通勤であること。

洋子は僅々一月程前から、毎晩十二時には下宿に歸らして貰ふといふことを條件として傭はれてゐるが之に反してナターシャは毎晩六時には酒場に顔を出し店がしまえるまで殘つてゐること。

昨夜彼女は番を四回もつたが一番初めの客は八時頃に來て直ぐ歸り、その次には星野春夫といふ若い男が午後十時頃やつて來たが星野はかねて店の者とも皆顔馴染で殊にナターシャとは親しかつたこと、併しその星野もやがてドミトリ、ミーチャといふロシヤ生れの青年が來てナターシャがとび出したあと、間もなく歸つて行つたこと。ドミトリと呼ばれる青年は二月の初め頃に一回來たことがあり今度は二度目であるが彼女とは餘程以前からの知合らしくかなり長い間ナターシャと語つて歸つた。二人ともロシア語だつたので何を話し合つてゐたのか店の者もサツパリわからなかつたが、ドミトリの歸つたあとで彼女はひどく醉つ拂つて怒つたり泣いたりしてゐた。時刻も旣に午前一時を過ぎてゐたがそれでも彼女は最後に、も一人の客を受持つて二時近くなつた時、他のボツクスにゐた客も皆引揚げたので元氣よく朋輩に『ダスビダー《さようなら》ニャ』を告げていつもの如く黄金町三丁目のアパートに向け歸つて行つたこと。

だから彼女が殺されたのはその途中でモナコを出てから間もなくの事である。

といふようなことが細大もらさず報告となつて乃室《のむろ》刑事課長の許《もと》にもたらされた

3

星野春夫君はたまらない焦燥を感じた。

呪はれた二月二十八日を抹殺するにはまだあと四時間どいふ時間が彼に重壓を加えてゐた。

『いづれは警察に探知されることだ、潔よく自首して出よう直接自分が手を下したといふのではないが、結果から見た時自分は明らかにナターシャを死の淵に突落しのだ』

おゝ呪はれたX・X・X!

黒衣の怪魔!

——而もその女であるらしい怪魔のあとを、かつて彼が三越前から長谷川町を通り府廳前に出て太平通りを横切り大漢門の横から裁判所のあたりまで跟けた時、思はぬ衝擊を頭に受けて氣を失ひ、正氣づいたときはいつの間にか倭城臺の自分のアパートに歸つてゐた——あのぞつとする思出を星野は今再び體驗したのだつた。

『自分にはあの黒衣の怪魔がつきまとつてゐる！否怪魔はあの三つの奇怪な玉……X・X・Xから眼を離したことがないのだ、そしてナターシャも昨夜あの玉の小筥を自分に取られさえしなかつたらあんな無惨な死をとげはしなかつたであらう！

星野君は泣いてナターシャの死を悼み彼女のためにも亦當局のためにも自分が相當この事件の發生までに重要な役割を振當られてゐたといふことを自首して出ようと決意した。

それにしても昨夜モナコにゐた關係で當然召喚を受けねばならぬ自分が未だ警察にも引致されずにゐるのが彼には不思議に思へてならなかつた。

星野君は自首する前に先づ銀行の預金係主任清水氏をその私宅に訪ふべく南山町の下宿を出た。彼はその途中において始終怯えた眼で前後を見廻した。

その時向ふから一人の新聞配達が號外をもつて走つて來るのに出會つた。彼は即座にその號外を一枚買取つて眼を落した。

『あつ！ ナターシャ殺し犯人！』

彼は何度も何度も繰返してその號外を讀んだ、だがその號外にはたゞ短くナターシャ殺しの犯人としてロシヤ生れの青年ドミトリ、ミーチャが逮捕されたといふことだけしか記載されてゐなかつた。何のために彼がナターシャを殺したかといふ點については觸れてないのだ。無論まだ取調中なのかも知れない。だが、星野君にはドミトリが犯人である理由が判らなかつた。それでゐて彼はドミトリが容疑者として擧げられるに至つた理由だけはハッキリと摑めた。そうして彼は益々自首の決心を固めたのである。

それは何故《なぜ》か？

當局は未だ殺されたナターシャ、カシヤノフとドミトリ、ミーチャとの愛憎双曲線が描き出した奇しき縁《えにし》の運命圖を知らぬであらう。彼等は激しく愛し合ひ或は又憎み合つた。しかしながら、如何に彼等が互々憎み合つた瞬間でも、その生命をまで斷たふとは絶體にしなかつたであらう。ドミトリがナターシャを殺した犯人でないことは彼女の額に貼られてあつた斬奸狀の文句によつても明らかなことだ。互に先祖から争闘《あらそひ》の血を承けてゐる兩人《ふたり》の仲に『裏切者』といふ言葉が何の意味をなすといふのだらう？だが當局は辨證するかも知れない！『犯跡隱蔽の手段だ』と。では赤インクのタイプライターでうつた斬奸狀は？當局は再び昂然と言ひ放つであらう、『それこそ更に筆蹟を遺さぬための念の入つた隱蔽手段

に外ならぬ』と。そこで星野君はやおら三つの玉を秘めた謎の小宮を取出してそれにまつわる怪奇の數々を述べるであらう。そうして、『自分もかつて赤インクのタイプうつた不思議な書面を怪人物から受取つたことがある。X・X・Xの玉は決して二人の爭鬪に關係があるとは思はれない。寧ろ、その玉をかつて自分や又ナターシャにあづげた謎の魔人こそ事件の眞犯人である』と進言するに違ひないからである。

かくて星野君は自首の氣構へを考へ〳〵清水氏の私宅を訪れた。清水氏も今夜の夕刊を見て、とんだ事件の渦中に捲込まれたものだと獨り思案に耽つてゐるところだつた。だが清水氏の心配はたゞ星野君から怪奇な小宮を預つてそれを銀行の金庫の中に藏《しま》つてあるといふ點だけだつたので星野君が訪れると急に元氣を取り返してすぐ小宮の始末につき相談を持ちかけて來た。

『君、ほかでもない君の頼みだつたから僕はあれを預つたんだが、新聞で見ると君が昨夜話したナターシャといふ女の名前が出てゐるんで僕はビックリした所なんだよ、君もとんだ事件にひつかかつたものだが、何とか早くあの玉の小宮を外へ持出したいと思ふのだ、それで君、今から直ぐに銀行へ同道して吳れねか』

『無論僕もそう思つてやつて來たんです、それで僕は今夜一切刑事課に自首して出るつもりです』

4

るるると、ひとつの眼が想像され
あかるい丘の地平に
みら〳〵とひとつの木がもえ
きいろい花がきらきら
そのひとつの眼に葉がかゝり
ほうとして
はるかな海港のけむりがのぼると
さらにひとりの男がとをり
男はうす〳〵と犬のように消えてゆき
又もひとつの眼が想像され
その眼のまつ毛のさきに
ひるがほが、るるるるとふるえ
その眼も同じやうに、るるるるとふるえ。

星野君はその夜拘置された刑事課の監房内でホッと一安心したゆるやかな感情で目を瞑《つむ》り、かつて自分の愛讀した詩篇の一つ『犯罪地帶』を眼瞼《まぶた》の中に描いて見たりした。

彼にはこの一月あまりのことが何だか夢のやうに思はれて

ならなかつた。獵奇を趁ふてあの奇怪の玉をめぐり、謎の黑鷹から脅かされながらもそれを反撥し、幾度か冒險を敢てして來た自分の姿やそれから恐しい運命を背負つて死んで行つたナターシャの姿などが星野君の腦裡に再來し又ぽうと消えてゐた。そうして夢のやうな記憶の中で今になほ彼の心を昂《たか》ぶらせるのは舊露貴族の爭鬪にからまるあの不思議な夢が現實につながることであつた。『ドミトリとナターシャとの運命！それが彼の夢を實現につないでゐるのではないか！』と星野君は思つた。

『一九三四年四月一日午前零時に極東の某地點に行けば、そこに一人のスラヴ族の老人が住んでゐて、世界の將來についてすばらしい豫言を與へる。その地點はこの三つの玉を割ると中から出る三つの組合せ地圖に明示してある。しかして四月一日の二週間まへまでは決してこの三つの玉を割つてはならぬ』

『そうだ！　その故にこそ自分はあの玉を躍起となつて追ひかけ廻し黑衣の怪魔と爭つたのではないか！　そしてナターシャがその犧牲となつたのだ！』

ガチヤ、ガチヤと二度ばかり監房の錠が音をたてた時彼はハツと我に返つた。

導かれて調室に入ると乃室刑事課長は彼を机の前にさし招いた。

『君はドミトリがナターシャ殺しの犯人でないといふことを昨日自首した時眞つ先に陳述したが君はそれを何によつて證明しやうと云ふのかネ』

『はつ、それは、やはり私の考へ違ひでした。ドミトリが犯人だと思ひます。何故なれば彼とナターシャの家は先祖代代からあの三つの玉を――きのふ差出しましたあの小宮をめぐつて激しい爭鬪《あらそひ》を繰返して來たからです。そしてあの三つの玉の中には不思議な秘圖がそ秘《ひそ》んでゐるのです。ナターシャの父コフスキー、カシヤノフは元ロシヤの外務次官又ドミトリの父ヴオルモー、ミーチヤは國軍參謀次官だつたのですが、ともにその秘密の地圖を狙つてロシア大帝國の將來を、否、その秘圖に示されたる極東の一地點に住むといふスラヴ族の老人から世界の將來についての大豫言を聽き、ロシヤの國策を定めやうと大きな野望を抱いてゐたのです。だが歐洲大戰が勃發してロシヤは散々な目に逢ひました。彼等はともにボルセヴイキリの手にかゝりましたけれども彼等はさらにその野望を捨てようともせず、却つて死の旋風の最中においてそれぞれ我が子に自分の意志を

つがせたのです…』

『おい〳〵、星野君、君は何を云つてるんだ呆《とぼ》けてはいかんぜ。僕はそんなことを聴いてゐるんではない。たゞドミトリのことについて話せばいゝのだ』

『だから申し上げてるではありませんか、あの三つの玉をお調べになれば萬事解決する、と』

『ハツハツハ……、おい宮井君』

乃室課長は、傍の刑事部長をさし招いた。そして星野君が昨日自首の時に携へて來た玉の小筥を持つて來るよう言ひつけた。

事務室の書類箱の中からやがて小筥が持出されて來た。

翡翠と眞珠と珊瑚の玉がその中から取出され、並べられた。

『君、この玉を君は割れと云ふのかネ』

そう言つて課長は星野君に皮肉な笑を見せた。

『この玉は一たい何だと思ふ、巧みに彩色された燒物のガラス玉に過ぎんのだよ。どれもこれもガラス玉さ』

『……………』

『だが君は信じないだらふ、あくまで秘圖のはいつた珊瑚や眞珠だと思つてゐるんだらう。ネ君、君は自分が神經衰弱患者だといふことを知つてゐるかネ』

乃室刑事課長は再び彼に皮肉な笑ひを見せた星野君はたゞ呆然としてゐるよりほかなかつた。氣がつくと調室の中には中川高等課長も來てゐた。二木捜査主任もゐた、富谷次席も彼のそばに腰をかけて笑つてゐた。

と、刑事課長は突拍子もないことを言ひ出した。

『君、ドミトリはやつぱし君が始め言つた通り犯人ではなかつたよ。しかし彼がナターシャと戀し合ひ又憎み合つてゐたことは事實だが今となつては彼に憎惡《にくしみ》の感情は微塵もないのだ。ドミトリは泣いてナターシャの死を悼んでゐるよ。あんな薄命に終るのだつたら、自分は父や先祖に背いても彼女を心から抱擁してやるんだつたと悔《く》んでゐるよ。でもせめてもの思ひはけふ午後三時から彼は在城白系露人等の手でロシア正公會でナターシャの弔儀《とむらい》を執行することになつたことだ君もそれに參加し給へ、だが待ち給へ、僕は今から君の病氣を癒してやらねばならぬ……』

5

星野春夫君はきのふ刑事課に自首して出たことについて當局の人々が何等自分に期待をかけてゐないことが判つた。それればかりでなく當局の人々は今、自分を取除いて、あの小筥

の中の玉をガラス玉だと云ひ、或はナターシャの葬式に參加しろと勸め、はては君の病氣を癒してやるなど揶揄《からか》つてゐることを識ると腹立しくなつて來た。

　彼は、顏をあからめ、眼をしばたたき、聲をしぼつて刑事課長に抗辯した。

『どうして貴方《あなた》は僕の病氣を癒そうといふのですか？　僕は益々神經衰弱になりそうです、それよか、早く調べて檢事局に送つて下さい、僕はもう此處はいやです』

『そうれ、そんな風に君はすぐ昂奮するからいけないのだだから益々僕は君を癒してやりたいと思ふのだ』

　そう云つて刑事課長は星野君の斜後《ななめうしろ》にかけてゐた富谷警部に何か書いたメモを渡した。それ受取つた警部は直ちに部屋を出て行つたがやがて何か兩手に抱へた巡査を隨つて戻つて來た。

『君、これに見覺はないかね？』

　刑事課長は彼の前に一臺のタイプライターをさし示した。今巡査が持つて來たものである。

『あつ、赤インク！』

　彼は思はず叫んだ。それはタイプライターにこそ見覺はないが、盤《ばん》一面に赤インクの附いた活字がうづもれてゐたからである。

　次いで彼は自分の前にさし出された樺太のステツキを見たそして血痕のついたナイフを見た。

　刑事課長はその二つの品物に彼が豫期した如く餘り驚かないのをみてとると說明した。

『そのステツキは君がかつて不思議な女を尾行した時不意に後《うしろ》から腦天を撲りつけられた代物さ、それから、このナイフは言ふまでもなくナターシャをやつつけた時の兇器だよ』

『…………』

　彼は感嘆の聲すらも出なかつた。しかし、しかし、その時星野君の腦裡《あたま》の中には黑衣の怪魔がグル〳〵旋廻してゐたのだ。

×　　×

『君、あれを連れて來たまへ』

　再び乃室課長は富谷警部に何か命令した。すると豫め手筈がきまつてゐたのか富谷警部は一人の薄汚い朝鮮の少女を連れて入つて來た。

『あつ、……』

　それはまぎれもなく星野君が鍾路の裏街を漁るようになつたある夜、あの呪の辻占を彼に賣りつけた少女であつた。だ

がこの少女は何故引致されたのだらう、星野君の顔色を見ると、乃宝課長は直ぐそばの巡査に命じてその少女の着てゐる黄色なチョコリやチマをはがせた。するとどうだらう！顔こそ變らないがそこに一人の可愛らしい支那服を着た娘が出現したではないか！彼はたゞ啞然として眼を瞠《みは》るばかりであつた。

やがて又その娘と入替りに入つて來た洋裝の女を見ると彼は再び驚かざるを得なかつた。

それは酒場モナコの女給洋子であつたからだ、それにしても何故《なぜ》彼女は手錠をかけられてゐるのであらう？

すると形事課長はまた巡査に命じた。

『あの品物を持つて來たまへ』

巡査が持出して來た衣裳を彼につけるとそこに一人の黑魔が突つ立つたのだ。

『あつ！……』

まぎれもなくそれはあの黑衣の怪魔である。

星野君は脅えた眼でその魔女をみつめるばかりだつた。

さて、その次には又彼女と入替りに一名の紳士が、やはり手錠をかけられたまゝ連れられて來た。

年の頃は三十二三、金縁の黑い片眼鏡をかけて鼻下に美髯を蓄え毛皮のオーバーを着込んだ青年紳士である。

星野君はこの紳士には餘り見覺えがなかつた。だが間もなく彼は思ひ出した。彼のおぼろな記憶の中でこの青年紳士は時々酒場モナコに姿を現はしてゐた。

『そうだ！　彼はいつでも一人でモナコに來ては一番隅つこのボックスで洋子を相手にチビリ〳〵やつてゐたつけ。そして或る時ナターシャは「あのお客さん、片一方出てゐる方の眼がとても凄いのよ、あたしあんな眼一番恐ろしいの」そう言つて身慄したことがあつたつけ、まぎれもないあの客だ』

と星野君は、いま、はつきり、この紳士の何人であるかを知つた。

それにしてもこの紳士はナターシャ殺しにどんな關係があるんだらふ？　彼のいぶかしげな表情を見ると刑事課長は又巡査に命じた。

『そいつの正體を露出したまへ』

巡査が紳士の着てゐる毛皮のオーバを脫がし黑の片眼鏡を外し鼻下の髯をむしつて顎に附髭《つけひげ》をつけるとそこに年格好四十位の支那人が出現した。

『あつ、王《ワン》！……』

星野君は三度呆然としておのゝいた。

6

星野君は大體事件のアウトラインを摑むことが出來た。犯人は王《わん》と洋子とそしてあの辻占賣の少女なのだ。

だが、それではあの玉は、謎の小筥は事件と一たいどういふ因果關係があるのだらう?

彼がその質問を試みようとした時刑事課長は抑《おさ》へるように言つた。

『ナターシャ殺しの犯人はスツカリ逮捕された。君には何も關係はない、さあ、これから直ぐにロシヤ正公會へ行き給へ、ドミトリも君を待つてゐるだらう!』

そして彼の眼前で乃望課長は出場命令にポンと印を捺した放免された星野春夫君がナターシャの葬儀場に向ふとき、三月一日午後二時の陽は俄かに雪雲にとざされてその光忙を失ひ空から白いものをちらつかせはじめた。それが星野君にはナターシャの悲しい思出となつた。

× ×

こゝで筆者《わたし》は三ケ月に亘つて愛讀を賜つた讀者の前に事件のエピローグをフルスピードで書いて稿を終ることにしよう

犯人王《わん》奇漢はかつてナターシャを清津の港から誘拐して上海の魔窟に賣飛ばした兇暴な惡漢である。

殺されたナターシャは慘めな魔窟の生活から逃れるため上海を脫出、京城に來て酒場モナコに女給として新しい自活の途を求めた。彼女の脫走を知つた王《わん》は魔窟の主人から莫大な金を摑まされて直ぐ京城にやつて來たが京城の警察機關が意外に充實してゐて、從來支那人の犯罪は悉く檢擧されてゐる事實を知つた彼はウカツに手を出すことの危險を慮つた。そこで彼は遠大な計畫を立てゝ西小門町に支那料理を開業し、店は使傭人まかせにして自分はその地下室でコツ〳〵と寶石類のイミテーションを商賣し始めた。それがうまく獵奇人たちの趣味に投じて彼は本國ともひそかに連絡をとり益々商賣の繁昌を圖つてゐたが、ナターシャを本國に連歸ることの使命は忘れなかつた。だが昨年の夏も同國人が朝鮮人の娘を誘拐しようと企てゝすぐさま捕はれた事實を知ると彼はその實行を斷念せざるを得なかつた。その代りいつそのことナターシャを殺害して本國に歸り魔窟の主人には誘拐直前彼女が何者かに殺されたことを報告すればそれで萬事責任解除だと思つた。そうして彼女殺害の機會を狙ふに至つた。

たま〳〵彼は上海から同じ魔窟の女が自分を慕ふてやつて來たのをうまく利用した、それは日本人の母と支那人の父と

の間に生れた混血兒洋子であつた。

洋子は王の使傭するコックの娘を巧みに朝鮮のキチベに仕立て、鍾路の裏街でことさら星野君にあの奇怪な赤インクのタイプでうつた辻占を賣らせた。そして又モナコではナターシャが殺された晩の數時間前星野君から三つの玉の小宮を掏替へられた事實を突止め見て、豫め彼女に謎の手紙で玉の保存を依賴しておいたにも拘らずその責任を果さなかつたのは憎むべき裏切行爲であるとなし、遂にその晩情夫の王に通じてナターシャ殺し實行の機會を與へたのであつた。

ナターシャが奇怪な手紙と共に受取つた玉の小宮を保存してゐる間、洋子が絕へず彼女を監視してゐたことは勿論である。又その間に王が屢々變裝してモナコを訪れたことも事實である。

これより先、星野君は京城の地圖にないところを好んで漁り歩き、王とも知合になつたことは第一回にも書いた通りであるが、王はそこをうまく狙つて星野君を踊らせることに成功したのだつた。否、彼は成功すると信じたのである。

つまり星野君が酒場モナコに出入することを洋子から聞いて知つた彼は或る夜例の娘を辻占賣に紛させて星野君に獵奇的な一枚の咀文を賣付け更にその歸りを擁して、彼と洋子とが星野君のあとから互に相爭ふ者の如くもつれ合つて星野君に近づき、ぶつつかつた瞬間X・X・Xの入つた小宮を彼のポケットにほふりこんだのである。

このトリックは彼等にとつて全く思ふ壺以上の効果的な結果を招來した。即ち星野君はその玉に非常な興味を感じたのだつた。そして謎の怪人物から返還請求の脅迫狀を受けた時でも彼は玉のイミテーションを王に賴みに出かけた程だつた。

それから星野君はあの危險な目に遭つて結局玉を謎の怪麗に奪ひ返されたが、それでもなほ諦めきれずに獵奇と冒險を趁ふてゐる時不思議な玉の小宮はいつしかナターシャの手に保存されてゐた。

以上は皆王と洋子の書いた豫定の筋書である。

だから星野君こそいゝ面の皮であつたのだ。彼が獵奇の對象として追ひかけ廻してゐた三つの玉は犯跡隱蔽手段として全く彼等の案出した一つのトリックに過ぎなかつたからである。

警察がこの事件の犯人を檢擧した端緒は、モナコを調査した時、洋子が每夜十二時に下宿に歸ることを條件として傭はれてゐるといふ點であつた。それが、最後の晩十時頃星野君がナターシャを訪れて歸つた二時間あとであり、ナターシャ

の殺された二時間前である事實と結びついて疑惑を起させたのであつた。

乃室刑事課長の指揮で疾風迅雷的に彼女の下宿を襲ふと既に洋子は何處へ逃げたか姿を見せず捜査隊は彼女の部室にあつた赤インクのタイプライターを押收して引揚げたに過ぎなかつた。だがそのタイプライターはナターシャの頬に貼られてゐた斬奸狀と結びついて有力な證據にはなつた。

捜査隊は犯人を逸したので躍起となつて活動を續けた。京城龍山の兩驛は勿論、西氷庫、往十里、淸凉里、新村の各驛には皆非常線が張られた。

その時である。星野君が道刑事課に自首して出たのは。

彼の語る黑衣の魔女！　それが乃室刑事課長の頭にピンと來た。乃室課長は彼の陳述を一應聽取すると共に自ら自動車を飛ばして京城驛に馳けつけた。そして三等待合室の片隅に片眼鏡の紳士と共に小さくうづくまつてゐた黑衣の魔女洋子を發見したのであつた。

× ×

星野君はドミトリ、ミーチヤと共にナターシャの遺骸《なきがら》を東細橋里の外人墓地に送つた後はひたすら南山町の下宿で神經衰弱の治療に專念した。

それでこの頃は頭腦も全く舊《もと》に復《かへ》つたし氣分もすつかり朗らかになつた。

で、この四月一日からは再び銀行に勤める豫定である。

彼は健康になつた心の中で『もう二度と獵奇の世界には入らぬぞ』と誓つた。

『それでもあの時の僕の自首が滿更役《やく》にたゝんでもなかつたことを思ふと愉快だよ。だつて僕が刑事課へ出頭するまでは當局も王《わん》が主犯だといふことは知らなかつたのだし——無論僕自身もだが……洋子も捕はれはしなかつただらうよ。勿論あの玉のトリックなんか當局は知りつこなしさ』。

ところで、あの辻占賣の小娘だが、あれは何も知らずに利用されただけなんだから證人としてひつ張られたのだらふが……まだゐるか知ら？あそこの支那《ちやん》料理はうまかつたけ、そう〳〵、あの玉は檢事局へ廻つてから、わざ〳〵一つ割つてみたそうだが何も出てこなかつたといふことだ。イミテーシヨンもヘチマもあつたもんぢやない、そうすると、やつぱし僕はあの時分、あたまがどうかしてたのかなあ……。

甦つたあとの星野君には、ナターシャを失つた悲しみは別として、事件そのものに對してはたゞあかい感慨が殘るのみだつた。

（三月二十日　稿）

제4편
명마의 행방

A. CONAN DOYLE

ADVENTURES OF SHERLOCK HOLMES

近代世界快著叢書 第四編 名馬の行方 目次

名馬の行方（一）

『友野君《とものくん》、僕《ぼく》は出掛《でか》けなけりあなるまいかと思《おも》ふんだよ』

ある朝《あさ》、吾々《われわれ》が朝餐《あさはん》の卓《たく》に向《むか》つたとき、堀見《ほりみ》が私《わたし》に向《むか》つて、斯《か》う言《い》つた。

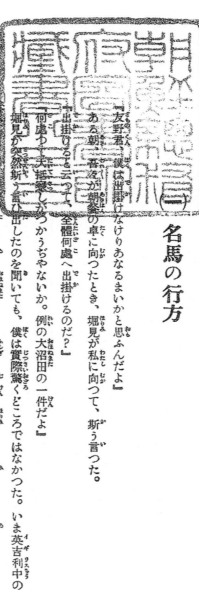

『出掛《でか》けると云つて、全體何處《ぜんたいどこ》へ出掛《でか》けるのだ？』

『何處《どこ》つて大抵察《たいていさつ》しがつかうぢやないか。例《れい》の大沼田《おほぬまた》の一件《けん》だよ』

堀見《ほりみ》が突然《とつぜん》斯う言《い》ひ出《だ》したのを聞《き》いても、僕《ぼく》は實際驚《じつさいおどろ》くどころではなかつた。いま英吉利中《イギリスちう》の上下到るところで取沙汰《た》して居《ゐ》る大沼田《おほぬまた》のあの異事《ふしぎ》な事件《じけん》に堀見《ほりみ》がまだ手《て》をつけて居《ゐ》ないといふことを、私《わたし》は夙《と》うから合點《がてん》のいかない事《こと》に思《おも》つて居《ゐ》たのである。

堀見《ほりみ》が斯《か》う言《い》ひ出《だ》した前《まへ》の日《ひ》、全《まる》一日《にち》といふもの、彼《かれ》はひどく考《かんが》へ込《こ》んで居《ゐ》た。眉《まゆ》を顰《ひそ》めて凝《じ》乎《つ》と床《ゆか》を視《み》つめ、無類《むるゐ》に強《つよ》い煙草《たばこ》を詰《つ》め更《か》へ詰《つ》め更《か》へ喫《ふ》かしながら、彼《かれ》は部屋中《へやぢう》を歩《ある》き廻《まは》つて、

私《わたし》が何《なに》を話《はな》しかけようが、尋《たづ》ね様《やう》が、全《まる》で聾《つんぼ》かなにかの様《やう》に、耳《みゝ》にも懸《か》けないのであつた。通信《つうしん》社《しや》から續々《ぞく〳〵》と寄越《よこ》す各種《かくしゆ》の新聞《しんぶん》の雜報《ざつぱう》も一渉《ひとわた》り眼《め》を通《とほ》した許《ばか》りで、直《す》ぐ部屋《へや》の片隅《かたすみ》に投《な》げすてられる。——しかし彼《かれ》が何《なに》をさう考《かんが》へ込《こ》んで居《ゐ》るのか、訊《たづ》ねるまでもなく、私《わたし》にはよく了解《わか》つて居《ゐ》た。當今《いま》彼《かれ》のすぐれた頭腦《づなう》を左程《さほど》までに惱《なや》ませる様《やう》な問題《もんだい》は一《ひと》つしかない。それはあの上田《うへだ》ヶ原《はら》大競馬《だいけいば》の呼物《よびもの》として英國中《えいこくちう》に名聲《な》の聞《きこ》えて居《ゐ》る名馬《めいば》「銀炎《ぎんえん》」が不意《ふい》に行衛《ゆくゑ》不明《ふめい》になつて、それと同時《どうじ》に此《こ》の「銀炎《ぎんえん》」を預《あづか》つて居《ゐ》た調馬師《てうばし》が、誰《たれ》の手《て》に掛《かゝ》つたとも知《し》れず、慘《むごた》らしい死《し》に様《ざま》をしたあの一件《けん》である。で、堀見《ほりみ》が今《いま》不意《ふい》にこの悲劇《ひげき》の起《お》きた現場《げんば》に出掛《でか》けようと言《い》ひ出《だ》したのは、私《わたし》の既《すで》に充分《じうぶん》豫期《よき》し且《か》つは希望《のぞ》んで居《ゐ》たことに過《す》ぎなかつたのである。

『邪魔《じやま》でさへなけりあ、僕《ぼく》も一緒《しよ》に行《い》つて見《み》たいもんだね』と、私《わたし》は言《い》つた。

『友野《ともの》君《くん》、君《きみ》が同伴《どうはん》して呉《く》れゝば、非常《ひじやう》に好都合《かうつがふ》だ。殊《こと》に今度《こんど》のは稀《まれ》に見《み》る珍《めづ》らしい事件《じけん》らしいと思《おも》はれる點《てん》があるから、君《きみ》も決《けつ》して無駄《むだ》骨折《ほねをり》にはなるまい。今《いま》から出掛《でかけ》れば丁度汽車《ちやうどきしや》の間《ま》に合《あ》ふだらう。なほ詳《くは》しい話《はなし》は途中《とちう》に讓《ゆづ》るとして、・・・君《きみ》は例《れい》の素敵《すてき》な双眼鏡《めがね》を持《も》つてつて呉《く》れたま

へな』

こんな風《ふう》で、約《およそ》一時間《じかん》の後《のち》には、私共《わたしども》は一等急行車《とうきふかうしや》の隅《すみ》に坐《すわ》つて居《ゐ》た。堀見《ほりみ》は鋭《するど》い熱心《ねつしん》な表情《へうじやう》を顔《かほ》に漲《みなぎ》らして、今驛《いまえき》で買《か》つた許《ばか》りの十幾枚《いくまい》かの新聞《しんぶん》に素早《すばや》く眼《め》を通《とほ》して居《ゐ》る。彼《かれ》が最後《さいご》の一枚《まい》を投《な》げやつて、葉捲煙草《はまき》のケースを取《と》り出《だ》し、私《わたし》にも勸《すゝ》めたのは、汽車《きしや》が最早《もはや》禮神町《れいじんちやう》を遙《はる》か背後《うしろ》にした頃《ころ》であつた。

『丁度《ちやうど》適當《い》い時刻《じこく》に着《つ》けるだらうよ』と、彼《かれ》は窓《まど》の外《そと》と懷中時計《くわいちうどけい》とを交《かは》る交《がは》る見《み》くらべながら口《くち》を開《ひら》いた。『今丁度《いまちやうど》一時間《じかん》五十三哩半《マイルはん》の速力《そくりよく》で走《はし》つてるからね』

『君《きみ》は一里《り》塚《づか》ででも繰《く》つたのかい？』と、私《わたし》は言《い》つた。

『いや一里《り》塚《づか》なんか見《み》たわけぢやあないが、此《こ》の線路《せんろ》では電柱《でんちう》が六十碼《ヤード》の間隔《かんかく》をおいて並《なら》んで居《ゐ》る筈《はず》だから、列車《れつしや》の速度《そくど》は極《きは》めて簡單《かんたん》に測定《そくてい》が出來《でき》るんだ。時《とき》に君《きみ》は最早《もはや》須藤次郎《すどうじらう》と「銀炎《ぎんえん》」との一件《けん》に就《つい》ては何《なん》とか考《かんが》へて見《み》たらうね？』

『僕《ぼく》は毎日電報《まいにちでんぽう》と日報《につぽう》との記事《きじ》を見《み》た』

『この事件《じけん》に於《おい》ては、吾々《われ〳〵》は、宜敷《よろし》く新《あたら》しい證跡《しようせき》を發見《はつけん》する爲《ため》に骨折《ほねを》るよりも寧《むし》ろ些細《ささい》な事實《じじつ》を詳細《しやうさい》に檢《しら》べて見《み》るべきだと思《おも》ふね。表面《へうめん》に現《あらは》れた處《ところ》だけを言《い》つても中々《なか〳〵》珍《めづ》らしい事件《じけん》で、その上《うへ》、多《おほ》くの人間《にんげん》に頗《すこぶ》る重大《ぢうだい》な利害關係《りがいくわんけい》を持《も》つて居《ゐ》るから、色々様々《いろ〳〵さま〴〵》な憶説《おくせつ》が限《かぎ》りもなく出《で》て來《く》るので、複雜《ふくざつ》なる件《こと》が猶更復雜《なほさらふくざつ》なものになつて、眞相《しんさう》を捕捉《ほそく》するのに非常《ひじやう》な困難《こんなん》を生《しやう》ずる。畢竟《ひつきやう》この事件《じけん》で最《もつと》も骨《ほね》の折《を》れるのは、絕對《ぜつたい》に否定《ひてい》し得《え》ない事實《じじつ》を色々《いろ〳〵》な蜚語《ひご》憶説《おくせつ》の飾《かざ》りの中《なか》から拾《ひろ》ひ出《だ》す事《こと》なんだ。先《ま》づこの確實《かくじつ》な事實《じじつ》で以《もつ》て築《きづ》いた地盤《ぢばん》の上《うへ》に立《た》つて、その上《うへ》多《おほ》くの憶説《おくせつ》の中《なか》からどれとどれとを採《と》つて以《もつ》て參考《さんかう》に供《きよう》しなければならぬか、此《こ》の事件全體《じけんぜんたい》をして一個《こ》の大《おほ》いなる謎《なぞ》たらしむる特殊《とくしゆ》な點《てん》は何々《なに〳〵》であるかと、斯《か》ういふ風《ふう》に研究《けんきう》して行《い》かなくてはならない。火曜日《くわえうび》の夕景《ゆふけい》、僕《ぼく》は、「銀炎《ぎんえん》」の持主《もちぬし》の大津《おほつ》大佐《たいさ》と、この事件《じけん》を引《ひ》き受《う》けた栗原警視《くりはらけいし》と双方《さうはう》から、助力《じよりよく》を賴《たの》むといふ電報《でんはう》を受《う》けとつた』

『火曜日《くわえうび》の夕景《ゆふけい》だつて?』と、私《わたし》は驚《おどろ》いて云《い》つた。

『今日《けふ》は木曜日《もくえうび》ぢやないか。何故《なぜ》昨日《きのふ》出掛《でか》けなかつたんだね?』

『僕《ぼく》の大失錯《だいしつさく》さ。友野《ともの》、英吉利《イギリス》中《ちう》で一といつて二とは下《くだ》らぬ名馬《めいば》が、殊《こと》にあの大沼田《おほぬまだ》の北部《ほくぶ》の樣《やう》な人家《じんか》の少《すく》ない邊《へん》でさう永《なが》く行方《ゆくへ》が知《し》れずに居《ゐ》る筈《はず》はないと僕《ぼく》は思《おも》つたんだ。昨日《きのふ》一日《にち》は「銀炎《ぎんえん》」の行方《ゆくへ》が見附《みつ》け出《だ》されて、「銀炎《ぎんえん》」を隱《かく》した者《もの》が須藤次郎《すどうじらう》の加害者《かがいしや》だと判明《はんめい》したといふ報知《はうち》が今《いま》に來るだらうと待《ま》つてるうちに潰《つぶ》れて了《しま》つた。處《ところ》が、今朝《けさ》になつても、島田不二郎《しまだふじらう》といふ若《わか》い男《をとこ》が捕《つか》まつたといふ以外《いぐわい》に、何《なん》の報知《はうち》もない。で、こりあ愈々《いよ〳〵》吾輩《わがはい》の入用《にふよう》な時《とき》が來《き》たぞと思《おも》つて、かうして出掛《でか》けたわけだ。だが、昨日《きのふ》だつて全然浪費《ぜん〴〵らうひ》して了《しま》つたわけでも無《な》い』

『どんな風《ふう》にか事件全體《じけんぜんたい》の解釋《かいしやく》が附《つ》いたとでも云《い》ふのかねえ』

『少《すくな》くとも此事件《このじけん》の骨組《ほねぐみ》だけは可成《かな》り確實《かくじつ》につかむことが出來《でき》たと思《おも》ふ。一《ひと》つそれを君《きみ》に話《はな》して見《み》よう。何《なん》といつても他人《ひと》に話《はな》して聞《きか》する位自分《くらゐじぶん》の考《かんが》へをはつきりさせることはない。のみならず、僕《ぼく》の調査《てうさ》の出發點《しゆつぱつてん》を君《きみ》に承知《しようち》して居《を》つて貰《もら》はないぢや、君《きみ》の助力《じよりよく》を願《ねが》ふわけには行《ゆ》かないからね』

私《わたし》は葉卷《はまき》の煙《けむり》を吐《は》き乍《なが》ら、座褥《クシヨン》に凭《よ》り掛《かゝ》つた。堀見《ほりみ》は私《わたし》の方《はう》に上半身《じやうはんしん》を屈《ま》げて、長《なが》い人差指《ひとさしゆび》で

以《もつ》て、左《ひだり》の掌《てのひら》に彼《かれ》の所謂《いはゆる》、主要《しゆえう》な否《いな》むべからざる事實《じじつ》を書《か》きつける樣《やう》な風《ふう》をしながら、此《こ》の旅《りよ》行《かう》に吾々《われ〳〵》を連《つ》れ出《だ》した不思議《ふしぎ》な出來事《できごと》を話《はな》し初《はじ》めた。

『「銀炎《ぎんえん》」は御園《みその》の牧場《ぼくぢやう》から出《で》たので、その先祖《せんぞ》からして代々《だい〳〵》競馬《けいば》界《かい》で有名《いうめい》だつた。そして君《きみ》も知《し》つてる通《とほ》り、その先祖《せんぞ》を辱《はづかし》めない丈《だけ》の立派《りつぱ》な記錄《きろく》を持《も》つて居《ゐ》る。競馬《けいば》に出《で》場はじめてから今年《ことし》で五年《ねんめ》間だが、出《で》場る度每《たびごと》に持主《もちぬし》の大津《おほつ》大佐《たいさ》に名譽《めいよ》の賞盃《しやうはい》を持《も》つて歸《かへ》らないことは無《な》い。今度《こんど》行《ゆく》方《へ》不明《ふめい》になるまで「銀炎《ぎんえん》」といへば、上田《うへだ》ヶ原《はら》の大競馬《だいけいば》で第《だい》一の呼者《よびもの》で、賭金《かけ》は他《た》の馬《うま》の一に對《たい》する三といふ割合《わりあひ》だつた。元來競馬界《ぐわんらいけいばかい》では拔群《ばつぐん》の流行兒《はやりつこ》で、又決《またけつ》して最負《ひいき》を失望《しつばう》させる樣《やう》なこともなかつた。で、對手《あひて》に好敵手《かうてきしゆ》が出《で》場る時《とき》でも、隨分巨額《ずゐぶんきよがく》の金《かね》が「銀炎《ぎんえん》」の方《はう》に懸《か》けられたものだ。さういふわけで、今囘《こんくわい》の競馬《けいば》に「銀炎《ぎんえん》」が出場《しゆつぢやう》するとしないとで、非常《ひじやう》な利害問題《りがいもんだい》を感《かん》ずる人間《にんげん》が多數《たすう》にある。

この事《こと》は「銀炎《ぎんえん》」を飼《か》つてある王子《わうじ》調馬《てうば》所《しよ》では無論《むろん》判明《わか》つて居《ゐ》たので、「銀炎《ぎんえん》」を護衞《ごゑい》のためには出來《でき》るだけの注意《ちうい》はして居《ゐ》た。調馬《てうば》方《かた》の須《す》藤次《とうじ》郎《らう》といふのは以前《いぜん》は矢張《やは》り大津《おほつ》大佐《たいさ》の持馬《もちうま》の騎《き》

手《しゆ》だつたが、身體《からだ》が少《すこ》し重《おも》くなつたので、廢《や》めて、調馬方《てうばかた》にまはつたのだ。騎手《きしゆ》をして居《ゐ》たのが五年《ねん》、調馬方《てうばかた》に廻《まは》つてから七年《ねん》になるが、始終主人思《しじふしゆじんおも》ひの律義《りちぎ》な人間《にんげん》だつた。調馬場《てうばぢやう》は割合《わりあひ》に小《ちい》さい方《はう》で、馬《うま》は五頭居《とうゐ》る許《ばか》りなんだ。三人《にん》の僮《こども》のうち一人《ひとり》宛《づゝ》交代《かうたい》に厩《うまや》で徹夜《てつや》の張番《はりばん》をして、後《あと》の二人《ふたり》は屋指裏《やねうら》の部屋《へや》に上《あが》つて寢《ね》ることになつて居《ゐ》る。三人共《にんども》氣質《きしつ》は至極《しごく》善良《い》い方《はう》なんだ。須藤次《すとうじ》郎《らう》は厩《うまや》から二町許《ちやうばか》りの處《ところ》にある小《ちい》さい家屋《うち》に住《す》んで居《ゐ》たが、妻君《さいくん》の外《ほか》に、小兒《こども》はなく、女中《ぢよちう》を一《ひと》人《り》使《つか》つて氣樂《きらく》にやつて居《ゐ》た。この邊《へん》は極《きは》めて寂《さび》しい處《ところ》で、四五町北《ちやうきた》の方《はう》に大沼田地方《おほぬまだちはう》の新鮮《しんせん》な空《くう》氣《き》を樂《たの》しまうといふ人達《ひとたち》を目當《めあ》てに建《た》てた別莊風《べつさうふう》の貸家《かしや》が一群《ひとむれ》、一里《り》許《ばか》り西《にし》の方《はう》に長谷川男爵《はせがはだんしやく》の鏑木調馬場《かぶらぎてうばぢやう》といふのが一構《ひとかま》へあるきりなんだ。鏑木《かぶらぎ》の調馬場《てうばぢやう》は王子《わうじ》のに比《くら》べて大分大《だいぶおほ》きく、古谷《ふるや》淸藏《せいざう》といふ男《をとこ》が經營《けいえい》して居《ゐ》る。斯《か》ういふ具合《ぐあひ》に極《ご》く稀《まれ》に人家《じんか》があるだけで、何《いづれ》の方角《はうがく》を見《み》ても全《まつた》くの荒蕪地《くわうぶち》、浮浪族《ジプシー》の群《むれ》が僅《わづ》かに棲《す》んで居《ゐ》る位《くらゐ》のものだ。

事件《じけん》の起《お》きた月曜日《げつえうび》の夜《よる》はどんな具合《ぐあひ》だつたかといふと、夕景《ゆふけい》に平常《いつも》のとほり一《ひ》としきり馬共《うまども》を練《な》らして、水《みづ》を飮《か》つてから、厩《うまや》に入《い》れ、扉《とびら》を閉《し》めて錠《ぢやう》を下《おろ》したのが九時《じ》だといふのだ。僮達《こどもたち》の

中二人《うちふたり》は主人《しゆじん》の住居《すまひ》まで歩《ある》いて行《い》つて、臺所《だいどころ》で夕飯《ゆふはん》をやり、半田子之松《はんだねのまつ》と云《い》ふのが、その夜《よ》寢《ね》ずの番《ばん》に當《あた》つて殘《のこ》つて居《ゐ》た。九時《じ》少《すこ》し過《す》ぎに、女中《ぢよちう》が子之松《ねのまつ》の夕飯《ゆふはん》を厩《うまや》まで運《はこ》んだ。夕飯《ゆふはん》と云《い》ふのはカレー粉《こ》の入《はい》つた羊肉料理《やうにくれうり》が一皿《ひとさら》だつた。厩《うまや》には飲料水《のみみづ》はあり、寢《ね》ずの番《ばん》に當《あた》つた者《もの》は酒精類《アルコールるゐ》は禁《き》められて居《ゐ》るから、飲料《いんれう》は何《なに》も持《も》つて行《ゆ》かなかつた。非常《ひじやう》に闇《くら》い晩《ばん》で、其上《そのうへ》押《お》つ開《ぴら》いた荒野《くわうや》の間《あひだ》の小逕《こみち》を行《ゆ》くのだから、女中《ぢよちう》は提灯《ちやうちん》を提《さ》げて行《い》つた。ところが厩《うまや》までもう廿間程《けんほど》といふ邊《へん》で、暗闇《くらやみ》から不意《ふい》に一人《ひとり》の男《をとこ》が現《あらは》れて、その女中《ぢよちう》を呼《よ》び止《と》めた。男《をとこ》がつか〳〵と提灯《ちやうちん》の黄色《きいろ》い光《ひかり》の中《なか》まで來《き》たときに女中《ぢよちう》が見《み》ると、其《そ》れは灰色《はいいろ》の羅紗《らしや》の服《ふく》に同《おな》じ色《いろ》の帽《ばう》を被《かぶ》つた紳士風《しんしふう》の人《ひと》で、脚絆《きやはん》を着《つ》けて、握《にぎ》り瘤《こぶ》のある重《おも》さうな杖《つゑ》を持《も》つて居《ゐ》た。併《しか》し何《なに》が一番女中《はんぢよちう》の眼《め》に附《つ》いたかと言《い》ふと、顔色《かほいろ》のそれはひどく蒼《あを》ざめて居《ゐ》る事《こと》と、馬鹿《ばか》にそは〳〵して居《ゐ》る様子《やうす》とだつた。年齢《とし》はかれこれ三十歳《さい》足《た》らずといふ處《ところ》だつた相《さう》だ。これから二人《ふたり》の間《あひだ》にこんな問答《もんだふ》が始《はじま》つて、

（一體此處《たいこゝ》は何處《どこ》なんでせう？ 道《みち》に迷《まよ》つて了《しま》つたので、仕方《しかた》がない今夜《こんや》は此《こ》の邊《へん》に野宿《のじゆく》と覺悟《かくご》を定《き》め様《やう》とした處《ところ》へ、お前《まへ》さんの提灯《ちやうちん》が見《み》えたんだが）

(つい其處《そこ》に灯《ひ》の見《み》えてるのが王子《わうじ》の調馬所《てうばしよ》です)

(おや左樣《さやう》か、何《なん》といふ仕合《しあは》せだらう。ぢあ毎晩《まいばん》小兒《こども》が一人《ひとり》宛寐《づゝね》ずの番《ばん》をして居《ゐ》るといふのはあの小舍《こや》ですか。お前《まへ》さんの持《も》つてるのは、その小兒《こども》の晩食《ばんめし》でせう。處《ところ》で、お前《まへ》さん、まさか新《あたら》しい衣裳《いしやう》を一《ひ》と揃《そろ》ひ造《こしら》へる丈《だけ》のお錢《あし》を欲《ほ》しくないとは言《い》ふまいね。どうです)

さういひながら、男《をとこ》は內嚢《かくし》から小《ちい》さく疊《たゝ》んだ紙片《かみきれ》を一《ひと》つ取《と》り出《だ》した相《さう》だ。そして言葉《ことば》を續《つゞ》けて斯《か》う言《い》つた相《さう》だ。(あの小兒《こども》にこれを渡《わた》して欲《ほ》しいんだが、すればお前《まへ》さんは飛《と》びきり上等《じやうとう》の衣裳《いしやう》を手《て》に入《い》れる事《こと》が出來《でき》る・・・・)

女中《ぢよちう》は男《をとこ》の樣子《やうす》があまり熱心《ねつしん》なので、吃驚《びつくり》して了《しま》つて驅《か》け出《だ》した。そしていつもそこから食事《しよくじ》を入《い》れる窓《まど》の邊《へん》まで來《く》ると、子之松《ねのまつ》はもう窓《まど》を開《あ》けて、小《ちい》さな卓子《テーブル》に座《すわ》つて待《ま》つて居《ゐ》た相《さう》だ。女《ぢよ》中《ちう》が今《いま》の出來事《できごと》を話《はな》して居《ゐ》るところへ、例《れい》の男《をとこ》が又《また》してもやつて來《き》た。男《をとこ》は窓《まど》を覗《のぞ》き込《こ》みながら子之松《ねのまつ》に言葉《ことば》を懸《か》けた。(今晩《こんばん》は。ちよつとお前《まへ》さんに話《はな》したい事《こと》があるんだが・・・・)——女中《ぢよちう》の云《い》ふ處《ところ》によると、例《れい》の紙片《かみきれ》が、男《をとこ》の握《にぎ》つた掌《てのひら》から食《は》み出《だ》して見《み》えて居《ゐ》た相《さう》だ。——

(お前《まへ》さんの財布《さいふ》の重《おも》くなる話《はなし》なんだよ。此《こ》の厩《うまや》にはウエセックの競馬《けいば》に出《で》る馬《うま》が「銀炎《ぎんえん》」と「名《めい》譽《よ》」と二匹《ひき》居《ゐ》るだらう。一言《ひとこと》だけ本當《ほんたう》の話《はなし》を聞《き》かして呉《く》れないか。決《けつ》してお前《まへ》さんの困《こま》る樣《やう》な事《こと》にはならない。どうだね、何《なん》でも騎手《きしゆ》によつてあ「名譽《めいよ》」つて方《はう》が「銀炎《ぎんえん》」よりも速《はや》くて一哩《マイル》で百碼《ヤード》も拔《ぬ》く事《こと》があるつてが、本當《ほんたう》の事《こと》かい？ え、それで此《こ》の厩《うまや》の掛《かゝ》りの人《ひと》は「名譽《めいよ》」の方《はう》に賭《か》けてるといふが)

處《ところ》がこの子之松《ねのまつ》といふ僮《こども》は中々《なか〳〵》剛氣《がうき》な奴《やつ》で、斯《か》う言《い》つて怒鳴《どな》り附《つ》けた相《さう》だ。(馬《うま》の噂《うはさ》を種《たね》に飯《めし》を食《く》ふ奴《やつ》が澤山《どつさり》居《ゐ》るつてえが、お前《めえ》さんもその一人《ひとり》だな。王子《わうじ》の馬方《うまかた》はどんなもんか教《をし》へてやらう。覺《おぼ》えとれ）そして彼《かれ》は一《ひと》つ犬《いぬ》を嗾《けしか》けて嚇《おど》しつけてやらうと思《おも》つて、厩《うまや》の方《はう》に驅《か》け出《だ》した。女中《ぢよちう》は先刻《さつき》から須藤《すどう》の住居《すまひ》の方《はう》へ逃《に》げ出《だ》して居《ゐ》たが、このとき振《ふ》り返《かへ》つて見《み》ると、怪《あや》しい男《をとこ》は窓《まど》から半《はん》身《しん》を部屋《へや》の中《なか》に入《い》れて、何《なに》かして居《ゐ》た相《さう》だ。しかし子之松《ねのまつ》が犬《いぬ》を連《つ》れて出《で》て來《き》た時《とき》には、最早《もう》居《ゐ》なかつた。子之松《ねのまつ》は家《うち》の周圍《まはり》を驅《か》け廻《まは》つて探《さが》して見《み》たが、男《をとこ》の姿《すがた》は何處《どこ》にも見《み》えなかつた相《さう》だ』

『ちよつと待《ま》つて呉《く》れ給《たま》へ』と、私《わたし》は訊《たづ》ねた。

『その子之松《ねのまつ》といふ僮《こども》は犬《いぬ》を連《つ》れて出《で》る時戸《ときど》に錠《ぢやう》を下《おろ》したのかね？』

『ウム、その事《こと》さ！』と、堀見《ほりみ》は言《い》つた。

『僕《ぼく》もそれが肝心《かんじん》な點《てん》だと思《おも》つたから、昨日《きのふ》態々《わざ〳〵》電報《でんぽう》で以《もつ》て尋《たづ》ねて見《み》たのさ。處《ところ》が、子之松《ねのまつ》は確《たしか》に錠《ぢやう》を下《おろ》して出《で》たんだ。その上《うへ》、窓《まど》は人間《にんげん》の身體《からだ》が入《はい》る程大《ほどおほ》きくはない相《さう》だ。子之松《ねのまつ》は仲間《なかま》の二人《ふたり》が歸《かへ》るまで待《ま》つて居《ゐ》て、歸《かへ》ると直《す》ぐ須藤《すどう》の處《ところ》に出掛《でか》けて、今《いま》の顚末《てんまつ》を話《はな》した。須藤《すどう》はそれを聞《き》くとひどく興奮《こうふん》した相《さう》だ。尤《もつと》もこの出來事《できごと》の意味《いみ》は須藤《すどう》にもはつきり呑込《のみこ》めない樣《やう》だつたといふが、兎《と》に角何《かくなん》となく氣掛《きがか》りだつたには相違《さうゐ》ない。妻君《さいくん》が一時頃《じごろ》に目《め》を醒《さま》すと、彼《かれ》は外《そと》に出《で》る用意《ようい》をして居《ゐ》た相《さう》だ。どうする積《つもり》かと尋《たづ》ねると、馬《うま》のことが案《あん》じられて眼《め》が冴《さ》へて仕樣《しやう》がないから。一度《ど》厩《うまや》に行《い》つて見《み》て來《く》るのだといふ。何《なん》だか雨《あめ》の音《おと》も聞《きこ》えるし、萬《まん》一危險《きけん》があつてはならないから。どうか家《うち》に居《ゐ》て呉《く》れる樣《やう》にと妻君《さいくん》は頻《しき》りに賴《たの》んだが、どうしても聽《き》き入《い》れないで、須藤《すどう》は大《おほ》きな雨外套《あまぐわいたう》を引《ひ》つ掛《か》けて出《で》て行《い》つた。

妻君《さいくん》は朝《あさ》の七時《じ》になつて眼《め》を醒《さま》したが、須藤《すどう》は歸《かへ》つて居《ゐ》ない。急《いそ》いで着物《きもの》を着更《きか》へて、女中《ぢよちう》を

呼《よ》んで、一所《しよ》に厩《うまや》に出掛《でか》けた。番小舎《ばんごや》を見《み》ると戸《と》が開《ひら》いて居《ゐ》る。中《なか》を見《み》ると僮《こども》の子之松《ねのまつ》は椅子《いす》の上《うへ》に丸《まる》くなつて昏々《こんく》として眠《ねむ》つて居《ゐ》る。厩《うまや》を見《み》ると「銀炎《ぎんえん》」の小舎《こや》は空《から》だ。その上《うへ》須藤次郎《すどうらう》は影《かげ》も形《かたち》もない。

婦人達《ふじんたち》は馬具部屋《ばぐべや》の上《うへ》の部屋《へや》に眠《ねむ》つて居《ゐ》た二人《ふたり》の僮達《こどもたち》を呼《よ》び起《おこ》して聞《き》いて見《み》た。處《ところ》が二人共熟睡《ふたりともじゆくすゐ》する方《はう》で、その所爲《せゐ》だか何《なん》だが夜中《よなか》何《なん》にも物音《ものおと》は聞《きこ》えなかつたと云《い》ふ。子之松《ねのまつ》はてつきり何《なに》か強《つよ》い藥品《やくひん》を嗅《か》がされるかどうかしたと見《み》えて、どうしても起《お》きない。で、起《おこ》して訊《たづ》ねて見《み》た處《ところ》で何《なに》も判然《わから》う道理《だうり》はないから、其儘《そのまゝ》にして。僮二人《こどもふたり》と女二人《をんなふたり》とが須藤次郎《すどうじらう》と「銀炎《ぎんえん》」とを索《たづ》ねて驅《か》け出《だ》した。彼等《かれら》は此《こ》の時《とき》も未《ま》だ、須藤次郎《すどうじらう》が何《なん》かの理由《わけ》で馬《うま》を朝早《あさはや》く試《ため》しに連《つ》れ出《だ》したものかも知《し》れんといふ希望《きばう》を抱《いだ》いて居《ゐ》たが、家《うち》の近《ちか》くの小高《こだか》い丘《をか》に上《のぼ》つて荒野《くわうや》を見渡《みわた》すと、名馬《めいば》の影《かげ》らしいものは何處《どこ》にも見《み》えない許《ばか》りでなく、何《なに》かその邊《へん》で悲劇《ひげき》が演《えん》ぜられたに相違《さうゐ》ないと知《し》らせる樣《やう》なものが眼《め》についた。

といふのは、厩《うまや》から三四町《ちやう》の處《ところ》に、見《み》えない主人《しゆじん》の上衣《うはぎ》が灌木《くわんぼく》の枝《えだ》に掛《かゝ》つて居《ゐ》たので。それか

ら直《す》ぐ先《さ》きに 丼《どんぶり》 の形状《かたち》をした凹處《くぼみ》があつて、其底《そのそこ》に不幸《ふかう》な調馬師《てうばし》の屍體《したい》が横《よこた》つて居《ゐ》つた。頭《あたま》には何《なに》か重《おも》い武器《えもの》で手荒《てひど》く一《ひ》と撃《うち》やられた痕跡《あと》があり、大腿《だいたい》には非常《ひじやう》に鋭利《えいり》な刄物《はもの》の痕《あと》が長《なが》く鮮《あざやか》かに附《つ》いて居《ゐ》る。だが、手強《てづよ》く抵抗《ていかう》を試《こゝろ》みたと見《み》えて、右《みぎ》の手《て》に小《ちい》さな小刀《ナイフ》を持《も》つて居《ゐ》り、それが柄元《えもと》まで血《ち》が粘《ねば》りついて居《ゐ》る。それから、左手《ひだりて》には赤《あか》と黒《くろ》の絹《きぬ》の襟飾《ネクタイ》を攫《つか》んで居《ゐ》たが、それは前《ぜん》夜《や》厩《うまや》に尋《たづ》ねて來《き》た迂散《うさん》な漢《をとこ》がつけて居《ゐ》たものだと、これは女中《ぢよちう》がきつぱり承證《しようしよう》するのだ。子之松《ねのまつ》も、昏睡《こんすゐ》から醒《さ》めると、矢《や》はり襟飾《ネクタイ》の持主《もちぬし》はあの男《をとこ》だと證認《しようにん》した。と同時《どうじ》に、同《おな》じ漢《をとこ》が子之松《ねのまつ》が犬《いぬ》を連《つ》れ出《だ》しに行《い》つてる間《ま》に、晩飯《ばんめし》に藥《くすり》を混《ま》ぜて、彼《かれ》を眠《ねむ》らしたのだと主張《しゆちやう》するのだ。失踪《しつそう》した名馬《めいば》に就《つい》ちあ、悲劇《ひげき》の行《おこな》はれた間《あひだ》馬《うま》が其處《そこ》に立《た》つて居《ゐ》た證據《しようこ》がある。跡《ひづめ》の痕《あと》が凹處《くぼみ》の底《そこ》の泥《どろ》に澤山著《たくさんつ》いてるのだ。けれどその朝《あさ》から彼《かれ》は姿《すがた》を見《み》せない。大津《おほつ》大佐《たいさ》から巨額《きよがく》の懸賞《けんしやう》が出《で》て、大沼田《おほぬまた》の浮浪族《ジプシー》共《ども》を始《はじ》め澤山《たくさん》の人間《にんげん》が荒野中大捜索《くわうやちうだいさうさく》を行《や》つて居《ゐ》るが、今《いま》に至《いた》つて、様子《やうす》が知《し》れないのだ。子之松《ねのまつ》の夕飯《ゆふはん》の殘餘《のこり》を分析《ぶんせき》して見《み》た結果《けつくわ》、粉末《こな》にした阿片《あへん》がその中《なか》に澤山入《たくさんはい》つて居《ゐ》た相《さう》だ。所《ところ》で、他《た》の二人《ふたり》は矢張《やは》り同《おな》じ物《もの》を食《や》つたにもかゝはらず何《なん》の影響《えいきやう》もなかつたのだ。

以上《いじやう》が先《ま》づあらゆる揣摩臆測《しまおくそく》を廢《はい》して、畢竟《つまり》出來《でき》るだけ下手《したで》に話《はな》した主要《しゆえう》な事實《じじつ》なんで、次《つぎ》に警察《けいさつ》が此《こ》の事件《じけん》に就《つい》て何《ど》う云《い》ふ工合《ぐあひ》に活動《くわつどう》をしたか云《い》つて見《み》よう。

此《こ》の事件《じけん》を引《ひ》き受《う》けた栗原警視《くりはらけいし》といふのは非常《ひじやう》な手腕家《しゆわんか》で、今少《いますこ》し想像力《さうざうりよく》がありさへすれば、現在《いま》よりも遙《はる》かに高《たか》い位置《ゐち》に上《のぼ》れる人《ひと》なんだ。で現場《げんば》に着《つ》くと、栗原《くりはら》は直樣此《すぐさまこ》の場合嫌疑《ばあひけんぎ》が是非《ぜひ》共懸《ともかゝ》らずには置《お》かぬ例《れい》の怪《あや》しい若者《わかもの》を見附《みつ》けて引致《いんち》させた。何《なに》も何《か》もよく知《し》れて居《ゐ》たからわけなく引《ひ》つ捕《つらま》へられたが、名前《なまへ》は島田不二郎《しまだふじらう》と云《い》ふんだ相《さう》で、生《うま》れも教育《けういく》も非常《ひじやう》に良《い》い。元《も》と相應《さうおう》の財産《ざいさん》があつたのを競馬《けいば》で耗《す》つ了《ちま》つた擧句《あげく》、今《いま》では倫敦《ロンドン》の體育倶樂部《たいいくくらぶ》から時々小《ときどきちい》さな書物《しよもつ》など出《だ》して生活《せいくわつ》を立《た》てゝ居《ゐ》る。其《そ》の賭《か》け帳《ちやう》を驗《しら》べて見《み》ると、五千磅《ポンド》と云《い》ふ金《かね》が「銀炎《ぎんえん》」の反對《はんたい》の側《がは》に賭《か》けてあつた相《さう》だ。

取調《とりしら》べられた結果《けつくわ》、この島田《しまだ》といふ男《をとこ》は、自分《じぶん》が大沼田《おほぬまた》に來《き》たのは、大津大佐《おほつたいさ》の例《れい》の二頭《とう》の馬《うま》と、「銀炎《ぎんえん》に」續《つ》ぐ呼物《よびもの》で、鏑木《かぶらぎ》の厩《うまや》に古谷清藏《ふるやせいざう》が預《あづか》つて居《ゐ》る「高樓《たかどの》」といふ馬《うま》とに就《つい》て何《なに》か新聞種《しんぶんだね》を探《さぐ》り出《だ》したいと思《おも》つての事《こと》だと申《まを》し立《た》てた。女中《ぢよちゆう》や子之松《ねのまつ》に會《あ》つて變《へん》な擧動《ふるまひ》をした事《こと》は事實《じじつ》だが、

何《なに》も悪企《わるだく》みがあつたわけではない。直接厩番《ちよくせつうまやばん》の口《くち》から何《なに》か聞き出《た》したいと思《おも》つた迄《まで》の事《こと》だといふのだ。襟飾《えりかざり》を附《つ》き突《つ》けられた時《とき》には眞蒼《まつさを》になつて、それがどうして被害者《ひがいしや》の手《て》にあつたか、わけを云《い》ふ事《こと》が出來《でき》なかつた。服《ふく》の濡《ぬ》れて居《ゐ》る處《ところ》から前夜《ぜんや》雨《あめ》の中《なか》に居《ゐ》たことがわかる。彼《かれ》が所持《しよぢ》の杖《つゑ》は鉛《なまり》を溶《と》かし込《こ》んだ重《おも》い奴《やつ》だから、續《つゞ》け樣《さま》に打《う》てば須藤《すごう》を參《まゐ》らせて頭部《あたま》の傷《きず》を負《お》はせる事《こと》が出《で》來《き》る。

一方《ほう》、須藤《すごう》の小刀《ナイフ》に血《ち》のついて居《ゐ》ることを見《み》ると、須藤《すごう》の加害者《かがいしや》は必《かなら》ず身體《からだ》の何所《どこ》かに傷《きず》をして居《ゐ》なくちあならない。だが、島田《しまだ》といふ漢《をとこ》の身許《からだ》にはそれが見《み》えないんだ。さしあたり最《もつと》も要《えう》領《りやう》を搔《か》い摘《つま》んで話《はな》せば、今《いま》いつた丈《だけ》の事《こと》になるのだが、友野《ともの》君《きみ》、君《きみ》はこれ丈《だけ》の事實《じじつ》から推測《すゐそく》して、何《なに》か僕《ぼく》の役《やく》に立《た》つ樣《やう》な事《こと》は思《おも》ひ付《つ》かないかね』

私《わたし》は堀見《ほりみ》獨特《どくとく》の此《こ》の明晰《めいせき》な敍述《ぢよじゆつ》を非常《ひじやう》な興味《きようみ》を以《もつ》て聞《き》いて居《ゐ》た。彼《かれ》が今一《いまひと》つ一《ひと》つ數《かぞ》へあげた事《じ》實《じつ》は皆私《みなわたし》の夙《とつく》に承知《しようち》して居《ゐ》たものだつたが、どれどれの事實《じじつ》がどれ程肝心《ほどかんじん》なものなのか、どの樣《やう》な工合《ぐあひ》にこの多《おほ》くの事實《じじつ》を結《むす》び附《つ》けて考《かんが》へてよいものなのか、私《わたし》には一向解《かうわか》つて居《ゐ》なかつたので

ある。

『右腿《みぎもゝ》の傷《きづ》といふのは、よくあるやつで、頭部《あたま》に傷《きづ》をしてから手足《てあし》をじたばたやる中《うち》に、自分《じぶん》の小刀《ナイフ》でやつたのかも知《し》れない。』と、私《わたし》は言《い》つた。

『知《し》れない處《どころ》ではない、多分左樣《たぶんさう》だらう！　だとすると、島田《しまだ》の利益《りえき》になる唯《ゆゐ》一の證據《しようこ》がなくなるわけだ。』と、堀見《ほりみ》は答《こた》へた。

『僕《ぼく》は隨分新聞《ずゐぶんしんぶん》の記事《きじ》はよく讀《よ》んだが、まだ警察《けいさつ》がこの事件《じけん》にどういふ風《ふう》な解釋《かいしやく》を下《くだ》して居《ゐ》るか解《わか》らないんだ』

『吾々《われ〳〵》が何《ど》んな風《ふう》に解釋《かいしやく》するにしても、警察側《けいさつがは》の見解《けんかい》とは非常《ひじやう》に齟齬《ちが》つたものになる事《こと》は疑《うたがひ》を容《い》れんね。察《さつ》する處《ところ》、警察側《けいさつがは》では斯《か》う考《かんが》へてるらしい。――島田不二郎《しまだふじらう》といふ漢《をとこ》は張番《はりばん》の僮《こども》を眠《ねむ》らしておいてから、何《ど》うかして合鍵《あひかぎ》を手《て》に入《い》れて持《も》つて居《ゐ》たので、厩《うまや》の戸《と》を開《あ》けて多分何處《たぶんどこ》へか連《つ》れて行《い》つて隱《かく》さうといふ積《つもり》で馬《うま》を連《つ》れ出《だ》した。手綱《たづな》の見《み》えないのは島田《しまだ》が使《つか》つたのだ。戸《と》を開《あ》け放《はな》した儘《まゝ》で、馬《うま》を引《ひ》つ張《ぱ》つて行《ゆ》くと、須藤次郎《すどうじらう》が彼《かれ》に出遭《であ》ふか或《あるひ》は背後《はいご》から追掛《おつか》けるかした。

それから格闘《かくとう》が始《はじ》まつて、島田《しまだ》が須藤《すどう》の頭《あたま》を杖《つゑ》で擊《う》つて、自分《じぶん》は、相手《あひて》が懐中《くわいちう》から取出《とりだ》した小刀《ナイフ》では擦傷《かすりきず》さへ受《う》けずに、馬《うま》を何處《どこ》か秘密《ひみつ》な場所《ばしよ》に連《つ》れて行《い》つて隱《かく》したか、或《あるひ》は格闘《かくとう》の間《ま》に取《と》り逃《にが》して、馬《うま》は未《いま》だに荒野《くわうや》の何處《どこ》かに彷徨《さまよ》つて居《ゐ》るか——警察《けいさつ》は斯《か》う見《み》て居《ゐ》る。隨分隙間《ずゐぶんすきま》だらけの見《み》方《かた》だが、外《ほか》にどういふ解釋《かいしやく》を下《くだ》して見《み》ても、一層辻褄《そうつぢつま》の合《あ》はない解釋《かいしやく》きや出來上《できあが》らない。兎《と》に角《かく》現場《げんば》を實地《ちつち》に驗《しら》べて見《み》れば直《す》ぐ手懸《てがゝ》りは見附《みつか》らうとは思《おも》ふが、今《いま》のところ、まだ吾々《われ〳〵》の解釋《かいしやく》がどういふ方向《はうかう》に向《む》つて進《すゝ》むものか、一向見當《かうけんたう》が附《つ》かないのだ』

鷹之巣村《たかのすむら》の驛《えき》に着《つ》いた時《とき》は、最早《もはや》日暮《ひく》れに近《ちか》かつた。鷹之巣村《たかのすむら》といふのは、大沼田《おほぬまだ》のだゞつ廣《ぴろ》い荒野《くわうや》の眞中《まんなか》に、丁度楯《ちやうどたて》の表面《へうめん》の疣《いぼ》の樣《やう》に立《た》つて居《ゐ》る小《ちい》さな村《むら》である。

停車場《ていしやば》には、二人《ふたり》の紳士《しんし》が吾々《われ〳〵》を待《ま》つて居《ゐ》た。一人《ひとり》は、丈《せい》の高《たか》い、色《いろ》の白《しろ》い人《ひと》で、頭髮《あたま》と髭髯《ひげ》の工合《ぐあひ》は獅子《しし》の樣《やう》に嚴《いか》めしく、妙《めう》に射通《いとほ》す樣《やう》な明《あか》るい青《あを》い色《いろ》の瞳《ひとみ》をして居《ゐ》る。今一人《いまひとり》の、小柄《こがら》で、秡目《ぬけめ》のない、馬鹿《ばか》にきび〳〵した樣子《やうす》の人《ひと》は、フロックコートに脚絆《きやはん》といふ扮裝《いでだち》、鼻下《びか》の髯《ひげ》を短《みぢか》く苅《か》り整《そろ》へて、眼鏡《めがね》を掛《か》けて居《ゐ》る。後者《こうしや》が競馬界《けいばかい》や遊獵界《いふれふかい》で名《な》の聞《きこ》えた大津《おほつ》大佐《たいさ》で、前者《ぜんしや》は栗原警《くりはらけい》

視《し》といつて、最近《さいきん》英吉利《イギリス》探偵界《たんていかい》でめき〳〵賣《う》り出《だ》した人物《じんぶつ》である。

『やあ、堀見《ほりみ》さん、よくお出《い》で下《くだ》すつた』と、大佐《たいさ》が言《い》つた。『此處《こゝ》にお居《ゐ》での栗原警視《くりはらけいし》が既《すで》に出來《でき》るだけの手《て》を盡《つく》して下《くだ》すつたが、私《わし》の身《み》になれば、可哀想《かあいさう》な須藤次郎《すとうじらう》の復讐《しかへし》もしてやりたし、又《また》私《わし》の馬《うま》も取《と》り返《かへ》したいです。そのためには石塊一《いしころひと》つ堀起《ほりおこ》さずに置《お》いても氣《き》が濟《す》まんで……』

『何《なに》か新《あたら》しい手掛《てがか》りでも見附《みつ》かりましたか』と、堀見《ほりみ》は言《い》つた。

『遺憾《ゐかん》ながら、一向何等《かうなんら》の前徴《ぜんちよう》も見《み》ないです』と、栗原警視《くりはらけいし》が答《こた》へた。

『表《おもて》に馬車《ばしや》が待《ま》たしてあります、君《きみ》に暗《くら》くならんうちに兇行《きようかう》の現場《げんば》を見《み》て頂《いたゞ》く方《はう》が宜《よ》からうから、直《す》ぐそれで出掛《でか》けて、道々《みち〳〵》私《わたし》の見《み》るところをお話《はな》しするとしませう』

吾々《われ〳〵》は乘《の》り心地《ごゝち》の宜《よ》い四輪馬車《りんばしや》に乘《の》り込《こ》んだ。栗原警視《くりはらけいし》の方《はう》では、話《はな》すことが山《やま》の様《やう》にあるので、奔流《ほんりう》の様《やう》に喋舌《しやべ》り續《つゞ》ける。と、堀見《ほりみ》は時々《とき〴〵》それに對《たい》して短《みじか》い質問《しつもん》や間投詞《かんたうし》を酬《むく》いるのである。大津大佐《おほつたいさ》は帽子《ばうし》を眉《まゆ》の邊《へん》まで辷《すべ》らせて、腕《うで》を拱《こまぬ》いて居《ゐ》る。私《わたし》は深《ふか》い興味《きようみ》を以《もつ》て二人《ふたり》の探偵《たんてい》の會話《はなし》に耳《みゝ》を傾《かたむ》けた。栗原氏《くりはらし》は該《こ》の事件《じけん》に對《たい》する自分《じぶん》の解釋《かいしやく》を說明《せつめい》して居《ゐ》るが、それは堀見《ほりみ》が汽車《きしや》の中《なか》

で私《わたし》に話《はな》して聞《き》かせたのと、殆《ほと》んど符節《ふせつ》を合《あは》せる樣《やう》に合《あ》つて居《ゐ》るのであつた。

『島田不二郎《しまだふじらう》の身體《からだ》の周圍《まはり》には拔目《ぬけめ》なく網《あみ》を張《は》つておきました。僕《ぼく》はどうしても犯人《はんにん》はあれに相《さう》違《ゐ》ないと思《おも》ふ。と同時《どうじ》に、彼《かれ》を犯人《はんにん》だとするに就《つい》て吾々《われ／＼》が擧《あ》げる事《こと》の出來《でき》る證據《しようこ》は悉《こと／＼》く皮相《ひさう》なものばかりで、事件《じけん》の進捗《しんちよく》の模樣《もやう》によつては、此《こ》の說《せつ》は全然《ぜん／＼》打《う》つ壞《こは》されまいものでもない』

『須藤次郎《すどうじらう》の手《て》にあつた小刀《ナイフ》に就《つい》ての君《きみ》の御考《おかんが》へは？』

『須藤《すどう》の右腿《みぎもゝ》の傷《きず》は倒《たほ》れる拍子《ひやうし》に自分《じぶん》で傷《や》つたものと決定《けつてい》しました』

『友野君《とものくん》もさういふ疑《うたがひ》を持《も》つて居《ゐ》たが、果《はた》して左樣《さう》だとすると、島田《しまだ》のためには大變《たいへん》な不利益《ふりえき》になりますね？』

『さうだとも。島田《しまだ》の身《み》に懸《かゝ》つてる嫌疑《けんぎ》は非常《ひじやう》に强《つよ》いんだ。「銀炎《ぎんえん》」が出場《で》なければ、彼《かれ》は莫大《ばくだい》の利益《りえき》を得《う》る。番小屋《ばんごや》の倅《こども》に阿片《あへん》を盛《も》つたのも島田《しまだ》なれば、彼《かれ》が其《そ》の夜雨《よあめ》の中《なか》に居《ゐ》た事《こと》も疑《たがひ》を容《い》れない。現《げん》に鉛《なまり》を仕込《しこ》んだ重《おも》い杖《つゑ》を持《も》つてる上《うへ》、彼《かれ》の襟飾《ネクタイ》が死人《しにん》の手《て》にあつた。これだけで彼《かれ》を起訴《きそ》するには充分《じふぶん》の證據《しようこ》にならうと思《おも》ふ』

堀見《ほりみ》は頭《かしら》を振《ふ》つた。『聰明《そうめい》な辯護人《べんごにん》ならば、それ位《くらゐ》の證據《しようこ》は一《ひ》と堪《たま》りもなく粉碎《こわ》して了《しま》ふ。それに對《たい》して反證《はんしよう》は殆《ほと》んど無數《むすう》にある。何故《なぜ》島田《しまだ》は態々《わざ〳〵》馬《うま》を厩《うまや》から連《つ》れ出《だ》したか、害《がい》を加《くは》へ樣《やう》と思《おも》へば、その場《ば》で出來《でき》るではないか。彼《かれ》の所持品《しよぢひん》の合鍵《あひかぎ》は見附《みつ》からなかつた。阿片劑《あへんざい》は何處《どこ》で買《か》つたか。就中《なかにも》土《ど》地《ち》不《ふ》案内《あんない》の彼《かれ》が、馬《うま》一匹《ぴき》、殊《こと》に「銀炎《ぎんえん》」の樣《やう》な有名《いうめい》な馬《うま》を何處《どこ》に隱《かく》し了《おほ》せる事《こと》が出來《でき》よう？』と、まあ斯《か》ういつた風《ふう》ですね。張番《はりばん》の僮《こども》に渡《わた》して呉《く》れといつて女中《ぢよちう》に渡《わた》したといふ紙幣《しへい》に就《つい》ては彼《かれ》はどういつて居《ゐ》るんだね？』

『島田《しまだ》のいふ處《ところ》によれば、これは十圓《ゑん》紙幣《しへい》だつた相《さう》で、如何《いか》にも彼《かれ》の財布《さいふ》の中《なか》にも一枚《まい》見附《みつ》かつたよ。その他《た》君《きみ》が今列擧《いまれつきよ》した難點《なんてん》は左程《さほど》怖《おそ》るべきものぢやない。島田《しまだ》は大沼田《おほぬまた》に來《く》るのは初《はじ》めてではなく、この夏鷹之《なつたかの》巣《す》村《むら》に來《き》て二度《ど》泊《とま》つたことがある相《さう》だ。阿片《あへん》は多分《たぶん》倫敦《ロンドン》から持《も》つて來《き》たんだらう。合鍵《あひかぎ》は使《つか》つた後《あと》で棄《す》てゝ了《しま》つたと考《かんが》へる事《こと》が出來《でき》る。馬《うま》はあの邊《へん》の慥《たしか》か廢坑《はいかう》の底《そこ》に倒《たふ》れてるかも知《し》れない』

『襟飾《ネクタイ》に就《つい》ては本人《ほんにん》はどう言《い》つて居《ゐ》る？』

『自分《じぶん》のだと承諾《しようだく》はする。それはいつの間《ま》に落《おと》したか。氣《き》が附《つ》くと失《なくな》つて居《ゐ》ましたといふのだ。それから今一《いまひと》つ、島田《しまだ》が厩《うまや》から「銀炎《ぎんえん》」を連《つ》れ出《だ》した理由《りいう》だらうかと思《おも》はれる事實《じじつ》が昨日《きのふ》發見《はつけん》された』

堀見《ほりみ》は聽《き》き耳《みヽ》を立《た》てた。

『といふのは、兇行《きようかう》の行《おこな》はれた夜《よる》、屍體《したい》の發見《はつけん》された場所《ところ》から十四五町《ちやう》と隔《へだ》てぬ邊《へん》で、浮浪族《ジプシー》の一群《ぐん》が天幕《テント》を張《は》つた痕跡《あと》が發見《はつけん》されたんだ。火曜日《くわえうび》に彼等《かれら》はそこから立《た》ち退《の》いて了《しま》つた。で、これは憶測《おくそく》に過《す》ぎないが、島田《しまだ》と彼等《かれら》浮浪族《ジプシー》との間《あひだ》に何《なに》か 謀《はかりごと》を合《あは》せた事《こと》があつたとすると、須藤《すとう》が島田《しまだ》に追《お》つ附《つ》いた時《とき》は、島田《しまだ》が浮浪族《ジプシー》の天幕《テント》に馬《うま》を連《つ》れて行《ゆ》く途中《とちう》だつた。で、馬《うま》は彼等《かれら》が隱匿《かくし》て居《ゐ》るんぢやないかと思《おも》はれる』

『成《な》る程《ほど》』と、堀見《ほりみ》は言《い》つた。

『是《こ》の浮浪族《ジプシー》は、今《いま》それこそ草《くさ》をわけて搜索中《そうさくちう》だが、僕《ぼく》はまた別《べつ》に、鷹之巣村《たかのすむら》にある、厩《うまや》といふ厩《うまや》、納屋《なや》といふ納屋《なや》は悉《ことごと》く調《しら》べて見《み》た』

『近《ちか》くに倘一《いまひと》つ調馬所《てうばしよ》がある相《さう》だね』

『さうだ、あれは決《けつ》して見逃《みのが》せない處《ところ》だ。そこの「高樓《たかどの》」といふ馬《うま》は「銀炎《ぎんえん》」に續《つゞ》いての呼者《よびもの》だから。「銀炎《ぎんえん》」が行方不明《ゆくゑふめい》になれば、「高樓《たかどの》」側《がは》には勿怪《もつけ》の幸《さいはひ》だ。殊《こと》に調馬方《てうばかた》の古谷清藏《ふるやせいざう》といふのが、巨額《きよがく》の金《かね》を自分《じぶん》の方《はう》の馬《うま》に賭《か》けて居《ゐ》て、須藤次郎《すどうじらう》とはまだ相反目《あひはんもく》して居《ゐ》る形《かたち》なんだ。しかし、其《そ》の厩《うまや》も査《しら》べて見《み》たところ、「銀炎《ぎんえん》」の事件《じけん》に關係《くわんけい》のあり相《さう》なものは何一《なにひと》つ見附《みつ》からなかつた』

『島田《しまだ》といふ漢《をとこ》は別《べつ》に鏑木調馬場《かぶらぎてうばぢやう》とは利益關係《りえきくわんけい》で結《むす》ばつては居《ゐ》ないかね?』

『それは決《けつ》してない』

堀見《ほりみ》は背後《うしろ》に凭《よ》つ掛《か》つて空《そら》の一點《てん》を見詰《みつ》めた。會話《はなし》は止《や》んだ。二三分《ぷん》經《た》つて馭者《ぎよしや》は、檐《のき》の長《なが》く突出《つきで》た、小奇麗《こぎれい》な赤煉瓦《あかれんぐわ》の別莊風《べつさうふう》の建物《たてもの》の前《まへ》で馬《うま》を停《とゞ》めた。稍離《やゝはな》れた處《ところ》に板圍《いたがこひ》の馬場《ばゞ》があつて、その向《むか》ふに灰色《はいいろ》の屋根《やね》の一棟《ひとむね》が見《み》える。何《いづれ》の方面《はうがく》を見《み》ても、色《いろ》の褪《あ》せた羊齒《しだ》の生《は》え茂《しげ》つた黄銅色《こがねいろ》の荒野《くわうや》の低《ひく》い起伏《きふく》が涯《はて》もなく續《つゞ》いて居《ゐ》た。たゞ鷹之巣町《たかのすまち》の幾《いく》つかの尖塔《せんたふ》と、西《にし》の方《はう》に當《あた》つて、これが鏑木《かぶらぎ》の調馬場《てうばぢやう》と知《し》られる一群《ぐん》の家屋《うち》とが、眼路《めぢ》を遮《さへぎ》るのみである。栗原氏《くりはらし》を先《さき》に、吾々《われ〳〵》は馬《ば》

車《しや》を降《お》りた。が、堀見《ほりみ》は一人《ひとり》背後《うしろ》に凭《も》たれて、依然《いぜん》として大空《そら》の一點《てん》を見詰《みつ》めたまゝ、吾《われ》を忘《わす》れてじつと瞑想《めいさう》に耽《ふけ》つて居《ゐ》る。私《わたし》が肩《かた》を叩《たゝ》くと始《はじ》めて氣《き》が附《つ》いた樣子《やうす》で、急《きふ》に身《み》を起《おこ》し、地面《ぢめん》に跳《と》び降《お》りた。

『御免下《ごめんくだ》さい。私《わたし》は今夢《いまゆめ》を見《み》て居《ゐ》ました！』驚《おどろ》いた顔附《かほつき》で彼《かれ》を見《み》て居《ゐ》る大津大佐《おほつたいさ》に追《お》つ附《つ》きながら堀見《ほりみ》は言《い》つた。

彼《かれ》の眼《め》を見《み》ると、それは一種《しゆ》の輝《かゞや》きを帶《お》びて居《ゐ》る。彼《かれ》は明《あきら》かに、何《なに》か劇《はげ》しい興奮《こうふん》を抑《おさ》へて居《ゐ》るらしい。彼《かれ》の癖《くせ》をよく知《し》つて居《ゐ》る私《わたし》は、心《こゝろ》の中《うち》で、さては先生何《せんせいなに》かこの謎《なぞ》を解《と》く端緒《いとぐち》を前見《はつけん》したなと思《おも》つた——無論《むろん》その端緒《いとぐち》がどんなものであるか私《わたし》には解《わか》らなかつたが。

『眞直《まつす》ぐに屍體《したい》のあつた場所《ばしよ》に行《い》つて見《み》るでせうね堀見君《ほりみくん》』と栗原警視《くりはらけいし》は云《い》つた。

『いや、僕《ぼく》は先《ま》づこの家《うち》で一《ひと》つ二《ふた》つ調《しら》べて見《み》たいことがある。須藤《すどう》の屍體《したい》はこゝに運《はこ》んで來《き》てあるでせう？』

『左樣《さやう》、二階《かい》に。檢視《けんし》は明日《あす》です』

『被害者《ひがいしや》は、幾年《いくねん》も貴方《あなた》が傭使《つか》つて居《ゐ》られたのですね、大津《おほつ》さん?』

『少《すく》くとも私《わし》の處《ところ》に居《ゐ》る間《あひだ》は、始終《しじふ》無難《ぶなん》に務《つと》めて居《ゐ》ました』

『遭難當時《さうなんたうじ》の被害者《ひがいしや》の所持品《しよぢひん》は調書《てうしよ》が出來《でき》て居《ゐ》るでせうね、栗原君《くりはらくん》?』

『君《きみ》が調《しら》べる積《つもり》ならば、それは向《むか》ふの部屋《へや》に悉皆手《そつくりて》を著《つ》けずに置《お》いてある』

『それは有難《ありがた》い。ちよつと見《み》せて頂《いたゞ》きませう』

吾々《われ〳〵》は次《つぎ》の室《へや》に繰《く》り込《こ》んで、中央《ちうあう》の卓子《テーブル》を圍《かこ》んで坐《すわ》ると、警視《けいし》は四角《かく》な錫製《すゞせい》の箱《はこ》の錠前《ぢやうまへ》を開《あ》けて、一塊《くわい》の物品《しな》を我々《われ〳〵》の前《まへ》に置《お》いた。蠟《らふ》マッチの箱《はこ》、二寸許《すんばか》りの獸脂製《じうしせい》の蠟燭《らふそく》、野茨《のいばら》の根《ね》のパイプ、煙草《たばこ》が一オンス許《ばか》り入《はい》つて居《ゐ》る海豹革《あざらしがは》の煙草入《たばこいれ》、金鎖《きんぐさり》の附《つ》いた銀側時計《ぎんがはどけい》、五圓金貨《ゑんきんくわ》が五枚《まい》、アルミの鉛筆《えんぴつ》さし、紙《かみ》が二三枚《まい》、それから剃刀《かみそり》の樣《やう》にうすい鋭《するど》い刄《は》の象牙《ざうげ》の柄《え》のついた小《ちい》さい小刀《ナイフ》と、是丈《これだけ》である。

『こりや妙《めう》な小刀《もの》だ』と、堀見《ほりみ》は小刀《ナイフ》を取《と》りあげて、つく〴〵査《あらた》めて見《み》ながら、言《い》つた。

『血《ち》の附《つ》いてる處《ところ》を見《み》ると、被害者《ひがいしや》の手《て》にあつた例《れい》のやつらしいが、友野《ともの》君《くん》、こりや確《たし》かに君達《きみたち》

の方《はう》で使《つか》ふ種類《しゆるゐ》のものだね?』

『そりあ吾々《われ〳〵》が眼《め》の療治《れうぢ》などに使《つか》ふやつだ』と、私《わたし》は言《い》つた。

『左樣《さう》だらう。非常《ひじやう》に細《こま》かい仕事《しごと》に適《あ》ふ樣《やう》に出來《でき》て居《ゐ》る。調馬《てうば》などに出掛《でか》ける人《ひと》には不似合《ふにあひ》な持《もち》物《もの》さ。殊《こと》に疊《たゝ》めない小刀《ナイフ》だからね』

『刄《は》の先《さき》にコルクが冠《かぶ》せてあつた。コルクは屍體《したい》の傍《そば》に轉《ころが》つて居《ゐ》た。妻君《さいくん》の言《い》ふ處《ところ》によれば、それは五六日《にち》化粧卓《けしやうたく》に載《の》せてあつたが、あの夜《よ》出掛《でが》けに衣嚢《かくし》に入《い》れて行《い》つたんだ相《さう》だ。無論武器《むろんぶき》としては殆《ほと》んど役《やく》に立《た》たないものだが、咄嗟《とつさ》の場合《ばあひ》あり合《あは》せたから衣嚢《かくし》に入《い》れたわけだらう』と警《けい》視《し》は言《い》つた。

『なる程《ほど》ね。此《こ》の紙片《かみきれ》は何《なん》でせう?』

『その內《うち》三枚《まい》は株商人《かぶしやうにん》からの受取書《うけとりがき》です。一《ひと》つは大佐《たいさ》からの指圖《さしづ》の手紙《てがみ》、今《いま》一枚《まい》は三百七十五圓《ゑん》の婦人衣裳《ふじんいしやう》の勘定書《かんぢやうがき》で、本鄕町《ほんがうちやう》の小島商店《こじましやうてん》から武部義郞氏《たけべよしらうし》に寄越《よこ》したものです。須藤《すどう》の妻君《さいくん》の話《はなし》によれば、武部《たけべ》といふ人《ひと》は被害者《ひがいしや》の友人《いうじん》で、時々《とき〴〵》武部氏《たけべし》宛《あて》の書面《しよめん》がこの家《うち》に來《く》る相《さう》です』

『武部氏《たけべし》の夫人《ふじん》といふのは中々《なかなか》贅澤家《ぜいたくか》だと見《み》える』と、堀見《ほりみ》はその勘定書《かんぢやうがき》を見《み》ながら言《い》つた。

『三百七十五圓《えん》は衣裳《いしやう》一枚《まい》の價段《ねだん》にしては少々《せうせう》贅澤《ぜいたく》だ。ですが、最早《もう》これ以上《いじやう》こゝには用《よう》が無《な》さ相《さう》ですから、兇行《きやうかう》の現場《げんば》に行《い》つて見《み》ませう』

吾々《われわれ》が居間《ゐま》から出《で》て來《く》ると、廊下《らうか》で待《ま》つて居《ゐ》た一人《ひとり》の婦人《ふじん》が、一足《ひとあし》進《すゝ》んで栗原警視《くりはらけいし》の肱《ひぢ》に觸《さは》つた。婦人《ふじん》の顔《かほ》は痩《や》せて、眼《め》が落《お》ち込《こ》んで、二日《ふつか》前《まへ》の恐怖《きやうふ》の痕《あと》が歴々《ありあり》と見《み》えて居《ゐ》た。

『わかりまして? 見附《みつ》かりましたか?』と、彼女《かのぢよ》は喘《あへ》ぐ樣《やう》な聲音《こわね》で云《い》つた。

『未《ま》だ何《なに》も解《わか》りません、奥《おく》さん。しかし、此《こ》の通《とほ》り堀見君《ほりみくん》が倫敦《ロンドン》から來《き》て呉《く》れました、出來《でき》る丈《だけ》の手《て》は盡《つく》して見《み》ませうから!』

『たしか、角叉《つのまた》で、何《なに》かの園遊會《ゑんいうくわい》の節《せつ》お目《め》に懸《かゝ》つた事《こと》がありますね、須藤《すどう》の奥《おく》さん』と、堀見《ほりみ》が云《い》つた。

『いゝえ、貴方《あなた》、多分《たぶん》お人違《ひとちが》ひで被居《いらつしや》いませう』

『おや、これはしたり、確《たし》かにお目《め》に懸《かゝ》つた筈《はず》ですがね。貴女《あなた》はたしか七面鳥《めんてう》の羽毛《はね》の縁飾《えりかざ》りを

した鳩色《はといろ》の絹《きぬ》の衣裳《いしやう》を着《つ》けて居《を》られたでせう』

『妾《わたし》、そんな衣裳《いしやう》を持《も》つて居《を》りました覺《おぼ》えは御座《ござ》いません』と、夫人《ふじん》は答《こた》へた。

『おや、それでは違《ちが》いましたかな』と、堀見《ほりみ》は曰《い》つた。そして會釋《ゑしやく》をして、警視《けいし》の脊後《うしろ》に従《つ》いて出《で》た。荒野《くわうや》を横切《よこぎ》つて少《すこ》し行《ゆ》くと、死體《したい》の發見《はつけん》されたと云《い》ふ窪處《くぼみ》に着《つ》いた。縁《ふち》の處《ところ》に死人《しにん》の外套《ぐわいたう》の懸《かゝ》つて居《ゐ》た一叢《ひとむら》の灌木《くわんぼく》がある。

『兇行《きやうかう》のあつた夜《よ》は風《かぜ》はなかつたのでしたつけ?』と、堀見《ほりみ》が言《い》つた。

『風《かぜ》はなかつた、只《たゞ》非常《ひじやう》な大雨《おほあめ》でした』

『それでは、外套《ぐわいたう》はこの灌木《くわんぼく》の梢《さき》に吹《ふ》きあげられたのではなくて、人《ひと》がそこに置《お》いたのですね』

『左樣《さう》、枝《えだ》の上《うへ》に置《お》いてあつたのです』

『なる程《ほど》、中々《なか〱》面白《おもしろ》いですな。地面《ぢめん》がひどく踏《ふ》み躙《にじ》られて居《ゐ》ますが、月曜日《げつえうび》の朝《あさ》以來《いらい》隨分《ずゐぶん》幾人《いくにん》もの足《あし》が入《はい》つたのでせうな』

『席《むしろ》を片側《かたがは》に敷《し》いて、其上《そのうへ》に吾々《われ〱》は立《た》ちました』

『成程《なるほど》行き届《とど》いた御注意《ごちゆうい》で。結構《けつかう》！　結構《けつかう》！』

『此《こ》の鞄《かばん》の中《なか》に、須藤《すどう》が穿《は》いて居《ゐ》た靴《くつ》と、島田《しまだ》のと。それから「銀炎《ぎんえん》」の蹄鐵《ていてつ》とが片方《かたはう》づつ入《はい》つて居《ゐ》ます』

『栗原君《くりはらくん》、如何《いか》にも周到《しうたう》な御注意《ごちゆうい》で、感服《かんぷく》しましたよ』

堀見《ほりみ》は栗原氏《くりはらし》が差《さ》しだした鞄《かばん》をとつて凹處《くぼみ》に降《お》りて行《ゆ》きながら、蓆《むしろ》をもつと眞中《まんなか》の方《はう》に押《お》し遣《や》つた。それから腹匍《はらば》ひになつて、頰杖《ほゝづえ》をつきながら、踏《ふ》み躙《にじ》られた泥《どろ》を熱心《ねんしん》に檢查《しら》べ始《はじ》めた。

『おや、これは何《なん》だらう？』と、彼《かれ》は突然聲《とつぜんこゑ》を揚《あ》げて言《い》つた。そして土《つち》の中《なか》から何物《なにもの》かを指先《ゆびさき》でつまみ上《あ》げた。

それは燃《も》えさしの蠟《らふ》マッチで、泥《どろ》にまみれて木《き》の片《はし》か何《なに》かの樣《やう》に見《み》える。

『どうして僕《ぼく》はそれを見落《みおと》したらう？』栗原氏《くりはらし》は少《すこ》し厭《いや》な顏《かほ》をして斯《か》う云《い》つた。

『泥《どろ》に埋《うづ》まつて居《ゐ》たから見《み》えなかつたのでせう。僕《ぼく》は探《さが》したから見附《みつ》かつた……』

『何《なん》だつて、君《きみ》はさういふものが見附《みつ》かるだらうと思《おも》つて居《ゐ》たといふのかい？』

『或《あるひ》は見附《みつ》かりはしないかと思《おも》つて居《ゐ》た』

と、堀見《ほりみ》は答《こた》へて、そして、鞄《かばん》から靴《くつ》を取《と》り出《だ》して、一《ひと》つ一《ひと》つ地面《ぢめん》の靴跡《くつあと》を比《くら》べて見《み》た。それから凹處《くぼみ》の縁《ふち》に上《あが》つて、羊齒《しだ》や灌木《くわんぼく》の間《あひだ》を掻《か》きわけて歩《ある》いた。

『その邊《へん》には痕跡《あと》は無《な》い筈《はづ》だ。僕《ぼく》は二町《ちやう》四方許《はうばか》り綿密《めんみつ》に調《しら》べて見《み》た』と、警視《けいし》は言《い》つた。

『あゝ、左樣《さう》でしたか。君《きみ》が調《しら》べられたといふものを、なほその上《うへ》調《しら》べて見《み》るのは失禮《しつれい》に當《あた》りますね。ですが、僕《ぼく》は暗《くら》くならないうちに今少《いますこ》しこの邊《へん》を歩《ある》いて見《み》たい。多少《たせう》明日《あす》の調査《てうさ》に役立《やくた》つだらうから。此《こ》の蹄鐵《ていてつ》は萬一《まんいち》の場合《ばあひ》のために借《か》りて行《ゆ》きます』

堀見《ほりみ》のまどろつこしい、理智的《りちてき》な調査《てうさ》の方法《やりかた》に少《すこ》し焦燥《じれ》て來《き》たらしい大津大佐《おほつたいさ》は、時計《とけい》を出《だ》して見《み》た、そして斯《か》う言《い》つた。

『栗原君《くりはらくん》、君《きみ》は私《わたし》と一緒《しよ》に一《ひ》と先《ま》づ歸《かへ》つて下《くだ》さらんか。少《すこ》し御相談《ごさうだん》したい事《こと》がある。……それに今度《こんど》の競馬《けいば》の名簿《めいぼ》から吾々《われわれ》の馬《うま》の名前《なまへ》を取《と》り除《のぞ》くのが吾々《われわれ》の公衆《こうしゆう》に對《たい》する義務《ぎむ》ではあるまいかどうか……』

『それは御無用《ごむよう》です。「銀炎《ぎんえん》」の名前《なまへ》はその儘《まゝ》にしてお置《お》きになつて宜《よろ》しい』

と、堀見《ほりみ》は断乎《だんこ》たる調子《てうし》で言《い》つた。

大佐《たいさ》はちよつと頭《あたま》を下《さ》げて。

『君《きみ》のその御意見《ごいけん》をきいて私《わし》は大層《たいそう》うれしいです。私共《わしども》は須藤《すどう》の家《うち》に居《を》りますから、御散歩《ごさんぽ》が濟《す》んだらば、今《いま》一度《ど》お立《た》ち寄《よ》り下《くだ》さい。御《ご》一緒《しよ》に鷹之巣町《たかのすまち》まで驅《や》りませう』

大津大佐《おほつたいさ》は警視《けいし》と連《つ》れ立《だ》つて歸《かへ》つて行《い》つた。堀見《ほりみ》は私《わたし》と一緒《しよ》に荒野《くわうや》を徐《ゆつく》り歩《ある》いて行《ゆ》く。夕日《ゆふひ》は鏑木《かぶらぎ》の厩《うまや》の彼方《かなた》に沈《しづ》み初《はじ》めて、吾々《われ〳〵》の前《まへ》に長《なが》く傾斜《なゝめ》に續《つゞ》いて居《ゐ》る平野《へいや》は黄金色《こがねいろ》に染《そ》まつて居《ゐ》る。それが枯《か》れかけて羊齒《しだ》や灌木《くわんぼく》の日影《ひかげ》を吸《す》ふまゝに、或《あるひ》は赤《あか》く、あるひは赤褐色《せきかつしよく》にと、極《ご》く大《おほ》まかな色彩《しきさい》の變化《へんくわ》を見《み》せながら、極《ご》く徐《ゆつく》り、漸次《ぜんじ》黝色《うすねづみいろ》に沈《しづ》んで行《ゆ》くのである。

『吾々《われ〳〵》はね、友野君《とものくん》!』と、堀見《ほりみ》はやゝ暫《しばら》く默《だま》つて居《ゐ》て後《のち》、遂々口《とう〳〵くち》を開《ひら》いた。

『須藤次郎《すどうじらう》の加害者《かがいしや》の事《こと》は暫《しばら》くさし措《お》いて、先《ま》づ吾々《われ〳〵》の名馬《めいば》の行方《ゆくへ》を索《たづ》ねて見《み》ようと思《おも》ふ。さて、悲劇《ひげき》の最中《さいちう》か若《も》しくはその後《あと》かに「銀炎《ぎんえん》」が驅《か》け出《だ》したものと假《かり》に想像《さうざう》して見《み》ると、彼《かれ》は果《はた》して

何處《どこ》に行《い》つたらう？ 誰《だれ》でも知《し》つてる通《とほ》り、馬《うま》といふものは非常《ひじやう》に群居《ぐんきよ》を好《この》む動物《どうぶつ》だから、放任《はう》つておけば、必《かなら》ず王子《わうじ》の調馬場《てうばぢやう》に歸《かへ》るか、でなければ、鏑木《かぶらぎ》の方《はう》に行《い》つたに相違《さうゐ》ない。どうしてこの荒野《あれの》をひとり彷徨《うろつ》いてなぞ居《ゐ》るものか。若《も》し彷徨《うろつ》いて居《ゐ》るとすれば、とうに見附《みつか》つてる筈《はず》だよ。また浮浪族《ジプシー》が隱匿《いんとく》するわけはない。彼等《かれら》は警察《けいさつ》からの詮議《せんぎ》 非常《ひじやう》に厭《いやが》るから、何《なに》か面倒《めんだう》な事《じ》件《けん》の起《お》つた事《こと》でも耳《みゝ》にすれば、直《す》ぐその邊《へん》から立《た》ち退《の》くが常《つね》なんだ。殊《こと》に「銀炎《ぎんえん》」の樣《やう》な名馬《めいば》は假令《たとひ》手《て》に入《い》つたところで、賣《う》つて金《かね》にすることは出來《でき》ない。非常《ひじやう》な危險《きけん》を冐《おか》した上《うへ》蛇蜂《あぶはち》とらずといふ馬鹿《ばか》な目《め》に遭《あ》ふのは知《し》れきつてる。こりや解《わか》りきつた事《こと》だね』

『では名馬《めいば》の在所《ゐどころ》は君《きみ》は何處《どこ》だと思《おも》ふんだ』

『それは、今《いま》言《い》つた通《とほ》り王子《わうじ》に歸《かへ》つたか、鏑木《かぶらぎ》に行《い》つたかだ。處《ところ》が王子《わうじ》には居《ゐ》ないからして、鏑《かぶら》木《ぎ》に居《ゐ》る――まあかう一《ひと》つの臆說《おくせつ》を立《た》てゝ見《み》るんだ。さうしておいて、これが果《はた》して當《あた》つて居《ゐ》るかどうか見《み》ようではないか。當《あた》つて居《ゐ》なくても、きつとこれは何處《どこ》か「銀炎《ぎんえん》」の居《ゐ》るところに吾《われ》吾《われ》を導《みちび》くに相違《さうゐ》ないよ。此《こ》の邊《へん》は栗原警視《くりはらけいし》の云《い》つた通《とほ》り、地面《ぢめん》が非常《ひじやう》に乾《かわ》いて硬《かた》くなつて居《ゐ》る。

だが鏑木《かぶらぎ》の方《はう》に行《ゆ》くに従《したが》つて段々低《だん〱ひく》くなつて、向《むか》ふの方《はう》には、それ、長《なが》い凹地《くぼち》がある。あの邊《へん》は月曜日《げつえうび》の夜《よ》は非常《ひじやう》に濕《しめ》つて居《ゐ》たに相違《さうゐ》ない。若《も》し「銀炎《ぎんえん》」は鏑木《かぶらぎ》に行《い》つたらうといふ吾々《われ〱》の想像《さうざう》が當《あた》つて居《ゐ》るならば、「銀炎《ぎんえん》」は必《かなら》ずあれを横切《よこぎ》つたに相違《さうゐ》ない。でなくとも、あそこまで行《ゆ》けば、少《すくな》くとも必《かなら》ず「銀炎《ぎんえん》」の蹄痕《ていこん》が見《み》附《つ》かるに相違《さうゐ》ない』

吾々《われ〱》の脚《あし》は堀見《ほりみ》が饒舌《しやべつ》てるうちに段々速《だん〱はや》くなつて居《ゐ》た。で、二三分經《ぷんた》つと吾々《われ〱》はその凹地《くぼち》の緣《へり》まで來《き》た。堀見《ほりみ》の言《い》ふ儘《まゝ》に、私《わたし》は堤《つゝみ》を下《お》りて右《みぎ》の方《はう》に行《ゆ》き、彼《かれ》は左《ひだり》の方《はう》に行《い》つて、五十歩《ほ》と行《い》かぬ中《うち》に、私《わたし》は堀見《ほりみ》の聲《こゑ》を聞《き》いて振《ふ》り向《む》いた。彼《かれ》は地面《ぢめん》を見《み》ながら手招《てまね》ぎして居《ゐ》る。行《い》つて見《み》ると、馬《うま》の蹄《ひづめ》の痕《あと》が明瞭《はつきり》と柔《やはらか》い土《つち》の表《おもて》に捺印《つ》いて居《ゐ》て、彼《かれ》が持《も》つて來《き》た蹄鐵《ていてつ》を篏《は》めて見《み》ると、しつくり適《あ》ふのであつた。

『どうだ、想像《さうざう》の貴《たつと》ぶべきことは此《こ》の通《とほ》りだよ』と、堀見《ほりみ》は言《い》つた。

『栗原警視《くりはらけいし》は惜《を》しい事《こと》にたゞ一《ひと》つこの想像力《さうざうりよく》を缺《か》いて居《ゐ》る。吾々《われ〱》は先《ま》づ想像《さうざう》した。その想像《さうざう》に從《したが》つて行動《かうどう》した。で、此《こ》の通《とほ》り見事《みごと》な結果《けつくわ》を得《え》たんだ。さあ、先《さき》へ進《すゝ》んで見《み》よう』

吾々《われ〳〵》は蹄《ひづめ》の痕《あと》をつけながら、濕々《じめ〳〵》した窪地《くぼち》を横切《よこぎ》つた。やがて乾《かわ》いた硬《かた》い荒地《あれち》になつて、蹄《ひづめ》の痕《あと》は見《み》えなかつたが、構《かま》はず鏑木《かぶらぎ》の方《はう》に歩《ある》いて行《ゆ》くと、直《す》ぐまた地面《ぢめん》が傾斜《けいしや》して、濕《しめ》つた土《つち》に蹄《ひづめ》の痕《あと》が見《み》えた。今《いま》一度《ど》十四五町《ちやう》も見失《みうしな》つて居《ゐ》たが、今度《こんど》それを發見《はつけん》したのは、もう鏑木《かぶらぎ》の直《す》ぐ近《ちか》くであつた。堀見《ほりみ》はこれを見附《みつ》けると、得意《とくい》げな様子《やうす》で指《ゆび》さして見《み》せた。よく見《み》ると、馬《うま》の蹄《ひづめ》と並《なら》んで人間《にんげん》の靴痕《くつあと》がついて居《ゐ》るのであつた。

『最初《さいしよ》は馬《うま》だけだつたにね！』と、私《わたし》は叫《さけ》んだ。

『左様《さう》だ、最初《さいしよ》は馬《うま》だけだつた。おや、おや、こりやどうだ!?』

彼《かれ》が斯《か》う叫《さけ》んだのも無理《むり》はない。人間《にんげん》と馬《うま》との並《なら》んだ足痕《あしあと》は鋭《するど》く曲《まが》つて、王子《わうじ》の方角《はうがく》さして續《つゞ》いて居《ゐ》るのである。堀見《ほりみ》はいま〳〵し相《さう》に口笛《くちぶえ》をヒューッとやつて、頭《くび》を振《ふ》りながら、默《だま》つて痕《あと》をつけた。私《わたし》も默《だま》つて彼《かれ》の後《あと》について行《い》つたが、不圖《ふと》横《よこ》の方《はう》を見《み》ると、驚《おどろ》いたことには、同《おな》じ足《あし》痕《あと》が、今《いま》一度《ど》反對《はんたい》の方角《はうがく》に歸《かへ》つて來《き》て居《ゐ》るのである。

『こりあ君《きみ》は御手柄《おてがら》だ！。』私《わたし》が頓狂《とんきやう》な聲《こゑ》を立《た》てゝ、堀見《ほりみ》にこれを指《さ》して見《み》せると、堀見《ほりみ》は斯《か》う

言《い》つた。『君《きみ》のお蔭《かげ》で我々《われ〳〵》は無駄足《むだあし》を長《なが》くせずに濟《す》んだよ。そちらの方《はう》を痕隨《つ》けて見《み》よう』

吾々《われ〳〵》は永《なが》く歩《ある》くには及《およ》ばなかつた。人間《にんげん》と馬《うま》との足痕《あしあと》は調馬場《てうばぢやう》の入口《いりぐち》のアスファルトの處《ところ》で消《き》えて居《ゐ》た。吾々《われ〳〵》が近附《ちかづ》くと馬丁《はてい》らしい男《をとこ》が厩《うまや》から出《で》て來《き》た。

『此《こ》の邊《へん》を迂路《うろ》々々《〳〵》されては迷惑《めいわく》ですな』と、その男《をとこ》は云《い》つた。

『ちよつと聞《き》きたい事《こと》があるんですが』と、堀見《ほりみ》は、胴衣《どうぎ》の衣嚢《かくし》に指《ゆび》を入《い》れながら『御主人《ごしゆじん》の古谷《ふるや》清藏《せいざう》さんにおめに懸《か》り度《た》いのですが、明朝《みやうてう》五時《じ》頃《ごろ》では早過《はやす》ぎて御迷惑《ごめいわく》でせうかな?』と言《い》つた。

『いえ、主人《しゆじん》は此家《このうち》では一番《ばん》にお起《お》きになりますから……いや、主人《しゆじん》が自身《じしん》其《そ》れに參《まゐ》りました。いえ、いえ、萬《まん》一さういふものを頂《いたゞ》くところを主人《しゆじん》から見《み》られますと、早速《さつそく》お拂箱《はらひばこ》にならなくてはなりません。何《なん》でしたら、後《のち》ほど』

堀見《ほりみ》が一二枚《まい》の紙幣《さつ》を衣嚢《かくし》に納《しま》ひ直《なほ》したとき、怖《おそ》ろしい顔付《かほつ》きの中年過《ちうねんす》ぎた年輩《ねんぱい》の男《をとこ》が、狩獵《しゆれふ》に用《つか》ふ鞭《むち》を右《みぎ》の手《て》に振《ふ》り振《ふ》り、門内《もんない》から大股《おほまた》に歩《ある》いて來《き》た。

『何《なん》た、お前《まへ》? 餘計《よけい》なお饒舌《しやべり》などして居《を》らずと、お前《まへ》の仕事《しごと》をしろ! ――で、君達《きみたち》は全體何《ぜんたいなん》

の用《よう》があつて、此處《ここ》に來《こ》られました？』と、彼《かれ》はガン〳〵した聲《こゑ》で言《い》つた。

『ほんの十分間許《ぶんかんばか》りお耳《みゝ》を汚《けが》したいと存《ぞん》じましてね、古谷《ふるや》さん』

堀見《ほりみ》は慇懃極《いんぎんきは》まる聲音《こわね》で以《もつ》て斯《か》う言《い》つた。

『俺《おれ》はお前《まへ》さん達《たち》の樣《やう》な野良《のら》くら者《もの》と話《はな》しとる閑暇《ひま》は持《も》ちません。迂散臭《うさんくさ》い人間共《にんげんども》に入口《いりぐち》を迂路《うろ》迂路《うろ》して貰《もら》ひたくないんだ、行《ゆ》きなさい、早《はや》く行《ゆ》かんと犬《いぬ》が吠《ほ》えつきますぞ』

堀見《ほりみ》は少《すこ》し身體《からだ》をかゞめて、何事《なにごと》か相手《あひて》の耳《みゝ》に囁《さゝや》いた。と相手《あひて》はひどく驚《おどろ》いて、顳顬《こめかみ》の邊《へん》まで眞赤《まつか》になつた。

『嘘《うそ》だ』彼《かれ》はせき込《こ》んで言《い》つた。『眞赤《まつか》な嘘《うそ》だ！』

『宜敷《よろし》い、では此處《ここ》で、此《こ》の人《ひと》の居《ゐ》る前《まへ》で云《い》ひませうか。それともお宅《たく》の客間《きやくま》を暫時《ざんじ》拜借《はいしやく》しませうか』

古谷《ふるや》氏《し》は口《くち》の中《うち》で呟《つぶや》く樣《やう》に言《い》つた。

『來《く》るなら來《き》なさるが宜《い》い』

堀見《ほりみ》はニヤリとした。

『二三分《ぶん》の間《あひだ》待《ま》つとつて呉《く》れたまへ。友野君《とものくん》！ ――ではお邪魔《じやま》しますよ』

廿分許《ぶんばか》り經《た》つて夕陽《ゆふひ》と野《の》との紅《くれなゐ》が灰色《はひいろ》に變《かは》つて了《しま》つた頃《ころ》、堀見《ほりみ》と古谷《ふるや》とが出《で》て來《き》た。私《わたし》は驚《おどろ》いた、僅《わづ》かの間《あひだ》に古谷《ふるや》の態度《たいど》の變《かは》つた事《こと》はどうだ！ 顔色《かほいろ》は灰《はひ》の樣《やう》に眞蒼《まつさを》になり、顔《かほ》には玉《たま》の樣《やう》な汗《あせ》が湧《わ》いて出《で》て、手《て》に持《も》つた狩獵鞭《しゆれふむち》が、風《かぜ》の中《なか》の木《こ》の葉《は》の樣《やう》に動《うご》く程《ほど》わなく／＼戰《ふる》へて居《ゐ》るのである。以前《いぜん》の尊大《そんだい》な樣子《やうす》は跡方《あとかた》もなく、主人《しゆじん》の背後《はいご》に蹤《つ》いて歩《ある》く犬《いぬ》の樣《やう》に、堀見《ほりみ》の後《あと》に引《ひ》き添《そ》つて來《く》る。

『お指圖《さしづ》の通《とほ》り間違《まちが》ひなく致《いた》します』と、彼《かれ》は言《い》つた。

『決《けつ》して間違《まちが》つてはなりませんよ』堀見《ほりみ》は相手《あひて》の身體《からだ》をヂロヂロ見《み》ながら言《い》つた。その眼《め》のうちに威嚇《ゐかく》する樣《やう》な表情《へうじやう》を讀《よ》んで、古屋《ふるや》は目《め》をパチクリやつた。

『いえ、いえ。お指圖《さしづ》通《どほ》りに致《いた》します、當日間違《たうじつまちがひ》なくあそこにやつて置《お》きます』

『今《いま》になつて狡《づる》い事《こと》など・・・』

『どう致《いた》しまして、御《ご》信用《しんよう》下《くだ》さい。どうか・・・』

『貴方《あなた》の自身《じしん》の持馬《もちうま》同様《どうやう》大事《だいじ》にせんといけませんぞ!』

『必《かなら》ず左様《さう》致《いた》します!』

『大丈夫《だいぢやうぶ》でせうな。そんならば、明日《あす》手紙《てがみ》で――』彼《かれ》は相手《あひて》が差《さ》し出《だ》したブル〳〵戰《ふる》へて居《ゐ》る手《て》を尻目《しりめ》に見《み》ながら、踵《くびす》を返《かへ》した。吾々《われ〳〵》は王子《わうじ》の方《はう》に歩《ある》いた。

『彼奴《きやつ》見《み》た様《やう》に、傲慢《がうまん》で、臆病者《おくびやうもの》で、その上《うへ》狡《ずる》いやつは滅多《めつた》にあるまいね』堀見《ほりみ》は言《い》つた。

『あの古谷《ふるや》といふ男《をとこ》が馬《うま》を隱《かく》したのだね?』

『彼奴《きやつ》巧《うま》く僕《ぼく》を言《い》ひくるめようと掛《かゝ》つたが、火曜日《くわえうび》の朝《あさ》彼奴《きやつ》がした事《こと》を手《て》にとる様《やう》に云《い》つて聞《き》かせると、すつかり見《み》られたものと思《おも》つて白狀《はくじやう》しやあがつた。無論《むろん》あの足痕《あしあと》の變《へん》に角《かく》ばつて居《ゐ》たのは君《きみ》も氣《き》がついたらう。而《し》かも彼奴《きやつ》の靴《くつ》がすつかり其《そ》の通《とほ》りだつたあね。僕《ぼく》は悉皆《すつかり》云《い》つて聞《き》かせたよ。例《れい》の通《とほ》り彼奴《きやつ》が一番《ばん》に起《お》きて外《そと》に出《で》て見《み》ると、他所《よそ》の飼馬《かひうま》が彷徨《うろ〳〵》して居《ゐ》る。傍《そば》に寄《よ》つて見《み》ると、額《ひたひ》の星《ほし》に見覺《みおぼ》えがある、確《たし》かに自分《じぶん》が賭《か》けてる馬《うま》の唯一《ゆゐいつ》の強敵《きやうてき》だ。一旦《たん》は王子《わうじ》の方《はう》に牽《ひ》い

て行《ゆ》かうとしたが、不圖魔《ふざま》かさして、競馬《けいば》の濟《す》むまで隱《かく》しておく氣《き》になつた。で、鏑木《かぶらぎ》に牽《ひ》いて歸《かへ》つて隱《かく》したらうつてね、悉皆云《のこらずい》つて聞《き》かせると、彼奴《きやつ》も到底駄目《たうていだめ》だと思《おも》つたか、せめて警察《けいさつ》の御用《ごよう》になること丈《だけ》は免《のが》れようと、今度《こんど》はそれ許《ばか》り氣《き》にし始《はじ》めた』

『しかし栗原君《くりはらくん》は此處《ここ》の厩《うまや》は搜索《さうさく》したんだらう？』

『古谷《ふるや》の樣《やう》な甲良《かふら》に毛《け》の生《は》えてる男《をとこ》には馬《うま》を一匹隱《ぴきかく》す位何《くらゐなん》でもありあしない』

『だが古谷《ふるや》の處《ところ》に馬《うま》を其《そ》の儘《まゝ》にしておいて大丈夫《だいぢやうぶ》なのかい？』

『それは大丈夫《だいぢやうぶ》だ。きつと自分《じぶん》の眼《め》の球《たま》の樣《やう》に大事《だいじ》にするよ。そつくり疵《きず》をつけずに出《だ》さなければ自分《じぶん》の身《み》が危險《あぶな》いと思《おも》つてるからね』

『大津大佐《おほつたいさ》は、見《み》たところ、今度《こんど》の樣《やう》な場合《ばあひ》にはあまり寬大《くわんだい》な態度《たいど》をとり相《さう》には思《おも》はれないぜ』

『いやこりや大佐《たいさ》とは無關係《むくわんけい》な話《はなし》さ。僕《ぼく》には僕《ぼく》の考《かんがへ》がある。事實《じじつ》を殘《のこ》らず話《はな》さうと話《はな》すまいと、そこは僕《ぼく》の勝手《かつて》なんだ。君《きみ》は氣《き》が附《つ》いたかどうだか知《し》らないが、大佐《たいさ》の態度《たいど》が少《すこ》し許《ばか》り僕《ぼく》の癪《しやく》に障《さは》つたから、可哀想《かあいさう》だがちよつと戯弄《からか》つてやらうと思《おも》ふ。馬《うま》の事《こと》に就《つい》ちや君《きみ》も何《なに》も云《い》はないで吳《く》

れたまへ』

『よし、大丈夫《だいぢやうぶ》だ！』

『無論《むろん》こりあ須藤《すどう》の慘死《ざんし》一件《けん》に比《くら》べりあ些細《きさい》な事《こと》さ』

『これから君《きみ》はその方《はう》に全力《ぜんりよく》を盡《つく》す積《つもり》だらうね？』

『反對《はんたい》だ、夜汽車《よぎしや》で倫敦《ロンドン》に歸《かへ》る事《こと》にしよう』

私《わたし》はひどく驚《おどろ》いた。大沼田《おほねまだ》に來《き》て吾々《われ〳〵》はまだ幾時間《いくじかん》にもならない。だのに、斯《か》う初手《しよて》から巧《うま》く行《い》つた仕事《しごと》を棄《す》てゝおいて歸《かへ》らうと云《い》ひ出《だ》すのはどういふわけだか、どうも解《わか》らない。しかし須《す》藤《どう》の家《うち》に着《つ》くまで堀見《ほりみ》は一言《ひとこと》も口《くち》を利《き》かうとしなかつた。大佐《たいさ》と警視《けいし》とは客間《きやくま》で待《ま》つて居《ゐ》た。

『友野《ともの》君《くん》と私《わたし》とは夜汽車《よぎしや》で歸《かへ》ります。大沼田《おほねまだ》の清淨《い》い空氣《くうき》を吸《す》つてまことに愉快《ゆくわい》でした』

と、堀見《ほりみ》は言《い》つた。

警視《けいし》は眼《め》を丸《まる》くし、大佐《たいさ》は皮肉《ひにく》らしくにや〳〵した。

『兇行者《きようかうしや》の逮捕《たいほ》に就《つい》ては斷念《だんねん》なすつたね？』と、彼《かれ》は言《い》つた。

『實際《じつさい》これは非常《ひじやう》に困難《こんなん》な仕事《しごと》です』と、堀見《ほりみ》は肩《かた》を揺《ゆす》りながら言《い》つた。

『しかし貴方《あなた》の持馬《もちうま》は火曜日《くわえうび》には必《かなら》ず出《だ》場してお目《め》に懸《か》けます。騎者《きしや》を用意《ようい》させてお置《お》きなさい。それから、須藤氏《すどうし》の寫眞《しやしん》を拜借出來《はいしやくでき》ませうか？』

栗原氏《くりはらし》は衣嚢《かくし》から一枚《まい》の寫眞《しやしん》をとり出《だ》して彼《かれ》に渡《わた》した。

『栗原君《くりはらくん》は僕《ぼく》の望《のぞ》むものは何《なん》によらず持《も》つてゞ呉《く》れますね。暫《しは》らく皆《みな》さんに此處《こゝ》で御待《おま》ちを願《ねが》つて、私《わたし》は此《こ》の家《うち》の女中《ぢよちう》に一《ひ》と言尋《ことたつ》ねて來《き》たいと思《おも》ひます』

『倫敦《ロンドン》から態々《わざ〳〵》出張《しゆつちやう》を願《ねが》つたが、どうもあの先生《せんせい》には些《いさゝ》か失望《しつばう》したね。事件《じけん》の調査《てうさ》の上《うへ》に一歩《ほ》も進《すゝ》め得《え》たとは思《おも》へんではないか』

大津大佐《おほつたいさ》は堀見《ほりみ》が出《で》て行《ゆ》くと、振《ぶつ》きら棒《ぼう》な調子《てうし》で斯《か》う云《い》ひ放《はな》つた。

『貴方《あなた》は少《すく》なくとも「銀炎《ぎんえん》」を出場《しゆつぢやう》させてお目《め》に掛《か》けようといふ言葉《ことば》だけは得《え》られたぢやありませんか』と、私《わたし》は言《い》つた。

『左樣《さやう》、堀見君《ほりみくん》は何《ど》んな自信《じしん》があるのか、さういふ約束《やくそく》だけはして呉《く》れたね。だが、私《わし》は約束《やくそく》よ

りも寧《むし》ろ馬《うま》の方《はう》が欲《ほし》いんだ？』

私《わたし》は友人《いうじん》のために更《さら》に一言《げん》なきを得《え》ないと思《おも》つた。ところへ彼《かれ》は歸《かへ》つて來《き》た。

『さあ、皆《みな》さん、鷹之巣村《たかのすむら》まで御伴《おとも》したいですね』

吾々《われ〳〵》が馬車《ばしや》の傍《そば》まで行《ゆ》くと、例《れい》の番小舍《ばんごや》の僮《こども》が一人《ひとり》居《ゐ》て扉《とびら》を開《あ》けた。色々《いろ〳〵》何《なに》か考《かんが》へ附《つ》いたと見《み》えて、堀見《ほりみ》は身《み》をかゞめて、僮《こども》の肱《ひぢ》を抑《おさ》へた。

『圍《かこ》ひ場《ば》の中《なか》に羊《ひつじ》が居《ゐ》る樣《やう》だが、誰《だれ》が御話《せわ》をするんだね？』と、彼《かれ》は言《い》つた。

『私《わたし》が致《いた》します』

『羊共《ひつじども》に最近《さいきん》何《なに》か變《かは》つた事《こと》がなかつたかね？』

『別《べつ》に大《たい》して變《かは》つた事《こと》つてありませんが、三頭《とう》だけどうしたのか跪《びつこ》をひいて居《を》ります』

この答《こた》へを聞《き》いて、堀見《ほりみ》は大變《たいへん》滿足《まんぞく》した樣子《やうす》で、獨《ひと》り微笑《にこ〳〵》して掌《て》を揉《も》み合《あは》せた。

『巧《うま》く行《い》つた。友野《ともの》！　遠矢《とほや》が當《あた》つた！』かう云《い》つて、彼《かれ》はちよいと私《わたし》の腕《うで》を抓《つね》つてみた。そして警視《けいし》の方《はう》を振《ふ》り向《む》いて、

『栗原君《くりはらくん》、この不思議《ふしぎ》な羊《ひつじ》の傳染病《でんせんびやう》に御注意《ごちうい》を願《ねが》ひませう――おい、馭者《ぎよしや》、やつて呉《く》れ！』

大津大佐《おほつたいさ》は矢張《やは》り先刻《せんこく》から堀見《ほりみ》の伎倆《ぎりやう》をあやぶむ顔付《かほつき》をして居《ゐ》たが、流石《さすが》に警視《けいし》の方《はう》は、此《こ》の堀見《ほりみ》の言葉《ことば》に甚《いた》く注意《ちうい》を引《ひ》かれた樣子《やうす》であつた。

『それが何《なに》か重大《ぢうだい》な事《こと》だらうかね？』と、彼《かれ》は問《たづ》ねた。

『非常《ひじやう》に重大《ぢうだい》な事《こと》です』

『他《ほか》に私《わたし》の氣附《きづ》かない點《てん》で重大《ぢうだい》なことがありませうか？』

『あの夜《よ》の飼犬共《かひいぬども》の妙《めう》な擧動《そぶり》を何《なん》とも思《おも》ひませんか』

『犬共《いぬども》はあの夜《よ》なにもしなかつた』

『それが變《へん》ではありませんか？』と、彼《かれ》は言《い》つた。

四日《よつか》經《た》つてから堀見《ほりみ》と私《わたし》とは今《いま》一度《ど》此間《このあひだ》と同《おな》じ汽車《きしや》でウエセツクスの競馬《けいば》を見《み》に行《い》つた。ウエセツクスに着《つ》くと豫《かね》ての約束通《やくそくどほ》り、大津大佐《おほつたいさ》が停車場《ていしやば》の外《そと》で待《ま》つて居《ゐ》たので、吾々《われ／＼》は直《す》ぐ大佐《たいさ》の

馬車《ばしや》に入《はい》つて、競馬場《けいばぢやう》へと走《はし》らせた。大佐《たいさ》は苦虫《にがむし》を噛《か》み潰《つぶ》した様《やう》な顔附《かほつき》で、ひどく冷淡《れいたん》な擧動《そぶり》をして見《み》せる。

『私《わし》の持馬《もちうま》に就《つい》ちあまだその噂《うはさ》すら聞《き》きませんがね』と、大佐《たいさ》は云《い》つた。

『貴方《あなた》は御自分《ごじぶん》の馬《うま》を見《み》れば直《す》ぐおわかりになりませうね？』と、堀見《ほりみ》は尋《たづ》ねた。

大佐《たいさ》は非道《ひど》く腹《はら》を立《た》てた。

『私《わし》は二十年來《ねんらい》競馬場《けいばぢやう》に出入《ではい》りしとるが、左樣《さう》いふ馬鹿《ばか》げた質問《しつもん》を受《う》けるのは、今日《けふ》が始《はじ》めてだ。小兒《こども》でも一《ひ》と目《め》前脚《まへあし》と額《ひたひ》の白星《はくせい》を見《み》れば、あれだといふ事《こと》は解《わか》りますわい』

『賭金《かけ》はどういふ具合《ぐあひ》になつて居《ゐ》ますか？』

『左樣《さやう》、それが少《すこ》し奇妙《きめう》なんで、昨夜《きのふ》は十五に一と云《い》ふ割合《わりあひ》だつたが、段々《だん／＼》差《さ》が少《すく》なくなつて來《き》て、今《いま》ぢや三に一と云《い》ふ邊《へん》まで漕《こ》ぎつけました』

『フヽム？「知《し》る人《ひと》ぞ知《し》る」ですよ』と、堀見《ほりみ》は言《い》つた。

構內《こうない》に入《はい》つて馬具所《ばぐしよ》に近附《ちかづ》くと札《ふだ》が立《た》つて居《ゐ》る。一等《とう》一萬圓《まんゑん》、二等《とう》三千圓《ゑん》、三等《とう》二千圓《ゑん》。一哩《マイル》五

分《ぶん》の一の新《しん》コース云々《うんぬん》。それから出場《しゆつぢやう》する馬《うま》の名前《なまへ》と持主《もちぬし》と騎手《きしゆ》の服裝《ふくさう》の色別《いろわけ》とを書《か》いてある。

『吾々《われわれ》は貴君《きみ》の約束《やくそく》に希望《のぞみ》をかけて、今《いま》一頭《とう》の方《はう》は出場《だ》さなかつたんです』

と、大佐《たいさ》は堀見《ほりみ》の顏《かほ》を見ながら言《い》つた
彼方《あちら》では疳高《かんだか》い「[illegible]聲《いびごゑ》が聞《きこ》えた――「銀炎《ぎんえん》」は五對《たい》四。「高樓《たかどの》」十五對《たい》五！

『皆《み》んな出場《で》た！　六頭共《とうともを》居る！』と、私《わたし》は叫《さけ》んだ
『六頭《とうを》居る！　私《わし》の持馬《もちうま》も驅《か》けるんだな！　だが見《み》えんぢあないか。私《わし》の騎手《のりて》はどうした？』

大佐《たいさ》は興奮《こうふん》して斯《か》う叫《さけ》んだ。

『五頭丈通《とうだけとほ》つたです。今度《こんど》がそれでせう』

私《わたし》ゞゝう言《い》つた時《とき》、逞《たくま》しい一頭《とう》の馬《うま》が、見物人《けんぶつにん》の頭《あたま》の海《うみ》の底《そこ》から驅《か》け出《だ》して、緩《ゆつく》り吾々《われわれ》の前《まへ》を通《とほ》つて行《い》つた。その背《せ》には大佐《たいさ》のよく知《し》られた黒《くろ》と赤《あか》の騎手《のりて》の服裝《ふくさう》が見《み》えるのである。

『あれは私《わし》の馬《うま》ぢやない。ありや白《しろ》い毛《け》が何處《どこ》にもないぢやないか、堀見君《ほりみくん》、君《きみ》は何《なん》と云《い》ふ事《こと》をしでかして呉《く》れました？』と、大佐《たいさ》は叫《さけ》んだ。

『まあ、まあ、あれの馳《か》けつ振《ぶ》りを見《み》ようぢやありませんか』堀見《ほりみ》は斯《か》う落《お》ち着《つ》いて云《い》つた。

一二分間《ふんかん》彼《かれ》は私《わたし》の双眼鏡《さうがんきやう》で見《み》て居《ゐ》たが、俄《にはか》に、

『そらでた、見事《みごと》な出發《スタート》だ‥‥今《いま》カーブを廻《まは》つてる來《く》る』と、叫《さけ》んだ。

吾々《われ〱》の馬車《ばしや》からは決勝點《けつしようてん》近《ちか》くの眞直《まつすぐ》な道《コース》がよく見《み》えた。六頭《かう》の馬《うま》は非常《ひじやう》に接近合《くつつきあ》つて一枚《まい》の蓆《むしろ》で隱《かく》せるぐらゐであつたが、やがてコースを半分許《はんぶんばか》り廻《まは》つた頃《ころ》には、鏑木《かぶらき》の高樓《たかどの》が先頭《せんとう》に立《た》つて居《ゐ》た。しかし、吾々《われ〱》の席《せき》の前邊《まへあたり》に來《く》る頃《ころ》には、高樓號《たかどのがう》は拔《ぬ》かれた。大佐《たいさ》の馬《うま》が一息《ひといき》に高樓號《たかどのがう》を驅《か》け拔《ぬ》けた、と見《み》るうち、見事《みごと》六馬《ば》身餘《しんよ》の差《さ》を以《もつ》て決勝線《けつしようせん》に入《はい》つて居《ゐ》たのである。森公爵《もりこうしやく》の「小櫻《こざくら》」と云《い》ふのが大分《だいぶ》遲《おく》れて三着《ちやく》を占《し》めた。

『兎《と》に角《かく》、私《わし》の馬《うま》が勝《か》ちました。私《わし》は何《なに》が何《なん》だか薩張《さつぱ》り解《わか》らん。堀見《ほりみ》さん、もう宜《い》い加減《かげん》に秘密《ひみつ》を明《あか》して下《くだ》さらんか?』と、大佐《たいさ》は喘《あへ》ぎ喘《あへ》ぎ云《い》つた

『いや、大變失禮《たいへんしつれい》しました。大佐《たいさ》、そのうち殘《のこ》らず御話《おはな》しします。先《ま》づ向《むか》ふへ行《い》つて、貴下《あなた》の馬《うま》を見《み》ようぢやありませんか ――あすこに居《ゐ》ます』吾々《われ〱》は馬《うま》の溜《たま》りに來《き》た。と、堀見《ほりみ》は言葉《ことば》を續《つ》い

で『額《ひたひ》と脚《あし》とを酒精《しゆせい》で洗《あら》つて御覧《ごらん》なさい。矢張《やは》り貴下《あなた》の「銀炎《ぎんえん》」だと判然《わか》ります』

『どうも。君《きみ》にはすつかり吐膽《きぎも》を抜《ぬ》かれましたよ。全然何處《ぜんたいどこ》にをつたのです？』

『ある馬泥棒《うまどろぼう》の手《て》にあるのが見附《みつ》かりました。で、甚《はなは》だ我儘《わがまゝ》をして失禮《しつれい》でしたが、見附《みつ》かつた時《とき》のまゝで出場《だ》しました』

『どうも不思議《ふしぎ》だ。馬《うま》は身體《からだ》の具合《ぐあひ》が甚《はなは》だ良好《い》いらしい。斯《か》う難《なん》のない調子《てうし》のことは稀《まれ》ですよ。貴君《きみ》の伎倆《ぎりやう》を疑《うたが》つたのは何《なん》ともお詫《わび》の仕様《しやう》がない。さて、この馬《うま》に就《つい》てはまつたく非常《ひじやう》なお蔭《かげ》を蒙《かうむ》つたが、今一《いまひと》つ須藤《すどう》の加害者《かがいしや》を見附《みつ》けて頂《いたゞ》ければ、その上《うへ》の事《こと》はありません』

『それはもう見附《みつ》けました』と、堀見《ほりみ》は靜《しづか》に云《い》つた。

大佐《たいさ》と私《わたし》とは驚愕《おどろ》いて堀見《ほりみ》の顔《かほ》を見詰《みつ》めた。

『見附《めつ》けて下《くだ》さつたと？　ではそれは何處《どこ》に居《を》りますか』

『此處《ここ》に居《を》ります』

『此處《ここ》にですと？　此處《どこ》に？』

『此處《ここ》に吾々《われ》と一緒《しよ》に居《ゐ》るのです』

大佐《たいさ》はこれをきいて赫《かつ》となつた。『君《きみ》の御世話《おせわ》になつた事《こと》は充分承知《じうぶんしようち》して居《ゐ》るが、君《きみ》！　今君《いまきみ》の言《い》はれた事《こと》は極《きは》めて惡《わる》い洒落《しやれ》か、でなくば一個《こ》の侮辱《ぶじよく》だと思《おも》ひますよ』

堀見《ほりみ》は笑《わら》ひながら言《い》つた。『いゑ、いゑ、何《なに》も貴方御自身《あなたごじしん》があの犯罪《はんざい》に關係《くわんけい》がおありだ と云《い》つたわけではありません。須藤《すどう》の加害者《かがいしや》は貴君《あなた》の直《す》ぐ背後《うしろ》に立《た》つて居《を》ります』

彼《かれ》はつと立《た》ち寄《よ》りて、名馬《めいば》の光澤《つや》々〳〵した頭《あたま》に手《て》を置《お》いた。

『その馬《うま》が加害者《かがいしや》!?』大佐《たいさ》と私《わたし》とは同時《どうじ》に叫《さけ》んだ。

『左樣《さう》です、此《こ》の馬《うま》です。然《しか》しそれは自分《じぶん》を防衛《まも》る爲《ため》にやつた事《こと》で、なほ須藤次郎《すどうじらう》は貴方《あなた》の御信《ごしん》用《よう》には全然《ぜんぜん》値《あたひ》しない男《をとこ》であつた事《こと》が判明《はんめい》すれば、これの罪《つみ》は輕減《かる》くなりませう。ですが、鈴《ベル》が鳴《な》つてる樣《やう》です。次《つぎ》の勝負《しようぶ》は私《わたし》も多少《たせう》氣懸《きがか》りですから、萬事《ばんじ》の說明《せつめい》は暫《しばら》く待《ま》つて頂《いたゞ》きたい——』

*　　*　　*　　*　　*　　*　　*

その日《ひ》の晩方《はんがた》吾々《われ〳〵》は寢臺車《しんだいしや》の隅《すみ》に寛《くつろ》いで、倫敦《ロンドン》に歸《かへ》つて來《き》たが、大串《おほつ》大佐《たいさ》と私《わたし》とにとつては、

平常《へいじやう》は隨分《ずゐぶん》と退屈《たいくつ》なこの線路《せんろ》の旅行《りよかう》も、今度《こんど》はあまり短《みじか》か過《す》ぎる程《ほど》であつた。と、いふのは、堀《ほり》見《み》が道々《みちみち》今度《こんど》の顚末《てんまつ》を委細《ゐさい》吾々《われ〳〵》に話《はな》して聞《き》かせたからである——

『私《わたし》が最初《さいしよ》新聞紙《しんぶんし》の報道《はうだう》を主《しゆ》として組《く》み立《た》てた解釋《かいしやく》は全然《ぜんぜん》間違《まちが》つて居《ゐ》たと云《い》はなくてはなりません。無論《むろん》それも中々《なか〳〵》役《やく》に立《た》つには立《た》ちましたが——。此間《このあひだ》大沼田《おほぬまた》に行《ゆ》くまでは、私《わたし》も、無論《むろん》證據《しようこ》は極《きは》めて不充分《ふじうぶん》だとは思《おも》ひながら、矢張《やはり》島田《しまだ》不二郎《ふじらう》が犯人《はんにん》だと信《しん》じて居《を》りました。

あの夜廐番《ようまやばん》の小供達《こどもたち》の夕食《ゆふめし》は、カレー粉《こ》入《い》りの羊肉料理《やうにくれうり》だつたといふ事《こと》は、事件《じけん》の起《お》きた當初《たうしよ》私《わたし》は新聞《しんぶん》で見《み》ました。けれど、これが此《こ》の事件全體《じけんぜんたい》に非常《ひじやう》な重大《ちうだい》な關係《くわんけい》のあることだと氣附《きづ》いたのは吾々《われ〳〵》の馬車《ばしや》が須藤次郎《すとうじらう》の家《うち》の前《まへ》に著《つ》いた時《とき》でした。あの時《とき》、私《わたし》が、皆樣《みなさま》の降車《おり》られた事《こと》も知《し》らずに茫然《ぼんやり》馬車《ばしや》の中《なか》に坐《すわ》つて居《ゐ》た事《こと》を御記憶《ごきおく》でせう。私《わたし》は、あの時《とき》、斯《か》ういふ明瞭《めいれう》な端緒《いとぐち》があるのに、どうして今《いま》まで見発《みのが》して居《ゐ》たのかと、自分《じぶん》で自分《じぶん》を不思議《ふしぎ》に思《おも》つて居《ゐ》たのです』

『どうもまだ私《わし》には解《げ》せませんよ』と、大佐《たいさ》は言《い》つた。

『これが私《わたし》の推理《すゐり》の鎖《くさり》の一番初《ばんはじ》めの環《くわん》でした。阿片《あへん》の粉末《こな》は決《けつ》して味《あぢ》の無《な》いものではない。厭《いや》な

味《あぢ》ではないが、入《はい》つて居《ゐ》れば直《す》ぐわかる。普通《ふつう》の食物《しよつもつ》に混《まじ》つて居《ゐ》れば、口《くち》に入《い》れた者《もの》は直《す》ぐと感《かん》づいて、箸《はし》を置《お》くに相違《さうゐ》ない。是《これ》を紛《まぎ》らすには差《さ》しあたりカレー粉《こ》に若《し》くはない。處《ところ》で、島田《しまだ》といふ男《をとこ》が、あの晩《ばん》それが食事《しよくじ》に使《つか》はれる樣《やう》に仕組《しく》んだとは考《かんが》へられない。と云《い》つて、丁度折《ちやうどをり》よく其《そ》れが使《つか》はれた晩《ばん》にやつて來《き》たのだとも受《う》けとれない。だがらして、島田《しまだ》は此《こ》の事件《じけん》からは自然《しぜん》取除《とりの》けられるわけで、反《かへ》つてその夜《よ》、夕食《ゆふめし》にカレー粉《こ》を使《つか》はうと思《おも》へば勝手《かつて》に使《つか》へる位置《ゐち》にあつた須藤《すとう》とその妻君《さいくん》とに注意《ちうい》が集《あつま》る道理《だうり》です。同《おな》じものを食《く》つた他《た》の人間《にんげん》に何《なん》の障《さは》りもなかつた處《ところ》で見《み》ると、阿片《あへん》の粉末《こな》は、子之松《ねのまつ》といふ僮《こども》の分《ぶん》だけに、別《べつ》に振《ふ》りかけたものに相違《さうゐ》ないわけですが、果《はた》して須藤《すとう》と妻君《さいくん》との中《うち》、どちらが女中《ぢよちう》に隱《かく》れてそれを爲《や》つたものでせう?

此《こ》の問題《もんだい》を決定《けつてい》する以前《まへ》に、私《わたし》は其《そ》の夜《よ》厩《うまや》の犬《いぬ》が騷《さわ》ぎでもしたか、どうもしなかつたか、どうもしなかつたとすれば、それは畢竟《つまり》どういふ事《こと》を意味《いみ》するかといふ事《こと》を考《かんが》へて見《み》て、礑《はた》と思《おも》ひ當《あた》るところがあつた。萬事《ばんじ》がこの通《とほ》りで、一《ひと》つの眞理《しんり》は必然他《ひつぜんた》の眞理《しんり》を暗示《あんじ》するものなんです。其《そ》の夜《よ》は確《たし》かに番犬《ばんけん》は居《ゐ》た。然《しか》るに何者《なにもの》かゞ厩《うまや》に入《はい》つて馬《うま》を連《つ》れ出《だ》したにも拘《かゝは》らず、犬《いぬ》は吠《ほ》えなか

つた。少《すくな》くとも屋根裏《やねうら》に眠《ねむ》つて居《ゐ》る僮《こども》を起《おこ》す程《ほど》には吠《ほ》えなかつた。この事實《じじつ》から推《お》せば、確《たし》かに。眞夜中《まよなか》に厩《うまや》に入《はい》つた者《もの》は、犬共《いぬども》がよく知《し》つて居《ゐ》る人間《にんげん》に相違《さうゐ》ない。

玆《こゝ》に於《おい》て私《わたし》は、須藤次郎《すどうじらう》が眞夜中《まよなか》に厩《うまや》に入《はい》つて馬《うま》を連《つ》れ出《だ》した人だと信《しん》じた。いや特《とく》に信《しん》ずる迄《まで》になつた。では何《なん》のために入《はい》つたか？ 明《あきらか》に何《なに》か破廉恥《はれんち》な目的《もくてき》を抱《いだ》いて入《はい》つたのです。でなければ何《なに》も僮《こども》に阿片《あへん》を飲《の》ませて眠《ねむ》らするわけはない。しかしまだ私《わたし》は須藤《すどう》が馬《うま》を連《つ》れ出《だ》してどうする積《つもり》であつたかといふ事《こと》には想像《さうざう》がつかなかつた。是迄《これまで》も調馬方《てうはかた》が大金《たいきん》を手《て》に入《い》れるために、自《じ》分《ぶん》の主人《しゆじん》の信用《しんよう》を裏《うら》ぎつて、惡計《あくけい》を廻《めぐ》らした事實《じじつ》は少《すくな》くない。騎手《きしゆ》に金《かね》を攫《つか》ませるとか、或《あるひ》はもつと確《たし》かな手際《てぎは》の宜《い》い方法《はうはふ》とか、さういふ事《こと》は稀《まれ》なことではない。ところで、此《こ》の事件《じけん》では須《す》藤《どう》はどうする積《つもり》だつたらう？ 私《わたし》はあの夜《よ》の彼《かれ》の所持品《しよぢひん》を見《み》れば、それが解《わか》るかも知《し》れぬと思《おも》つた。

案《あん》の定《ぢやう》それで判明《わか》つたです。死人《しにん》の手《て》にあつた例《れい》の小刀《ナイフ》を御忘《おわす》れでないでせう友野《ともの》君《くん》、が、あの時言《ときい》つた通《とほ》りに、あれは外科醫《げくわい》が最《もつと》も緻密《ちみつ》な手術《しゆじゆつ》などに用《つか》ふものです。頭《あたま》がどうかしてでも居《ゐ》

ない以上《いじやう》、決《けつ》して護身用《ごしんよう》になぞ持《も》つて出《で》るものではありません。實際《じつさい》あれはあの夜《よ》極《きは》めて緻密《ちみつ》な細工《さいく》に使《つか》はれる筈《はず》だつたのです。大佐《たいさ》、貴方《あなた》は馬《うま》にかけては永年《ながねん》の御經驗《ごけいけん》を持《も》つて居《を》られるから必《かなら》ず御承知《ごしようち》でせうが、馬《うま》の膕《ひかがみ》の腱《すぢ》に極《ご》く薄《うす》く傷《きずつ》ければ、馬《うま》は跛《びつこ》をひく、而《し》かもそれは獸醫《じうい》が見《み》ても、何《なに》かの拍子《ひやうし》に筋《すぢ》を違《ちが》へたか、リユーマチの行爲《せい》だらう位《ぐらゐ》に診斷《しんだん》して、決《けつ》して惡手段《あくしゆだん》が曝露《ばくろ》するものではない――』

『怪《け》しからん奴《やつ》だ！ 耻知《はぢし》らずめ！』と、大佐《たいさ》は叫《さけ》んだ。

『須藤《すどう》が何故《なにゆゑ》に馬《うま》を野《の》に連《つ》れ出《だ》さうとしたかといふ理由《わけ》は此處《ここ》にある。あゝいふ神經《しんけい》の鋭《するど》い動物《どうぶつ》になると、刄物《はもの》の先《さ》きを少《すこ》しでも感《かん》じれば、劇《はげし》く騒《さわ》いで熟睡《じゆくすゐ》して居《ゐ》る者《もの》も目《め》を醒《さま》すに相違《さうゐ》ない。どうしても押《お》つ擴《ひら》いたところに連《つ》れ出《だ》す必要《ひつえう》がある』

『私《わし》は盲目《めくら》でした！ それで蠟燭《らふそく》だのマッチだのゝ入要《いりえう》だつたわけも解《わか》りました』と、大佐《たいさ》は叫《さけ》んだ。

『左樣《さう》です。しかし彼《かれ》の所持《しよぢ》品《ひん》を調《しら》べて見《み》まして、私《わたし》は偶然犯罪《ぐうぜんはんざい》の方法《はうはふ》のみならず、其《そ》の動機《どうき》ま

でも知《し》る事《こと》が出來《でき》ました。大佐《たいさ》、貴方《あなた》も苦勞人《くらうにん》で被居《をられ》るから、男《をとこ》といふものは決《けつ》して他人《たにん》に當《あ》てた堪定書《かんぢやうがき》などを懷中《くわいちう》して持《も》つて歩《ある》くものでないといふ事《こと》は御承知《ごしようち》でせう。吾々《われ〳〵》は自分《じぶん》の堪定書《かんぢやうがき》の始末《しまつ》さへ持《も》て餘《あま》す位《くらゐ》のものです。須藤《すどう》の所持品《しよぢひん》の中《うち》にあつた堪定書《かんぢやうがき》を見《み》て、私《わたし》は直樣《すぐさま》、須藤《すどう》といふ人《ひと》は二重生活《ぢうせいくわつ》をやつて居《ゐ》て、別《べつ》に御腰《みこし》の据《す》ゑ處《ところ》を持《も》つて居《ゐ》たなと察《さつ》しました。それと共《とも》にあの堪定書《かんぢやうがき》を見《み》ると、此《こ》の事件《じけん》には一人《ひとり》の婦人《ふじん》、それも贅澤《ぜいたく》な趣味《しゆみ》をもつた婦人《ふじん》が一人《ひとり》からんで居《ゐ》る事《こと》が解《わか》りました。いくら貴方《あなた》が召使共《めしつかひども》によくしておやりでも、彼等《かれら》の情婦《じやうふ》が二百圓《ゑん》の散歩服《さんぽふく》を着《き》て居《ゐ》ると聞《き》けば、人《ひと》は變《へん》に思《おも》はざるを得《え》ないでせう。私《わたし》はそれとなく其《そ》の衣裳《いしやう》の事《こと》を須藤《すどう》の妻君《さいくん》に聞《き》いて見《み》て、妻君《さいくん》のまるで知《し》らぬ事《こと》だと知《し》つたので大變滿足《たいへんまんぞく》しました。で、其《そ》の衣裳店《いしやうてん》の所書《ところがき》を嗅《か》きつけておいて須藤《すどう》の寫眞《しやしん》を持《も》つて行《い》つて尋《たづ》ねて見《み》ると、容易《ようい》にあの堪定書《かんぢやうがき》の宛名《あてな》の武部義《たけべよし》郞《らう》なるものゝ正躰《しやうたい》が判《わか》つたです。

かういふ具合《ぐあひ》で、彼《か》の所持品《しよぢひん》を見《み》ると總《すべ》てが明白《めいはく》になりました。須藤《すどう》は燈火《ともしび》の見《み》えない凹處《くぼみ》に馬《うま》を引《ひ》つ張《は》つて行《い》つた。島田《しまだ》といふ男《をとこ》が周章《あはて》て逃《に》げる拍子《ひやうし》に襟飾《えりかざ》りを落《おと》して行《い》つたのを、須藤《すどう》が

拾《ひろ》つて、何《なに》か考《かんが》へがあつたか——多分《たぶん》それで以《もつ》て馬《うま》の脚《あし》を縛《しば》らうとでもいふ積《つもり》で持《も》つて行《い》つた。凹處《くぼみ》に來《き》て、彼《かれ》は馬《うま》の背後《うしろ》に廻《まは》つて、マッチを擦《す》つた。すると、馬《うま》は不意《ふい》に明《あか》るくなつて驚《おどろ》いたのと、危險《きけん》を豫知《よち》する動物《どうぶつ》の不思議《ふしぎ》な本能《ほんのう》とで以《もつ》て、俄《にはか》に驅《か》け出《だ》した。その拍子《ひやうし》に蹄鐵《ひづめ》が彼《かれ》の顔《かほ》を十二分《ぶん》に打《う》つた。雨《あめ》の降《ふ》るにも拘《かゝは》らず、彼《かれ》は緻密《ちみつ》な仕事《しごと》をする用意《ようい》に外套《ぐわいたう》を脱《ぬ》いでおいた。で、倒《たふ》れる拍子《ひやうし》に小刀《ナイフ》が右腿《みぎもゝ》を切《き》り裂《さ》いたのです。如何《いかゞ》ですか、なほ御不審《ごふしん》な點《てん》がありませうか』

『どうもまつたく驚《おどろ》いた。まつたく——。まるで其《そ》の場《ば》で見《み》て居《ゐ》なすつた樣《やう》だ！』と、大佐《たいさ》は繰《くり》返《かへ》した。

『最後《さいご》に下《くだ》した私《わたし》の憶測《おくそく》は殆《ほと》んどまつたくの當推量《あてずゐりやう》でした。須藤《すどう》の樣《やう》な狡猾《かうかつ》な男《をとこ》が、この極《きは》めて巧《たく》みな手際《てぎは》を要《えう》する仕事《しごと》を、準備《じゆんび》なしに、唐突《いきなり》やる筈《はず》はないと私《わたし》は思《おも》つた。何《なに》かで豫《あらじ》め試《ため》して見《み》たとするると果《はた》して何《なん》で試《ため》してみたらう？ 私《わたし》は羊《ひつじ》に眼《め》を着《つ》けた。もしやと思《おも》つて僮《こども》に訊《たづ》ねて見《み》ると、巧《うま》く的中《あた》つたので、私《わたし》は自分《じぶん》でも寧《むし》ろ驚《おどろ》いたです』

『成《な》る程《ほど》、これでのこらず明瞭《はつきり》しました。掘見君《ほりみくん》！』

『私《わたし》は倫敦《ロンドン》に歸《かへ》つて、例《れい》の衣裳店《いしやうみせ》を訪《たづ》ねて見《み》ました。すると衣裳店《いしやうみせ》では寫眞《しやしん》を一《ひと》目見《めみ》て、これは武部《たけべ》さんと云《い》つて、私共《わたしども》の大事《だいじ》な御得意樣《おとくいさま》で、贅澤《ぜいたく》な、我儘《わがまゝ》な妻君《さいくん》をお持《も》ちだといひました。この婦人《ふじん》のために須藤《すどう》は借金《しやくきん》の山《やま》を背負《せお》つて、そのために斯《か》ういふ不幸《ふかう》な企《くはだ》てをするに至《いた》つたのです』

『たゞ一ケ所《しよ》御説明《せつめい》が落《お》ちました。馬《うま》は何處《どこ》に居《ゐ》たのですか』と、大佐《たいさ》は言《い》つた。

『馬《うま》ですか、馬《うま》は驅《か》け出《だ》して、近《ちか》くの厩《うまや》に匿《かく》れて居《ゐ》たのです。その邊《へん》の事《こと》は、吾々《われ／＼》よろしく寛大《くわんだい》であるべきだと思《おも》ひます。さて、これが暮田《くれた》の驛《えき》ですね。十分以内《ぶんいない》に倫敦驛《ロンドンえき》に着《つ》く。大佐《たいさ》、私共《わたしども》の宿《やど》に寄《よ》つて、煙草《たばこ》でも喫《の》し上《あが》つて行《い》かれませんか。なほおきゝになりたい事《こと》があれば、悅《よろこ》んで御《ご》滿足《まんぞく》をお與《あた》へ致《いた》しませう』

名馬の行方 終

제5편
의문의 죽음

探偵小説

謎の死

…ドイル氏の代表的傑作＝奇々怪々の取材…

コナン、ドイル作

倉持高雄譯

（一）

一千八百八十三年の春未だ寒き頃であつた。ある朝、不圖眼を醒ますとシャーロツク、ホームズが私の枕邊に立つてゐた。彼は慨して朝寢坊の方であつたのに此の朝に限つて未だ七時半だと言ふのにスツカリ仕度をしてゐた。意外なので私は彼の顔を見ると彼は眞面目に「ワトソン君、君を叩き起してまつたく濟まないよ、今朝はお互ひに早くから寢込みを襲はれて不仕合せな事だ。實はねハドソン夫人が初めに叩き起されてさ、叩き起された彼女は僕を、そして僕は君を叩き起したと言ふ寸法なんだ」と言つた。

「一體どうしたと言ふんだね、火事ぢやない？」

「事件依頼人さ。若い貴婦人が興奮しきつて僕を訪ねて來たらしいんだ。そしてどうあつても僕に面會したいと言つてゐるんだ。その女は今、居間に待たしてあるんだ。若い貴婦人が此の朝つぱらから町をうろつき人の寢込を襲ふなんてこりや餘程大事件だぜ。して見ると君だつて事の發端から探偵《たんてい》の進行を見るのは頗る好みさうな事だ。そんな譯で兎に角君を起した譯なんだ。」

「この機會を外《はづ》したくないね」

私は大急行で洋服を着て、階下の居間に降りて行く友の後に從つた。

私共が居間に這入つて行くと婦人は立ち上つた。彼女は喪服をつけて顔網《ベール》をかけてゐた。

「ヤア……お早う。私がシャーロック、ホームズで、こちらは私の親友ワトソン君ですから御遠慮なく打解けて下さい。イヤ有難い、ハドソン夫人は氣を利かして火を焚いて行つて異れた。サア〳〵御婦人、モツ〳〵火の傍《そば》へ寄つて下さい、お寒くて震えてゐられる樣ふだから、今熱いコーヒーを一杯上げますから。」

「妾、寒くて震えてゐるのでは御座いません」彼女は火の傍《そば》へ寄り添ひ乍ら言つた。

「では、どうしたので」ホームズは尋ねた。

「妾、恐ろしいので御座います。恐怖が私を戰慄させます。ホームズさん妾恐ろしくなりません。」彼女はこう言つてヴエールを上げた彼女は非常に取り亂れた顔をしてゐた。

顔色は物凄い計りに青ざめ、其の眼差《まなざし》は獵師に狩り立てられた動物の樣に恐怖に滿たされてゐた。見た處三十代《だい》の女ではあるが髮には白毛が交り、言う樣なく面窶れしてゐた。

シャーロック、ホームズは彼女の上に、鋭い理智の漲つた活眼を投げた。

「怖れるもんちやありませんよ。直に事件は解決して上げますからね。……御婦人は今朝この町へ汽車でやつて來たんですね」

ホームズは慰さめる樣に言つた。

「よく御存知でいらつしやいますこと」

「だつて、あんたの左の手袋の手の平に往復切符の半分が殘つてゐる。それであんたは今朝素晴らしく早く起き、惡道路を長い間小形の馬車に乘つて停車場にやつて來なさつたのだ。そしてその停車場から汽車に乘つて、この町へ來られたでせう。」

貴夫人はビツクリして不思議さうにホームズの顔を覗いた。ホームズは頬笑み乍ら。

「何も不思議な事はありませんよ。それは、あんたの上衣の左の方の腕に數ヶ所泥がはね上つてゐる。こんな風に泥の飛ぶのは小馬車の外ないし、そしてあんたは御者の左側に座つて馬車に乘つて來なさつた」

「どう言ふ譯でさう仰有るか知りませんが、兎に角お言葉通りで御座います。私は今朝六時前に家を出てリーザーヘッド停車場へ馬車で驅けつけたのが六時二十分で御座いました。そこからワーテルロー行の一番汽車に乘り込んだので御座います。」

もう妾、ほんとうに苦しくて堪りません。この苦しみがもう少し續けば妾氣が狂つて了ひます。誰と言つて相談相手もなく苦しんでゐる折柄、いつも困つた事が出來上る度にあなた樣に御力添えを戴いてゐるファリントッシュ夫人から、あなた樣のお名前を承はつて參りました何卒私を助けて下さいませ。せめて私の身を取卷く暗黑に一道の光明を投げて下さいませ。只今のところではお骨折に對してお報ひする譯にも參りませんが、二三ヶ月の内に結婚すれば自分の收入を自由にする事が出來ます。その節はお禮の意を表す事も出來ようと思つて居るので御座います。」

ホームズは机の傍《そば》へ行き、鑰《かぎ》をはづして彼が曾て相談を受けた事件錄を、その抽斗から引つ張り出した。

「ファリントッシュ? ヤア思ひ出せた。ワトソン君、それは未だ君が來ない前引き受けた事件だつたのだ。そのファリントッシュ夫人から聞えて御入來、いやよくお出で下さいました。御婦人！私の力の及ぶ限りお盡し申しませう。報酬の點に就てはあんた御心配無用です探偵それ自身の興味が既に報酬なんですからな。此の事件に金が入用な時は當座私が支出して置く故、あんたは御都合の惡くない時に私へその探偵實費を入れゝばよい譯です。ところで、事件依頼の內容を承はりませう。」

「はい、妾の恐怖はあまり漠然として居ますし且つ妾の嫌疑する處はあまりに微細な基礎《きそ》に立つてゐますので他人樣にはつまらない事柄に見えるかも知れませんで御座います。

この漠とした恐怖は益々妾に不安の立場を擴げて參るので御座います。

ホームズ樣、あなた樣は人の心を見拔き、人の罪惡を洞察《どうさつ》してゐらつしやいます。

あなた様は私の身を危險の境地からお救ひ下さる事が出來るに相違御座いません。」

「サア……兎に角事の起りを詳細に話して下さいな」とホームズが言つた。

(二)

「妾はヘレン、ストナーと申しまして、サーレー州の西部境、ストーク、モーランと言ふ所のロイロット家に繼父と一緒に住まつて居ります。繼父は英國で最も古いサクソン系の一族の生殘り者で御座います。」

「かねぐ〜承知してゐる名です」とホームズはうなづき乍ら言つた。

「ロイロット家は昔は三州に跨《また》がる領地を持つてゐた金持の一家でしたが、前世紀中に四代目の相續者が放蕩で、便ひぬけであつたところから全く財産を潰して了つたので御座います。

それに博奕を打つたから後に殘された處のものは僅かに四五千坪の地所と二百年の年古りた家屋とばかりで御座いました。此の一番しまひの大地主はこの家に住つて貴族的乞食の生活を續けてゐたので御座います、この貴族乞食の一人息子が私の只今の繼父なので御座います。

繼父は親戚から借財して醫學を修めました。學位を取つてからカルツカタへ參りまして、其處で職業上の手腕と强固な意志の力とで大分繁昌したので御座います。けれども根が氣短かなので、或る時、カツとした揚句に印度人の下男を毆打しで殺して了ひました。そのために死刑こそは免れ得たものゝ長期の禁錮に處せられました。出獄してからは以前に增して氣むつかしい失望家となりました。

ロイロットが印度に居つた時、私の母―ベンガル砲兵隊のストナー少將の若寡婦《わかごけ》―は彼と結婚したので御座います。私と姉のユリヤは雙兒ですけれど母が再婚しました時私共は二歲で御座いました。英國へ歸りまして間もなく母は亡くなられましたはい母は鐵道事故のために殺されたので御座います。

母は年利金數千磅と下らぬ程の金を持つてゐてそれを私共の結婚する時には定額の年金を私共に支拂ふ條件で、その金をロイロットにあつけて置いたまゝ死にましたので御座います。

ロイロットは最初はロンドンで開業する目的でありましたが母が死んでからはその意志をひるがへしてストーク、モーランの先祖代々の舊家に引込みました。いつしよに私共姉妹も參りましたので御座います。私共が暮して行きますには母が殘した金で充分で御座いました。そして向睦ましく暮して行ける積りでしたのに、……恐ろしい變化が、恐ろしい氣質の變化がこの頃から繼父に裘はれて參りましただので御座います。近邊の人々はロイロット家の殘存者が元の邸宅に歸つて來たのを見て非常によろこんでゐましたに反して、繼父は彼等と交はらうとはしないで家に閉ぢこもつてばかり居ましたた。まに外出すれば自分の目的の邪魔になる人と必ず喧嘩を致しました。氣質の荒いしかも殆んど狂氣に近い氣質はロイロット家に傳はる遺傳でも御座いませうが、殊に繼父《ちゝ》のは永い間熱帶地方に居りました所爲《せゐ》がひどいようで御座いました。

到る處で繼父《ちゝ》は喧嘩をし、二回ばかり警察沙汰となりました遂に村民から恐れられ、父に逢ひさうになると皆避けて了ひます繼父は力があるので怒ると手がつけられないので御座います。先週の事で御座いますが村の鍛冶屋を欄越しに川に投け込みましたが私は恥晒しをさける爲めに搔き集められる丈けの金を先方に出して内濟にして貰ひました。

こんな風で只今では父には無宿者の穢多の様な者しか友人とては御座いません。

繼父は屋敷内の數エーカーの地所に彼等非人の露營を許しその返禮に彼等から御馳走にあつかる事になるでせう。時折父はその非人等と幾週間となく外出して留守《るす》を致すので御座います。

繼父《ちゝ》は印度から送つて寄越された印度の動物を大の氣に入りで、只今屋敷内には豹と狒々《ひゝ》が居り、繼父と同様に村人から恐れられて居るので御座います。私共姉妹が嫌な生活をして來た事をお察し下さいませ。こんな風ですから下女も居付きませんので家事は私共が二人で切り廻して參りました。そして……姉のユリヤは卅歳の時に亡《な》くなりました。私と同じ様にその時には苦勞を重ねた爲め髪は白う御座いました。」

探偵小説

謎の死

…ドイル氏の代表的傑作―奇々怪々の取材…

コンナ、ドイル作
倉持高雄譯

(三)

『そんなら、あんたの姉さんは死んだので……』

『はい。姉は二年前、亡くなりました。妾がお話申し上げたいのがその姉の死に方なので御座います。あなたは私共と同年輩で似合つた身分の配遇者に逢ひさうにも思はれない私共の淋しい生活をお察しで御座いませう。私共には母の妹にあたる未婚の伯母が御座います。ホノリア、ウイストフイルと申しましてハーローの近くに住つて居るので御座います。妾達は二人で屢々伯母の家を訪つねて参りましたので……丁度二年前の事で御座いましたが、ユリヤはクリスマス日に彼女を訪ねて行きまして其處で非職海軍少佐と懇意になり婚約をいたしましたので御座います。姉が歸りましてその事を父に話しました時に繼父は別にそれに反對はしませんで御座いました。けれども婚禮の日迄に二週間も無いと言ふ時、妾はたつた一人の肉身の姉を失くした恐ろしい事件に逢ひましたので御座います。』

『何卒、詳細に且つ精確に願ひたいものです。』シャーロック、ホームズは椅子に仰向けに靠れ眼を閉ぢて聞いて居たが、婦人が話を切つた時に眼を開いて婦人を見ながら言つた。

『精密にお話しする事はお易い事で……この恐ろしい出来事に關係してゐる事柄はよく記憶致して居りますから。前にもお話し申し上げました通り邸宅は大層古く、使用してゐますのは右側の方丈けで御座います。寢室はこの側の階下に御座います。居間は主家になつてゐる中央の建物に御座います。それから寢室の方ですけれど、それは繼父の部屋、次が姉、第三番目の部屋が妾のにあてられてゐましたので御座います。

寢室の間には何處にも通路になる戸口は御座いませんが何の室も同じ廊下の方に戸があく様になつてゐるので御座います。それから三つの室共芝生に面して窓が御座います。姉が亡くなりました恐ろしい夜、繼父は早く寢室に行きましたが眠りにつかなかつた事は、煙草の匂ひで御座いました。強い煙草の匂ひに惱まされた姉は妾の部屋に這入つて參りまして近づいて來た結婚の事について御喋りをしてゐました。姉は十一時頃私の室を出ましたが、一寸戸口に立つて振り返へり乍ら。

「ヘレン、お前は誰か眞夜中頃口笛を吹くのを聞いた事がない?」つて申しますから「妾一度もきこえた事ありませんよ」と申しました。「妾又、お前が寢ほけて口笛を鳴らすのぢやないかと思つてね」「決してそんな事ありませんわ、何故そんな事を仰有やるのです。』「だつて二三日前の晩、夜明の三時頃妾は低いハッキリとした口笛の音を聞いたのよ。私は目ざといのでその音で眼を醒ましたのよ。何處から聞えて來るのか分らないが、きつと次の室からか芝生の方からだわ。只ね妾、お前もその音を耳にしたかどうか聞いて見ただけよ。」「いゝえ、妾ちつとも知らない事よ。屋敷に居る非人の仕業ぢやなくつて?」「そうね、たけど芝生の方からだとどうしてもお前にも聞こえる譯だわ」「だつて姉さん妾寢坊だもの」「でもこんな事兎角何でもないわ」姉はかう言ひながら戸を閉めましたが直に錠を掛ける音が聞こえました。』

『さうですか、で、あんたは錠を戸に下しますか』

『はい、いつも錠をかけますので』

『何故です?』

『豹や彿々が居ますからで御座います。』

『いかにも、ササ〱其の先をお話し下さい。』

『妾はその晩は寢つかれませんで御座いました。何とはなしに私達姉妹の身の上に不仕合が降りかゝつて來る樣に感じてなりませんで御座いませんでした。

その夜は風は大暴に暴れ、雨は窓を叩いて居りました。すると突然女の悲鳴が俄かに聞えて參りました。姉の悲鳴である事を知りました妾は寢臺から飛び起き肩掛を纏ひ乍ら廊下へ飛び出しました。妾が戸を開きました時に低い口笛の音を聞いた樣に思ひました。つゞいて金で作つた重いものが落ちる樣な音が聞えたので御座います。廊下傳ひに走つて行きますと姉の室の戸の錠が外れる音がして靜かに開きました。妾は吃驚して廊下の燈の力で見つめて居ますと姉が出て參りました。顏は物凄い程蒼白めて兩手は空を探る樣にして出て參りましたので御座います。身體は泥醉した樣にグラついて居りました。

私が馳け寄りまして姉に兩の腕を投げかけました時には姉は力拔けして膝をガックリと落し倒れて了ひました。大層苦悶しまして四肢五體は痙攣してをりました。最初の中は私を見分ける力がなかつた樣で御座います。妾が姉の上に屈みますと……今思ひ出してもゾッとします……帛を裂く樣な聲で叫んだので御座います。『ヘレンヤ、バンド(註― band の意は後にわかる)だつたよ。斑のあるバンドが』と姉は未だ何か言ひたい樣子で繼父の室を指差しました、ですけれども更に痙攣が起つて參りまして咽せて最う言葉が出ませんで御座いました。妾は繼父を呼ばうと室を飛び出しますと寢卷のまゝで寢室から出て來た彼に逢ひま

した。継父が姉の傍へ來た時はもう人事不省になつて居りましたので彼はブランデーを姉の口に注ぎ込んで飲ませ、それから醫者を呼んで手を盡しましたが水の泡で御座いました。可愛い姉の恐ろしい最後はかうした風で御座いました。』

『もし一寸、あんたは眞實に口笛こ何か大きな金物の音を聞いたんですか』こホームズは口を入れた。

『檢屍官も檢視の時、その事を私にたつねました。はい何處迄も聞えた樣に思ひますもの、風は吹き荒み且つ古い家はギチ〳〵鳴つて居りましたものですから聞き間違がないこも限りませんので』

『着物はつけてゐましたか』

『寢衣の儘で御座いました。右の手にはマッチの燃え粢し、左の手にはマッチ箱を持つて居りました』

『それこそ、あんたの姉さんが驚いた時、マッチを擦つた證據、見逃しのならん事です。それで檢屍官の判斷はごんなでした』

『綿密にお調べて御座いましたが何等滿足な死因を發見する事は出來ませんで御座いました。戸は内から錠がかけてあり、窓は鐵棒のある雨戸で閉めてあつたので御座います。床板も綿密に調べましたが結果は同じで御座いました。姉さんが最後を遂げました時は全くの一人ほつちであつたに相違御座いません。これこ言つて危害を加へられました形跡がなかつたのですもの』

『毒藥に就ては?』

『お醫者は毒藥の有無を姉について試驗して見ましたが分りませんで御座いました』

『あんたは姉さんの死因をごう思ひますか。』

『姉さんは何を恐れて居ましたか存じませんが全く恐怖のために、つまり神經の振動から死んだ事こ思はれます。』

『その時に非人共は邸内に居りましたか。』

『はい、彼等は始終居るので御座います。』

『あんたは姉さんの言はれたバンド、即ちスペックルド、バンド(班のバンド)をごう解釋しますか』

『一時はうはごこかごも思ひ、又ある時には人々のバンド(一隊)かごも思つて見ました。邸内にゐます非人共は點々の模樣あるハンケチを頭へかぶりますので、是等のハンケチにスペックルド(班の)ご言ふ形容詞を用ひたのかご考へても見ましたので御座います。』

ホームズは貴婦人の説明に滿足しない樣な風で頭を振つた。

『これには深い暗流があるご言ふもの。……サァ〳〵その先をごうぞ』

(四)

『その事があつてから二ヶ年間、妾の生活はさびしいもので御座いました。一ヶ月以前の事ですが永い間の知合になつてゐます友人でリーデング近くに住んでゐますパー、セーアーミテーヂご言ふ人から結婚を申し込まれたので御座います。繼父は反對はしませんでした。そして私達は今春中に結婚する事になつてゐますので御座います。二日前に家の手入れを始めましたので妾は姉の寢た室――姉が死んだ室で寢なければなりませんでした。

昨夜妾は姉の恐ろしい最後を思ひ廻らし乍ら眼を醒まして寢て居りました。するご夜の森閑ごした中に低い口笛……死の前兆の口笛が聞こえて來ました時の私の恐怖をお察し下さいませ。私は飛び上がつてマッチを磨りました。しかし何んにも見當りませんでした私は心が亂れて了つて再び寢に就く事は出來ず、着物を着て座つて居りましたので御座います。夜明けを待つて家をソツご抜け出し、向ふ側のクロウン宿屋で小形馬車を雇ひリーザーヘッドステーション迄それを驅り立て、そこから汽車に乘つて、今朝あんた樣にお目にかゝりお力になつて頂きたいつもりで上りましたので御座います。』

『よくお出になりました。それでお話はすつかりですか』

『はい、これだけで御座います。』

『否や、すつかり話しきつた譯ぢやない。あんたは繼父をかばつてゐるのです。』

『それは亦どう言ふ譯で御座いますか。』

ホームズは貴婦人の腕をとつて袖口の黒レースの縁を捲り上げた。五ヶ所の小さい生々しい痕跡——手の五指の跡が白い手首に印せられてゐた。

『酷く虐待されましたね』とホームズは言つた。婦人は赤面して疵のある手首を隠した。

『繼父は恐ろしい人で御座います。恐らく自分で自分の力を知らないのでせう。』

ホームズが頬杖をついて火を眺めてゐる間、暫く沈默が續いた。

『深い魂膽があるんだ。僕は作戰計劃をする前に知つて置くべき事がたくさんあります。ぐづ〳〵して居る時ではない。今日私達がストーク、モーランへ行けばお繼父に知らせずに是等の室を檢べる事が出來るかしら』とホームズは遂に口を切つた。

『繼父は今日、重大な用事で上京するとか言つて居りました。ですから今日、一日中は不在で、調査の邪魔にはならぬ事と思はれます。只今家事向の仕事をする女が居りますけれども、年老つた上に愚な女ですから邪魔になりませぬ樣に外出させて了ふ事が出來ます。』

『時に、ワトソン君　僕と一共に行つて下さつて差支へ無い？』

『差支はない』と私は言つた。

『それなら僕逹は出かける事にしよう。御婦人、あんたはこれからどうしますか』とホームズは婦人に問ひかけた。

『上京しましたついでゞすから二三用を足し十二時の列車で歸宅いたします。すればあなた方樣のいらつしやる迄に間に合ふで

御座いませう。』

『では僕達は午後早く參ります。どうです。最う少し待つて、朝飯をやつて御出でなすつては』

『いゝえ、妾最う歸らねばなりませんで御座います。心配を打ち明けましたので、すつかり晴々と致しました。では午後お待受け致して居りますから。』

婦人は顔網を元の樣に蔽ふて室を去つた。

(五)

シャーロック、ホームズは椅子に背を靠せ乍ら。

『どう思ふね。ワトソン君』と問ふた。

『何だか暗黒で胡散臭い事件の樣に思はれるね』

『暗黒だ、充分に胡散臭い事件だよ。』とホームズは言つた。

『床や壁に隙がないと言ふあの婦人の言ふ事が正しければ、彼女の姉が不思議な死に逢つた時は一人で居つた譯になるね。』と私が言ふと
『それなら、口笛や、死際の不思議な言葉はどうなるだらう』と彼は言つた。

『分らんね。』と私は言つた。

『夜中の口笛―屋敷に巣喰つてゐる繼父と懇意にしてゐる非人達―娘の結婚を妨げる繼父―臨終の娘はバンドと言つた。―妹娘のヘレンストナーは金物の音響を耳にして戸締まりの鐵棒の音だと言つた。是等の事實を綜合すると秘密が解けるかも知れな

い。』

『非人共はどんな事をしたかね』と私は問ふた。

『僕にはまだ想像がついてゐない……兎に角ストーク、モーランへ行つて戸締りが嚴重であつたかどうか調べて見よう。』

すると突然、ドアーが開いて醫者風と百姓風の混合兒の樣な風手の大の男が入口に箝めこまれた。男はシルクハットをかぶつて長いフロックコートを着て、ゲートルを卷いてゐた。そして狩獵用の杖を手にしてフラ／＼と動かしてゐた。入口の鴨居に帽子がスレ／＼になる程丈高く、入口を埋める程ガッシリとした巨大漢であつた。大きな顏には皺がよつて日に燒け、深く引つ込んだ眼と高く肉の薄い鼻とは獰惡な猛禽の樣な風彩であつた。

男は交る／＼私共を見て、

『どちらがホームズですか』と問ふた。

『私がホームズで、あんたはどなたですか』とホームズは問ふた。

『我輩はストーク、モーランのグリムスベイ、ロイロットです。』

『我程、お醫者樣で、どうぞおかけ下さい。』とホームズは丁寧に言つた。

『そんな事はしません。我輩の繼娘が此處へ來てる筈ぢやが、我輩あとをつけて來たので。彼女は君にどんな事を話してゐたね。』

『今の季節としては少し寒い樣ですね』とホームズは白を切つた。

『繼娘は君に何を喋々ついてゐたんだね』と老人は猛々しく叫んだ。

『だけど僕は今年の作柄は好望だと聞きましたよ』

（つゞく）

探偵
小說

謎の死

……ドイル氏の代表的傑作＝奇々怪々の取材……

コナン、ドイル作
倉持高雄釋

『ハヽヽ、君、君は話を外らさうと言ふつもりか。』来客は前へ一足踏み鞭を振りながら叫んだ。

『君の惡徒なことは我輩トウに耳にしてゐた。餘計な世話燒き奴が。』

ホームズは微笑した。

『ホームズの物すきめが。』

ホームズは心から可笑しさうに笑つた。

『あんたの會話は大變に面白いですね。どうぞ御退出の時にはドアーを閉めて行つて下さい。風が這入りますからね。』

『話が終れば出て行くのぢや。君も人の仕事に干涉しなさんな。我輩はストナー孃がこゝへ來たので後をつけて來たのぢやぞ。乃公にかゝり合つて見ろ、恐ろしい人間ぢやぞ……サアこれを見るがいゝ。』彼は前へ進み出て火箸を取りそれを捻ぢ枉けて了つた。

「此の怪力のこもつた手にフン掴まらない樣にしろ』。彼は唸り乍ら煖爐にそれを投げ込んで室を出て行つた。

「温厚な御方らしいね。僕は彼程の恰幅はないが、彼がもつと此處に居れば、僕の力だつてそんなに馬鹿にしたものでなかつた事を知らしてやるんだつたが。』ホームズは笑ひ乍ら言つて、その捻ぢくれた火箸を取り上げ何の苦もなく元どほり眞直にして了つた。

『ストナー孃も、あんな奴にあとをつけさせるなんて、ぬかつたものだ。不用心して災難にあはしたくないものだ。さア、ワトソン君、朝餐をやらう。そして。僕は參考になる材料も得られるだらうから遺言登錄所へ行つて來るよ。』

（六）

シャーロック、ホームズが歸つたのは殆んど一時近かつた。彼は青色の一片の紙を持ち歸つた、それには種々な注意書きや數字が書き散らしてあつた。

「僕は、死んだ妻君の遺言書を見て來た。妻君の死んだ當座の總收入は約一千磅であつたが今は農産物の價格下落のために七百五十磅の收入しかない。娘達は結婚すれば二百五十磅宛の年金を請求し得る樣に遺言書にあるんだ。そこで二人の娘が結婚すれば繼父の收入は僅かに二百五十磅しか殘らなくなるんだ。

生き殘つた繼娘が今度結婚すれば彼の年收入は五百磅に減じて終ふ譯なのだ。今朝の僕の仕事も滿更徒勞《むだ》ではなかつた。婦人の繼父が結婚の妨けするのも道理あつての事だつた。サア……ワトソン君、あの老人は僕達に内密を嗅がれた事を知つてゐるから僕達もグヅ〳〵しては居られないよ。

君、用意が出來たら馬車を雇つてワーテルロー停車場へ驅けつけよう。君は短銃を持つて行つた方がいゝよ、あんな火箸を捻

ぢまける、しろ者にはそれが適當してゐる。必要なものは短銃と齒磨楊子だけだらうと思ふよ。」

ワーテルロー停車場で私達は僥倖にもリーザーヘット行に直ぐ乘れた。

停車場へつくと我々は停車場前の茶屋で小型馬車を雇つて四五哩の間景色のよいサーレー州の田甫路を驅《か》つた。それは大層快晴の日であつた。樹木や路傍の生垣《いけがき》は今芽を吹かうとしてゐる節だつた。活々した風景と我々が目差して來た暗黒な事件とは妙な對照であつた。

私の友は馬車の前のに座に座り、帽子を目深に被り顎《あご》を襟に埋め深く考え込んでゐる樣子で腕組みをしてゐた。

突然友人は吃驚して、私の肩をたゝき乍ら草場の向ふを指さして、

『あそこを見給へ』と言つた。

鬱蒼たる樹間は緩慢な勾配に擧ひ擴がり、その樹の枝の間からは古い邸宅の屋根が突き出してゐた。

『ストーク、モーラン？』ホームズは問ふた。

『はい、旦那樣、あれはグリムスベイ、ロイロット樣の屋敷で御座います』と御者は答へた。

『僕達はその普請が始まつてる家へ行くんだ。』ホームズは言つた。

『左手の方に屋敷がゴシャ〳〵にかたまつてゐる處が村なんで、旦那方はあの邸宅《やしき》へ行きなさるんならこの畑をつッ切つて來た方が近道で御座いましたでせうにそれ、あの婦人が歩いてゐる方を通つて行きますんで。』

『ヤア……あの婦人はストナー孃かと思はれるが』友人は手を目にかざし乍ら『お前の言ふ通りにした方がよかつたつけ。』

私共は馬車を下りて賃錢を拂つた。馬車はリーザーヘッド停車場の方へガタ〳〵と音をさせ乍ら歸つて行つた。

『御者は僕達を建築技師と思へば好都合と言ふものだ。喋べられると困るからね。――ヤアお早う、ストナー孃、僕達は約束通

り來ましたよ。』我々を今朝訪ねて來た事件依賴人はさも嬉し氣な顏をして僕達を出迎へた。

「一刻千秋の思ひでお待ち申しました。』こ孃は我々に握手しながら。

『萬事好都合で御座います。ロイロットは上京しまして夕方迄は歸りません。』こ言つた。

『ロイロット氏に今朝あつて來ました』ホームズは手短かに事の次第を話して聞せた。

是を聞いたストナー孃は青くなつて。

『では繼父は妾をつけて參りましたので御座います。』こ叫んだ。

『そうかも知れません』

『繼父はそれ程、ぬけ目がありません故、ウカツな事は出來ません。歸つて來るこ何こ言つて叱られます事やら』

『あんたの繼父のあこをつけてゐる、もつこ抜目《ぬけめ》のない人達がゐるんだもの、彼だつて自分自身の安心を計る必要があるでせう。今晩あんたは、あんたの室に引き籠つて錠を下ろしてお出でなさい、若し繼父が亂暴な事をすれば僕達はあんたを、あんたの伯母の處へお送りしませう。サア鬼の居ぬ間の時間を利用して直ぐに室調らべに取りかゝらう。どうぞ案內して下さいな。』

建物は古色蒼然こした苔蒸した石で築き上げられてゐた。中央部は高く兩側は蟹の鈑の樣に腕曲した建物であつた。そして一方の鈑《はさみ》に相當する部分の窓は破れ木の板で塞いであつた。屋根は零落の標本の樣に半ば落ち窪んでゐた。中央部も矢張壞れてゐたが右側の鈑に當る方は比較的新らしかつた。窓の目隱《めかく》しこ煙突からの煙で此の部分に家の人々が寢起きする事は察しられた。

足場は壁に添ふて掛けてあり、そのために壁の石が崩されてあつたけれごも私等の行つた時には職人の居る樣子がなかつた。

ホームズは靜かに手入のしてない芝生の上を步き乍ら注意深く寢室の窓を調べた。

「これがあんたの寝室の窓で中が、亡《な》くなつた姉さんの寝室の窓で……その次が、つまり本屋の次のが繼父さんの寝室の窓ですね。」

「全くその通りで御座います。ですけれど妾《あたし》、只今は亡くなつた姉の室で寢てゐるので御座います。」

「修繕が濟む迄ですね。時に修繕の必要が更に無い樣ぢやありませんか。」

「全くその必要がありませんですの、妾の室から移す口實ぢやないかと思つてゐますので……」

「これは參考になる事だて。さてこの出張《でばり》の一方はその室からも廊下に出られる樣になつてゐるが、廊下には窓はないですか」

「ありますけれど、人の出入する事の出來ぬ小いさなもので御座います」

「內から錠を下ろせば、戶は開かない譯なんですね。サア、それではあんた、室に這入つて雨戶を閉《し》めて閂《かん》ぬきをさして見て呉れませんか。」

ストナー孃は命ぜらるゝが儘にやつた。ホームズは種々手を盡して開けようとしたが無效であつた閂《かん》ぬきを外《はづ》す爲めに小刀をさし入れる丈けの隙《すき》も見出す事が出出なかつたのである。彼は虫眼鏡で蝶番《ちやうつがひ》を檢べたがそれは皆正銘正眞の鐵で頑丈な石壁に疊み込んであつた。

「これはどうも、僕の說には不都合な點があるぞ。誰だつて內から閂ぬきをされるとこの室《へや》に這入れば仕無いぞ。サア內部を見たら事實が判明するかも知れない」ホームズはさも當惑した樣に言つた。

小いさな戶を明けると廊下に入るのであるが三つの室は廊下に向つて明《あ》いて居つた。

ホームズは第三番目の室――つまり從來ストナー孃がゐた室は調べずに第二番目の室――現在、曾謀をかこつけに孃が移されてゐる――に這入つて調べにかゝつた。この室は二年前に姉が非業の最後を遂げた處である。

それは天井の低い小いさな見榮えのしない室であつた。簞笥が片隅に置かれ、狹い寢臺が片一方の隅に設けられてあり、窓の方へよつた左側には化粧臺が立てられてあつた。此の他には籐椅子が二脚あるのみであつた。

壁の腰板は褐色になつた蟲の食つた樫板で、此の家が建てられた當時からの物らしかつた。ホームズは一脚の椅子を片隅に持つて行つて腰を下ろした。眼は室のもの何一つ見落さずに詳細にグル〳〵と上下左右に走つた。

「時にこのベルは何處に通じますか」

彼は寢臺のかたはらに下がつてゐた太い鈴の緒を指さし乍ら遂に口を切つた。緒の房《ふさ》は枕の上に垂れてゐた。

「家政婦の室に通じて居ります」と孃は答へた。

「他《ほか》の品々より新らしい樣ですね」

「はい二年前につけましたものですから」

「あんたの姉さんが欲しいと言つて、つけさせたんですか」

「姉はそれを少しも用ひませんでした。妾達姉妹は、自分達の用事は皆んな自分の手にやりましたものですから。」

「ドレ、床を一つ調べて見よう」ホームズはかう言ひ乍らレンズを手にして床板の隙を詳細にしらべ乍ら、匍《は》ふ樣にすばしつこく歩いた。次に壁の腰板を調べた。それから寢臺にやゝ暫し見入つて居つた。壁を上から下迄目量《もくりよう》し最後に鈴《べる》の緒をとつて引つ張つた。

「……こりや……鳴《な》らないぢやないですか」と彼は言つた。

「鳴りませんで御座いますか」

「こりや鈴《すゞ》についてゐるんぢやない。これは頗る面白いて……。小いさな通氣孔の少し上にある鍵に縛つてあるんだ……ねえ」

「マァ……何で馬鹿らしいんで御座いませう。少しもそれとは氣づきませんでしたわ。」

(七)

「不思議だ！此の室には未だ一二奇怪な事があります。例へばその通氣孔は隣室に通じてゐる。同じ手數で外側《そとがわ》へつければ直接外氣と通ずる樣に出來るのに、此の家を建てた大工は何たる馬鹿者だらう」ホームズは呟いた。

「通氣孔は未だ新らしいので御座います。」

「鈴《べる》のひもと同時に拵へたんですか」

「はい、その頃はチョイ〳〵と家の中の模樣がへを致しましたので」

「興味のある模樣がへです。風の通はない通氣孔。鳴らない呼鈴……サア次は何卒隣室を拜見さして下さい。」

ロイロットの寢室は姉妹達のよりは大きかつたが、室の道具だては同樣に粗末なものであつた。寢臺、ギッシリ醫書の積んである書棚、壁に靠れかけた粗末な木製の椅子、一脚の丸テーブル、大きな金庫等が我々の眼に觸れた主なるものであつた。ホームズは靜かに室を歩きまはつてこれ等の物を一々鋭い注意を拂つて調べた。

「此の中には何がありますか。」彼は金庫を輕く叩きながらたづねた。

「繼父《ちゝ》の證文類が這入つてゐるので御座います。」

「中を御覽になつた事がありますか」

「たつた一度、久しい以前ですけれど、證文類が一杯あつた事を記憶して居ります。」

『もしかすると、この中に猫でも這入つてゐやしませんか』

『妙な事を仰有います事！』

『でも、まあ御覽んなさい』ホームズはかう言つて金庫の上に載せてあつた一皿の牛乳を取りあげた。

『猫は飼つてありませんので御座います、狒々と豹は居りますけれど。』

『たとへ、豹が猫ほどの小つほけなものだとしても一皿の牛乳位ぢや滿足はしやしません。これあ、確めなければならん要點ですね』

彼はその木製の椅子の前に蹲踞《しやが》んで、椅子の席になるところを綿密に調べた。

『有難い、愈々決定しました。……オヤ／＼、此處に妙なものがあつたぞ』

彼はかう言つてポケットに蟲眼鏡をおさめ、立ち上り乍ら言つた。

彼の眼に止まつたものは寢臺の隅の上にさげあつた獵犬を使ふ鞭《むち》であつた鞭の紐の端は輪にむすんであつた。

『ワトソン君、君はその鞭をどう思ふかね。』

『普通の鞭だが何故輪になる樣に結んであるのか合點《がてん》が行かないね』と僕は言つた。

『全く輪に結んだ處なんざァ、普通ぢやないね。あゝ惡い世の中だ。智慧のある人が惡事に身を浸す時に是程恐ろしいものはない僕は充分調べました。ストナーさん。これから芝生の方を歩いて見る事にしませう。』

僕はこの調査を終つた當時の、友の顔のあんな怖ろしい顔をしたのを見た事がなかつた。

私達は芝生の上を連れだつて、默り込んで歩いた。それと言ふのも彼の考へを亂したくはなかつたからである。

私達は五六回芝生の上を往復した。その時、ホームズは

『あんたは、一から十迄私の意見通りにしなければなりません。』とストナー嬢へ言つた。

『仰せに從ひます』

『重大事件ですからね。躊躇しては不可ません。僕の言ふなりにならないとあんたの生命に關するかも知れません。』

『あなた樣に此の身をお任せ致します。』

『先づ第一に、僕とワトソン君はあんたの室で夜を明かさねばなりません。』

ストナー嬢と僕は驚いてホームズの顏を見た。

『是非さうしなきやなりません。譯は今お話しませう。時に向ふに見えるのは宿屋ですか。』

『はい。あれはクロウン宿屋で御座います。』

『よろしい。で……あんたの室の窓はあそこから見えますか。』

『はい』

『では、あんたの繼《まゝ》父が歸つて來たときにあんたは頭痛を口實にあんたの室に引籠つて居らなくなつぢやいけません。お父樣が寢室に去つたら、窓の雨戸をあけてランプを點し僕達に合圖をしそれからあんたの元居つた室に引き下つて下さい。修繕中の室でも一夜を明かす丈けですからね。』

『お易い御用で御座います』

『それからあとの事は萬事僕達に任せて下さい。』

『それで貴君方樣はどうなさいますので。』

『現在のあんたの室――あんたの姉の最後を遂げた室で夜を明かすのです。そしてあんたを惱ます口笛の原因を調べるのです』

『ホームズ様、あなた様は定めし御鑑定がおつきで御座いませう。』

『大體つきました。』

『では何卒、姉の死因をお話下さいませ』

『もつと充分な證據を得てからお話致しませう。』

〃でも、姉は突然の恐怖を起して死んだかどうか位はお分りで御座いませうね。』

『單に恐怖からの死ではなくて、もつとしつかりした原因があると思ひます。もう僕達は出かけなけりやなりません。あんたの繼父が歸つて來て、見つからうものなら折角の骨折も水の泡になりますからね。氣をしかと持つてゐて下さい。やがてはあんたの身に振りかゝる危險を驅逐して上げますからね。』とホームズは言つた

ホームズと私とはクロウン宿屋の寢室と居間を借り受けた　どちらも階上であるので邸宅はスッカリ見下ろす事が出來た。日暮方にグリムヌベイロイ、ロットは馬車で宿屋の前を通り過ぎた。御者をしてゐた少年は重い鐵門を推し開けかねてゐるとロイロットのどなりつける聲が聞え、次いで彼が少年に拳を振り廻はしてゐるのが二階の窓から見えた。馬車は門内に驅り入れられた。約二三分經つと樹を通じてパッと明るくなつた。居間に燈火が點ぜられたのだ。

『今夜、君に行つて貰ふのは何となく氣の毒な氣がするよ何にせよ、危險だからね』暗がりに坐り乍らホームズは言つた。

『お役に立つなら喜こんで…………』と私は言つた。

『君が行つてくれるなら重寶此の上なしさ。』

（つゞく）

探偵小說

謎の死

……ドイル氏の代表的傑作＝奇々怪々の取材……

コンナ・ドイル作

倉持高雄譯

(八)

『危險だと言ふ處を見ると、僕に見えない處迄君は見透してゐるんだね』

『そりや君より餘計に推究した點もあるかも知れないが、僕の見たゞけの事は君も見てゐるんだからね』

『これと言つて僕には變つた點が眼に入らなかつた。只奇異に感じた事は鈴の紐《ひも》の使ひみちについてだね』

『通氣孔《こう》は君も見たね』

「だが室と室の門に風取りを拵へてある等は別に珍らしくないよ。あれは鼠がやつと通り得る位の穴だつたね。』

『僕はね、君、ストーク、モーランへ來る前に旣にあゝした風取孔がある事は知つてゐた。』

『それは亦、どうして。』

『ストナー孃の姉が繼父《ちゝ》の煙草の匂ひがすると言ふ事を言つた。これによつて室の間には煙草の煙の通じる處があると推定するのは自然の歸結だ。しかもそれは極く小いさなものだつた事も知つた。何故と言つて檢視官が臨檢の時に氣がつかずに居たのを見ても分る。』

『たが風取りには何の罪もなささうぢやないかね』と私が言ふと。

『さうさ、だかね、少なくとも妙な符合が發見されると言ふもの、即《すなは》ちだね、通風孔が作られ、紐が寢臺の上に垂れて、而かもその寢臺には睡眠中の婦人が變死……奇異な考へが起らない？』とホームズは言つた。

『どうも僕にはその間の連絡が取れない』

『君は寢臺に變つた點を見なかつたかね』

『見なかつた』

『あれは床板に螺釘《ねぢくぎ》で止めてあるんだ。何處の國に寢臺を床板に鎹《かすがひ》止めにするものがあらうか』

『先づ無い圖だね』

『變死した婦人には寢臺の位置を換へる事は出來なかつた。出來ない樣に、つまり鈴の紐と風取の位置に据えつけられてあるんだからね』

『ホームズ君、漸く僕に君の意か分つて來た樣な氣がする。僕達は巧妙な恐るべき犯罪を妨ぐのによい時機に來たと言ふものだ』

『さうだ、巧妙にして恐るべき犯罪だ。あの醫者さん（ロイロットを指す）が事を企てる時には最も殘忍なる惡徒となる。彼奴は勇氣があつて智識がある。從つて深いたくらみをする。だが心配御無用！此方は彼《かれ》のもつと上手《うはて》に出る事が出來ようと思ふ。併

し今夜中僕達は恐ろしい眼にあふだろう。マァ君一服やつて心を落つけようぢやないか。』

(九)

九時頃、樹木の間から見えてゐた燈火の光は消えた。從つて恐ろしい邸宅のあたりは、ぬばたまの闇と化した。

二時間ばかりは靜かに經過した。……と……突然十一時の時計が打つか打ちきらぬ間《ま》に、一つの燈火が、かの窓から輝いて來た。

ホームズは飛び上つた。

『合圖だ！眞中な室の窓からだ』とホームズは言つた。

我々が宿屋を出る時彼は、

『僕達は友達にこれから逢ひに行くんだから今晩の中には歸つて來ないかも知れないよ』と言つた。

忽ち我々は暗い道路へ出た。冷たい風は我々の顔を吹いては過ぎた。そして窓から洩れて來る光りは、暗い使命を帯びて行く我々を案內する樣に暗夜の中に光つてゐた。

屋敷內に入るのは譯もなかつた。それは垣が崩れ次第に任してあつたからである。我々は樹の間をくゞり拔け、芝生を横ぎりさて窓から忍び込まうとした時に、見るも恐ろしい、不具の子供の樣な格好のものが、だしぬけに藪から飛び出した。見ると芝生に寢轉んで手足を藻搔いてゐたが、矢庭に起き上り芝生を突切つて闇に姿を消して了つた。

『ヤァ……一體何だ、あれは』と私は言つた。

ホームズも御同樣にビックリしてゐたが、忍び笑ひをしながら私の耳に口を寄せ乍ら、

『この家族の一員だ………あれァ狒々だよ君。』

私はロイロットが妙な動物を愛してゐる事を忘れてゐた。此の他に豹も居る筈だ。それは私共の頭上の樹の枝に居つて、何時飛びついて來られるかも知れないので、實を言ふと友に倣つて靴を脫いで室に忍びこんだ時にはどんなに心易さを覺えたか知れなかつた。

ホームズは忍《しの》び込んだ窓の雨戶を靜かに閉《し》めランプをテーブルの上に置いて室を見廻はした。日中見た時と何等の變りもなかつた。

彼は靜かに私に近寄つて手をラッパにして囁いた。

『少しでも音を立てると事を仕損じるよ。』

私は默つてうなづいた。

『それに燈火は消さなけりやならん。風取から見えるからね』

私は再びうなづいた。

『それから君、眠つちや不可いよ。命にも拘はるからね。眞逆の時の用意だ。ピストルを持つてゐたまへ。僕はベットの傍に座るから、君は椅子に掛けて居てくれ給へ。』

私は短銃をとり出してテーブルの上にそれを置いた。ホームズは持つて來た長い細い鞭を傍の寢臺の上に置いた。その傍へはマッチ箱と蠟燭の燃えさしを置いてから洋燈を消した。

漆黑の闇であつた。

私はこの時の物凄い寢ずの番を忘れる事が出來ない。

吐く息の音さへ聞えぬ。しかし友は四五尺先に座つてゐるのだ。私と同樣に神經を緊張させて闇の中に眼を開いてゐるのだ。

真の闇の中に我々は待ち受けた。

時々外には夜烏の啼き聲が聞こえて來た。時には我々の居る窓に當つて自由に放飼されてゐる豹の猫のなき聲の樣な聲が聞こえた。

遙か隔つた敎會からは十五分毎に鳴る時計の音が聞えて來た。然してその十五分の長いと言つたらなかつた。十二時は打つた。一時は過ぎた。二時、三時と我々は事件到來を待ちつゝ座つてゐた。

一體どんな事が起るのか？

……と……突如として燈の光が風取の方に現はれた。それも瞬間に消えて、あとは油の燃える匂ひがした。誰か隣室に居つて龕燈《がんどう》をつけたのだ。私にはソッと動ごく音が聞こえた。……それから凡ては靜寂に返つた。

(十)

三十分計り耳を澄まして椅子に腰かけてゐると突然私は鐵瓶から湯氣の吹く樣な極く柔かな惱める樣な音を耳にした。

此の音を耳にするや否やホームズは飛び上つてマッチを擦《す》つた。そして激しく杖でもつて鈴を紐《ひも》を敲きつけた。

『見給へ君ッ、ワトソン君ッ』とホームズは金切聲で叫んだ。

私には何も眼に這入らなかつた。友人がマッチを擦つた瞬間私は低い乍らハッキリとした口笛の音を聞えた。然し突然の燈の光に眼がグラついて友が何を打たうとしてゐるのが分らなかつた。只眼に止まつたのは彼の顔は蒼白になり、恐ろしい且つ嫌なものを見た樣な表情に滿されてゐる事だつた。

彼は打つ手を止めて、風取を見上げた。……と其時恐ろしい叫び聲が夜の寂寥を破つて起つた。

その聲は益々高くなつた。それは苦痛と恐怖と憤怒とが交つて恐ろしい悲鳴となつた喚れ聲であつた。村の人々がその聲を聞

いて寢床を離れた程身の毛がゾッとする樣な叫び聲であつた。

私はホームズの顏を見た。

彼も私の聲を見て立つてゐた。

最後の反響が消えてもとの靜寢にかへる迄我々はお互に顏見合せて立つてゐた。

『一體、こりや、どうした事だ』私は喘ぎ乍ら言つた。

『事はこれで濟んだんだ。畢竟、好都合に事が運んだ。君はピストルを持ち給へ、サアこれからロイロットの室へ這入つて見よう』

彼はむつかしい顏を仕乍らランプをつけ、そして私共は廊下傳へに步を運んだ。

彼はドアーをノックした、答がなかつたのでそれを押して開いて中へ這入つた。私もピストルの鷄頭をあけて彼の後から從つた。

我々の眼に觸れたのは奇異な光景であつた。

テーブルの上には戶の半ば開いたまゝの龕燈が置いてあつた、それから發する一條の光線は金庫にさしてゐた。金庫の戶も矢張り半ばあいてゐた。

このテーブルの傍の木製の椅子にはロイロット醫師が腰を下ろしてゐたが我々が這入つて行つた時に口もきかず身動きもしなかつた。

彼は長い灰色の寢卷を着てゐた。

くろぶしはその上から覗えてゐた。赤いスリッパーも裾から突き出してゐた。

膝の上には我々が日中見たムチが置いてあつた。顔を仰向け、固めた大きな眼は天井の一隅《ひとすみ》をみつめてゐた。

額の周圍《しうゐ》には褐色の斑點ある妙な黄色な紐がギシ〱と彼の頭を卷きつけてゐる樣に思はれた。

『紐、斑《まだら》紐(スペツクル、バンド)!』とホームズは囁いた。

私は身を乘り出した。……と其時此の奇妙な鉢卷はムク〱と動き出し、平たい菱形の頭を擡げた。……それは嫌らしい蛇の首であつたのだ。

『沼マムシだ。印度に居る最も恐ろしい蛇だ。』

彼奴も咬まれて十秒たゝぬ間に往生したんだ術を弄して、他の爲めに掘つた穽に陷つた。

サア……先つ此の毒蟲を元の巣に返してから、ストナー孃を安全地帶に移し、それから巡査に知らしてやらうぢやないか。』

かう彼は言つて死人の膝の上からムチを取り上げ、蛇の首へ、そのわなを引つかけ蛇を取りはづした。

彼は腕を一杯《いつぱい》にのばして持つて行き金庫の中へそれを投げ込んでからその戸をしめた。

× × × ×

グリムスベイ、ロイロツトの死の事實はかうしたものであつた。

私は此の悲報をどうしてストナー孃へ傳へたか、又どんな風にして孃をハーローに住んでゐる伯母の處へ送り届けたか、はた又檢死官が危險な動物を弄んでゐる間はロイロツトが非業の運命を招いたのだと判定した理由についてはこゝに言ふ必要はない

翌日私達が上京する途中、ホームズは未だ私には腑に落ちないでゐた點を次の樣に語つた。

『僕は現場に臨む前には勘定違ひの斷定を下してゐた。不充分な證據から推定するも危險はこれを見てもわかる事だね、ワト

ソン君。

つまり屋敷に穢多の群がゐると言ふ事と、「バンド」と言ふ言葉が、僕をして判斷違ひをさせるのに充分だつた。室内を調べた時危害はいよく〱窓や戸口から齎《もたら》されるものでない事が明瞭になつた。

僕の眼をひいたのは風取りと寢臺の上に垂れ下つてゐる鈴《べる》の紐であつた。鳴らないベルと鎖止めになつてゐる寢臺を見た時、僕はその紐は風取穴を通つて何者かゞ寢臺に來るのぢやないかと思つた。蛇だなと言ふ考へは突如として僕の胸に湧《わ》いた。殊にロイロットが印度産の動物を愛してゐる事を思ひ出した時さう確信した。

それから僕は口笛に就て考へたね。勿論それは死因をくらますためには蛇を呼び戻さねばならぬ。其處で彼は呼び戻し得る樣に訓練して置いた。呼び戻した時與へる牛乳は我々が見た通りだ。時機を見計つて彼は風取りから蛇を放つ。蛇は鈴の緒を傳はつて寢臺へ下りる。故に寢臺の上の人を咬むのは自然の歸結だね。ストナー孃も一週間計り不安の中にその毒牙にはのがれ得たもの〻遲かれ早かれ犧牲とならなければならないだらう。

金床と牛乳皿とムチのさきの輪に結んであるのも見て全然其の疑念が晴れた。ストナー孃が耳にした金屬樣のもの音は恐ろしい蛇を閉ぢこめた時のそれであつたのだ。

君も聞えたらうが僕はシユーく〱と言ふ音を聞いた。それと殆んど同時にマッチを擦つてそれを擊つたのだ。

『……風取りから追ひ返したんだね』

『そうだ、そのためそいつは反對に飼主に向つて行つた。僕のふつた鞭が利いたと見えて、そいつは蛇の本性をあらはして、見當り次第にとびついた。ロイロット醫師の死因に就いては間接的に僕にも責任はある樣なもの〻別に僕としては良心に恥ぢる點はないよ。』（終）

제6편
체포 비화

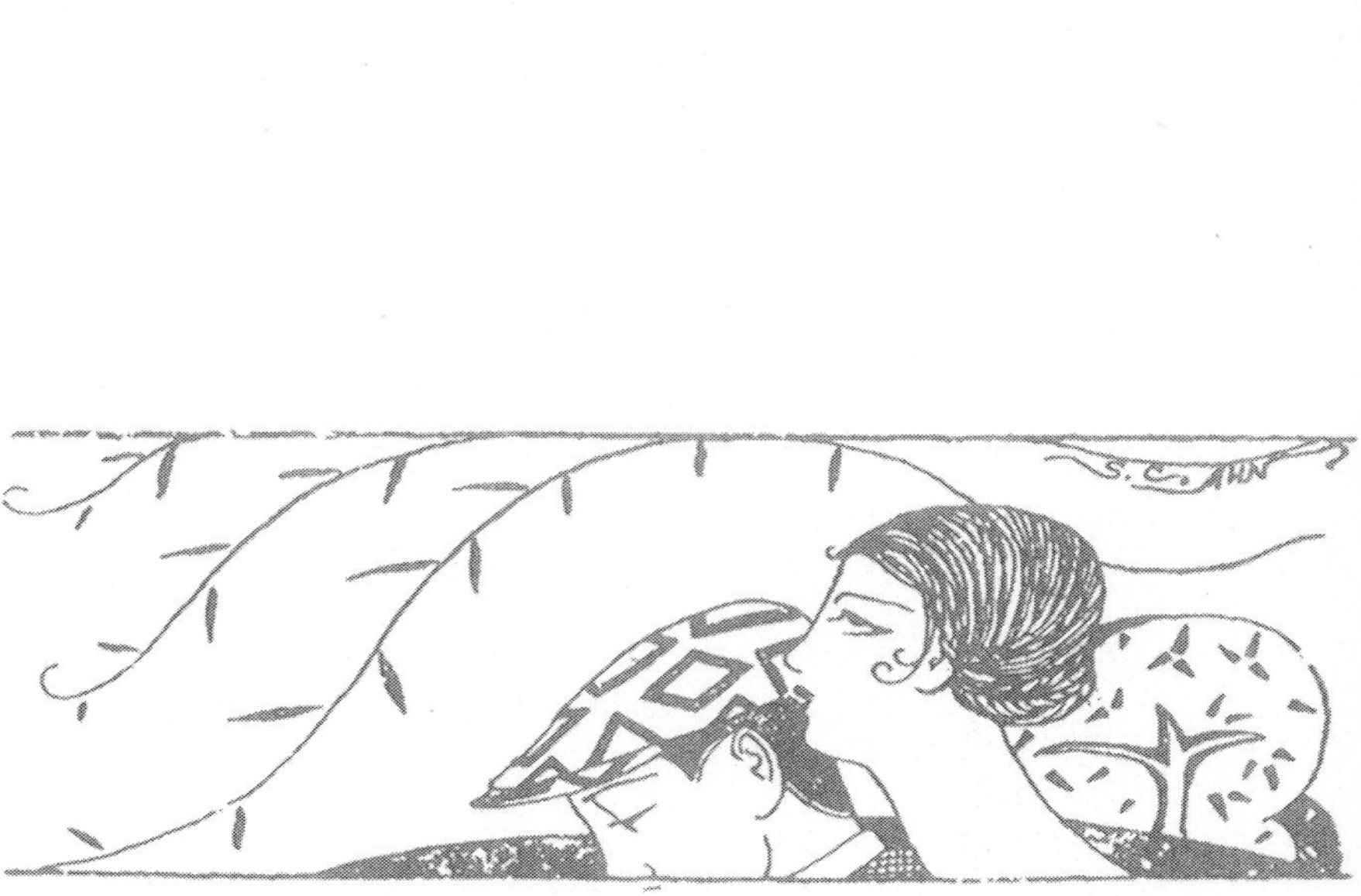

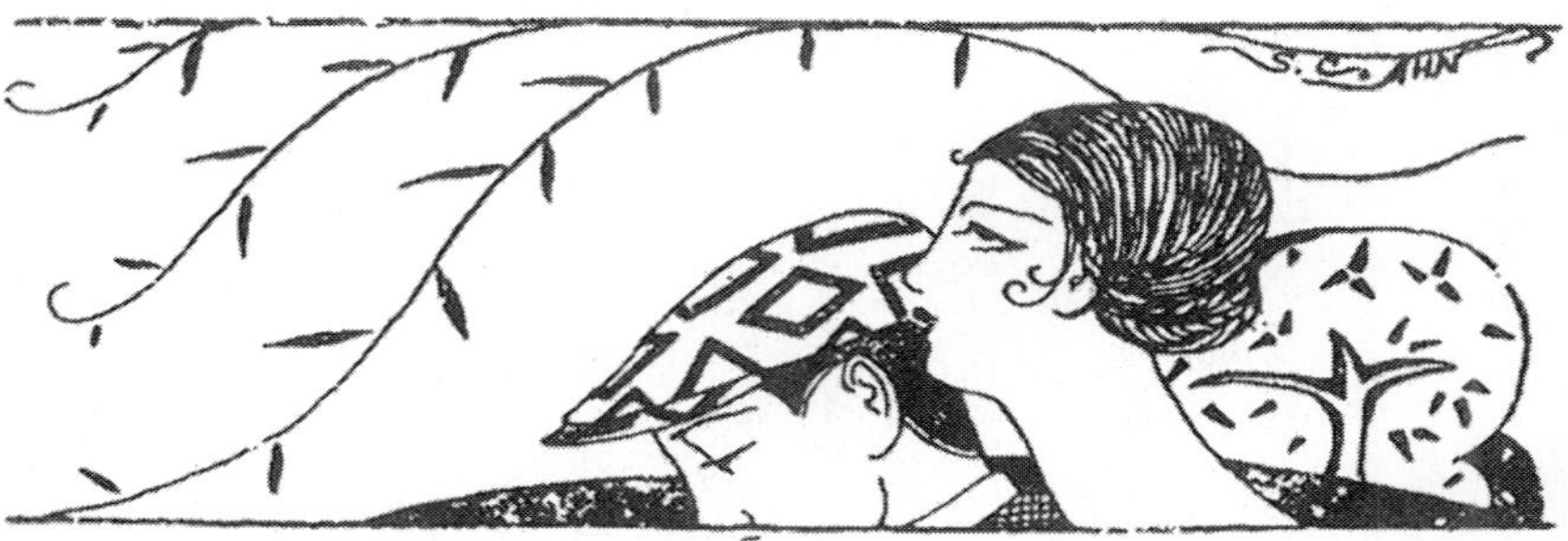

探偵小説

捕物秘話

秋良春夫作

一、大川堤

初夏の夜の大川堤《おほかはどて》、微風《そよかぜ》は邊《あた》りの雜草を搖がせて濕《しめ》つぽく膚《はだ》に觸れると、ぶら〳〵歩いてゐる二人の浴衣《ゆかた》の裾《すそ》をかすめて過ぎた。

『今宵は大漁らしいな』

『釣れさうな夜だな……先日の不名譽恢復とゆくか、はゝゝゝ……』

二人は恬淡《てんたん》に笑つた。

此の頃にしては珍らしい夜霧《よぎり》が薄《う》つすらと籠めて、行途《ゆくて》の堤には濕つぽい空氣が一杯に漲《みなぎ》つてゐた。薄つすら懸けた夜霧、でも月の朗らかさを掠《うば》ふ程の霧でもない。かすかに夜氣に浸んで、生ぬるい感觸を夜の世界にたれ罩《こ》めてゐた。

道は一本道。街道から一丁半ばかり距《はな》れだ堤《どて》の上、右手には寂《さみ》しく眠る夜の街が、茫《ぼ》んやり黒く魔物のやうに浮き出してゐた。左は此の街《まち》に沿《そ》つた大川の流れが、その滿々とたゝえた不氣味な水量を點々として幾歳一日の如く外海に注ぎ込んでゐた。その大川堤の一本道――縞《しま》の浴衣《ゆかた》に麥藁帽、釣竿《つりざを》を肩に大きなビクを腰に搖がせ乍ら、景山《かげやま》と友人森田とは、好きな夜釣に今宵も連れだつて河下《かはしも》へ此の大川堤を心持よい朧月夜の大漁を胸に書《えが》き乍ら悠々《ゆるゆる》歩んでゐたのだつた。

夜半十二時半といへば効外の堤はもう淋しく寂《しん》莫と靜りかへつて生けるものゝ氣配もない。只二人の跫音《あしおと》のみ互に亂れて冷く横はる地面に微《かす》かに響を傳へるばかりだつた。

朧月夜に靜寂な大川堤だ。

前方には淡《あは》く懸る省線の鐵橋が見える。此の鐵橋の下で二人はいつも釣をたれる、言はゞ二人に取つては得意の漁場と言つた譯……。

『おや？』

景山は獨言のやうに聲を漏らすと小頸を傾けた。

『どうしたつて？』――森田は景山に振り向くと不審さうな面持に聽いた。

『いや……』――景山は口の中で呟くと言葉を殺した二人は亦並んで歩いた。

『おや？』

景山は亦小頸を傾けると今度は一寸停止《たちどま》つた。

『何だい？君？』――森田は少し焦々《いらいら》しいやうな聲に聽《き》かへした。

景山はそれには答へないで小頸を傾けた儘《まゝ》、右手を耳に持つていつて滅入《めい》るやうな寂《しづ》かな夜半の闇の中に聽耳を欹《た》てた。

『何だい？』――森田も今度は怪訝さうに聽耳欹《た》てた。

――かちッ！――

闇を通して微かな響

――かちッ！――

確に打つ音

――かちッ！――

右手のこんもり茂つた森の中らしい

――かちッ――

森の中だ。妙見神社《みやうけんじんじや》のある鎭守の森――街《まち》から五丁、二人の佇《たゝず》んでゐる堤から一丁半位――寂莫の夜半ににゆうと黒く縋つてゐる不氣味な森だ。

二人は神經の凡てを鼓膜に集めた。そして凝《じ》つと其方を覗つたが、其の鋭い微かな響は一定のタイムを置いて連續的に聞えて來る。

變だ?――景山の腦裡に怪しいものが閃いて過ぎた。

『馬鹿な、何でもないよ、氣の性《せい》さ。君の職業がそんな所にまで頭を曲《ま》げさすんかな……はゝゝ』――森田は別に氣にも留めないらしい。揶揄《からか》ふやうに言ひ放つと景山の肩を叩いてくるりと向きをかえて歩み出した。

景山も氣を取直すと二三歩踏《ふ》み出したが、亦思直したやうに停ち止つて、もう一度耳を澄した。

――かちッ!――音だ。慥えた。

怪訝しい?――景山は亦考へ始めた。

『おい!止せよ。疑ぐる丈け疑ぐつてのが君の職業かも知れないが、餘り馬鹿臭いぜ。妙見樣がおたゝりにならあ……よせよ』――森田は待ち兼ねたやうにそう言ふと、今度は景山を殘してぶら々々と歩んで行つた。

其處に殘された景山は一人になると、森の茂つてゐる方へ田圃《てんぼ》を横ぎつて降りて行つた。彼の持つ性癖《くせ》がそうさせるのだつた。變だと思つたら其の正體を摑《つか》まないでは氣の濟まない性《たち》だつた。元々彼の職業がそうさせてゐたのかも知れない。

彼は森田には關《かま》はずに薄闇を森へ接近して行つた。

二、森の怪

寂滅な夜半に投げだ朧月夜は鬱蒼と茂つた鎭守の森を一入に物凄く闇の中に浮かしてゐた。妙見社殿の後から時折り聞える梟《ふくろう》の啼聲は淋しく森に吸込まれるやうに消えてゐた。

――かちッ!――その淋しさに混じる微かな物音――景山は一歩一歩森の中へ這入《はい》つて行つた。

大きな杉の老木があつた。彼はそれに身を隱し乍ら眸を凝らして淡い月明りに前方社殿の横手らしい音のするあたりに見入つた。

古びた社殿、朽ちた軒《のき》のあたりから異樣な氣配が流れて來る。

彼は跫音を忍ばせてちり々々とにちり寄つた。その時呀ッ――彼は輕く唸聲《うめきごえ》を口の中にかみ殺した。全身に冷水を浴びたやうにぞうとした瞬間、ちえッー輕い舌打ちをしてた手で頸《くび》を拭《ぬぐ》つた。ボタリと落ちた杉の枝から滯れた夜露に狼狽しかけた自分の賴りなさを叱責するやうに、

今度は其處にあつた斬株に腰を下ろして奇怪な音の行衛を凝つと窺つた。

と、彼の眸にむくゝゝと映つて來たものがある。

おや？——聲を呑んだ、と同時に彼の兩眸は鋭く輝いた茫んやりした月明りと、薄くかけた靄を通じて、前方鳥《とり》井《ゐ》のあたりに栗々と移動する白い一つの塊《かたまり》！

？？？——彼は凝つとしやがむと眸を据《す》ゑて物色した。

と、その白い氣配は石段を靜かに登つて、彼のしやがんでゐる方にやつて來る。彼は息《いき》を殺した。

おやツ！

とその瞬間である

女？妙齢の女！髮ふり亂した白衣の女！蒼白な顔面！瞭々とその白いものゝ氣配の全顔が現はれて來た。

はて？彼は首を縮《ちゞ》めて今一度眸を据《す》ゑて様子を見守つた髮は後に亂れ、白い襦袢《じゆばん》を身に纏《まと》つて蒼《あを》ざめた面持《おももち》に社殿の前に蹲《うづくま》つた女の形相《ぎやうさう》——それは寂莫の夜半、月明に白く浮出た森の樹隱《きがくれ》に物凄かつた。

彼は尙も見守つてゐた。

滅入るやうな祈りの呟《つぶや》き、それに混《ま》じつて啾々と聞える咽泣《むせびなき》き凄慘な氣配が魂の底にまで浸み込むやうな不氣味さ

やがて、蹲《うづくま》つてゐた女はやをら立ち上つた。と、亦靜々と石段を降りて行つた。そして鳥井の側の杉の老木の前に來るとぴたりと停止《たちどま》つた。

——かちツ！——　かちツ！………——

死に落ちた夜半の森の靜寂の中に刺《さ》すやうな鋭い音が吸込まれて行つた。是だ！彼は軀《からだ》を乘り出した。

と、音がぴたりと歇《や》んだ。

そして

喞々と歔ぶ忍び泣きが續く………。

露に濡《ぬ》れた夜半の森に微かに投げた月影を踏んで可憐な乙女の異様な咽泣き、それは寂滅の夜の物凄さだ。

彼女は何を祈り？何を悲しみ？何を呪ふか？………懐疑は此の一點に懸る。

今まで息を殺して様子を窺つてゐた景山はそつと腰を上げた。

樹から樹へ覺《さと》られぬやうに身を隱して社殿の後側に廻つた女の佇んでゐた、老杉の根本は彼の蹲《しやが》んでゐた場所とは社殿の反對側にあつた。

朽《く》ちて破れ落ちかけた廻廊から幾つも側の木の枝に懸けて蜘蛛が糸を引いてゐた。それを拂ひ除け乍ら、跫音を忍

ばせてそつと反對側の廊下にぴたりと軀をつけて忍び倚つた。

おや？——彼は小頸を傾けて凝つと前方を見つめた。

老杉の下の女の姿は？

はてな？——彼はもう一度見廻した。其處には女の影はもう無かつた。

變だ？——倚りそつた廊下を離れて邊《あた》りを物色した。

だがその時には、もう白いものゝ氣配は掻《か》き消やうに消え失せてゐた。

錯覺？——彼は自分に問ひ自分に答へ彼方此方《あちこち》その姿を搜《もと》めたが無駄だつた。彼が社殿を廻つてゐた間に何處かへそれは消えてゐたのだ。

奇怪なことが——彼は女の立つてゐた杉の根元に接近して行つた。懐中電燈を取り出して根元を照らした。そして仔《し》細《さい》に査《しら》べてみた。

確に——彼はもう一度彼方此方《あちこち》を物色し始めた。だがそれは徒勞にしかすぎなかつた。掻き消された白衣の姿は再び彼の視界に歸つて來なかつた。

杉の根方——二十八本の釘——頭の無い釘——打ち込まれた呪の釘——呪ひだ！確に呪ひの姿だ！白衣の女！

彼は凝つと耳を澄した。だがもう地上に生きたものゝ氣配は聴取れながつた。たゞ梟《ふくろう》の羽ばたきが氣味惡く殺氣を揺がせて社殿の後から聞えて來るばかりだつた。

彼はもう一度杉の根元を照らしてみた。確に打ち込んだ釘に違ひない。

確に人、確に女だ。此の深夜に何を悲しみ何を呪ひ何を祈る？

低くたれた薄霧は此の奇怪な疑惑を包むで深夜の森に不可解な謎を滞む。

三、闇の事件

『おい、何してるんだい？』

『レツ大漁だぞ………』

景山が不審な森の出來事を種々《いろいろ》に想像し乍ら、大川堤を下手《しもて》の鐵橋近くへ差懸ると、先に行つた筈の友人森田が堤の草叢に跼《しゃが》んでゐた。

『大漁だつて！』

『うん、森の中には何も居まいが………こつちのは……あれだよ』

森田は小聲にそう呟くと彼の裾《すそ》を捕へて、彼にも跼《しゃが》ませ

ると鐵橋の入口を指示《ゆびさ》した。

?・?・?——景山は霧を透して月明りに指さゝれた方を凝視した。

『大漁だぜ、只事ぢやないらしいからな、ほつほつ…』——森田は大きな魚を釣上げた時にいつも自慢らしく漏す低い態とらしい小聲に微苦笑を見せたやうだつた。

その時、薄闇から森田の言ふ大きな魚を見つけ出さうとしてゐた景山の盲膜と腦裡とに不思議な衝動《しようどう》を與へて浮び出たものがらつた。

おやツ!奇怪だ。彼は兩眸を見張つた。間違ひない、あれだ!。森の女だ

大川岸に佇《たゝず》む白衣の女!

彼は其の次の瞬間、獨りで其處から這《は》ひ出してゐた。殆ど四ツ這《ば》ひになるやうに、其の鐵橋の側に佇む白衣の姿の後から、一歩一歩、距離を縮めていつた。そうした彼の行動に今迄自分の占有物のやうに窺つてゐた森田は呆氣《あつけ》に取られてゐた。

息づまるやうな雰圍だ。鐵橋の台石《だいいし》をかすめる水の響は忍び寄る彼の氣配を消し去つてゐる。

耳打つものは水の音、時々搖ぐ河草のかすれ聲

景山は一歩々々前に這つた。

悄然と佇む女——卿々《しく〳〵》と泪《なみだ》に暮れ微かに搖れるしなやかな兩肩が瞭々《ありあり》と眼に映る。

と、彼が息を殺して這行の手を休《やすま》せて、今一度、女の擧動を窺《うかが》つた瞬間だ。

『呀ツ!待て!』——彼が跳《は》ね上つて聲をかけた時は遲かつた。

白衣の女は鐵橋下の河水めがけて身を躍らせて了つたのだ。

失つた!彼も續いて後を追つて身を挺らせた。

森田はこの瞬間の出來事に轉ぶやうに走せつけると、懐中電燈を水面に照らした。

『大丈夫だ、船を下流に廻せ、早くだ』——景山が河の中から叫んだ。

森田は下流に飛んだ。其處にはいつも見なれてゐるボートが二三雙繋《つな》がれてゐるのを知つてゐた。彼はそれに飛乘ると景山の居る河岸へ漕《こ》ぎよせた。

ツブ濡れになつた景山と白衣の女とを引き上げるとホツとしたやうに腰を下ろした。

『君の家は何處だね、一體?………』——景山は少し腹

立たし氣に女に向つて口を利いた。

『………』――女は默つて俯向いてゐた。淡白《うすじろ》い懐中電燈の光に、女の眸から銀の玉のやうに泪《なみだ》が光つて滞れるのが見えた。

『何處の誰たつていふんですよ？森の中に居たのも君だらう？………僕は警察の者だ』

景山がそう言つた時、俯向《うつむ》いてばかり居た女は吃驚したやうに面をあげた。

その時だつた

おやッ？――景山の腦裡に淡い記憶が仄いた。見覺えのある顔――時々街のペーブで見かけたやうな面――さて？

彼は瞬間に記憶を辿つてゐた。

さて？何處かで？――呼び覺さうと努めた。と共の次に茫んやりと何かしらそれらしいものがかすめて逅つた。女の顔が中心にぐるぐる渦を卷き始めた。

あッ！うゝゝむ――彼は唸くやうに聲を殺した。

『どうしたんだいおい？女の住所と姓名を聞き出し見ろよ』――森田は岸邊にボートを寄せ乍らオールの手を綏《ゆる》めて景山に聲をかけた。

『いや、何でもない。萬事は俺の仕事ちや、任せて置けば濟まないが、君は一走り着物を賴む。こう濡れてちや歩けないからな………』『よし來た。往つてやらう』――森田は氣輕に引受けるとボートから先に立つて陸《をか》へ上つた。

『おい二枚だぜ、この女のと俺のと………』――景山もそう言つて後から聲をかけ乍ら、女を急かせて堤に上つた

森田は急ぎ足に堤を引返して行つた。そして景山は女と二人きりになると、靜かに口を利いた。

『お嬢さん、あなたは蔦子《つたこ》さんとお仰いましたね、内藤さんの？………』

おつかぶせられるやうに訊《き》かれた女は凝つとしたやうな眸に慌《あは》てた樣子を見せて、ちらつと景山を顧みた。だが無言のまゝで悚々《おづおづ》と赤もとの悄《しほ》しさにかえつた。

『間違ひないでせう』――景山は今度は押しつけるやうに向直つた。

女は矢張り默つてゐた。

『そうでせうが！』

『………』――女は始めて默《だま》つて頷《うなづ》いた。

矢つぱりさうだ、内藤氏の令嬢蔦子《つたこ》さんだ。何が蔦子さんを斯んな態にしたのだらう？然し自分の直感は間違つてゐなかつた。市會議員内藤繁氏の令嬢なのだ。

『何んて大それた斯んな馬鹿氣た眞似なんかなさるんです？街にも貴孃《あなた》ともあらうものが………？』

『……………』

『貴孃《あなた》の御身分にかゝわりませう。貴孃《あなた》だけならともしも、御《お》父様《とうさま》の御名譽に關する事ちあありませんか。斯んなことが公《おほやけ》になつて新聞の三面特種《とくだね》にでもなつてごらんなさい。見つともない話だ。それに自殺未遂の忌はしい名は消えませんぜ………でもそうしなければならない貴孃《あなた》の理由を承り度い。事の如何を問はず御力になりませうちやありませんか………』

景山の疊みかける問題に就ては、蔦子は何事も口を割らうとはしなかつた。

時は五ケ月前のこと、古き歴史と巨萬の富を持つ此の街の名望家、内藤《ないとう》家の當主繁《しげる》氏は衆に推《お》されて市議選擧に立候補した。然し最初の立候補である丈けに地盤は至つて怪しく共れに加へて三對一の當選率の苦戰だつた。斯くして彼我共に刄を削《サツ》る時繁氏の令嬢蔦子孃も壇上に現はれて父君の當選を羞恥の面持に愛嬌を見せて聽衆に向つて依賴した。美々しい共の容姿《すがた》、それは多くの人々の印象に殘つてゐた。立會警察官の一人――彼景山の腦裡に今共の印象が甦つてゐたのだつた。

『相棒の歸つて來ない中に……』――そう思つた景山は、蔦子を急き立たせると、堤を田圃に降りて小道を横切り叉交《はすかひ》に内藤氏の邸に急いで行つた。

やがて

蔦子孃を内藤氏邸に送り屆けて置くと其儘急いで堤へ引かへした。森田は用意の着物を持つてそこらをぶらついて彼の姿を捜《もと》めてゐた。

『あの女娘《あまつこ》は捜《さが》しに來た人達に渡してやつたよ。しかしとんだ大漁だつたなあ、はゝゝ』――そういつて景山は着物を受取ると恬淡と笑つた。

四、解けぬ幻

其の翌日、景山は晝間の激務に疲勞した軀を唐椅子に凭《もた》せて、配達されたばかりの夕刊に眼を落してゐた。最近社長並に副社長の更迭が行はれて幹部級の陣容を新にした極東新聞はめき〳〵と共の編輯技術に新しさを見せて讀者の氣分を朗らかにしてゐた。彼は吸ひ付けられるやうに一面から二面を讀み了つて三面に眸を落した。

心中ものゝ創始者近松門左を禮讃するかのやうに三原山

の大繁昌振りが四號活字に浮出てゐた。三原山流行時代だ自殺者がこの頃めつきり殖えた。困つた流行だ——そんなことを考へ乍らふとトピツクを外《そ》らした。

?・?・?・?——その時、彼は自分の眼を疑つた。

市會議員内藤繁氏

令孃 蔦子孃の頓死

婚儀を前に可惜才媛は散る

佳人薄命の恨は深し

見出《みだし》は大きかつた。意外な記事を見つけたのだ。活字がぐる〳〵と渦を巻いた。彼は幾度もそのトピツクを讀み直した。彼の眼は矢張り狂つてはゐなかつた。

失《しな》つた。事實《ほんとう》だ！彼の腦裡にはポタ〳〵と血の滯るやうな昨晩の出來事が甦《よみがへ》つて來た。運命だ。死神《しにがみ》に呪はれてゐたのか。矢張り死んだのか。そうなるやうに出來てゐたのか。氣の毒なことをした——彼は一つ一つ小さい活字を一字も漏らすまいと拾つて讀んだ。

先つ、腦貧血の訃を報じ、次に履歴が並べられ讃辭の凡てが盡され、近く今津家に嫁し行く婚約さへ成つてゐたことなど哀惜の言葉が並べられてゐた。

死んだのだ。蔦子さんは死んで了つたのだ。だが……その時、彼はふと考へ始めてゐた。

頓死——投身——白衣の女——森の怪——呪咀——忍び泣き……彼は逆に考へてみた。分らない。しかし不思議だ。昨晩自分のぶつゝかつた令孃の行動には確に疑惑が充分に殘されてゐる。

あの時、もつと手儼《てきび》しく訊《たゞ》問してみればよかつた。本人の爲め亦内藤家の爲に何事も追及《ついきう》しないで默《だま》つて内藤氏に引渡して置いたことが、こうした失敗の原因のやうに後悔してみたがそれは追《お》つかない。失敗？いや、それは手ぬかりといつた方がよいかも知れない。彼には何だか其處が氣懸りなのだ。彼の持つて生れた性格が亦動き始めたのだつた。彼に於ては其れは非常に深刻に働きかけてゐたのだが彼と同じ立場に置かれた誰しもがちよつと疑惑を懷く問題なのだ。頓死と森の怪——その隔つた兩者に何か一沫の連絡がありさうに想はれてならなかつた。

新聞報のやうに令孃の頓死が昨晩の午前四時だとすると自分が令孃を内藤邸に引渡してから間もないことだ。だとすると潔僻《けつぺき》一圖の内藤氏が甚麼方法で蔦子さんに一切を白狀させようと譴《せめ》たてたかも知れない。それは繼母に當る夫

人が迂戀な言葉で蔦子さんの行動を毀誹るやうなことがあつたかも知れない。何れにしても蔦子さんを中心に夜嵐が巻起つたにちがひない。そんなことからそんな結果が——といふことは想像出來ないことでもない。

呪ひと頓死——彼は獨りで氣の拔けたやうに考へ耽《ふけ》つた疑惑の中に其の宵《よひ》は更《ふ》けて……。

其翌朝のこと。

彼は市役所の戸籍係を訪れてゐた。

『御不在だつたんですか、眞實ですよ』——心經衰弱症にでもかゝつてゐるやうな青白い中年の市吏が氣恥さうに彼に覗《のぞ》き込んだ。彼は令孃の死に就て何物かを聽出す爲に遠くへ捨石《すていし》を投げてゐたのだつた。

『惜しい方だつていふことですが、腦貧血ですなあ…』——その男は內藤家から差出されてゐた死亡屆けをばさばさと繰《く》つてゐたが、それを前に押し出して見せた。

一昨晚の午前四時即ち昨早朝腦貧血で斃《たを》れたといふ醫師の診斷書に間違ひなかつた。それ以上の事は何も分らなかつた。

で彼は直ぐ公衆電話室に急いで行つた。

そして電話帳から**五三三**を拾ふと急しく自動電話の廻旋盤を廻轉した。**五三三**——內藤氏宅の主治醫の宅だ。

電話には優しい女の聲が聞えた。看護婦らしい。先生は在宅だといふので、訪問の意を通じて置いて、彼は其儘忙しく其處を出ると市役所の玄關に立つた。

直ぐ前の停留所から電車に乘ると、十五分もかゝつて主治醫の宅に來た。

幸にして醫師も態々暇を作つて待つてゐて吳れたので直ぐに應接室に通された。

醫師と二人になると、彼は「折入つて……」と滅多にない程鄭寧に頭を下げた。彼にしては珍らしいことだつた。主人は老いた兩眼に豆鐵砲を喰つた鳩《はと》のやうにぱちくりさせて、彼の口元《くちもと》の動きを見つめてゐた。

彼は來意を告げて、內藤蔦子孃の死に就て何か異狀は無かつたかを聽いた。しかしその次の瞬間には、彼が一沫の希望を繋《つな》いで來たその醫師の證言もぬぐうやうに虛空にけし飛んで了つた。

『否!』

醫師はたゞ一言いつたきりで後は何事も附足さなかつた

彼は新事實發見に努めたのだが何の端緒《いとぐち》も掴まれない儘がつかりして其處を辭去した。

五、謎の女文字

それから數日といふもの景山の腦裡から森の怪が消えなかつた。たゞ獨りで不可思議な萬子孃の怪奇な謎の行動を考へ煩《わずら》つてゐたが、つい職務の忙しさに追はれて、その謎を解く迄の暇が充分に與へられなかつた。

市内では押入强盜が頻々として横行し、昨夜上區で被害四件、今日は下區に被害六件といつたやうに、神出鬼沒の犯行が全市民を戰慄せしめ、警察は不眠不休で犯人の檢擧に努めなければならなかつた。他の警察からも應援隊が入り込んで來るといふ始末で警察は非常に多忙だつた。そうした忙しさの中に十日は流れて了つたが。幸にして此の戰慄すべき怪盜團四人組は警察の連日の努に酬られて十二日目に全部檢擧せられて、市民も胸なで下ろすと同時に、警察もほつと一息いれることが出來た。

そんな譯で連日連夜忙しかつた彼も約半ケ月の後に漸く解放されたやうな一日を迎へることが出來たのだつた。身體《からだ》に餘裕《よゆう》が出來ると、彼は唯一の慰安であり樂しみである夜釣に出かけるのが習慣だつた。それが凡ての苦しみも惱みも一時に忘れて了ふ唯一の彼の避難所だつた譯だ。

で彼は昨夜も例のやうに魚釣に出かけて、まだ眠い眼をこすり乍ら今しがた起上ると、まだ出勤時間にも間があるので、釣道具《つりどうぐ》の後始末《あとしまつ》に取りかゝつてゐたのだ。

穢《よご》れたビクを取上げると、昨日河岸の釣道具屋で買求めた魚の餌《え》の殘つた紙袋《かみぶくろ》を覆《かえ》し出した。餌はまだ生きて紙袋の底へもぐつてゐた。

と共時、ふとその紙袋に氣付いたやうに疑つと兩眸ヶ据《す》えて見入つてゐた。

おや！——彼は手にしたブラシの先で紙袋の皺《しは》をのばしてみた。

——呪だ。Ｓを呪つて私は死んで行く弱い女性…弱きものよ汝の名は女性なり、弱くともよい、弱くとも弱くとも弱い女性が力を合せて凡ての男性を呪つてゐる………。私は受難の女にならう。死んで………そうだ死んで呪ふ男性を呪ふ。女が弱いか、呪が强いか。私は强く呪つて死を選ぶ………世の中は弱い者の墓場なのか………——

女文字だ。誰かの日記の一頁だ。讀み取られゝ所々を繼ぎ合せて彼は興味深さうに文字を拾つた。

怪訝な日記の女文字？——彼は考へながら、それを始末すると紙袋の裏表《うらおもて》を鄭寧《ていねい》に擴《ひろ》げた。

だが他《ほか》の頁《ページ》には何も書いて無かつた。だとすると？茲が此の日記の終かも知れない。彼は獨言《ひとりごと》のやうに呟き乍ら日附を注意してみたが其は見當らなかつた。

若い？女の死——Sを呪ふ——そうした文字が遇然にも心の奥底にこだり着いてゐた森の怪と結び合つて了つた。ペンの主は？或はひよつとすると蔦子孃のそうした疑惑が雷閃《いなづま》のやうに腦裡をかすめ去つた。若し眞正々銘の蔦子孃の遺稿だとすると？これは素晴らしい手懸だ。凡ての謎ー永遠に解かれないであらう謎、永遠に消し去られ未解決のまゝ忘れられて了ふ怪奇な謎が此の反古《はぐ》同樣《とうよう》な紙片から解決へ導かれるとしたら——彼はふと一沫の光明を想像し始めてゐた。

やがて、彼は、そこ々々に後始末を濟すと出勤して行つた。

それから一時間の後

彼は大川堤をいつも出かける魚場の方へ歩んでゐた。紙袋の出所である昨日餌を買ひ求めた釣道具屋を訪れてゐたのだつた。

店先まで來ると主人の庄助爺《しようすけぢい》さんは萱葺《かやぶき》の莚《むしろ》で店先に日《ひ》蔽《を》ひを拵へてゐた。爺さんは景山を見ると丁寧に頭を下げた。そして塵《ちり》だらけになつてゐた荒木《あらき》の腰掛《こしかけ》を箒《ほうき》で拂つて彼の側に持つて來た。

『えいえい、もう大分暑くりりましてな、こうしこ日蔽を造つておかないと齢をとると堪《たま》りませんわい……』——爺さんは愛嬌見せた。

店には駄菓子やうラムネ瓶やらが半分餘り狹い場を占《し》めてごた々々飾られてゐた。自分の漁のかたはらお婆さんにやらせてゐる店で、漁師達や大川堤に遊に來る人達を相手の小じんまりした茶店だつた。

『時に今日は少し訊ね度いことがあつて來たんだがわ……』——景山は本題に入つてお爺さんを顧るとポケツトから用意してゐた例の紙袋を取出して其の出所《でどころ》を訊《き》いた。庄助爺さんは怪訝《おかし》さうにそれを査《しら》べると、口の邊りをもぐ々々させ乍ら思ひ就いたやうに景山に覗き込んだ。

『これや五日程前に家《うち》の餓鬼奴《がきめ》が向ふの鐵橋の附近《ちかく》で拾つたつて持つて歸りました小說本みたいな本の斷片《きれ》ですよ……』——そう云つて小頸をかたむけた。

是だ！——景山の心に眞紅な血が躍り始めた。確に蔦子孃の所持品《もちもの》にちがひない。あの晩どうかしたはずみに其邊に忘れてゐたものにちがひない。矢張り自分の想像が當つ

たらしい。是だ！

『で共の本てのは持つてゐるんだね？』――彼は急込んで、だが出來る丈け平靜に聽いた。

『もうありませんだよ』

『何？無い！破つちやつたんだね？』

『餘り破りやしませんよ。どらんの通り店では斯んな菓子袋や種々《いろいろ》な袋が要《い》るもんでしてな、此處で其の本を裂《さ》いて袋を拵《こさ》へてゐると、丁度其時茶を飮まして吳れつて二人連のボートの客が上つて來られましたが、お一人の女の別嬪さんが自分が落し忘れてゐたものだから返して吳れつてお禮だつて一圓置くと其の本を持つて行きましたんで…』

景山は落膽した。そして直ぐ引かけて聽いた

『どんな風彩《なり》の人だつたか覺えてゐるだらう？』

『へい……洋服を着たハイカラの二十七八歲位の男と矢張り西洋の女の着物を着た二十二三歲位の色の白い立派な女の人、その女の人の方が持つて行つたんで……』

彼には寸時解らなくなつて來た。二人連の男女の客―忘れもの御禮の一圓――洋裝の美人――自分の推理がどうも此の邊で怪ふやになりさうになつた。だとするとあの日記帳は全然蔦子さんのものではなかつたかも知れない蔦子さんのもので無い限り今自分が立てゝゐる解疑の方針は全然暗闇だ……。

だが、然し、彼は亦考へ直した。若しそれが蔦子さんのものだとしたら、其處に何物の大きな秘密が潜んでゐるのではなからうか？自分と同じやうに其の日記帳を必要とする女性がゐるのだ。何のために？何の目的で？何に使用しよう？とするのだらうか？それだけではない。まだ何處に如何してそうした人々が血眼になつてそれを捜してゐるかも知れない。彼は疑へるだけ疑つてみた。それは彼の性僻なのだ。

『爺さん、多數ん裂いて使用《つかっ》たんだね？』

『いえいえ、まだほんの二三枚で……それがそんなに大切なものだつたんでございますかね……』――爺さんは怪訝に景山の面を凝々《まじまじ》と見つめた。

『ふうむ？？？……』――景山はそれには答へなかつた。

奥からお婆さんが番茶を入れて持つて來た。彼はそれをぐつと飮み乍ら考へ耽つた。

洋裝の女、彼女は何物であらうか？

（次號續々）

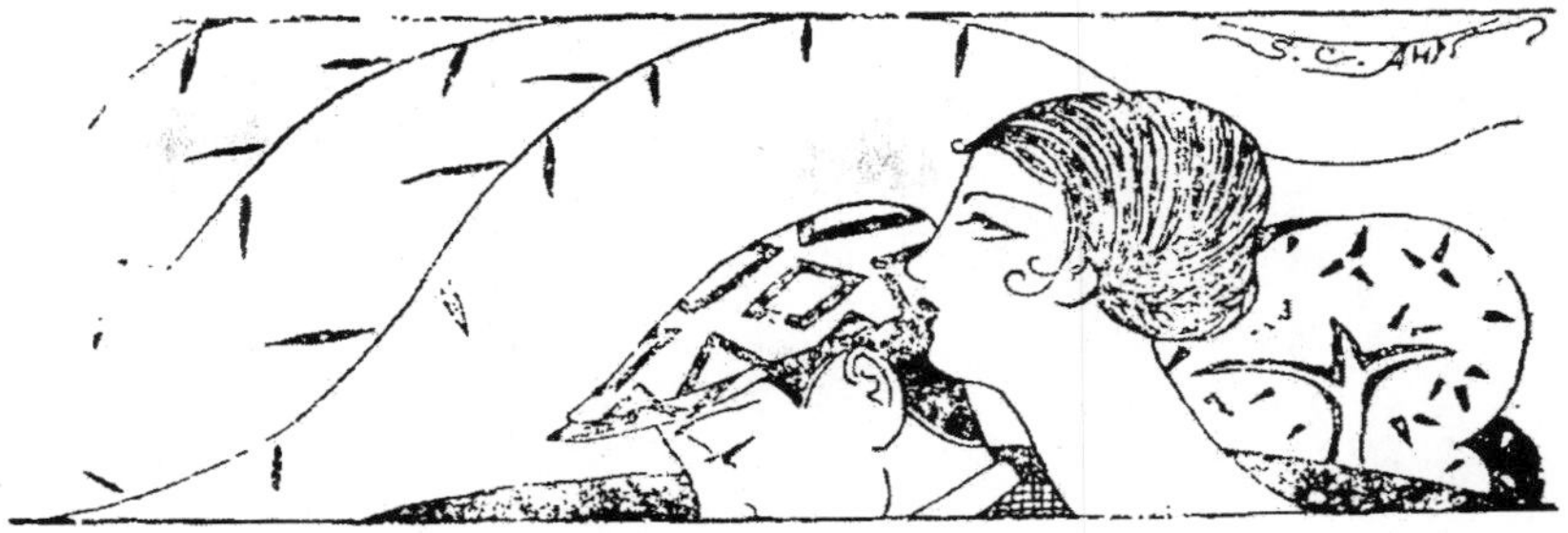

探偵小說

捕物秘話

（前編の續き）

秋良春夫作

六、百軒アパート

その日は初夏とはいへ、眞夏《まなつ》の暑さで蒸《む》せかえるやうな熱さだつた。警察署內も日頃に似合はず惰氣《だるけ》さが何處《どこ》となく部屋中に漂《ただよ》つてゐた。先刻《さつき》から眠氣覺しのやうに部屋に詰込《つめこ》んでゐる警官達は、景山の係合《かゝりあ》つてゐる事件の成行きに聽耳欹《きゝみゝた》てゝゐたのだつたが、それが解決すると一同急に朗かになつたやうに笑ひさへ混《まじ》つて寸時《ちよつと》さはついた。

『おい、景山君、君は此の頃密會專門になつたな、はゝゝ』――橫に座つてゐた合棒《あいぼう》がそういつて笑つた。

『馬鹿、三原山行《みはらやまゆき》の黴菌《ばちるす》を撲滅してやるんだ、はゝゝゝ』――彼はそう言つて受流したが、實の所、彼は此の頃、若い男女の密會ばかり引張つて來てガミガミと詮議《せんぎ》だてをやつてゐたの

だつた。

あの一件があつて以來、若い洋服の男女一組が眼に着いて致方《しかた》なかつた。彼の眼に着いたランデブウの男女こそ災難で、片つ端から引張られて調《しら》べられてゐたのだ。

昨夕もである。庄助爺が話した若い男女の洋服を氣にし乍ら、上區の公園のあたりを徨《さまよ》つてゐると向ふの蕕《こんも》り茂つた築山《つきやま》の隱《かげ》に怪し氣に囁く男女の姿を發見したのだつた。

『君達は一週間前に大川堤をぶらついてゐた二人でしたね——氣まり惡さうな二人に關《かま》はず前に立ちふさがると一矢を放つたのだが、それは美事に外れて、女は某專門學校の學生で休暇を利用して昨日歸つたばかりの醫者の娘、男は街の寫眞屋の技師つていふ寸法だつたが、捜しても見當らない洋服の男女にむら／＼してゐた彼は、風紀紊亂の件《かど》を以つて今日署迄出頭せしめて散々ばら油を絞ると、今しがた二人を釋放したばかりで、まだ玄關の前あたりをベソをかいて引きとつてゐたのである。

彼は二日も三日も、職務の邊《かたはら》、唯だ洋裝といふ丈けの茫《ぼ》んやりした目當しか證査のない年頃の男女を捜めて焦《あせ》り氣味になつてゐた。

あの日記が、蔦《つた》子《こ》さんのあの時放棄したものでないとしたところで、何かその日記は面白さうな秘密が藏《かく》されてゐて案外な捕物が副產物として飛出して來ないとも限らない萬一それにぴつたりと蔦子さんのサインがあつたとすればそれこそ素晴らしい秘密の鍵《かぎ》だ——彼はそうした信念の下に其の日記が手に容れたかつたのだ……。

そして、今日も昨日も、同じことを繰返して來た五日目の午後も深くなつてゐたのだつた。散々ばら油を搾《しぼ》つておいた二人を歸へすと、合捧《あいぼう》から揶《から》揄《か》はれ乍ら、机に凭《よ》つて書類を整理してゐたのである。その時だつた。

『景山様御面會人です』——給仕が面會人のあることを知らせて來た。

給仕の大略《おほよそ》の說明に依つて彼には直ぐそれが釣道具屋の庄助爺であることが分つた。

分つたかな？——彼の腦裡にそうした希望が閃《ひらめ》いた。で彼は書類を抽斗《ひきだし》に納めると應接室に急いで行つた。

矢張り庄助爺だつた。爺は景山《かげやま》の入つて來るのを見ると前に乘り出してピョコンと白髮頭《しらがあたま》を下げた。そして一寸薄笑をもらした。

『旦那、分りましたよあの西洋の着物の別嬪さんが、本を持つた人が……』——爺は得意さうに覗《のぞ》き込んだ。

『分つた？　御苦勞々々々』――景山は滿足さうに禮を言ふと焦々《いらいら》する心持を押して次の言葉を待つた。

庄助爺は景山から、書物を持つて行つた別嬪が今度遊びに來たら後を尾行《つけ》て吳れと賴まれてゐたのだつた。で、庄助爺の景山に漏らした所に依ると斯うなんである――。

今日も爺さんは晝過ぎから奥の河に面した部屋で橫になつて午睡《ひるね》をとつてゐると、直ぐ窓下から若い男女が甲高い聲で爭つてゐる樣子なので、ふと半身起き上つて側《そば》の船着《ふなつき》場《ば》を見ると、居つた！見當つたのだ、ボートの男女！先日本を買つて歸つた西洋着の女とハイカラ男だ。占《し》めたとお爺さんが跳起《はねお》きて店先へ出ると、女は餘程怒つたもののやうにぷり〳〵して男だけをボートに殘して船着場から上つて來た。そして堤《どて》を急ぎ足に街の方へ歸つて行つた。ボートの輩も上流へ上流へボートを街へ引返してゐた。

爺さんは玆だと思つて後れ走せに見えつかくれつ後を尾《つ》行《け》て行つた。女が街へ差懸ると佻《あつら》へたやうに停車場前行きのバスが停《とま》つた。女はそれに身輕に乘つて了つた。失《しま》つたと思つたお爺さんは小走りに走せつけたがもう遲かつた。バスは走せ去つた後だつた、致方《しかた》なしに停車場の方にバスの後をつけてみたがもう女の姿は何處にも見當らなかつた。

大きな魚を逃した時のやうな心持で口惜《くや》しさうに引かへしてゐたお爺さんはふと自分の一番下の娘のことを思出した。娘はお富といつて今年廿二になつてゐるが自分の手助けに、最近街の中央に開業したモダーン俱樂部の食堂部でサービスガールに雇はれてゐた。折角《せつかく》此處の近くまで來たのだから、見舞つてみようと思立つと、その俱樂部に足を向けた。

橫の入口から食堂部の中をそつと覗《うかゞ》つた。とチラと衝立《ついたて》の間から映《うつ》つたものがある。おやッ！凝《ぢ》つゝ眸を見据《みす》えた意外だつた、今の今まで後をつけてゐた謎の西洋着の女！お爺さんは小躍りした。だがその次の瞬間、何とも言ひ知れぬ暗い谷底へつき落されたやうな衝動《しようどう》にかられて了つた可愛い孝行娘とのみ思ひつめてゐたお富が其の謎の女と如何にも親しさうに談し込んでゐるではないか。これも全く意外だつた。

で爺さんは再び外に出ると建物の角《かど》のあたりで小半時も待つた。とその女は急々《いそ〳〵》建物から出て來ると輕い足どりで歸つて行つた。爺さんは女の後を尾行《つけ》たかつた。だが今の場合お富に會つて置く方が一杯になつてゐた。

お富に會ふと、お爺さんは難詰《なじ》るやうに二人の關係を聽いた。お富の說明は簡單だつた。小學時代の友達だつたこと、時々此の俱樂部の食堂に來て休んで行くこと、そして上區三丁目の百軒アパートの七三番を訪《たづ》ねれば大底會ふことが出來るといふことを聽いてゐるが一度も今迄に會ふ機會が無かつたといふことを怪訝な面持で談した。

でお爺さんは直ぐ景山を玆に訪れたといふのだ。

『……娘のお富が何か大それたことに懸り合つてゐるんぢやござゐますまいか、旦那早くそんな惡い奴でしたらふん捕えてやつて下さい……娘にほとばしりでもかゝらねえ中に……』——爺さんは心配さうにそう言つて白い頭を下《さ》げた。一轍なお爺さんは無邪氣だつた。

『はゝゝ心配することは無いさ。いや大手柄だ。お禮は後でするから……』——景山は爺さんをなだめるとそう言つて安心させた。

七、捜める女

庄助爺さんを送り歸した景山は、直ぐ外出の用意に取かゝると、小躍りし乍らメインスツリートをつき拔けると、樂天地のモーダーン俱樂部を訪れた。階下の食堂に入るとコーールを注文して係りの給仕にお富を呼んで貰つた。

何喰はぬ體で、彼はお富から求める女先刻まで此の俱樂部に來てゐた筈の洋裝の女の身元について聽いてみた。いろいろにして聽いてみたのだが、お富の口からは今迄小躍して來た光明の光を搔消《かきけ》すやうな材料ばかりしか得られなかつた。

洋裝の女は、柏村幸子《かしわむらゆきこ》といふ女で、お富が小學校時代に席を並べてゐたことのある女——お富が此の俱樂部に勤めるやうになつてからひよつこり此處で出會つたにすぎないこと——女の實家は何處に如何うなつてゐるか瞭《は》つきり知らないが、兩親とも死に絕えて今では女一人であるらしいこと——女の友達やら男の知合ひらしい人と時々一緒《いつしよ》に此の俱樂部へもやつて來てゐること——上區三丁目百軒アパートを訪ねるやうにいつてゐること——そうした至つて呆《ぼん》やりした女の身元がお富の知る凡てゞあるらしい。

『女は何してるんだらうか？』

『瞭《は》つきりお仰らないのですが、何處かの會社に勸めてゐらつしやるとのことで、それも夜分だとのことですが…そんな譯で訪ねて來るなら晝間でないと滅多に會ふことが出來ないからつて言つておられましたが……』

夜勤の女、寄邊《よるべ》ない女、百軒アパート、柏村幸子――そうした女が何の目的で何のために――若しあの日記帳が蔦子孃のものだと斷定出來る場合――それを大切さうに金まで置いて持つて歸つたのだらうか。其處に彼の懷疑の謎は隱されてゐた。

彼は倶樂部を出ると、其の足で今度は電車通りに出てラッシュアワーの混雜にまぎれ百軒アパートへと急いだ。人混《こ》みにもまれ乍ら二十分もかゝつてメインスツリートを三回ほど右と左に折れて四階建の大きなアパートのガレーヂの下にやつて來た。

アパート住居の會社員らしい人達が、勤め先から退《ひ》け時《どき》とみえて、後から後から此のアパートに吸込まれてゐた。

ガレーヂの側の受付けには元氣さうな爺さんが控《ひか》えてゐた。彼は窓越しに伸《の》び上《あが》ると、柏村幸子――七三番の部屋の見當を聽いた。爺さんは椅子から立ち上るとのこ〳〵部屋を出て來て、親切さうに手眞似で、三階の一番奧の部屋だからといつて道順《みちじゆん》を敎へて呉れた。

『有難う』――彼は敎へられたまゝに、小刻みな急ぎ足に階段を昇《のぼ》つて行つた。そして、丁度一楷の楷段から二階への楷段を曲らうと軀《からだ》をそらした時だつた。

『もし！』――下から受付けの爺さんが彼を呼び止めた爺さんは手招《てまね》きで降りて來いと彼にサインしてゐた。

『僕？』――彼は佇ち止つて聽いた。

『……』――爺さんは小頭《こくび》をちよつと縱に振ると頷《うなづ》いてみせた。

そして

『あのお訪ねの柏村さんてお方は彼處《あしこ》に……あちらのガレーヂからお出かけのやうですが……』――さう言つて窓越しに向ふを指した。

『お出かけ？』――彼は口の中に呟《つぶや》き乍ら、慌《あは》てるやうに楷段を降りて行つた。

『あの洋裝のお方ですが……』――爺さんが、さう付け足して指した方に眸《ひとみ》を送ると、其處にワンピースのスマートな洋裝の女が、反對側のガレーヂを出ると急ぎ足に車道を横遮《よこぎ》らうとしてゐる。

で彼は少し慌《あは》てたやうに、でも此のお爺さんにそれを覺《さと》られぬやうに冷靜を裝つて『柏村《かしはむら》さん』――呼び止めようと此方から聲をかけ、だが、ラッシエアワーの雜音に紛れて女の歩いてゐる所まではとゞかなかつたらしい。女は車道を横斷《よこぎ》ると公園の入口に向つた。

で、彼は、今度は慌てたやうに受付けの爺さんに輕く禮の挨拶をすると、急いで其の女の後を追つて外に出た。

自動車《たくしい》を避け乍ら車道々横遮《よこぎ》つて彼が公園の入口まで追ひ縋《すが》つた時、女はそれを斜《はす》に向側の電車の停留所の方へ歩んでゐた。

尋ね捜める洋裝の美人——柏村幸子のモードな姿を彼は始めて知つたのだ。

此の場所を捕えて、此の絶好のチャンスに聲をかけようと小急ぎに距離を縮めていつた。と共時だつた。

幸子の前方から來合《きあは》せた三人連れの若い女達が、それと氣附くと、手眞似で挨拶し合つて佇《た》ち止《とま》つた。そして幸子を眞中にして女達ははしやぎ始めたのだつた。

失《しま》つた！彼は機先を制せられたやうに、横を向くと歩みを緩《ゆる》めた。

そして素知《そし》らぬ態《てゐ》を扮《よそ》つて女達のはしやいでゐる一番近くの樹木の下のベンチの方に歩んで行つた。それに腰を下すと、ポケツトからシガーを取出して烟《くゆ》らし乍ら凝つとそのはしやぎに聽入つてゐるのだつた。

『ホヽヽヽメリケンのお幸ちやん何て呆《は》んやりしてんのよ！　知らぬはワイフばかり也けり矣つてねメリケンの顔にかゝつちやうわよ、ねそうね』

『OK　大いにOKだわ　あんたどうかしてんのね　あんた分んない？分んなきや言つてあげてよ、あのう…許婚《べたしは》者《しよ》…あんたが自分でそう思つてるあんたの彼氏　現在の御亭主様…と言へば分るでせう……』

今度は他の女が其の後を繼《つ》いだ。

『……わかんない人ね、この人……素晴らしいところを見たつて寸法よ、今の今よ、センター映畫館でさあねそれも妾達の居る家族席の直ぐ前でさあ　ホヽヽヽ……やゝこしかつたわよ　見ちやゐられなかつたわ　やつたわよ……』

『……斷然よ！二人が斯うして……』——默《だま》つて頷《うなづ》いてゐた他の女が申し合せたやうに同時にそう言ふと、二人とも身を寄せ合つて抱擁を眞似てみせた。

女達は幸子を眞中にはしやぐのだつた。

『キネマの嬌曳《あいびき》のお話なの？　馬鹿にしてらあ……』

——お幸はそういつて、其の中の一人を甘えるやうに兩手でこついた。

『スクリーン？　ぢやないのですよ、此の人隨分呆んやりねえ、あんたのあの御亭主様《べたーはーふ》よ……』

『ベターハーフ？　坂下《さかした》のこと？』

『モチモチ……、モダーン倶樂部のお富さんとさあ…』

『まあ？？？？』――お幸の顔は急に暗くなつた。何かしら兩頬にピリ〳〵と痙攣《けいれん》した。

『亦あの色魔が、やつてる、ほんと？』――お幸は鋭く尋《たづ》ねると、靠縋《よりすが》るやうにして一人の手を握つた。兩瞳には險惡な光が閃いて白いものが纔《わづか》に潤《うる》んだ。

颱風《たいふう》の豫報のやうに、お幸のヒステリーの發作するそうした前兆を女達はもう今迄幾度も知つてゐた。で三人共眼と眼に囁《さゝや》き合ひながら遽《にはか》に默《だんま》りになつて、心配さうに自分達の餘計な口を悔《く》いてゐるやうに眉《まゆ》をひそめて憎々と幸子の行途《ゆくて》を開いた。

『裏切者！　犬畜生！　惡黨！　見やあがれ！』――お幸は、突然、興奮に震える聲にそう叫ぶと、三人に押しつけた、捨台詞《すてぜりふ》のやうに、後も見ないで停留所の方へ走つて行つた。

宛《さなが》ら脱兎《だつと》の如く！……

そして自動車《たくし》を拾つたかと見ると、一直線に車道に沿《そ》つてツヽ、走らせて行つた。

？？？？　景山は此の一瞬間の出來事にたち〳〵となつた。腰掛けてゐたベンチから跳《は》ね上《あが》るやうに立ち上つた。だが直ぐその後に、何か腦裡に閃いたやうに亦硬直した軀《からだ》をくずしてもとのやうに腰を下した。

呆氣《あつけ》にとられたやうに女達も苦笑を浮べて走り去つた自動車の後姿に瞳を送つてゐた。

『いつもの僻《くせ》よ、またおつぱじまるわ』

『罪だつたわね……』

『でもお幸ちやん可哀相《かあいさう》よ　確《し》つかり加勢してやつたほうがいゝわ……』

女達は、てんでに話しながら、景山の居るベンチの前を通り過ぎて行つた。

『ちよつとお尋《たづ》ね致しますが……』――景山はつと立ち上ると女達に追《お》ひ縋《すが》るやうに聲をかけた。

女達はふと振り向くと、申合せたやうに佇止《たちとま》つて彼をじろ〳〵物色した。

『柏村《かしはむら》さんどうしてたんでせうか？……』

『……』――女達はまだ默つて彼をじろ〳〵物色した
『何かあつたんですか？僕柏村さんとは懇意なものなんですが……』――彼は近寄ると、もう一度更《あらた》まつたやうに聽なほした。

『別に……』──始めて女の一人が小聲に答へた。

『でも……何かありさうですなあ?今の樣子ちやあ?

『痴話喧嘩《ちはけんか》がぶつ始りさうだつていふんですよを……』──今度は他の女が五月蠅《うるさ》さうに呟《つぶや》いた。

痴話喧嘩?何でもよい。今の今、自動車《たくしー》で何處《どこ》かへ彼の視界から消え去つた女のことに就て何か糸口を引張り出さうと努めた。

『何處にツツ走つたでせうか?』

『瞭《わか》りませんね、そんなこと、アパートのほうかも知れませんね……』

『あの人一人者なんでせう、相手つて誰なんでせうか?それに一體《いつたい》あの人何してる女なんでせうか?……』

その時、女達は怪訝《あやしさう》に眼と眼で囁き合つた。そして亦じろ〱と彼の態度を物色し始めた。

『何してるんでせうか?』──彼はもう一度聽かへしたと、最初に口を切つた瘦形《やせがた》の女が、寸時《ちよつと》、四角張《しかくば》つて見せると
『貴男《あなた》、柏村さんと御懇意なんでせう、そんなこと御存じない?』──そう言つてつんとそり返つた。

失《しま》つた!流石《さすが》の彼も斯んな簡單な中に、自分の頭腦の不合理な働き工合に、熱い汗を一杯に滲ませてゐたのだつた
『ほゝゝ』──女達は小聲に皮肉に笑を合せた。

そして、今度は、申合せたやうに、くるりと身を廻すとさつさと踵《きびす》を返して歩き出した。

『變な奴、あいつ、幸ちやんに思召《おぼしめし》あるかも知れない……』

『……モチ其の邊《へん》よ、戀愛探求者《らぶはんたー》かも知れないわ、厭《いや》な奴ね……』

女達はそんな嘲笑を殘して去つて行つた。

あつさり劍突《けんつく》を喰つた景山は呆氣《あつけ》にとられて、其の後を見送つてゐた。

馬鹿野郎! 彼は女達にそう叫ぶと亦自分自身にもそう叫んでゐた。そして焦《いらだた》しい心持になると、ポケットから手帖を取り出して、先刻《さつき》幸子を乘せてツツ走つた自動車の番號を書きつけた。其の邊《あたり》は矢張り職掌柄だつた。

柏村幸子に會ひさえすれば、直ぐに分ることではあるのだが、然し今の今、女達からあつさり背負投げを喰はされた腹立たしさは、まだ奴の儘ではおさまらないらしい。今に見ろ、その鼻柱をペチヤンコにしてやるから──そうした氣分で一杯だつた。ようし、今度は正面からぶつつかるのだ。名乘りをあげて否應《いなおう》なしに口を開けさせて見せる。

御用風《ごようかぜ》を振《ふ》り撒《ま》けばモガやモボなんか縮み上らあ――彼はそう考へると、まだ向ふの舗道《ぺーゔ》の人混《ひとご》みの中に見えてゐた女達の姿を追ひ始めた。

八、解せぬ電話

舗道《ぺーゔめんと》をしやなり〱と流し歩いてゐた女達は、つい近くのSALOON《さろん》・NIGHT《ないと》に吸込まれるやうに還入《はい》つて行つた。

彼は素知《そし》らぬ顔で其の後から入つて行くと、ドアーに接近したボックスに腰を下ろした。日足《ひあし》の長い初夏の午後ももう日暮れが迫つてゐた。淡暗《うすぐら》いサロンの中には電燈が明《あか》く々と點《とも》されて、部屋《へや》中一杯《ぢういつぱい》に陽氣な調子《りずむ》が流れてゐた。客は彼の他《ほか》に四組程あつて、陽氣に釣《つ》られたやうに勝手な熱を昂《あ》げてゐた。

彼は一つ一つのボックスを見廻した。おや？ 彼はもう一度隅から隅まで伸上《のびあが》つて見廻した。おや？ 彼には怪訝でならなかつた。今還入つた筈の三人連の女客は何れのボックスにも見當らなかつた。確に入つたんだが……彼は自分の眼を疑つてみた。確に……

その時、バーテンに頑張つて愛嬌を振撒《ふりま》いてゐた此のサロンの經營者であるマダムが彼の側にやつて來た。マダムは營業柄とつくから彼を知つてゐたらしい。いそ〱と彼を迎えると、アイスコーヒとストローベリとを女に命じて持つて來させた。

『三人連れの若い女がほんの先刻《いま》、玆へ還入つたと思ふが……』――彼は直ぐそれを頭から問ひかけた。

『ほんの今？……』マダムはそういふとサロンの中をぐるりと一廻り見渡して

『……ほゝう、それでしたら此方のサービスガールでござゐませう』――そう言つて、寸時《ちよつと》、怪訝《けげん》な笑《えみ》を漏らして

『藤井さんと田中さんと、それからも一人は誰でしたつけ、小川さんでしたね……』――あちらのボックスで客を相手にはしやいでゐた女達に振り向いて聲をかけた。

女達は甲高《かんだか》いヒステリツクなマダムの聲を聽くと、急にはしやぎを止《や》めて默《だま》つて頷《うなづ》いてみせた。

『あれ達に御用とお仰いますと？……』――マダムは心配さうな顔付になつて彼の顔に覗《のぞ》き込んだ。

『いや、心配する程のことでもないのです。或る女のことに就てちよいと尋《たづ》ねたいことが……』

『女とお仰《つしや》いますと?』

『……』——彼は默つてゐた。

『あれたちの知つてゐる人だつたら大低妾存じてゐる筈だと存じますが……』——マダムは小頸を傾けて更めて覗き込んだ。

で、相手の女次第では、若しマダムで知つてゐる女だつた場合、マダムを味方につけておくほうが、順調に運ぶかも知れないと思つた彼は、ウエストコートのポケットから手帖《めも》を取り出して、それをマダムに示した。

マダムは好奇心一杯にそれにのぞき込んだ。

『おや? これは永井《ながゐ》さんぢやないかしら……』——マダムは低い調子外れの聲を出すと、そのぱつちりした兩瞳を見張つて、そのメモをもう一度見つめた。

『永井つて?』——彼は聞きかへした。

『永井さんでせう。こちらにも柏村幸子さんて人がゐるんです。店の方では永井さんて言つてますのよ』

『お店の者なんですか……』

『えゝ永井つて……吃度それでせう』

『まだ來てゐませんね?』

『えゝまだですけど……』——マダムは氣懸りな眸をちらつと彼に投げつけた。

マダムの言葉に依ると、此處に勤めてゐる柏村幸子(二三)即ち永井つて女には情夫《まぶ》らしい廿八九歳の男がついてゐるといふのだ。それが彼の謎を引つぱる幸子だとすれば、玆にも新しい聴込《ききこみ》が一つ増《ふ》えたといふ譯だ。勿論同一人に違ひなからう。百軒アパートに住んでゐるとマダムも言つてゐるのだから、それが明に同一人だといふことを裏書《うらがき》してゐる譯だ。

彼には始めて、晝間なら大低會へるといつた柏村幸子の職業が瞭《は》つきり分つて來た。思ひがけない收穫!是で自分の凡ての疑惑が解決されさうに思はれて來るのだつた。

そう思ふと、今迄の焦しい心持は、そうした新しい事實の前に大きな興味が湧いて、まるで忘れてゐたかのやうに消《う》え去せてゐたのだが、でも先刻《さうき》の生意氣な女郎《めらう》を睨《にら》んで置かなくては氣が濟《す》まない心持が心の何處《どこ》に蹲《うづくま》つてゐるので、その女達に會つて置き度いのだつたが、折惡しく錢湯《せんとう》に出かけて了つて後だつた。

玆に待ち合せてゐればよいようなものの、問題の永井は先刻自動車で何處かへ飛ばしてゐる何時歸つて來るか分らない、それに今宵《よい》は運惡く宿直でもあつてそうした時間の

餘裕を持つてゐなかつた。それに今一つ氣になるのは、永井を乘せて疾走し去つた自動車《たくしい》の行衛だつた。８３２――素晴らしいニユースを掴《にぎ》つてゐさうな自動車なのだつたそれでマダムのすゝめるやうに玆でぢつとして女達の歸りを待つ譯には行かないのだ。

兎も角彼は、永井が歸つて來たら直ぐ内密で自分で知らせて吳れるやうマダムに依賴して置くとSALOONを出た。

街にはもう宵の世界が訪れてゐた。ネオンと街燈とが電車の窓から亂舞して、深い謎を包んでゐるやうに見えた。

のるか、そるか、女の住所と勤先とは瞭つきり分つて來たが、殘された不可解な謎を開く鍵を握つてゐるものは、氣味惡い文字を連ねた日記帳の斷片が、果して誰のものであるか、といふことに凡てはかゝつてゐるのだ――彼はそんなことを考へながら眞直ぐに本署へ取つて返した。

やがて、事務の引繼ぎを濟ますと、市内自動車番號記入の張簿を取り出して、No.８３２……を繰《く》つた。それは直ぐに見當つた。周南自動車會社《しゆうなんたくしーかんぱにし》所屬シボレー８３２號だつた。

で早速《さつそく》、電話で會社へ照會してみると、間違ひないことが裏書されたのだが、圓タクのことだから夜分十二時過ぎでないと社のガレーヂへ歸つて來ないだらうとのことだつた。彼は玆にも其の自動車が歸つたら電話するやうに依賴して置いた。

それで一先づ此方《こちら》の問題には餘裕が出來て來た。愈々解決が目前に迫つて刻々に謎の扉が開かれつゝあるやうな氣がするのだつた。今度、永井に出會したら例の日記帳を强制的に見せて貰はう、それさへ一眼見れば吃度問題は解決する。蔦子孃に關係のあるものか無いものか、それだけでよいのだ。關係の無いものなら詮搜の角度をうんと擴大しなければならない。洋裝の女――いつまでもそれに係合つてゐる譯にはゆかない。若しそれを見せないと頑張つたら威《おど》しつけてもよい、見てやらう。彼はそんなことを考へながら電話《てれほん》を待つてゐた。

十一時十二時……夜は段々更《ふ》けて行つた。

チリ……チリ……ベルが鳴つたので急いで受話機《れしいばあ》を手に取つたが、それは心持ちにしてゐる電話ではなかつた電話の用件がすんで、彼が受話機を下したときだつた。

チリ……チリ……チリ……チリ……

來た！威勢のよい呼鈴！今度こそ――今度は眞實《ほんたう》だつた

No.832號が歸つたといふのだ。自動車會社からだ。で彼は今晩宿直だつたし、それにSALOONからも電話がある筈になつてゐたので、其の運轉手に署まで直ぐ廻つて來て呉れるやうに頼んだ。

暫くすると、その運轉手は問題の自動車《たくし》を操縦じて署へ出頭して來た。

御苦勞——いつも彼の言ふ口僻《くちくせ》を頭から浴《あび》せると、給仕に茶をくませた。

『いや、少し尋《たづ》ねて見たいことがあつてね……』——景山は口を切つた。

運轉手は給仕の差出した茶を不氣味さうに見つめてゐたが、景山のそうした言葉に、默《だま》つて頷《うなづ》いてみせた。

『今日の夕刻《ゆうかた》の五時頃に君は公園の東側出口で廿二三歳位の洋裝の美人を拾つたね?……』

『えゝ、確に乘せましたが……』

『あれから何方へ行つた?』

『そうでしたね、えゝと、あの洋裝の美人《しやん》はと……』

——運轉手は幾十人と乘せた朝からの客の中から、その美人の行先きを選《え》り出してゐた。

『……そうです、あれから眞直ぐに市會議員內藤《ないとう》様の御屋敷へ參りましたが……』

『何? 內藤氏の?……』

『へえ……』——運轉手は輕く頭を下げた。

『確だらうね?思ひ違ひぢやあるまいな?』

『いえ確に間違《まちが》ひありません』

『ふむ?…?…?…?……して歸りは?』

『お歸りはどうなつたのか存じません。玄關まで乘りつけて待つてゐますと、女中らしい方《かた》がお金《あし》を支拂ひに出てもう歸つてもいゝつて申しましたんで其儘歸つたもんですから……』——運轉手はキヨトンとした顔付で自分の知つてゐる丈けのことを說明した。

景山は豆鐵砲を喰つた時の心持を押へて、今度は澀《ち》つと兩腕を組まなければならなかつた。

SALOONの女と市會議員內藤氏邸——然も內藤家が名門であるだけに、その二つは餘りに突飛な對照であつて彼の推理と判斷力とが根底からぶち壞《こは》されさうになつて來た。

內藤邸の玄關先へ自動車で乘りつける女——SALOONの永井さん——公園でヒスのやうに憤激した洋裝美人?彼にはまだまだ解けぬ謎があつた。

で彼は、運轉手を歸へすと、今一つ來る筈のＳＡＬＯＯＮのマダムからの電話を待つた。

九、初見参《デビュウ》

其の夜は遂々《とうとう》ＳＡＬＯＯＮのマダムからの電話は來なかつたが、翌朝の八時頃を見計《みはから》つて、内藤邸に電話で、洋裝の女のことに就いて聽合せた。内藤氏の夫人からの返事があつた。

——柏村幸子さんでせう、あの方何だか非常に興奮してゐらつしやるしお氣分がお惡いやうでしたので昨晩此家へお留めいたしました。え丶今朝《けさ》がた先刻お歸りになりました。死《な》くなつた蔦子のお友達で會社《かんぱにー》へお勤めの方だと承つて居りますが………

夫人からの電話は彼にそれしきのことしか新しい發見を與へなかつた。

都の高等教育を了へた身分ある名門の令孃とＳＡＬＯＯＮのモーダンガール幸子との取組みは、彼には腑に落ちない疑問を起さしめずにはおかない。柏村幸子——洋裝の女——それが偶然の一致で同名異人ではないかといふ疑だ。公園から内藤邸へツツ走つた女とＳＡＬＯＯＮのマダムの言ふ女とは別の人間ではないかといふことだ。だが、それは直ぐに淡い疑ひだけで彼の腦裡から消えて了つた。といふのは、ＳＡＬＯＯＮの女達が、公園で親密な言葉使ひに百軒アパートから彼が追かけてゐた女と話しかけた事實だとするとあの疑問の日記帳を持つて居る百軒アパートの柏村幸子とＳＡＬＯＯＮの柏村幸子即ち永井といふ女とは同一人たることは疑なからう。もつと斯うした馬鹿らしい疑ひを打ち消す證據としては、彼の指してゐる女もＳＡＬＯＯＮの女も同じ百軒アパートにゐるといふことだ。それに今しがた給仕に命じて、百軒アパート並にＳＡＬＯＯＮのマダムに電話してみたが、何れつも柏村幸子は昨晩から今朝へかけて不在だといふ證言なのだ。

内藤邸へ泊つた洋裝の女柏村幸子とＳＡＬＯＯＮの洋裝の女柏村幸子が、同名異人でないことは最早や疑ふ餘地はないとして、蔦子孃と幸子とは何處で如何して知合ひになつたか、そして、相手の身分迄僞《いつは》つて交際しなければならない蔦子孃の心理狀態が不可解となつて來る譯だ。否、身分を僞る點に就ては家庭の事情で應々《まゝ》女心にやらかすことがあるが、然しそれがＳＡＬＯＯＮのサービスガールと上流家庭名門の令孃との對照では餘りに懸隔がある。名も知

られない筈のサービスガールが堂々と内藤邸の表玄關にタクシーを乗りつけるのだから疑問の糸は其處にも縺《もつ》れてゐる筈だ……。

景山は、今日は、夕刻まで解放される軀《からだ》だつた。で、昨晩の宿直で一睡も出來なかつた重い頭を抱えながら自宅への歸途、或は柏村幸子に遇へるかも知れないといふ淡《あは》いながらの希望を畫いて、SALOONのマダムを訪れることにした。

中に這入るとマダムは待ち兼ねてゐたやうに飛んで出たそして

『昨晩とう／＼此方へ出て呉れませんでしたの。幾度もアパートの方へ電話もしてみましたが不在らしいとの返事でして、今も今聴合せてみたんでしたけど、まだ歸つてゐないらしい模様なんです。どうしたのかと心配してゐるところなんですが……』――大きな兩瞳をくり／＼させて早速《さつそく》に説明した。

景山には幸子が歸つて來ない理由や、アパートに居ない譯が、マダムより先にもうちやんと分つてゐた。でマダムの何か言はうとする言葉を遮《さへ》ぎつて

『いやそれはよいとして、昨日僕が話しといた三人の女達に會つてみたいと思ふんですが……』――彼は話の方向を異《か》へた。

『永井さん一體どうしたつていふんでせうかしら……亦情夫《なよ》とぶつぱじめたのかも知れませんわ。最近しよつちう口論つてるつてことですから……でも一度電話してみませうよ』――マダムはそう言つて腕時計を一寸見ると女監督を呼んでアパートに聴合せるよう申し渡した。

監督は、いそ／＼とバー台の上に載《の》つかつてゐる卓上電話で申し付かつたやうに、アパートの受付けに問合せた。だが幸子はまだ歸つて居らぬらしいとのことだつた。

『例の三人の人達もまだ來てゐないのでせうか？』――景山は更《あらた》つたやうに聴かえした。

『えゝ、その人達もまだなんですけど、今日は早番《はやばん》なんですから十時きつかりには此店へ來ることになつてゐますので……もう追つつけ來る筈ですが……』――マダムはそう言つて亦腕時計を覗《のぞ》むやうに見直した。

今から百軒アパートに永井を訪ねたところ、その間に永井がアパートに歸るかどうか分つたものではない。それよりも此處へ落付いて待つてみた方が、永井に會ふにも、亦例の三人の女達に會ふにも好都合だつた。で彼は暫く腰を

据《す》えて待つことにした。

『一體どんなことを仕出かしてゐるんでせうか?』――マダムは拔目なく愛嬌を振撒いてゐるものゝ、でも氣懸りな樣子を見せて、景山に覗《のぞ》き込むのだつた。

で景山も凡その內容をマダムに話してみたが、マダムでは、其邊《そのへん》になると判《わか》らう筈が無かつた。

そんなことで、彼はマダムを相手に雜談に耽つてゐたときだつた。

表のドアーの方に當つて、女の調子高い、吐き出された玉がピンボン台の上でバウンドしてゐる時のやうな叫び聲と、亂雜な跫音《あしおと》とが聞えて來た。

マダムは澁面《しかめつら》を作つてみせると、そつとボックスから離れて、ドアーの方へ急いで行つた。

『まあ!あんた達、どうしたつていふんですの?中はお客さんよ!見つともない』

マダムの威壓《ゐあつ》するやうな聲が聞えた。

『あゝら?永井さん!どうしたんです? そんなに醉ばらつて……』――誚《しか》るやうなマダムの銳い聲がつゞいて流れて來た。

景山は、その時心中小躍りした。彼の待つてゐた永井―柏村幸子は、何處で飮んだか、ぐでん〳〵醉ばらつて、今彼の前に現はれようとしてゐるのだ。

會へるのだ!彼は素知らぬ顏で、前に運ばれてゐた紅茶を攪《か》きまぜた。

『さあ、お客樣があんたをお待ち兼ねよ』――マダムは永井が一人の女の持つて來たソーダ水を飮み了るのを待つて、そういふと引張るやうに、ボックスの向側に連れて來ると、勞《いたは》るやうに二人で景山に向つて腰を下した。

『こんな態《ざま》でほんとうに失禮いたします。此のひと時々こんなことになるんでしてね……』――マダムは恐縮さうに幸子を辯護した。

ベレエで捲毛《かーる》を抑《おさ》えたまだ若々しい軀付《からだつき》きの女がワンピースに鍔《つば》のある帽子を左手に鷲摑《わしづかみ》に持つて、ぐで〳〵に醉《よう》拂《はら》つた態《ざま》は見られた圖《づ》ではなかつた。でも、軀付きはスマートに出來てゐるし、容貌《ようばう》は圖拔《づぬ》けて整《ととの》つてゐるのか、他《ほか》の女に較《くら》べると美しく光つて見えた。

『お客樣いらつしやい、失禮してすまないわね』――永井は、後《うしろ》の空《あ》いてゐるボックスに帽子を投げ出すと、そういつて景山にひよこんとお辭儀《じぎ》をした。

『永井さんだね、馬鹿に大氣嫌だなあ、はゝゝ時に醉ふ

べしだね、この頃の淑女《れでい》には一本多るてい、はゝゝゝ』――景山は、永井とマダムとを等分に見較べながら朗かに笑つた。

『ほゝゝゝ』――マダムもそれにつれて笑つた。

その時、幸子はマダムの方へ軀《からだ》を向け直して、兩手をテーブルの上に規帳面《きちよめん》に載せて揃えると

『マダム昨晩は失敬しちやつてすまなかつた……實はね、それどころぢやなかつたの。素晴らしい事件《あくしでんと》が出來てね……胸が、この胸がすうつとしちやつたんだわよ…』

――そういつて甘えるやうに軀を搖《ゆす》つた。

『素晴らしい事件《あふえや》つて聽きたいね、ほゝゝゝねえお客様……』――マダムは景山を顧みると、そういつて幸子の肩を輕く叩《たゝ》いた。

『胸がすうつとするお話、お客様つきあつて下さるわね』

『うむ、面白さうだな、一つ聽かして頂き度いな。でも妹けるやうな話ぢやなからうな。はゝゝゝ』――景山は笑ひ乍らマダムに眼で相圖《あいづ》した。

『永井さんの特種《とくだね》つていつもすばらしいんだもの、ほゝゝゝ一體何處でそんなに飲んぢやつたの?』――マダムは幸子に覗《のぞ》き込んだ。

『何處つて?モダーン俱樂部でよ』――幸子は兩手で髮をかきあげるやうにしてボツクスの片側の壁に身を凭《もた》せかけた。

『モダーン俱樂部だつて?』

『そうよ、妾の强敵がゐるのよ、そいつを今日こそペチヤンコにやつつけてやつたわよ』

『やつつけたつて?』――マダムはシガアに點《つ》けようとしたマツチの手を休めて顏を心持ち曇らせた。

『えゝやつたわよ!妾のあの男《ひと》をよ、ある男を色仕《いろじ》掛《かけ》で横奪《よこど》りにしやがつたお富つて女娘《あまつて》をよ、とつつかまえて擲《な》りつけてやつたわよ……』

『擲つたつて?亂暴ね、そんなことを……どうしたつていふの……』

『亂暴ぢやなくつてよ。他人様《ひとさま》のものを横奪《よこど》りするなあもつと亂暴ぢやなくつて?そうでせう、ねお客様……』

――幸子はその時ちよつと言葉を切つて景山に味方を求めるやうに微笑を浮べて向き直つた。

景山は默つて輕く頷いてみせた。

『ほんに今の今のことなのよ。でももつともつと昨晩のこと素晴らしいんだから……私の一生を斯んなに代無《だいなし》し

たしちやつた不良の、惡黨の、無性の、女たらしの私の情夫《まぶ》を昨晩かぎりパイしちやつたつてことよ』

『パイしちやつた？ほゝゝ亂暴で寄付《よりつ》けないのね』――マダムは態《わざ》とらしく兩瞳を大きく見張つてみせた。

『ほゝゝ亂暴どころか、こやつも前者とイクオルさ。ね聽いて下さいね、御願だわ、これこそそれはロマンチックな私の青春よ。廣津和郎さんが大金を投じても吃度買つて哭れさうな條諧《じようだん》よ……』

その時、近くのボックスにぼつ〱やつて來てゐた女達がわつと笑つた。マダムはその笑聲に半身立ち上ると早く受持ちの仕事を濟すやうに一寸鋭い顏をしてみせた。女達は夫々朝仕事《あさじごと》に取りかゝつた。

思出は五年前のこと、此の街《まち》から十五里餘り離れてゐるＴ高等女學校の四年生だつた頃、幸子は現在の情夫《まぶ》と稱する新聞記者坂下千秋に誘惑されて學校を放校されて了つた。それから一ケ年後、此の街に歸つて來たが、そんなふしだらに身を持ちくずした彼女は兩親が頑として寄せつけなかつた。以來五年間自分の手一つで獨者の坂下に貢いでゐたが、二年前に兩親は申合せたやうに亡くなつて了つた。彼女は寄る邊ない身を坂下に唯一の頼りをかけて總有《あらゆ》る侮辱を忍んでアパートに生計を支持してゐた。だが坂下は持つて生れた浮氣根性全く腰が据らないで一ケ年の四分の三は失職してゐる位だつた。それでも生活のことなど一向お構ひなく、何處でどう工面して來るのか夜毎々々ジャズからジャズ、甘美から甘美を漁《あさ》り歩いてゐるのだつた。時には彼女に向つて金策を命ずるのだつたが、兩親が亡くなつたとき纔《わづ》かばかり殘つた財産を結局自分が貰つてゐたものゝそんなものは遠《とつく》の昔に、女に變つたか酒に代つたか、今ではもう一文もなくなつてゐた。それのみではない、半ケ年以前、自分が不幸にして流產して了つて苦しんでゐるときでも坂下は彼女のことなど少しも構はず殆ど外に泊つてアパートには歸つて來なかつた。まるでアパートの方が臨時の宿泊所のやうになつてゐた程だつた。そんな譯で健康も充分恢復してゐない彼女の苦痛は申す迄もない。彼女は坂下を恨むと同時に悲境のドン底に蹴落されてゐたのだ。その悲境のドン底に在つたとき、偶然、彼女の救ひの神の如く出現した若く美しき女性があつた。彼女は狂嬉して其の女性を迎へた。

それこそ、誰あらう内藤篤子孃――彼女が女學校時代の仲善しだつた女達なのだ。だのに……だのに……――

幸子は其處まで語《かた》つて來ると、そのぱつちりと美しき兩瞳に泪《なみだ》を浮べるのだつた。

景山もマダムも幸子の眞摯な口調に釣込まれて、自分を忘れて聽入つてゐるのだつた。

十、日記の行衛

景山の懐《いだ》いてゐた柏村幸子なる同名異人の疑ももう遠つくに霧散してゐるのみならず、その尋ね捜《もと》めてゐた幸子の口から、内藤蔦子といふ言葉を聽かされると、内心密かに小躍りしてゐたのだつた。

『蔦子さんがどうしたつていふの?』——景山は急きたてるやうに促した。

『あゝら、貴男蔦子さん御存じ?』——幸子はちよつと彼を覗き込んだ。

『勿論内藤氏の令嬢だもの誰だつて見知つてはゐさうだね』——景山は微笑を見せてシガーをくゆらした。

『まだお了ひぢやないんでせう、もう聽かせては呉れない?』——マダムが側から促した。

『お了ひ? たんとあるわよ、話しても惡くはないんだけど……』——幸子は思案氣《しあんげ》に首を振つてゐたが、やがて吐き捨てるやうに口調を落して
『……ねお客様、話して聽かせますわね。素敵なのよそうもう十四五日も前のことよ、妾のあの男ね、あれが社の方の用件で一ヶ月餘り釜山方面へ旅行しなければならないつて言ふんですの、で私の大事に大事に此の前の流産の時や腹膜炎で入院した時に身に泌みてこりてゐたので、貯めておいたお金を持ち出しちやつたんです。それもまるで突然なんですから社の方へ聽き合すことも出來なかつたので、直ぐ後を尾行《つけ》ちやつた。と餘りに馬鹿にしてゐるつたらないのよ、あの大川堤《おゝかわて》でモダンクラブのお富と媾曳《あいびき》してるんぢやありませんか。それだけならまだいゝんです双方共旅仕度でこれから何處かへ酒落《しやれ》込《こ》まふつて寸法なんですもの、妾もう口惜《くや》しいつたら無かつた、で散々荒びてやつたんです。その時のことなんですわよ、其處で素敵な拾ひ物をしちやつたんです。あの堤《どて》に茶店があるんです。其處でね、女文字の日記帳——私の名が所々《ところどころ》に書綴《かきつゞ》つてあるぢやない。知らぬ人が私の名を、柏村幸子さんが如何とかつてね。私は店の椽先《えんさき》にあつたそれをふと取り上げて前を繰《く》つて見たの。と吃驚したわね、全く。ちよつと前に頓死で亡《な》くなられた蔦子さんのぢやない、蔦子さんの日記だつた

もの……』

『で？？？？……』――景山はその時、不知《しらず》不識《しらず》ボケットの内側を捜《さぐ》りながら話に乗り出してゐた。

『私始めて知つたんです。それを其店《そこ》の爺さんから貰ひ受けると凝つと泪《なみだ》を我慢して、歸つた來たんです。蔦子さんは書いてゐました。同情が仇《あだ》になつたと……』――幸子は兩の手を顔に蔽ふと、狂氣したやうに俯伏《うつぶ》せて了つた。

『まあ、あんたどうしたつていふの、泣いたりなんかして……』――マダムは心配して幸子の上半身を抱えるやうにして揺つた。

もう何處《どこ》に間違はふたつて間違ひつこない日記帳の一頁《ページ》を景山はポケットから取り出した。そして伏せこんでゐる幸子の頭髪に怖いものにでも障るやうな恰好《かつこう》でちよつと押えるやうになでながら

『君！ 君！ こいつだらう』――そういつて、それを幸子の額《ひたひ》のあたりにすりつけた。

幸子は、心持ち頭をもたげて、覗むやうにそれを見た。

そして文字を一行二行拾ひ讀んだ……。

『まあ!?？？？……』――幸子は吃驚して怪訝な面持ちに彼を凝視した。

『いや、僕もこれを拾つたんだよ、不思議な文字が並んでゐるのでなあ。Sつて文字には何か曰くがありさうに思はれるもんだから……』――景山が其處まで言つた時だつた。

『そのSつて妾の情夫《まぶ》、否《いえ》あの不良です。怪《あや》しい怪しいと睨《にら》んでゐたら矢張り蔦子さんを……いや蔦子さんを殺した、いや死なすやうな眼にあはせた惡黨です。それだけではありません、五年間も泣かせ苦しめ、肉も骨もしやぶり抜いた私を、その上腹膜《ふくまく》で苦しめるやうな惡性な病氣まで持たせた上句が、此の私を捨てゝ、お富つて新しい女娘《あまつこ》に乗りかはらうとしてゐる惡魔です。亦私を殺さうとしてゐる惡黨です……』――幸子の兩瞳は充血して鋭く光り、兩頭に興奮の氣配が溢《みなぎ》つた。

『？？？？？？？……』

『……坂下つていふ……いや、あの日記に凡てが書いてある、蔦子さん自身が書かれたものです。妾はあの日記を讀んで、蔦子さんの頓死にもつと深い世間の解き得ない深い何ものかを直感させられてゐます。妾は今是以上申し上げられません。妾は今蔦子さんに代つて吸血鬼Sに復讐しなければ私の良心が許して呉れません。私は其の最後

の手段に共の日記を内藤様に昨晩差上げに行つたのです……』――幸子は顔を撤つて口を閉ちた。

その時、景山はマダムに何事か囁いた。

マダムは輕く頷くと、亦寄つて來て聽耳欹《た》てゝゐた女達を遠《とほの》けると、自分にもそつと幸子だけを殘して奥に引込んで行つた。

幸子は何を思つたかつと立ち上ると、ドアのつきあたりに据《す》えてある姿見《すがたみ》の前に立つた。くずれた化粧と頭髪をかき上げながら溜息をついて凝つと鏡の中の自分に見入つてゐたが亦、思直したやうに、景山のボックスに歸つて來ると俯向《うつむ》いて兩腕で頭をかゝへた。

その時、景山は改《あらた》つて軀《からだ》を乘り出すと低い聲に彼女に覗き込んだ。

『素晴らしい用件つてのはつまり日記帳を持つて行つたことでせう。どうです、もつと談して頂けないかしら……僕はこういふもんだから絶體に秘密を漏すやうなことはないし、内藤氏から口止めをされてゐるかどうか知らないが、假令《たとえ》玆で君が此の先の沈默を守つた所で内藤氏の方でそれ程の日記帳を問題にされゝば直ぐ人の耳にも入つて社會にもぱつと擴《ひろ》がることだし、それに君が蔦子さんの爲に是以上言はぬといふ心持は誠に感心する、だが内藤家の方で死なれた蔦子孃のことを改めて詮議だてされるかどうか、それが不名譽な事件でゞもあれば其の儘握《にぎ》りつぶされはすまいか。そうだとすると君の折角のやつた行動も代無しになつちまふ譯だ……ね惡いことだつたら秘密を守る約束で僕にだけ言つて頂き度いものだが……』――

彼は名刺を前に差出して幸子にみせた。

幸子は、ちよつと困つたやうな顔付で彼を見上げたが亦直ぐ元氣を取直して優しく頷いた。

幸子が腹膜を病《わずら》つて狹中病院に入院した其日のことだつた。入院して了つたとはまだ知らなかつた蔦子はいつものアパートに彼女を見舞つたことがあつた。そのとき丁度坂下がアパートに居合せて彼女をいろ〳〵に接待して甘心を求めたのだが、元々《もともと》坂下は平素《ふだん》から蔦子に對して霖流《なだれ》るやうな横戀慕を寄せてゐたので、此の好機を逸してはならない、坂下は逆に腕力で强制的に彼女を制服して了つた。それ以來、そうした關係を種《たね》に威《おど》してけ曖昧《あいまい》な所に連れ出したり、小銭《こづかひ》を强要したりしてゐた。蔦子は永遠に取かへしのつかぬ身の過失に泣きながら嫌ながらに今日まで引きづられてゐた。と今日になつて今津某との結婚問題が湧《わ》き

上つて雙方の話は急速に纒《まとま》つて結納《ゆうのう》まで取り交《かは》すやうになつた。だが、此の慶《うれ》しかるべき日が迫れば迫る程、蔦子は失望と悲觀と恐怖とのドン底につき陷されて了ふのだ。蔦子嬢は愛なき罪の子を宿してゐたのだつた。……

『五年間も咬《しぼ》りぬいて斯んな不治の體にした揚句が、私を捨てゝ他の女に走るばかりか、私の恩人蔦子さんまであんな目に遇はせた惡黨に私はもう用事はないのです……女を弄び女の一生をメチヤメチヤにして了ふ色魔、吸血鬼に對する虐《しいた》げられて泪《なみだ》に暮す全女性の呪の叫びをあげ度いのです……』――幸子は興奮と共に漣落《ほうほう》と泪《なみだ》した。

鎭守の森の呪ひ――令嬢の投身奇怪な日記の紙片景山の腦裡から怪疑の謎が今掻き消すやうに消え始めるのだつた令嬢のあの怪奇な行動が始て讀めて來るのだつた。

十一、後語《エピロオグ》

其の夜十二時。

紅い灯、青い灯の巷に御用の嵐が渦卷いた。

市中に巣喰つてゐた不良團の集會所――上區の硬派集會所下區の軟派集會所、彼等不良の徒黨がグループをなして借り受けてゐた硬軟兩派の密集所も一齊に襲撃された。

不良團の總検擧《そうていれ》だ。

其の中に、良家の婦女誘惑を專問に活躍しつゝあつた幸子の情夫《まぶ》坂下も、そして曾て景山の手に引致された寫眞技師も混じつてゐた。

× ×

翌日『御用の嵐物凄く市中の不良一齊検擧』の新聞見出しが市中の噂を賑してゐるところ――

景山は本署の一室で考へ耽つてゐた。

まだ一つ殘された懷疑の謎――それは蔦子嬢のあの夜の頓死だ。腦貧血――これには幸子が彼に向つて何ものかを直感してゐると言つてゐるやうに、今彼が知つてゐる範圍に於ては、疑問符が幾らでも付けられる筈で、付けることは勝手だ。だが、それを曝《あば》くことは死屍鞭ち死靈を辱《はずか》しめる類《たぐひ》にしか過ぎない。不運であり薄幸であつたと想像出來る悲境に泣いた蔦子嬢の冥福を祈るに比《し》かない――彼は其處に端坐瞑目するのだつた。

幸子の情夫坂下の自白の一部、蔦子嬢に關するものは新聞も共の不倖に同情して『某女』と報導してゐただけだつたが、勿論、刑法第百七十七條並に第二百二十二條の適用が參考として書添へられてゐた——。

アパートの窓から、大穹《おほぞら》を仰いで一沫の淋しさを溜息に漏《もら》してゐるのは幸子だつた。そして憎い惡黨ではあつたが忘れ難い絆《きづな》に縋《すが》つて只管《ひたすら》に坂下の人間性に甦る日を潸《ひそか》に泪《なみだ》して祈るのだつた。それは淋しいジレムマであつたかも知れない。

× ×

それから一ケ月のタイムが流れ去つたころ

幸子のスマートなワンピースはSLOON・NIGHTからも彼女のアパートからも搔消《かきけ》すやうに消えて行つた。

と同時に、あの謎の全てを秘めてゐた蔦子嬢の日記も、内藤邸の奥深く淡い煙を殘して何時しか消え去せたことであらう——景山は大川堤《おほかはゝて》を歩む度にまだ生新《なまあたら》しい記憶を思ひ起すのでした。

——完——

子供の性決定は人爲的可能か

いもりの—女性を男性化した—

—内田博士の新研究

いもりの黒燒きは古來媚藥として有名であるが、この程北大理學部動物學教授内田享博士がこのいもりに就て面白い實驗を行つた。即ち博士はいもりの睾丸を抽出して、卵巢を除去した雌いもりに移殖した所、その雌は次第に雌性を失つて遂に雄性に變移するに至つたまた睾丸を雄いもりに移殖した處雄性が一層强調されて極めて威勢のいい男性的ないもりになつたといふ。

この研究は男女の形質はある程度まで、人爲的に變へることが可なのではないかといふ見透うしの下に開始されたが、果して人間のやうな高等動物にどの程度まで應用されるものか、昨今男女性決定の要素は性染色體のみならず、兩親の持つ男女性としての形質が性決定に重要な役割を持つといふ學説、即ち例へば父親が男性としての性質多く母親も女とはいへ男性的氣質を持つた場合は男性の子供が生れるといふゴールドシユミツト流の遺傳學説が流れてゐる際であるから博士のいもり研究により人爲的にある程度迄子供の性決定をなし得るといふ結論も生れるものと見られてゐる。

제7편

세일러복의 위조지폐 소녀

水兵服の贋札少女

青山倭文二

今度も亦

「ぢやその、水兵服を着た少女は、七時頃お前の店へやつて來たのか」

「左樣でございます」

「金を受取つた時は、氣附かなかつたか」

「何の氣なしに賣溜の中へ入れて、九圓五十錢の釣錢《つり》をやりました、で今朝早く調べて見ますと……」

「うーむ、よろしい、詳細は分つた。態々御苦勞だつた。他に參考人として呼出しがあるかも知れんが、その時は必らず出頭しなければならん」

「へえ、承知致しました、何しろこちらとしても品物をたゞでやつた上、九圓以上も損をしたやうな始末で、もう馬鹿々々しいやら口惜いやら、屹と警察の力で仇を取つて頂きたいと思ひます」


男は少し笑顔になり乍ら、これ丈け云ふと直ぐ一禮して、扉の外に消えた。一方の壁に貼られたカレンダーは、圖案化した大きな數字で六月二十日を示してゐる。その直ぐ横の

柱時計は九時五十分を指して、雨のせいかしつとりを落付いた室の空氣は、靜かに大きくセコンドを刻んでゐる。山本警部が朝日を灰皿に落した瞬間、扉がノックされた。聲に應じて入つて來たのは、老練家のO刑事であつた。

「やあ、O君か、又一つ出たよ」

「例の贋札ですか」

「さうだ、今届出があつたが、小日向水道町十七の菓子屋だが――これがその十圓札だ。相變らず犯人が水兵服の少女だつたさうだが、かう續けざまに沒されちや、大塚署の威信にも關すると言ふものぢや。何しろ此の二月以來だから」

O刑事は此の六ケ月以來、凡ゆる推理と判斷とをもつて、苦心の探査を續けたが、何しろ他の犯罪と異り、犯跡と云つては單に十圓、五圓、一圓の僞造紙幣のみ。その無價値なる紙片一枚を凝視して、正しい結論に到達する事はどうして容易な努力ではなかつた。二月以來或る時は中年の紳士風、或る時は大家の令孃風、或る時は可憐な少女風、和裝に洋裝に、幾人かの男女が通り魔の如く出沒して、恰も當局の存在を冷笑するかの如く、憎むべき犯行が續けられて行く――初めの中こそ躍起となつて、これが捜査に努めたものゝ、二月三月と遠慮なき時の流れと共に、各署の緊張はだん／＼と緩んで行つた。

時折に報ずる新聞紙の「僞札記事」は讀者に刺戟を與へ、徒らに當局無能を暴露するのみであつた。警戒の手薄と知るや最近頃に犯人の跳躍は以前にも増して烈しく、再び各署は活氣を呈して行つた。

中でも最も彼等の夥しい大塚署は、鋭意これが捜査に從つた通し風の如く現れ風の如く消え去る巧妙なる一味の犯行は、飽くまで虹のやう有形無色に包まれてゐる。被害者の口述を綜合しても、犯人に對する確固たる根據は、恰も濃霧を透して、極力凝視する物象の如く、その輪郭形態さへも視覺に反映しない

「その後、君の方で特別の見込みでもついたか」

山本警部は卓上の冷えた茶をすゝり乍ら訊ねた。

「今までは、私自身非常に精神的に焦燥疲弊してゐましたので、沈着な態度と正確な判斷に遠のいてゐましたが、近頃漸やく捜査上餘裕を持ち始めました。何だか自分でも近い中に、案外易々と犯人が手中に落ちるやうな氣がしてなりません。今までの長い間の苦心探査の揚句いろ／＼の推理からして、犯人は必らず本管轄内に住んでゐると思はれます。そして一味とてもさう團體的に結束したのでない、極く小人數だらうと思ひますし、まだ年若かな女が混つてゐるところから、或ひはさうした少女等を誘惑した事等のある金箔附のしたゝか者かも知れませ

ん。

紙幣の僞造方法から推しても、ともかく大仕掛けでない事だけは分ります。從つて犯人の住居は、商賣家でなく、しもた家か、或ひは一軒を持つ資力のない者で同居でもしてゐるか、又はその僞造場所は東京ではなく、或る場所から密送されて居るものか、非常に亂雜な各推理が見出されるのですが……」

「成る程、最近七八回の犯人は、エプロン姿や水兵服の少女だとその被害者の申し立てだが、一見、他人に疑念を抱かせないやうな、無邪氣な少女を利用する所等、蔭にゐる主犯者は少々の狡猾では出來ない仕事だ。又僞札にはつきもの、それが行使時間は大抵、夕方四時頃から八時九時頃まで、雜踏と光線で比較的商人の注意力の稀薄になつてゐる時刻を狙つてゐる事ももう常習的な色彩が多分と見受けられる」

「如何です、此の少女は、以前に出沒した中年の男や女と關係のあるものでしやうか、それとも全然……」

言ひも終らぬ中に、

「時刻、場所から推して、全然關係のないものとは考へられない。だが一面、主犯者が以前の者と變つてゐるかも知れないさうした推理も成り立つが……」

二人が額を集めてゐると、小林署長の溫顏が現れ、その面には部下の心勞を慰撫する同情の色が漏れてゐた。

「又ですか」

卓上の紙幣に一瞥をくれると、かう云つた。

「何しろ困つてしまひます」

と司法主任。

「ともあれ本廳へ電報を打つときませう」

物倦い響きを立てゝ、十一時の柱時計が報ずる。O刑事は

「何とかして、今月中に逮捕したければならないが」

强烈な職業的興奮に唇を幾度も嚙みしめねばならなかつた。

魔の僞札水兵服

警視廳贋札主任の守山警部は、その朝は何時になく早く出勤して、第九號室の大きな腕椅子に、ゆつたりと背を埋め、悠々と紫の煙りを輪に作りながら、机上に山積せる新聞に眼を通すのであつたが、見る〳〵中にその顏面筋肉は異常に緊張して、淡い焦燥の影さへ浮べた。

市内有力新聞は、一樣に筆を揃へて紙面を賑はしてゐる。

又も現はれた
十圓の僞造

下戸塚の菓子屋へ

犯人は矢張り少女

二十七日午後三時頃淀橋區下戸塚四四一菓子商池田長二方の賣上金中から最近各所で發見されて問題となつてゐる例の十圓の僞札を發見し、驚ろいて戸塚署に訴出たが、同人がその金を受取つたのは二十三日の晝エプロン姿の女の子が、ドロップ九十五錢を買つて十圓を出し、釣錢をもつて行つたと云ふから例の犯人と同一らしく、その筋でも巧妙な出沒には全く舌を卷いてゐる。

さうした記事の内に、守山警部は明らかに警察に對する民衆の嘲笑の聲を聞いた。

そこへ給仕によつて電報が運ばれた。とる手遲しと披見すると警察より又々僞札發見の電報。犯人は警察力を無視し、法律を侮蔑し、揚々大手をふつて白晝と雖も濶歩してゐる。その大膽不敵な出沒に對しては、たゞ〳〵焦慮するのみで、徹底的な捜査方針は更らにはつきりと浮ばない。その僞造方法としては

=五圓紙幣=

一、紙質　西洋紙並に奉書紙
一、繪の具　各色配合
一、全部毛筆による

=一圓紙幣=

一、紙質　上穂紙　奉書紙
一、繪の具　前記に同じ
一、謄寫版約七分、毛筆で三分
一、印鑑は謄寫版

=十圓紙幣=

一、紙質　上穂紙
一、謄寫版で二分、毛筆にて八分、數字番號活字
一、印鑑は内約十枚を井上大造と彫刻し之を捺押し外全部謄寫版による

守山警部は、徐ろに口を開いて呟いた。

「白晝よく〳〵見れば判るものとは云ひながら、却々精密に僞造してある、が、これ文けの技術を持つものは、書畵繪書に興味をもつ者か、又はそれを商賣とする者、或ひは長年印刷屋にゐた者かも知れん」

「その印刷ですが、若し普通の店で作つたものとすれば、被害附近の印刷屋を隈なく捜査する必要もあります」

と他の刑事が口を出した。

「然しこれ文けの犯罪を遂行するものとすれば、さうへまなぼろも出すまい。よしんば店に依頼したものとしても、普通一ぺんの客ではなく、何かの店と關係のある者だらう。從つて店を調べても、期待に添ふやうな結果も得られないと思ふが…」

「尤もですが、又以外なところに手がかりがあるかも知れません。犯行を透視して社會的に不健全な思想をもつてゐる事は言ふまでもありませんが、或ひは被害區域等より押して、主義

者らしいものが黒幕にありはせぬかと云ふ事も、一應は考へられます」

「よく、それ、大道で肉筆の小さな名刺を書いてゐる者があるが、その方面も一應の內偵が必要ですね」

守山警部は煙草に火を點けた。

「近頃擡頭して來た、何々派とか云つた多少赤化した畫家の集團があるが、それは既に各署で睨んでゐます」

と他の刑事。

「私としては犯人は僞造金高が十圓を最高とするものですから、さう大して大きな買物の出來やう筈がない。今までの被害者から推しても、菓子屋とか煙草屋とか、或ひは小間物屋さうした小店ばかりを狙つてゐる。比較的注意力の薄い店ばかりを撰んでは出沒してゐるやうであるが、まだ被害附近のさうした店で犯されない所を、嚴重に張り込んでゐるのが、少し持久的な間ぬるい感はあつても、まあ萬全の策ぢやなからうか」

「虱潰しに、丹念に片つ端から調べて行く中には、既に犯人は長期の犯罪に味を占めて、慢心してゐる風も見えるから、案外わけなく網に引つかゝるかも知れん」

守山警部は、何時もの癖の力強い小聲で云つた。かくしてその方針は徐々に固定して行つた。

此の日、主任は部下の實力ある老練刑事を、被害附近の巷に派して、特異の暗中飛躍を試みた。

此の二月十二日以來、神樂坂、早稻田、大塚、戶塚、高田、代々幡各署の管內に――その廣汎な圈內に渡つて、影の如き僞札使ひは、その兇暴性を逞しくしてゐる。各署が嚴重に警戒すればする程、得るものは皮肉にも徒勞と焦燥のみであつた。最初こそ各署が競爭的に犯人檢擧を試みんとしたが、今はそんな悠長な場合ではなくなつた。一齊に緊密なる連絡を結んで、二重にも三重にも警戒網を敷いた。さうした當局の苦心のうちにも、月日は遠慮もなく流れて行つた。

七月の月も早や、半ばを過ぎてしまつた。いまだに犯人が擧がらない。世人は日々の新聞紙上に、いやが上にも好奇の眼を見張つた――魔の贋札少女、さうした言葉は、よるとさはると耳にするやうになつた。

× × × ×

剃刀のやうな風が、一日中吹きまくつてゐる。そして巷には「御歲暮大賣出し」ネオンが、赤、青、紫、思ひ〳〵の色彩で此の雜司ケ谷鬼子母神附近の夜更けは、遠い北國の港町のやうな、やる瀨ない哀調に沈んでゐた。

カフエー・ジュネスの狹い階下には、さつきまで、ストーブを

圍んでゐた角帽の五六人連れが歸つてしまふと、窓によつた隅のテーブルで、ひそ〲と差し向ひで話をしてゐた男女一組が急に彈かれたやうに立上つて、ストーブの傍に腰をかけた。

もう十一時をとつくに過ぎてゐる。他の二人の女給は、此の二人の容子を見ると、氣を利かした積りか、コック場へ通ずるバーを押しやると、その儘何時になつても出て來ない。ナフキンや煙草の吸殼の落ちて汚なく亂れた床の上、餘り綺麗でもない椅子やテーブルに、赤味を帶んだ電球が、寂しさうに光りを投げてゐた。

「ねえ、ようさん、妾もうこんな店に働いてゐるの、つく〲厭やになつたわ」

「そりや無理もないよ、然し今直ぐつて、今の二人の力ぢやどうにもならないんだから、辛らいだらうが、もう少しの辛抱だよ。ほんのもう暫らく」

「でも、もう、妾、今までにどれ程辛抱して來たか分らないわ」

男がそれには答へやうともせず、ぢつと膝の上に眼を伏せてゐる姿を見つめると、女は悲しさに堪ぬかのやうに、上齒で下唇をかむと、つい眼を外らした。――奈落の底へ轉落するやうな、暗らい一時が二人の上を流れて行つた。

男は吉田義治と云つて、前途春秋に富む二十二才の青年――福岡縣筑紫郡水越村に戸主長次の長男として生れた。

母親が繭とりの内職で得た金と、父長次が巡査として受ける俸給の中から、國の中學を卒業すると、田舍の誰でもが憧れるやうに、數多い希望を抱いて、去年の春上京した。そしてW大學の法科專門部に籍を置いた。然し貧しい故郷からの送金を當にする事が出來なかつた。血と汗と涙で――自分が働らいて得た金を學費に充當せねばならなかつた。或る時は新聞配達に、或る時は俥夫の群に、又或る時は書生に、絶えず金を得る爲めに異常な苦難を續けて來た。

彼にとつて、金は此の世の中で、一番大切なものであり、又呪はしいものであつた。女は立木道子と云つて、群馬縣の生れで去年の十月、本所駒込神明町にゐる伯父の高藤某を賴つて上京翌年一旦歸國の後、更らに上京して此のカフエージュネスに雇はれてゐた。

秋風が、ものゝ哀れをさゝやく頃、二人は初めて會つた。その日から、まだうら若い青春の二人の血汐は燃えた上つて、今では戀に亂醉する幸福な二人であつた。

戀の絡りが身の絡り、――二人はお互ひに無理な事をした。聽て身のつまる時が來た。道子の寶石入りのリングや、帶止め

も今では、二人の逢ふ瀬の犠牲となつてしまつた。剰さへ二人の噂が、店の客にまで擴がつて、道子の存在は却つて店の商賣にかゝはるやうになつて行つた。主人は彼女を解雇しやうとした。

「ねえ、ようさん、思ひ切つて云ひますけれど、たうとう二人が決心しなければならない時が來たのよ」

「えゝ、それは……」

「妾、今日のお晝、今にでも出て行つてくれと主人に云はれたの」

「ぢや首になつたんだね」

「えゝ」

女は案外平氣なもので、又しても男の顔を見守つた。青年は明らかに當惑の色が見られた。

「さう心配したものでもないわね、却つていゝぢやないの。二人ツ切りの世界で、貧乏だつて構はない、その方がよくつてよ」

二人は何時しか。痛い程しつかと手を握り合つてゐた。外には電柱の風に唸る音が、凄く響いてゐる。

× × × ×

昭和七年七月上旬の宵。——

道子は高田町三五七に間借りをしてゐる二階の窓に凭つて、やうやく輝き初めた星を數へながら、かうした想ひ出を辿つてゐた。

「でも樂しい嬉しい苦勞だわ、あの頃の方が、一緒に暮らしてゐる今より、却つて樂しかつたやうな氣もするけれど」

初夏らしい、若葉の甘い香りを含んだ微風が、さつと頬に觸れて過ぎた。夫の義治とその妹の美彌子は、夕方買物に出た切り、まだ歸つて來ない。さき福岡に歸省してゐる美彌子の姉の隆子から、ハガキが屆いた。

「今月末にはかへります、別に變つた事もありません」

と鉛筆の走り書。

先月二十七日の夜、美彌子と二人東京驛に見送に行つた時の事が、なつかしくも思ひ出された。二人は自分の小姑に當るのだけれど、まるで實の妹のやうに思はれる。

自分を姉さん〳〵と慕つてくれる。何んて果報な妾だらう。さうした幸福過ぎる微笑みが、彼女の双頬に浮ばうとした瞬間その次の一瞬間、突然見る〳〵中に素晴らしい速さで、彼女の心のうちを眞暗らにして行くものがあつた。

罪の恐怖

曇つてゐた空が、夜に入るとたうとう雨になつた。風さへ加はつて、甚さへ寂しい此の裏通りは、犬の子一匹通らない。

可成りの間隔をおいた電柱の灯が、頼りなささうに闇の中にぼやけながら瞬いてゐる。溝を走る水の音が、木々の茂みに騒ぐ風の音と交錯して、さうした宵らしいもの凄さで、あたりの靜寂にこだましてゐる。

蛇の目をさした十四五のお下げと、洋傘の二十二三の鳥打帽の二人、衣物の裾を帯にはさんで、脛もあらはに大股に急いでゐる。

少女の方は、息さへ荒く喘ぐ程疲れたらしい、動もすると足が遅くれる。それを無理にも男がせき立てゝゐた。男は眞深かに被つたハンチングのつばの下から落ちくぼんだ鋭い眼で、時々後ろを振り返へりながら、何かしらひどく氣にしてゐるやう

男の袂の中で、ちやら／＼音のするものがある。躓りでもつけたやうに、袂がゆらめく、彼は氣がつくと、チエツ！と舌鼓を打つて、片手を袂の中にさし入ると、何かしら一掴みにして、それを少女のポケツトに入れた。

一掴み——指の隙間から、くしや／＼になつた五圓紙幣一圓紙幣が見えてゐた。雨はだん／＼ひどくなるばかり、二人はとある道の曲り角まで來た。

始めて二人は口を開らいた。

「もういゝわ、これ位廻り道をすれば……　ぢや直ぐ駕籠町の方へ出ませうよ」

「さうしやう」

軈て二人の姿は、大塚仲町から駕籠町に上る坂道に見出された。

がら空きの明るい電車が、時々どうと大きな響きを立てゝ、二人の横を行き過ぎる。停留所の赤い灯が、雨の中に少し大きく見える、雨の飛沫にぼかされて、光りが散つてゐるせゐか、何時もより大きく思はれるその赤い灯に、男はどうした譯か、僅かの瞬間、さつと刷毛ではいたやうに、その顔色は蒼白になつて行つた。

赤い灯、赤い大きな灯——交番、警察、巡査、佩劍、罪、法律檢事局、刑務所、かうしたものが、男の腦裡を幾つかの電光がかち合ふやうに、激しい速力で明滅した。

「兄さん、どうしたの？」

「なあに、どうもするものか」

男は強いて快活な語調で答へたが、波立つ胸をどうする事も出來なかつた。

×　×　×　×

それは今から五六ケ月前の事であつた。

兄の義治は、近頃に限つて急に憂欝になつたり、或ひは急にきよと〳〵として沈着を缺き、時には姉や自分に、晝夜の別なし就寝を強いるやうになつた。

そして夜更けになるまで、時には夜中の一時二時と覺しき頃起き出て明け方までも、机に向つて何事か一心に仕事を續けてゐる。電燈は黒い風呂敷で覆ひ、机の周りには紙と部厚ないろいろの本が散らされてゐる。高價な各種の繪の具と、紙幣型の白紙の發見されたのは、それから間もなくであつた。

姉と自分は、激昂してその秘密を明す事を深く追窮したが、

「單に繪を研究してゐる」

と云ひ張つた。——二人は平素の言動から推しても、その位の返事に滿足する程、その疑念の數は少くなかつた。

そして遂ひに、惡い事とは知りつゝも紙幣を僞造してゐる事を洩らした。二人はどんなにか驚らいたらう。千萬言を費して涙を流しつゝ戒めたが、一旦かうと決心した兄は、更らに聞き入れやうとはしなかつた。兄は自分達に、その時矢張り自分達と同じやうに、涙を流して現在の苦境を物語つた。自分達は兄の心事を推察して、さうして兄一人を罪人にするに忍びず、餘儀なく罪の一端を分つ爲めに、僞造紙幣の行使を覺悟した。

兄の苦しい顔色を見るにつけ、妹の美彌子も、今更らながら犯し來つた罪の姿に、幾度かうなだれる自分の良心を鞭打つのであつた。

兄の妻の道子、姉の隆子、さうして自分、最後にめつきりと瘦せて來た兄の姿、美彌子の思ひはだん〳〵と、枯野の黃昏に踏み迷ふた時のやうな、悲しさ、恐ろしさに近づいて行つた。

一しきり、雨をふくんだ風が、横なぐりに、——二人は思はず傘を傾けた。

見られまいと、傘でかくした男の頰には、熱い涙が滲んでゐた。

「俺つて男は、何て不幸《ふしあはせ》なのだ。此の事を遠い田舍に住つてゐる父や母が聞いたら、どんなに驚ろくか、そしてどんなに啖くか。罪と罰、軈て俺は、所詮暗らいところに行く運命だ」

男は口の中で、強く云つて見た。とあはたゞしい電車の警笛が、彼の後から烈しく追ひ立てたので、二つの黒い影は、何時の間にか片側の路次に消えて行つた。

心の閃き

大塚署のO刑事は、連日の活動に疲れた身體を、夕方長い午睡の夢から醒めると、重い足を引きずつて、近くの錢湯松葉湯

ののれんをくゞつた。

いまだに僞札の犯人は上らない、のみかその端緒さへ得られなかつた。單に僞造の紙幣が殘されるのみで、そこには何の連關した犯跡が認められないから、被害者の朧ろな記憶の中から語り出される話を聞くの外、何等適確な參考資料もなかつた。

Ｏ刑事はいゝ氣持になつて、浴槽の縁に頭をのせ、無念の境にさ迷つてゐた。ぱつと電灯がついた。――もう／＼とした湯氣が急に眼に泌みる。ふとその湯氣の中から、Ｏ刑事の耳をそばだてた一つの會話が漏れて來た。女湯の方で若々しい聲、まだ十四五の少女の聲らしい。

「ねえ、みいちやん、あんたのあの洋服、妾に貸してよ、妾あんたと丁度背だけも同じだし、きつと似合ふと思つてよ」

「さう、ちや持つて來るわね、でもあの雨の降るのに何處まで出かけたの？」

「駕籠町の近くまで、買ひ物に」

「駕籠町――なら大塚仲町の妾の伯母さんの所へ寄つて來たらよかつたに」

「だつて、急いだんですもの」

話はそれで杜切れた。

後は赤ん坊の泣聲、湯桶のぶつかる音、流しの音、夕方の錢湯は一しきりの混雑をつゞけた。

Ｏ刑事は突如、閃めく旋風のやうな職業的靈感に襲はれた。

大塚仲町――雨の夜――洋服――少女。

あの雨の夜、大塚仲町二番地食料品店丸山方に於いて、僞札の十圓紙幣が發見された。警察に出された屆出によつて、記憶は新らしい。よく／＼考へれば、この會話と僞札事件とは、その關係あるが如く思つた最初の直感から、だん／＼遠ざかつて行くのであつたが、でも、たゞ何となくその洋服を貸してくれとせがまれてゐる少女が、或は――と云つた考へが、絶對的に否定の出來ぬ心的狀態だつた。

Ｏ刑事は、あはてゝ大急ぎで身體を拭くと、大きな鏡の前で衣物を着た。平素から番臺の内儀とは顏見知りの間なので、彼は煙草を吸ひ乍ら、番臺の傍らにある屑籠をかねた踏臺に腰かけて、世間話を始めた。そして眼は絶えず女湯ののれんをくゞる女の姿に注がれてゐた。

それから間もなく、餘り見苦しくない衣物をつけた、さつきの會話の主人公らしい二人の少女が、手拭を片手に、のれんを分けて出て行つた。

「お内儀さん、あの二人はちよい／＼來るんですか」

「えゝ、あの若い方の人は、二三日に一度位は見えますが、

もう一人の方は、まだ見かけた事がありません」

「さうですか」

彼はすぐさま、外に出て後を尾行やうとしたが、どうした事か既に二人の姿は、そこいらには見受けられなかつた。薄暗の中に巷の灯が、美しく輝やいてゐるばかり、――彼は今の少女の顔を、もう一度はつきりと脳裡に刻みつけるのであつた。

それから二三日は過ぎた。

曇り日の灯ともし頃である。O刑事は以前自分の一寸知合ひである淀橋角筈の煙草屋仁川平吉の店先に腰打ちかけて、何心なく往來を眺めてゐた。さつきからの話に疲れたのか、主人の平吉は、さも大儀さうに度の強い眼鏡越に夕刊を讀んでゐた、そこへ突然。

「朝日を六つ下さいな」

と水兵服を着た十六七の可愛らしい少女。主人は硝子製の容器の中からとり出して、手渡した
「有難うございます」

「すみませんけど、細かいのがないんですが、十圓でお釣りを……」

主人は六つも纏めて買つて貰へたので、快よく九圓十錢の釣錢を出した。少女はそれを勘定もせずポケツトに收めると、直ぐ店を出て驅け出した。O刑事の眼は、その瞬間異様な光りを發した。

「仁川さん、ちよつとその札を見せて下さい」

「えツ!」

主人は、その札を、金入れの中に收めかけてゐたが、彼の言葉によつて、さも不審さうに近寄りながら、渡すのであつた。

「あつ! それは僞札だ」

「えゝつ、僞物」

札を握つたまゝ茫然としてゐる主人を見向きもせず、彼は一散に走り出した。

見ると前方に、さつきの少女が小走りに行く。時々人通りの中に見えなくなるので、彼は全速力で、漸やくその二三十間手前まで近寄る事が出來た。間なく新宿の終點。少女は市內電車に飛び乘つた。

電車は疾走する。――もうここまで來れば大丈夫だ――O刑事は微笑んだ。水兵服の少女、よく〳〵凝視すると裾のところに大きな塊りの形をした一杯の泥のあとらしいものが、薄く浮き出されて見える。さてはと、その顔に注意すると、先日松葉湯で會つた少女とそつくりである。

「うむ、俺の直覺が間違つてゐなかつたのだ」

軈て四谷見附に來て、少女は下車した、彼も下車した。飯田橋行きに乘つた、彼も乘りかへた。車掌に云つた小聲から、小女の切符は早稻田に鋏みのある事を知つた。今まで氣附かなかつたが、少女の隣りに腰かけてゐる二十三四の男は、その知合らしく、何かしらひそ〳〵と耳打ちをしてゐる。時々その男の

視線が、O刑事の知らないやうに、彼の様子を見詰めるのであつた。

飯田橋で下りると、幸ひにもがら空きの早稲田行が來た。然し少女とその男は乘らうとはしない。

「はゝゝ、奴等感ずいたかな。よし、それなら」

彼は態と踵を返へして小石川橋の方へと歩き出した。暫らくして振り返へると、今來たのらしい滿員の早稲田行が、人々を呑吐してゐる。

運轉手臺から乘つたのは、正しく少女とあの男だ。電車の動きかける頃、交叉點を過ぎる時、O刑事は車掌臺に飛び乘つた電車はその儘終點まで疾驅した。そして早稲田帝國館の前で下りた時は、もう全く夜の帳が下りて巷には夏の夜らしい、すが〳〵しい氣が漂つてゐた。人々は扇子や團扇を片手に涼んでゐる。

彼は少女とその男の後を尾行た。軈て目白臺に通ずる豐坂まで來た。然しどん〳〵通り過ぎて行く。兩側はくど〳〵しい暗らい細い道である。彼は煙草をつけやうと、一寸立止つた瞬間——二つの影は、かき消すやうに、暗に吸ひ込まれてしまつた再び彼が頭を上げた時、そこには暗らい夜の闇がはびこつてゐるのみで、二人の姿は彼の視野には映じなかつた。一目散に、二人の今歩いてゐた邊りに驅け寄つたが、何心なく足許を見ると、闇に白く浮いてゐるものがある。拾ひ上げると、一枚のハンケチであつた。

少し汚れてはゐるが、絹である、隅の方に紫の糸で小さくMと刺繍がある。M——湯屋できいたのは、確かにみいちやんだつた。さうだ、これはあの少女の持物に違ひない。かう考へつくと、彼は叮寧にたゝんで懐ろに入れた。

そしてその附近の番地を調べやうと、少し行つたところにある俥夫溜りで訊いて見た。

高田町三五二、—俥夫は敎へて呉れた。

「ふうん、犯人は此の附近に居住してゐるに違ひない、もう十中八分までは成功だ」

彼は、直ぐその足で本署へと急ぐのであつた。

哀れ罪のあと

その翌る日の犯行は、凡て四谷新宿を中心として行はれた。最近高田町及びその附近では餘り犯行を見ないやうである。ます〳〵もつて犯人は、高田町三五〇番地附近の居住者に違ひない。

O刑事は、輕るい自己優越感に、快いむず〳〵するやうな或るものを、身體一杯に味つた。

被害者の中、三軒までは昨日尾行した少女の服裝、又は容貌に同一の申し立をした。中に一軒新宿の化粧品屋である中村方の女主人は、二十三四のソフトを被つた學生の男だと報告した二十三四の男、O刑事は少女と一緒に歩いてゐた男を想像したそして無條件に、その男も犯人の一人だと、長年の經驗の生む老練な推理は、その男に對して、さう批判した。

「さては、常に犯行の際は、一人が見張り役を買つて出で、二人宛同所で荒し廻つてゐるんだな」

續いてかうした推斷に到達するのであつた。

その夜司法主任の命を受けた數名の私服巡査は、高田町三五O附近の作所を、一々精細に渉つて、片つぱしから調査し初めた。火は巣窟の極く手前まで、燃え擴がつて行つた。そして案外譯もなく、同町三五七にあるとたん張りの二階家のうち、階上四疊半と三疊の二間を、一ケ月十五圓で借りてゐる、先月中頃移轉して來たと云ふ、男女四五人の群――彼等彼女等は、近所交際もせず、常に入り代り立ち代り外出勝で、誰も夜の十二時頃までは家にゐた事がない――附近でも疑問視されてゐたのであつた。

O刑事の尋問に對し、隣家の人々は、彼の推斷するやうな、如何にも怪しむに足る回答を、その間借りの男女に就いて物語つた。

「一も二もなく、犯人はその群だ、もう躊躇すべき時ちあない」

一行はどや〳〵と踏み込んだが、部屋はもぬけの殻であつたまさか如何に職權をもつてしても、不在中に家宅捜査も出來ない。一先ず恨みを呑んで引き上げた――時もその時本廳の僞札主任守山警部を中心に、被害地管轄の警察司法主任を召集して打合會を開らき捜査方針を確立して、その犯人逮捕について種々協議を試みるところがあつた。

二十八日午後、犯人の本據は蟻も漏らさぬ警戒網に包圍された。制服私服の警官は、全神經を眼に集中して、何心なく過ぎて行く通行人をさへ、怪しと見れば誰何した。

O刑事を眞先に、幾人かの刑事が、不意を狙つて二階へ驅け上つた。驚ろく男女を尻目にかけて、嚴重なる搜査が行はれた階段の下から印刷機、活字、毛筆、僞紙幣等が發見された。もう疑ふべき一點の餘地もない。有無を云はさず、その場から一人の男と二人の女を捕へて大塚署へ引き上げた。O刑事は持前の叮寧な言葉で若い方の女にいつた。

「これは貴女のです、お返へししませう」

と先夜拾つた絹のハンケチを手渡した。少女の顔色はさつと變る。これが巷間にその猛威を逞ふした魔の少女であつた。女は覺悟したやうにそのハンケチを袂に入れた。

「おい、お前はうまく欺いたな」

男は痙攣的に、唇を震はしてゐたが、軈て力なく下を向いたかくして彼等三人は、法の威力の前に泣き崩れた。

福岡に歸省中だつた淺治の實妹隆子は、その翌二十九日、東京驛到着を待つて、張り込中の刑事に取押へられた。

제8편

범죄 실험자

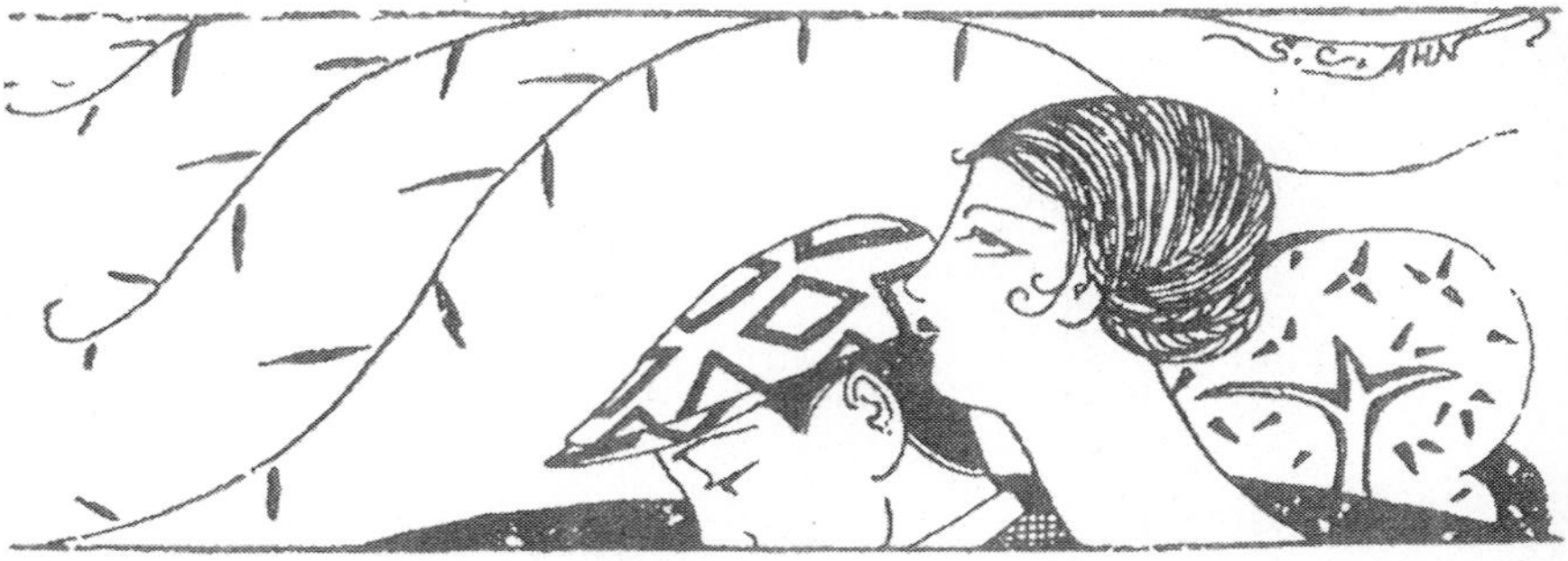

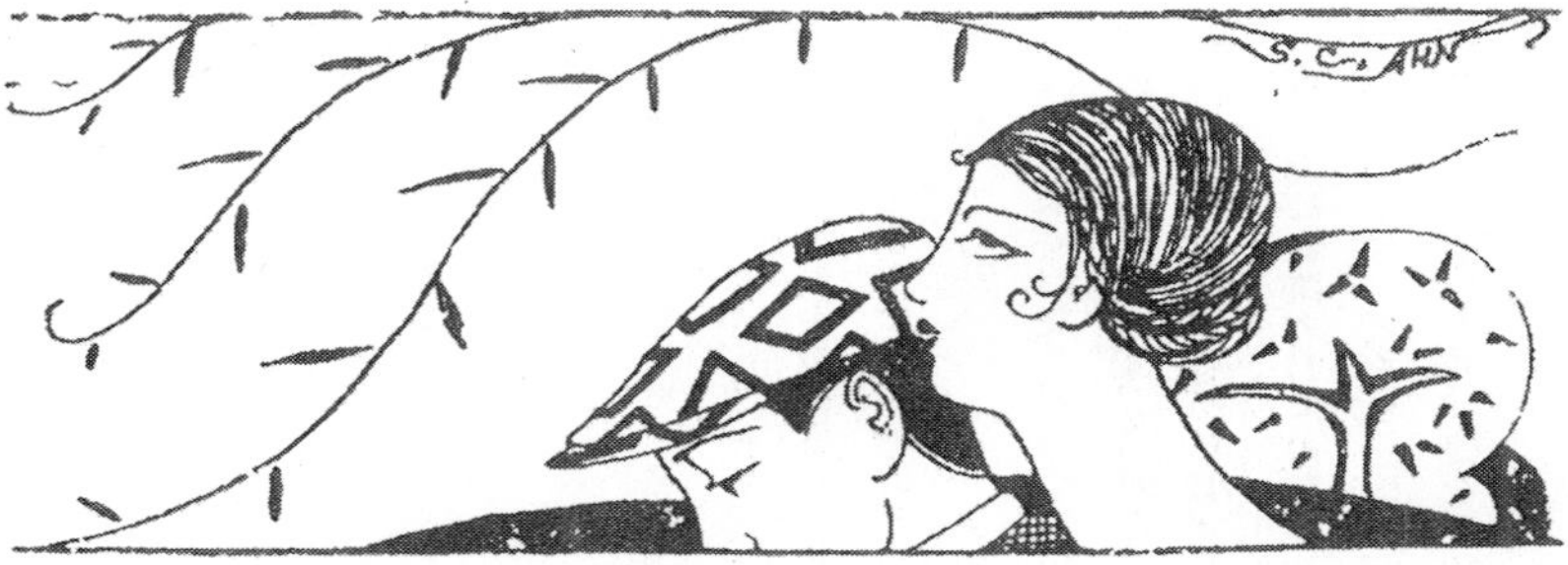

探偵小說

犯罪實驗者

青山倭文

私の友人である若い犯罪小說家大木玉之介が、罪を犯した事を、私は昨日の新聞で知つて驚ろいた。

まさか、あの大木が――と、日頃の彼の溫順しい性質、態度からおして、疑つて見たほどだつた。が、新聞には、「犯罪小說家の實驗者大木玉之介」と、歷然と書かれてゐる以上は、疑ひを挾む餘地とてはない。

事件の起つたのは、一月五日の夜であるから、さつと二ケ月も以前のことである。さう云へば、私も、まだ酒氣のさめない正月の六七日ごろ、廣小路の雜踏の中で、腕に繃帶を卷いて首に吊つた大木に逢つた事を思ひ出した。

その時は、酒に醉つぱらつて、そこいらで倒れた名殘り位に思つて、深く訊ねることもなく別れてしまつた。そして彼も亦その時に限つて、何だかそわ〜〜して別れてしまつた事も、今にして思へば頷けるやうな氣がした。

事件はかうである。――

と、云つたところが、昨日の新聞記事丈けでは、彼が犯人であることを、見出しだけ大仰で、記事は極めて單簡なので、事件の詳しい全貌を知る譯には行かない。もつと以前の新聞を

調べ様とも思つたのであるが、屑屋に拂つたものか、不幸それが見當らなかつた。

そこで、かくして書き出した以上、止める事も出來ないし、又友人の事件を少しも知らぬと云ふのも、何となく彼に對して濟まぬやうな氣もするので、彼の家を訪ねて見ることにした。

廣小路通りを電車で眞直ぐに、東へ突走ると、中央線のガードを、大きくカーブを描いて渡つて、それからは半郊外的な明るい街路である。

一直線である爲めに、終點の覺王山が遙かに見渡せる。私はこちらへ來るのが、二三ケ月ぶりであつた。池下で電車を降りて、コンクリートの女學校の前の通りを小高い丘の方へ上つて行つた。その上には、やはり小ぢんまりとした半洋風の大木の家が立つてゐた。

彼が、家にゐない事等は分つてゐながらも、ふと、あんな事件が間違ひであつて、相變らず、あの窓邊近くで原稿用紙と睨めつこをしてゐるんぢやないかと云ふやうな氣がして來た。

家の中は森閑としてゐた。

私は、ちよつとためらつたが、思ひ切つて聲をかけて見た。

すると、直ぐ中から、鍵を外す音がして扉が開いた。

「まア……」

緑色のパヂャマに、オーバを羽をつて、マリーが立つてゐた。此の娘は身寄りがないとかで、ずつと前から大木と同棲してゐた。と云つても、別に戀人とか、妻と云ふ關係ではなく、大木の心持だけの女友達であつたやうに、私は信じてゐる。

マリーと云ふ名も、彼や私たちが呼んでゐる名前で、本名は私も知らない。

私は、部屋に上つて、ちよと云ひ惡くかつたが、

「大木君は、えらい事になりましたね」

と云ふと、彼女は、そんなに氣にも止めないらしく、あつさりと、

「あたし、困つちやつたのよ」

と云つて、私の顏を見上げた。

私は、此の娘の容子を見てゐる中に、何だか可哀さうになつて來たので、

「私の家に來ませんか、でも大木君に惡いか知ら？」

と云ふと、彼女は、ちよつと考へ込んでゐるふりだつたが、

「でも、あなたのお邪魔になるでしョ」

「いゝや、邪魔どころか、賑やかになつて嬉しいですよ」

暫らく默つてゐた彼女は、

「ぢや、さうするわ」

と云つて、とても朗らかに、私の問ひに答へてくれた。それは、——

二

一月五日の夜——

大木は、今夜は用事があるから、一人で行くと云ふので、マリーは淋しく一人で家に殘つてゐた。こんな事は、極めて稀にしかないことで、多くの場合、マリーを連れて街へ出る事にしてゐた。だが、彼女は別に氣にも止めずに寝てしまつた。

その夜、大木は戻つて來なかつた。

少し心配になつて來たが、多分お酒でも飲んで、どつかで倒れてゐるのであらう位に思ひながら、心を落ちつけてゐた。

丁度そこへ、翌日の午前十時頃であつたが、手を首に吊つた大木が、うつすらと口もとに笑みを浮べながら歸つて來たので、彼女はやつぱりお酒だつたな、と安心した。だから詰問するやうな譯にもゆかなかつた。

「たう／＼、こんな目に逢つちやつた」

と、大木は腕へ眼を落した。

怪我したのは右腕だつた。

「あんまり飲むから、ばちが當つたのよ。でも、右腕では書くのに困るわね」

「だから、今夜から、マリちやんに代筆を頼むんだ」

と云ひ乍ら笑つた。

その夜マリーが、ペンを持たされて、彼の口述を筆記した。彼女は何事かを思ひ出すやうに、まるで思ひ出す事を努めでもするやうに、又非常に熱情を眼の色に輝かせて、すら／＼と口述して行つた。

そこまで話したマリーは、

「その原稿は、こゝに出てゐるのよ」

さう云つて、一冊の雜誌を出して來て私に見せた。その小說の內容は、私がざつと眼を通したところでは、——

何でも、非常に慘虐性を好む一人の青年探偵小說家がゐた。彼は常に人間が殺されるとか、大きな負傷をするとか、スピードをもつた乘物の大衝突を來たす場面とか云ふやうな、瞬間の激烈なショックを目のあたり經驗して見たいと思つてゐた。

それは、彼の小說に、さうした場面に迫眞力がないと云ふ、世評が原因してゐた。彼は先づ最初に、乘合バスの衝突を選んだ。それからは成るべく混雜した乘合車に乘るやうにして、何時も運轉臺の直ぐ際に席をとつた。

さうした或夜、遂ひに實行すべき絶好の機會に惠まれた。そ

のバスには、殊の外女の乗客が乗り合せてゐて、彼の前にも立塞つてゐた。その肉の香が、彼の鼻先で渦を巻いた。彼の慘虐な衝動は、容赦もなく湧き立たされるのであつた。

彼は、かねてから用意してゐた×××を懐中で握りしめた。

バスは廣小路の自動車の洪水の中を走つてゐた。前に停車した自動車を避けやうとして、カーブした瞬間、よろめくやうな恰好をした彼の手が、誰の目にも止らない速さで、運轉手の胸元に差し出された。運轉手の洋服の胸元には、微かに液體やうのしみを見出す事が出來た。

すると、運轉手の頭が、苦しさうに左右に動いた。そして前に垂れた。と思つた瞬間、激しいショックと共に、大音響を耳にした。衝突だ。誰も彼れもが、眞暗な混亂の中へ轉落して行つた。

非常な壓力を感じた彼が、眼を開けて見ると、彼がのめつてゐる眼の前には、女達の白い肉體と、艶めかしい衣物の裏と、ぬる〳〵した赤黒い液體とが感じられた。運轉手の上半身が、ガラスを打ち破つて前にぐつたりとのめつてゐた。

彼は遂行の滿足に、顔のひきつるやうな快感を覺えたが、彼も肩と頭部にひどい打撃を受けてゐると見えて、立上る元氣さへなかつた。そして微かに蠢めく若い女の皮膚の感觸と、血糊の匂ひとに、彼の頭腦は陶然とした。

彼は手を伸して、――

大木の小説は、こゝのところで次のペーヂに移るのであるが、それが綴ぢ目から引き破られてゐた。

私は、此の小説の主人公に、彼を嘗て篏めて讀んでゐたので、それが切れるとほつとして、前にゐるマリーの美しい顔を見上げ、

「惜しいところで切れてますね」

と云つた。

「それからは、妾がお話しなければなりませんのね」

と彼女は云つて、その續きを話し出さうとした。で、私は、

「小説のつゞきよりも、大木の本當の事を知りたいのですが……」

と云ふと、

「えゝ、ぢや、妾がその小説筆記させられた夜の事からでせう」

と云つて語り出した。

三

マリーは、此の小説は少し變だ〳〵と思つて筆記してゐる間に、その日の新聞に、廣小路の雜踏中でのバスの大衝突事件の

見出しを見た事を思ひ出して、

「若しかしたら大木が……？」

と云ふ不安を抱き初めた。

書き上げてしまつたのが十一時であつた。マリーは、急いで自分の寝室に飛び込んでその日の新聞に眼を通した。

バス大衝突、昨夜廣小路の雑踏中で

運轉手は即死、重傷者四名

昨夜十時四十分頃、名古屋驛行き乗合自動車三八〇號が、廣小路通り富澤町の交叉點附近にさしかゝつた際、前に急停車したバスを避けやうとしてハンドルを誤り、傍らの電柱に轟然たる音響と共に衝突した。車體は大破され、電柱はへし折られ、折柄附近を通行中の群集は黒山を築き、一時は交通杜絶の觀があつた。

運轉手山田良一(二四)は頭部を强打した爲めに即死し、重傷者は車掌加藤ゆき子、乗客坪井紫子、花田浩二、梅田一子の四名にして、尙他の乗客は全部全治四五日間の輕傷を負つた。

原因は運轉手の過失か？

車掌加藤ゆき子さんは、病院の白いベッドの上にて語る。

車掌加藤ゆき子さんは、頭部及び大腿部に打撲裂傷を受け、一時氣絶してゐたが、山本病院に收容、手當の結果意識明瞭となり、當時の模様を語つた。

「山田さん(運轉手)は、前のバスを避けやうとした時は、何時もと變らぬ姿勢をしてゐられたやうですが、すぐ姿勢が變に崩れて、頭が前に垂れたやうだと思つたら、あんなことになつてしまつたんです。私も切符切りに、混み合つた人の中にゐたのですから、はつきりは申し上げられませんが、多分、前日の終夜運轉の疲れが出て眠つた爲めでせう」

一月六日の新聞記事は、これ丈けで終つてゐた。

そしてこんな事件は、日常ざらにある單なる衝突事件として、もう忘れられたかのやうに、新聞からも、人の噂からも影をひそめてしまつた。誰にしても、こんな事件に疑問を抱くやうな餘裕もなし、又必要もなかつた。警察當局も、運轉手の過勞が原因をなしてゐるものとして異存はなかつた。

此の新聞記事に眼を通した者は、恐らく、みな一様に、運轉手の過勞の爲めの不幸な死に對して、深く同情を寄せた丈けに過ぎなかつたであらう。

會社は、死傷者に對して、それ〴〵慰藉料を支拂ひ、山田運轉手の葬儀も盛大にすまし、何時とはなしに、この事件も忘れられて行つた。

マリーが、ちよつと話しを杜切らしたとき、私は急いで口を挾んだ。

「その車に、大木が乗つてゐた事が、警察に分つてゐたどらうか？」

「そりや、身分や名前も調べられたらしいわ、七日ごろに參考人として呼び出しが來たのよ」

「その時は、どんな事を調べられたんだらうか」

「矣、その場合、聞いて見る氣になれなかつたのよ。警察からの呼び出し、と云ふことで何だか、もう想像がついたやうな心持になつてしまつて、どうしてもその事に觸れる事が出來なかつたの」

さう云ふマリーは、本當に當時の氣持を思ひ起したらしかつた。

私が、廣小路で大木に逢つたのは、事件の二三日後であつたそれからの彼は、全く今までと打つて變つたやうに、仕事に熱中した。殆んど晝夜、ぶつ續けに彼女に口述筆記させたのであつた。

そして原稿は、二篇三篇と書きためられて行つたが、どの原稿も、狂暴な殺人罪を犯す場面が、非常な眞劍さと、そして筆記してゐながらも、不氣味な程の迫眞力とを持つてゐた。

彼女は、こんなとき、風で戸の音がコトツとしても、ぞつと身顫ひすることが度々であつた。

最初の原稿は、二月號の雜誌の締切に間に合つて、發表されたのだすると、それからはどの雜誌社からも爭つて、原稿依頼の手紙が飛ぶやうに來た。今まで賣行の香しくなかつた彼の原稿が、一躍にして、羽が生えて飛ぶやうに賣れ出した。

一躍此の方面の流行作家となつた大木に對して、誰一人として疑ひを持つものもなかつた。皆その名聲に羨望の心を抱いてゐた。

しかし、その頃の大木の態度は、少しづゝ變化して行つた。仕事には勿論熱心であつた。その爲めに、餘り外出しないやうであつたので、友達がよく遊びに來た。彼はその友人たちとの話の中で、昂奮してしやべつてゐたかと思ふと、急に默つてふさぎ込むやうな事が多かつた。それはマリーに對しても、さうである事が眼について多くなつた。

もう此のころでは、腕の傷も癒えてゐたので、獨り書齋に閉ぢ籠つて、マリーとも餘り口を利かないことが多くなつて行つた。彼と彼女との生活に、非常な不自然さを感じ出した。

マリーは、その爲めに寂しくなつた。ずつと以前の樂しかつた。そして朗らかな生活を思ひ出しては懷しむのであつた。さうかと思ふと、又急に以前にも増した親しさで、彼女の部屋へ顏を出し、

「マリちやん旅行しないか、どつか、箱根邊りへでも、マリちやんの洋服賴んで來て上げたよ」

等と云つたりもした。

「わたし、何だか、それが不氣味だつたものだから、行かな

かつたわ。……あたし今、あれよ、身體が……とか何とか云つて斷つちやつたの。でも、洋服は作つてくれたのよ。此のオーバがそれよ」

と云つて、マチヤマの上に羽織つてゐるオーヴーの襟をはだけて見せた。

「大木も、本當は親切な男ですよ」

と、私もしんみりして云つた。

「あたし、感謝してゐるわ。その點については……」

二人は、何だか譯の分らない氣持に陷つてしまつた。

が、思ひ出したやうにマリーは云ふのであつた。

「ところが、たうとうやつて來たのよ、二月初めの新聞だつたわ」

四

その新聞記事は——

既報一月五日夜の廣小路バス衝突事件は、運轉手の過失ではなく犯人あり、と云ふ書き出しで、大體次のやうな內容が書かれてゐた。

その端緒とも云ふべきものは、一個の小型の香水瓶から得られたのであつた。

その香水瓶に殘つてゐた一滴の液體は、香水ではなく、實に強烈な×××の液體だつたのである。

では、その香水瓶は、何處から當局の手に入つたか？

それは最近バス會社の若い一修繕工が、破壞されたバスの車體を解體してゐると、座席の後方のシーツの間から、小型の美しい香水瓶を發見した。若い女の持物だと云ふことが、彼の心を捕へて、そつとポケツトにしまひ込ませた。

若い女が澤山、壽司詰めのやうになつてゐた事も聞いてゐた。その中の一人の懷中から、あの衝突の際知らずに飛び出して、挾つてゐたものであらうと思つた。彼は物蔭へ來て、そつと蓋を廻して鼻先に近づけた。

と、それは香水の匂ひではなかつた。強い刺戟を鼻孔に感じた丈けで、彼の頭はぼんやりとし、その場に卒倒してしまつた。そして友達が驚ろいて駈けつけ、介抱するとやつと蘇生し、その奇怪な瓶を早速と警察へ屆けたのである。

そこで所轄署でも驚ろいて、その藥品の出所及び運轉手山田の人事關係を調べ出したのであつた。

會社の同業運轉手、車掌等眞先に調べられた。車掌が女である關係上、男女關係ではないか、と、先づ當の車掌加藤ゆき子が引かれた。これは、ゆき子が先に、至極あつさりと、

「山田が疲れて、居眠つてゐたのぢやなかからうか」

と云つた態度、又、

「前日の終夜運轉の疲れだ」

とも云つたが、事實は山田が終夜運轉をしたのは、もう四日も前の大晦日の夜から朝にかけてゞあつた。――事等から疑惑を持たれたからであつた。

しかし、此の女の背後にも、一人の人間がゐなくてはならないのに、それが皆目あてがつかない。

ゆき子の家庭に於ける性行、同業者に於ける信用は絶對的に良好であつた。それに若し、そんな事をしなくてはならぬにしても、職業上でなくとも、どんな人間だつて、自分自身が乘り合せてゐる車で行つた結果を考へない筈はないであらう。

彼女の嫌疑は、だん／＼と薄らいで行くのであつた。

さうなると、順序として乘客に來なければならないが、これも車掌加藤ゆき子の場合と同様で、特別の精神狀態のものでなければ出來ない。

大木は、それが新聞に出た日、警察へ呼び出された。その時の乘客が全部揃つてゐた。が、それらの訊問からも、更らに手掛りになるやうなものはつかまれなかつた。

で、今度は、その當時のバスの座席に乘客をつけて、ぼつ／＼と調べて見る事にした。これは、映畫――、七萬人の目撃者――の犯人捜査方法からヒントを得たのであつた。人々は、こんなとき、若し僞つた事が分つたなら、……と云ふ恐迫觀念から、默つて正しい位置につくものである。

幾つかの眼が光つてゐる。

少しでも有利に、と云ふ心は正直に、と云ふ心と完全に一致してしまふ。

位置について、最も運轉臺に近いのは大木である。大木初め、みんなの顏色は蒼ざめて見えた。大木の前に女が二人立つてゐる。向ひの出口に近いところに、女學生上りでゝもあらう洋裝の可愛いゝ娘がゐる。大木の隣りが女、その次が男、さうして眞中から後ろの方が一杯に詰つてゐて、少しも見透しが利かない。

そして例の香水瓶の發見された場所は、大木の席の丁度背後にあたつてゐた。乘客中に若し犯人があるとすれば、大木が最も深かい嫌疑をかけられるのが當然であつた。そこで訊問は、彼一人に向けられたが、頑として否定し續ける丈けであつた。

五

ところが、昨日の新聞で見たやうに、大木がその眞犯人であることが判明したのであつた。

それは何回目かの取調べの最後の日であつた。

大木が、その部屋を出ると、前の机の上に、幾冊かの雑誌が展げられてゐた。彼は胸中ハツ！と思ひながらも、顔色には出さず、そつと覗いて見ると、それは何れも自分の書いた犯罪小説であつた。

見る〳〵大木の顔色は變つて行つた。

自分が一躍、流行作家となることを得た、思ひ出深かいあの小説が、今、ここでは正反對に、身を滅す端緒となつたのだと思ふと、自分の行爲の罪深かさを、あり〳〵と感じたであつたらう。

警官は、それを見遁さなかつた。

遂ひに大木は自白した。

それは彼の小説と、全く相似してゐた。取調べの係官が、新聞記者に話した。

「大木が犯罪小説に興味をもつ小説家だと云ふことを知つたが、どんなものを書くのか、さつぱり分らないので、それから一生懸命に雑誌を集めて研究をした。

それであの小説について、だん〳〵取調べて行かうと思つてあの場所へ出して置いたのだが、案外早く自白してしまつたので、こちらで却つて拍子抜けがした位だつた。

警官も、あゝ云ふ小説を常に讀んで研究して置くと、役に立つ事があるものだと、つく〴〵と感じた」

私は、大木に對して、惨酷な憎むべき奴と云つていゝか、それとも哀れなる彼よと云つていゝのか、全く分らなくなつてしまつた。

「明日でも、私の家へ移るやうにしませんか」

と、マリーに云ひ置いて、私は重い頭で外に出た。

제9편
푸른 옷의 도적

小說

「青衣の賊」

野田生

「青衣の賊」とは伊太利、佛蘭西國境に出沒して盛んに、密賣（密輸出入）を働いた賊で、日に青い日除を掛け、そうして青色の緩い上着を着けていた所から、斯うした名が出來て來たので、一時これ等の賊が、國境を騒がせた、ため警官等が大活動を始めたと云ふ、物語りですが、これは事實あつた話しでこれが最近英國の「ワイド、ワールド」雜誌が特に掲載したものだと云はれています

千九百十八年五月二十一日の夜、四人の伊太利騎馬巡査が、バレント、バッス附近の山腹を探偵して居たが、それは四人の密賣者を捕縛するためであつた、當時これ等の密賣者が、巧に佛蘭西、伊太利國境に出沒して、盛んに密賣を働く結果、特に國産稅務員の憎む所となつていたのであるが、山腹及び平原に點在する、幾多の村落には、密賣者と氣脈を通ずる者が、非常に多くなつて以來現行中の密賣者を見附けることは不可能とされていた、密賣品が農民に賣られるまでには、少くとも數人の手を經るのであるが、先づ共犯者が密賣者から、商品を受け取ると、それを隱匿してたいて、やがて行商人に賣ると、行商人はそれを農民に賣るので、事實上行商人は密賣品の取次人をやるのである。

すべて大陸諸國には、重い保護稅法があつて、それがため隣國の商品が防げを受ける結果、盛んに密賣が行はれるのである、密賣品を買ふ人間は、種々あるが、特に田舍の人になると大膽にもこの罪を犯すものが多いのである、これは正當な品物を買ふよりも、密賣品を買ふ方が、非常に廉いからである、そ

うしてこの密賣が大戰亂の終局と共に、佛蘭西、白耳義及び伊太利、佛蘭西間に於て非常に增して來たのである。

さて四人の伊太利騎馬巡査が、特に密賣者の捕縛に熱中していたのは、密賣人捕縛者に對して、二千圓の報酬が附いていたからである。騎馬巡査の目を附けていた四人の密賣者の中には、二人の脫營者があるが、彼等はもと伊太利の軍隊內にいたのである、その一人はアレクサンダー●ボーデサルト今一人はルイボーデサルトであるが、この二人はロシイと云ふ騎馬巡査が見て、よく知つてたるのであると云ふのは、ロシイが以前に、この二人が住んでいた村に、滯在していたことがあるからである、そうしてアレクサンダーが、戰爭開始當時、軍事當局へ出頭しなかつたため、ロシイに拘留され、コニイの軍隊へ護送されたことがあるからである。

話しが橫道へ入つたが、四人の騎馬巡査が夜通し山間を探偵したが、何等犯人らしい者にも會はなかつたので、四人が二つに分れて、朝の七時に、ある一定の箇所で會ふことを打ち合せ、た互に違つた道を取りながら、平原目懸けて下り始めたのであつた。

「君は私と一所に來た方がよかろう、私等のように山には比較的慣れて居ない方だからね」

隊長のロシイが斯う云ひながら、四人の內で一番若い、そうじて一番經驗の少ない男を連れて、仲間のものと別れを告げたのであつたが、事件はこれから段々と起つて來るのである。

斯うして二つに分れてから、一時間も經たぬうちロシイの若い從者が、狹い峽谷を欒に降たらふとして、不幸墜落の憂目に遭ひ、左足にひどく怪我を受けたのであつた、しかしロシイが此の時、電光石火のように彼をつかんだので、懸崖へ落ちることなく、生命にも別條がなかつたのであつた、しかし斯うした箇所に於て施すべき術が殆んどたい位であつた、ロシイはしつかりした岩角で負傷者を支へしめ、出來るたけ安靜にしてから、ロシイはそのまゝ、山麓に下つて手下の者の助力を求めることにした、ロ

シイは一時間も歩いてから、突然非常に嶮阻な岩を攀ぢ下りて、あまり經驗のない小道へ出ようと決心したのであつたが、此の小道を、通ると目的の箇所へは非常に近いのであつた、ロシイはこの小道を少な下つてから、ある大きな漂石の近くで止まつた、そうして彼が其所に坐つて正にパイプに火を附けようとすると、突然彼の敏感な耳に、人の話し聲が響いて來たのであつた、ハット思つた彼は暫くその話し聲に耳を傾けてから、パイプを後の嚢中に入れて、その體を漂石の影に隱し、今下つて來たばかりの小道を見つめて居た、すると凡そ四丁も高からうと思はれる所に、二つの黑い影が、その脊に重そうな荷物を擔ぎながら、金剛杖をついて嶮しい坂道を用心しながら下つて來るのがわかつた、朝の六時頃重い荷物を脊にして嶮しい、あまり人の知らない小道を通る者が他にあるだろうか、これこそ密賣者に違ひなかろう、ロシィは直ちに斯う心に決めて、連發騎兵銃を肩からはずしながら、將に起らんとする事件に備ね、一層念入れてその體を漂石に隱し、彼等の視線を外して居た、すると最初重い荷を脊にした男がッカ〳〵とロシイの前方に現はれて來た、それこそ曾て獄に繫がれていた有名な密賣者、アレクサンダー●ボーデサルトであつた、それから間もなく、彼の後から來た男は弟のアルネスト●ボーデサルトであつたが、これも亦大きな袋を脊にしていた。

しかしロシイは、今一人の兄弟でルイと云ふ男が、居ることや、この三人が何時も共同で仕事をやつてゐるこ・も知つて居たのであつた、然も今ロシイの目には二人しか見ゑないのである、しかしロシイは何か他の用事で、ルイが今日の仕事に加はることが出來ないのだと信じて終つた。

やがて二人のボーデサルト兄弟が、漂石を通り過ぎて、正に坂道を下らんとする時、ロシイは早くも懷中のベルを取り出して、耳も裂けんばかりに、それを鳴らした、それと同時に、先頭に立つ男に銃口を向けた、ベルの音は山から山ねと響いて、遠い箇所へも聞ねた、そうして數百呎も上部に殘されて居る、例の負傷青年の耳にも、明かにそれが響いたので、彼は口笛でそれに應じた、吃驚仰天したのは密

賓客のボーデサルト兄弟であつた、彼等はオヂ／＼しながら、後方を振り向くと連發騎兵銃が、彼等に差し向けられて居た、而もそれが彼等にとつて、最も恐ろしいブリガデール●ロシイの手に持たれて居たのであつた、彼等はうま／＼と騎馬巡査の計に懸かつたのであつた、彼等はその重い荷物と太い金具の附た杖とに妨げられて、その兇器ピストルを、横のポケットから取り出すことが出來なかつたのであつた。

「ボーデサルト兄弟、お早よう」

ロシイは斯う云ひながら、銃口を彼等につきつけてまた

「立ち止つて私を見ずに眞直に進め、お前達の内で誰でもよいが、脊の荷物を捨てようとしたり、又方向を變ねたりすると、すぐズドンだぞ」

斯うなると流石のボーデサルト兄弟も只だ服従するより外に何うすることも出來なかつた、ロシイは彼等を追い、下らふとしながら、下の方に待つて居る彼の手下の所へ行かうとしていた、二人の兄弟は最後ろにロシイが銃をつきつけてゐるので、澁い顔をしながら歩み出した。

しかし此所にロシイに取つて不幸な事があつた、それはもう一人の兄弟で、ルイが全く來て居ないのだと云ふことを信じていたことであつた、その賓ルイは疲れのため、後方に休息していたのであつた、そうして今けたたましいベルの音や口笛を聞いた、彼が形勢不利と見るや、そのまゝ荷物を投げ捨て、ポケットからピストルを取り出しながら、兄弟の急を救ふべく、後方から急いで來たのであつた、間もなく銃口を二人の兄弟につきつけて、彼等を衿喝してゐるロシイがルイの目に入つて來た。

つづく

小說

「青衣の賊」（二）

總督府　野田生

石だらけの小道を歩いてゐるロシーは、自分の足音と二人の捕虜の足音とのために、彼の背後へ接近しつゝあるルイの足音がわからなかつた、稍々それに氣がついたときはもう遲かつた、ルイはそのピストルでロシーの後頭部を射通した、あわれ！彼の體は斷崖絶壁へ轉げ落ちた。

そうする内に他の警官のベルの音が遙か遠方から響いて來たので、もう一刻も躊躇することの出來なかつた、ボーデサルト兄弟は直ちに相談を始めることにした、その結果今彼等が進みつゝあつた山麓の農場母屋へ行くと云ふことは、馬鹿の骨頂だと云ふことに一致した、そうして兄弟の内で誰れか一人が、冒險的に平原へ下つて密賣品を處理して終ふまでは、山間に引き返していようと云ふことに話が決つた、それよりも更に重大な一事は彼等にとつて親密な友人であり仕事仲間であり、又スパイであるマリアと云ふ女性の通信を得ることであつた、當時彼女はレベローの村に居住していた。

これより先山麓に待つていた二人の騎馬巡査が、不幸なロシーの死體を發見したのは、約二時間程前のことであつたが、間もなく例の負傷青年をも見出すことが出來た。

今ロシーと云ふ立派な公吏の一人を殺害したために、ボーデサルト兄弟に對する捕縛の聲が起つて、それと同

時に地方の全騎馬巡査が活動を始めると云ふことは、誰れしも想像し得ることであつた、間もなく警官の大部隊が活動を始めて數週間山中を搜索したのであつた、しかし賊の所在に付ては、さらに手懸りを得ることが出來ないで只だある洞穴の邊で一片の布切のようなものを發見したのと、山羊飼が兇行當日二三の人間を見たと云ふに、過ぎなかつた。

或日のこと、伊太利當局の手へ無名者の手紙が屆いた、その文面によるとマリヤがボーデサルト兄弟と深い關係を有しているらしいから、彼女に對して嚴密な注意を怠るなと云ふことであつた、しかし伊太利の警官は遂々彼女を取り抑ねることが出來なかつた、彼女はレベロー村の或る農家に下女奉行の身であつたが、ボーデサルト兄弟の兇行があつてから、一週間條にしてその村から姿を搔消して終つた。

斯うした彼女に付ては不思議なロマーンスがあつた、彼女は美しいフサ〳〵した、赤色の毛髮を有してゐる所から「生姜のマリヤ」と云ふ綽名をつけられた美貌の所有者であつた。

千九百十四年頃、當時アレクサンダーが居住していた、村落へ地方巡業の喜劇團が來て芝居をしたことがあつた、アレクサンダーも一日その芝居を見に行つたが當日巧妙な模擬術と、種々な人物の扮裝とによつて見物人を賑はしていた、赤髮のマリヤがひどく彼の氣に入つた、彼は數日この喜劇團の供をして歩いたが、そうしてゐる內に座主の息子と、喧嘩を始めて遂々一行中のマリヤがうまく、彼女を勸誘して何所へか逃走して終つた。

マリヤの話によると彼女は、ある亞米利加人の娘でニユー・オルリアシンスから、伊太利へ連れて來られたの

であつた、そうしてまだほんの小さい時にあるジプシーに誘拐されてから、彼等の手で養育されジプシーの藝を仕込まれたのであつたが、遂々或る時ジプシーのもとを逃れて、地方巡業の寄劇團に加つたのであつた、しかし座主の息子があまり彼女を冷遇するために、あゝしてアレクサンダーの勸誘にやす／＼と應じたのであつた。

彼女は間もなくルイやアルネスト、ボーデサルトと非常に親密になつて來たが、同時に彼等の送りつゝある放逸な生活に興味を持つて來た、三人の兄弟は華美な寶石類を多く與へながら、しきりに彼女を使ひ更にボーデサルト兄弟と同樣に老練な密輸者に作り上ぐべく其の方面の練習もさせた、マリヤはピストルの使ひ方から、鐵砲の發射法まで學んだが、屢々兄弟のものと大膽な、國境の横斷旅行をしたこともあつた。

彼女が非常に變裝が巧であるために、三人の兄弟にとつては此の上もない大切なものとなつて來た、彼女は巧妙な變裝によつて警官の動靜や彼等の取引して居る、人間及び彼等の害になる人物の動靜を探つて、一々それを三人の兄弟に報告するのであつた、云ひ換れば彼女はスパイとして活動しているのであつたが、時々は臺所で働いたり着物を縫ふたり何でも出來る下女として働いて居たのであつた、三人の兄弟は多額の金や彼女の最も好んでゐる裝飾品等を與へて親切に待遇した。

彼等がロシーを殺害したときも、直ちに彼女にその住所を知らせて、一日も早く彼女から平原地方の模樣を知るべく彼女を待つていた、平素から山道を敎へられてよく、知つてゐる彼女は直ちに三人の兄弟の居所へやつて來ることが出來た、彼女の報告した所によると伊太利の村落へ行くことは、至極危險だと云ふことであつた、そ

こには多數の警官が見張していたから。

彼等は最早密賣をその商として行くことが出來なかつた、密賣品の取次をして下れた、人間すら殺害事件の累を蒙ることを恐れて、もうボーデサルト兄弟と取引することを欲しなかつた、そこで三人の兄弟はフランスの方面へ出ることにした、其方面にも彼等を警戒する憲兵が居たけれど、伊太利の騎馬巡査に比較すれは、大した恐ろしいものではなかつた、密賣の出來なくなつた彼等は、生活するために遂々盗賊に變化して終つた、それからプレーアンコン附近の村落にある、多數の養鷄所や豕小屋が盗難にかかり始めた、村民は小言を云ひ出し、警官は監視を怠らなかつた、そうして屡々警官は盗賊を目撃したが、その都度發砲されるために、警官の中には負傷するものさへ出來た。

で誰れ一人進んで彼等を山中へ追蹤するものがなかつたのさ、收税官吏や税關吏に對して良い感じを持つていない、山羊飼や他の人間が決つして有利な報告をして呉れなかつたために、依然として此の賊の所在は暗黒の内に葬られて居た。

始めの間は此の賊が誰れであるかと云ふことさへわからなかつたが、警官の報告などを寄せ集めた結果この賊は國境の伊太利官憲が、その首に多額の懸賞金を掛けてゐるボーデサルト兄弟に相違ないと云ふ、斷定が下された、且つこの賊が青い上衣を着けてゐると云ふ報告もあつたのさ、あれや、これやの、理由で間もなくこの盗賊が「青衣の賊」として知られるようになつて來た。　（つゞく）

小說 「靑衣の賊」(三)

野田生

盜難があまりに多いために村民は感情を害した、而して地方の警官は賊に對する警戒を怠らなかつた、警官達は屢々賊の正體を目擊したが、その都度賊は發砲したので、警官の中には負傷さね受けるものが出來たので誰れも大膽に彼等を追跡して山中に到るものもなく、稅官吏や集稅者を嫌惡してゐる山羊飼や他の人間等も何等有利な報告を與へては下れなかつた。

しかしながら警官のもたらした盜賊の人相書によつて、これ等の賊こそ、當時の伊太利政府がその首に多額の懸賞金を附けてゐる、ボーデサルト兄弟に相違なしと云ふ斷定が下された。

更に警官の報告によると盜賊の服裝が靑色のものであつたことがわかつた、斯うした事實が他にも、二三あつたので、何時の間にか此の賊が「靑衣の賊」として知られる樣になつて來た。

ロシーが殺害されてからまだ二箇月も經過しない内に、ボーデサルト兄弟は、佛蘭西の警官に非常な迷惑を懸ける樣になつた、當時地方のある郵便脚夫がセント、クレーパンを去る數哩の箇所で、四名の假面した男から不意打を喰つて、現金數百フラン(一フランは我が約三十九錢)と郵便爲替を封入した、多數の手紙を奪はれたこと

がおつた、脚夫の所有していた、現金は郵便爲替受取人に支拂はるべきものであつた、彼地の爲替制度によると、爲替受取人は郵便局へ行く勞なく、各自分の家で金を受け取ることが出來る。

多年郵便脚夫として働いて居た彼の云ふ所によると、彼が丁度自轉車に乘つて進んで居る時、職人風の鋭い青色の上着を着け、目に大きな青色の眼鏡を掛けた、男が彼の眼前に立つて道を尋ねながら突然、ピストルを脚夫に付きつけた、彼は目の前に何事か事件の突發することを氣附いた時に、更に三名の男が道端から飛び出して彼を取り圍んだ、此の三人も同じく青色の上着を着け青色の眼鏡を用いて居た、やがて彼等は强制的に彼が有する配達用の鞄を奪い多數の手紙を取り出して、その中から郵便爲替を引き出し、更に脚夫を地上ににじ伏せて、彼の懷中や胴卷を殘る隈なく探ぐつてから脚夫の所持する現金全部を掠奪つた上「三十分の内に動いたら直ちに射殺すべし」と云ふ威嚇の言葉を殘し、脚夫の自轉車を奪つて何所へか姿を消して終つた。

脚夫を害した四人の内には、他の三人に比しては小柄な痩せ形な男が居た、此の近邊はリオンや其の他の都市から日曜を利用して遊覽に來るものが非常に多く、この遊覽客が此の地方の財源となるので、脚夫に起つた事件を公にする事は此の地方のために不利益であつた、しかし警官は盜賊を一掃すべく活動を始めた。

佛蘭西の官憲にもこの事件に對する調査を徐々に開始したが、間もなく盜み去られた多數の郵便爲替がブレアンコンとアンブランとの間に介在する、諸所の郵便局で金と引き換られて居たことが明かになつた。

この事件後三週間を經過すると、更に一事件がブレアンコン近くの、アルゼンチール地方の人々を驚愕さすこ

とゝなつた、それは「青衣の賊」が眞夜中アルゼンチールに近い或る一寒村の郵便局に兇器的强賊を働き更にこの地方へ日曜日の休養に來て居た、ある家族の年ゆかぬ子供を山中へ連れ去り、二千フランの金をその家族に强請したことであつた。

郵便局の襲はれたのは丁度木曜日の夜で當夜局內にはただポーテーラと云ふ女主人が一人居たのみであつた、朝の一時頃異樣な物音が局內に起つたために、安眠を妨げられた彼女は眞夜中突然目を覺して終つた、彼女は窓近くへ進んで鎧戶をたし開けると道路へ突出して居る壁を脊にして一つの黑い人影の立つてたるのが朧に見ゐた、同時に郵便局の戶口に當つて更に一つの人影を見出した、明かに何者かが局內へ闖入し樣として居たのであつた、自分の家が盜賊のために襲はれてたることがわかつたものの彼女は何等護身用の銃器を所有していなかつた、しかし彼女の頭に閃いたものは戰場に居る彼女の甥が近く送附して來た棒形の懷中電燈であつた、早速それを探し出した彼女はそれで下方の道路を照しつけると、其所には假面した人間が靑色の上衣を着けて一所懸命に局の戶を抉開け樣としておるのと、往來に突出してたる壁の邊に同じ服裝の男が見張りに餘念のないのが見出された。

「泥棒!」彼女は叫ぶとその瞬間に銃聲が起つて鎧戶と窓の樓に丸が命中したが彼等は幸に負傷を受けなかつた叫び聲に驚いた賊は直ちに山の方向へ逃走し始めた。　（つゞく）

小説

「青衣の賊」(四)

野田生

先誘拐された子供について語れは、次の樣であつた。七才位になる子供が彼の家族の滯在する家に眞近い野原で獨り遊んで居たときに、いきなり二人の人間が現れて子供を誘拐し去つたのであつた、口に猿轡をはめられた子供は叫ぶことが出來ないで、そのまゝ賊のために山間へ運び去れることになつた、斯うした事件が家族の人に感付かれぬ前に、杖をついた一人の老婆が家を訪ねで來て、子供の母なるデユーランド夫人に宛て一つの包を置いて行つた、デユーランド夫人は丁度その時外出していたが、歸つて來てから包をあけるや、彼女は驚愕の眼を開いた、包を開くと其所から現れて來たものは手紙さ古い新聞紙に包まれた木乃伊となつた人間の片方の耳であつた、彼女は震へる手で次の樣な手紙を讀んだ。

夫人よ、あなたの子息は此の地方で「青衣の賊」として知らるゝ人間のために誘拐されたのです、若し貴女が子息をすぐかへして欲しいならば、二千フランの金を出しなさい、この事について貴女が沈默しておいでれば子息には何の迫害も加へないが、若し憲兵等にお告げになつた場合は子息の耳を切り取つてお送りします、貴女が

若し子息を一週間内に安全にイタリーへ歸へしてほしいならば、前記の金額を三日内に差出しなさい、このことを御承知下さるれば、窓の欄に白ハンカチーフを結んで、その標として下さい、尙は下女をして道の端にある家へ遣して其所にゐる老婆と交渉させて下さい。

手紙には何の署名もなく汚い紙片に書かれてあつた、デューランド夫人は決斷の遲い人で最初の内は頗る當惑してゐたが、直ちに何事か心に決める所があつた、早速下女を呼んで子供のことを尋ねると數時間姿をあらはさぬと云ふことがわかつたので、下女に命じて指された個所へつかわして、手紙にある老婆と交渉をさせ樣とした、しかしデューランド夫人の手元には、その時二千フランの金はなかつたが、子供さへ返せば五百フランの金を與へる積りでいた。

下女は獨りで行くことを恐ろしく思つたので、夫人と共に行くことを求めた、兎に角承諾したと云ふことを示すために白ハンカチーフを窓の欄に掲げてから、夫人は下女と共に指示された個所へ進んで行つた、やがて彼女達の目に寫つて來たものは一人の老婆であつた、老婆は二人の姿を見ると慌てた樣に急いで近づいて來た、三人の間には長い會話が續いた、恰悧なデューランド夫人は此の會話によつて賊の眞意を看破することが出來た、賊は決つして子供を殺さぬと云ふことを夫人は信じた、賊が事實警官を避けるために、詰所を徘徊する時、子供が邪間になるに過ぎぬと云ふことがわかつた。

「子供をすぐ返して下されるならば、五百フランの金を與へ樣、これで不承知なら今夜すぐ憲兵へこの由を告

げるから」デューランド夫人はキッパリと斯う云つた。

「お金さわ下さるれば、日の暮れぬ内に、きつと御子息をお返しします」

老婆は強いアクセントの伊太利語で、これもキッパリと約束をして行つた。

話しが工合よく決つて、やがて子供は難なく家族わ戻つて來た、その週が終ると夫人は家族をまとめて、この村を引きあげたのであつた、この事件に付ては警察は全く知らなかつたが、デューランド夫人の下女が、これを洩らしたために、世間へ知れ渡る樣になつたに過ぎない。

「靑衣の賊」がなして來た罪惡を概括して見ると、先づ騎馬巡査ロシーを殺害したことをあげねばならぬ、それから著しい家畜が、この賊のために盗まれたこと、郵便脚夫が襲はれたこと、デューランド夫人の子息が誘拐されたこと及び郵便局が强襲されたこと等であつた、これ等の犯罪が引き續き事件を起したために、流石に美しいラ・アルゼンチール地方も不安の色に塗られて、避暑のために滯在してゐた幾多の人々が、驚愕の色をなしたのであつた。

この賊の逮捕のために、曩に伊太利政府が出したる懸賞金に附け加わて、更に佛蘭西政府が莫大の報酬を「靑衣の賊」捕縛者に與へる旨を申込んで來た、ボーデサルト兄弟の內、誰れでも一人を捕わることが出來れば、莫大な報酬を得られるので、人の目は愈々敏捷になつて來た、然も賊の死んだのでも、生きたのでも、その如何を問はず、捕縛したものは、この報酬を受けることが出來た、政府は更にアルプス軍の支部隊を動かして山間を偵察せんことを求めたが、この問題は困難であつた、何となれば斯うした大袈裟な行動に出て若し失敗に終つたならば、世間の大攻擊を受けるからであつた。（つゞく）

小説「青衣の賊」（五）

野田生

僅かの盗賊に軍隊までも動かして萬一それが不良の結果に終つた場合には、輿論が喧しくなるので、盗賊捕縛の問題は、リヨンから派遣された探偵隊にまかされることゝなり、地方の憲兵隊がそれに加勢し必要な場合に限り、軍隊の力を借すと云ふことになつた。

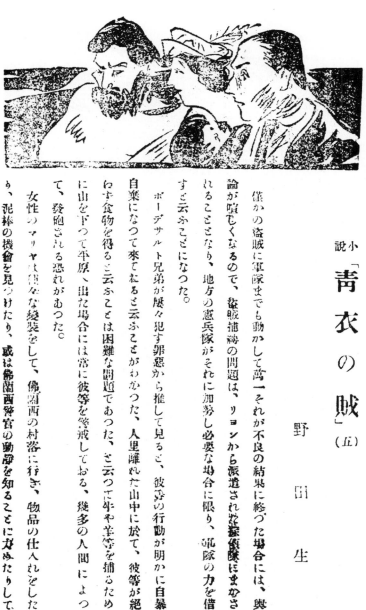

ボーデサルト兄弟が屢々犯す罪惡から推して見ると、彼等の行動が明かに自暴自棄になつて來てゐると云ふことがわかつた、人里離れた山中に於て、彼等が絶わず食物を得ると云ふことは困難な問題であつた、と云つて牛や羊等を捕るために山を下つて平原へ出た場合には常に彼等を警戒しておる、幾多の人間によつて、發砲される恐れがあつた。

女性のマリヤは種々な變裝をして、佛蘭西の村落に行き、物品の仕入れをしたり、泥棒の機會を見つけたり、或は佛蘭西警官の動靜を知ることに努めたりして、

居たが、彼女の仕事は容易い仕事ではなかつた、第一佛蘭西では品物を買ふにも官廳の制限があつて、思ふ存分買ふことが出來ないからである、パンを買うにも官廳の出してゐるパンの切符を持たなければ、一片のパンだつてパン屋は賣つてよこさないのであつた、その上に憲兵が外人を捕ねてその人間の性格を試すことが出來る樣になつて居た、そこでマリヤは先づ憲兵の眼を逃れなければならなかつたのと、物品を購入する場合、物品購入の多少によつて人物に疑を起されるので、その方面にも大なる注意が必要であつた、パンを買ふことも彼女に取つては困難な問題であつたので、自然惡い方面に心を働かすのであつた、彼女は何時もパン配達人の後を附けて歩き、隙きに乘じてパンを盜み去るのであつた。

探偵達は盜賊の仲間に女が居ると云ふことを知つていたので其の方に絶ねず鋭い眼を向けていたが、マリヤは種々な人物に變裝して村落へ出るので、彼女を發見することは頗る困難であつた、彼女はその變裝の如何によつて巧に男にもなれは、女にもなるのであつた。

しかし或時もう少しのことで、彼女は探偵の手に捕ねられ樣としたことがあつた、或る日リヨンから遣はされて來た一人の探偵が、粗末な服裝をしてセント、マ

ルチンと云ふ小さい村を調べて歩くと、其所の雜貨店で多數の買物をしてたる、若い女の擧動が彼の目に異樣に寫つた、探偵は早速店の主人をとらへて女のことを尋ねた。

「あの方は時々此の店へ買物にたいでるんですけれど此の村に居住しておいでるとは思はれません、何處か山奥の農家に下女奉公でもしてたる方なんでしよう」

店の主人は斯う答へた、探偵はこれを聞いて何も云はなかつたが、女から眼を離さないで道へ出たま丶遠方まで女の後に附て行つた、女は或る酒場へ入つて二本の瓶詰の酒を買つた、探偵が話し交へる機會でも得た樣に冗談交りの挨拶を女に與へてから話しを持ち懸けた、女は探偵の樣子でも調べる樣にぢろりと鋭い一瞥を與へてから、强い伊太利語のアクセントで生意氣そうに探偵の話しに應答した。

「ア、別嬪さん、貴女は伊太利の方なんですか」

探偵は冗談交りに云つた。

「そうよ、わたしコニイから來たんですわ」

「御主人と一所に休暇を利用してこちらへ來ているんですか」

「マア、オ怜悧な方ね、そんな事まで知つていらつしやるなんて」

女は諷刺的に斯う答ねた。

探偵は此の女がマリヤであるか何うかを知るために、自分の記憶に殘つてたるマリヤの相をたどりながら精細にこの女の容貌を調べるのであつた、若しこの女がマリヤであるならは、伊太利政府の云つてたる通り赤い毛髮を有すべき筈であるのに、この女はそれと反對に美しい眞黑な捲髮を有しているのであつた、探偵は女にベルモットをすすめながら種々と話しを持ち出したが、女はその都度うまく切つてのけるので、彼は何等要領得た事實を女から見出すことが出來なかつた、で彼は種々な話しを續けてたる内、遂々話しをボーデサルト兄弟の上に移して終つた、それでも女は何等當惑した色もなく、むしろ興味を持つて探偵の話しに耳を傾けた。

「マア、ほんの今朝のことでしたわ、あなたがた仰る人間を見たのは、彼等の居る所は此の村から五百ヤードと離れていやしないわ」

牧場で晝食を取つていた二人の人間を思ひ出した、女は氣まぐれ的に、それを述べたのであつた、探偵は幾分氣迷はしたが若い女から少しも目を離さなかつた。

二人の會話が段々進んで居る內に女は云つた。

「わたしはブライアンカンに行かなくちやならぬからこれで失禮します」

「ア、そうですか、僕も其所まで行くんです、一所に行こうじやありませんか」

「あなたのご勝手よ、だけれどわたしは戀人に合ひに行くのよ」

探偵は女と一所に車室へ入つた、汽車は間もなく目的の箇所へ近づいて來た、そうして汽車が未だ充分速力を出しておる時に女は突然車室の扉を開けて車體外へ飛び出した、探偵はすかさず汽車の進行を止めたが、その時は既に女の姿は何處にか消え失せて影さえ止めなかつた、汽車は探偵を殘したまゝ又進行を始めた、車室には女の忘れた買物の品が殘されてあつた、探偵は夜の間際まで附近に注意の眼を放つていたが、やつぱり女の影さえ見えなかつた、此の事件が翌日問題となつたので、警官隊が地方を全捜索し始めたが、これも何等得る所がなかつた。


（つづく）

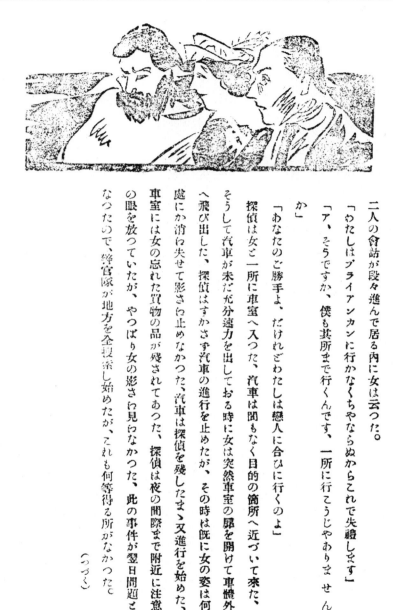

小説「青衣の賊」(六)

野田生

將に探偵の手に取ねられようとして、大膽にも進行中の列車から飛びたりて何處へかその姿を掻消した一人の女性が地方の警官を騒がせてから間もないことであつた、一人の小柄な品のある男がアルゼンチール地方にある舊教の寺院へ僧侶を訪ねて來た。

「私は地方を巡廻する、瓦職人ですが何か仕事がないでしょうか」

小柄な男は言葉丁寧に、僧侶にたづねるのであつた、丁度其の時寺院には煉瓦職人の手を要する破損した箇所があつた。

「丁度よかつた、プレズビタリイ（僧侶の住む所）の壁に煉瓦職の手が入る所だつた、實は少し修繕してもらいたいんです」

僧侶は小柄な男を修繕すべき箇所へ導きながら云つた。

「有難う、では私さ一所に働いておる父を呼んで來ましよう、暫く待つて下さい」

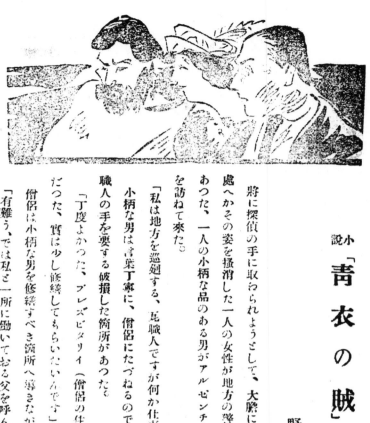

僧侶との間に話しが直ちに纒つたので例の男は斯う云い殘して立ち去つたが、約一時間後になると年取つた傴僂の男を連れて再び現れて來た、やがて携ねて來た二挺の鏝と一枚の漆喰板とを用ひて壁を修繕すべく仕事を始めた、その時寺の案內者と女中頭の二人は煉瓦職人の仕事を見ていたが、後になつてわかつたことは仕事の大部分は傴僂の男がしたので、小さい男は父だと云つておるこの傴僂の老人を指したり、煉瓦を運んだりして仕事に對しては終始傍觀的の態度を取つていたと云ふことであつた。

仕事は日沒頃に完成したので、二人の男は賃金を受け食事をすまし少々休息してから何處へか立ち去つて終つた。その翌日は聖母昇天祭と云つて舊教國に於ては宗教的の一大祭禮が行はれる日であつたために僧侶は、その夕方非常に忙がしかつた彼は稍々遲くまで起きて翌朝の禮拜式のために種々な品物を用意していた、そうして十一時頃床に就こうとしていたときであつた、彼は不意に扉を敲く音を聞いた、村內で誰か病氣に罹ると醫者が來るまで、一時間に合せの治療を僧侶に賴むことが屢々あるので、その夜の突然の訪問も何か其の方のためだと思つた、彼はランプを手にして扉の所へ行つた、しかし彼が鍵を扭ぢあけるや否や外

から扉をひどく押し開けた者は村人ではなかつた、僧侶はしたか扉で顔を打たれ手からランプを外して終つた、ランプは敷石の床に當つて徹底に破碎し、火はランプの笠に移つた、火焰は四邊を照した、僧侶は恐る恐る目の前を見ると其所には覆面した三人の怪漢が青色の眼鏡をかけ、農夫の用いる綻い上衣を着け恐ろしい、ピストルを突きつけながら立つておるのであつた。

「オイ坊主、早く金の在處を知らせ」

怪漢の一人が叫ぶ樣に云つた

「助けて與れ！」

僧侶は寺の內に住んでおる幾人かの人間の名を呼んで救いを求めた。

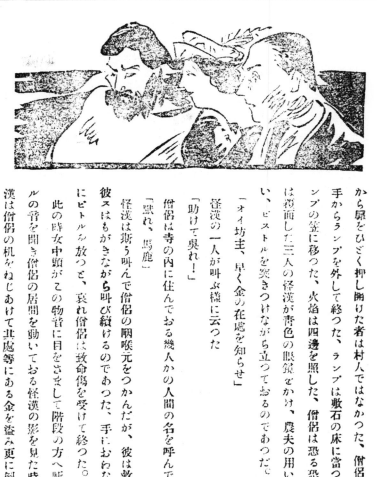

「默れ、馬鹿」

怪漢は斯う叫んで僧侶の咽喉元をつかんだが、彼は救いを求むべく努力した、彼スはもがきながら叫び續けるのであつた、手におわないと思つた怪漢は、一時にピトルを放つと、哀れ僧侶は致命傷を受けて終つた。

此の時女中頭がこの物音に目をさまして階段の方へ馳けつけて來たが、ピストルの音を聞き僧侶の居間を動いておる怪漢の影を見た時彼女は竦んで終つた、怪漢は僧侶の机をねじあけて其處等にある金を盜み更に倒れておる僧侶の體から金

作りの十字架を取り外した、

「オイ鎖と十字架だけはよせよ、そんな物を取ると罰が當るよ」

怪漢の內にはこんなことを云い出す者があつたので十字架だけは取らぬことにした、この時女中頭はもうじつとしておることが出來なかつた、彼女は大きな聲で寺中の人間を呼んで加勢を求めた、盜賊はこの聲に驚いて逃走して終つた、彼女は僧侶の居間へ行つて見ると、其所には哀れにも血に染つた僧が唸りながら倒れて居るのであつた、やがて寺中の人間が集つて來た、彼等は僧侶をベッドに橫たねて咽喉の下の方にあるピストルの傷に手當を加へた、僧侶は大分快復してその言葉が明瞭になつて來た、彼を圍んでおる人々は彼から事件の一部始終を知ることが出來たが、醫師の來ない內に僧侶は間もなく瞑目して終つた。

この出來事を目撃し　いた女中頭の話しによると、怪漢の中には前日寺へ來ていた傴僂の煉瓦職人の聲と同じ聲の男がいた云　ことがわかつた。

アレクサンダ、ボーデァルトが石屋に化けていたのであつた、彼は僞傴僂になつて警官の目を誤魔化していたのであつた、翌日此の事件が地方に知れ渡ると警官は人民と力を合せて、此の惡漢を搜索するために山中深く入り込んで行つた。

（つゞく）

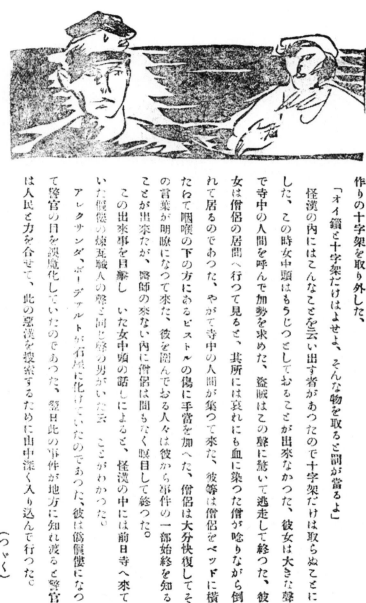

小説「青衣の賊」(六)

野田生

警官が賊を捕縛すべく深く山中へ入つて行くとやがて彼等の目に入つて來たものは一つ、小屋の横に坐つておる四人の男であつた、不審を抱いた警官は四人の者に近づきながら。

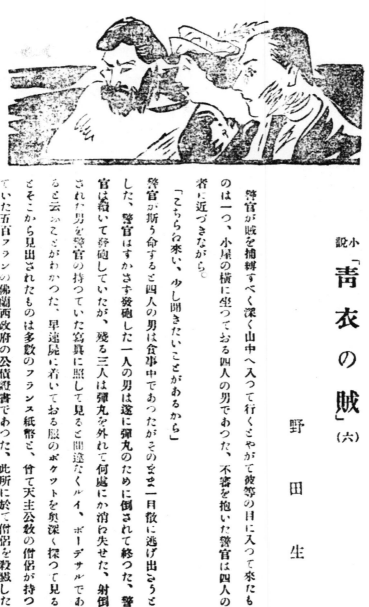

「こちらへ來い、少し聞きたいことがあるから」

警官が斯う命すると四人の男は食事中であつたがそのまゝ一目散に逃げ出さうとした、警官はすかさず發砲した一人の男は遂に彈丸のために倒されて終つた、警官は續いて發砲していたが、殘る三人は彈丸を外れて何處にか消へ失せた、射倒された男を警官の持つていた寫眞に照して見ると間違なくルイ、ボーデサルであると云ふことがわかつた、早速屍に着いておる服のポケットを奥深く探つて見るとそこから見出されたものは多數のフランス紙幣と、曾て天主公教の僧侶が持つていた五百フランの佛蘭西政府の公債證書であつた、此所に於て僧侶を殺戮した

者はボーデサルト兄弟であると云ふことが明かになつた。

逃げ失せた三人ー其の內には女性のマリヤもあつたーもまだ遠方へは行つていないだろうと云うこと、從つて速かな行動によつては或は捕縛し得るだろうと云ふ見込みがついたので、森林警戒の任務に當つていた人々及び約五十名の軍人が召集されることになつた、而してその日の午後これ等の人々が直ちに賊の捜索に取りかかつた、捜索を始めてから丁度二日目のことであつた警官と軍人とによつて物々しく取圍まれている村落へ、二人の婦人が車をひきながらやつて來たが女はやがて、その車を道路工夫の家先へ止めた、家の內にはトーイと云ふ男が御飯を取つているのであつた、二人の婦人はツカ〳〵と工夫の家へ入るや可愛想にも食事中の彼を後からなぐり倒してから、その手や足に繩をかけピストルを取り出して金の在る處をたづねた。

トーイは非常に頑强な男であつたピストルを目の先に突きつけられながら大膽にも叫んでこういつた。

「お前等二人と地獄へ落ちてもおれは例へ金を持つていても金の在處を云はない、若しおれを殺したらお前達二人はすぐ捕へられる」

二人の女はトーイの言葉に耳も傾けなかつた。

「金の在る處を云はないなら目に物を見せてやる」

一人の女が斯う云い放つや、いきなりとトーイの體をストーブの上へのせやけて赤くなつている鐵へ彼の足を接せしめた、流石のトーイも苦しさのあまり大きな聲で叫いた、女はトーイの口へ手を當てて聲の洩れるのを防がうとしたがトーイが、その手にくいついた爲めにハンカチーフで彼の口を止め樣とした、その時突然表てのドーアを開けて入つて來た男があつた。

「早く此の家を逃げ出せ！警官が山を下つて來たから」

男はけたたましく叫んだ、彼は手に自動ピストルを持つていたが明かに二人の女と共同で賊を働いておると云うことがわかつた、二人の女はトーイを打ち捨てて家を逃げ出したが直ちに警官の目撃する所となつた、暫く相方に銃火が交へられておる間に警官の一人が重傷を受けた。

やがて三人の賊は退却し始めたが一人の女が遂に逃げ場を失つて警官に捕へられて終つた、警官は女の服裝が變な所から種々調べて見るとそれが間違なく男であると云ふことがわかつた。（以下次號）

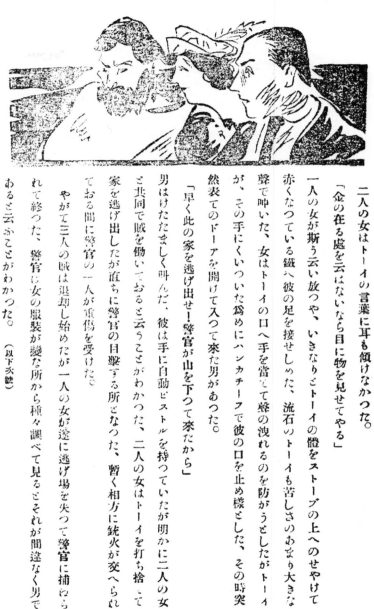

小說「青衣の賊」(八)

野田生

ルイは彈丸に倒れアーネストは捕虜となつたが後にはまだアレクサンダーと女姓のマリヤとが殘つてゐるのであつた、警官隊は二人の賊のために數週間搜索を始めたが結局無駄に終つてしまつた、その內に冬は次第に近づいて秋の雪は早や深く山を掩うて搜索が危險な狀態になつて來た、そこで警官の行動は暫く中止されることになつたがこれがため賊は巧にその姿を伊太利の領土內へかくして終つた。

アーネストは判事の前に出されて種々と質問を受けたがアレクサンダーとマリヤの事に就ては固く口を閉ぢて答へなかつた、彼は暫くブライアンコンの獄舍に監禁されることになつた、それから數日して正に裁判に引き出され樣としたときとんでもない事件が起きた、賊は何時の間にか獄舍から姿を消したことであつた、當局は此の事件に就ては無言を保つていたが賊は非常な巧な方法で

破獄したものと想像されてゐた。

　破獄事件のあつた丁度その夕方二人のフランス兵がその地方のある肉屋の前を通りかけた時肉屋の妻君が彼等の服裝のあまりにみすぼらしいのと一人の男があまりに小柄なのに驚いてゐた、二人の兵士はやがて肉屋へやつて來て肉の料理を求めた、その時は丁度店を終る時間だつたので彼女は暫く躊躇してゐたが、やがて少しの肉を彼等に給することにした、彼女は店へ引きかへして料理用の肉を二ポンドとスープ用の野菜の少量とを持ち出して來た、二人の兵士は金を拂つてから直ちに其處を立ち去つたがそれから間もなく聾の男がやつて來て手眞似足眞似しながら、二人の兵士がかのボーデサルト兄弟であると云ふことを肉屋の妻君に知らせた、この聾の男は曾てボーデサルト兄弟が密賣者をしていた時代に彼等と共に數週日ある一軒屋に同棲したことがあつた。

　肉屋の妻君はあまりの驚きに暫く物も云へなかつたが此の由を警察に申告すべく聾の男と一所に日の暮れない内に家を立つた、然し此の時は既に兵士の行方が不明になつて暫く彼等の在處を知ることが出來なくなつて終つた、此の間にも探偵や憲兵の活動は絶はず行はれていたが何等有利な手懸りを得ることが

出來なかつた、只だ賊でも住んで居たと想像される少さい穴に少しの食物の殘つているのを發見したに過ぎなかつた。

以上の事件があつて約一年經過してから伊太利の警察から意外な報告をもたらして來た、それはブライアンコンの獄舍から逃去したアーネストが伊太利警官のために捕縛されたことであつた、アーネストの事件はこれで解決に近づいて來たが殘るアレクサンダーと女性のマリヤとは如何なる探偵の努力も警察の力も何うすることも出來なかつた　彼等はフランスと伊太利とに巧に出沒して警察の眼をくらましていた、彼等は容易に捕ね得ぬ賊として世人は暫く彼等に注目しない樣になつて終つた、アルプス山を巧に應用する彼等を捕縛することは殆んど不可能であると云ふことである。　（終り）

제10편
엽사병 환자

探偵小説　獵死病患者（一）

京城帝國大學豫科　末田晃

日曜日が雨なのです。

ですけれど、久振りの雨でした。こぬか雨と言ふ春雨です。心のなかまでが、しみじみと濡れてゆく柔かい感觸が、いつも乾ききつてゐる浮心を、落着かせて呉れるのです。

私は、部屋に籠つて、好きな曲譜の寫しもすつかり飽いてしまつて、さて琥珀のパイプを磨いてゐました。この琥珀のパイプも仲々すてがたい由來があるのです。それは決して艶めかしいものではありません。この頃はやかましく讓つてくれと言ふ人がゐます。けれど、こんなにほのぼのとした色つやが出て來たのです。

ノックの音がします。多分このパイプを熱心に欲しがつてゐる主人《あるじ》でせう。

「お這入りなさい。」

「やあ。」

「…………」

「相變らずですね。」

「えゝ。」

「どうです。御決心がつきましたか？」

「え？」

「いい艶が出てきましたな――」

「一寸珍らしいでせう？　この艶を出すには隨分苦勞しますね。」

「全く。」

「これでこのパイプも由來ものなんでして……」

「アハッ。いや。とにかく御決心がきゝたいもんですな。」

「どうも弱りますね。」

「今日はひとつ非常な覺悟できたんですよ。」

「何ですつて？」

「どうしても讓つていただかなくては……」

「困つたな。」

「で、その條件としてですね。」

「……どんな條件だつても……」

「いや。まあ——その條件がね常々あなたの望んでゐるロマンスですがね。それを一つお話しせうではありませんか。」

「…………」

「どうです。とつておきの話ですよ。實に怪異なる事件ですよ。」

「からめてからきましたね。」

「アハッツ。かなはないでせう。こんな雨の日にはもつて來いですね。」

私はつい肯いてしまひました、で、しまつたと思つたのも、つかの間です。もうパイプは取られてゐたのでした。ここらで私達の關係を言つた方がいゝでせう。

主人《あるじ》は、私の學校先輩です。私は卽ち部屋を借りて好きな音樂を研究しながら、少しばかりの門弟を敎へてゐるのです。最も本業は別にあります。けれども、本業を明《あ》かしてしまつては、少し都合が惡いやうです。主人の職業は、さあ言ひませうか。實は探偵卽ち刑事なのです。刑事と言つても所謂高等政策の部に屬してゐる人なのでして、敏感を稱へられてゐます。

昭和×年の共產主義者逮捕に名聲を擧げた××刑事と言へば直ちに御分りになるでせう。主人はまさに朝鮮探偵界のヴイドツグです。佛蘭西に於いて(第十九世紀時代)「探偵の父」とまで呼ばれたヴイドツグは、彼自身巴里の暗黑面に入となつてゐた爲めに、都會文化の織成す巢窟の網《あみ》を、巧みに步む一匹の銳い蜘蛛であつたのです。ヴイドツグの名は、巴里全市の盜賊團を戰慄せしめたのでした。

現代文明のテンポは、犯罪の培養に最もふさはしい腐蝕土の觀があります。單なる常識的である都會の波に泳いでゐる者にあつては、底に渦卷いてゐる凄さを知ることが出來ません。やはりヴイドツグのやうに、この渦に卷込まれて浮びあがつてきた者の銳い感覺を働かさなくては、都會に潛むところのただ一匹の小さい犯罪の蟲をも捕へる事は出來ません。また犯罪は一つの藝術を構成するでせう。確かに明らかに一つの藝術であるのです。藝術を理解出來なくては、これからの犯罪は、不可解なパノラマの連續であるかも知れません。ただ普通のガラス張りのトリツク的パノラマにさへも、眩惑される人間の無智を見せつけられる時代であります。或は金庫製造者と、金庫犯罪者のランニングが、永久に續いてゆくやうに、都會の隅々に張られてゆく犯罪の巢は、人間の正し

い常識眼を嗤ひながら、底知れない迷路に立たせるでありませう。探偵はこの迷路に立つ敏感な交通巡査の職能を持つてゐなければならないでせう。

主人はさながらヴイドツグを再現した鋭い刑事でありました。ですから、主人の取扱つた事件の面白さ、または怪しいまでに毒氣のある凄さに惹かれてしまつたならば、丁度反對に一匹の犯罪蟲は、主人の手元から張られてゆく巣の中から動くことは出來ません。何故ならば、正木刑事は（こゝらで刑事の姓名を假りに正木としておきませう）ヴイドツグさながらに、犯罪の群から生れた鋭い蜂でありました。痛いまでに蜂群的針に刺されたところの正木刑事は、また鋭い觸角をもつたメリヤス蛾でもあつたのです。

で、私は正木刑事の話をきくのが何よりの樂しみでありました。その話の爲めに、私はかず／＼の大切な品物を犧牲にして悔ひませんでした。そして、遂に私の大切な琥珀のパイプをも離してしまつたのです。何とずるい先輩ではありませんか。

日曜日の雨です。

友達は麻雀にでも耽けつてゐるでせう。

「今の若い人達は實に刺戟を求め求めてゐますな。ところがこの刺戟求病が重態になると、とんでもないわなに溺れこんでしまつて到底拔ける事の出來ない泥沼にめりこんでしまひますよ。」

「……一體どんな……」

「まあ――お聞きなさい。これから話す物語はきつと今の若い人達にはよい警《いまし》めであると共に文明の底のにがい液體に溺れることを防ぐことが如何に大切であるかが分ると思ひます。若い者ほど危險であつてまた樂しいものはありませんからね。」

正木刑事は、琥珀のパイプを靜かに磨きながら、話を進めてゆきました。沈みきつた生活の哀しみを話す時の正木刑事、或は愉快な胸のすくやうな時の話のはずみを身振り示す時の姿態は、一見別人のやうな觀を抱かせました。變裝と言ふのは、皆樣御承知のアルセーヌ・ルパンの言ふやうに、心の鍛錬を要することなのです。それが、天才的變裝家と言はれるのであつて、自分の意志でもつて、表情を變へる鍛錬を積まなければならないのです。單に服裝でもつて、姿を變へると言ふのは、變裝術の初歩と言つて差支へないでせう。正木刑事は、實にこの心の鍛錬を積んだ變裝術の天才と言はれてゐます。ですから私自身すらも、自分の眼の前で話をして

ゐる人間が惡漢に見えたり、身體の腐つたモルヒネ患者に見えたりする奇味の惡い幻夢につゝまれてしまふことが度々ありました。得態の知れないもので頰を撫でられたゾツとするあの氣持なのです。またおのづから油汗の滲み出てくる苦痛のために、呻《うな》いてゐる自分でもあつたのです。

何だか大變發端が長くなつたやうです。こゝらあたりで珈琲でも召上つて下さい。さて――正木刑事の話をつゞけませう。以下私と言ふ主人公は、正木刑事のことを言ふのです。

× × ×

私がこれからお話しやうとする短かい物語は、それが私の一生涯の惡夢になるであらうほどに、不思議な體驗の一斷片でして、眞實未だにその怖ろしかつた一夜の光景を想出すと、未來永劫盡きることのない恐怖と不眠の爲めに、精力は耗りへり、五體は痩せ細るおもひがいたします。

空想好きな貴方にあつては、晩餐のあとのコニヤツクと、一本の煙草の味くらいに、この物語を貴方の享樂神經の端つぽで輕く取扱はれることゝ思ひますと、いさゝか物足りない感がしないでもありませんが、私にとつては、一日も早くこんな體驗を、煙草の煙のやうに口で弄《もて》遊びながら、吹きとばしたいものだと思つてゐるのですが。――と言ふのは、よくロをすぼめて吹くと出來る煙輪が幾つも生れてゆく樂しみのやうに、私の體驗を晴々と見たいものだと願ふからなのです。

その事件と言ふのは、決して私自身を最期まで、戰慄と絶望の淵に突つ放し切りにしたのではありません。寧ろ事件の結末に於いては、甚しく反動的な安堵と慰樂とを、そして私の性格の點から、ほんのちよつぴりではありましたが、ある好奇心の滿足を獲たわけなのです。そればかりでは無く、私自身の獵奇的怠惰病から完全に足を洗ふことの出來た有難い事件であつたのです。水を離れた魚が、なつかしい水の中に歸つたすがしい心もきつとこんなのであらうかと考へられるほど、生々とした息を吐いたことでした。で、鰭《ひれ》を自由に動かして水中を泳いでゆく魚のやうに、私は手足を動かして土の上を歩むことが出來たのでした。

私はこれから何の作意をも加へずに、すなほにありのまくをお話し申したいと思ひます。それを貴方が一つのお咖話であると考へになるのは、貴方の自由です。が、只人の心が機械仕掛的《ガニズム》になつてゆく時に、そのオルガニズムが歪みを帶びてくると、何と奇妙な行動と、この世ならぬ怪異な世界とを作り出すものであるかと言ふ事が、お解りになれば、それで

この物語の大半の目的は充分達成せられるのですから。——

その頃——といつても、今から未だ六、七年前のことでせうか。私が關西のある專門學校を出て、神戶のちつぽけな雜貨貿易商で働いてゐたころのことでした。港の景色を一望の下に收められる山手のひどく阪だらけの町並みを少し折れまがつた橫町に、とあるみすぼらしい木造りの洋館がありまして、それが私の下宿なのでした。學校を出て一年ほどと言ふものは、未だ何か知らない前途に廣い活動の天地でも擴けて來さうな氣がして、毎朝いそ〳〵と、他人よりも早い時刻に、至極勤勉に下町の海岸通にある事務所へ出勤したものでした。私は元來身體の方は非常に健康でした。中學時代はさほどでもありませんでしたが、專門學校時代には、もく〳〵と盛りあがつてくる肉塊の固まりそのものであつたのです。その時代からラグビーが盛んになつてきて、私は衆望のもとに、選手の花形として活躍してゐました。御存じの通りにラグビー競技は、スパルタ精神の發現であつて、「死して歸れよ」と言ふ意力の火花に燃えてゆく炬火であつたのです。

水々しい血の張つた青春の歌に醉つてゐる若者の生活は、更に選手と言ふ花輪に頰をそめて、跳ねてゆく肉體の力をひたすら流動させてゐたのです。競技場を埋める群衆のなかに、叫聲怒濤のなかに、汗に濡れてゆく自分の眼に、それはかすかに胸をときめかす女人の姿を、ほのぼのと感じながら、球を抱いて猛進するラグビー爭鬪の華やかさ——。

凱歌につゝまれて歸る夕暮の街に、さては敗戰の涙にしめつた球を撫でながら歸途に就いてゆく私達の群に向けられる女人の讃歎的の吐息を、すぐ身邊に聞かされた事は度々でありました。未來も過去もありませんでした。只現實のライフに溶かされてゐた鋭い猛犬でありました。ですけれども、私達は誘惑には決して乘りませんでした。それは一つの暗礁であるのです。老巧な舟乘りは、自由自在に靑い海の上を、走らす舟の樂しさを充分に辨めてゐるのです。私達の選手生活がそれです。けれども舟乘りはまた冒險を好みます。私達に絕對に女人の姿が無かつた譯でもないのです。

「あれどう？」

「うん。」

「一寸退屈でね。」

「然し疲れさすから——」

私達はおのづから短かい會話に馴らされてゐました。それは選手生活をつづけた事のある人には、よく理解される事と

信じます。——そして卒業の日が近づいてきました。そこに思ひがけのない暗礁があつたのです。私は或る試合に非常に負傷を受けました。それは選手生活から除くより仕方のなかつた致命傷でありました。卒業してゆく多くのラグビー友達は、大きい會社、有名な商店から引張りダコになつてゆくのを、私はただ諦めの眼で送つてゐました。で、前にお話しゝたやうな小さい商店にしか這入ることが出來なかつたのです。これが私の生活に於ける蹉跌の第一歩でありました。がだん〳〵日月が經つて、店のうちうらの事情も解つてくるにつれて、行末とても出世の望みなどのない、しみつたれた貧乏な商店であることが知れてくると、ひどくその勤めが嫌になり、それと同時にいろ〳〵と將來のことなど煩悶して、みぢめに憂鬱になりかけてゐたのでした。

來る日も來る日もそれは全く何の變てつもない機械人形の生活に過ぎませんでした。事務所の仕事と言へば、終日ひからびた名前のインボイスをパチ〳〵と手先で、二三十枚もこしらへるだけのことなのです。それで夕方になると、海岸通の遊歩路が、灯に濡れてくる頃、さつさと帽子を被つて、左樣ならとも何とも言はずに事務所を飛出して、そのまゝ電車に乘つて、山手の下宿に歸つて來るのでした。

このまるで判で捺したやうな千篇一律な生活と、それにこの二年來一ぺんも昇給したことのない、蚊の涙ほどの月給のことなぞで、くよ〳〵考へ合せますと、私の神經衰弱的傾向は益々増長して、一寸したことにも異樣な腹立たしさを覺え、いつも何かしら苛々とした不安な氣持に襲はれてくるのでした。この苛々しい私の態度の現れの一つとして、以前には靴音をきゝつけると、飛びつくやうに、人懷こく玄關のところまでまつはりついて來た下宿の老ひさらばへた犬でさへも、いくども蹴りとばされた痛みをおもひ出すのか、私の姿を見ると、隅つこの方で、その灰色の毛を慄はせ、濁れた眼でそうつと私の瞳をぬすみ見るやうになつてしまつたのです。

何をするんでもなく、塵だらけの机の前に、不得要領に座つて、雜然と積みあげられた書籍を只ぼんやりと眺めてゐるだけの夕食後の夜の時間——それはまあ何と言ふ、いひやうのない憂鬱な退屈そのものであつたことでせう。

貴方は、あのチエホフの「退屈な話」と言ふ小説をお讀みになつたことがおありですか！その筋は何とか言ふ妙な名前の老教授が彼の長たらしい生涯の、無味乾燥な何の變てつもない生活に倦みはてゝ、限りもなく深いメランコリの汚水に

沈んでゆく有樣が、巧みに描き出されてゐましたが、私はその小說を讀んだとき、ひどくその老教授の心境に同情したものです。そして、自分などは死ぬまで、まだ何十年もあるであらうところの莫迦々々しく長たらしい年月を、どうしてこの退屈の臭ひのなかに腐つてゆく花瓣のやうな自分の靑春の日を歎き哀しんだものでした。それはさながら梅雨《つゆ》のなかに腐つてゆくものゝ臭ひを、自分の五體から滲み出してくるやうな嘔吐を見たときのやうに、にがい憂鬱をもて餘したものです。

と言ふのは、私はどちらかと言ふと、ひどく理想主義の方でして、いつも何かしらもやもやと滿たされない不平を脊負ひ込んでゐるくせに、內心はひどく憶病なたちの男でした。その時代の生活の單調さも要するに、好奇心は相當に强いのですが、それを追求するだけの勇氣が無い爲めに、我と我が身で掘り下げた泥沼に悶き苦しんでゐたとも言へるでせう。だが、かやうに哀れにも打ちひしがれた私の生活にも、ほんの僅かではありますが、この退屈から救はれるいくらかの時間が見出せるのでした。それは、憂鬱と退屈とが妙に溶けあつた時の淚ぐまれてくる心の一つのセンチメンタリズムな狀態とでも言ひませうか。童子のやうな無心なこゝろのなかにおのづから淚がこぼれてゐる奇妙な心の構成を、貴方も味はれたことがあると思ひます。それなのです。私のはただそれを通りすぎてしまふと、亦一つの變化を起すのでした。憂鬱と言ふプリズムにあたる退屈なひかりが屈折して起る變化なのです。それがまた實に樂しいものでした。殊に夜更けなどに、机に向つて例の通り、何をなすでもなくボンヤリと座り込んでゐますと、突然ギヨツとするほどの烈しく奇妙な心の屈折的變化——つまり奇妙な週期的感覺におそはれ出すのです。空想と言ふ執念深い「生きもの」が、縱橫無盡に五臟六腑を驅けめぐり、まるで岩燕のやうに、驚くほど急速度で心臟の割れ目割れ目を飛び通ふのです。そう言ふとき、私はいつも狼狽てふためいて、押入れから夜具を引きずり下して、その中にゴロリともぐり込むことにしてゐます。何故つて？出來るだけ、その幻覺の雰圍氣を打ち壞さないやうに、そつとそのまゝその夢魔の續きを樂しみたいのです。或時は、自分の寢てゐる床の下が、忽ちにして底知れない深い穴に陷沒して、自分の身體もろ共、娑婆のあらゆる生物も、無生物も一瞬にする〳〵と、急激な速度で、暗黑の地底にめり込んでゆくやうな實にハッキリとした體動を覺えたことです。その他、さまざまな幻覺が、入り替り立ち替り、千種萬態の姿態をもつて、私の身に迫つてくるのでした。そう言ふ時に、初めのあひだはむしろ奇妙な興味に引きづられて、只あるが儘にまかせて置くのですが、段々時間が永びいてくると、何と

も言ひやうのない痛覺と、激しい戰慄とを覺えて來て、全身にびつしよりと油汗が滲んで來るのでした。

この時から私の顏に厚い疲勞のかげが見えてきたのです。貴方はあの三輪山式傳說を御存じでせう。もつともあの話は普通な一寸怪異めいた筋の作話であるかも知れませんが、私達神經衰弱的好奇心に對しての未だ初步の刺戟を與へてくれる凄さがあります。美しいお姬樣が、夜每に忍んでくる若者の爲めにすつかり蒼醒めて衰へてゆくのを心配した母親が、或るトリックを考へてその若者の蛇精である事を發見したと言ふ物語りですが——恥づかしい話ですが、私のその頃の身心共に老衰してゆくことは、そのお姬樣のやうであつたのです。ただ賢い母親がゐなかつた爲めに、私はただれてゆく皮膚の苦《にが》い熱のやうに、完全に幻夢に醉はされてゆくことでした。

私は事務所に勤めることがひどく苦痛に思はれてきました。多くの店員の眼が、私の姿態を監視してゐるやうな竊窟な心を感じました。そして時々恐怖におそはれました。鳥籠に飼はれてゐる一匹の小鳥を弄り殺しにするやうに、私の身邊に集つてくる暗殺的言辭をあびせかけられることが、しよつちゆうでした。

「正木君。今日は顏色が大分いゝね。「オペラの怪人」を觀《み》にゆかないかい？いゝ寫眞(映畫)と言ふ話だぜ。」

私はすつかりおどおどして、首をうなだれました。これはきつと自分の病氣を利用して、何かに利用されるのぢやないだらうか。

「ロンチャニィの扮裝はすばらしいんだ。君の神經衰弱なんて飛んでしまふよ。きつと。」

「えゝ。そんな話だわ。見たいわね。」

「…………」

「正木さん。どう？おごらない？ホホッホッ……。」

女店員でも美しいと言はれてゐます浦子さんが、近寄つて囁やくことでした。私は、愈々完全に自分が術策に陷つてゆくのを感じました。一匹の美しいおとりを使つてきたな。自分は逃れるすべはもうないのだ。

「御戯談で…でせう……。」

私は眞着になつて呟やきした。

「あら！嫌な人！ずいぶん正木さんは氣が小さいのね。嫌になつちやうわ。」

「アハッツ。どうだ正木君。」

私は肩をポンと叩かれました。そしてふらふらとよろめいたものです。

「ウァハッツハッ。」

「オホッホッ。あゝ。芝居がお上手ね。」

「全くね。よろめくところなんか上手《うまい》ものさ」

あゝ。みんな私の本當のこゝろを知つてくれないのです。連出すのが失敗した爲めに、今度は亦別な術《て》で來るに違ひな

いだらうと、ひそかに店員の有様を見ますと、どうでせうか？皆んなは、ひそひそに呼やきながら、私の方を見てゐるではありませんか。私は夢中になつて、事務所を飛出したものです。

電車の座席に腰を下した時、私は始めてホッと安堵の息を吐きました。電車の中は妙にガランとしてゐて、私は落着くと共に、額の汗を拭かうと思つて、ハンカチを出しました。私の身體は衰弱してひからびてゆくのに汗はよく出ました。そしてハンカチを見ると、どうでせうか。血が附着してゐるではありませんか。始め私は、何だコリャ花のつぶした汁でも着いてゐるのか。と思つてみたのです。それは野遊びした昨日のことを、すぐに想出したからです。が、よくみてゆくと、それはまさしく血痕でありました。

「おや！」

思はずひくい叫びをあげました。

車内の人々が私を射るやうに見詰めました。

「あゝ。もうダメか!?？！！……」

車掌が急いで私を目がけて走つてくるのが見えました。

「どうしたのですか？」

「…………」

「君ッ。」

「…どうしたんだい？」

「いや。ハンカチを見てはいけません。私は決して…決して……」

私は立上らうと焦《あせ》りました。が、私は肩を強く壓しつけられたのです。

「…救けて下さい。……」

私は周圍をすつかり取りまかれてしまひました。

短刀でせうか。白いひかりが目の前にふりかざされたやうです。…またやがてその短刀がカバンの中に入れられたやうです。車掌が困つたやうに呟やくのが聞えました。

「…狂人でせうか。」

「さあ。然し病氣のやうでもあるね。」

「そうだね。弱つてゐるらしいね。」

「とにかく下ろしたらどうだね。」

「額に血が着いてゐる。」

「どつかで喧嘩でもしたのだらうか。」

「もしもし。とにかく降りて下さいませんか。何だか大變弱つてゐらつしやるやうですから——。交番まで御一所に行つてもようございますが。」

「いや。有難う。」

まあ何と言ふとんちんかんな返事をしたのでせう。私は少しづゝ意識がはつきりとしてくるに従つて、ハンカチに誰も氣がついてゐないのが、幸運のやうに思はれて、電車を降りたことでした。この時のことは、ただこれだけで濟みました。然しこれから後は？（つゞく）

探偵小説

獵死病患者（二）

京城帝國大學豫科　末田晃

私は所謂恐怖病になりつゝあつたのですね。それが、しよつちゆうそんな狀態にあつたのではありません。週期的と言ふよりは、幾分輕い方なのでした。で、オフイスの方には、相變らず不滿でありながら、通勤してゐた譯です。

或る日のサラリーの日です。土曜日でした。その上に月曜日が休日と言ふ有難い嬉しい日なのです。社員は浮々としてゐました。この日を「バード・エンド・モンキーデー」と云はれてゐます。

（取り去るの日）——で、

「猿に食はれちつまつて、いやになつちやうなあ。」

「鳥の奴！　懐で羽をばたばたしていけねいや。少し逃がすかな。」

こんな會話が始まる譯なのです。私の勤めてゐるところはごくちつぽけな會社ではありましたが、時間だけは實に氣持よく守られてゐました。御承知の通り、外人の事務所が澤山ありますので、きつとその影響だらうと思ひます。

オフイスガールは妙にそはそはとして、幾度も幾度もトイレツトルームに出入してゐました。シエードを下ろす音が聞えてきました。私は机の上をかたづけて、こつそりと廊下に出ました。

W・Cの横の暗いトイレツト・ルームで、顏を整へてゐたタイピストの浦子が、刷毛《コンパクト》の白い手を擧げて、

「さつきから待つてゐたのよ。」

「——？」

亦惡戲かと思つて、私は行過ぎやうとしました。

「まあ。正木さん。一寸つてば……。」

「シネマは嫌だよ。僕は……。」

「いやな人。いくら何だつて何時もシネマばかり奢《おご》れつては言はないわ。」

彼女は、平氣で刷毛をたゝきながら、ずるい笑ひを見せな

がら、

「ウフフッツ。お可笑しいな。この間電車のなかで、とんだ喜劇をしたつんてね。逃げて歸るとそんな罰が覿面《てきめん》だから、おとなしくまつてるもんだわ。——全く正木さんの耻さらしね。」

私は、ぎくりとして彼女を見詰めました。

「いゝわ。まあ心配しなくたつて。知つてゐるのは私一人なんだから。だけどあんたも所謂（そゝつかしい！）男さ。おかげでとうとう、ランデブーを逃がしたことになつたのよ。結果はね。」

彼女は、肩で突《つ》きあたるやうにして笑ひました。

「……で譯はかうなのよ。あなたが一寸した喜劇を起した電車のなかに、私の昔友達——が乘り合してゐて、モチ女人よ。慌てゝあなたが降りて行つた時に、ポケットからシースをおつことしてね。それがあけみさんにわざわざ衝突してお膝の上におつことしたつて言ふ譯なのよ巧いわね。あんたも——」

「何だつて？　あけみさん？」

「知つてる？」

「…………」

「あけみ……あけみ……」

「まあ憎らしい！」

「これを御覽なさい。歸りは待つてる?!」

彼女は、私のかば色のシースを見せました。

「いやよ。そんなに簡單に渡せる？」

「…………」

「あら！　誰が來てよ。ぢやね。歸りはね。お部屋で待つてるのよ。」

何が何だか、自分にはさつぱり譯が分りません。しかしながら、私の失敗したすがたを何うして彼女が知つてゐたのかと思ふと、それにあけみと言ふ女性のことを思ふと、二重に襲つてくる感情の波紋に、頰に血の氣が上つてくるのを感じてくるのでした。

「ね。正木さん。きつとよ。」

彼女の肉色の靴下が、リノリウムの上を輕く跳ねてゆくのを見送りながら、私は呟やいたことです。

「鳥を五六羽逃がさなくちやいかんだらう。」

それにしても、自分の失つたシースが彼女に掟られてゐる事は、何としても弱味なのでした。普通の場合でしたら、さつさと歸ることは容易でしたが。また電車のなかで、しくじ

つた神經衰弱症を知られたことも、實ににがにがしいことでした。

× × ×

空洞のやうにひそまりかへつてゐるオフィスを出たのは、夕暮に近い頃でした。

「君はどうするんです。」

ページヴメントの辻に來た時に、私は山手町に分れて行く下宿尾の部屋を、微かなにがい液體を呑みこむやうにして想ひながら、つばを呑みました。

飾窓《ショウウインド》は夏の裝ひでした。種々の夏帽が、色風船のやうな視感を與へて飾られてゐました。浦子は、内則のポケットの銀貨を鳴らしながら、

「高いな。……」

で、懸命に釘付けに立つてゐるプロフヰルを見詰めながら私は聲をかけたものです。

「どうするつて?」

彼女はびつくりしたやうに眼を見開いたのです。

「だめよ。君。逃げるなんて嫌な人、お腹が減つちやつたわ……そうね。グリルは何う? あそこのランチはお美味《いし》いんだわ。」

「グリル?」

「えゝ。ね。ちよつとこれ持つててよ。」

無造作にオペラバックを、私の肩に懸けるやうにして持たせながら、怒つたやうな眼付きをポケットグラスに寫して見せました。

「鼻の上に汗をかくんで夏は嫌だな。」

彼女は、刷毛を叩いてゐるのです。裸形の腕を高く擧げて帽子のスタイルを寫すと、ページヴメントを縫つてゐるセダンが止りました。

「グリルへ!」

私は呆然として、柔らかいクッションに搖られてゐました。

「何う? グッドヤァね。」

「…………」

女は全く一匹の魚です。それがピチピチ跳ねだすと、仕末に終へません。摑《つか》へた手のなかから、するりと拔出するのは勿論ですが、また放つておくと、何處まで跳ねてゆくのが見當がつきません。灯《あかり》に濡れたページヴメントの水に泳いでゆく多くの魚を、しみじみと眺めながら、私は深い憂愁の鱗の觸手を感ぜずにはゐられませんでした。それからと言つて、締めつけ

るやうな把握の下に、もがいてゐる魚のすがたの快よさに、たまたま酔つてくるやうな情熱の渦に巻き込まれてゆく衝動を欲したのですが、それも一つの儚ない泡沫のやうな結晶であつて、また直ぐ憂鬱に捕はれてゆくのでした。一つは、臆病であつたのかも知れません。全く蝸牛そのものでした。恐る恐る角を伸ばして見ては、直ぐ引込めて殼のなかに閉ぢこもつて了ふ蝸牛の暗い憶病な生活をつゞけてゐる自分に取つては、たゞ殼のなかで、おのれ一人の幻想に生きてゐるのみでした。

　蝸牛が大膽な歩みをつゞけてゆく時に、自分を破壊するか或は破壊されるかの二途より他にはありません。その癖に、時々角を出してみては、廣い世界の憧憬に、恍惚として、自分の立場を忘れたがるものです。餘りに度々角を伸ばし過ぎては、失敗するものです。私は、自分のみぢめな心の空想に耽けつてゐる自動車のなかで、彼女は、コンパクトを動かしてゐました。

「ゐらつしやいませ。」

「まあ。——遲かつた？」

「いゝえ。ちよつと。」

「そう。」

グリルの階段をあがるなり、こんな挨拶が交されました。隅の卓子に一人の斷髪をした女が立上つて、近づいて來ました。

「このあいだは失禮致しました。」

　頭を下げた時に、ふくふくした斷髪が水のやうに流れました。

「え？　いや。」

　私は連れの女を顧みながら、當惑的な眼付を投げましたが浦子は取澄ました偶像のやうに冷たい微笑を浮べたきりです。

「あの・・・・正木さん。ぢやあらためてこのシースは御返ししますわ。」

　卓上電燈《テーブルランプ》の赤い布覆に深い影をつくつて照らされてゐる女の頬は、果物のやうに艶めいた感じです。餘りに近く灯のかゞやきに浮き出されてゐる頬の生毛《うぶげ》が、くすぐつたい焦燥を起させました。

「失禮で御座いますが……」

植村あけみ

小型な名刺を受取りながら、私はすつかり度を失つてしまつたのでした。

「私は……」

「いゝえ。よく存じてゐますわ。正木秀雄さん――で御座いませう。」

白い細い指に巻かれてゆく煙草を見詰めながら、私は亦狼狽せずにはゐられませんでした。この時になつて、私は其の會合が、豫定せられた浦子のプログラムの一端であることに氣付きました。

「ね。あけみさん。何飲む？ わたしポートワインにするわ。」

「………」

白い歯から吐出されてゆく煙の匂ひが、蒸せるやうな快よい香りを持つてゐました。

「わたしやつぱりポートワイン。ホワイトの……」

「………」

「正木さんは？」

「僕ミリオンダラー……」

「まあ。あまくちでゐらつしやるのね。」

「え。えゝ。」

「……もう額の傷はお癒りになりましたのね。わたし、あの時大變心配しましたの。」

「え!! ぢやあの電車のなかにあなたはゐらつしたんですか？」

「まあ。御戯談を……。

女はさつと鋭い微笑を浮べました。

「正木さん。嫌な人。こゝでそんな他人行儀をやめなくちや駄目よ。」

浦子はウエターから受取つたカップを唇につけながら言ひました。

「他人行儀？」

「え。さうよ。」

「僕は始めて逢ふ女《ひと》なんだもの。」

「……嫌ね。警戒するのよ。ね。あけみさん。わたしお禮を言はれたいわ。」

女は細巻きの煙の灰を靜かに落しながら、

「……だつてこれお禮ぢやないの？ まあ綺麗だこと」

ポートワインのカップを灯にかざしながら、ずるい流眼《ながしめ》で笑つてゐました。

× × ×

下宿屋に歸つたのが十時頃でした。

「シースのなか見て頂戴ね。」
熱つぽい息を耳近く感じながら、あけみに言はれたことを想出して、私は何時もの習慣で、電燈を枕近く下ろして寐ながらシースのなかを見たものです。すると、どうでせう。一封の小さい手紙がはさみ込まれてありました。グリーンバイオシの香りが、清しく籠められてありました。

(正木秀雄樣御許に)裏にローマ字で

――Akemi U.――

秀雄樣――本當に偶然で御座いました。でもこんな御手紙をあげることが、果して許して頂けることで御座いませうか?でもあなたが××專門學校のラグビーチームにゐらつしやつた時に、私はまだ十六の小娘でしたのに、私はもうその時に血を燃やしてゐたフワンの一人なのでした。それに過日電車のなかで御逢ひした時に思はずハツと致しました。あなたは蒼白の御顏で、よろめいて私の横に御座りになりましたのね。上着のポケツトからシースが飛出しました。それが本當に自田な所作とで御座いました。そして、先きの鋭いペンシルで額を御突きになつた時は、私は思はずハツとしました。けれどもあなたは直ぐハンケチを出してお拭きになりましたのね。お血が付きになつてゐました。あなたは倘蒼ざめになつて、私の顏を鋭く御覽んになりました。落ちたシースもお拾ひにならないで、何だか狼狽なすつて電車からお降りになりました。あなたの巧みな戀のテクニツクに、私は思はずドキドキ致しましたの。で、私は家に歸つてシースを開けて見ました。すると、偶然にも「正木秀雄」と言ふ名刺がありましたし、私のお友達の浦子さんと御一所に御勤めになつてゐる事を知りました。このシースは、私が御貰ひしておくのが當然なことのやうに思はれました。あなたはラグビーで勇猛であつたやうに戀の冒險に對しても、實に勇敢でゐらつしやいます。十六の小娘は二十歲に成長してゆくと共に、幾多の冒險の淵に泳いで來た私の戀心も成長してゆきました。わたしあなたの戀心を何の躊躇もなしに御受け致しますわ。わたしオリエンタルダンスホールに今ゐますの。ダンサーなんですの今晚は浦子さんに御連れして來て頂けるやうになつてゐますが、明晚から是非ダンスホールの方にゐらつして下さいませ。本當にお待ち致してゐますわ。

――あなたのあけみより――

私はうつうつとした淺い眠りのなかに、あのふさふさした斷髮の女のすがたを夢見てゐました。

地下室の踊場――オリエンタルダンスホールには夜毎に私の姿がありました。俗惡なフオックスストロットの騷音と、裸形の肩が水底の暗い光に濡れて光る夜光蟲のやうに、消えてゆく頽唐群に溺れてゆくのでした。それはあくまで暗い愉快の波に泳いでゆくものゝ魅力であつたのでした。

十五番の女（植村あけみ）は勿論私の秘密のパトナーであつたのです。私は學校時代に、是非共外國に雄飛したい野望を持つてゐました。それには踊りだけは知つてゐなければ、恥だと常々に言はれてゐましたので、ひそかに私はダンスホールに通つたことがありました。で、踊には自信を持つてゐた譯です。これが、またヴアンプ（あけみ）を喜ばしたらしいのです。時たま狂暴に近くなつてゆく私の神經衰弱は、あけみの身體を思ひ切り振りきるやうに抱いては、底知れない憂鬱に夢遊病者になつてゆく私の姿態を、彼女はやはり一つのテクニックであると信じてゐたとは、何と言ふ喜劇であつたでせう。私は、自分の身心共に壞《くだ》けてゆくやうな怖れを持ちながら、どうすることも出來ない闇の底に引きづられてゆくことでした。

で、私がよく放心狀態になつて、踊つてゐる時に、それは故意に（と彼女は言ふのです）シースを落したり、或は財布を落したりするのです。それが奇妙に、美しいダンサーの前に來た時とか、踊りながら逢つた時に起るのでした。

「また始まつた！」

「もう他の人には渡しませんよ。あなたは私のものですよ。」

あけみは、胸を押しつけるやうにして、呼やくのでした。

こんな時に、私は底い天井が今にも自分を壓迫してくるやうな怖れと、胸をえぐられるやうな衝動に刺されて昏倒するやうな身體を、僅かに支へながら、全身の重みをあけみに寄せかけて、無意識に踊つてゐました。

× × ×

あけみと知合つて一月ばかりの日が流れてゐました。夕立が來さうな暗濟とした空になつてきて、オフイスには電燈が灯されてゐました。私はうづいてくる頭の痛みをかゝへながら、インボイスの調査をしてゐました。エレベエターのきしる音が、深い地の底に沈んでゆくやうな音を立てゝゐました。

「うーん」

私は思はず呻いてゐました。油汗がじつとりと胸のあたりに濡れてゐました。

「おい。正木君。どうしたんだ。顔がバカに蒼いぜ。」

隣の卓にペンを走らせてゐた木村が、驚いたやうな面を見せました。

「いや。一寸氣分が惡いんだ……」

「……」

電話の鋭い呼鈴がして浦子がかゝつてゐました。

「はい。……あゝもしもしえゝ。左樣でございます。えゝ正木さん。ゐらつしやいます。御呼びするのですね。正木さん――御電話よ。」

「御電話よ。」

「君。聞いてくれない？」

「……」

「聞いてくれ給へ。」

「まあ。氣分が惡いの？……でもあけみさんからかゝつてゐるのよ。」

近づいてきた浦子が低聲《こごえ》で言ひました。

「……」

「嫌だ。ね。木村さん。電話の主知つてゐる？　いゝ人からよ。」

「チェッ！　それで變な顔をしてるんかい。」


私は蹌踉とする身體を電話機に持つてゆきました。

（……秀さん。秀雄さん!?　わたしあけみよ。大至急來て下さいな。大變なことが出來たのよ。ね。直ぐ來て。直ぐよ。）

私は心臟が破調をなして、高鳴つてきました。これを口實に今日は早引きをさせて貰はう。事實私は時々、眩暈を感じてきました。

「きみ頼むよ。僕全く身體が惡いんだがら――」

私は浦子に言傳てゝおいてオフィスを出ました。蒸せてくるやうなアスフヮルに籠つた暖氣と、重なりあつて地上を覆ふてゐる暗い空からは、今にも雨が降つてきさうでした。

ビルディングの窓掛けはすつかり開けられてゐましたが、妙に暗い感じを起させました。舗道を通つてゆく人かげもありませんでした。ひつそりと重い街の空氣を慄はして、電車が素早く駈けるやうに過ぎてゐました。私は堪へられない身體を圓タクに任せたのです。

「君シエードを開けてくれ！」

「何です。シエードは下ろしてないんですよ。あなた。」

「私は、また錯覺的な視感に襲はれてくるのを感じて、身を慄はせました。

「オリエンタルダンスホールへ――」

　私は自動車の窓に頰を押しつけて、冷たい緊張のために、眩暈《めまひ》を避けてゐました。額は燃えるやうに熱つぽくなつてゐました。私はぐつたりと疲れきつてゐながらも、眼は苦惱のために大きく見開いてゐましたが、街の何物も見てゐませんでした。心はあけみのふさふさした髪に揺られてゐました。

　オリエンタルホールに着いた時は、極度の腦の疲れを感じてゐました。地下室に降りてゆく階段のところに、あけみが立つてゐました。

「あなた。困つたことが出來た。」

「え？　何う……。」

　あけみの小指で私の唇は押さえられました。微かに蒼ざめてゐるやうです。私は身體が硬《こは》ばつてゆくやうな興奮を覺えました。一瞬突き飛ばされたやうに思へたからです。どうでせうか。私の前に、すつと一人の男が立つてゐた譯です。何國の人間とも知れない人間でしたが、明かに外人であつたのです。大きな口の周圍には、意味ありげな微笑がほのめいてゐました。

「今日は。」

　彼は太い手を差延べながら、彼の視線はするどく私に注がれてゐました。がらんとした晝のダンスホールの空氣は、腐つたやうに淀んでゐました。私はいつのまにか、かうした腐つた空氣に醱酵してゆく蛆蟲のやうな生活に、生きてゐた人間でした。ですから、壓しつけられるやうな人爲的腐敗のなかに、不思議にも私の神經は冴えてくるのです。私はぐつとその太い手を握りかへしました。反撥する力で――。

「どうしたといふの？　あけみ？」

　頸《うな》だれてゐる側のあけみに尋ねました。

「いゝえ。これ見て下さい。」

　男は一通の書面を渡してくれました、
　それがまあ何と私が始めてあけみから貰つた彼女の手紙なのです。私は困惑な眼射しを投げました。

「あなた落したのよ。わかつて？　で、一切終りだわ。」

　あけみの絶望的な聲がしました。

「あなた。あけみを私から奪ふ。話があります。いきませう相談があります。」

　すべての事情が、雷光《いなづま》のやうに、私に了解されたのです。

　小さなひそまつた室《へや》に私達は這入りました。恐らくこれは誰も知らないルームに違ひはありません。厚いペルシャ絨氈が敷かれてあつて、足音は少しもしません。

腰を下すなり男は鋭く言ひました。

「どうするあけみ。」

「………。」

「別れる？」

「嫌です。嫌だ！」

「わたし、あけみを金で買つてゐます。」

「何買つてゐる……」

迅い氣息が彼女の頰を上氣させてゐました。私は痲痺したやうにぐつたりこしてゐました。が……。

「あけみ。本當か？」

「えゝ。」

私は急に憤りを感じました。熱つぽい焰を舌に感じました。

「賣女《ばいた》！ 騙したな。」

「何ですつて？」

「賣女！」

彼女は、うはづつたやうな聲で叫びました。

「失…失禮な……」

「あけみは私が買つてゐます。」

男の太いバスが、それでも冷ややかに聞えました。

「お默り！！ 獸！」

「ね。秀雄さん。逃げませう。逃げやう。あなたは騙されてゐるのです。……」

あけみの眼は男の胸を刺すやうな憎しみに燃えてゐながらあえぎあえぎ私に身を寄せて來ました。

「私はこの女を買つてゐるのです。」

再びつめたい聲が聞えました。

「おい！ 本當か？ あけみ！」

彼女が、私にしがみついてくるのを引放すやうにして私はきゝ返しました。

「嫌です。嫌です。……」

ぐつたりこした手を意味もなく拂除けるやうに、彼女はよろめいてゐました。

「秀雄さん……」

「本當か！」

「……薄情男！」

「………」

「ホホツウフフ……」

彼女は嘲笑するやうな輕蔑な眼付きをしました。すると虚《うつ》ろな眼射しに變つて、抱くやうに蒼白な面をぐつたりこして

胸を組みながら、突きかゝるやうに對《むか》つてきました。

「……苦るしい！　こゝが……」

「フン。フォクッスストロットか！」

私は吐出すやうに呟やきました。

「何ですつて！　畜生！」

彼女は飛懸つてきました。私は彼女の頸《くび》のところを、締めるやうにして、彼女を引寄せて、

「おい！芝居はやめたらいゝ。」

彼女の面貌は石であつた。

彼女の咽喉がかすかな音を立てた。私の肩に死んだやうな面を寄せると、ごつと血を吐いた。

「…………」

硬直したやうな戰慄が脊筋を貫ぬきました。恐怖と絶望の感動が、腦の髄をしびれさせて了ひました。亂れた彼女の頭髪が、胸の上に物の化のやうにもつれかゝりました。

「……死んだ？」

外人は、つかつかと進んできました。

……瞼《まぶた》がおのづから熱くなつてきて、涙が湧いてきました。これは實に不思議な感情でした。が……。

「あなたはあけみを殺した！」

血が凝固したのでせう。私は棒のやうに倒れしまた。

「ダメだ。……」

あけみの胸に手をあてゝゐた男は、呟やきました。私は戸の恐怖に打たれました。殺人！　牢獄！　唇は乾ききつて聲も出ません。

「コツコツ！　コツコツ――」

その時扉を叩く音がしました。


――（續）――

◇催涙事件で總監を告訴

東京交通勞働組合では五月二十六日電氣局側における組合員と警官隊の衝突の際日比谷署が使用した催涙彈問題と今後の鬪爭方針決定のため五月二十七日午前十一時より午後一時半まで麹町區内幸町ビル内の組合本部に緊急實行委員會を開催、交通勞働協に市電協同會より三十名の委員出席協議の結果催涙彈使用問題に對しては暴擧も甚だしとして五月二十八日午前中組合首腦部が内務大臣に抗議に出かける一方警視總監に日比谷署長を相手取つて傷害罪の告訴を提起した。

探偵小說

獵死病患者（三）

京城帝國大學豫科　末田晃

……あなたは、恐怖の渦のなかに身をまかれながらもそれが一つの劇であつて、今は自分が主役としての恐怖に自から戰慄してゐると言ふはかない——全く氣　めな感情を抱くことがあるでせう。でそれが餘りに自分の眞近くに起つたことゝ知つた時に、愕然とした胸の緊縮した感情のやうに卒倒してゆく錯覺のなかに、遂に永遠に救はれないと言ふ不思議な意識をはつきりと刻まれる瞬間に、再びはかない——全く氣休めな感情に僅かながらも喜びを感知すると言ふ幻的なもの——それは「死」と言ふものゝ影であるのです。

私はこの二つのもつれてゆく感情のなかに、意識が次第に泡のやうに消失してゆくのを、奇妙な恍惚境にあるやうにバッタリとうづくまつたまゝに——。

それは確かに現實的なものに觸れてくる流動的感覺の一つであつたことと思ひます。

（かすかな女の髮の匂ひに交じつてくる血の蒸せるやうな死體は、ばく然とした溫かみを保つてゐました。この溫かみに觸れてゐながら、意識を失つてゆく自分の感情が、後にたつた一つの驚くべき救ひとなつてきたことは、大變有難いことでありました……。）

で、あけみの溫かい死體に折重つてゐる自分の姿態には、絕望のかげにほんの少しばかりの安心と言つては、あたらない言葉ではありませうが、氣休めがあつたことは間違ひのないことです。

扉をたたく音はすつかり聞えなくなりました。勿論私が氣を失つてしまつたからです。そしてこれからどんな風になつたかと言ふことは事件の結末に語《はな》させて貰ふことにして、其後再び奇怪な事件にぶつつかつたことをお話しませう。

×　×　×

私は漢文流に言ふと、靑天白日の身であつて、やはり其後オフィスに勤務してゐました。が、絕えず私は脅迫のあみを泳いでゐる一匹の魚でありました。それが張られてあるあみを明かに意識してゐる爲めに、更に絕望が深い譯でありました。亦、そのあみが或るトリックであると言ふことを知つてゐながらも、どうすることも出來なかつたのです。殺人者と云ふ痛いまでに強い意識の針が、胸深く刺されてあつて、逃れやうと焦れば焦るだけ、その針が深く刺されてゆくのです。ですから、そんな時に靜かに觀念の眼を閉ぢてゐな

ければどうすることも出來ないのです。

　私は更に身體が細くなつてゆくのをまざまざと知つてゐました。かうして私はやせ細つてひからびてゆく自分の姿を、朝夕見つめながら
「……あみのなかで死んだ魚は一體どうなるのであらうか？……」

　と呟やいたことでした。すると、あの海岸の砂濱で、地引網に引つぱられて、うん悪く小さい魚は見返りもせられずに踏みにぢられて遂には砂にザラザラとひからびてゆくのを想出しては、眼がしらが熱くなつてくるのでした。或は、腹をフクらした小さいフグが、足で踏まれてポン！　と參つて了ふ威勢？　のいい音の方が結局はなかなか華々しいのぢやないかと思つたりしては、凋《しぼ》れた自分の腹をさすりながら青い顔を鏡にうつして、ニヤリと笑つたことです。その顔が、赤馬鹿に物凄かつたと言ひますね。これが發作的にくるので自分自身ではどうすることも出來ませんでした。丁度「てんかん」の發作のやうに、發作後はけろりとしてゐるだけに、周圍の人々には、ある憂鬱な感じを與へるので、私の友人は段々と離れてゆくのでした。

　が、私はあみのなかに飼はれてゐる私は、いつまでも放つて置かれるのでした。幾度となく脱出の計畫をたてゝは、一片の紙片のために、赤釘づけにされる自分であつたのです。

（殺人者よ。汝の名前に注意せよ。）

　舗道の人々に注意深く歩いてゆく自分の前に、つかつかと寄つて來て定《き》まつて一片の紙を差出す男！　或は、カフエーの卓上に、ウエトレスが笑ひながら
「まあ！こんな紙をあなたにあげてくれと……」

「え？　誰が？」

「變な男よ。」

「……………」

「オヤ！　殺人者……馬鹿にしてるのね。きつと誰かの悪戯よ。ね……。」

「うん。」

　ですけれども、私は了ひにはこんなことにはすつかり馴れつこになつてしまつて、

「フウ——フウ——……」

　と件の紙片を息で吹飛しながら
「嫌な奴さ。悪戯もいゝ加減にやめたらどうかね。」

　と目に見えないものに向つて言つたものです。そして、今度こそはと脱出のほぞを固めながら、プラットホームを歩いてゐる時に、突然を肩を叩かれるのでした。

「あなた……さんですね。注意した方がね……」

　私は電氣に觸れたやうに飛上つたものです。

　その頃は發車の合圖がまた笛を鳴らす頃でした。驛員が走つて來て
「あなた發車致しますよ。急いで急いで……」

　私はピリピリ……と鳴る合圖を後にプラットホームを逆に、太い息を吐きながら青醒めたものでした。

　かうして夏も去つてゆきました。

秋かぜが街路樹の葉を吹いて來て、水のやうな冷い秋もふけてゆきました。

× × ×

それは十月の半ばか或は末の頃でした。

とにかくひどくうすら寒い風がピユーピユーと街頭を吹きまくつてゐて、道ゆく人々にしみぐ\と冬の來るのを思はせるやうな冷え冷えとした夜でした。私のすつかり荒《すさ》みきつた心には、おのづからゴルキーの「夜の宿」の魂が巣喰つてゐました。

「自分も殺人者と言ふ名前に縛りつけられたものだ。この鎖がいつ解かれることであらう。」

が、私はオフイスだけは忠實に務めてゐたものです。その頃は、ある外國輸出品の出荷で忙しかつたものですから、毎夜遲くまで事務所に居殘つて、タイプライターをやけに叩いてゐたものです。

その日……やつと仕上げをきりあげて、やれやれと思つて事務所を出たのが八時過ぎであつたのでせうか。仕事は仕上げたし、腹が出來たし、久振りにのうぐ\とした氣分になつて、丁度その頃私の馴染んでゐたBカフエーに足を向けたものです。もつともBカフエーでは今夜ステーヂダンスがあると言ふので、來ないかと言ふ友人に逢ふためであつたのでした。それが女友達であつたためにか、オフイスを出る時は隨分ひやかされたものです。電話の聲でね。

その夜は星影の一つも見えない漆黑な夜空でして、淡い夜ぎりが下りてゐるらしく、海岸通のぼやけた街燈の向ふには、波止場にねむつてゐる巨大な船體のマストの上の赤い信號燈が、いくつもいくつもまるで血のしたゝりのやうに滲んでゐるのが見えてゐました。その血のしたゝりが、自分の額に附着してはゐないだらうか？　私は亦しても變な衝動に卷きこまれてゆく怪異さに、思はず身慄ひがして來ました。時々ふつとゆき逢ひに毒々しい安煙草の香りを殘してゆくのは、たつた今仕事を終へたばかりの異人の船員たちが、S町の裏路地にあるあやしげな酒場をさしてゆくのでせう。

彼等異國水夫人のだみと聲が、いつまでも靜かなこの洋館街に妙に鋭くこだましてゐました。私はいつとは知らずに海岸通を稅關檢疫所の少し手前から左に折れてゐる居留地の煉瓦鋪道をコッコッと歩いてゐました。その靴音は、まるで巨大な鐵の窓矢筒に鍛織を打ち下すやうなキリキリと腦髓に浸みわたる反響をつくつてゐました。夜のあひだは全く用のないこれらの外人事務所は、門燈さへもつけてゐない家が多くて、僧院の廻廊にあるやうな幽暗と無氣味がたゞやうてゐました。時々ふつと二階の窓などが開いて、さつと帶のやうな燈光が、暗い鋪道に投げかけると、部屋のなかからは異樣に鼻の高い禿鷹に似た容貌の異人が首を出して、窓の外の空氣を胸一つぱいに吸ふやうな恰好をしました。

其度に、私は何故とも知らずに、ぞつとして、俄かに冷い氷粒が脊すじを走り落ちるやうな惡寒に襲はれるのでした。——何故と言つて、私はあけみの溫かい死體の側に突つ立つてゐた冷やゝかな外人の眼《まな》ざしをどうして忘れることが出來るでせうか。自分の汚血にまみれた手首を切り離したい衝動に、のたうち廻る恐怖に息が止まつてくるやうでした。……こんな夜遲くまで一體彼等は、何をし

てゐるのであらう？　通りすがりに立ちどまつて、みがかれた眞鍮製の看板をひよいと覗いてみますと、それは土耳其の藥種貿易商でして、何とか商會といふ讀みにくい横文字が書かれてありました。これは自分の淺學の爲めでありませうが、ヒルメアンゴラ兄弟商會と言ふ風に讀まれたのです。

アンゴラと言へば御承知の土耳其のある町の名です。

さて一體何のクスリを商つてゐるのであらう――地中海と黒海とに挾まれたあの小さな謎の國――其處にどんな藥草が取れるのであらう。不老不死の高貴藥　いやそんな生やさしいものではない。この遠い極東の港町の陥隅にかくれて、ある怖ろしい秘密を續けてゐるのだ。彼等の種族の一部が奉ずる或る怪しげな迷信によつて、人間の生膽を持つて來ては賣買してゐるのだ。さつきもあの禿鷹の異人が窓を開いてフッと息を呼吸した時の姿はきつと何か異常な仕事を成し遂げた時のやれやれどした疲勞と､安緒の休息に違ひない。或は鋭利なメスでもつて胸筋肉を剜り開いて、まだ鼓動のしてゐる心臟を摑み出すと、殘りの五體はすつかり王水の坩堝《るつぼ》のなかに浸しつけて、消滅同化した苦い液體を作り終つたのだ。

この土地に住む同じ種族の人攫ひの手から攫はれて來た幼兒どもを、斯うして近所の寢しづまる頃になると、一つづつ猿ぐつわをはめて、まるで爼の上の魚を料理でもするやうに、生けるがまゝにその心臟を剜り取つてゐるのであらう。

咄嗟の間ではありましたが、斯樣な馬鹿々々しい空想が實に生々しい現實の恐怖を伴つて、私の全身にひしひしと押しよせて來たことでした。そして、われ知らずに毛穴の棒立ちになるやうな不氣味さに馳られて、ふと通り過ぎたあの窓の方を振り返つてみますと、不思議なことには、さつきまで灯つてゐた筈のあの窓の燈が、何時の間にか消えてゐて、甚しい寒風が首筋を撫でるやうに吹きすぎてゆきました。

これだけは私の夢でも錯覺でもないことはたしかに斷言出來るのです。私は急に灯明るいカフヱーを想出しました。そしてステーヂダンスのジャズの快よい騷音が泌みわたつてくるのでした。ですから、私は奇妙にコビリついて離れない此の幻の怪に惱まされる自分を嘲笑したくなつて、口唇をゆがめた時に、私の耳には何かあの古めいた建物の階段を轉げるやうに馳け下りてくるはげしい物音が聞えて來たのです。と同時に、キラリと頭の何處かをかすめて通りすぎたある怖ろしい豫覺が、私の兩足の膝頭をガリガリと打震はせ、思はずよろめいてきて、悲しいことにはおのづから馳け出したのです。

あゝ。私の豫覺は事實でした。私の頭はやつぱり狂つてはゐないのだ。此時ばかり私は自分の凄いばかりの頭の正確さを思つたことはありませんでした。それはともかく私の背後からは、あの禿鷹の異人がメスを片手に韋駄夫走りにこつちを目がけて迫つてくるではありませんか。

萬事休す！　しまつたと思つた次の時のまは、もう私は何かこう物の怪に憑《つ》かれたやうな奇體に力の抜けた足どりでもつて、一目散に明るい街の方へ逃げやうと焦つてゐました。心臟はヤタラにはづんでしまつて、よろけるやうな危かしい足並みは、なかなか意志通りになつてくれません。晝のあひだは、この邊の地理をよくわきま

へてゐる私ではありましたが、どうしたものでせうかその時は、私の目ざす街の方へはどうしても出られなかつたのでした。私は、ヒヨロヒヨロと折れ曲つたやうな瓦斯燈が、しよんぼり立つてゐる幾つもの町角を、血走つて通り魔のやうに、ひた走りによぎつてゆきますと、やつとのことで向ふの方に明るい窓をもつた一軒の洋館を見つけ出すことができて、ホッと救はれたやうな安緒を覺えて、吸ひ寄せられるやうに、その窓下に馳けつけました。

こゝまで來ればもう大丈夫だらうと、やうやく我に歸つて、静かにあたりを見廻しますと、これは亦何と奇妙なこともあるものでせうか。長年この近處を歩き馴れた私に取つては、其處はついぞ見掛けたことのない町並みなのです。夜目にかすかにすかして見ますと其處はどうしたつて本通りではなく、煤けたやうなどこか見知らぬ裏町らしいのです。と言ふのは、明りのついてゐる家は只其家一軒あるばかりでして、うす暗い幽明のなかに煉瓦壁やら、はげ落ちた漆喰の塀などが、細い石疊の兩側に迫つてゐるのでした。何か違い別な國の見知らない陋巷に迷ひ込んだのではなからうかと言ふ疑念がひとときギクリとした恐怖が、全身の血管を堰き止めたやうでして、ハッとして私は自分で自分の手を抓つてみるのでした。

——一體あの禿鷹は本當に俺を追つかけて來たのであらうか。俺はどこをどう走つて何處へ出やうとしてゐたのだらう。——あの窓の異人は俺のいつもの氣のせいではなかつたらうか。私は再び自分の恐怖が馬鹿げた錯覺ではなかつたらうかと反省してみましたが、何か「理性」らしいものが苦もなくそれを打消してしまふのであつて、神經は愈々冴えきつて來るのでした。

「いやいや。俺はたしかにこの耳で、彼奴が階段を馳け下りる跫音を聞き、この目で追つかけて來る姿を見たではないか。してみるとやつぱりそんなにあいつから遠くへは來てゐる筈がない。若しかすると何處かその邊の家かげに隱れてゐて、じつと隙をうかがつてゐるのかも知れない——」

と、こんな風な考へが一瞬間、まだ動きの止まらない心胸に伴奏するやうに再びチラリと頭をもたげて來ますと、亦しても不氣味な不安が胸一つぱいに押し掛けて來るのでした。

どうかしてこの身體をどこかへ隱さねばならない。そして誰でもいゝ。人でなければ犬だつて構はない。自分の身體を見守つてくれるものが傍にゐて欲しいと思ふのでした。私はもう一瞬時としてぐずぐずと佇んでは居れない焦燥に卷かれてくるのでした。と云つてこの窓の明るい下を離れて、再びあの闇の街路に馳け出してゆくやうな勇氣はもうすつかりどこかへ消えうせてゐました。絶對絶命の立場に陷つた私は、ふと、この灯りのもれてゐる家へかくまつてもらつたらと言ふ窮策に氣がつくと俄かに勇氣が出て參りました。そして一體この家は何をしてゐる家なのであるか。

窓の中に必ず人が居るとは知れない。が、……私は忍び足で近づいて、さて、私は戸口の方へ歩いてきたのですが、尙氣を張りながら、石疊を踏み上り、眼を細めて門標を見ようとしました。ところが、なんと不思議な偶然と言ふものもあればあるぢや御座いませんか?!

戸口の眞上には、まん圓い紅色電燈が灯つてゐて、私は一體何を見たとお考へになりますか？　紅い硝子の面に浮んでゐる文字——

……BAR……

……BAR……BAR……

この時の私に取つては、全く別な意味で、何とバッカスの神を讃めたたえたい氣持で一杯になつたかを御推察下さることが出來るだらうと思ひます。

私は亦何と言ふ間抜け野郎だ！　こんなにも有難いもつけの避難所を目の前に見つめながら、何を今迄恐怖に慄へて佇んでゐる必要があつたのだ。私は何か斯うカラカラと、馬鹿々々しくも哀れな自分自身の影を哄笑してやりたいやうな、少しばかりはしやいだ氣持になつて、その暗の街路に向つて、

「馬鹿よ。おやすみ」

と言つて、ヒラリとその重々しい扉の内側に身をかはしてしまつたのでした。

やれやれと思つて、暫くのあひだ外の物の氣配をうかがつてゐましたが、さてクルリと室の方に向き直らうとしますと、突然、私の耳もとで亜鉛板を摩擦したやうな異様な發音の言葉を聞いたのです。

ドキリとして振返つて見ますと、其處には、丈の高いいやに目玉のギラリと据はつた一人の男が、じつと手を差述べてゐました。彼は何國籍も何人種とも一寸見當のつかない、しかし皮膚の淺黒いところを見ると、熱帶人種には違ひないのですが……それでも白黒のボーイ服をまとつてゐました。

もつとも現在ではおよその人種には直ちに見分けがつきますね。神戸あたりでは所謂外人の影響もありませうし、近頃では女性は全部洋裝ですから、よほど鋭敏でなければプロフイルだけでは區別がつきかねます。いや。餘談に入りましたが、その時は全くあの禿鷹の容貌を想出して、私はやゝ暫く棒立ちに立どまつて、ギロリと光る男の服を見詰めてゐましたが、やつとのことで、その意味を覺ると、帽子と外套とを其男の手に渡して、さて一通り室内の樣子を眺め見渡したのです。

ところが、其處は酒場にしては、何と風變りな部屋であつたでせう。室の周圍は厚ぼつたい漆喰の壁で包まれてゐて、窓と名の附けられるやうなものは何處にもなく、まるで穴藏のやうに妙にガランとした空氣が漂つてゐるのです。と言ふのも、道路に面した戸口から、酒瓶の並んでゐるスタンドへゆきつくには、五六段の薄暗い石の階段によつて、地の底へ降りてゆかねばならないのでした。そして部屋の天井は馬鹿に高くて、外から見たとき二階があるやうに思へたのでしたが、そうではなくて、屋根裏迄ぶつ通しの圓天井になつてゐるのでした。外見は、古ぼけた裏町の一陋屋にすぎませんでしたが、内部は驚くばかりの裝飾で充滿してゐるのです。

私は別に建築美術については、深い知識をもつてゐるわけではありませんが、その四圍の壁や圓蓋《ドーム》や柱の裝飾が一目して、それは回敎美術の特徴を思ひ出させるところの漆喰彫刻であることを見て取るには、そんなに困難ではありませんでした。と言ふのは、私の友達で、ある綿花會社のカイロ出張所員を勤めてゐる男から、最近送つてもらつた珍らしい埃及美術の寫眞帖中のある寺院の内部が、そつくり私の眼の裏によみがへつて來たからでした。

アラビヤや、トルコや、近代エジプトのいろんな樣式を複雜に取り入れたこの東洋的裝飾は、朱、赤、綠、青、金などあらゆる錯雜した色樣の華麗な調和を試みて、まるでお伽の御殿にあるかのやうな夢見心地を味はせてくれるのでした。

穴藏へ降りる階段の兩側には、それはまたとてつもない大きな鉢植の耶子樹か棕櫚に似通つた熱帶植物が、そのどす黑い葉裏を見せて茂つて居りまして、その正面に當るところに大きな煖爐が切つてあり、眞赤な火が、めら〳〵と舌を出して燃え上つてゐました。

煖爐の上の壁は、他の周圍のアラベスリ模樣から隔離した一面の大壁畵となつてゐまして、その畵は一寸見には何を現してゐるものか、混沌とした色彩の錯覺から變にグロテスクなものに見えたのでしたが、じつと落着いて見詰めてゐるうちに、段々とその一つ一つの色調が輪廓を帶びて來まして、何かひどく古代のおそらくは、人間の未だ歷史を成さない以前の部落の戰爭の畵であるらしく、楯や手槍をもつた裸體の戰士が、一人の美しい姬を中央にはさんで、相對してゐる有樣を畵いたものらしくあつたのです。その他部屋の隅々には原始人的の像や奇體な石像、古めいた貴金屬の置場、銘木で造られた種々の調度品、カラセン模樣の機物掛など、まるであの三角洲《ピラミッド》の古墳から堀り出して來たやうな、珍奇な高貴品？　でもつて一ぱい裝り立てゝあるのです。殊に私の奇異に感じましたことには煖爐の橫に立て掛けてある、橙彩色をほどこした一つのミイラ棺でした。

そのミイラ棺は、精巧な金具のほりものをほどこした棺蓋の一部のガラス張りなつたところから、白布で蔽はれたミイラの顏ばかりが出てゐて、その落ちくぼんだ二つの目で、じつとこの部屋の有樣を睨んでゐることでした。

私は、おのづからそのミイラに吸ひつけられてゆくやうに近づいてゆきました。全くそのミイラは見えない巢を張つたくものやうな幻の力を持つて、私の身體に無數の巢を張つて卷き込んでゆくものの逃れ得ない力を繰出してゐるやうでした。

これは決して私ばかりではなかつたのでせう。誰でもそのミイラを一目見たときに、この力に溺れてゆくのをどうすることも出來なかつたと思ひます。何故つて？　しかし、私はとにかくそのミイラに近づいて、正に顏を觸れやうとした時に、ぞつと魂を氷らせるやうな、それでゐて擽ぐるやうな微かす笑聲がしました。

それは、一體何處から聞えてくるのか？　ほとんど見當のつかない聲のながれであつたのです。

ミイラの棺の中から眞近くに聞えてくるかと思ふと、遠い水中を通つてくるやうな摑むことの出來ない微かなものとなつて消えてゆきました。

この時になつて自分としては何と愚かなことであつたことに氣がついたのでした。部屋《サロン》には客一人として影だに見えないのでした。餘りに古風めいた部屋のかざり許り氣の取られてゐた私は、この怪しいシン！　と靜まりかへつた洞穴のやうな部屋《サロン》に、たつた自分一人で跳つてゐた馬鹿らしさを超えた恐怖を覺えた時に、救けを求めやうとして聲を出さうとしましたが、咽喉に綿をつめられた時のやうに、只ぜいぜいと呼吸切れがしてきて、顏面の神經が動くだけでした。

「……ボ……ボ……ボ……オ……イ……」

此の聲が出ないのです。

再び全く微かな笑聲がしました。

「……ボオイ………」

汽船の笛が山ふかく反響《こだま》してくるときのやうな、太いバスが自分の體に觸れて來た時、私は思はずよろよろとよろめいたものです。

……………が、………そうだつた。

私は完全に敵の術中に這入つたことを知つたのです。そうだ！ あの禿鷹もたしかに一つのトリックであつたのだ。何と言ふ馬鹿であつたであらうか！ それにしてもあの……ＢＡＲ……と言ふ看板はどうしたことであらう。そしてこの部屋のおびただしい酒の瓶は？ 少しづつ餘裕を取りもどしてゆく私の心は、冷靜になつてゆくのでした。私が全く退屈なほどこの酒場の古代裝飾を説明したのは、これから起るところの事件に最もふかい交渉をもつてゐるのです。

亦しても、私は第二の殺人事件にぶつつかつてゆくのです。恐るべき獵死病患者の群に、一歩づつ深みにつれこまれてゆく私はどうなることでせうか。遂に再び立つことの出來ない罪の鎖につながれてゆく自分を想像した時の恐怖……獨り言はやめて話を進めてゆきませう。（つづく）

後記＝話のすじ切れてゐるやうですが、これが完全な一つの交渉を持つことになるのですから、どうぞ退屈なさらないでお讀み下さい。次號あたりか題名の獵死病患者の意味を少しづつ説いてゆきたいと思つてゐます。或は完全に——。

제11편
공산당 사건과 한 여배우

共產黨事件と或る女優（實話：一）

森　二郎

私は御承知の通り十五ケ年も、新聞記者として朝鮮に住んで居つた男です。從つて、私の手に依つて報導された事件の數は、今茲では到底數え得らるべき生やさしい數でない事は勿論です。然しながら、之等の數限りない多量のニュースも、悉く私の記事生活中見聞した材料の總てゞあるかと云ふと、決してそうではなかつたのです。私は第一に探査を終つた材料を活字にする迄の間に拾捨選擇をせねばなりませんでした。第二に私は…事件の周圍の人々からの懇願に依つて、夫れを握り潰さねばならぬ場合によく遭遇しました。そして第三に私は…私自身が多少でも其事件に交渉がある場合、それを世上に發表する事を躊躇する我儘者でした。然ふ云ふ三つの條件のもとに、夥しい材料が遂に活字となる事なく葬り去られて居ります。實際に於て私のノートと、十五年間の新聞紙の綴り込みとを、たんねんに突き合はせて見る人がありましたら、私は、餘りに得手勝手な握り潰しに依つてホゴにされて居る夥しい材料の前に赤面する事を疑いません。私は今日、記者生活から去つて、第三者として、初めて其過去を省みた時、そうした事が果して新聞人として當然の事であつたか否かは別問題として、何んとなく自分の心に濟まぬやうな一つの輕い自責を感ずるのでした。勿論私は、今日せつかくにそうやつて永遠の秘として此世から埋沒されて居る他人の秘密を、茲にあばき立てる事に依つて、自責から少くとも逃れやうと努むるものではありません。そうした澤山の事件の中から、私自身が關係した幾つかの材料を拔き出して、之れを一つの物語として見たいと考へたのです。從つて以下毎號記述して行く物語は、私の十五年間の記者生活中、實際に私自身が關係した然かも未だ一回も世上に現れなかつた實話である事を信じて頂きたいのであります。

朴貞愛…以下全部假名…と初めて逢ふたのは、天勝一座を脱走した裵龜子の舞踊研究會が、第一回の試演を中央舘で公開した三日間の晩でありました。尤も貞愛と云ふ女に就いては、友人の金聖旭君から、よく噂を耳にしておりましたし、十二、三

日前の晩にも…尤も其夜は相憎く彼女が外出中で、態のよい門前拂ひを喰ふてすご〳〵引揚げては來ましたが…カフェで強か叩つたウヰスキーの勢ひにかられて金君と二人が、彼女の家へ自動車を乗りつけた事などもあつたのです。金君は、京城に始めて創設された放送局の演藝部などに居つた人で、鮮人側の妓生、女優と云つた連中には、可成に交渉を持つて居つたらしく從つて朝鮮の映畫界で、一寸名を賣つて居た、この朴貞愛とは餘程以前から知り合ひの間柄だつたのです。

『一寸興味を持てる女ですよ。内地語は達者ですし、それに女自身が、『最近非常に、内地への交渉に興味を持つて居るらしいのです。』いつからか、あなたの話をして、一ど紹介しようつて話して置いたものですから、この間の晩自動車で訪ねた事を知つて、非常に殘念がつて居りましたよ。是非紹介して與れつて云ふんで、二、三日前態々やつて來て、けふの切符を二枚屆けて行つた位なんですから…』

恁ふ云ふて其日金君は、私を中央舘に誘ひ出したのでした。

私達はカフェによつて遅い晩飯を濟してから、中央舘に出懸けて行きましたので、時間も可成に遅くプログラムも最早八分通り濟んで居りました。場内は湧き返へるような大入で、階上も階下も、ごつた返して居りました。丁度舞臺では、何かを燒きなほしたようなレビュウが幕にならうと云ふ時でした。金君は、私の肩を輕く叩いて云ひました。

『一寸廊下へ出ませう。來て居ますよ、あいつ階下の招待席に仲間と居るんです。上つて來いつて合圖をしておきましたから表廊下の方へ出かけませう』

私は立ち上がつて、金君について廊下へ出ました。そして階段の降り口の處迄やつて來た時、下から小走りに上つて來る、袖なし服の女と出逢いました。年の頃二十三四の色の白い女でした。肩の處で、くつた黒い服から、思ひ切つてはみ出して居る肉太い蕪のような兩腕が、何んとも云へない肉感的に見えました。

『やあ…遅くなりました』。金君が聲をかけました。

『まあ…』。女は顏を上げて一寸笑つて見せました、濃く長い睫、漆のような黒い眼、切れの長いマブタ、ノーブルではありませんでしたが、妖美的な顏でした。

『大變な入りですね、貂子さんは矢張り人氣があるわ、あつちへ行きませう…』

貞愛は、成程達者な内地語でした。彼女は恁ふ云ふと、さうさと表廊下の方へ出て行きました そこは舘の表側の廣場に面した、一寸した廣い廊下でした。私達は、金君に依つて、紹介されてから、暫くの間、そこでステーヂの批評などをし合ひました。そして其晩、私達三人は、舘がはねてから、近所のカフエ丸ビルで紅茶をすゝつて別れました。之れが彼女と初めて逢ふた夜の事です。

二ど目に逢ふたのは、それから四五日經つての晩遅くでした宴會から早やめて歸つて來た私は、餘り行きつけでもない、カ

フエ、バロンの椅子にもたれてカクテルを飲んでをりますと、階上のホールから、何かの用事で降りて來た彼女が、眼ざとく私を見付けて傍へやつて來ました。

「先日は失禮しました。けふ友達四、五人と來てゐますの、お獨り、そうお差支えがなかつたら、五分程腰かけさして下さいな」

彼女は恁ふ云ふと、私の横の空いた椅子に腰を降ろしました 彼女は粋なサテン模樣の支那服をつけてをりました。耳飾りの白い石がキラ〳〵と尖つてゐました。

「Mさん、あなた、お存知、こゝに冗働いてゐた、李薇淑つて云ふウヱトレス、今大阪で素的な生活をしてゐるんですつて、私、あのひとゝ學校時代から親友なのよ、あのひとも一度女優になりたいつて勉强した事があるんですが、或事で失敗してウヱトレスは變つたんです。のだけど、あのひとはウヱトレスに變つて、却つてよかつかたんですわ、とてもいゝ生活してゐるんですもの……」

彼女は恁んな事を云ひながら、運ばれたカクテルに口をつけました。李薇淑と云ふ女は、女學校を出てから、お定りの論落な軌道を辿つて行つた餘り評判のいゝ女ではなかつたのです。カフエ、バロンに一寸の間働いてゐたが、間もなく大阪に行つて、道頓堀のカフエに出てゐる內、心齋橋筋の或時計店の次男坊を射落して、現在では住吉あたりに贅澤な生活をしてゐると云ふ事を私は知つてをりました。従つて、そうした女の生活を如何にも羨《うらやま》しいと云つたように話しかける彼女に對して、私は一寸した輕蔑の氣持さへ起つて來たのです。と倂に、今迄彼女に對して感じてゐた初對面のギゴチなさが、いつの間にか拭ひ去られて了つて、私は輕い氣持になつて彼女に冗談など云へるようになつて行きました。

舞臺、映畫、舞踊の話、それから異性との問題…彼女は思つたより廣い話題を持つて居ました。私も平氣で語つたし、彼女も快活に話したり答えたりしました。そして小一時間も私の傍にゐて、階上から降りて來た連れの足音に吃驚して彼女は立ち上がりました。

『あゝ、私、すつかりお話に夢中になつて、友達の事を忘れて了つて居ましたわ、それぢや失禮します。あさつて、あなたお暇ありません、私、七時頃から朝鮮劇場に行つてをりますから お都合で電話して下さいません』

接子を離れてドリアの處迄行つた彼女は、思ひ出したように戾つて來て私に囁きました 私は勿論それを承諾したでした。

丁度其夜は、地方から出て來た友人の歡迎會のような小宴會がありました。私は勿論それに出席すべき返事をしてあつたのですが、宴會が始つた頃を見計らつて、私は已むを得ない急用が出來た旨を電話で告げて顏を出さぬ事にきめました。そしてその電話を切ると、折返して朝鮮劇場に行つてる彼女を呼び出したのでした。

『あら、濟みませんね、宴會をお斷り迄して頂いて、私直ぐ伺ひますは、十分程待つてゐて下さい』

私は電話を切ると、直ぐ其足でそこから四、五丁ある、約束の鍾路通へ走るように歩き出しました。『なあんてえ、氣まぐれ者なんだらう。三年振りで京城へ出て來た友人との會食迄斷つてあの女に逢はなければならないとは。然かも、どうだ、息をはずませて、この馳けつけるざまは』…私は、自分で自分を恁ふ怒鳴り飛して見た位あわてゝゐたのです。

賑かな鮮人街の四ツ辻に來た時、もうそこには彼女が立つてをりました。彼女は袖の長いコンの服を着て、ツバのない眞赤な帽子を冠つてをりました。

『如何…少し散歩しませう?』、それとも、どこかへ出かけます…?』

恁ふ云つて、彼女は、あどけない子供のように首を一寸かしげて、私の顔を下から覗き込むようなシナを見せましたが、私が默つてゐるのを見ると、『兎に角、あすこのカレーヂ迄行きませう』と云つて歩き出しました

「あの、私の一寸知り合ひの婆さんと云ふ方が、道樂にお自分の別莊を解放して、お料理屋のような事を始めましたの、そこへ行つて見ませんゝとても靜かない、處ですつて評判ですから」

彼女は恁ふ云ふと、獨りできめて、運轉手に、それを命じました。私達の乘つた車は京城驛の前を通つて、暗いガードの下を潜ると、二十分程して青葉町の其家に着きました。妓生の唄ふ聲、客の戯れる醉つた騒々しさが、谺《コダマ》の音と入れ交つて奧の座敷から聞えて來ました　私達は、表に面した樹立の深い庭のバルュニーにテーブルを挾んで、長い間色々な雜談にふけりました。話題は彼女の過去を中心として擴がつて行きました。其頃から三、四年前、京城では指を折られた安錦紅と云ふ妓生と二人で映畫女優として帝キネの撮影所で暮した一ケ年の樂しかつた生活の有樣などを語つて聞かしました。そして終ひには、彼女が女學校を出て間もなく、味つた戀の悲しい終局を訴えました。「度月の美しい晩でした。私達は、すつかりセンチメンタルな氣分に浸り切つて了つてゐたのでした。暫くたつて、ふとそれに氣付いた私達は、ホールに戻つて、傍にあつたレコードをかけて踊つて見たりしたのですが、どうも氣分が戻つて來ませんでした。十二時近くなつて私達は、只一言のものをも云ひ合はず自動車で歸つて來ました。彼女は右手を私の肩へかけて體をもたせかけるように、クションに腰を降ろしておりましたが左手は力をこめて、私の掌を握り締めました。彼女は時々、太い吐息を漏してゐました。

この夜から、私達の心持は、すつかり溶けあつて行きました殆んど三日にあけず私達は逢ひました。そして今は、そのどつちかが口を切れば、私達は何んの障害もなく、モウ一歩踏み込んだ關係に入つて行かれると云ふ周圍が、はつきりと見えて來ました。謂はゞ最早チャンスの問題丈けが、そこに遺されてゐるに過ぎなかつたのです。

軈て其機會がやつて來ました。それは何んでも、二、三日ひどく雨の降り續いた翌日の晩だつたと覺えて居ります。甕の内

電話が彼女から懸つて來て居りましたので、私達は鮮人街の喫茶店で待合せて、彼女が主演となつて撮影した映畵を觀るために、團成社と云ふ朝鮮映畵館に出懸けました。當時大變に評判になつて居りました『カルメン』を朝鮮劇に脚色したもので、彼女が其カルメンを演じて居つたと記憶して居ります。

私達は團成社を出てからカフエ、バロンによりました。彼女は、その時、其映畵にワキ役を勤めて居る一人の女優を私に紹介しました。皮膚の惡る白い眼鏡をかけた陰鬱な女でしたが、其女はよく酒を飮みました。そして少し醉つて來ると、世の中の凡てがシヤクに障つてしようがないと云つたような捨鉢な事を立て續けにしやべりました。」映畵の中に出て來る「ホセ」と云ふ男の心理狀態に就いて、私と彼女が話し合つて居ると、横から其話を奪つて、私と議論したりしました。波々と注がれたウヰスキーのグラスを一息に飮みほして、何杯も何杯も代えました。終ひには椅子に腰がけて居るのさえ堪えられないように其女は醉ひしれて了ひました

『この人は、ヤケになつて了つて居るんです。李と云ふこの人の愛人が、今或事件に引懸つて、三ケ月も未決監に入つて居るんです。そして今だに豫審の調べさえ受けて居ないつて云ふんです』

彼女は其友達の哀れな境過に就いて、種々《いろ〳〵》と私に話して聞かしました。女は病身で、多勢の家族の生活費を負擔して、その上愛人への差入一さいを自分でやつて居るので、絹の靴一足買ふ事すら出來ない程困つて居るのだと囁きました。

其夜私達は、醉つてロレツの廻らなくなつた其哀れな女を抱えるようにして自動車に積み込んで、夜更けた鮮人街の暗い小路の奥にある家へ送り届けました。もう三時に近い時分でした

『Mさん、こんなに遲くなつて、お宅は構ひません、ほんとにあんなひと紹介して御迷惑でしたわね』

彼女は歩きながら云ひました。

『僕は遲くなつてかまやしませんが、あなたこそ、いゝんですか』

『私の事は少しもかまいません、あなたさえ御迷惑でなかつたら、あしたの朝迄でも…』

『私の云はうとして居た事を、すつかり、あなたに云はれて了ひましたね』

『ほんと』と彼女は立ち止つて云ひました。そして兩の手で、私の兩腕を掴むようにして、ぴつたりと身を寄せると、胸に顔を伏せるようにして囁きました。

『だけど、私の家、とても穢ないんですよ、我慢して頂けて』

『構ひませんよ、然し家のかたに差支えないんですしか』

『家の者は氣がねなんかいりません、母と妹切りですから、それにもう、みんな寢て了つて居りますから』

私達は、この時初めて接吻をしました。夜更けて人通りのない鮮人街の暗い小路に佇んで…。

○

恁ふして私達の情的生活は譯けもなく始つたのです。勿論私は彼女の生活の保證を要求されるものと考えて居りました。朝鮮家屋特有の上がり端の廣い板の間を境にして、三間《みま》程切りない家ではありましたが門口に小部屋の控えて居る一軒屋でした小學校へ通つて居るらしい妹と、年老つた母と、下女のような女を一人雇つておりました。朝鮮人の家庭としては中流の生活です。溫突用のたきものも、漬け物のカメも相當に積まれで居ました。家具等も立派なものが彼女の部屋に備え付けてありました。そこで其月の末がやつて來ました時、私は其の金の事を彼女に話しました。すると意外にも、彼女は不機嫌な顏をして恁ふ答えました。

「私はいや、あなた、そんな氣で、私を見ていらつしやるの、、物質を問題として、あなたと生活したくないわ』と。

私達は、それツ切り金と云ふ問題に觸れる事を避けるようになりました。然し私には、段々と一つの疑ひが心に起つて、來たのです。彼女は一體どう云ふ收入で一家を支えて居るのたらう：私はこの點に就いて可成に銳納に觀察をしました。撮影所から貰ふ金と云ふた處で、其頃の朝鮮××プロダクションは、いつぞや團成社に上映された彼女主演の映畵を最後として殆んど休業狀態に陷つて居りました。舞臺と云ふたとて、其頃芝居らしい芝居もありませんでした、三ケ月程の間に、只一度、日蓄レコードの招聘で十日程大阪へ行つた切りでした。自分では種々な民謠や流行小唄を鮮語に直して吹き込んで來たのだと、云ふて居りましたが、それも果して事實であつたか甚だ疑はしいものでした。と云ふて家に遺產らしいものもないようでした。中學を中途でやめて鐘路通りの或貴金屬商へ往み込み奉公に行つて居る弟が、何かの間違ひを越して二百五十圓がなくては、刑事問題が起ると云ふような事件があつた時、彼女は其金を調達するのに餘程苦しんで居りました。それを耳にした私が、其金の苦面を引受まようと云ひ出しましたが、彼女は、それも聞き入れませんでした。彼女は毛の外套と、大きい方のダイヤを質に持つて行つて、自分の手でそれを解決して了ひました。

恁ふ生活が、はつ切りと判つて來るにつけ、私の疑ひは段々深くなつて行かずには居りませんでした。丁度其頃、私達は一週間に一度か二度程逢ふて居つたのです。カフェで待ち合はしたり、映畵館を覗いて宵の時間を送つたりして、私達は遲くなつて家の者達が寢靜つた頃、彼女の部屋へ歸つて行くようにして居りました。部屋の中には、私以外そこに出入する者はないような氣配ひでした。尤もこれは、用意周到な彼女のヒボウ策に依つては隱しおゝせる事ではありましたが。

その代り彼女は、よく旅行をしました。殆ど每月のように五日か六日の間、何處かへ出掛けて行きました。始めの內は私もそれに氣がつきませんでした。いつも彼女の部屋から歸る時に『こんどは、いつ逢つて下さる』と云ふ彼女の問ひに對して『いつの何時に逢ひませう』と云ふキツチリとした約束をする習慣になつて居た私達でしたので、彼女は其日迄の間に旅行をし

て居らしかつたのです。そして或時、約束の日以外の時、何かの急用が出來て、私が突然彼女を訪ねて行つた事がありまして私は初めて彼女が、よく四、五日家をあけて居る事を知つたのです。それから以後彼女は、それを前以て私に打ち明けて置くやうになりました。

「私、又一寸××迄行つて來なくてはならない用事が出來ましたの、木曜日迄には歸つて居ますから』或時は怎ふ云ひましたし又私に逢えずに突然出かけて行くやうな時には、速達便で行先と歸る日とを簡單に知らして寄越すやうな事もありました。

『いやあね、あなた、何か疑つて居らつしやるんぢやないの、私をまだ信じて下さらないの、そんな意味の旅行ぢやないのよ』

或時、雜談の末に、この旅行の事を繰り返へして私が訊ねると、彼女は怎んな風に云ふて、一寸不愉快そうな色を顔に漂はせました。私はそれツ切りこの事に就いては訊ねもしませんでしたが、この旅行と彼女の不思議な生活費とを結びつけて想像する事は決して難かしい問題ではないと思ひました。もう一つ彼女には、私に訊ねられると非常に困るらしい秘密がありました。それは、よく彼女の處へやつた來る妙な手紙でした。或晩彼女は私を部屋に殘したまゝ入浴をして居りました。私は何氣なく机の下にある黑い手箱をあけて中を見ますと澤山の手紙が入つて居りました。其手紙の文面が誠に奇妙なるものだつたのです。

『A、い、K、SでNCMYBだ』怎んな譯の判らぬ暗號のやうな事ばかり書いてありました。

『何かね、之れは』と私が何氣なく訊ねますと、彼女は一寸怒つたやうに顔色を變へて、

「駄目よ、そんな處あけて見たりしては……』と云つた切り、何んとも答へませんでした。

怎ふした狀態で、私達の情的生活は六ケ月餘りも續いて行きました。彼女はいつも、燒けつくやうな情熱の胸で私を抱擁してくれました。勿論その間彼女は金錢の事に對して一言も私に話した事などはありません。

或日彼女は『折入つて御願ひがあるんですが』前提をして怎んな事を云ひ出しました。彼女は內地人街に家を借りて異れと云ひました。それは自分達が今度創立した劇と映畵の研究會の倶樂部にあてゝ自分達家族も、その一部に住ひたいと云ふのでした。

「私、自分で借りて步いたんですけど、日本人の家主さんは、朝鮮人には家を貸してくれないんです。あなたにはお迷惑でせうけど、家賃なんか決して御迷惑をかけませんから……』

彼女が怎ふ云ふ迄もなく、私は一も二もなく承諾しました。そして××町の小路を入つた處に階下三間《みま》階上二間の一寸した一軒建の貸家を見つけて、彼女の一家は、間もなく其處へ引き移りました。標札は家主へ氣をかねて私の名を張り、其横へ『朝鮮映畵と劇研究會』と云ふ看板がかゝりした。若い男や女が頻りと出入りを始めました。

そこへ移つてから一ケ月程した或晩、私は、暫く二階に寄宿するやうになつたからと云つて若い鮮人の夫婦を、彼女から紹介されました。青年は東京の某大學を卒へて一、二年前に歸つて來た、鴨綠江畔のS府の富豪の次男で、研究所の經費一さいを負擔して居る謂はゞ同會のリーダーと云つた人間で、其妻だと云ふ女は、彼女と二、三年前迄は一緒にステーヂに立つて居た女優だと云ふ事でした。男も女も憂鬱な神經質らしい顏をして居りました。

私はつい一回も二階へ上つて行つた事はありませんでしたが、二階にはいつも夜遲く迄若い青年の客が四、五人ありました。其癖玄關には一足の靴も見當りませんでした。何人客があつても、其履物は悉く臺所の板の間に片付けられてあるのです。

『若い人達は、だらしくなく玄關へ靴を脫き放すので、私この間文句を云つてやつたの、それからメイ〳〵が自分の履物を二階へ上る時あすこへ片付けて行くルールになつたの』

それに對して彼女は恁ふ說明をして居ました』

更らに一ケ月程經つた或日の事でした。道警察部のT刑事が私を訪ねて來ました。丁度私が一週間程滿洲方面を旅行して歸つて來た日の朝だつたと記憶して居ります。

『實は、甚だぶし付けたお話ですが』とT刑事は如何にも云ひ悄くそうな樣子で話しかけました。

『例の××町におります女の問題ですが、あなた影ながらお世話なさつて居られると云ふ事は、豫てから知つて居りますので、一應お耳に入れておいた方がよからうつて云ふ上の方の意見でやつて參りましたのですが…尤も之れはあなたの人格を信用して機密をお打ち明けするやうな次第で、こゝ丈けの話にして頂きたいのです　が、一寸した引つ懸りがありまして、あの女を取調べておりますが、必要上色々と家の內を探さねばならぬような事も起りますので、萬一あなたの品物等が置いてあるようでしたら、今の內私が御同伴致しますから、それとなくお引取りになつてお置きになつてはと、實は老婆心ながら　』

『エッ…あの女が事件に、それは一體なんです』

私は思はず恁ふ叫んでから、ふと自分が餘りに狼狽して居る事に氣がついて顏を染めました。

『內容は、一寸申上げ兼ねますが、あすこの二階に最近來て居りました若い男が主になつて居る事件なので、昨夜遲く、あの二階に集つて居た六、七人の者は、あげて了ひましたが』

『そして、あの女も…』

『まあ、とばちりだらうと思ひます、まだ調べては居りませんが』

T刑事は慰め顏に恁ふ云つてから、更らにつけ加へました。

『どうも御迷惑な話です。あなたとあの女との問題は、事件に何等關係のない事は、よく判つて居りますのですが、まあ謂はゞ、其筋の眼をくらます爲に、一味のものが、巧くあの女とあなたとの關係を利用したつて云ふ恰好になつて居るように豫想

されて居るのです。まあ取調上の必要以外あなたの名は出したくないと考へてはおりますが…』

『どうも面目ない次第です。御親切に色々有難うお座いました。』

T刑事を玄關先きへ送り出すと、私は强がしい編輯室へ戻つて胸を抑さへて大急ぎで新聞社へ出勤をしました　編輯室は、昨夜から今曉へかけて京城市內に行はれた第×次朝鮮共產黨大檢擧の號外の準備でゴツタ返へしておりました。

共產黨事件と彼女…私にはどうしても想像がつきませんでした。半歲に亘る、そうした彼女との情知生活に於て、私は尠くとも思想運動等に興味を持つやうな何ものも彼女から發見しませんでした。彼女は只の情熱の女でした。スクリーンの前に立つ單なる映畫女優に過ぎなかつたのでした。

○

彼女が引致された事に依つて、勿論私と彼女との關係はラストを告げて了ひました。索かれて行つた彼女は、長い間豫審に附せられて、苦しい獨房生活を送つて居りました。私は二度彼女を西大門刑務所に訪ねましたが『接見禁止中』の彼女に面會を許されませんしした。それから餘程經つてから、私はせめてもの盡しにと毛布や食事の差入れを願いました。毛布は許されましたが食事は『必要なし』と云ふ理由のもとに突き、戻されました。彼女は十日程前から病監に收容されて居ると云ふ事が其時判りませした。

一年の長きに亘つて第×次共產黨事件の豫審が續けられて居りました。京城の二十何名を中心として全鮮に亘つて百何十名からの同志が檢擧されたのでした。そして彼女は之等陰謀の首腦部たる京城本部に於ける連絡機關としての重い役割を勤めて居た事が判りました。軈て豫審が終決して、長い間新聞記事掲載禁止命令が解かれました。檢擧された百何十名の共產黨員の名が新聞紙上に現れました。けれ共彼女の名の下には（在監中死亡）と云ふカコ書きが施されてありました。私は、あの一たび收容された者は、再び生きて戻らぬと云はれて居る病監の板敷きのベツトの上に痩せ衰へた其身を横たえて居る、彼女の黑いヒトミを思ひやりました。其後間もなく私の差入れた毛布が戻つて來ました。私はその中から、せめてもに　彼女の肌の香丈けでも嗅が出さうとして長い間ナフタリン臭い毛布を抱えて居りました。

……（以下次號）……

國語を解する朝鮮人（昭和四年末調）

總數一四四〇、六二三人
（男一二一九、〇四四人女二二一、五七九人）

細別

稍解シ得ル者　九〇〇、一五七人
（男七五四、六〇九人女一四五、五四八人）

會話ニ差支ヘナキ者　五四〇、四六六人
（男四六四、四三五人女七六、〇三一人）

제12편

그를 해치우다

探偵實話

彼をやつつける

——奥様方讀む不可——

Y・黎門人

國際都市ソウル市のピース街一丁目に堂々たる建物を構へてそこの重役室に昂然と葉卷をくわえてゐる××××會社の常務取締役モーリス・エフラ氏と言へば、多少ともソウル實業界に通じてゐる者なら『あゝあの傲岸な面の持主かと』直ぐにもうなづけるブルジョア紳士の一人である。ところが筆者はその紳士の稱號に少しばかし文句があるんで……

× ×

彼は自他共に認める傲岸がその身上なんだから、せめて女ぐらひには氣前のいゝところを見せてやつたらどんなもんかと思ふんだが、なか〳〵どうして彼はオヨソしみつたれの典型に出來上つてゐる人物で、他人様の奥さんやお妾さんを摘み喰ひするのが常習。それで頗る恬然たる代物ときてゐるからイヤハヤ全く譬へようのない重役さんである。

で彼の罪悪史の一端を曝露することにおいて「彼をやつつける」効果は相當なもんだと街の探偵私は自負するんです。尤も鐵面皮の彼のことだから或は「そんなこと位で彼の悪趣味がやむものか」と抗議を申込まれる方があるかも知れぬ。……がとに角私は彼の毒牙にかゝつた世の奥さんやお妾さんに代つて彼をやつつけることにしよう。

◇ ◇

彼、モーリス・エフラが先輩の愛妾を寢取つて問題が起きた時、何時の間にかその美人を自家の籍に入籍して法律上の犯罪

構成から、巧みにのがれたことは餘りにも有名過ぎる事件なので、それは玆では省くとして、その新しき夫人が今年の春あえなくも他界して間もなくのことである。彼の何番目かの娘がゴールデン街の或る病院にむづかしい名の病氣にかゝつて入院中その附添に來てゐた人妻夏野みよし（勿論假名三九歳）に向つて早くも彼は豚のような情念を燃やしはじめたのである。

　女に向ふ時彼には一つの武器があつた。それは〇〇術といふ一種の催眠術である。彼はこの催眠術を彼女に傳授しようと言ひ出したのだ。

「わしの娘にもこの術をかけると非常によい効果があるんぢやが、わしはいつも娘についてゐることは出來ぬのでアンタから一つ暇をみては娘にかけて貰へんぢやろか、わしの術については此處のドクトルも推賞してゐる位ぢやからアンタの手で根氣よくやつて貰へば、キツト娘の病氣は癒ると思ふんぢや……それには豫めわしからアンタに術を敎へて置かにやならんて」

　こう云つて彼はその人妻を娘の昏々と眠りに陷ちてゐる、側らのベツトに横へて術を講習し、そして實驗に移つてから間もなく、みよしが深い催眠狀態に陷つたのを見すますや矢庭に〇〇〇〇〇〇〇〇〇〇〇、それでも女はまだ眠りから覺めようとしない。無論病氣の娘も靜安な夢の中にあつて、恐ろしい獸が自分のかたわらで一人の女を毒牙にかけてゐる醜い姿などはなかつたのである。

　だが何といふ凄惨な場面だらう。

◇　◇

　みよしは何も知らなかつた。

　それから更に一日おいて、彼は又も彼女に術の講習を始めた場所は無論娘の病室、而も娘が安らかな眠りに陷ちてゐる時。

「この術は他人の治療ばかりでなく、自分の治療にも非常に役立つものだ。見るところお前も餘り丈夫な體質ではなさそうだから、これを充分會得練習して自分のからだを健康にしたらどうかネ」

　彼は例に依つて一通り講釋をした後、前回同様實驗に移り醜くも我が娘の眠つてゐる傍らで催眠術にかゝつた女を〇〇し將にその慾らんとする時、不覺にも××の異常感に眼を醒した女から、突然脂ぎつた赭顔を突き上げられたのである。

　だがどこまでも傲腹な彼のことである。そんな事ぐらひで羞恥に怯む彼だと思ふと大變な間違ひ。

「もうこうなつたらお前は俺の内縁さ、仕事もせずにブラ／＼遊んでゐる亭主なんか捨てつちまへ。そして俺んところへ來い。なんて變な顔をするんだい。恐れる事あないぢやない

か！」

これは全《まる》で脅迫であつた。そして彼は更に『主人に濟まない申譯ない』と泣いて悔む女を捉へて脅迫の言葉を續けるのであつた。

『俺の術は單なる病氣治療だけのものぢやない、この世の萬象がすべて寫眞のように俺の眼に映るのだ。だからお前が變に意地張つておかしなことをすれば、却つて俺の方から先手を打つて出られるつてもんさ』

彼の脅迫振はザツトこんな調子であつた。そこで女は彼に一種の恐怖心を抱くようになり、彼から問はれるまゝに一身上の相談を餘儀なくされたのであつた。

◇　◇

やがて娘の病氣は快方に向ひ、も早や附添看護の必要もなくなつたので彼女は一先づ病院から引取つてもいゝわけだつた。

然るにモーリス・エフラ氏の娘が退院の日を迎へても、彼女は失業の夫の許へ姿を現はさなかつた。この事は彼女の夫羽田淙二に大きな疑問を抱かせる結果になつた。

或日のこと羽田は直接モーリス氏の許を訪れて妻の行方を尋ねたのであるが、彼の返答は頗る要領を得なかつた。そして幾日かゞ過ぎた後思ひがけなくも、羽田は郷里愛媛縣に歸つてゐる妻のみよしから一通の手紙を受取つたのだ。

一切の經緯を知つた彼は急遽みよしの郷里に彼女を迎へに行つた。そして泣いて侘びるみよしを連れ戻つた彼はモーリスから彼女に宛てた三通の書翰を證據に妻を彼の家に同伴して、その不都合を詰問したのである。

ところが彼は例の傲岸を發揮して「金で解決しよう」と恬然たる態度で立ち向ひ失業者にはもつけの幸だらふと言はんばかりの顔つきなので羽田はカン／＼になつて憤慨し、

「見損つて貰ふまい。如何にをちぶれたつて羽田は女房を金で賣る男たあ違んだ」

と傳法な啖呵を切り、その日は物別れに終つてしまつた。

しかしこれには流石の彼も大いに狼狽しその後人を介して何とか圓滿に解決を圖らんと焦慮したが、根が傲岸不屈で僅かの金で片附けようといふさもしい根性しか持たぬ彼の事だから、相手の承知しよう筈がない。羽田も元は相當大きな仕事をしてゐた請負師である。詫證文でも書いて平蜘蛛のように謝罪して來れば許してやらんでもないといふ肚であつたが、彼モーリスは一ルンペン風情に詫證文なんか書くのは男の恥辱だと心得てゐるので、問題は遂に告訴沙汰にまで發展して行つたのである。

◇　◇

かくて彼にはひそかに司直の手が延びて召喚取調の段となつた。然るに玆に悪辣極まりない彼の身上躍如たる一事が曝露された――といふのは、羽田の妻「夏野みよし」は十數年前嫁いで、今は工學士となつてゐる泉某と結婚後三年にして、當時泉が出奔行方不明となつたゝめ離別を餘儀なくされた、が籍は未だ泉家に殘つて居り、隨つて數年前羽田と結婚したものゝそれは法律上内緣關係に過ぎない事實を彼は調査の結果知悉し、現在その泉が某所にゐることをたしかめて彼に十數年前泉が置去りにした妻みよしの讓渡方を交涉しその承諾書、卽ち――妻みよしは十數年前小生が出奔致せし當時よりこの方顧みざりし者なれば、今回貴殿が御引取の上御世話被下候においては何等異存無之寧ろ感謝仕るべく候云々――の一書を入手してゐたのである。

讀者諸氏はこの一事を見ても如何に彼が悪辣陰險な似非紳士であるかおわかりであらふ。

×　×

今、彼に關する强姦被疑事件の記錄一切は、ソウル市の地方法院に廻附されてゐる。仄聞するに彼を取調べた司法警察官の意見書は隨分峻烈を極めてゐるとのことである。果して如何なる裁斷が下されるか吾等はこの一個の社會悪を葬る念願に燃えてゐるものである。讀者と共に括目してその結果を俟たう。

(附記)

なほ彼の娘は一時病氣全快して退院までしたが親の因果が何とやら、哀れ花開かぬ蕾のまゝ父に先んじてあの世に旅立つた。まことに同情をそそるものがあるではないか！

小學校準備教育
文部省警告か

試驗制度を筆記本位に引戾して以來、小學校に於ける準備教育は眼に見えて苛烈なるものがあり、居殘り宿題、特別指導等、まつたく兒童の負擔に堪へないものがあり、また擔任敎師の方に於ても六年を擔當するものは、概ね身神を害ねざるはないといふ有樣でありまたこの準備敎育のために、敎師と、父兄との間に特別の關係を生じ、種々物質上の問題をも起す例が多いので、文部省ではかねてからこの準備敎育防止に努力して來たのであるが、昨今に到つてその弊風は漸くひどくなりつゝある狀勢に鑑み、地方長官をしてこれが嚴重なる監督取締りをなさしむべく考慮中である。

제13편

어둠에 나타난 미인의 모습

探偵奇談

闇に浮いた美人の姿

人なき線路に口説き見事肘鐵

途端紫電一閃!!

白扇生

一

此の話しは七八年も前に聞かされたもので、又其の事件もおそろしく時代めいた明治四十一年の出來事なんですからそのつもりで讀んで戴き度いのです。仁川京城そして開城と相當波亂に富んだ物語りです。

明け方から降り出した粉雪は凍て付いた街路を白く塗つてゆく。明治四十一年の暮れ師走の或黄昏時、老探偵（話して呉れた本人）は手下の刑事とある小料理屋の一室に火桶を圍んで煙草を燻ゆらしながら、玻璃窓の外に漂ふ年の瀬の哀愁をしみじみと胸に畳いてゐた。此の師走と云ふに、忘年會のお掴分けとてない小料理屋には此の兩刑事以外には客はなくガランとして思ひなしか紅の小粋なシエードに包まれた電燈の光が淋しさうにまたゝいてゐるに過ぎなかつたが然し兩刑事から云はすれば何にかしらヒシ〳〵と胸を襲つて來るものがあつた。漸くして兩人はそこを出て敷島遊廓に向つたのが十時頃の事である。かくして廓をウロ〳〵してゐる中に老探偵は妙な事を耳にしたのである。それは〇〇樓の××と云ふ妓の客で二日二晩も居續けをしてゐる男がどうしたものか着てる印半纏を一寸も傍からは

なさず、風呂に案内しても入らうとせず、寝卷きは勿論敵娼の女がいくら言葉を酷ばくして進めても着やうとはせず唯朝から晩まで酒を飲んでゐる許りで唄一つ歌ふと云ふのでもなく、なんとなく擧動不審であると云ふのである。之れを耳にした兩刑事は不圖小首を傾けた、ヒョットすると何にかの重大犯人ではあるまいか、殊に身に付けてゐる印半纏でメリヤスのシャツに附着してゐる血痕でもかくしてゐるのではないかとも思はれたのである、あやしいと睨らんだので直ちに〇〇樓に至り帳場に様子を聽いて見ると件の男は一見請負師風で見たところ中背中肉の顏憔けた點から見て非常に心配事でもあるやうだと云ふので我が意を得たりと老探偵は凄い微笑みを洩したのであつた。二時はもう廿分も前に過ぎ去つてゐた。闇を裂く汽船の號笛は港らしい夜半の氣配に埋もれてゐた。素見客のざはめきも風に絶えて、廢墟の如き靜寂に返つて音もなく降り續く粉雪は愈々はげしく犬の遠吠えが物凄く聞えるばかりである。老探偵から殺人犯人ではないかと聞かされた女は今まではサウでもなかつたが急に恐ろしい氣になり相手の客に聲をかけるさへ薄氣味惡るい思ひがしたが、そこは勤めである。勇を鼓してそれとなく男の氣嫌をとりながら話し相手になつてゐたが男も格別話しに興を持つてゐる様子も見受けられぬので、話しの切れ間を見て幸ひ寝間に入る様に進め老探偵よりたのまれた半纏とシャツをぬがせて仕舞つた。男はソ――深い企みがあるとは氣が付かない兎に角男の寝息を計つて件の半纏とメリヤスシャツを女は抱えて階段を下りて行つたのである。いまか〳〵と首を長くして居た老探偵の目の前に擴げられたメリヤスシャツと印半纏を穴のあく程見つめてゐたがやがて老探偵はハタと膝を打ち以外な獲物に堅く結ばれた口はとけて感激に滿ちた歡聲を發せしめたのであつた。それは他でもないメリヤスシャツの右腕一體に洗ひ去つたとも思はれる血痕が附着してゐる事が確められたのである。がそこはそれなんとかで兎も角女を何食はぬ風をせしめて男の室に歸へし寸隙のない警戒裡に其の夜を明したのであつた。寝込みを襲つた兩刑事の前に件の男は何等の反抗もせず永々御迷惑をかけましたと頭をだらりと下げたには兩刑事も豆鐵砲を喰つた感があつたが兎に角俥に乘せ仁川署まで連行取調べて見ると開城の三谷と云ふ石工の若いもので向井綿太郎(二二)と云ふ事がわかつた。

二

之れより先き京義線開城附近を通過中の列車機關士が血まみれの美人死體を線路附近に發見したと云ふ通告が開城署にあつた。此の報に驚いた開城署では直ちに數名の腕きゝを現場に飛

したのである。一寸話しは振るが當時臨津江の橋掛工事が行はれてゐたそこを請負ふて居たのは○組で其の麾下の一人として向井は働いて居たが親方の三谷は開城に居をかまへてゐたので工事の情況報告方々金を借りる可く臨津江の工事場を後に開城の三谷と面會した久し振りではあるので話しが永びき金の無心を云ひ出したのは夜も大分更けてゐたが親方は心持ちよく金を渡して呉れたので間もなく其の家を後ろに鳳東驛附近にかけられた小さな川の橋のたもとまで來た時（開城鳳東驛間は五哩）後から人の來る氣配がするので、すかして見るとそれは夜目にも美しい女の一人歩るきである事が知れた。それも近づいて見ると驚いた、たつた今まで話して居た親分三谷の妻女であつたからである。が然し此の深い夜路を女一人で何にが爲め來なければならなかつたか向井には判斷する事が出來なかつたがそれを聞いて見ると夫婦喧嘩をして家を飛び出して來たのだと云ふあまりの事に驚いた向井は一時口もきけなかつたが、氣をとり直して立話しも出來ぬと二人は線路をうしろに腰を下ろして女に何うか親方のところへ歸つて呉れと其の不心得をさとしたが何うしても家には歸らぬと云ひながら男に視線を向けた、女は濃艶な水氣たつぷりの年増美人で當時開城でも評判であり其の美人と視線があつた時向井は全く魂が蕩ろけて行く様な氣がして今まで忠告をしてゐたに反し、變な氣がむら／＼と沸き立ち親方のところに歸へるのがそんなに嫌なら俺と一緒に逃げ様と斷然言ひ放して仕舞つたのである。

キラ／＼とまばらに輝く星の光りは乾き切つた寒風に晒されて何の感じも與へず唯冷たくあたりは眞暗にひし／＼と彼等二人に魔の神がつきそうな氣配であつた。そうだね――と云つた女の口は男の言葉に餘り反對する様にも見受けられなかつたので向井はもう自己の立場がどんなものであるかと云ふ事を考へてゐる餘裕はなかつた。冷靜な考へは消し飛び戀と云ふ荷車を瞬間に擔つた彼は同時に又抑え切れぬ情焔が炎々として燃えさかつて來たのである。それ程いやな男なら金の二三百はあるから――と女を口說いたが女はそれに對してなんとも云はなかつた、柳に風と聞き流してこれと云ふ確かな返答はせず、彼の能狂言に現はれて來る。戀の重荷を持ちかねて惱む男の心持ちをば今の今まで自分がアネゴと呼ばれてゐた丈け熱烈な男の愛をば自然の曠野に味つてゐたのである、たまりかねた向井はスッキリとした襟足の長ひ女の肩に胸を躍らしながら手をかけたのである若し此の場合女が娘であつたなら、もう向井のもので完全にあつたかも知れぬが、一刻のムカツ腹から家を飛び出したものゝまだ／＼三谷の愛を袖にする程の念頭はなかつた女は近

づいて來る向井の五體が吐くいきとゝもに女の體に觸れた瞬間これはしたり、馬鹿オシデナイヨ、エヽ一人前の男ならまだしも人に使はれてゐるお前は弟子じやないか、オッチョコチョイのくせに女をものに仕様ナンテ生意氣なまねをすると承知しないよ、と女は忽ち逆鱗物凄く向井を突き飛し白い脛《はぎ》もあらはに二三間後しろしざりをしたのであつたこうなると男も男です、向井もヱ發ツと、女の饒舌が今まで自分を操つてゐたかと思ふと全身の血が一時に煮えくりかへりその刹那《せつな》腹かけドンブリに手を入るゝや六寸五分は闇に走つて、女の横腹にグサリ……。

三

グサリと女の横腹に力まかせに突きさした短刀の柄を傳つて流れて來る生ぬるい血潮は、男の右腕を染めて足もとへと糸を引いた。物凄い悲鳴をあげて空をつかんだ女――は向井が短刀をひいたはずみを喰つて、堤の下にぶ氣味に轉げて行つた。それを中腰になつて怖々近づいて透して見ると、云ひ知れぬ形相をして仆れてゐた。不吉な想像――人を殺したと云ふことに怯えながら體に手をかけてゆすつて見たが既に彈力はなかつた。ホツト溜息を吐いた彼は慌ただしく顔の邊を撫でまわしながらベツトリとぬら〳〵してゐるものゝ付いてゐる事に氣が付くと急にあたりを見廻しながら死體をそのまゝ小川に進み血に染まつたところを洗ひ落してゐたが小首をかしげた、寸時もまたず向井は一直線に京城へと歩を進めたのである。京城に辿りついた彼は、仁川へと再び歩を進めて〇〇樓へと足を止めたところを老探偵に嗅ぎ出されたのであるがそれは凄慘な人妻殺しをしてから丁度五日目であつたのである。喧嘩して飛び出した女房の事を何日もながらの事ではあると考へた親方三谷はそれでも歸宅の餘り遅いのに變に思ひ、夜更けてから提灯ぶらさげ探しに出たが見當らう筈はなかつたまさか屍となつて居やうなど思ひもよらぬ事であつた。ウツロ〳〵、とろく〳〵眠られぬ其の夜も明け放れ軒場の衆術の聲もなんとなく胸騷ぎしてならなかつた。一方開城署に於ける犯人の檢擧は愈々猛烈を極め三谷は遂に女房殺しとしての嫌疑を受け拘引される事となつたが之の原因としては女房が家出した後三谷が其の後を追ふたのが疑ひを受けた點であつたが、之れを疑はしい事であると考へれば疑はしい總てゞはあつたのである、結局向井の自白により一切の解決を見たが此の三谷が此の事件が向井そのものゝ罪のみではない、俺の女房も悪るい點はあつたのだと、昔堅氣の親分の情けを出しそれとなく向井の爲めに盡したと云ふ。向井は其の後獄死した。

제14편

암야에 미쳐 날뛰는 일본도, 정수리에서 튀는 피보라

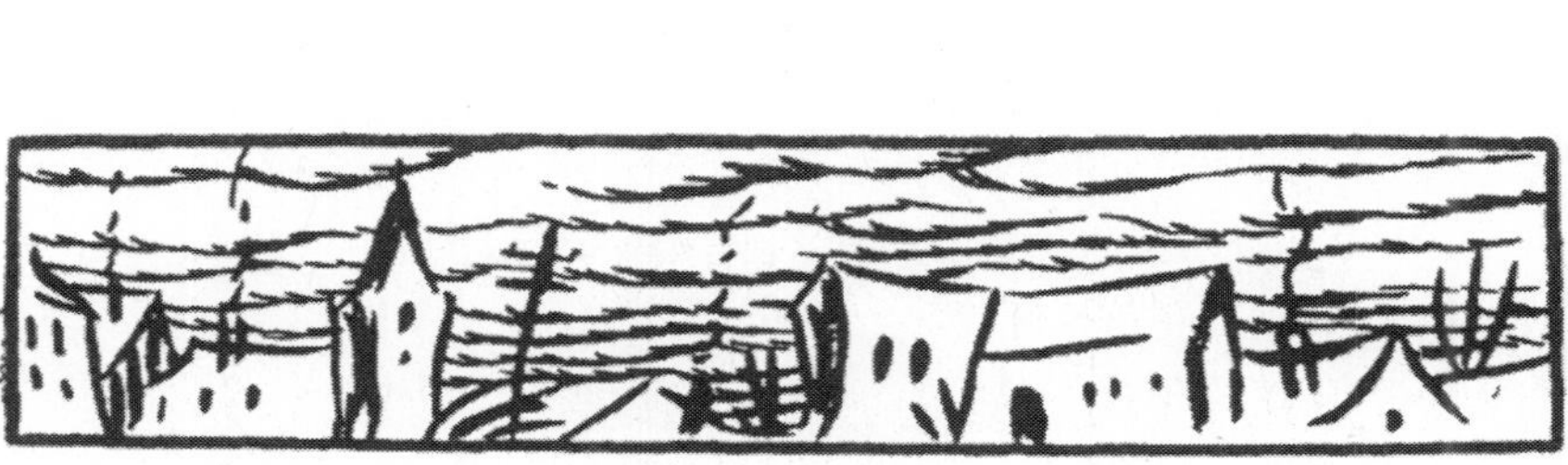

探偵奇談

暗夜に狂ふ日本刀
腦天唐竹割りの血吹雪

倉白扇

一

午前二時——突然のベルに驚いた仁川署は、野村司法主任を先頭に多數の警官ソレツと云ふ間もあらせず事件現場へと急行した。事件發生の場所、こともあらうに外里交番の直ぐそばであると云ふのに二度ビツクリ——六尺近い巨漢が四十足らずの未亡人を、腦天よりはつしと切り付け二の大刀で右手つけ根から物の見事に切り落し、無言の中に悠々と立ち去つたと云ふ。その劒のかまへ方がセイガン、オトナシのかまへ、マサカそんなんでもあるまいが其の態度はすくなくとも劍道をよくするものであると云ふ。一昔前の明治四十一年八月の出來事である。

當時外里の交番から五間とはなれぬところに上野と云ふ米穀屋があつた。店員とてなく只四十そこ〳〵の未亡人と佐助（假名）と云ふ養子（？）の二人暮らしで商賣を營んでゐたのである。目と鼻との間にある交番當直の巡査も全く其の大膽極まる行動に驚いた事は云ふまでもない。調査の歩を進めて行くと當夜未亡人は、用便の爲めに二階から下りて便所に入り用便を終つて出て來たところを暗に乘じて、紫電一閃日本刀はひらめいて腦天へと切り下ろされた。アツト驚いた未亡人髮にさしてあつた

鋭鋒が物を言つて傷はそれ程でもなかつたが、引き續いて空を切つて下ろされた、この大刀がいけなかつた。バラリズンとやられた箇所は無慘にも二の腕――紅に染つて不氣味にも屍をあらはに倒れてそれが斷末魔かと思はれたが虫の息きであつた。と云ふのが現場調査ではかつたが右以外に何物も被害はないところから見て、物取の仕業とも考てられず全く意恨の殺人未遂とするより他に道はなかつたのである。それにしても交番を寸前に望み此の兇行を演じ、殊にその切り口から見て決して普通人の刀の使ひ方ではなく、餘程度胸の座つた劍道の達人であらうと云ふ事に警官の意見は期せずして一致したのである。が玆にも一つ不思議なことに養子の佐助が、此の大事件を何にも知らずに二階に寢てゐたと云ふ事であつた。佐助は其の夜敷島遊廓に行つたまでの行動は知れたが何時歸宅したかは明瞭でなかつた。佐助は當時敷島の朝日樓の〇〇と云ふ妓にうつゝをぬかしてゐた。

二

當時養子（?）の佐助に嫁をとつたなればと云ふ話しがあつたが、此の未亡人何故か之れを承知しなかつた。何にしても當時世評は一つに此の佐助にかけられたが佐助は一向平氣であつたと、同時に搜查も困難を極め早くも迷宮入りとして流言蜚語は盛んに流布されるに至つた。刑事達の苦心は全く慘憺たるものがあつた。此の時佐助がウツゝをぬかしてゐた女の〇〇が年期があけて、本町の某家（現存）の邸宅の裏に元玉川の主人が經營してゐたと云ふ料亭の仲居に住み込んだのである。玆に於いて當時名刑事と稱へられたS氏は料亭に出入し女の口から佐助に就いての何物かを得やうとしたが無駄であつたが、女が佐助の養母である可き未亡人を非常に惡るく云つてゐた。丁度此の時退淸命令を喰つた邦人十餘名が大連から仁川に上陸した。そして、仁川署に出頭し金も相當あるから當分仁川に置いて貰ひ度い、惡るい事はやらぬと云ふ諒解のもとに五名丈けを仁川に置き、殘りを京城に行かしめたが此の仁川に殘つた五名の一人に山本と云ふ美男子があつたS刑事は之れに目を付け山本を懷柔し、事件の一際を打ち開け、ぜひ佐助の情婦に近づき其の素行を探つて吳れとたのみ込んだか、はたして此の山本がS刑事の爲めに一肌ぬいで佐助の情婦を手に入れ秘密の扉を開くか――話しは之れからである。

三

S刑事からたのまれた山本は、それからまもなく其の料亭に

姿を現はし足繁く通ひ始めた。如才ない彼は佐助の情婦が國元の母に仕送りをする金に困りはてゝ居たのを見て此の時とばかりに早速大枚五十圓を投げ出して女に與へたのである。S刑事に依頼された山本は全く其の職を全くする可く眞劍味を以つてゐたから其の五十圓の金にも何等女は不思議にも思はず山本の心に女は眞實感謝の意を表したのであつた。女は山本に心を許すやうになつて來た。そして兩人は佐助の目をかすめ逢瀬を樂しむやうになつて來たのである。玆に於いて山本は或夜探りの第一矢を放つたのである。そこは苦勞人の山本である——お前の氣もちもよくわかつたが、聞けばお前には佐助と云ふ情夫があるとか、それを袖にして俺と深くなるのはお前も心苦るしからうから俺とお前の仲は之れで一先づアツサリと切れやうぢやないか——と女の氣を引いて見た。ところが女は——

實は佐助サンには腑に落ちない事が多々あるので、私も此の頃氣を腐らしてゐるのだから何日までも佐助さんに義理立てゝ今更あなたに切れ度くはありません——とそれとなく佐助に愛想盡しをしてゐる模樣が見えたので山本は占めたとばかり。

世間ではこうゆう噂さをしてゐる、それは佐助が未亡人を殺さうとしたのではないか、何うも疑はしいと云つてゐる——とそれとなく事件の重心に觸れて見たところ女も相槌を打つて——

私もそんな噂を聞いて居ますので怪しいと、思つて居ますから金の爲めよく探ぐつて見ませう——と云ふ事になつたので、山本も早速此の顚末をばS刑事に報告同刑事も大いによろこび迷宮入りの事件に一沫の光明を求めた如く感じたのであつた。

一方佐助は近頃退済命令を喰つて、仁川に來た男と女がいゝ仲になつてゐると云ふ事を知り、其の間は水臭くなつて來た。それ丈け女は山本へと變つて行つたのである。が何うしたものか佐助の事に就いては其の後山本にいくら訊かれても話サッとはしなかつた。山本は勿論刑事も、デレンマに陷つて來た。月日は容赦なく過ぎてもう九月半の風が吹き初めてゐた。女の方は山本にまかせ刑事は最後の活躍に入つたところ、はしなくも未亡人と故鄕を同じくしてゐる四十歲年配の獨身者が生前未亡人と繁く交き合つてゐたと云ふ事を耳にし、同家を突如家宅捜索をなした結果は、おびたゞしい血痕附着の一枚の單衣を發見したのであつた。その頃京仁道路に宮田と云ふ牛肉店があつたが其の附近のオンドル屋を借りて住んでゐた此の男は未亡人と同鄕のみか士族でしかも劍道の達人であつた事からして、テツ

キリ犯人は同人と確心付けたのであつたが、嚴重な數日の取調べに對しても彼は頑として、口をわらなかつたのである。勿論實地檢證と云ふ事になり兇行のあつた同時刻に現場に直面させたが一向手應へがないばかりか此の男顔色一つ變らなかつた。之れより先き血染めの單衣を當時の漢城病院現在の城大附屬病院に賴み分析鑑定をして貰つた、その回答が一週間程經てやつて來たが緊張した氣分も僅か、それが人間の血ではなくともあらうに、ピンデのそれが血であると判定が記錄されてゐたのである。S刑事は勿論係官一同開いた口が閉さがらなかつた、かくして現在に至るも永遠の謎として當時の事件が時折り想ひ出されるのみとなつてゐる。

明夏米艦隊日本を目標として
太平洋に大演習

明年夏季を期し太平洋上に於て擧行されるアメリカ聯合艦隊大演習に就てはスワンソン長官の聲明以外何等の發表も無いが右大演習は專ら帝國海軍を目標としてをる事は云ふ迄も無い。特に演習の領域をアラスカまで擴張したのは空軍の發達により北方戰線の重要性を著しく增大した結果と見られ特にアメリカ海軍飛行隊のアラスカ訪問以來アメリカ海軍のアラスカに根據地を建設するとの報道が頻りに傳へられ、北門の要所としてアラスカ海軍の重視するところとなつた、更に最近國際軍需工業特別委員で選州の上院議員ボーン氏が日本空軍による空襲の脅威を說き、遠からず有力な日本空軍が一氣に大圈コースを翔破し太平洋岸の諸都市に爆彈を見舞ふであらうと述べてゐる、更にアメリカ航空機會社は頗る强力なる飛行機數臺を日本海軍に賣込んだとの證言も得てゐる位だから、アメリカ海軍は特にアラスカおよび太平洋沿岸の防備を極力嚴重に爲すべきであると說いてゐるから明夏の米聯合艦隊の演習は恐らく未曾有な大仕掛で太平洋上の攻防演習が擧行されるに至るであらう。

제15편

야행열차 기담

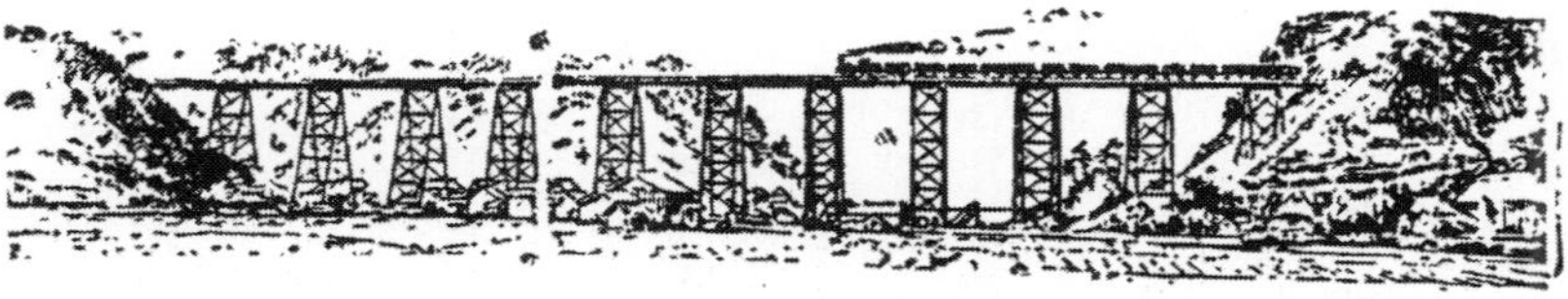

飜譯探偵小説

夜行列車奇談

ヒアルトフ・アルクナア作
伊東鋭太郎譯

1

外はひどい雪吹きであつた。

二等車輛の一隅にあつて、窓ガラスに眼を當ててゐたヨゼフ刑事は、チラと腕時計を眺めた。午後九時十五分！　伯林アンハルタア停車場を發して以來もう二十分――瑞西行の此の夜行列車は巨獸の如き唸りをあげて一路雪吹きの中を驀進してゐた。

（やがてS驛だな）

心中秘かに緊張した刑事は、顔の前に屏風のやうに立廻した新聞紙の端から、そつと向側の一隅にゐた若い母兒を注視したのである。

金庫破りの稀代の兇賊として全歐洲を震憾させたパウルプレツカーハが、伯林モアビツツ未決監の厳しい警戒を破つて文字通り通り魔の如く脱走し去つたのが僅に三日前の椿事、ソレとばかり伯林警視廳では歐洲各國警察に向けて通牒を發すると同時に、パウルの私宅を見張つてゐると、女名前・女文字で配達された一通の手紙――、配達夫から奪ふやうにして封口を端し、開封してみれば

『來る十二日（水曜日）の午後八時五十五分アンハルタア停車場始發の瑞西行列車二等室へ乘込んでくれ。カルルと一緒の事。萬事拜眉の上話す』

宛名は妻のエンマ、カルルとは當年三歳の愛兒である。テツキリ高飛びする前に最愛の妻――特に可愛がつてゐるカルルに別れを惜む魂膽だナ。そこで此の手紙は元通り封をされ、投込まれたが、扨て此の神出鬼沒の怪盗を捕縛する方法は如何？從來パウル逮捕のためにどの位警察が努力を盡し、犠牲を拂ひ而も今一足と云ふ所でムザ／＼と逸し去つたか、その苦々しい經驗を感じてゐるだけに、今度の逮捕についても正に議論百出の有様であつた。そこへ

「本官一身をもつて必ず逮捕する！　もし成らずんば生きて諸君とは會はぬ覺悟である」

と突然名乘をあげたヨゼフ刑事。同僚の呆然たる頬を尻眼に「鬼神だつて惡魔だつて、誠に敵ふものはないよ君」と放言しつゝ、伯林警視廳初つて以來の大捕物を双肩に凛然と飛出して來たのである。

瑞西への避寒客やスキイ客で普段は可なり混雜する此の夜行列車も、どうした事か今夜は妙にガランとして、ヨゼフ刑事を除けばあの母兒ばかり――、夫の脱獄騷ぎに不安氣なエンマは外の吹雪を眺めたり、肺炎に高熱を出して苦しんでゐるカルルを抱きしめて表情の變化を觀察したりしてゐる。

やがて列車は最初の停車場N驛に滑込んだ。ガラリと出入扉が開く音――、ノツソリ現はれた瀟洒な青年、先づ入口近い窓下に新聞を顏に當ててコクリ／＼と居眠つてゐる老人に鋭い一瞥を浴せると、ツカ／＼と母兒の方へ歩み寄つて行つた。

2

若い母親はすツと緊張の色を浮べて夫を眺めた。脱獄囚は鳥渡ウインクを交し、妻や兒の前に腰を下した。

「兒…見てやつて！」

彼女はツと抱いた愛兒を夫前に差出し、夫は又期せずして同時にそれを奪取るやうに抱取つて、カルルの面を凝視した。

「キャーツ」

病兒はたゞさへ高熱で苦しい所へ、胴體にジワ／＼と喰入るやうに緊つけられる父親の腕に耐らなくなつて悲鳴をあげた。

「ま、ソンナに手荒くなすつちやダメよ。此の兒はもうずつと前から肺炎で死ぬか生きるかの境だつたんですもの……」

パウルは、ハツと氣づいて腕をゆるめた。

あゝ此の双腕にヅツシリと感ずる柔らかい重み、吾が血の通ふ

てゐるブヨ〱した肉塊、あの長い〱獄中悶々の裡夜となく晝となく胸中を往來してゐたものは此の肉塊を心行くまで抱きしめたい念願に外ならなかつた。母の腕から父の胸へ——地位の急變になれぬせいか、カルルは幾分不安氣に穴のあく程父の顔を眺めたり、不意にキョロ〱と淡碧色の眸を動かして母を求めたりしてゐる。ポツチリと雪中に散つた花辨にも似た耐らない唇。パウルは思はず心激し、その唇に接吻しかけた——瞬前！　妻のエンマは顔色變へて立上つてゐた。

「あなた！」

敢て黴菌の傳はるを怖れたのではない。今迄向側の片隅に眠つてゐたと見えた老紳士がすつと立よつて此方へ近寄つて來る態度、相貌、何かしらそれには脫獄囚の妻をはつとさせるものを含んでゐたからだつた。妻の叫びに、振返つたパウルその肩先をポンと叩いたヨゼフ刑事は微笑をうかべ乍ら

「パウル・ブレツカーヘ君！　見給へ」

突出した裁判所の拘引狀。ガクリと頸うなだれた脫獄囚に、刑事は腕時計を示し

「御覽の通り、もうあと十分足らずでK驛に着く。その間十充に此の方々と別れを惜んで貰つて結構だが、その代り僕の顔も立ててK驛へ着いたら眞直モアビツツ（未決監）へ戾つてくれ給へ。え？君、僕にも丁度此の兒と同年位の孫がある。君の氣持ちは、之は私人として云ふ事だが相當僕には判る積りだ。君が獄中で此の兒の上に想ひをはせてゐる時、僕は殺風景な警視廳の中で矢張り當年三歲になる孫の事を考へて時々ボンヤリする事もある位だ。實際父や祖父になつてみなくちや子や孫の可愛さ、好さは判らない。やんわり腕に感ずる抱心地や、思はず失笑させる稚ない起擧動作や、見えてゐるのかゐないのか、凝つと抱いてくれたものゝ顔を眺めてゐる裡突然喉を鳴らし、四肢をバタ〱させて狂喜するのを視れば、眞實吾が生命も惜くないとさへ思ふよ。」

「……」

「ね、ブレツカーヘ君、僕も野暮は云ひたくないのは山々なんだが……いや僕は提言を變更しやう。さつきはK驛で下車してくれと云つたが、君の心中を想へばそうと云へない。ではせめてライプチヒ大停車場迄で一つ……」

突如！　パウルの右手がポケツトへ滑込んだ雷光の早業！

「おい爺さん、それがお前の手かよ。手荒で仕末にいかねえパウルと云ふんで、ワザ〱お說敎やお泪頂戴でフン縛らうつてんだらうが、ドツコイ相手が違はあ。利いた風な事吐しやがるとポケツトの廻轉式拳銃がお見舞するが」

ヨゼフ刑事は暫くの間突立つたまま金縛りにあつたやうに身動きもせず、穏やかな眼で脱獄囚を眺めてゐた。その唇から、ホツと吐息が洩れた。ブウルは嘲笑した。

「ふん、今頃になつて生命が惜くなつたのか」

「生命が惜しい？　飛んでもないことだ。吾々の身體は平常から國家に捧げてある！　僕が吐息をついたのは鑑定違ひをしたゝめさ。人に知られた兇賊パウルブレツカーハとあるからは今少し心臓と心臓とをぴつたり合せて話の出來る人物かと思つてゐたが、イヤ僕は永い警官生活中たつた一度の鑑定違ひをやつた、之も老齢のせいかと思はず溜息をついた次第さ。」

「………」

「パウル・ブレツカーハ君！　撃ち給へ。倖ひ今なら車輪の轟音でもつて、狙撃したつて他の車輛へは聞えやしない。君と違つて僕の可愛いゝ幼児は、立派に父親や母親がついてゐるから、僕が殺されたつて育つて行く。さ、どうした？　撃たないのかね？」

兇賊は凄じい相貌で刑事を睨むきりである。

「おや、もうあと五分でK驛へ着く、とすると若しあの驛から二等客が乗込んだら一體どうする積りだ。僕だつて今は君に敵はないが、そうなれば救助を求めて捕縛するよ」

此時がらりと出入口の扉が開いた。

3

後部連結の小荷物車詰の車務車掌が、前方の機關手と何事かの打合せに行く途中らしい。車掌は廊下を通つて、やがて彼等の傍へ近づいて來た。ヨゼフ刑事の唇が微かに顫るへるのと、パウルの眼がギラリと光つて右ポケツトが膨らむのと殆んど同時だつた。

二人とも、硬い沈黙を死守し通した。

流石車掌も、此の發火せんばかり緊張した空氣はぴんと感じたが、敢て口出しすべき場合でもないので、そのまゝ行過ぎてしまつた。

「エンマ！　大急ぎで窓の外を見て御覽」

彼女は、怖ろしげに窓に眼を當てたが、すぐ離して

「ひどい雪でよく判らないけど、切立てたやうな崖よ。それに大變なスピードで駛つてゐて、とても飛降りるなんて危なくて……」

パウルは頷いた。そして、眉根に歴々と殺意を仄めかした。右ポケツトがムク／＼と無氣味に蠢めいた。よく／＼殺人？

「ま、あなた！　そんな怖ろしい音を立てたらカルルちやん

吃驚して死んじまふわ。それに、それに、私此の兒に慘酷な人殺しを目擊させたりするのはいや!」

エンマは狂氣の如く夫の腕を摑んだ。それまで父の左腕一つに抱かれてゐたカルルは今母親の優しい胸に抱取られた。

轟々々々――

三人はふと眼た合せた。激しい列車の音響と動揺、そうだ!列車は今や廣いライン河の鐵橋に差かゝつたのだ。ヨゼフ刑事の面に憂慮の色が濃く現はれた。反對にパウルはニヤリと笑つた。突嗟に手にした拳銃を妻に渡し、刑事を狙はしめてから自分は窓傍へ近づいて行つて外を眺めたのである。

眼下は黒インキを流したやうなラインの大河――パウルはひよいと後ろを振向いて、冷然と立つて見てゐる刑事とそれに對抗して眞青に昂奮し乍ら拳銃を握しめてゐる妻をみると、グイと窓ガラスを押上げた。敏捷に右肢が外へ――と、忽ちびゆつと唸りを立てて侵入して來た一陣の雪吹きに、びつくりした。カルルは鋭く引裂くやうな叫びをあげた。はつとした若い母親の掌から兇器がポロリと床上へ轉落、それを素早く拾ひ上げたヨゼフ刑事、映寫機の止つた映畵面のやうにパツタリ停止したパウルにぴつたり狙ひを定めた。

「降り給へ、パウル君!」

苦笑つたパウル・ブレツカーは、急いで窓を降り、元通り閉切ると、刑事の方は見向きもせずにカルルの顏を不安氣に覗込む。病兒は猶も悲鳴をあげ、顏をしかめ、口からは泡をふきパタ〳〵と手肢を動したり突張つたりやつてゐた。

同時に大鐵橋を渡切つた夜行列車は、問もなくＫ驛へ到着した。

4

パウルは下車準備を初めた。

妻とカルルの頰に接吻した。そして重い心を抱いて立上つたが、何とした事であらう、肝心のヨゼフ刑事はいつの問にか拳銃をポケツトへ納め込み、表知らぬ顏付で反對側の窓ガラスに眼を留てて停車場の雪景色を眺めてゐるではないか。

「モシ……」

とパウルの呼ぶ聲に刑事は振返つた。

「……?」

「此處で降りるんじやないので?」

ヨゼフ刑事は、構内の時計を眼で示し乍ら

「丁度ライブチヒ停車場まであと一時間三十分殘つてゐる。何も慌てるには及ばんさ」

云放つて、又窓ガラスを覗くと等しく、ゴトンと列車は再び進行を初めた。

夫婦は思はず顔見合せた。パウルは胸が一時に熱くなつてきた。彼には最初の衝動だつた。刑事と云へば俺を縛り、投獄し尾行し、又縛る機械としか信じてゐなかつたその刑事に、コンナ例外がある！ 奇跡だ！ パウルの心はひどく動揺し初めた

「さあカルルちやん、お父樣に抱つこして貰ふのよ。シツカリ抱いて頂戴つて。十年經つた後あなたがワン湖で泳ぐ時だつてお父樣の腕の型が腰の邊にアザになつて殘つてゐる位抱いて貰ふの。そして、もつと眸を据えてよくお父樣のお顔を見ておかなくちや」

エンマは、病兒を夫に渡し乍ら云ひ含める。

「何しろ、遠い〱お國へいらつしやるのだからね、カルルちやん！ 判つて？」

愛兒は、熱で赤くなつた顔――はれ上つた眼で父と母を交互に眺め、右指を啣へてニツコリ笑ふ。

「あなた、私の詞が判るのでせうか？」

「う」

曖昧に應へた。パウルは飽かず吾兒の稚ない擧動に魅入つてゐた。

その時扉がひらいて、さつきの事務車掌が戻つて來た。彼等の傍を通抜けやうとすると、カルルがニユツと手を突出して上衣の端を掴んだ、車掌はぴつたり立止つてしまつた。

「オヤ〱、私に御用ですかね、坊ちやん？」

愛嬌よく覗込まれたカルルは、父親の胸で身體をゆすぶつて悦ぶ。

「ほう、仲々御氣嫌ですね……時に失禮ですがお坊ちやん連れで瑞西サンモリツツへスキイ旅行にいらつしやるのでせう？」

エンマは、苦しげに笑つて

「親兒三人揃つて、スキイ旅行にでも出掛けられるやうだといゝのですけれど……」

語尾を濁してゐる妻――パウルの心はムラ〱と燃上つた。あゝ自由が欲しい！ 自由が！ 親兒三人スキイ旅行に行く位のさゝやかな權利が俺には無いのか！ パウルは、去り行く車掌の後姿を、見えざるものへの激しい敵意に醜く歪めて睨みつけた。ヨゼフ刑事によつて考へついた穩やかな心が一瞬裡に動亂してしまつたのである。

然も列車は刻一刻と人生最後のシインとも感ぜられるライプチヒ停車場へ接近して行く。

不意に、エンマが靴先でコツンと夫を蹴つた。？！と云ひたげなパウルの眼が、彼女の眼視の向いてゐる跡を追ふて行けは、意外！ ホカ／＼したスチイムと快よい車輪に揺られ、ヨゼフ刑事はいつか新聞さへ足元に散したまゝ盛んに居眠つてゐるではないか。パウル・ブレツカーハはギラリと眼を光らせたカルルに接吻を與へ、妻に手渡し、その妻の手を硬く握るとスーツと立上る。恰もよし次第にスピードを落してゐた列車はゴトン／＼と最後の除行に入つてゐて、前方に見ゆるG驛のプラツトホーム――拔足差足とは此の事であらうか、脱獄囚は怪猫の如くスル／＼と扉に近づいて行つた。一瞬後、その姿は消えてゐた。

5

ボタリ！

ボタリ！

微かな音に、夫のあとを追ひかけたエンマはふと振返つてみると――

ヨゼフ刑事の足元に散つた新聞紙上へ、ボトリ・ボトリと滴一滴、泪である。

（此の刑事は泣いてゐる！・何故泣くのであらう？）

エンマはその場に釘止めされたやうに棒立ちになり、同時に事の眞相を直覺した。

故意に逃してくれたに違ひない！ おゝそう云へばヨゼフ刑事もさつき幼い孫の事を語つてゐた。私達の小悲劇が此の老刑事の胸中に類似の幻想を抱かせたのではないだらうか？ どうして居眠つてなぞゐやうぞ。それに私達は作られた油斷を狙つて逃出して行こうとしてゐる！

エンマは愛兒を抱いたまゝ脱兎の如くホームへ飛出して行つた。

二分間の停車時間がアト間際になつて、パウルたちは戻つて來た。彼はヨゼフ刑事の前に双手を差打した。

「どうぞ……手錠を……」

眼のふちを赫くした老刑事は、面をあげて俯向いてゐるパウルの顔を凝視してゐた。が、やがて靜かな調子でこう云つた。

「そんなもの要らんさ、君。今の君の心は吾々一般人と何の變りもないじやないか。僕はとうに手錠や拳銃は窓から捨ててしまつたよ」

제16편
보석을 노리는 남자

短篇探偵小説

寶石《ほうせき》を覘《ねら》ふ男《をとこ》

佐川春風

リン〳〵ー突然《とつぜん》、卓上電話《たくじやうでんわ》のベルが、靜《しづ》かな室内《しつない》に鳴《な》り響《ひゞ》いた。宿直《しゆくちよく》の秋山警部《あきやまけいぶ》は、フと受話器《じゆわき》をとつて耳《みゝ》にあてた。

「モシ〳〵、あなた？　えゝあなたなの？」

思《おも》いもかけぬ若《わか》い女《をんな》の聲《こゑ》に、警部《けいぶ》は一寸《ちよつと》どぎまぎしながら

「え、そ、そうだよ。」

「まあ、よかつた！。」丁度《ちやうど》、あなたが出《で》てくれて、ほんとによかつたわ。妾《わたし》しよ、え？解《わか》つて？解《わか》つたでしやふ。もう先刻《せんこく》から幾度《いくど》もかけたんだけれどいつもお話中《はなしちう》だつたのよ。」

だが警部《けいぶ》にはその仇《あだ》つぽい聲《こゑ》の主《ぬし》が誰《たれ》なのか更《さら》に思《おも》い當《あた》る所《ところ》がない。待《ま》てよ、これはきつと電話《でんわ》の接續《せつぞく》の間違《まちが》いから、馴染客《なじみきやく》でも呼《よ》び出《だ》してゐる藝者《げいしや》の電《でん》話《わ》が、飛《と》んだ所《ところ》にかゝつて來《き》たに違《ちが》いない。少々《せう〳〵》罪《つみ》な事《こと》である

が宿直《しゆくちよく》の夜《よ》の退屈《たいくつ》まぎれに會《あ》ふて聞《き》いてやらう。

「あら、モシ〳〵どうしたの、今夜《こんや》は馬鹿《ばか》に悄氣《しよげ》てるわね？」

悄氣《しよげ》ちやあゐないけど何しろこの不景氣《ふけいき》ぢやね！

「不景氣《ふけいき》もないものだ。巧《うま》く云つてゐるわね、ホホヽ」。

女は媚《なまめ》かしく笑《わら》つた。が急《きふ》に細低聲《ほそこごえ》になつて「それやそうとね、實《じつ》は頭《かしら》が明日《あす》の晩仕事《ばんしごと》をするんだけど、一人ぢや手《て》が足《た》りなくて困《こま》つてるのよ。」

……警部《けいぶ》は思《おも》はず呼吸《いき》を呑《の》んだ。

「有難《ありがた》いね、そいつは……」ところがさ、その仕事《しごと》が面白《おもしろ》くないのよ、でね、首領《しゆりやう》はあなたの手《て》を借《か》りたがつてゐるんだけど、止《よ》した方がいゝと思ふわ。だつてやり口があんまり無鐵砲《むてつぱう》なんだもの、だからあたしあなたに、もしもの事《こと》があつてはと心配《しんぱい》でならないのよ。ね。解《わか》つてゐるでしやふ妾《わたし》の言《い》ふことを？」

「うん……解《わか》つてるさ」秋山警部《あきやまけいぶ》は躍《おど》るやうな好奇心《こうきしん》と功名心《こうめいしん》を抑《おさ》えながら感《かん》づかれないやふになるだけ低《ひく》い聲《こゑ》で言《い》つた。

「で仕事《しごと》つて今度《こんど》は何處《どこ》だい？」

銀座《ぎんざ》の辻村寶石店《つぢむらほうせきてん》よ。明日《あす》の晩《ばん》、戸が閉《しま》る九時ちよつと前《まへ》に首領《しゆりやう》が二階《かい》の支配人室《しはいにんしつ》へまぎれ込《こ》んで、寶石《ほうせき》を金庫《きんこ》へしまい込《こ》む所《ところ》を、うまくさらつて横《よこ》町《ちやう》へ飛《と》び出《だ》すんだつて、それで貴方《あなた》は自動車《じどうしや》で待《ま》つてるといふ寸法《すんぽう》さ。」

「ふんーちよつと亂暴《らんぼう》だね。」

だからさ、貴方《あなた》はそんなことを止《よ》した方《はう》がいゝわ、ね。首領《しゆりやう》に云つたつて諾《き》きはしないんだから——」女は何か云はふとした。突然《とつぜん》あわてた様《やう》子で「アッ大變《たいへん》來《き》たやうだわ。首領《しゆりやう》が、ぢやいゝわね。きつと。」

電話《でんわ》はそのまゝふつつり斷《き》れた。

あいつだ！ 最近《さいきん》、京濱間《けいひんかん》を盛《さか》んに荒《あら》し廻《まわ》つて、警視廳《けいしちやう》を手古摺《てこず》らせてゐる大膽不敵《だいたんふてき》の寶石盜賊《ほうせきとうぞく》——さうだ、きつと彼奴《あいつ》に違《ちが》いない。

岐度左樣《きつとさう》だ。今《いま》の電話《でんわ》は怪賊《かいぞく》の妾《めかけ》が何《なに》かゞ、首領《しゆりやう》の目《め》を偸《ぬす》んでの可愛《かあひ》がつ

てる仲間《なかま》の者《もの》に、内緒《ないしよ》で秘密《ひみつ》をもらしてゐるのだ。

いや、何《な》んにしても儲《まう》けものだ。ど偉《えら》い拾《ひろ》いものだ。

秋山警部は躍《おど》り上《あが》つて喜《よろこ》んだ。

その翌晩《よくばん》、秋山警部は辻村寶石店《つぢむらほうせきてん》の支配人室《しはいにんしつ》で、ひそ〳〵と綿密《めんみつ》な手筈《てはず》を定めてゐた。

「もう大丈夫《だいじやうぶ》です。店内《てんない》には十人の刑《けい》事《じ》が入込《いりこ》んで充分警戒《じゆうぶんけいかい》してゐるんですから、今夜《こんや》こそ逮捕《たいほ》して見《み》せます。

そろ〳〵九時ですね。では、貴方《あなた》は平常《へいじやう》のとほりお宅《たく》へ歸《かへ》つたことにして宿直室《しゆくちよくしつ》にでも隠《かく》れてゐて下《くだ》さい。店《てん》員《ゐん》も歸《かへ》るものは歸《かへ》らして下さる方《はう》がいゝのです。何《なに》も彼《か》も平常《へいじやう》と變《かは》りのないやうにしないと、感附《かんつ》かれたらそれつきりですから。尤《もつと》も大切《たいせつ》な寶石類《ほうせきるい》は今夜《こんや》だけは倉庫《そうこ》へ入れるよりも、宿《しゆく》直室《ちよくしつ》へ置《お》いて貴方《あなた》が御自分《ごじぶん》で見張《みは》つてゐられるがいゝと思《おも》ひますがね。」

「成程《なるほど》、左様《さやう》しましやふ。では何分《なにぶん》――。」

支配人《しはいにん》は急《いそ》いで部屋《へや》を出《で》て行《い》つた。

九時が過《す》ぎて、十分、二十分、やがて間《ま》も無《な》く半《はん》になつた。が何事《なにごと》も起《おこ》らない。店《みせ》の表戸《おもてど》は、平常《へいじやう》のとほりきつかり九時半に閉《し》め切られた、殘務《ざんむ》の整《せい》理《り》が終《お》ると、大部分《だいぶぶん》の電燈《でんとう》は消《け》されて十時には店員達《てんゐんたち》の姿《すがた》は一人も店内《てんない》に見《み》えなくなつた。

と同時《どうじ》に刑事達《けいじだち》は扉《と》の影《かげ》や、部屋《へや》の隅《すみ》に鼠《ねずみ》を待《ま》つ猫《ねこ》のやうに姿《すがた》を潜《ひそ》めた。

が、それからものの十四五分も經《た》つと、宿直室《しゆくちよくしつ》のドーアが開《あ》いて、支配人《しはいにん》が急《いそ》ぎ足《あし》で警部《けいぶ》のところへやつて來《き》て心配《しんぱい》そうに言《い》つた。

「私はついうつかりして申上《もうしあぐ》ることを忘《わす》れてゐましたが支配人室《しはいにんしつ》へ裏《うら》の倉庫《さうこ》から上《のぼ》つて來《こ》られる秘密《ひみつ》の階段《かいだん》があるんですが……。」

倉庫《さうこ》から？困《こま》りますなア、そんな秘《ひ》密道路《みつどうろ》があるなら早《はや》く言《い》つて貰《もら》はなくちや、――では、一應調《おうしら》べておきましやふ。」

二人は懐中電燈《くわいちうでんとう》を照《て》らしながら、店《てん》員食堂《ゐんしよくだう》の方《はう》へ行《ゆ》く戸口《とぐち》からゴト〳〵と階段《かいだん》を下《お》りて行《い》つた。それから五六分も經《た》つた頃警部《ころけいぶ》は澁面《じゆうめん》を作《つく》つて、ぶつ〳〵云ひながら引返《ひきかへ》して來《き》た。

「馬鹿《ばか》々々しい！　支配人《しはいにん》ともあらうものが、すつかりどぎまぎしちやつて、少《すこ》し頭《あたま》がどうかしてゐるぜ。何《なん》の心配《しんぱい》もない倉庫《そうこ》の中《なか》へ人を引張《ひつぱ》つて行《ゆ》くなんて、馬鹿《ばか》にしてゐる！」

警部《けいぶ》が傍《かたはら》にゐた刑事《けいじ》に低聲《こごゑ》で不平《ふへい》

をこぼした時《とき》、宿直室《しゆくちよくしつ》の方から一人の刑事《けいじ》が息《いき》を切つて驅《か》けて來《き》た。

「大變《たいへん》です——宿直室《しゆくちよくしつ》で呻《うめ》き聲《こゑ》がするので飛《と》び込《こ》んで見《み》ると支配人《しはいにん》がシャツ一枚《まい》のまゝ猿轡《さるぐつわ》をせられて、ぐる〳〵巻《ま》きにしばられてゐるんです。それから横町《よこちやう》の暗闇《くらやみ》に自動車《じどうしや》が止《と》まつて女《おんな》が一人——」その言葉《ことば》が終《おわ》るか終《おわ》らぬに、警部《けいぶ》は地團太《じだんだ》踏《ふ》んで呶鳴《どな》り立《た》てた。

「畜生《ちくしやう》！ ぢや、彼奴《あいつ》だ！早《はや》く、早《はや》く倉庫《そうこ》へ行《ゆ》ケッ！

まだ逃《に》げはしまい。俺《おれ》は女をひつ捕《とら》へて自動車《じどうしや》で待《ま》ち伏《ふ》せてやる。」警部《けいぶ》は叫《さけ》びながら駈《か》け出《だ》した。近《ちか》くに居た刑事達《けいじだち》は階段《かいだん》を轉《ころ》ぶやふに下りて行つた。

が倉庫《そうこ》の床《とこ》の上《うへ》には支配人《しはいにん》の服《ふく》が脫《ぬ》ぎすてゝあるばかり。それどころか驚《おどろ》くべし、その傍《そば》には眞物《ほんもの》の秋山警部《あきやまけいぶ》がやつぱりシャツ一枚《まい》の素裸《まつぱだか》にされて、手足《てあし》を縛《しば》られ、猿轡《さるぐつわ》をせられて唸《うな》りながら横《よこたわ》つてゐたではないか！部下《ぶか》の刑事《けいじ》がその猿轡《さるぐつわ》をとつて除《の》けるも一緒《しよ》、秋山警部は叫《さけ》んだ。

「畜生《ちくしやう》！彼奴《あいつ》だ！ 早《はや》く、早《はや》く！彼《あ》奴《いつ》を追《お》い駈《か》けるんだ！」

しかし、時《とき》は既《すで》に遲《おそ》かつた。支配人《しはいにん》を縛《しば》り上《あ》げて、支配人《しはいにん》に變裝《へんそう》し、警部《けいぶ》を縛《しば》つて警部《けいぶ》に變裝《へんそう》した怪盜《かいぞく》は、その時《とき》、若《わか》い女《おんな》の運轉手《うんてんしゆ》と共《とも》に現場《げんば》を遠《とほ》く快速自動車《かいそくじどうしや》を走《はし》らせてゐた。（をはり

제17편
심산의 모색

探偵小説

深山の暮色

木内爲棲

（一）

忠南の或る警察署の警備電話のベルがしきりに鳴つて宿直の巡査を起こしたのは五月十四日の午前四時頃であつた、それは所轄駐在所から村田式獵銃持兇器二人組强盜が部落の麻布商を襲ふたといふ急報であつた。

署長司法主任外五名の巡査は直ちに自動車で現場に飛んで實況檢分をした、そして一方村田式獵銃被害の有無を調査した、處がその日の晝頃、同地の田口農場の番人から、十二日の夜主人の村田式獵銃二挺と帶革ケースを何者にか竊取された旨の屆出があつた。

署長が現場を臨檢すると賊は裏戶口の施錠を破壞して侵入し、何物にも手を觸れないで銃二挺と帶革だけを竊取して逃走してゐる。

（二）

田口農場は駐在所から十數町の近距離であつた。それだのに農場の番人は、邑內へ出て出張先の田口に電報を打つた、その歸りには施錠を新らしく買つて來た、一日後に番人は被害事實を駐在所に申告したのであつた。

「ハ、ア此奴、犯人の手引をしたんだな」といふ疑を署長は持つた。現場は近隣の者に踏みにじられて指紋どころぢやない足跡すら滅茶々々にされてゐて如何に科學搜査に巧みでも手足の出やうがない狀態になつたゐた。

（三）

强盜事件に關連して此の事件が搜査され初めてから三日日、同駐在所管內にまた同樣の强盜事件が發生した、搜査官の頭は

「村田銃を竊取して、職業的に强盜を働らかんとする者の所爲であらふ」といふ事に一決して附近一帶に亙つて兇器隱匿場所の搜査を勵行し、夜間は二人一組とする所謂網を張つたが何等の效果がなかつた、手掛りはないし、只强盜の暴威にまかせるより外はなくなつてしまつた。事件は旣に迷宮に入つてしまつた。

（四）

犯人の兇行を法醫學的に觀察して斷案を下して見ると、俗にいふ年忌を追ふのが普通である、此處に氣の付いた

署長は管内の強盜前科者に就いて再犯年限を調べて見た、處が被害現場より程遠くない處に金明玉といふ前科者がある、之が丁度八年目に再犯して、今年がまた八年目に相當してゐるといふ事かわかつた、金明玉は田口農場の小作をしたり、同農場に出入して荷物の運搬などをして實直に働らいてゐるが生計は困難であつた。

二人の刑事が走つて此の家を搜索したが何等の證據をも得ずに引揚げて來た。其の翌日金明玉は

「俺は日稼に行くから」

といふて朝早く出たまゝ四日たつても五日立つても歸つて來なかつた、忙がしい百姓がしかも多くの小作をしてゐるお百姓が日稼に出て行衞を晦ますといふのは、そこに何か暗い處があるからだとは誰にでも思はせる。

果して金明玉が眞犯人の一人だらふか。

爾來警察は金明玉の行衞を搜査してゐたに相違はなかつたが時日の流れは早い警察も捜査にうみ、社會もこの事件を忘れんとしてゐた九月の五日の事であつた、同署管內の豪農に二人組強盜が侵入したのであつた、しかも村田式獵銃を携帶して、警察は虚をつかれた形になつた。

> 希望あらざれば勉力なし　ジョンソン
> 懶惰は生者の墳墓なり　アンセルム
> 鷄鳴に起きざれば日暮に悔あり　楠公家訓
> 勝利はよく忍ぶ者に歸す　ナポレオン
> 輿論は國家を維持するの柱石なり　英國俚諺
> 壓制は謀判の源なり　獨逸俚諺
> 腕力流行すれば權利死す　西班牙俚諺
> 君は舟、臣は水　日本俚諺

（五）

二人一組の搜査隊が編成されて、早くも非常線は張られて、通行者の不審訊問は開始された。

翌日の午後六時頃であつた、被害者の附近にある市場に非常線を張つてゐた二人の巡査に不審な鮮人が眼に止まつた、呼び止めると彼は逃げやうとした、愈々怪しいといふので駐在所に同行して嚴重に取調べると。

「私は昨日の強盜犯人の一人であります、一所にやつた金明玉は時仙里の森林中に村田銃を持つて立て籠つてゐます、今夜逃げる積りでしたが、今朝から何も食はないので市場へ支那パンを買ひに行くとこでした」。と不審な鮮人は自白してしまつた。

暮色蒼然と迫る森林を出て樵童牧夫は我が家に急ぐ黄昏時、鬱蒼と繁る森林を三方から包圍した搜査隊の氣配を知つた金明玉が猿の如く山を傳ふてひた走るのを逮捕した時、日は既に山の端にかくれてゐた。

제18편
심술궂은 형사

探偵コント 意地わる刑事

探偵趣味の會同人　山崎黎門人

腐つた林ごと言つた感じの京城の街が、百軒二百軒のカフエーや食堂や暖昧屋で、一齊に强烈な色彩と肉とバターの香を放つ一と頃。

本町通りの一角に素晴しい緊昌さを見せるトリンクと云ふカツフエがある。

此處に來るお客はみな、瑠璃子が目標であることは先刻合點のことである。それ程彼女の持つ魅力は他の女給のあらゆるものに優れてゐた。

彼女の眸はまるで黑朱子に散つた朝露の樣だし、桃色の頰ペツタはどんな果實の皮膚より艶々しく健康でチヤーミングでそして矢つ張り美しいのだ。

であつたけれど、尙それにもまして澤山のお客を喜ばせてゐる事は誰一人として及びつこのない彼女の心からなる親切であつた。

早い話が、誰か泥の樣に醉つ拂つた男がヘドを拭いたハンカチーフでも棄てゝ歸らふものなら彼女はきまつてそれを拾ひとりこくめいいに洗濯してしまつて置く、そしてまたの日かの男がドリンクを訪えば彼女はきつとヘイお兄さん！とか何とか言つてこぼれる樣な愛嬌と一緒についぞ思ひ出せない綺麗なたゝみ目のついたハンカチーフを取り出して吳れるのであつた。

だもんだから自然彼女の收入は他の女給の誰よりも亦幾倍多かつたのである。

◇　◇

そう言ふ譯でカフエドリンクは我が愛す可き瑠璃子只一人のために非常な人氣を呼んでゐたのだが、その頃妙な噂が立ち出したのである。と言つたところで別段惡いと云ふ噂で無いのだが。尤も事件の當事者に成つて見れば或は一寸ひよんな氣持に

成つたのかも知れない。と斯う言つただけでは讀者はまだ何の事だか判らないでせうが實はこうなんである。

カツフエドリンクがべら棒にはやる—はやるから行く——行けば瑠璃子が笑ふ——笑えば歸りたくない————そこでシコタマ酔つ拂ふ——と此處まではいゝのだが。さてきりも無い事なので酔つ拂つて諦めて勘定と成りビラビラと札ビラを切つて歸つて了ふ。が翌朝眼がさめて見るとどうしたものか昨夜の蟇口がない—全く無い。どう考えて見てもどこで失くしたのかサツパリ見當がつかぬ。勿論カツフエなどで落した記憶は更に無い、たしかに昨夜は外套のポケツトに容れて出たんだから。

だけれど、どうだらふ！翌あさ念のためにゆうべのドリンクへ行つて見るとチヤント瑠璃子が失くした蟇口を拾つて居て呉れるではないか。

お兄さん、ゆんべは隨分お醉んなすつたのネーお歸りに成つた後でお財布がおつこちてたから拾つときましたのよ、中を調べて頂戴！

と言つてなんである。こうした彼女の親切は心からお客の感謝を買はずには置かない、そこで男はいくら彼女が辭退したつて財布の重さに從つたお禮を手渡さない譯には行かなかつたのである。

然し噂はそんな事が一二回あつた位ではそれ程まで擴がりもしなかつたのだらふが、共後ドリンクへ行く者行く者の殆んどの酔つ拂ひが翌朝みな財布の紛失してゐるのを發見したもんだから之は妙だと言ふ事に成つたのである、そして財布が失くなつたなら失くなつただけでよいのにそのどれもこれもが皆瑠璃子の手に拾はれ尙その上に中味が一文だつて減つて居なかつたからである。

で、この妙な事件の噂は益々高まつて來たのだが同時に瑠璃子の評判も亦一層よきに高まつたのである。中には財布の紛失と彼女の素性の判らぬ事とを結びつけてあらぬ噂を立て出した男も居たけれどそん事は瑠璃子黨にとつては、振られた男の口惜がり

として齒牙にもかけられなかつたのである

◇　◇

そうでありますのに、どうでござゐませふ！よのなかつてなんといふふしぎなそんざいであるのでせふか？
？？

◇　◇

新聞記者山本荘六はいつもの如く本町署の地下室へ下りて行つて鈍重で殺伐な空氣が漲つてゐるであらふ刑事部屋のドアーを開けたのであつたが一歩部屋の中に足を踏み入れた彼はそこにうづくまつてゐる世にも艶なる若い女の姿を見てアツと驚き更にその女が涙に濡れた眸をかすかに自分の方へ向けた瞬間彼はウウツと唸つて危く顚倒せんとしたのであつた。彼も亦瑠璃子黨の一人であつたのである。

あれ程評判の好かつた彼女が突然警察に擧げられて係官の嚴しい取調べを受けようとは？何百人と云ふ瑠璃子黨を落膽失望のどん底に突き落とさうとは？

けれ共事實は儼然たる事實であつた、彼女は昨夜晩くKと云ふ意地わる刑事のためにスリの現行を取り抑えられたのであつた

それは又どうして？彼女が？何故？何故？何故？

彼女こそ實に長崎の海岸街でマドロス間にムサヽビのお蝶の名をとつて高等船客のふところを荒してゐた世にも仕業の巧みな娘スリである事が判つた。

然し彼女は一度だつてドリンクでお客の金を盜つた事がないではないか！

然り。彼女はあちらの幼年刑務所を出て以來すつかり心を改めたのでお客の財布をスリ盜らふなんてなよこしまな考を一度だつて起した事はないのである

たゞ彼女はお客から『謝禮』が慾しかつたばかりに昔ふるつた手練の早業で醉漢の財布を一時だけ拔き取つて居たのであつた。

つまり彼女はそうする事に依つてチップの二重收入を圖つてゐるうちにタマサカあの噂が敏腕で意地わるいK刑事の耳に入つて彼の陷穽に落ちたのであつた

『それとて年老いて病床に呻く兩親の藥代と弟の學費に窮した揚句の一策だつたのです』と言つた風な事を訴えてよゝと泣き崩れた瑠璃子の姿がどんなに可憐なものであつたかは何も山本貯六の目擊談を聞かなくたつて大低讀者は想像を及ぼす事でせう。（をわり）

探偵趣味の會宣言

京城探偵趣味の會は發會式などはヌキにして（そんなしち面倒くさいことはいやだからである）事實上旣に京城のどこかに存在してゐる。そして同人丈けはろい〳〵な顔ぶれが揃つてゐることも事實である。先づ新聞記者も居れば畫家も居る。刑事さんも居れば警部も居るのである。未だ此の會は影のやうな幽靈のやう〳〵な妖怪味すらそなへた存在である、だが吾等の探偵趣味の會はそんなとこに面白味があるのかも知れない由來探偵趣味畑には妖怪味は附きものだからである。さて此の影の存在がハッキリと姿を顯わして來るやうになれば幸ひである。そして朝鮮からも朝鮮の小酒井不木や江戸川亂步が出ればいよ〳〵世の中は面白くなる。次ぎに紹介する一篇は第一回の拙せん作である。先づこんなところからボツ〳〵出發して來て軈ては本格モノにまで進めば吾等の喜びは大きくなる。（松本輝華）

제19편
연못 사건

掌篇

蓮池事件

京城探偵趣味の會　山崎黎門人

さわやかな朝であつた

毎晩十二時に寢て六時に起きる彼は例によつて廢線路の築堤を歩いて居た

逝く夏の太陽が殘暑の光線を投げかけてゐるところ、廢線路の上はピチピチとした生氣が躍つてゐた――そこを歩いて行く彼は誰か佳人が後方の文化村でアパートの二階から自分の後姿を見つめてゐて呉れる樣な幸福さをさへ感じて打振るステツキで新鮮な空氣を呼吸したものである。

その、限られた廢線路の半ば處まで歩いた彼は不圖右手の下方に胡瓜やカボチヤの畠と隣つて可なり廣い蓮池がある事を發見した、葉がよく繁つてゐるので築堤の上からは水面は見えぬが、相當に深みを持つた池である事はその艷やかな感觸を誇つて咲いてゐる紅白の花がそれを證明した。逝く夏の太陽はその蓮池の上にも朝あけの光線を注いで碧い水玉を踊らせてゐるのであつた。

と、彼はたまらなく吸ひ付けられた氣持に成つて忽ち築堤を駈け下りた、そして蓮池の緣に佇み、やがて手を差しのべて一莖の紅輪を摘み採らうとしたのであつたが、瞬間彼は、ウワツと叫んで意氣地なく足を辷らしそのまゝ池の中に陷ち込んで了つた（池の水は彼の首の邊まであつた）

あゝ其處には餘りに悲しい驚愕が彼を待ち伏せてゐたのだ

それは彼にとつて本當に偶然な、でそして世を絕した悲劇であつたのである。

×　×

彼に日頃熱愛せる一人の戀人が居た

彼女はまことに明るく怜悧でそして明眸の持主であつた。彼が彼女を知る樣に成つたのは今年の二月頃からで、文化村のアパートに住んでゐる彼女と、彼女の通り道に住んでゐる彼とは殆ど毎日の樣に出勤の電車を同じゆうした。で彼と彼女とは顏を合はさぬ日とては滅多に無かつたのである、たまにその停留所で一緒に成らない時はあつても、彼が途中警察に立寄つてそこから電車に乘れば必ず彼

女は乘つてゐた。

そのうち彼はいつしか彼女を戀する樣に成つた。そして彼は見れば見る程彼女が聰明で淑やかな女性である事を知つたそれで居ながら彼はその戀が募ればつのる程彼女に尊敬の念を抱かされて行つたので決して不良青年式な素振は見せなかつた。又實際彼はそんな事をするのが忌ひだつたから、……彼の氣持は斯うした女性を發見しそうして只その女性に毎日接し得られると云ふ事だけで滿足を感じて居たのだ。

所がそうした氣持はやがて、一種のセンチメンタリズム以上の何物でも無い事を覺らされるに至つた彼であつた。

あゝこの美と聰明の女性!

彼は此の頃では全くやる瀬ない惱みに苦しめられて居た。彼は一そ思ひ切つて苦しい胸の裡を彼女に打明け樣かとも思つた。が、待て待てと思ひ返してとつおいつ思案の末遂に人を介して彼女の家に結婚を申込む事にした。

果してその人は彼の求婚を先方に通じて居て呉れるだらうか?

彼が驚愕し、顚倒し、そして蓮池に陷ち込んだのは其處に、その女性が何者かに絞殺されて死んでゐたからである。何と云ふ悲劇だらう!。

が彼女は聖純そのものゝ樣な顏をして死んでゐるその白臘のかんばせに薄紅の蓮が一ひら落ちてゐるのである。

彼は涙のうちにも此の情景を本當に聖い『處女の死』にふさわしいものだと思つたやがて涙すらも出ない彼であつた。彼は首まで水の中に浸りながら彼女の死體をいだき抱えそしてその清い神の樣な顏に口づけをするのであつた。

S子さん、あなたは私の燃ゆる樣な氣持をご存じなかつたでせうネ、だが私は今こうして貴方のからだを抱いてゐる、そうしてあなたに口づけをして居るのです
恐らく貴方は私以外の男からは口づけなどされた事が無いでせうね
えゝS子さんあなたを殺したのは誰です言つて下さい、必ず私が見つけ出します
あゝ貴方は何故死んだのです、あなたの死で私の机の上に飾つてある貴方の名に因んだ蓮花も今は枯れて了つた事でせう……

だが間もなく彼は理性を取り返した。斯うしては居られぬと氣付いた彼は愛人の死體を暫く放置する事にして線路傳ひに疾風の如く警察へ飛んで行つた。

程經て馳けつけた警官隊に依つて現場は檢證されそうして犯人搜査。

犯人は直ぐ判つた。それは被害者が生前勤めて居た幼稚園のHと云ふ三十前後の事務員だつた。犯人が捕まつたと聞いて彼が再び警察へ馳けつけて見るとその犯人はかねて顏を見た事のある男であつた。

× ×

その朝は本當に爽かなあさであつたすべてが今のさつきまで見て居た夢の通りであつた。が只一つ發見しなかつたのは蓮池の戀人であつた。而して彼は何だかその蓮池が恐ろしいものに感じられ

て思はず胸に動悸を起すのだつた。そして中々に靜まらないその胸のさわぎを包んだ儘彼は警察へ立寄つて見た宿直のS警部補は彼の顏を見ると直ぐこう言つた。

おやKさん今日はばかに顏色が惡いぢやありませんか、どうかしたんですか

彼が默つて憂鬱に微笑するとSは例の快活な調子に成つて話し出した。

實はね、Kさん、昨夜私方の隣にとても華かな結婚式が有つたんですよ、お婿さんは何でも××幼稚園に出て居る人で花嫁はそこに勤めて居る褓母だとかだそうですが素的に美しいお嫁さんでしたね—私すつかり感心しましたよ。

どうですKさん、あなたももういゝ加減にお貰ひに成つてもいゝ頃ぢや有りませんか何なら私一ついゝところをお世話しませうか。

オット所であなたが何時か一寸私に話された『美と聰明の君』はどう成りましたかアハヽ、……。

× ×

彼は聞いた瞬間グワーンと一つ頭をくはされて眞つ暗などん底へ轉がし落された樣な氣がしたヨロ〱とよろけ乍ら警察を出た彼は

ウウー矢張り夢ぢや無かつた現實だつたのだ！現實だつたのだ！と叫いて悲命を啖つた。

彼は翌日社を退めてから警察官講習所に入り後志願して國境警備の巡査に成つてゐたが最近對岸に烽起した馬賊と戰つて遂に賊彈に殪れたと云ふ事である。

제20편
미치광이 제11호 환자의 고백

癲狂囚第十一號の告白

京城探偵趣味の會同人　吉井信夫

『――奥樣、この部屋の患者は約一月ばかり前に入つて參りました者で、極めて溫順な患者でございます――。それ、おきゝ遊ばすとほり、あゝして毎日、日がな一日といふものを「風だ、風が吹くのだ。」と囁き續けて居りまするほかは、院長はじめ私共の診察では、何一つとして變つたところは見當らぬのでございます。風だ風だと申し續けて居りまするところから、院內では何時しか此の第十一號患者を「風」と通稱してゐるのでございます。はい、何でも一月程前に國立銀行前の廣場で突然大聲で「あゝ風だ!」と叫んで昏倒いたしましたのが發病の原因だと申して居りますが、えゝ當時はあの光井海産の社員として腕利きだつたさうで、可愛さうに新妻をめとりまして三ケ月とはなつてゐないとか聞き及んで居りまするが、何にしても可愛さうな患者で、御見かけの通り、あゝして靜かに座つて讀書して居りまするのを見ますと――さうさう、奥樣、如何でせうか、かう申し上げますのは實に失禮とは存じまするが、久々に御來院下さいました御芳志に誠にもつて甘えるやうでございまするが、幸ひ十一號患者の部屋でございますし、若し御心に召し遊ばしましたら、暫時この患者と御對談遊ばしましては?いえ〳〵決して危險なことは御座いませんし、それに……それにかう申し上げては誠に失禮ではございまするが、かね〳〵御慈善の御志は社會が總て認めて深く深く尊敬して數ならぬ私共まで折にふれてお噂申し上げ、とも〳〵に感泣して居りまする際でもありますので、奥樣が今日當院に親しく御來車遊ばされて患者と御對談遊ばし種々御慰問せられたと社會に聞えまするると奥樣に對する社會の讚仰はもとより、政務長官であらせられる御主人樣の御榮譽にも相成りませうかと愚考せられますので…

…あゝ、お聞きとゞけ下さいましたか、有り難う存じます。定めて患者の家族はじめ社會は感涙にむせぶことゝ存じます。はい、新聞社の方へは私方より、よろしく取計つておきますから、はいはい、では、ごゆつくりと……』

× × × ×

かくしてK市社會慈善協會名譽會長であるところの貴婦人と財團法人K風癲院患者第十一號通稱「風」との對談が取り行はれたのであつた。

× × × ×

『御婦人！ それでは私の云ふことをおきゝ下さいますか？ 有り難う存じます。何から申し上げてよろしいやら、私の云ふことなんか誰も聞いてくれやうとは致しませず、私が今日申し上げるのが、本當に初めてなのでございます。こゝの看視人たちは私を「風」と呼んでおりまするが、もとはといへば正氣の私がこんな處に幽囚された原因は、實にその風にあるのです。

御婦人！ さうお思ひになりませんか？ 風は魔物だ！と。よく云ふでせう「風の如く來る」だとか「風の如く忍んで」とか――その風は魔物なんです。どうか私の申し上げることをよくお聞き下さい。風がどんな恐ろしい因果律を刻んで吹いて來るかを！

御婦人！ かう申し上げては何ですが、半年前までは、私はあの光井海産の若手社員として、酒にも煙草にも勿論女なんかにも心にとめず專心社務に沒頭して參りました。重役の氣うけもよく何れ社務になれたら香港の支店へでもと內々云はれてゐた位であつたのでした。ところが、忘れもしません、今年の五月のことです。夕方、サラリとした湯上りの爽快をセルの着物に包んで街に出かけました。夕方といつても夕飯の濟んだ五時頃のことでありましたから、戸外はまだ明るく、行人も可成りにあつたのです。私は勢よくケーンの洋杖を振り〳〵あの國立銀行前の廣場へ向つて歩きました。私の家は、あの御承知の南禮門外にございましたので廣場までは可成りいゝ運動になるのでございます。

ところが、あの南禮門の傍らまで參りますと、何かことありげな男が五六人、門の傍にかたまつて立つて居るのです。何心なくそのそばを通りすぎやうとしますと、その一團の中に顔見知り越しの男が居るのが眼に入りました。『やあ！ 何事の相談かね』と私が何心なく聲をかけますと、何と驚いたことにはその男はさももの〳〵しさうに「シツ」と制するではありませんか。吃驚した私が傍に寄つて何事が起きたのかと小聲で問ひましたところ、何と馬鹿げたことには、さも怖ろしいものにで

も出會つたやうに眼を光らして彼方の十字路を指して囁くのです。

「風だ!」

私はあつけにとられてしまひました。なるほど夕方になると爽やかな風の出て來る大陸の初夏のことですから、その十字路に風が埃を吹きちらしてゐるのは當り前のことなのです。私は馬鹿にされたやうな氣持で、やがてその一團から離れました。

　ところがどうです。國立銀行前の廣場に參りますと、何と馬鹿らしいことには、そこにもあちらの角に五六人、こちらの角に七八人と、いかにも物々しさうに男たちが立つてゐるではありませんか。そして何れもが一樣に眼を光らしてあの廣々としたアスファルトを見入つてゐるではありませんか。私はハテと首をかしげました。

　これはきつと今日は何事があるにちがひないと思ひました。そこでそれが何事であるかときくために、手近の一團に近寄りました。そして再び、何事があるのかと問いたのでした。ところが、意外にもこゝでも答へは同じなんです。

「風が吹くんです!」

　御婦人!　若しあなたと私とが立場を入れかへて、あなたがその時の私であつたと御假定下さいませ。その時の私の馬鹿々々しさと云つたら、何となしに其の男たちをなぐりつけてやりたい氣持になつたのも御わかりになると思ひます。

　しかし私は紳士でございました。やがて私はいま〳〵しさうに舌うちしながらそこを離れて、あのK郵便局の傍らの一團に近付きました。そして先手をうつたつもりで聞いてみました。

「風ですか?」と。

　ところが、矢張り答へは同じ言葉なんです。その三十位の年配の妙にニヤ〳〵した男はポイと吐きすてるやうに答へました。

『えゝ、風が吹きますからね!』

　御婦人!　私は世の中の人たちが、みんな氣狂ひ藥でも飲まされたんじやないかと思ひました。これは確かに狂つてゐる。みんな狂つてゐるんだ。狂人だ!

　から心にきめて私は、それらの輕蔑すべき一群から心を解放して、あの本町通りを散歩したものです。

　やがて七時を廻つたころでせうか。街は夕方の散策者でいつぱいになりました。初夏の市民は輕裝で爽やかで美しいものです。どちらかと云へば女の多い散策者にまぢつて、やがて私がもとの廣場に歸つて來てみれば、何と、先刻の狂人どもが、今は眼を血走らせて夕闇のせまるアスファルトを見つめてゐるで

はありませんか！　私は、不思議になりました。あまりのその狂氣振りに魅せられたのでせう。私も何時しかその狂人共の一群の仲間入りをしたのです。そして馬鹿々々しくもその男たちと眞面目になつて話し込んでしまつたのです。

『風がちつとも出ませんね』

『今に吹きますよ。』

『風はいゝものですね。』

『えゝ、實に素張らしい。こんな樂しみは又とあるものぢやない。私なんかこれで三日間の皆勤者ですよ、アハハハ』――E、T、C――かうして二三分も息をこらした時間が續きますと、やがて空氣が搖れ出しました。風が來たのです。すると一群の男たちは一齊にあの古めかしい街燈のあたりの路上をみつめ出しました。と、一群の男たちは何に感歎したのか一せいに「むうつ」と息づまるやうな唸り聲をあげて一點を疑視するではありませんか！　私は素早く、彼等の視線をたどつて、彼等の凝視めるものを捕へやうとあせりましたが、やがて私が、その目的物をとらへ得たとき――御婦人よ！　私は死ぬるかと思はれるやうな驚きに占領されたのです。私は、始めて狂者の如き彼等の一群が、何時間も街頭に集團して求めやうとしてあせつてゐるものが何であつたかと知り得たのです。

御婦人よ！　何とおかくし致しませう――風が吹きます。風が、あの高い建築物と建築物に挾まつて、そこに小さくはあるが力強い旋風を卷き起すのです。さうです。つむじです。そのつむじが、ころ〳〵とアスファルトの上を轉げて行くとき――あゝ御婦人よ、何と申し上げませう！　御察し下さいませ、日本の女性の着物は改良すべきでございます。そのつむじに突きあたつた女性の着物が、パツと卷き上げられるのでございます

あゝ考へるだに轉蔑すべき彼等でございました。

家へかへつた私は――私は、あまりの驚きに、ぼうぜんとして家へ飛んで歸りましたが――その夜一夜を惱みぬいて明かしました。

御婦人よ！　お笑ひ下さいますな。生れて今年二十六の今日まで、私は女のことを思つたことはございませんでした。それだのに、それだのに、私はその宵の廣場で見た若い女性の、はちまれるやうな太股の惱ましさ！　あの緋い下着が、から膝頭あたりにからみついた印象！　私ははじめて其夜、二十六の今日まで童貞を守りつゞけて來た自分が馬鹿らしいと思つたことはありませんでした。

其夜を限りとして、私の心の童貞は「風」といふ惡魔に呉れてやりました。いえ奪はれてしまつたんです。

翌日からは私は、毎夕の如く街に立つ男となりました。そして一方建築學や氣象學などを研究して、何月の候には何んな風が吹くかとかどんな對位の建物の間には、何處らあたりにどんなつむじが起るかを研究しました。そしてその他方では、國に居る兩親をせかして早く嫁がほしいと云つてやりました。

御婦人よ。やがて夏となりました。夏の女は艶麗です。うすものをすかしてさえ、あの白い肉體の誘惑は強いものでありますのに、あの着物の裾が、つむじに卷き上げられて露はに下肢を見せて呉れやうといふのですから、私の昂奮振りはお察し下さいまし。やがて、私は、ツアイスのプリズムを買ひ入れました。そしてあのK郵便局の柵内の芝布に座つて、街燈のほの明るいあのあたりに卷き起るつむじにとり卷かれた若い女性の肉體をむさぼりながめるのでした。ツアイスのレンズは私のこの世にも異常な慾情を充分に滿足さしてくれました。

脚●脚●脚●股●股●股——そして時には、×××××××××××××ではありませんか！

ノンズロースのモガの秘密も見ました。つゝましやかな若婦人の秘密も見ました。あらゆる女性の肉體を奪ひました。それは何といふ力強い悦樂でありましたでせう。私の慾情は日一日と深まつて行くかに見えました。

御婦人よ。長くなりましたから話をきりつめます。九月、私は結婚しました。兩親の見付けてくれた女性としては私にはとてもぴつたりとした女でした。私は、彼女に烈しい慾情を注ぎ込みました。始めて得た女の現實の肉體、私はまる二ケ月といふものを、溺れるやうな彼女への愛撫の連續で過しました。が一度經驗した私の窃覗癖は、やうやく妻の肉體への嵐のやうな好奇心が靜まると共に泉のやうに湧き上りました。まうどうにもなりません。私は結婚と同時に、すつぱりと再び、こんな遊びは止めやうと心にちかつてゐたのでしたが、さうです。十月の末のことでした。私は或る宵、思出なつかしいあの國立銀行前の廣場に立ちました。妻が用事があつて他出したのを幸ひ、ほんの三十分ほど樂しんで歸るつもりで出かけて來たのです。私は、ツアイスの雙眼鏡をとり出して、一寸人眼につかない暗い電柱のかげにうづくまりました。ところがその夜は、相憎くと風がないのです。私はジリ〳〵しながら風の出るのをまつてゐました。ところが二十分もしますと、おあつらへむきの風が出ました。申し分ありません。西北西の風です。この風ですとどうしても小さくはあるが力強いつむじが起るのです。私は胸さわぎを覺えながらジツと廣場をみつめました。起りました。思つたとほりのつむじが起りました。その時で

す。むかうの方から一人の女が急ぎ足にやつて來たではありませんか。私は、素早くその女の下半身をレンズの中に捕へました。豐艶な腰つきです。これは素張らしい得物だと思つてゐる間もなく、つむじは彼女の方へと流れて行きます。サアと思つたとたん、彼女は何かにつまづいて――さうです今から思ふとバナナの皮を踏んだんだと思ひますが、ツルりと身體が浮き上つたかと思ふとたん！ つむじです。彼女は痛快にもストンと轉びました。轉ぶ一瞬前につむじは彼女の着物の裾を思ひきりよく卷き上げました。あゝ、あゝ、ノンズロースです。腰までむき出しです。何もかもむき出しです。緋い腰卷をひら〳〵とさせながら、彼女はそのまゝストンと轉倒してしまひました。強く腰か背中を打ちつけたのでせう、しばらくは、そのあられもない姿で彼女は死んだやうに横はつて居りました。

ツーツ！ 何とも形容の出來ない喚聲が上りました。群集です。通行人が駈けよつたのです。男たちです。その男たちも私と同じ様に、この街角の何處かで、彼女のさうした狀を覗つてゐたに違ひありません。

私は悠々と立ち出でました。そしてその群集に近付きました

私たちに素張らしい見ものを提供してくれた美しい女性に敬意を表さなくてはなりません。私は群集の肩ごしに彼女の方に眼をやりました。

呀ツ！ 私は棒をのんだやうに身體がこはばりました。

御婦人よ！ その女は、私の最愛の妻だつたのです。

私は一瞬、世の中が眞暗となつたやうに感じました。私は叫びました。

『風だ！ 風だ！ 風がさうさせたのだ！』

それから後は存じません。

氣がついた時にはこの部屋に居たのです。

御婦人よ。

長々とお話申し上げました。私は正氣なのです。正氣でなかつたら、どうしてこれだけのことが覺えてゐられるでせう。どうか御婦人よ。おかへりになるときお氣をおつけ遊ばせ。いゝえ風にですよ。

風は私をこんなに悲運の底につき入れた魔物ですから。

おやお歸りですか！

ではお静かに、そして風です。風にお氣をおつけ遊ばせ。

× × ×

日本婦人服改善問題を提げて、昨冬の議會を賑はせた前C地政務長官夫人T子の、問題提出動機は、斯くして生れたのであつた。（終）

제21편
공기의 차이

空氣の差

京城探偵趣味の會同人　古世渡貢

1

Z氏に就いて言へば、彼は何よりも胸を痛めない空氣を欲してゐた。大きな價値を理解してゐたからである。そして久しく金とありあまる時とを以てそんなものを探し求めた。

自分の胸を痛めない空氣、夥しい活力で熔岩の樣に朽ちた自分の胸をしつとりと袋つてくれる空氣を。

Z氏はこのあまりに生理的な追求が時折は聚なる發作として顯れることを經驗した。卽ち、自分に最も適する空氣は全く暗黑色のものであると思惟した結果、二週間あまり電燈を用ひず深くカアテンを垂らして夜夜を送つた。この無效果に關してのZ氏の意見は豐間の明るい空氣が禍したものであると決定された。そして彼は之に滿足であつた。

これは概して意志的に持續された比較的長い發作であつたがある一流どこの喫茶舗に於て彼の受けたショックは明瞭に突發的なものであつた。つまり其夜Z氏は特に空氣——自分の欲しい空氣に親しみを抱いてゐ過ぎた。つまりZ氏はどのメニュにも「柔い空氣」の項目が微笑んでゐるを見出し得ず憤然と落膽したのである。

これ等はしかしながら、いづれも外部にそれと現れなかつた爲めに、極、限られた友人以外にはZ氏は實に「優雅で溫宗的な獨身紳士」として知られてゐた。

2

Z氏はある笑話に想ひを寄せた。彼のなかで泡のやうに湧いてくるほゝゑみが快適な追憶を刺戟して、彼は死んだ愛人Ωとのある午後を連想したりした。その笑話はこんなものである。

中隊長が伍長に

——貴様が酒を飲んで、ぐでんぐでんにならなければ今頃は軍曹になつとるに惜しい奴ぢや

——申上げます中隊長殿、私は、けれども酒を飲むと大將になつた樣な氣持がするんであります。オハリ！

Ｚ氏は自分の類型を見る怡悦を感じた。けれども彼が折々愛飮する林檎酒《カルワドス》を飮んで、歌「勇敢なる兵士ソルボンヌ」を口ずさむのは單なる生理のみではなく、實にカリワドスの數杯で蘇生せる兵士ソルボンヌこの思慕を祝福に溢れた和やかな心からも來るものであつた。

空氣が再び海綿の如くソルボンヌの胸を膨らましたといふことは何とうれしい記錄ではなからうか。彼は第一に戰塵にまみれながら震へてゐる姿を見たであらう。それから深い漏斗孔の水たまりのなかに蘇へつた自分と同僚をとりかへすであらう。そんな空氣を自分が一年も自由にすることが出來たならと考ふることはつまらないことに違ひないとＺ氏は想つた。何故なら戰爭のときの空氣と言ふものは、さう地球の隨處に橫つてゐるものではない。その上空氣の缺點はと言へば、愛すべき表示——これがあなたのわたしです！を忘却し去つたことである。

3

空氣に觸れて二十八年目にＺ氏は悲壯な決心を以て空氣に對する欲求を放棄した。彼に從へばこうである。

——私の胸を痛めない樣な空氣は、私の樣な胸をした者には探すことは出來まいと思ふ。空氣が私の生理に適しないのならば私は自分を生理に適應させようではないか。

とは言て全く彼は空氣に對する關心を拋つたのではなかつた。錆びた浮標《ブイ》が海に傾いてゐるのを眺めたとき、彼はそれを指しながら友人に語つた。

——今に空氣を欲しがるに違ひあるまい、海水が一滴一滴と浮標《ブイ》の胴體に留ると、最後には一握りの空氣の差が、俺の十倍近いあいつを沈ませてしまふであらう。

蹴球を原始的な空氣のゲエムと解釋したり、自動車に乘つたときに先づ思ふべきは、自分が確かに空間に浮いてゐるといふ事であつたりすることは最早彼にとつて茶飯的な觀念であつた時たま停車場あたりで物凄いまでに通風管を開いて黑煙をあげてゐる尨大な機關車《エンヂン》を見たときなどはＺ氏は明らかに眼を瞠つてとゞまつた。

不敵な退屈が濃霧のやうに身をつゝむことがある。そんな時がＺ氏にとつては一番恐怖に對面したときである。まざまざと空氣を全身に感じ、なすことを知らなかつた。この逃避場を彼

らしい思ひ付きで拵らへてゐた。セルロイド製のささやかな人形があればこと足りたのである。K氏は水の上にそれを浮びて空氣がまことにその胴體を占有してゐることを確めた上、ナイフで人形の兩面に孔を穿つて、それが正しく沈むのを目擊して樂しんだ。キユウピツトの腹背を水中で潰すことにも妙な悦びを覺えた。

Z氏はこの空氣の遊戲をつまらないものだとは考へなかつたZ氏は臆病な程「人間」を持つてゐたことを自ら認めてゐたし何よりも自分の生理が今や王座を固守すべきであることを肯定してゐたからであらう。

4

S夫人は自分に向ひ合つてゐる男のもつた變化に驚いてゐた幼い頃から見馴れたZ氏が果してこの男だらうか、話術に長けた夫人はこんな風な相手のことを考慮してゐなかつたのではないけれども、種類が異つてゐるのに些か施すところを見失つてしまつた。老人の考へではZ氏はもつと確固とした嚙み應へのあるチョコレエトを想像してゐたのに三年近くの間にすつかり別なものになつてしまつてゐた。むしろ容貌が變つてゐないのが不思議な位である。

Z氏の體から空氣じみたものが發散してゐたのである。眼からでも口からでもなし、Z氏そのものが全身から空氣じみたものを出してゐたのである。(こんなときにはZ氏は孔のあいたセルロイド人形の樣に深く自分にまで沈みきつてゐるときであつた)そのZ氏から出る空氣の樣なものが夫人の周りを圍んでしまひ、夫人の心臟から體にしみ通つたかと思はれた。しかし夫人はこの適度の禮儀を以て、親しさの割にしては少し物足りない程の應酬をする男に些かの缺點をも見出し得なかつた。冷えたなめ石の胸壁。夫人は漠然とした不安を覺えた。

——あなたはずい分變られましたわね

——僕がですか

——ええ、こんな言ひ方はなんですが、何だかこう廣い空き間があなたの代りにあ——

——HA・HA・HA・HA・・・

夫人は「言葉はひびくが傳らない樣な氣がしてならない」といふ意味のことを言はうとしたのであるが、Z氏の白い素燒めいた笑ひが胸を押して通つたのに又しても次の舌が動かなかつた。

別れたあと、S夫人は三年振りだつたといふ氣が微塵もしてゐなかつた。又二三日の間といふものはZ氏のあの「空氣じみたもの」を拂ひのけることの代りに、それに奪はれてゐた、Z氏はと言へば胸をそらせて「ときに、S夫人はS子の樣な顏をしてゐたにちがひない」といつた風に、夕食と睡眠との華かな

生理の方へ靴尖を向けてゐた。

5

四日目にＺ氏はその女をつけることに決心した。女は不規則なＺ氏の夜毎の散歩にも拘らず、四日前から身邊に現れた。女は默つていつも背後から彼の傍を不自然な程長く振り向いて通り越した。かすかに笑顔をつくつて綿の様に、行き過ぎてからも、一二度振りかへつた。長い脚、薄綠のオオバ、深く立てた襟、殆んどＱに似てゐる。

四日目にＺ氏はかなり晩く女の氣配を感じて、つと振り向いた。何年かぶりの新らしい空氣が女と彼の間におりた。Ｚ氏をくるめこんだのは眞近く迫つた遠いＱ女の類似である。この四日目にＺ氏は女をつけることに決心したのである。二〇米突。女は振り向かず眞直ぐに歩いた。Ｚ氏は花辨を感じた。ホキットマンの「花が美しいごとく美しいところのもの」を意識した長い脚、薄綠のオオバ、長い脚。

裏道の曲り目で女がさし招く樣に振りかへつたときＺ氏は低い口笛を止めた。そして唇をなめた。唇を。かなりの家角をすぎる。二〇米突。女は眞直ぐ歩いた。Ｚ氏は街の位置を知らうとしたが、それよりも強く白い蝶を想つた。白く開いた骨盤。

——すぐ其處なの

女は最後の曲り角に消えた。Ｚ氏は步度を增した。「直ぐ其處らしい」と次にＺ氏は凝固した。低く唸る樣な鈍い音がして、女の軀が再び彼の視野に倒れかゝつたからである。慌しく地を蹴る音。Ｚ氏は近寄つた。胸を擴がる血、唯もゐない、白いペチコオトの末端、誰か向ふへ逃げた！

鋭い空氣がＺ氏を包んだ、Ｚ氏は背後に氷塊を感じながらどんどん驅けた。明るい方へ。

6

Ｚ氏は胸に重い壁を覺えた。その壁が次第に體を硬直さして行くのではあるまいか。あの夜からＺ氏はどこへも外出しなかつた。先づ白い恐怖が犇つてゐた。街の遠いもの音をすら忌みた、胸はときどき不規則に動いた。空氣が鉛重苦しい禍をもつて迫つたからである。胸から湯氣をあげてゐた血、誰か自分を見たものがゐるのではあるまいか。

現場から比較的近いところからタクシに乘つたことをＺ氏は誨ひた。全くそれは決定的な失策としてＺ氏を攪き亂した。これがＺ氏の胸に荷重を加へた。

外の空氣、それが自分に手の樣に掴みかゝることを懼れた。

それから三日目、Ｚ氏はベットから起き上る氣力すらなかつた。部屋の四角は空氣は萎えてゐた。しかしながらＺ氏の極度に恐怖した街の空氣は主としてもの珍らしい殺人事件の波で搖れさゞめいてゐた。Ｚ氏はそのことは想像し切つてゐたが、盲目の犯人に就いての話題が賑つてゐるといふことには、無理もないことに全く知るよしもなかつたのである。

제22편
탐정 취미

つてゐないならば、それは非常に物淋しいものである。素より藝術憧憬の厚薄はたしかに生活の餘裕からにも因由するが、少くとも、近年、文化的設備が着々、完成の域に近づきつゝある朝鮮にありて、一步進んで、精神の糧を求めやうとするならば、そこに、一味の寂寥を感ぜずにはゐられない、茲に於て、われらは、文明的都市形成の上に、完全した藝術文化を植ゑつけたい希望に燃えてゐる。外來藝術の鑑賞も亦必要であるが、どうかしてまづ、目前に於ける鄕土藝術の發達を期する爲めに識者の一考を煩はしたいと思ふ。

五

アテネは廢墟になつても、今尙世界の心を支配してゐることをわれらは知つてゐる。樂浪や、慶州を有し、東洋音樂の基礎とまで高唱された朝鮮雅樂を持つてゐる朝鮮は、心の文化に於ても、藝術の國であつた誇りを忘れてはならない、官署行政の緊縮豫算に禍せられて、これらの藝術が發達を阻止されてゐるのは、何といふみぢめな話であらう。美術鑑識が備つてゐても、一向に近代美術が歡迎されないのは經濟的關係にも依らうが、國粹嘆美者のいはゆる「金の事をいふな」といふ意氣を、在鮮民衆の對藝術觀の上にも、何とか發揚して貰へぬものか。

探偵趣味

江戸川亂歩

探偵趣味と云ふのは、一方では秘密を伴ふ行爲、例へば犯罪のやうなものに吾々は興味を持ちます。是は詰り吾々に犯罪本能とも言ふべきものがあるからである。若し一方では例へは犯罪を探偵する、詰り秘密を發くと云ふ詮索本能とでも言ふべき性質があります。主として此二つの興味を私逹は探偵趣味と云ふのですが、其外に怪奇、淒味、奇智、諧謔と云ふ樣なものも探偵趣味の要素と成り得るものである。之等の探偵趣味から起つた小說を探偵小說といひます。

探偵小說と云ふと直ぐ頭に浮んで來るものは非常に煽動的な毒々しい表紙のついた赤本などゝ聯想し易いのであるが、さうして實際又さう云ふ種類の探偵小說が現在でも行はれてゐるのでありまして、探偵小說と言へば下品なもの家庭の子女に讀ましてはいけないと云ふ樣な感じを抱かれる方が多いのではないかと思ひます。なぜ探偵小說と云ふものが斯う云ふ風に低級俗惡視されるかと云ふと、明治二三十年頃に流行した赤本の類であります。雷お新、五寸釘の寅吉と云ふ樣な非常に毒々しい傳記物があります。あゝ云ふものを多分探偵小說だと云ふ風に誤信された結果ではないかと思ひます。斯う云ふことは現代の探偵小說の讀者であられる方々は御考へに成

らないかも知れませんが、然しまだ〳〵一般現代の探偵小說と云ふものが知られて居ないので、一言探偵小說の爲に辯じて置き度いと思ひます。

雷お新だの五寸釘寅吉の傳說は決して探偵小說ではないと思ひます。あれは唯さう云つた惡黨連の一代記で、其處へ刑事や巡査が活躍すると云つて直ちに探偵小說と決めてかゝられるのは甚だ殘念に思ひます。

現在吾々が探偵小說と呼んで居りますものは、それ等の赤本とは殆んど關係のないものでありまして、寧ろ堂々たる各國の作家の小說の中に屢々探偵趣味を發見するのでありまして彼のフランスのバルザックだの英國のディツケンスだのと云ふ樣な有名な人々が現に探偵小說をかいて居ります。又其他ロシアのドストエフスキーの「ヤラマゾフの兄弟」だの「罪と罰」アメリカのポオのものだとか色々高級なものがあるのであります。斯う云ふものは純粹の探偵小說ではないと思ひますけれども、然し非常に探偵的なものであつて、探偵小說の興味が玆まで行くのが本當ではないかと思ひます。

日本に探偵小說と云ふものが起りましたのは極く最近の事で、黑岩淚香の飜譯物以來のやうに考へられて居りますが、さうして又嚴密に言ひますとさうかも知れませぬが、然し探偵小說に非常に共通した所のある、裁判小說とでも言ふべきものは、かなり古くから存在してゐるのであります。却つて其點から云ふと探偵小說に付いては、日本の方が外國より先輩ではないかと思はれる節もあります。例へばあの人口に膾炙して居る大岡政談の中には現代探偵小說も全く其行き方を等しくして居るものがあります。其他井原西鶴の盞夜用心記にしろ曲亭馬琴の靑砥藤綱にしろ是等のものは皆もう少し現代人的な精神を働かして書き改めたならば其儘立派な探偵小說になりさうなものが澤山あるのであります。玆に其一例として櫻陰秘事の中に極めて現代の探偵小說に似かよつたものがあります。櫻陰秘事に「惡事の搦帷子」と題する一つの話があります。

ある處に糀やがあつて其處に一人の美しい娘がありました、所が或る大名に此娘を奉公に出しまして、其大名の寵愛を受け其女でなければ夜も日も明けぬと云ふ有樣でありました或る時どうした譯か俄かに腹痛を起し手足がすくみ呼吸が困難になつて大騷ぎをして醫者にも診せましたが、結局手當の効なく死んでしまひました、醫者が腹痛の前に摂りました食事を吟味して見ますと味噌の色が怪しいと云ふのでそれを飼猫に食はせて見ました所が果たして猫は直ぐ死んでしまひました。其處で愈々毒殺であると云ふことが判つたので主人は或る發明な人に探偵を依賴しました。其探偵は犯人が澤山の女中の中にあると睨みまして、總計十六人に絹布で作りました帷子を着せて一つの部屋へ追ひ込んで、今度の犯人はお前達の中にあるに違ひないから明日拷問するまで此處から出てはゐけないと云ふので錠をかけて閉込めてしまつたのであります。恰度夏の事で蚊は窓から容赦なく這入り込んで刺すものでありますから、皆は非常に暴れ廻つて苦しがつて一夜を明かしました。

さうして女を一人〳〵呼び出し吟味しましたが其中の一人が着て居る帷子に皺の寄つてゐないのがありました。それで探偵が云ふには御　こそ犯人だ。斯う言はれますと女は一も二もなく不意を打たれて自白してしまつたのであります。是はどうして探偵が犯人だと見込を付けたかと云ふと身に覺えの無い者であれば蚊に食はれたり或は夏の事で暑いので十分に身體を動かして樂々と或は足掻きながら寢たに違いないのですが、本當に惡るい事をした者は、決してそんな風に暴れ廻つて寢たり何か出來ない。一夜ぢつとして考へ込んで居るに違いない、其處で着物に皺の寄つて居ないものが犯人だと云ふ風に見極めを付けたのでありまして、それが果たして適中したのです、以上で御終ひですが之はトリックを以て犯人を捉へたいゝ例であります。現在アメリカ邊の小說には屢々是と同じ様な味のものを發見するのであります。現在吾々の周圍に流行している探偵小說は斯う云ふ風に當のものと違つて居ると云ふ現代ものゝ一例を私の友達の或人が書きました、まだ一般に發表されて居ないものですが其表題は「勝も負」といひます。

夜道は暗かつた。糸の様な雨が夜をます〳〵深めて行つた。こゝは河の岸で水も黙々と流れてゐた。物皆が大地と共に靜かに沈沒して行くのかと思はれる。

彼は傘もさゝずに外套の襟を深く立てゝ、たつた一人で此淋しい路をビシャ〳〵歸つて行つた。今夜の勝負は何と云ふ不運だつたらう、彼は取り返しもつかない程負け續けた。こんな事は今迄にもなかつた事だ。彼は博奕場特有の光景を一掲〳〵思ひ返しながら、どうしても思ひ切れなかつた。何故そんなに負けたのか、彼自身も解らない、「手」が惡い譯ではなかつたし、相當頭もさえて居た筈なのに、運だけかしら、やつぱり俺のやり方に黴が生えたのだ、明日からはもつと方式を變へて是非盛返さなくてはならぬ。どうしたら……。

不意に彼は立ち止つた。彼は前方を見透した儘動かなかつた。すると黒い影が彼の前に立ちはだかつて。

「おい見たな？」と叫んだ。

小暗い電燈の光で見ると、それは人力車の車夫であつた。手には血まみれな短刀が握られて居る。今彼の眼の前で一人の紳士風の男が其短刀で突かれ、河の中に落込んで行つたのだ。たつた一瞬間の出來事ながら彼ははつきりと見てしまつた。何と答へたら、宜いだらう。彼は外套のポケットに手を突込んだ儘じつと車夫の様子を窺つた、車夫はピリ〳〵と震へて居る。へまな事を云つたら今にも飛びかゝつて來るに決つて居る。彼は平靜にならうと努めた。

「見たとも、きやつをどうして、殺したのだ」

「何をッ見たんだな。生かしちや置けぬ、覺悟するが宜い。」車夫の兩足が斜に構へた。「アッハッハッどうする？何故やつたか、それを聞いて居る。俺は巡査ぢやない御前は車に乗せて來て此處で惡い料見を出したのだな、錢ら持つて居た彼は相變らず外套のポケットに手を突込んで高飛車な調子に出た。

其落付工合で車夫の心は明らかに亂れた。併し尚もぢり〳〵寄つて來る樣に思はれる。事に依つたら、此奴は本當に殺すかも知れない。さすがに彼は命が惜しかつた。短刀を見ると美味な果物を食つた後の樣に血の汁をたらして居た。さうして雨はなほも糸の樣に降りつゞいてきた。彼は焦らずには居られなかつた。大きな口を利くには利いたが一分の隙でもあつたら車夫の奴が狂氣になつて飛びかゝるだらう。何秒過ぎたか？

彼は自分の言葉が有効に働いた事を認めたが、それが車夫の沈默に依つて果敢なく消へてゆきさうに思へた。戰ひは結局自分の負になるらしい。負けたら明日から此世を見る事は出來ない。勿論今夜の敵を打てなくなるし新しいやり方も滅茶々々だ。此俺には歸りを待つて居る妻が居る。溫い食物と清潔な寢床。いや〳〵殺されてなるものか。彼は考へて息を呑んだ。併し逃げても駄目だ。車夫と競爭しやうと云ふのは馬鹿氣た妄想だ。脊骨にグサリと短刀が指されるだらう。彼はブル〳〵慄へた。

車夫は相變らず息を殺して居る。もう十秒は經つたかも知れぬ。斯うやつて沈默を續ける事は結局こつちの損だ。何とかしてうまく逃げる工風はないか。彼は河の表に眼をやつた。河も亦沈默を守つて流れて居る。

うむ、突然、彼は腹案を覺えたやうに思つた。助かるかも知れない、そこで彼は靜に而かも嚴かに言ひ出した。

「お前は俺がしやべると思つて居る。ふゝん、さう見へるか、そんなけち臭い事を言ひふらしてどうする、そんな事を心配するよりも、おい、お前は飛んだ失策をやつて居るぞ。笠はどうした？俺はきやつがお前にやられる時にお前の笠をひつゝかまへたまゝ川に落ち込んだのを見たぞ。確かだここに笠がある？あれはお前の名が書いてある筈だ、きやつは決して離さない。死んだ奴の執念だからな。お前はあの笠で殺した事がばれるぞ。此川下一町位に橋があつてきやつはそれにひかゝるだらう誰かそれを見つけたら、萬事がおぢやんだ。おい俺の命よりも一體、笠をどうしたのだ？ふん、そんな事で人が殺せるか」

彼が笠の事を云ひ出すと同時に車夫は急にあわて出した。車夫は頭に手をやつてそこに笠がないのを知つた。川の面をちらりと見やつたけれども勿論其處には何にも無かつた。車夫の心の亂れを彼は喜び思ひでひや〳〵と心棒強く待つた。

「畜生ッー」

一と聲舌打ちと共に洩らすと、車夫は決心したかのやうに彼を殘して川下へ走り出した。やつぱり證據物を殘して置く方が恐ろしかつたのだ。

雨は急に強く降つてきた。彼はほつとして車夫の後姿を見送つた。

やつと笑ふ事が出來た。ふゝん車夫の背中には彼が尋ねかけた所の饅頭笠が紐で首にぶら下りながら隱れんぼの子供のやうに、しがみ付いて居た。

「此の手だ」彼は晴々した心持で斯う呟やきながら歸りかけた。明日の勝負には今迄すつかり忘れかけて居た。此の手を使つて新しいやり方を組立てやう。

夜は暗かつたが彼の心は明るく冴えた。

樣う云ふので上品の探偵小說と云ふものを今まで申上げた事で大體探偵小說と云ふものゝ意味が御判りになつた事と思ひます。

今度は少し話を變へて人生が非常に探偵的なものであると云ふ事を一言いたします。人生が探偵であると云ふ事は先づ學問がさうであります。學問は眞理を探偵するのでありまして、初めて完成出來るのだと言へるかと思ひます。それが證據に探偵好きに大變學者が多い、小酒井博士、井上十吉先生、などゝ云ふ皆學者であります。さう云ふ人が探偵小說に普通の人以上に非常な興味を持つて居られると云ふことは學問をやる頭と探偵小說を耽讀する頭と何處か似た所があるのではないかと思ひます。

それから又語學なども、探偵小說的では無いかと思ひます。語學と云ふのは知らぬ外國の言葉をまるで暗號を解く樣に一字／＼解いてゆきます。是はかなり探偵趣味的なものではないかと思ひます。

それから又政治などの方でも、偉い政治家で探偵好きな人は大勢あります。是は噂話ですけれど、ビスマルクがガボリオの探偵小說を耽讀したと云ふ事も聞きますし、歐洲大戰當時アメリカのウイルソン大統領がコナン・ドイルの探偵小說を耽讀したと云ふことも何か政治家の頭を安める意味もありませうが、同時に矢張り共通な或探偵小說的な所があるのではないかと思ひます。

其他實業家にしましても實業の優勝劣敗と云ふものは、同業者を探偵し得意先の氣持を探偵し實業界の情勢を探偵するにありまして、探偵趣味は可成實際的に有効なものゝ樣に思はれます。第一吾々が寄つて話をするとこれは既に探偵的である。決して吾々は先方の話を其まゝ受け入れる事は出來ぬ斯云ふけれども實は斯う思つて居るのではないかと云ふ樣に探偵します。

是は甚だよくない事であるが、實際免れない、詰り人世が探偵的であると云ふ一つの好例と思ひます。

惱みに暮れた東京の街々

東京支局　一記者

寒風吹き荒む東京の暮は雲上の御いたつき重らせてから殊の外淋しさを覺えた、いつもであれば暮の賣出しに街々は華やかに飾られて行きいくら不景氣風に見舞はれたとは云へここは江戸ッ子だ、東京人だ、輕いボーナスの袋も一夜にはたく位やつてのける、ストーブを圍んでこも巻の酒に舌鼓を打つカフェーの味もまたなく面白く樂しいものであるのだ